El cementerio de cristal

El cementerio
de cristal

CARLOS AURENSANZ

Papel certificado por el Forest Stewardship Council®

Penguin
Random House
Grupo Editorial

Primera edición: septiembre de 2023

© 2023, Carlos Aurensanz
Autor representado por Antonia Kerrigan Agencia Literaria (Donegal Magnalia, S. L.)
© 2023, Penguin Random House Grupo Editorial, S. A. U.
Travessera de Gràcia, 47-49. 08021 Barcelona
© 2023, Miquel Tejedo, por las ilustraciones del interior

Printed in Spain – Impreso en España

ISBN: 978-84-666-7364-8
Depósito legal: B-12.072-2023

Compuesto en Llibresimes

Impreso en Rotoprint by Domingo, S.L.
Castellar del Vallès (Barcelona)

BS 7 3 6 4 8

A todos los que, sin culpa,
fueron injustamente encarcelados.
A todos los que lucharon
por su libertad y por la libertad.
A todos los que tratan de mantener viva
la memoria de aquellos jóvenes.

A Antonia Kerrigan, mi agente literaria,
«in memoriam»

Nadie sin duda está tan espantosamente cautivo, ni de ningún cautiverio resulta tan imposible escapar, como de aquel en el cual el individuo se retiene a sí mismo.

SØREN KIERKEGAARD

PRIMERA PARTE

1936

1

Martes, 14 de julio de 1936

Por la calle del Postigo de San Martín, que con paso cansino había recorrido a la sombra de los edificios, desembocó frente a la fachada del imponente Hotel Florida en Callao. De forma maquinal, por puro instinto, apresuró la marcha para salvar la temible solana en que se convertía la plaza a primera hora de la tarde. Mientras lo hacía, observó que allí no eran demasiado visibles las señales de los disturbios que se habían extendido por la ciudad la noche anterior: algunos vidrios quebrados, los toldos desgarrados a navajazos de un par de comercios y los restos de una fogata que había ennegrecido la base de la farola central. Reparó en un taxi reluciente que se detenía a las puertas del hotel. De él se apearon dos hombres jóvenes en mangas de camisa que, a la espera de que el conductor descargara su equipaje, alzaron la vista para contemplar la marquesina y la fachada del soberbio edificio. Uno de ellos, con desenvoltura, se descolgó la bolsa que llevaba al hombro, la depositó en el pavimento y se agachó para extraer de ella una cámara fotográfica. Miró en derredor y caminó hacia él, sin duda en busca de una buena perspectiva para tomar una instantánea del lugar. Dejó que un autobús de dos pisos cruzara la explanada, ajustó el enfoque y pulsó el disparador. No entendió las palabras que los dos hombres intercambiaron después, mientras el fotógrafo regresaba junto a su compañero, porque hablaban en inglés, lo que le recordó a Joaquín que esa era una asignatura pendiente. Un instante más tarde los dos recién llegados ya habían entrado en el hotel.

Joaquín atravesó la espaciosa arteria flanqueada por los edificios que tanto le asombraron dos años atrás, cuando se trasladó a la capital para iniciar sus estudios. Apenas hacía unos meses, tras el triunfo del Frente Popular en las elecciones de abril, había pasado a denominarse oficialmente avenida de la CNT, aunque no conocía a un solo madrileño que hubiera dejado de referirse a ella como la Gran Vía. Aliviado de nuevo por la sombra recuperada, ya camino de la calle del Pez, se cruzó con dos muchachas con andar decidido sosteniendo una conversación jovial que no interrumpieron al aproximarse a él. No fue el cabello corto y ondulado de la chica que pasó más cerca, ni siquiera la ligera blusa estampada con la que llegó a rozarle; tampoco la expresión risueña de sus ojos pajizos ni la sutil elevación de las cejas en un gesto cortés de agradecimiento por haberse bajado del bordillo para dejarles paso. Lo que provocó en Joaquín una punzada de nostalgia fue escuchar su risa despreocupada, que de inmediato le recordó a Ana María. Desde abril no había viajado a Puente Real y, aunque había pensado hacerlo a principios de julio, tras el final del accidentado curso en la Universidad Central donde estudiaba Derecho, cambió sus planes ante la posibilidad de ganarse unas pesetas durante el verano como pasante de pluma en el bufete a donde se dirigía.

El despacho de abogados se encontraba muy próximo al caserón de San Bernardo, sede de la facultad donde asistía a clase cada mañana; sin embargo, desde su llegada a Madrid se alojaba en una pensión próxima a la calle Arenal, cerca de la iglesia de San Ginés, regentada por doña Eulalia, una viuda natural de Puente Real, amiga de la familia, que se había trasladado a la capital pocos días después de su boda con un empresario madrileño que dirigía varios negocios de hostelería. Aquel trayecto diario se había convertido en parte de su rutina. Los mil setecientos cincuenta pasos contados que separaban la pensión de la facultad de Derecho le servían para borrar del rostro las marcas del sueño a primera hora; sin embargo, la distancia parecía duplicarse al recorrerla a aquella hora de la tarde y en plena canícula.

Le había costado tomar la decisión de permanecer en Madrid tras finalizar el curso, precisamente porque anhelaba el reencuentro con Ana María. No había nada formal entre ellos y solo en una ocasión sus labios se habían rozado en algo que podía parecerse a un beso. No obstante, aquella escena regresaba a su mente una y otra vez cuando el calor de las noches del verano madrileño y el recuerdo de la muchacha le impedían conciliar el sueño. A pesar de ello, y no habría sido capaz de explicar por qué, no había buscado la compañía de otras jóvenes en los dos años transcurridos en la universidad, y no por falta de oportunidades para un estudiante de veintiún años, despierto, atractivo y de conversación fácil. De hecho, una de las cosas que más le habían llamado la atención en la capital era el ambiente relajado y liberal que se respiraba en los círculos universitarios, tan diferente al que estaba acostumbrado en Puente Real, recatado, comedido y decoroso. No le habría supuesto ninguna dificultad subir a su habitación en compañía de alguna de las muchachas que había conocido en sus días de asueto, en una pensión que buscaba seducir a la clientela con un cartel en el que a la limpieza y a los fogones se sumaba el atractivo de la discreción. Pero no lo había hecho. En cambio, guardaba en el cajón de la mesilla un delicado reloj de pulsera que, en un impulso, había adquirido para Ana María en el rastro cuando aún pensaba viajar a Puente Real, sin saber si iba a tener el valor o le iba a surgir la posibilidad de dárselo. Allí, a buen recaudo, tendría que esperar porque el cambio de planes hacía incierto el momento de volver a pisar su ciudad natal si el trabajo en el bufete se prolongaba hasta el inicio del tercer curso. Suspiró en el momento en que las dos jóvenes doblaron la esquina, y sus risas se perdieron en la distancia, mientras experimentaba un atisbo de angustia al pensar que todavía tendrían que transcurrir cinco largos meses hasta Navidad.

El despacho de abogados ocupaba la primera planta de un edificio vetusto, como todos los de la calle del Pez, aunque había sido reformado para darle un aspecto funcional más acorde con los tiempos. El portal y la vieja escalera de madera mil veces barnizada no eran, sin embargo, la mejor tarjeta de visita, y Joaquín recordaba la sensación de decadencia que el lugar le había causado la primera vez que puso los pies en aquel zaguán. Un gran espejo desconchado ocupaba la pared lateral y, aunque hubo de acomodar la vista a la penumbra, no dejó de contemplarse en él antes de llegar a la escalera. Se quitó la gorra que le había protegido del sol y usó el dedo mayor y el índice para apartarse el flequillo de la frente. No era muy alto, apenas un metro y setenta centímetros, y a sus veintiún años no habría de crecer más, pero se sabía atractivo: de rostro estrecho y facciones agraciadas, la sombra de la barba incipiente que cada mañana rasuraba con cuidado, el cabello moreno y abundante y las cejas pobladas se aliaban con una mirada vivaz que parecía agradar a las chicas. Así se lo había confesado Ana María, un poco ruborizada, la última vez que se vieron en Puente Real. Quizá algo había influido en aquella inesperada declaración el vino dulce con el que fueron obsequiados cuando acompañó a la muchacha a ver a su abuela. La anciana se empeñó en rellenar sus vasillos una y otra vez, al parecer feliz por la visita de los dos jóvenes, al tiempo que les insistía en tomar una más de las pastas que ella misma horneaba. Ignoraban entonces que aquella iba a ser la última ocasión en que vieran a la anciana con vida, pues falleció durante el sueño solo tres días después. Esa fue la noche, cuando se despedían en el soportal envuelto en sombras, en que sus labios se habían rozado de manera fugaz.

Joaquín subió las escaleras con el conocido cosquilleo en el vientre que invariablemente le provocaba el recuerdo de aquel primer beso apenas insinuado. En la vieja puerta de madera repintada, un cartel en el que se leía «Pase sin llamar» hacía inservible la gran mirilla circular que ocupaba el centro. A la derecha del marco, sobre el timbre, una placa nueva, de bronce aún reluciente, anunciaba en tres líneas el nombre y la naturaleza del bufete: «Cubero abogados», «Laboral - Administrativo - Mercantil», «Asesoría jurídica y legal».

—¡Buenas tardes, Teresa! —saludó al entrar en el vestíbulo.

Tras el mostrador, una mujer que rondaría los cincuenta alzó la mirada por encima de los anteojos y esbozó una amplia sonrisa.

—¡Hombre, Joaquinito, la alegría de la casa! ¡Tan puntual como siempre! —observó a pesar de lo reciente de su incorporación, tras echar una ojeada fugaz al reloj de pared.

—No es para menos, por falta de quehaceres no será —resopló alzando las cejas mientras atravesaba la recepción en busca del pasillo que conducía a su mesa de trabajo.

—¡Espera, espera! Antes de ponerte el guardapolvo y los manguitos, pasa al despacho de don Andrés, que quiere hablar contigo. —El tono jovial del saludo había desaparecido.

Una sombra de inquietud se adueñó del ánimo de Joaquín. La apariencia circunspecta del abogado, a punto de cumplir los sesenta, intimidaba a quien no lo conocía. Sin embargo, solo dos semanas le habían bastado para descubrir a un hombre comprometido con su trabajo, que había convertido en una misión más allá del beneficio económico que pudiera obtener. Era un buen abogado laboralista, militante del Partido Radical Socialista que había contribuido a fundar, incorporado después a la Unión Republicana; firme defensor de los derechos de los trabajadores, consagrados más tarde en la Constitución de la República, no dudaba en hacer añicos una minuta cuando su defendido atravesaba una situación económica comprometida. Había celebrado el reciente triunfo electoral de su partido integrado en el Frente Popular y, aunque expresaba a menudo su admiración por don Manuel Azaña, a la sazón presidente del Gobierno, no parecía albergar demasiada fe en la situación política del país.

Don Andrés era viudo. La muerte de su esposa, tras una prolongada agonía, se produjo a principios de abril de 1931, por lo que recibió de luto el ansiado advenimiento de la República. Su único hijo, Francisco, había entrado en el bufete dos años atrás, al cumplir los veinticinco y recién casado, de ahí el brillo de la nueva placa fijada en la puerta del despacho, pero Cubero padre era aún quien empuñaba las riendas e imponía su autoridad. En los quince días que llevaba transcribiendo los escritos que le dictaban, a Ramiro, uno de los pasantes, le había sobrado tiempo para aludir maliciosamente a la supuesta relación que el patriarca mantenía con Teresa a espaldas de su hijo. Joaquín se había cuidado de hacer comentario alguno; en realidad, creía que aquello, fuera cierto o no, formaba parte de la vida privada de ambos y nadie tenía derecho a juzgar su conducta.

Tocó con los nudillos en la puerta entreabierta de su patrón y al instante escuchó la autorización.

—Buenas tardes, don Andrés —saludó—. Doña Teresa me ha dicho que quería verme.

Al tiempo que hablaba, había dejado que la mirada recorriera la habitación. El despacho de Cubero tenía poco que envidiar a cualquiera de los ubicados en calles más nobles. Una librería de nogal acristalada cubría dos paredes adyacentes repleta de textos legales, repertorios legislativos y centenares de libros cuyos títulos aparecían grabados con letras doradas en los gruesos lomos. Un óleo enorme colgaba en el tercer paño, entre los dos balcones protegidos por cortinajes que se abrían a la calle del Pez, y en el tabique a su espalda, junto a la puerta, lucían enmarcados los títulos y diplomas que acreditaban la formación de los dos licenciados, unos amarillentos y con el barniz desvaído, otros de factura a todas luces reciente, amén de varias fotografías familiares entre otras tomadas en actos académicos de relieve. Por fin, una mesa del mismo nogal con la superficie forrada de cuero ocupaba el ángulo situado frente a la puerta y un gran ventilador de aspas en el techo agitaba legajos y documentos, con riesgo de que volaran por la estancia.

—Sí, quería hablar contigo —confirmó tras apurar la lectura de la página que tenía delante. Se quitó las lentes, las depositó en la mesa y con el índice y el pulgar se masajeó el puente de la nariz donde habían estado apoyadas, a la vez que sin disimulo alguno reprimía un bostezo—. Siéntate, haz el favor. Sírvete un vaso de agua, aún está fresca y vendrás con calor desde la calle Arenal.

Joaquín aceptó el ofrecimiento y el abogado aprovechó para echarse la mano a la espalda forzando la postura.

—Se lo agradezco, hace calor de verdad —reconoció de forma educada.

—Esta hernia va a terminar conmigo —se lamentó todavía de manera casual, aunque de inmediato pasó a abordar el motivo de la llamada—: Te supongo al corriente de lo sucedido esta última noche.

—¿Se refiere a los disturbios por la muerte de Calvo Sotelo?

El abogado asintió.

—Se habla de al menos cinco muertos en los enfrentamientos entre falangistas y la Guardia. Esto se está poniendo muy feo. Si es cierto lo que se dice en los mentideros, Calvo Sotelo fue detenido en su casa de madrugada por miembros de la Guardia de Asalto y su cadáver se descubrió al amanecer a las puertas del Cementerio del Este.

—¿Una venganza por la muerte del teniente Castillo de la Guardia de Asalto?

—Tiene toda la pinta, aunque nadie sabe quién fue: unos dicen que si falangistas, otros, que si carlistas... Lo cierto es que nadie duda de que detener por venganza y matar a Calvo Sotelo, un diputado que gozaba de inmunidad parlamentaria, va a traer consecuencias graves. Lo de anoche fueron reyertas espontáneas, pero seguro que los partidarios de Renovación Española y de Falange estarán a estas horas preparando su respuesta.

—Esperemos que las fuerzas del orden puedan contener los altercados. —Joaquín supo que había resultado muy redicho al pronunciar aquella frase, pero cuando hablaba con su mentor se sentía en la obligación de usar un tono más propio de un abogado en ejercicio que de un joven pasante. Por otra parte, deseaba poner fin a aquel diálogo, impaciente por conocer el verdadero motivo de la inusual entrevista.

—Sí, poco podemos hacer nosotros. —El abogado pareció captar la inquietud de su pupilo, apoyó los brazos cruzados en el borde la mesa y se inclinó hacia él antes de continuar—. Mira, Joaquín, tengo motivos para pensar que las cosas se van a poner feas a no mucho tardar. El ruido de sables es ya un estruendo y no hay corrillo que no dé por descontada la asonada de los militares. Si el rumor se confirma, voy a tener que tomarme unas vacaciones fuera de Madrid.

—¿Vacaciones usted? ¡Si según cuentan no ha cerrado el despacho ni una sola semana desde que empezó a ejercer! —se extrañó Joaquín.

Ramiro, quien le había informado de la relación del abogado con doña Teresa, tampoco se había privado de criticar que ni durante la larga enfermedad de su esposa dejara de acudir un solo día al bufete.

Cubero pareció vacilar si añadir más información. Sin embargo, alzó las cejas, respiró hondo y se reclinó de nuevo sobre el respaldo, aliviado ya el dolor de la espalda.

—Mira, chico, no te voy a engañar. En este trabajo se hacen buenos contactos y, por suerte, en Madrid hay mucha gente que me está agradecida. Así que me he enterado de que por los cuarteles circulan listas negras, y este despacho y mi nombre figuran en ellas. —No daba señales de especial inquietud al hacer tal revelación—. En otras circunstancias no sería algo que me moviera a dar un paso atrás, pero sucede que ahora también mi hijo es el abogado Cubero. Y, además, sé desde hace un par de semanas que Francisco y su mujer me van a hacer abuelo.

—¡Anda, qué bien! ¡Pues que sea enhorabuena! —espetó el muchacho de manera espontánea.

—Enhorabuena es, ¡vaya que sí! Pero lo sería más si la coyuntura fuera otra, sin esta sombra encima. Y ya lo de Calvo Sotelo ha terminado de decidirme. Este mismo jueves cierro la puerta, al menos por unas pocas semanas hasta ver por dónde van las cosas.

Joaquín se quedó pasmado. No contaba con aquello.

—¿Entonces...? —acertó a balbucir.

—Es mejor que te vuelvas a Puente Real con tu familia. Si pasa algo, más valdrá que os coja a todos en casa.

—Pero ¿qué ha de pasar que sea tan grave, don Andrés? ¿No me puedo quedar yo haciendo lo que buenamente pueda con doña Teresa?

—Teresa se viene con nosotros, muchacho. Esto se va a cerrar. Ha llegado el momento de dedicar un poco más de atención a mi familia —declaró, culpable—. Y tampoco a ti te vendrá mal, que a tu edad no todo ha de ser estudio y trabajo, también tendrás que divertirte un poco. Seguro que te espera alguna chica por el pueblo, con esa labia que tienes. ¿Me equivoco?

—Algo hay. Pero... —trató de oponer aún Joaquín.

—No hay pero que valga —atajó Cubero, incómodo—. Además, te diré lo que vamos a hacer. Salimos el jueves de Madrid con los dos autos, así que llevaremos sitio de sobra. Te vienes con nosotros, que Puente Real nos toca casi de camino, y así no hace falta que vayas arrastrando el equipaje para coger el coche de línea.

—¿De camino Puente Real? —se atrevió a preguntar.

—Nos alojaremos, por ahora, con unos buenos amigos en Biarritz. Pero hace tiempo que estoy en tratos para comprar allí una casa de veraneo. Esta misma mañana les he telegrafiado para que terminen de arreglar los papeles en mi nombre, a ver si la podemos ocupar cuanto antes. Por eso es lo de viajar el jueves, así llegamos en día de labor y tendremos abiertas las oficinas del banco y del notario.

—Viniendo hacia aquí he visto que dos periodistas entraban al Florida, yo creo que estadounidenses, por la pinta. ¿Es posible que puedan saber...?

—No lo dudes, hijo. Sus servicios de inteligencia estarán más enterados que el propio Gobierno de aquí —aseveró—. ¿Ves? Otro detalle más que me reafirma en mis sospechas. Y no te preocupes si contabas con las cuatro pesetas que pudieras ganar este verano. Te adelantaré ese dinero y ya arreglaremos cuentas cuando volvamos a vernos.

—¡Vaya! Es usted muy generoso, don Andrés —respondió con sinceridad, aunque seguía aturdido por la noticia.

El sueldo en el bufete era ciertamente magro, pero sí que había contado con él para mantenerse en Madrid durante aquellos tres meses sin tener que pedir en casa más de lo necesario. En realidad, el verdadero motivo de su estancia allí no era ganarse aquellas perras, pues su padre corría con los gastos de la universidad. No sabía de dónde salía aquel dinero, pero desde que se planteó viajar a la capital para cursar la carrera, en casa le habían asegurado el sustento mientras duraran los estudios, con su compromiso mediante de esforzarse al máximo para evitar prolongarlos más de lo imprescindible. Pero ni el sueldo ni la posibilidad de hacer prácticas en uno de los bufetes laboralistas más prestigiosos de la ciudad eran lo único que le había movido a quedarse en Madrid aquel verano, aun a costa de estar lejos de Ana María. Existía una tercera razón, y no era otra que su trabajo en el sindicato de estudiantes.

Lo había mascado en casa. Sus recuerdos de infancia, envueltos en la bruma de aquellos primeros años de vida, comenzaban a moldearse con la sombra de su padre recortada a contraluz bajo el quicio de la puerta de su alcoba cuando, ya bien entrada la noche, volvía de la reunión del sindicato. Más tarde, en la adolescencia, aquellas reuniones casi diarias habían pasado a formar parte de la rutina de su vida, cuando la cena familiar se retrasaba hasta su regreso, y el joven Joaquinito tenía la oportunidad de participar de la conversación entre sus progenitores o, al menos, de lo que su padre tenía a bien contarle a su esposa sobre las encendidas discusiones en la Casa del Pueblo. Por entonces pensaba que el momento en que dejaran de llamarlo Joaquinito estaba cerca, pero cuando llegó el día en que debía viajar a Madrid aquel cambio no se había producido. Antes de cumplir los dieciocho, aunque aún le faltara un lustro para alcanzar la mayoría de edad y, con ella, la posibilidad de afiliarse a un partido o a un sindicato, su padre había empezado a permitirle acudir con él a algunas de las reuniones vespertinas de la UGT, cuando los trabajadores daban de mano y podían reunirse para tratar sus asuntos. Comprendió entonces la importancia que para ellos adquiría lo que allí se discutía: el sindicato ejercía funciones de asistencia y auxilio de los afiliados que llevaban a cabo a través de cooperativas de consumo, de trabajo, de vivienda, de sociedades de socorros mutuos y fundaciones con fines asistenciales. Y descubrió una faceta de su padre que hasta entonces desconocía: la elocuencia con la que exponía sus ideas delante de aquellos hombres que, en ocasiones, escuchaban embelesados y asentían entre murmullos, cuando no ratificaban a voces sus propuestas. Fabián Álvarez era en el sindicato un hombre completamente distinto al que él conocía. El culmen de todo ello se produjo en el verano de 1934, meses antes de la huelga general revolucionaria convocada por los socialistas en toda España. Con diecinueve años y a punto de partir, Joaquín había vivido la situación con auténtico frenesí, y, al pensar en ello tiempo después, supo que fue entonces cuando encontró su vocación. En sus últimos meses en Puente Real descubrió algo más: el cosquilleo que se siente cuando la muchacha que te gusta acepta cogerte de la mano para pasear por la orilla del río un domingo después de la misa de doce y a la vista de todo el mundo.

Llegó a Madrid cuando el verano tocaba a su fin y se encontró con una urbe que ni en sueños habría podido imaginar. Un muchacho de diecinueve que no conocía ciudades más grandes que Pamplona, San Sebastián en las contadas excursiones dominicales a la playa en el coche de línea y solo en una ocasión la más populosa Zaragoza, cuando visitó junto con sus padres la basílica del Pilar. La capital bullía en aquellas semanas prerrevolucionarias y, al principio, se sintió aturdido, sobrepasado y perdido en un lugar donde no conocía a nadie, con un solo refugio: la habitación en la pensión de la calle Bordadores y doña Eulalia, la única persona con la que aquellos días pudo mantener algo parecido a una conversación.

Jamás olvidaría el primer día de clase en el caserón de San Bernardo; la incómoda sensación de estar fuera de lugar en medio de aquella parafernalia de togas y birretes en la vetusta sede de la Universidad Central, el primer saludo timorato con los dos compañeros que le tocaron en suerte al tomar asiento en el aula: Jaime, un madrileño de familia trabajadora, y Benito, pacense cuyo padre era propietario de tierras, que habían acabado siendo sus mejores amigos en los dos años transcurridos. La apertura del curso en que debía iniciar sus estudios se había producido el 1 de octubre de 1934, y en la madrugada del día 5 la UGT declaró la huelga general en todo el país. El movimiento de insurrección, que solo prendería en Asturias y en Cataluña, en Madrid se tradujo en disturbios, intercambio de disparos e intentos de asalto a centros de poder, pero en una semana el Gobierno de la República había sofocado el conato de rebelión y encarcelado a los sublevados. Apenas tuvieron tiempo de conocer a los profesores de sus asignaturas de primero de carrera: dos semanas después, el ministro de Instrucción Pública dio orden de suspender la participación de los estudiantes en el claustro y en las juntas de facultad. En medio de las huelgas, las manifestaciones y los enfrentamientos violentos entre estudiantes agrupados en asociaciones católicas o de izquierdas, Joaquín asistió a las primeras asambleas de la Federación Universitaria Escolar, el sindicato de estudiantes más nutrido de la Universidad Central. Fue el nexo de unión con su vida anterior, con las reuniones del sindicato a las que acudía en Puente Real junto con su padre. Por vez primera en Madrid, allí empezó a sentirse como en casa, a percibir que tal vez la gran ciudad tuviera un lugar reservado para él. De inmediato se sumó a la FUE, arrastró consigo a sus dos nuevos amigos, para quienes el ambiente en continua ebullición de las asambleas también resultaba nuevo y seductor, y cuando llegó la Navidad, el sindicato y sus miembros se habían convertido en un elemento fundamental de su vida de estudiante. Así, entre convocatorias de huelgas, debates interminables y altercados con las fuerzas del orden y con los estudiantes católicos del SEU y de la AET, a pesar de las constantes suspensiones de las clases por el clima de violencia que imperaba en la universidad, había transcurrido su primer año fuera de Puente Real.

Aquel curso recién terminado en 1936 había resultado todavía peor. El momento más tenso en la facultad de Derecho fue el del intento de asesinato del profesor de Derecho penal, Luis Jiménez de Asúa, cuando salía de su casa en la calle Goya, a manos de estudiantes falangistas. El catedrático resultó ileso, pero uno de sus escoltas perdió la vida en el ametrallamiento. El suceso se produjo con las clases suspendidas a causa de una agresión anterior al decano de Derecho, que derivó en la decisión del ministerio de revocar todas las matrículas de los alumnos oficiales. Joaquín había permanecido en Madrid estudiando las materias de segundo curso entre la pensión y las bibliotecas que no habían sido clausuradas, pero tras las fiestas de primavera, la antigua Semana Santa, tomó la decisión de quedarse en Puente Real. Por fin, a finales de abril, se habían reanudado parcialmente las clases, en aquella ocasión en días alternos y en horario vespertino para los alumnos de segundo curso.

Para Joaquín se había producido un cambio fundamental en una de las asambleas del sindicato organizada tras el atentado contra Jiménez de Asúa. La discusión sobre las medidas a adoptar se encontraba encallada. El líder del sindicato, alumno de quinto curso, había planteado una propuesta que resultó rechazada en medio de gritos y pitos de los asistentes, igual que eran rechazadas entre silbidos y protestas las que surgían de las bancadas de la vieja aula donde se celebraba la reunión.

—Pues yo lo tengo claro —musitó Joaquín a oídos de sus dos amigos antes de esbozar en cuatro palabras su idea acerca de la necesidad de mostrar en un acto común el firme rechazo de todos los sectores de la universidad, desde el rector al último estudiante, unidos y sin recurrir en ningún caso a la violencia.

De inmediato Benito se puso de pie en el banco y, señalando a Joaquín, gritó para hacerse oír.

—Mi amigo tiene algo que decir. ¡Escuchad!

Joaquín, aturdido, se levantó y, aunque al principio habló de manera balbuciente tratando de poner en orden sus pensamientos para sonar convincente, un instante después se había hecho el silencio y los asistentes escuchaban vueltos hacia él, tratando de escrutar quién era aquel estudiante que, por el aspecto, debía de andar por los primeros cursos. Cuando terminó, se alzaron murmullos y pitos que Joaquín interpretó como decepción y rechazo.

—¿Estáis de acuerdo con lo que el chaval propone? —exclamó entonces el líder, en pie tras la mesa que ocupaba la tribuna.

Se produjo un griterío de aceptación que parecía reflejar el alivio después de una discusión infructuosa que se prolongaba demasiado.

—¡Se acepta entonces la propuesta del camarada...! —Dejó la frase en el aire, a la espera de que fuera el propio interesado quien la completara.

—Joaquín. Joaquín Álvarez —declaró con voz, en aquel momento sí, alta, firme y clara, recordando la figura de su padre sobre un estrado similar al que se encontraba frente a él.

No había sido aquella la única ocasión en que su opinión había sido tenida en cuenta hasta que, poco antes del inicio de los exámenes finales de junio, el líder del sindicato le había abordado en la cantina para proponerle asistir a las reuniones de la dirección.

—Y una cosa te voy a advertir —añadió entonces Cubero mientras se ponía en pie trabajosamente—. No te conviene que se te vea en compañía de los cabecillas de la FUE, ni mucho menos que se te asocie con su dirección. Y si guardas papeles que te puedan incriminar en caso de que las cosas se tuerzan, mejor será que te deshagas de ellos.

—¿Qué dice, don Andrés? —Joaquín se detuvo a mitad del camino que le llevaba a la puerta del despacho y se volvió hacia el abogado, sinceramente sorprendido—. ¿Qué tiene de malo pertenecer a un sindicato de estudiantes al que el propio Gobierno y el rectorado dieron su aquiescencia?

—Nada, mientras esté en pie ese Gobierno y esté en pie la República. Pero cuida si las cosas cambian —advirtió con intención—. Sé que, a pesar de tus años, tienes buena labia, que en los últimos meses te has significado en esas asambleas de estudiantes. Eso puede llamar la atención, como atrajo la mía.

Había sido el propio don Andrés quien semanas atrás lo había abordado a la salida de la pensión de doña Eulalia. Dijo haberlo escuchado en una de las asambleas de la FUE y que enseguida cayó en la cuenta de que podía ser la clase de muchacho que buscaba para ayudarlo en el despacho. Ya en aquel primer encuentro le había ofrecido el trabajo durante el verano, y él lo aceptó sin pensarlo un instante.

—¿Llamar la atención de quién? —preguntó intrigado.

—¿Acaso crees que a esas asambleas no acuden infiltrados de la Falange y de los Tradicionalistas, del SEU y de la AET, que toman buena nota de lo que allí se dice y, sobre todo, de quién lo dice?

—¿Es por esas listas en las que según usted sale el nombre de Cubero Abogados?

—Solo te prevengo. Es mejor que, cuando hagas el equipaje para el jueves, no pongas en la maleta folletos, pasquines ni octavillas. Eso mejor lo metes en la cocina de la pensión para dar más lumbre al puchero.

—No sé, don Andrés, la verdad... —se atrevió a responder con tono entre extrañado y escéptico—. Todo lo que hacemos es legal, solo ejercemos nuestros derechos de participación en los órganos de la universidad, los derechos de manifestación y de huelga que están en la Constitución... No sé si es que usted tiene otras informaciones que no me ha contado, pero créame que me sorprende lo que afirma.

—Tal vez las tenga, muchacho. De ahí mi decisión —repuso lacónico—. Y si, como me dijiste, tu padre es el delegado de la UGT en Puente Real, tal vez deberías avisarle de lo que se comenta en los mentideros de Madrid.

—Si van a seguir el viaje hasta Biarritz, tendrán que hacer ustedes un descanso a mitad de camino. Les hablé a mis padres de usted en la última conferencia telefónica y estoy seguro de que estarán encantados de conocerle. Si acepta, tendrá ocasión de prevenirle de primera mano. Y, de paso, llevarse para Biarritz unos buenos tomates de la huerta de Puente Real.

2

Viernes, 17 de julio de 1936

Ana María paseaba sola a la sombra de los álamos que bordeaban el río en su orilla más cercana a la ciudad. A aquella hora temprana todavía flotaba en el ambiente el aroma a tierra mojada que había dejado la tormenta de la noche, cuando el terrible calor de la víspera había hecho estallar el cielo en un alarde estremecedor de truenos, rayos y relámpagos. Se detuvo junto al pretil que separaba el paseo, salpicado de charcos, del cauce del Ebro y contempló el parsimonioso discurrir del agua hacia una lejana curva, con los reflejos titilantes del sol tibio de la mañana. Inspiró con fuerza una bocanada de aire limpio tratando de apartar del recuerdo la desagradable escena vivida la tarde anterior en el extremo opuesto de aquel mismo paseo. Sin embargo, el rostro y la voz de Félix, al que empezaba a aborrecer, pugnaban por regresar a su mente una y otra vez.

Hijo único del tratante más próspero de la comarca, era, por tanto, heredero de la fortuna de los Zubeldía, cuya posición acomodada se remontaba tres, tal vez cuatro generaciones. Dueños de incontables fanegas de tierras de pasto y de campos de cultivo, gozaban de la lealtad interesada de decenas de familias cuyos magros jornales salían de su caja fuerte, de comerciantes cuyos beneficios dependían de los suministros a sus fincas y posesiones, y de terratenientes, con quienes compartían la frontal oposición a la reforma agraria que habían propugnado, sin que, por fortuna para ellos, llegara a buen fin, los sucesivos gobiernos de la República y, en concreto, aquel nefando engendro del Frente Popular que en febrero había asaltado de manera ilegítima el gobierno del país. Tal apego utilitario no corría parejo al afecto que en Puente Real se profesaba a don José, el patriarca, conocido por su despotismo, por hacer gala de una avaricia enfermiza y por el trato desconsiderado que reservaba para los jornaleros a su servicio.

Félix contaba veinticinco años, cuatro más que ella. Corpulento, aunque no alto, tal vez demasiado bien alimentado, era, sin embargo, buen mozo y realzaba su aspecto con visitas frecuentes a la barbería, el cabello engominado y la camisa azul con el emblema de la Falange, siempre bien planchada bajo los tirantes. Había empezado a rondarla año y medio atrás, al poco de irse Joaquín a Madrid. Al principio, a Ana María se le habían antojado encuentros casuales, simples saludos al cruzarse a la salida de misa, de camino a la botica de don Antonio, cercana a la finca ajardinada de los Zubeldía, o durante los paseos vespertinos por las veredas arboladas próximas al río; tal vez afectuosos en exceso para venir de un joven mayor que ella, con quien no había tenido contacto anterior, y miembro de una clase social muy alejada de la de una hija de maestro. Sabía que había estudiado con los jesuitas, que no se había distinguido por su rendimiento académico y que dedicaba su tiempo a los negocios familiares, si bien en aquellas tareas que exigían un menor esfuerzo y escasa responsabilidad. En los últimos meses, parecía volcado en las actividades de adiestramiento en el uso de armas que la Falange llevaba a cabo en la ciudad, sin tapujos y a la vista de todo aquel que al atardecer quisiera acercarse a los descampados de las afueras. En las últimas jornadas se habían convertido en una exhibición de poderío y disciplina militar que parecía rivalizar con maniobras similares organizadas por los requetés del Círculo Carlista.

Ana María tenía la impresión de que portar un arma le había proporcionado la seguridad y el arrojo necesarios para importunarla como no lo había hecho antes, mientras crecían de forma alarmante los rumores acerca de una inminente revuelta militar contra el Gobierno de la República. Porque su acercamiento no había resultado amistoso, sino arrogante; no había tratado de resultar seductor, sino que había optado por escarnecer a Joaquín, a quien a todas luces consideraba su adversario. En un primer momento, no podía negarlo, se había sentido halagada por el hecho de que Félix, el joven que todas sus amigas consideraban el mejor partido de Puente Real, mostrara interés por ella. Pero a medida que las semanas pasaban, los encuentros dejaron de ser casuales y amistosos. Se topaba con Zubeldía en los lugares más insospechados y a cualquier hora del día; las alusiones e indirectas referidas a Joaquín habían dado paso al desprecio y al insulto: se refería a él como «el hijo del sindicalista», «el aprendiz de picapleitos» o «ese rojo amigo tuyo».

De manera gradual había dejado claras sus intenciones. Le aseguraba que Joaquín no le convenía, que, cuando pasara lo que tenía que pasar, su destino sería la depuración y la cárcel; ella, sin embargo, tendría el futuro asegurado y una posición envidiable junto al primogénito de los Zubeldía. Ana María, para no dar pie a sus pretensiones, no había desmentido su amistad con Joaquín. La suya era una relación extraña cuyo alcance desconocía. El muchacho le agradaba: tenía conversación, don de gentes, sentido del humor y solía caer bien a primera vista. En realidad, decir que le agradaba era quedarse corta, debía reconocerlo. Aquella expresión sería más adecuada para los años de escuela que habían compartido, cuando se buscaban después de las clases para merendar juntos y hacer las tareas en casa de Ana María con la excusa de recabar la ayuda de su padre, Ramón, maestro de una de las escuelas públicas de la ciudad y propietario de una bien nutrida biblioteca. Al alcanzar la adolescencia, la atracción por él se transformó en algo más intenso que, en ocasiones, le producía reparos, como si llevara escrita en la cara, a la vista de todos, una declaración de amor hacia él. Lo cierto era que había recibido el anuncio de que marchaba a Madrid con un nudo en la garganta. Ante Joaquín tan solo había dejado traslucir su alegría y su admiración, pero el nudo no aflojó hasta que, una vez a solas en su cuarto, tapada con la almohada, pudo dar rienda suelta al berrinche que había procurado ocultar en público.

Resultaba claro, además, el interés del chico por ella, aunque nunca lo hubiera expresado con palabras. Mucho menos le había pedido nada formal, como otros mozos habían hecho con algunas de sus amigas. Y, sin embargo, todas ellas daban por descontado que sí, que eran novios o algo parecido, le soltaban indirectas y le reprochaban entre risas pícaras que no les quisiera contar más. Incluso Ramón, su padre, lo trataba de manera muy distinta al resto de sus amigos y compañeros de escuela, como si estuviera predestinado a formar algún día parte de la familia.

Cuando en Puente Real se hizo evidente el interés de Félix Zubeldía por Ana María Herrero, la hija del maestro, los rumores empezaron a circular de boca en boca; llegó a crearse cierta expectación ante la proximidad del fin de curso y el previsible regreso de Joaquín durante las vacaciones estivales. Hubo quien anticipó una pugna, tal vez un enfrentamiento abierto entre los dos jóvenes a causa de la chica; pero la curiosidad se disipó al correr la noticia de que el hijo del sindicalista seguiría en la capital la mayor parte del verano. Cuando el cambio de planes llegó a oídos de Félix, los encuentros en apariencia fortuitos con Ana María se hicieron constantes. Lleno de confianza, le aseguró sentirse contento y aliviado al comprobar que, en realidad, no había nada entre ellos, pues, adujo, no cabía pensar que un estudiante renunciara a disfrutar de al menos unas semanas de asueto con su novia con la excusa de un supuesto trabajo que no necesitaba para pagar sus estudios.

La víspera, el día de la tormenta, Félix pareció reunir fuerzas para subir un escalón más en la presión hacia la joven.

—Poco te quiere ese petimetre si piensa quedarse en Madrid en vez de venir a pasar las fiestas contigo —le había espetado al poco de aparecer a su lado, repitiéndose—. Pero no te preocupes, que no te van a faltar dos brazos que te lleven en volandas bailando pasodobles en la verbena.

—¡Anda que no quedan días! Aún falta la novena completa hasta que empiecen las fiestas —opuso Ana María para salir del paso, sin dejar de caminar—. Seguro que viene para el cohete.

Félix la había tomado entonces del brazo para forzarla a detenerse. Con una de sus manazas le había bastado, porque al mismo tiempo hurgaba en el bolsillo derecho de su pantalón, recién planchado. Extrajo un pequeño envoltorio que le tendió.

—¡Toma, es para ti! ¡Ábrelo!

—¿Para mí? —balbució azorada negando con la cabeza—. ¡Qué va!, no puedo aceptarlo.

—¡Pero si no sabes lo que es! Anda, no seas tonta. Ábrelo.

—Que no, Félix. No tengo ningún motivo para aceptar un regalo tuyo.

A pesar del temblor incontrolable en las piernas, consiguió que su voz sonara firme. Hizo ademán de continuar su camino, pero la presa en su brazo se reforzó.

Félix miró en derredor, localizó un banco de madera a pocos metros y la condujo hasta él sin esfuerzo aparente. Ana María sintió que la mano tiraba de ella y se vio obligada a sentarse. No pudo evitar un leve gemido y una mueca de dolor.

—Perdóname, lo último que querría es hacerte daño —aseguró—. Yo mismo lo abriré.

Rasgó el delicado envoltorio y entre sus dedos apareció una cajita nacarada. La abrió con torpeza y se la ofreció a la muchacha. Ana María la miró incrédula.

—Yo, yo no... —murmuró.

—¡Cógelo, no seas tonta!

Con un gesto brusco le abrió la mano y la obligó a sostenerlo en ella. El pequeño brillante, engastado en una sortija dorada, centelleaba de manera llamativa, pero Ana María parecía no reparar en ello. Con un movimiento pausado, tomó la cajita con la otra y la depositó con suavidad sobre la madera del banco.

—No puedo aceptarla, Félix, lo siento —susurró con las lágrimas a punto de brotar.

De forma inesperada, se puso en pie y, aprovechando el desconcierto del joven, inició una alocada carrera para alejarse de allí.

No había dado cuatro zancadas cuando la mano de hierro de Félix la volvió a aferrar. Esta vez la retuvo con una sacudida violenta.

—Espera, espera, a ver si lo entiendo... —espetó enojado e incrédulo, al tiempo que la compelía a regresar. De nuevo, miró en derredor para comprobar que nadie los observaba y la hizo sentar, en esta ocasión con pocas contemplaciones. Aguardó un instante, como tomando aire, y formuló la pregunta—: ¿Félix Zubeldía te está ofreciendo compromiso, y tú lo rechazas?

—¡No puedo...! —Ana María se sentía incapaz de pronunciar su nombre, y las primeras lágrimas comenzaron a caer—. Está Joaquín, que...

—¡No vuelvas a nombrar a ese imbécil delante de mí! ¡Vas a comparar tú! —estalló antes de cambiar el tono para continuar con voz seductora—. Mira, si aceptas ese anillo, no te faltará de nada. Vas a pasar unas fiestas que no olvidarás. Te pienso llevar a los toros, pero en barrera, acodada en un mantón de Manila para que veas de cerca a Dominguín, y te regalaré un vestido cortado por la mejor modista de Puente Real, o de Pamplona, y los más hermosos zapatos de tacón para que te luzcas bien en la procesión, con el ramo de albahaca, el cirio en la mano, la peineta y la mantilla. Nos harán corro en la verbena, ya verás; y compartirás mesa con la gente más distinguida de la comarca y hasta de la provincia, que en casa de los Zubeldía no se escatiman gastos en Santiago y Santa Ana.

—Está bien, déjame pensarlo —pidió, compungida. Trataba de ganar tiempo, temerosa de su reacción ante un *no* tajante.

—¡Pensar! ¿Qué hay que pensar? ¡Cualquier moza de tu edad con dos dedos de frente estaría dando saltos de alegría con semejante ofrecimiento! ¡Tú, en cambio...! —Cogió la cajita con la sortija, le colocó la tapa, nervioso, y la encerró en el puño, con rabia. Los nudillos le blanqueaban y el aire se le escapaba entre los dientes apretados.

—No te enfades, solo te pido tiempo para meditar un poco, ha sido todo tan inesperado que...

Había temido por un instante que arrojara la sortija contra el árbol más cercano. Sin embargo, lo que hizo fue descargar su ira estrellando la parte lateral del puño contra el tronco. Ana María, con congoja, creyó que, con la cajita dentro, el dolor del puñetazo habría sido terrible, pero Félix no dio muestras de haberlo percibido siquiera, fuera de sí como estaba.

—¡Está bien, piénsalo! —concedió al fin, con la decepción y la ira reflejadas aún en el rostro—. Pero piénsalo bien. De tu decisión depende que vivas como una reina o como una desgraciada. Espero tu respuesta el domingo después de misa.

Lo había visto marchar sin poder contener el llanto, que no se detuvo hasta que la visión borrosa de su camisa azul remangada y su pantalón caqui se perdieron entre los árboles.

Emilia, su madre, notó que algo le sucedía en cuanto cruzó el dintel de la entrada. Tanto insistió que Ana María no tuvo más remedio que confiarse a ella.

—¡Espera, espera, Ana Mari! ¿Me estás diciendo que Félix Zubeldía te pretende? —Emilia, atónita, se dejó caer en la silla de costura frente al orejero que ocupaba su hija.

La muchacha se recostó sobre la toquilla de lana que cubría el respaldo, cerró los ojos y suspiró.

—¡Me ha venido con un anillo de compromiso, madre! Así, sin más ni más.

—¡¿Qué me dices?! ¡Pero eso es estupendo! —La mujer se deslizó desde la silla para arrodillarse frente al sillón. Buscó las manos de su hija y las tomó entre las suyas. Los ojos le brillaban por la emoción—. ¡Ay, santa Ana, qué noticia! ¡Espera que vuelva tu padre de la bolera! ¡Cuéntame! ¿Cómo ha sido? ¿Dónde guardas ese anillo? ¡Quiero verlo!

—¡Madre! ¡Calle usted ya, por favor! ¡No tengo ningún anillo!

Emilia demudó el semblante. La sangre pareció abandonar su rostro. Abrió los ojos y la boca de manera desmesurada, pero solo consiguió emitir un sonido gutural.

—¡¿Eh?!

La expresión de su hija, el tono de voz y la tensión que sentía con su contacto le anticiparon la respuesta.

—¡No me gusta ese chico, madre! ¡No me gusta!

Ana María estaba a punto de estallar en llanto. Se liberó y ocultó la cara entre las manos. Emilia se quedó con las suyas en el halda.

—¡¿Qué dices, tonta?! Si es un buen mozo, siempre impecable, siempre bien repeinado. ¡Y de buena casa! ¡La mejor!

—¡Madre! Es arrogante, altanero; se nota que lo ha tenido todo y no está acostumbrado a recibir un no de nadie. Y no deja de insultar y despreciar al pobre Joaquín.

—Entonces ¿lo has rechazado? —Emilia se había llevado las manos juntas a la cara. De rodillas aún, parecía orar, tal vez a la espera de un milagro en forma de respuesta negativa.

—No me he atrevido, madre. Y aun así me ha hecho daño. Me ha obligado a sentarme, me ha agarrado del brazo. ¡Me ha hecho daño! —repitió—. Solo le he dicho que lo tenía que pensar.

—¡Alabado sea Dios! —exclamó con alivio—. ¿Que te ha hecho daño? Hija mía, es un mocetón, no habrá calculado la fuerza, acostumbrado como está a trabajar en el campo. Tú, que has salido un poco remilgada.

Ana María miró a su madre de hito en hito, sin poder creer lo que estaba oyendo. Se incorporó del respaldo con la intención de levantarse del sillón.

—Creo que voy a subir a mi cuarto. No me encuentro bien.

—¡Bien tendrás que cenar antes!

—No tengo apetito —confesó con amargura. Al disgusto con Félix se sumaba la actitud de su madre.

—Espera al menos a que vuelva tu padre. Verás cómo me da la razón.

—¡Por eso mismo! —espetó en voz alta—. ¡Necesito estar sola!

Ana María apenas había podido pegar ojo en toda la noche. Al principio, tumbada en el lecho, el calor acumulado en la casa durante el día la envolvió en sudor, así que abrió la ventana de par en par en busca de una ráfaga de brisa. Por fortuna, en la lejanía, los relámpagos daban luz a intervalos a grandes cúmulos de nubes, señal de que pronto una tormenta refrescaría el ambiente. De nuevo se recostó sobre la almohada hasta que, traspuesta, la sobresaltó el chasquido de la puerta al regreso de su padre. Escuchó a su madre hablar en el cuarto de estar, de manera atropellada aunque a media voz. Para su alivio, Ramón se negó a entrar en la habitación como temía. La conversación siguió en el dormitorio contiguo cuando subieron a acostarse, esta vez con voz más queda y pausada. Tomó el libro que reposaba en la mesilla, un ajado ejemplar de *Orgullo y prejuicio* que había sacado prestado de la biblioteca, y trató de concentrarse en la lectura. La luz de la lamparita, demasiado mortecina para permitirle leer sin forzar la vista, resultaba, sin embargo, lo bastante potente para atraer un enjambre de mosquitos a través de la ventana abierta. Desistió y apagó la bombilla sin haber conseguido pasar de página.

La tormenta se acercaba con rapidez y el tremor de los truenos se repetía a intervalos cada vez más cortos. Unas breves ráfagas de viento precedieron a las primeras gotas que repiquetearon en el alféizar. Escuchó a su padre bajar las escaleras, sin duda para comprobar que todo estuviera bien cerrado y en orden; ella misma tuvo que correr a cerrar la ventana cuando arreció el aguacero. Durmió a ratos y, en su duermevela, no dejaron de sucederse las imágenes de la cajita de nácar y de la camisa azul de Félix mientras se perdía entre los árboles con el caminar airado, pero también del rostro de Joaquín en su último encuentro antes de regresar a Madrid y del brillo de la ambición en la mirada de su madre, de rodillas sobre la alfombra ante el sillón del cuarto de estar.

La había evitado a primera hora. A pesar del fastidio de permanecer en la cama sin poder conciliar el sueño, Ana María había esperado a oírla salir temprano, como cada día, camino de la lechería y del horno. Tras asearse con premura, se echó a la boca dos higos de un platillo, más por calmar el amargor que por saciar un apetito que no sentía, garabateó una nota rápida en la libreta de la poyata y la dejó sobre la mesa antes de salir a la calle en busca del aire fresco de la mañana y de la soledad necesaria para meditar. Sin ser demasiado consciente, sus pasos la habían llevado de nuevo a la orilla del Ebro; el lento discurrir del río ejercía en ella desde siempre un influjo poderoso que tenía la virtud de apaciguar sus inquietudes. Sin embargo, había optado por el extremo opuesto del paseo, lejos del banco donde la víspera había sido obligada a sentarse por la fuerza.

Trató de aclarar las ideas haciendo un repaso de su situación. A sus veintiún años, casi veintidós, acababa de terminar en Pamplona los estudios de Magisterio siguiendo los pasos de su padre, de quien había heredado la vocación por la enseñanza. A pesar de su madurez, Ramón había abrazado con entusiasmo las novedades pedagógicas que la República trajo consigo. Se había puesto en cabeza a la hora de sustituir en sus clases las monótonas cantinelas de las lecciones aprendidas de memoria por conversaciones y debates que él mismo alentaba y conducía; gustaba de salir al campo con sus alumnos para explicar ciencias naturales; y, por vez primera, aplicando el principio de la coeducación, los niños y las niñas pudieron compartir aulas y contenidos educativos no diferenciados. Aquellos años de cambios habían coincidido con su propia formación como maestra, tras acceder a la instrucción pública en las mismas condiciones que los jóvenes de su edad. Ante ella se abrían grandes expectativas que su padre alentaba, sin dejar de recordarle lo afortunada que era al haber llegado a la enseñanza, la vocación de ambos, en un momento en que a las mujeres les era permitido el acceso sin restricciones a la formación, a la vida pública y al mundo profesional, de la misma forma que, tan solo tres años atrás, habían podido ejercer por vez primera el derecho al voto.

Intuía por qué la víspera su padre no había querido entrar en su dormitorio. Ramón no era como su madre, lo que les había granjeado algún que otro enfrentamiento a cuenta de su educación. A solas, en alguna de sus muchas conversaciones sobre los nuevos métodos pedagógicos, el viejo maestro había deslizado algún que otro consejo acerca de los chicos que la rondaban. Le había asegurado que, eligiera a quien eligiera, la decisión era suya y contaría con su apoyo, pero en sus oídos no dejaba de resonar la expresión que siempre se aseguraba de incluir entre sus palabras: «un buen chico que te pueda hacer feliz».

—¡¿Quién soy?!

Si la noche anterior hubiera caído un rayo en el enorme pino que se alzaba frente a su ventana, no se habría sobresaltado más. Alguien se había acercado a ella por la espalda sin hacer el menor ruido, le había tapado los ojos con ambas manos y le había hablado con voz grave, impostada y gutural. Por suerte, la carcajada que escuchó a continuación la tranquilizó por completo.

—¡Joaquín! ¡Pero ¿qué haces tú aquí?! —Habría reconocido aquella risa contagiosa entre mil.

—¡Madre mía, qué salto has dado! —rio—. ¿En qué andarías pensando tú? ¿En serio no me has oído llegar? ¡Si parecía que cabalgaba con herraduras sobre la grava!

Ana María se puso en pie y se volvió, justo a tiempo para recibir dos sonoros besos en las mejillas.

—¡Te lo prometo! ¡Qué susto me has dado! —le reprochó levantando el brazo en ademán de ir a propinarle un bofetón mientras se mordía el labio inferior y arrugaba la nariz, aunque sin dejar de sonreír.

—¡A ver, a ver! Repite eso, me encanta ese hoyuelo de la mejilla. —La rozó de manera fugaz con la yema del dedo mayor.

—¿Ya estás? ¡Serás zalamero! No llevas aquí ni un minuto, y ya ha salido el hoyuelo a relucir.

—Sabes que me fascina —rio el muchacho alzando al tiempo las dos manos abiertas, encogido de hombros.

—Pero dime, de verdad, ¿has vuelto para quedarte? Pensaba que ibas a trabajar estos meses en el bufete.

—Cubero ha cerrado el despacho. Teme que las cosas en Madrid vayan a ponerse más feas de lo que están y ha decidido tomarse las primeras vacaciones de su vida. Van a pasar unas semanas en Biarritz —aclaró—. Ayer por la tarde me vine con ellos.

—¡Anda!, ¡qué bien! Pero... ¿ponerse feas? ¿A qué te refieres? —La muchacha había ensombrecido el semblante.

—Los militares, ya sabes. Parece que andan inquietos después de lo de Calvo Sotelo.

—¡*Jo*, no me asustes!

—Tranquila, que no pasará nada. —Joaquín sonrió por el tono inocente de la muchacha—. El Gobierno tiene toda la información, y si no han tomado medidas será porque no las creen necesarias.

—Mira que ese Cubero, por lo que me has contado, debe de estar bien relacionado —insistió aún preocupada.

—Bueno, yo creo que esta vez está siendo precavido en exceso. A mi padre también lo asustó un poco anoche. Por lo del sindicato, ya me entiendes.

—¡Sí, claro! ¿Y?

—Nada, le contestó que en Puente Real nos conocemos todos y que no hay nada que temer de gente con quien te has pelado las rodillas jugando juntos en la calle, pensemos como pensemos.

A la mente de Ana María regresó la conversación de la víspera y, de nuevo, sintió en el vientre un nudo de congoja. Tal vez debería advertir a Joaquín y a su padre de las amenazas vertidas por Félix, pero tal cosa la obligaría a revelarles las intenciones de Zubeldía.

—Mira, Joaquín, que la gente está muy exaltada... —se limitó a advertir—. Los de la Falange y los carlistas ya no se esconden, se les ve muy envalentonados. ¡Si hasta se juntan todas las tardes en la campa de los jesuitas para hacer instrucción militar!

—Eso me han contado en casa.

—Antes todavía se escondían un poco, pero ahora van y vienen por la calle con las armas al hombro.

—Claro, con la Diputación en manos de las derechas, nadie les para los pies. Y con la Guardia Civil no cuentes.

—Y a los alguaciles se les ríen en la cara. Dicen que el otro día cogieron a uno entre varios de los más fanfarrones y lo sentaron en la fuente de los angelotes —contó Ana María.

—¡Vaya! Qué valientes somos todos en manada y con una pistola en la mano.

—Odio a esa clase de fatuos perdonavidas, de verdad. ¡Pero basta, vamos a hablar de otra cosa! —cortó al tiempo que esbozaba una amplia sonrisa.

—¡Eso es! —Joaquín se sumó con entusiasmo a la propuesta—. ¿Sabes? Me costó mucho tomar la decisión de quedarme en Madrid este verano.

Ana María se sintió enrojecer al anticipar lo que tal vez viniera a continuación. Con todo, se obligó a responder.

—¿Ah, sí? ¿Y por qué?

—Porque sabía que te iba a echar mucho en falta. Y eso es exactamente lo que ha pasado, que te he echado mucho en falta —rio, quizá para quitar hierro a la declaración.

—¡No sé qué decir! —musitó Ana María, vuelta de nuevo hacia el río, nerviosa.

—Podrías decir que tú también me has echado en falta, pero no sé si sería cierto. —Joaquín hizo una pausa. Seguía sonriendo, aunque en su expresión había un matiz de pesar que parecía incapaz de ocultar por completo—. Me han dicho que tienes más pretendientes, y alguno de postín.

—¡Pero ¿quién...?! —Dejó la respuesta sin acabar.

—Parece que todo Puente Real lo sabe. —Esta vez Joaquín rio con ganas—. Solo falta que lo publique *El Eco del Distrito* en la crónica de sociedad.

—¡Madre mía, qué vergüenza! —Ana María se llevó las manos a la cara, como tratando de ocultarse.

—¿Vergüenza por qué? No has hecho nada malo.

—Ya, ya lo sé, pero no es plato de gusto que la ciudad entera te lleve entre lenguas.

—Mujer, que el hijo del mayor terrateniente de la región te pretenda es una noticia. —Su semblante volvía a reflejar duda y un asomo de despecho que la sonrisa no conseguía ocultar—. La cuestión es saber si el interés es correspondido. Más que nada por tener a qué atenerme, por si me tengo que quitar de en medio.

—No soporto a Zubeldía, Joaquín. Es un cretino.

—¡Vaya! Me alegra oír eso. Algo que ya intuía, por otra parte. Entonces ¿aún tengo esperanzas? —Su sonrisa era franca y abierta. La tomó de las dos manos.

Ana María, sin embargo, no había mudado el semblante. Los dos de frente junto al pretil, la muchacha clavó la mirada en su propia alpargata mientras empujaba un guijarro, como jugando al tejo. Por su mente desfilaban el rostro airado de Félix mientras le exigía una respuesta, el brillo en los ojos de su madre, también la negativa de su padre a seguir presionándola, los corrillos de sus amigas con la noticia de boca en boca. Y, por supuesto, las amenazas proferidas hacia el muchacho que le sostenía las manos, a quien no se atrevía a mirar a los ojos por miedo a que se asomara al montón de dudas que su cabeza era en aquel momento. ¿Y si rechazaba a Félix y este, despechado, hacía realidad aquellas bravuconadas? Tenía miedo, más del que estaba dispuesta a admitir, de que la violencia y el odio que se palpaban en el ambiente de la ciudad acabaran por estallar, de que las armas que en las últimas semanas habían abandonado sus escondites terminaran por dejarse oír. No albergaba, empero, la menor duda acerca de sus sentimientos. La educación recibida, tal vez, le había impedido declarar a Joaquín lo que sentía por él. Y el muy tonto nunca se lo había preguntado. En aquel mismo instante, su corazón latía desbocado al percibir el calor de sus manos en la piel. Pero no se sentía capaz de confesarle que la noticia de que iba a permanecer todo el verano en Madrid la había sumido en la nostalgia y la tristeza, todo un desengaño a pesar de revestirlo de razones para convencerse a sí misma de que aquello era lo más lógico y lo más conveniente para él.

—¿Por qué tiene que ser todo tan complicado? —se oyó decir.

Joaquín borró la sonrisa del rostro. Tomó su barbilla con la diestra y, con suavidad, hizo que alzara los ojos. Ana María se encontró con la mirada intensa que temía, que trataba de penetrar en la suya para comprenderla. El rostro del muchacho a un palmo de distancia, el contacto de sus dedos, el olor recuperado a Varón Dandy, le hicieron advertir cuánto lo había echado en falta en realidad, sin reconocerlo ni ante sí misma. Notó que se le empañaban los ojos.

—¡Eh, eh, eh! No llores —susurró él con ternura. Le rodeó el cuello con los brazos y la apretó contra su pecho. Permanecieron así un largo minuto hasta que Joaquín la apartó con cuidado, la tomó por las sienes y depositó un beso en su mejilla—. Ven, vamos a dar un paseo, creo que ya es hora de que hablemos.

Bordearon el cauce del río sin apenas reparar en quienes se cruzaban en su camino. Ana María se confió a Joaquín, le relató con detalle todo lo sucedido con Zubeldía en su ausencia, hasta llegar al episodio de la víspera, sin ocultarle los comentarios acerca del futuro que, según él, les esperaba en caso de que las amenazas del ejército se hicieran realidad.

—No te lo iba a contar por no preocuparte, pero habría hecho mal. Cuando me has dicho lo de Cubero, me he mordido la lengua, pero creo que debéis estar al tanto, sobre todo tu padre. ¿Qué opinas tú?

—¿Qué opino? Pues que no te veo yo con mantilla y peineta en la plaza de toros —rio.

—¡No seas tonto! —protestó Ana María con el ceño fruncido, a medio camino entre el enfado y la risa—. No me parece que sea para tomarlo a broma.

—Ya te he dicho lo que mi padre le respondió a Cubero. Y creo que tiene razón.

—Pero Félix no se ha sacado eso de la manga, Joaquín —insistió—. Lo tienen hablado, no me cabe la menor duda.

—¡Si me pongo yo a contar en voz alta lo que a veces me gustaría hacer con alguno...! —continuó con tono de chanza—. Pero una cosa son las baladronadas que puedan soltar después de trasegar unos vasos de vino peleón y otra, la realidad. No te preocupes por eso, Ana María, de verdad.

La muchacha retardó la marcha y Joaquín lo percibió.

—Nos llegamos hasta aquel banco y nos sentamos un poco, ¿te parece?

—¡No! ¡En ese banco no!

Joaquín la observó extrañado.

—¡Ah! Fue ahí donde se declaró, ¿no?

Ana María, con la mirada baja, asintió con la cabeza.

—Entonces, con más razón. ¡Vamos!

—No, Joaquín, por favor —se opuso de nuevo, esta vez sin demasiada convicción.

—Vamos, mujer... —Joaquín parecía lanzado y sonreía cuando llegaron a él—. No le prives a este pobre banco por segunda vez de la posibilidad de escuchar un sí por tu parte.

—¿Qué dices, tonto?

Con un gesto teatral de caballerosidad, la invitó a tomar asiento. Entonces el muchacho apoyó una rodilla en la tierra y cogió de nuevo a Ana María de las dos manos.

—Pues eso —prosiguió, azorado y con el rostro encendido—, que te he echado mucho en falta todas estas semanas, que no he hecho más que pensar en ti, que me gustas con locura... y que si quieres que seamos novios.

Ana María se liberó de las manos del muchacho. Aturdida, se

tapó la boca con las suyas, pero los ojos achinados por la sonrisa que ocultaban lo decían todo. El rostro de Joaquín también se iluminó. Se incorporó y se sentó de medio lado junto a ella.

—¿Y bien? —la azuzó.

—Empezaba a pensar que nunca me lo ibas a pedir —rio—. Claro que quiero... Lo he querido desde que íbamos a la escuela.

—¿Lo dices en serio? —Su asombro era auténtico y así lo mostraban sus ojos muy abiertos.

—¡Pues claro, tonto!

—¡Es que yo también! ¡Si en Madrid, cuando me cruzaba con alguna chica por la calle, siempre había un detalle u otro que me recordaba a ti!

—No, si al final vamos a tener que estar agradecidos a los rumores de asonada.

—¡Pero no tengo un anillo que ofrecerte! No pensaba que hoy...

—¡Ni falta que hace! —le cortó Ana María—. Basta con que...

No tuvo ocasión de terminar. Joaquín la rodeó con el brazo, aunque no fue necesario que él la atrajera hacia sí para que sus labios se unieran en un beso prolongado.

Adoptaron una posición más formal cuando el jadeo de un perro que se acercaba les advirtió de la llegada de alguien. Era un hortelano que tiraba del ronzal de su mula, con las alforjas repletas de tomates, pimientos, pepinos y calabacines.

—¡Buen día, jóvenes! —los saludó—. ¡*Cuidao* con los calores, que hoy el astro viene fuerte!

Rieron de buena gana mientras le devolvían el saludo.

—Estamos a 17 de julio. Nos acordaremos de la fecha, ¿no? —preguntó Joaquín de manera retórica sonriendo aún por la retranca del paisano y la intención de su comentario.

—¡Como para olvidarnos! Supongo que le tendremos que dar las gracias a tu patrón, a Cubero.

—¿Quién me iba a decir esto a mí el martes? Recuerdo que, justo cuando iba hacia el bufete, me crucé con una muchacha de esas que me recordaban a ti y pensé que no te vería en todo el verano. ¡Y mira por dónde!

—¡Quién me lo iba a decir a mí ayer en este mismo banco! ¡Eso aún tiene más inri!

Hasta ellos llegó el tañido grave y pausado de las campanas de la catedral. Joaquín se echó la mano al bolsillo y se estiró para sacar un reloj de esfera negra en el que resaltaban las horas con números blancos de gran tamaño.

—¡Jobar! ¡*Clavao*, las doce en punto! —se asombró.

—¡Te has comprado un reloj!

—En realidad, Cubero me lo regaló porque vio que no llevaba. Me envió con un mandado a la tienda de un cliente, un anticuario y relojero en el rastro, y me dijo que escogiera uno, que ya se lo pagaría él.

—¡Qué majo Cubero!, ¿no?

—La verdad es que sí, me cogió aprecio enseguida, no sé por qué. Fíjate, es suizo. Además, de los que usan en el ejército —explicó mientras le daba cuerda—. Bueno, y...

—¿Qué? —inquirió Ana María al ver que se detenía.

—Nada, que tenía unos ahorrillos y compré también uno de chica. Me encapriché de él y me hizo buen precio. Es de pulsera, muy delicado. Lo que pasa es que no te lo he traído hoy, no pensaba...

—¿Compraste en Madrid un reloj para mí?

Joaquín asintió.

—Para serte sincero, no me he atrevido a traerlo. Tenía miedo de hacer el ridículo si resultaba cierto lo que me habían contado.

Ana María lo miró con afecto. Se aproximó y le dio un beso en la mejilla.

—¡Anda! ¡A ver, mírame! —Le volvió la cara con el ceño fruncido, extrañada.

—¿Qué pasa? ¿Me ha salido un orzuelo?

—No, es que no me había fijado nunca, pero así con el sol dándote en los ojos... ¡tienes uno de cada color! ¡Qué curioso!

—Sí —rio Joaquín—. Uno verde tirando a marrón y otro marrón tirando a verde.

—Pero son muy diferentes —observó—. ¡Ya dirás! ¡No haber reparado antes en ello!

—Mujer, nunca habíamos tenido ocasión de estar así, tan cerca, y mirándonos de frente.

—¿Así que creíste que lo de Zubeldía era cierto? ¡Pobre Joaquín! —dijo en tono de chanza volviendo al tema anterior—. Me imagino cómo te quedarías cuando te lo contaron.

—Sí, ríete. Pues no he pegado ojo. Y cuando antes te he visto allí —dijo señalando al otro extremo de la vereda—, a punto he estado de darme la vuelta. Pensaba que no tenía nada que hacer con semejante competencia.

—¡Qué tonto! —rio, e hizo una pausa. Compuso un gesto de picardía—. Oye, ¿y quién te lo dijo? Por curiosidad...

—Cuando se marchó Cubero, porque han hecho noche en Pamplona, me pasé por el Sport a saludar a la cuadrilla. Me lo contaron Alberto y Fede.

—Pues, ¿sabes?, ya somos dos los que hemos pasado la noche en vela.

—Eso es porque tenías dudas —aventuró Joaquín con una media sonrisa.

—¡Ninguna duda respecto a Félix! Pero ni te imaginas lo terco que está. Me da la sensación de que me ha tomado por uno más de sus caprichos y que no va a aceptar fácilmente un no por respuesta.

—Después de esta conversación no le va a quedar más remedio.

—Jo, Joaquín, ese es el miedo que tengo. Que la vaya a tomar contigo. —Se removió inquieta en el banco de madera. Pensó que no debía ir más allá y revelarle el otro motivo de preocupación, la actitud de su madre, por completo volcada del lado de Zubeldía. Si su noviazgo iba adelante, aquello podría enturbiar la relación entre Joaquín y su futura suegra.

—¿Y qué va a hacer? Ni aunque me apunte con una pistola va a conseguir que te suelte —rio dándole un pellizco afectuoso en la mejilla.

Ana María, en cambio, no sonrió. Por el contrario, apartó la mano de Joaquín y adoptó una postura envarada.

—¡Vaya por Dios! —musitó, contrariada.

Joaquín siguió la mirada de Ana María y comprendió el motivo de su disgusto. Félix Zubeldía se acercaba con actitud altanera, el paso moroso y arrogante. Había sustituido los tirantes por un correaje de cuero, a todas luces pensado para colgar de él una pistolera.

—¡Vaya, vaya! Mira a quién tenemos aquí, el aprendiz de picapleitos —espetó con sorna—. Pero ¿no estabas tú en Madrid, pimpollo? A ver si es que barruntaste jarana y te has vuelto a casa a meterte bajo las faldas de mamá.

Joaquín se puso en pie. Ana María hizo ademán de cogerlo de la muñeca tratando de transmitirle con el gesto que no se dejara provocar. Por corpulencia y por carácter, nada tenía que hacer frente a Zubeldía. Se sentó de lado en el borde del banco, vuelto hacia ambos.

—¿Te importa seguir tu camino? Estoy hablando con Ana María. No quiero ser maleducado, pero lo cierto es que molestas.

—¡Anda, mira! ¡Cómo te han cambiado en la capital! ¿Ya no eres el apocado que has sido siempre? —se mofó—. ¿Sabes qué pasa? Que yo también tengo que hablar con ella. O más bien es ella la que tiene que hablar conmigo.

—No tengo nada que hablar contigo ahora, Zubeldía —intervino Ana María, incómoda e inquieta.

—¿Cómo que no? ¡Si estoy esperando tu respuesta! —sonrió de manera aparatosa—. Desde ayer, ¿no recuerdas?

—Quedamos en que te la daría el domingo.

—Ya, lo sé, lo sé. Pero he imaginado que como eres una chica inteligente y sabes lo que te conviene, seguramente habrías tomado ya la decisión correcta. ¡Si es que ayer me comporté como un patán! No se me ocurrió pensar que no podías aceptar el compromiso sin consultarlo en casa. ¡Es una decisión trascendental que va a cambiar tu vida!

—Ahora estoy hablando con Joaquín. El domingo tendrás mi respuesta —repitió.

—¡Vamos, vamos! —repuso con tono condescendiente—. He pasado por tu casa y he estado hablando con tu madre. Me ha dicho que estarías por aquí. Con lo claro que ella lo tiene, ya no me queda ninguna duda de tu decisión. ¡Si hasta me ha dado dos besos y un abrazo, toda emocionada, y me ha dicho que no te deje escapar!

—¡Eso es mentira! —Ana María saltó como un resorte, sin pensar, con la única intención de arreglar aquel desaguisado o, al menos, dejar espacio a la duda.

—¿Sabes? Tal vez tengas razón, creo que me he precipitado. Entiendo que hayas querido hablar antes con este alfeñique para contarle lo que hay. Que Félix Zubeldía te ha pedido compromiso y que a él no tienes más remedio que aventarlo como la mies. Pero, claro, el grano soy yo, y él es la paja.

—Claro que eres un grano. Pero un grano en el culo, farolero.

Los rostros de Ana María y de Félix parecieron competir un instante por ver cuál de ellos expresaba mayor estupor.

—¿Qué has dicho, payaso? —Zubeldía se había puesto en tensión, con los puños apretados y unas curvas sinuosas que empezaban a dibujársele en las sienes.

—¡Por favor! —Ana María dio dos pasos y se interpuso entre ambos dando la espalda a Joaquín. Con los brazos extendidos dispuso una barrera entre los dos jóvenes. Su rostro indicaba determinación—. ¡No quiero una pelea! ¿Me oís? Vete de aquí, te lo pido por lo que más quieras. El domingo tendrás mi respuesta como habíamos hablado. ¡Largo ahora!

—No, Ana María —escuchó a su espalda—. No tienes nada que temer por contarle la verdad.

—¡Cállate, Joaquín! ¡Ahora no!

—¡No, no me voy a callar! —Se hizo a un lado y se liberó del obstáculo que suponía la muchacha para enfrentarse a Félix—. Ana María quiere que seamos novios. Nos acabamos de comprometer. Es más, dice que no te soporta y opina que eres un cretino.

Zubeldía demudó el semblante. Al principio, pareció que la sangre huía de su rostro, que se tornó pálido. Después, el color regresó de forma gradual hasta que sus mejillas adquirieron un tono rubicundo y las venas volvieron a marcarse en sus sienes.

—¿Es eso cierto? ¿Vas a preferir a ese miserable? —musitó, incrédulo, señalando a Joaquín con la barbilla de manera despectiva.

—¡Miserables tú y tu puta familia! Que si sois ricos es a base de rapiñar y de tratar a los jornaleros como a las bestias.

Zubeldía embistió con los ojos inyectados. Joaquín, rápido de reflejos, consiguió apartarse lo justo para evitar el choque frontal, pero no un empentón en el hombro que lo arrojó al suelo. Hasta Ana María, al echar el pie atrás para alejarse, perdió el equilibrio y cayó en el banco, sentada.

—¡Quietos! ¡Por el amor de Dios! —gritó desde allí, desesperada e impotente.

Joaquín se puso en pie con agilidad, dispuesto a afrontar la siguiente acometida, que no tardó en llegar. Si aquel bruto conseguía atraparlo lo iba a destrozar, así que trató de zafarse de nuevo con un quiebro rápido. Sintió que la mano de Zubeldía hacía presa en su camisa. Utilizó cuanta energía pudo reunir para soltarse y oyó cómo los botones saltaban con chasquidos sucesivos antes de que la tela se rasgara. Con la camisa abierta, solo tuvo que lanzar el cuerpo adelante para deshacerse de ella con un par de tirones.

Las mangas se le habían enredado a Zubeldía entre las manos, y Joaquín supo que aquella era su única oportunidad. Apoyó una pierna en el banco, asió a su oponente por el correaje de cuero de la espalda y, haciendo palanca, empleó toda la fuerza de sus brazos y de sus piernas para dar un tirón brutal. Félix se vio proyectado hacia atrás. Intentó girar la cabeza para ver dónde pisaba, pero aquello acabó por desequilibrarlo al borde del talud de tierra que caía hasta el río. La pendiente hizo el resto, y rodó a trompicones. Las rocas que bordeaban el cauce no consiguieron detener su caída, se golpeó la cabeza con una de ellas y terminó braceando en el agua enfangada.

—¡No sé nadar! —gritó.

—¡Ayúdale! —pidió Ana María, atemorizada.

—¡Por los cojones! —exclamó Joaquín con sobrealiento—. Que salga solo, que ahí no cubre.

Cuando Zubeldía se sobrepuso al susto de verse en el agua, consiguió trepar a gatas hasta la orilla. Respiraba de manera acelerada, los dientes, apretados con rabia, parecían a punto de romperse por la fuerza de sus mandíbulas y la mirada, con los ojos inyectados y entornados, destilaba cólera y deseo de venganza. Al ponerse en pie, la sangre que salía a borbotones de una gran brecha en la ceja empezó a empaparle la camisa azul embarrada. Se echó la mano a la cara y la miró ensangrentada, incrédulo.

—¡Me cago en Dios! —aulló con rabia—. Te vas a acordar de este día mientras vivas, hijo de puta. Y te juro por mis muertos que me encargaré de que sea lo menos posible.

3

Lunes, 20 de julio de 1936

El corazón de Dolores latía desbocado. Los golpes en la entrada parecían perentorios, pero esta vez sonaban quedos, no como la víspera, cuando un grupo de hombres vestidos con camisa azul y correajes de cuero habían estado a punto de echar la puerta abajo. Se habían llevado a Fabián tal como estaba, en camiseta y calzoncillos, y solo le habían permitido calzarse unas alpargatas antes de empujarlo a punta de pistola hasta la camioneta que esperaba en la calle con el motor al ralentí. Trató de evitarlo, de pedir explicaciones, de preguntar quién ordenaba semejante atropello, pero la fuerza de los dos brazos que la sujetaban sin miramientos le impidió hacer otra cosa que no fuera gritar desde el vestíbulo el nombre de su esposo mientras lo veía buscar sitio, aturdido, entre la decena de hombres que ya ocupaban la caja del vehículo, maniatados y bajo la vigilancia de dos tipos sentados sobre el techo de la cabina con sendos fusiles entre las manos. El último gesto de Fabián, ya con las muñecas trabadas, había sido lanzarle un beso al aire, antes de caer sobre el asiento corrido por el impulso del camión al arrancar.

Desde ese instante, su vida se había convertido en un infierno de desesperación. Lo peor de todo era que, al abrirles, los hombres no solo habían preguntado por Fabián. La fortuna había querido que su hijo no estuviera en casa, y por eso el fugaz registro que sufrió la vivienda resultó infructuoso. Su primer impulso había sido salir corriendo en busca de Joaquín, pero desconocía su paradero, más allá del dato de que a media tarde había salido a por lo más preciado en los últimos días, las noticias de lo que estaba sucediendo en Madrid, en Pamplona y en el resto del país tras la rebelión militar del 18 de julio. Sabía que don Ramón, el padre de Ana María, había adquirido recientemente un aparato de radio, pero nadie le aseguraba que estuviera con ellos. Si salía, podría suceder que su hijo regresara a casa y la encontrara vacía, sin nadie que le advirtiera de que aquellos hombres podían volver. Decidió esperar, pasaban ya de las diez de la noche, y Joaquín no podía tardar. Si no lo habían encontrado ya. Se dejó caer derrotada en el sillón de mimbre del vestíbulo, con la puerta entreabierta para otear la calle. Todavía no podía asimilar que se habían llevado a su marido, pero procuró serenarse, tomar aliento y pensar con calma. Con toda seguridad, los trasladarían a dependencias municipales a la espera de tomarles declaración antes de dejarlos en libertad. Había reconocido alguno de los rostros en la camioneta, miembros del sindicato, y también el de un joven concejal de Izquierda Republicana. Ninguno de ellos había cometido delito alguno, así que una vez más intentó convencerse de que, tras el interrogatorio, les permitirían regresar a casa, quizá aquella misma noche. Sin embargo, el modo en que los habían tratado y el hecho de que los transportaran maniatados entre hombres armados desmentían aquella esperanza, y una nueva duda se abrió camino. Si le contaba a Joaquín lo que había pasado, no vacilaría ni un instante en salir tras su padre, y esa sería su perdición. Imaginar que le pudieran arrebatar también a su hijo le impidió contener la arcada que la asaltó y vomitó sobre la estera de mimbre.

Dolores regresaba a la cocina con la palangana en la mano después de limpiar el desaguisado cuando sintió el chasquido de la puerta de la calle. Al ver el rostro de Joaquín en el dintel de la cocina, sintió que su resistencia se venía abajo y se encontró abrazada a su hijo, presa de un llanto incontenible.

—¡¿Dónde está padre?! —preguntó vehemente mientras la apartaba por los dos brazos, casi sacudiéndola.

—Se ha marchado, hijo mío —mintió—. Han venido los del sindicato y no le han dado tiempo más que para hacer una maleta deprisa y corriendo.

No habría podido explicar por qué lo hizo. Tal vez necesitaba ahorrarle a su hijo el sufrimiento de saber a su padre preso y, al mismo tiempo, como temía, evitar que se lanzara en su busca para caer él mismo en las garras de los sublevados.

—¿Que se ha marchado? ¿A dónde?

—No sé ni cómo ni por dónde —improvisó—. Solo me han dicho que su idea es alcanzar cuanto antes la frontera de Francia.

—¡Francia! —exclamó.

—Y justo a tiempo, hijo, porque no había pasado ni media hora cuando han venido a por él. Y a por ti, Joaquín, han preguntado por ti también. ¡Tienes que esconderte y pensar mientras tanto en cómo escapar!

—¿Y cómo es que no me ha esperado, madre?

Dolores no había contado con aquello. Cabizbaja, tragó saliva mientras su cabeza hilaba una respuesta convincente.

—Cuando se ha marchado no sabíamos que también te buscan a ti —inventó—. O se iba con ellos o se quedaba aquí. ¡Si hubieras estado en casa! Ha prometido que, en cuanto llegue a Francia, mandará noticia de su paradero para que puedas reunirte con él si es que también te ves en peligro. Además, le serías de mucha ayuda, tú, que sabes francés.

Joaquín apartó una silla y se dejó caer. Con el codo sobre la mesa, se sujetó la frente con la diestra, abatido y pensativo.

—¿Por qué hemos de huir, madre? ¡Nada malo hemos hecho!

—Claro que no, hijo mío. Pero van a por todo aquel que no piensa como ellos. Ya leíste el bando de Mola —señaló el manoseado ejemplar del *Diario de Navarra* de la víspera que reposaba doblado en el extremo de la mesa—. Pero según tu padre, por lo que se ha comentado en el sindicato, las órdenes que ese general ha hecho llegar a los sublevados son que tienen que sembrar el terror, dejar la sensación de dominio a su paso y eliminar sin escrúpulos a quienes se presuma opuestos al golpe.

—¡Cómo lo sabía, el hijo de puta!

—¿Quién?

—Nada, cosas mías.

—Tienes que esconderte, Joaquín. Van a volver a por ti.

Dolores abrió tan solo una rendija. Enseguida reconoció el rostro de Federico, el mejor amigo de su hijo.

—Hola, Dolores —musitó el muchacho en voz baja—. Ábreme la puerta, mujer.

—¿Qué vienes a hacer aquí? —respondió a la defensiva.

—Necesito hablar con Joaquín.

—Joaquín ya no está aquí, se ha marchado esta noche pasada con su padre.

—Está bien, entonces abra un momento, no puedo estar a la vista de todos. Quiero hablar con usted.

Se arregló deprisa el cabello con las manos, consciente de que desde la víspera no se había puesto siquiera ante un espejo. Manipuló el pasador metálico que aseguraba la puerta, y el joven se deslizó dentro del vestíbulo con actitud furtiva.

—Pasa a la cocina —le indicó—. Siéntate, ahora voy yo.

Entró en el baño y, por vez primera desde que le arrebataran a Fabián, vio reflejado su rostro. Había pasado un día tan solo, y ya el sueño, el llanto y la angustia habían dejado su huella. Los ojos enrojecidos rodeados por profundas ojeras y el cabello sin arreglar y se diría que más poblado de canas que días atrás parecían haberle echado diez años encima. Giró el grifo, cogió agua fresca en el cuenco de las manos y se refrescó. Sin perder tiempo, retiró las horquillas y dejó que el pelo cayera lacio sobre los hombros, lo cepilló con prisa y, con la habilidad propia de las acciones repetidas durante media vida, se recompuso el moño. Incluso tuvo ánimo para aplicarse unas gotas de colonia en el cuello antes de regresar.

Se apoyó en la barra dorada de la cocina de carbón, frente a Federico.

—Siéntese, Dolores. Tiene pinta de estar agotada.

La mujer asintió en silencio y se desplomó sobre una silla. Con las manos entrecruzadas sobre la mesa, interpeló a su visitante con la mirada y con el gesto.

—Para empezar, Dolores... Fabián no se ha marchado. Fabián está en la cárcel con otros muchos compañeros de sindicatos, concejales, funcionarios que no se han sumado al levantamiento y cabecillas de los partidos de izquierdas. Todos los que no acertaron a ver que esta vez los militares van a por todas y no pusieron pies en polvorosa la primera noche. Así que, si Fabián no se ha marchado, Joaquín tampoco. Necesito hablar con él.

—Joaquín se fue anoche, cuando supo que se habían llevado a su padre y que habían preguntado por él.

—¡Vaya! Ha cambiado de versión —respondió impaciente—. Dolores, como les mienta así a ellos, estarán perdidos. Conozco a

Joaquín casi tanto como usted, y sé que no se habría marchado de haber sabido que su padre está preso.

—Es que no lo sabe. Le dije que había escapado a Francia con otros compañeros del sindicato, como a ti.

—Mire, Dolores, vengo de casa de Ana María y no sabe nada de él. Joaquín no se habría ido a ningún lado sin despedirse de ella. —El muchacho escrutó a la mujer y lo que vio pareció convencerle de que estaba en lo cierto—. Y si no ha escapado, debe hacerlo cuanto antes, esta misma noche. Tarde o temprano, cuando terminen con los demás registros, volverán y no van a dejar un rincón sin remover. Para eso he venido, creo que puedo ayudarle.

—¿Cómo que puedes ayudarle? —Una luz de esperanza asomó a los ojos de Dolores.

—Tengo la galera cargada de paja, he de llevar dos viajes a una vaquería de Tarazona. Pensaba salir al alba, y Joaquín se puede venir.

—Si se entera de que su padre está preso, no querrá irse a ningún sitio —objetó Dolores, abatida.

—¿No se lo ha contado?

—Ya te he dicho que no.

—También me ha dicho que se ha marchado, y no es cierto. ¿Dónde está?

Dolores cerró los ojos, cavilando. A pesar de ello, una lágrima se deslizó por su mejilla. Federico le cogió las dos manos encima de la mesa.

—Es lo mejor, Dolores. La única manera de que evite la prisión, y quién sabe si de salvar la vida. Una vez en Tarazona, puede viajar al abrigo de los bosques por la falda del Moncayo hasta la provincia de Soria. De allí a Guadalajara, y se planta en zona fiel a la República en un abrir y cerrar de ojos. En Madrid tiene amigos que le podrán ayudar.

—Le tendrías que ocultar lo de su padre.

—Lo que diga, usted es su madre y yo no soy quién. ¿Dónde está?

Dolores tardó en reaccionar, miraba a Federico, pero parecía no verlo.

—Aquí al menos lo tengo a mi lado —dijo, al fin, poniendo voz a sus pensamientos. Las lágrimas habían vuelto a aparecer—. Si se va, solo Dios sabe si lo veré más.

—Dolores, si se va, lo más probable es que vuelva a verlo; si se lo llevan, no.

La mujer asintió. Se apoyó con las dos manos en la mesa y se levantó pesadamente. Lo primero que hizo fue regresar a la puerta de la entrada y correr el cerrojo. Federico la esperó en el umbral de la cocina y la siguió cuando de nuevo pasó por delante para dirigirse, al parecer, a la planta superior. Sin embargo, no pisó los escalones, sino que continuó pasillo adelante junto al hueco cerrado bajo la escalera. En el panel lateral había una portezuela con manilla que Dolores abrió antes de girar el interruptor. Una luz mortecina iluminó el interior de la despensa. Una estantería de madera repleta de enseres, cajas, latas y botes ocupaba la pared frontal, bajo los escalones, adaptada a la altura decreciente del hueco. Se agachó y tomó por el asa una garrafa demediada de vino.

—Ayúdame —pidió—. Vete dejándolo afuera.

A la damajuana forrada de mimbre le siguió un cunacho con patatas, otro con cebollas y, por fin, una tinaja de aceite. El suelo del cuartucho quedó despejado. Entonces Dolores se agachó junto a la esquina y tiró de la lámina de linóleo que lo cubría. Bajo ella el pavimento era de cemento, pero cuando el linóleo quedó enrollado en el extremo opuesto, Federico contempló la trampilla de madera que había quedado al descubierto.

—Anda, ahí lo tienes, baja tú, que estás más ligero. Además, alguien tiene que quedarse arriba por si acaso.

—¿Podrá poner usted sola los bultos si llega alguien?

—Claro, ¿quién crees que los había colocado ahí si no?

El muchacho asió el tirador y alzó la trampilla. Una empinada escalera de travesaños se perdía en el hueco, aunque abajo se divisaba cierta claridad. Empezó a bajar de espaldas, inseguro, tratando de agarrarse a los listones.

—¿Quién va?

—Tranquilo, Joaquín, que soy el Fede.

El sótano, débilmente iluminado por una bombilla desnuda y solitaria, se encontraba vacío casi por completo, salvo por unos cuantos objetos fuera de uso que el tiempo había cubierto de polvo y telarañas. La humedad no era excesiva y el frescor resultaba agradable en contraste con el calor del exterior.

Varias sogas pendían de las vigas del techo, anudadas juntas y sujetas a un gancho en la pared. Joaquín se encontraba sentado sobre un camastro, que Federico supuso plegable o desmontable dada la estrechez y la precariedad del acceso. Junto a él, sobre una barquilla cubierta por un paño, reposaban una botella de gaseosa y un vaso de cristal y, a los pies, una bandeja con un plato que aún conservaba restos de comida.

—¿Qué haces tú aquí? —preguntó con tono de enfado, desmentido por el alivio que reflejaba su semblante. Sobre el colchón de lana había dejado el libro que habría estado leyendo para matar el rato. A los pies, en desorden, varios ejemplares del *Diario de Navarra* y de *El Pensamiento Navarro* y otros más atrasados de *El Eco del Distrito*.

—Ya ves, visita de cortesía —trató de bromear cuando puso los pies en el suelo. Luego, barrió el lugar de un vistazo—. ¿Para qué son esas sogas?

—Se usaban para colgar los sacos separados del suelo. Por la humedad y por si había alguna rata.

Federico no pareció extrañado.

—Amigo, te vas a dejar los ojos leyendo con esta luz. Esa bombilla no tiene más de veinticinco vatios —comentó.

—Sí, bueno, ya... Para bajar a dejar trastos aquí era suficiente. ¿Qué noticias traes? —le cortó Joaquín, impaciente.

—De aquí, ninguna buena. Del resto, sí, el levantamiento parece haber cuajado solo en algunas provincias, aparte de Navarra. Pero Madrid, Cataluña, las Vascongadas y Valencia siguen fieles a la República —enumeró tratando de compensar—. El Gobierno trabaja para neutralizar el golpe. Los militares desleales a la República no tienen nada que hacer.

—¿Se dice algo de mi padre y de los demás huidos de la UGT?

—Nada —mintió Federico.

—Si los hubieran cogido, se sabría al momento, ¿no?

—Seguro, ¡menudos son!

—Te ha dicho mi madre, ¿no? Por los pelos se escapó padre, y también preguntaron por mí esos hijos de puta —se lamentó—. Cubero nos lo advirtió la otra noche, pero ¿cómo íbamos a pensar que pudiera tener razón?

Desde lo alto llegó el sonido de pasos apresurados y, un instante después, la voz alterada de Dolores invadió el sótano:

—¡Están aquí! ¡Apagad la luz y ni un ruido!

La trampilla hizo un ruido seco al cerrarse. Supusieron que el linóleo había sido colocado en su sitio, pero abajo solo llegaron los sonidos sordos y amortiguados de la tinaja, la garrafa y los cestos al ser puestos encima. Luego se hizo el silencio. Ni siquiera el conducto de ventilación situado cerca del techo, que tenía salida en el pequeño patio interior de la vivienda, les traía sonidos del exterior.

Con la luz apagada, Federico encendió el mechero de gasolina para alumbrarse hasta que se sentaron en el camastro, con el oído alerta. La pierna derecha se le movía sin control, como cada vez que los nervios se apoderaban de él.

—De buena gana me liaba un cigarro —confesó en voz baja sin poder evitar el temblor en la voz.

—Mal vas a liar nada a oscuras —respondió Joaquín—. Además, es mejor no meter aquí olor a tabaco, por si acaso.

—Ya, es que fumar me calma los nervios.

Joaquín le puso la mano en la pierna, que se detuvo.

—Estate tranquilo, Fede, por mal que vayan las cosas, contra ti no tienen nada. Siento que te veas en estas por mi culpa.

—No es culpa tuya, en todo caso será de esos cabrones.

—No tenías que haber venido. ¿No se te ha ocurrido que te podías meter en la boca del lobo?

—Joder, Félix Zubeldía lleva desde ayer preguntando por ti en todas partes, y creo que no es para invitarte a un trago —respondió con gravedad—. Debía avisarte, ¿no? Has de escapar de Puente Real como sea, y se me ha ocurrido la manera.

En cuatro palabras le puso al corriente del plan que ya había adelantado a Dolores.

—Llevo todo el día pensando en lo mismo. Si algo tengo claro es que he de llegar a Madrid. Quiero alistarme —le confió—. Pero sin despedirme de Ana María no voy a ningún sitio.

—¡No jodas, Joaquín! ¡Es mañana o nunca!

—¡Chis! —chistó.

Hasta el sótano volvían a llegar ruidos. Parecían golpes de puertas, muebles desplazados, alguna orden amortiguada por la distancia. Poco después, las voces se hicieron mucho más cercanas.

—¡Hostia, han entrado a la despensa! —siseó Joaquín—. ¡Ni un ruido ahora!

—¿Y si usamos la cama como parapeto? —propuso Federico en un susurro—. No sabemos cuántos son, tenemos las navajas; podemos tener una posibilidad si bajan aquí.

—¿Estás loco? ¡Van armados, seguro! Además, contigo no va nada, y si te resistes, te meterán al trullo conmigo. —Volvió a chistar—. ¿Has oído?

—¿Qué?

—¡Joder, que es Zubeldía! Es su voz... Están encima.

Joaquín sentía el corazón galopando desaforado dentro del pecho. No habría podido calcular el tiempo que se mantuvieron callados esperando el momento en que la trampilla se abriera y algún candil iluminara el cañón de un arma. Distinguieron el timbre de la voz de Dolores, que parecía responder a las preguntas de los intrusos. Al fin, sin embargo, las voces se desvanecieron, señal de que la puerta de la despensa se había vuelto a cerrar. Solo entonces los dos muchachos suspiraron aliviados.

—Digas lo que digas, voy a encender la luz y me voy a liar ese cigarro —advirtió Federico.

—Anda, espera, tengo una vela por si acaso.

—¿Te lío uno a ti? —preguntó a sabiendas de que Joaquín no solía fumar.

—Pues esta vez no te voy a decir que no —repuso con el alivio todavía en la voz—. A ver si me calma a mí también.

Imbuidos en sus pensamientos, permanecieron en silencio mientras Federico, a la luz de la vela, sacaba la picadura de la petaca, el papel del librillo y, con mano diestra aunque temblorosa, daba forma a los cigarrillos.

—A ver, Federico... —interpeló Joaquín cuando pudo dominar la tos que le había producido la primera calada.

—Dime. ¿En qué piensas?

—Me voy a ir de Puente Real de todas formas, pero no es necesario que vuelvas a arriesgarte por mí con la galera. Si me encuentran, te convertirás en cómplice. Ya me las arreglaré.

—Ya, te las arreglarás —respondió escéptico.

—¡Escucha! —le cortó—. Te voy a pedir otro favor.

—Tú dirás.

—Ahora, cuando haya pasado el peligro y mi madre nos pueda abrir, vas a salir por la parte de atrás, por si hubieran dejado a alguien vigilando la casa. Conozco a Félix y sé que no se va a dar por vencido, y menos después de lo que pasó el otro día.

—Sí, es lo más seguro. ¿Y...?

—El favor que te pido es que te llegues a casa de Ana María y le digas que me espere despierta. Si veo que puedo acercarme sin peligro, necesitaré que me abra. Lo mejor, que deje la ventana de su dormitorio entornada, que yo me las arreglo para subir.

—Vengo de allí, Joaquín. Si he sabido que no te habías marchado es porque ella me ha dicho que no te habías despedido.

—¿Tan evidente ha sido lo nuestro todo este tiempo? —preguntó con una sonrisa desconcertada, mientras se colocaba el pelo con el índice y el dedo mayor.

—Parece que para todos menos para vosotros dos. Había que estar ciego para no darse cuenta de las señales, las que tú le enviabas y las que ella te devolvía.

—Bueno, pues acércate otra vez hasta su casa, pero asegúrate de decírselo en persona. No sería de extrañar que a estas horas de la noche no te dejen pasar de la puerta. Si tienes que hacerle llegar el recado, que sea a través de su padre, de Ramón. Estoy seguro de que su madre no le daría el aviso.

—¡Vaya! —se limitó a comentar Federico, sin querer indagar más.

—Es lo único que te pido —apostilló Joaquín.

Federico tardó en responder. Cuando lo hizo, habló con voz firme:

—Si te digo la verdad, con lo de la galera, el problema más serio era buscar el lugar donde acomodarte en el carro, porque mi casa y la nave están pegando al cuartel de la Guardia Civil, ya sabes. Venir aquí también es arriesgado, y más ahora. Así que te diré lo que vamos a hacer.

—¡Eh, eh! —trató de detenerlo.

—¡Te diré lo que vamos a hacer! —insistió con un tono que no admitía réplica—. Antes de ir a su casa, te preparas el macuto con ropa y provisiones para el camino, y lo que creas que vas a necesitar en Madrid. Eso sí, te despides ya de tu madre. Yo pasaré con la galera por casa de Ana María cuando den las seis en el campanario de la catedral, que aún es de noche oscuro. Y nos las apañamos para meterte bajo la paja sin dar cuartos al pregonero. Y a media mañana... en Tarazona.

—No llore, madre. Esto no puede durar. El Gobierno de la República tiene la marina, la aviación y el ejército, que se mantiene fiel a la legalidad. Y, por lo que me enteré ayer, ya hay llamamientos para conformar milicias que hagan frente a los sublevados. No tardaré en volver, en cuanto les paren los pies.

—¿Y de verdad no quieres llevar ropa de abrigo, hijo mío? —Dolores ignoró los intentos de Joaquín por calmar su zozobra—. Mira que, en un mes, en cuanto agosto se dé la vuelta, las mañanas han de ser frías ya.

—No se preocupe, madre. ¡Vaya usted a saber dónde pararemos para entonces!

—Ahí llevas chorizos, jamón, manteca, queso y olivas. Y azúcar, y unas onzas de chocolate, lo que quedaba en casa. Y sal, aceite y vinagre, para que te arregles alguna ensalada. La cantimplora, la sartén, el plato, el vaso y los cubiertos —enumeró—. Seguro que nos dejamos algo.

—Parece que me fuera a una de las excursiones de don Ramón con sus alumnos —trató de bromear simulando un contento que no sentía—. Ya verá como en un abrir y cerrar de ojos me tiene aquí de nuevo.

—¡Ay, hijo mío, qué sola me dejáis! —se lamentó al tiempo que abría una caja metálica que acababa de disponer sobre la mesa. De entre los papeles que había en el interior, sacó un abultado sobre de color sepia que abrió despegando la solapa. Extrajo varios billetes de cincuenta, veinticinco y diez pesetas y los contó con cuidado.

—¿Qué hace usted, madre? —preguntó Joaquín.

—¿Qué he de hacer? Darte para que te mantengas, ¿de qué vas a vivir por esos mundos si no, criatura? ¿Tendrás bastante con quinientas pesetas?

—No, madre, no puedo consentir dejarla a usted aquí, sola y sin medios. ¿Qué clase de hijo sería?

—¡*Quiá*! Aún queda otro tanto —respondió mirando el sobre abierto—. Tengo techo y la despensa está llena, así que hambre no voy a pasar. ¡Más me preocupas tú! Y tampoco se me iban a caer los anillos si hubiera que ponerse a servir o lo que hiciese falta. Además, ¡si en cuatro días estáis los dos aquí!

—Estoy seguro —repuso tratando de aparentar firmeza y confianza.

—Lo dicho, cuando llegues a Madrid te vas a la pensión de la Eulalia, que no te va a negar una cama.

Joaquín pensó que poco la iba a necesitar, pero no había querido revelar a Dolores su intención de alistarse en cuanto tuviera ocasión, antes incluso de poner un pie en la capital si le resultaba posible. Cinco días tan solo hacía que había dormido por última vez en la pensión, pero parecía haber transcurrido una eternidad desde su marcha.

—Toma, llévate esta cartera vieja de tu padre colgada al cuello y metes la cédula y los dineros. Y bien guardada, pegada al cuerpo, no te la vayan a despistar.

También Dolores se esforzaba en ocultar la preocupación y la desesperación que sentía. Llevaba un día entero sosteniendo la ficción de la huida de Fabián, y eso le impedía compartir el dolor de su captura. Temía derrumbarse antes de que Joaquín partiera y por eso se había refugiado en los detalles de los preparativos, pero la angustia la atenazaba al imaginar el momento en que la puerta se cerrara tras su hijo.

—Le escribiré en cuanto tenga unas señas a las que me pueda devolver las cartas, sea la pensión de Eulalia o no. Pero si hay algo urgente, usted deje aviso allí, que yo haré por pasarme.

—¡Ay, hijo mío! Todo esto parece un mal sueño. ¿Quién nos lo iba a decir hace cuatro días?

—Las cosas vienen así, madre. Pero no se preocupe, que esto ha de ser cuestión de semanas —repitió intentando sonar convincente—. Y tiene a las tías por si necesita algo de ellas y a las vecinas para no estar tan sola.

Joaquín se detuvo y clavó la mirada en los ojos emocionados de su madre, como si dudara. Al fin, pareció decidirse y continuó hablando:

—Hay algo que no le he contado, madre. Aún no es firme, pero debe saberlo si he de marchar —sonrió al ver el gesto expectante de Dolores—. El viernes pasado Ana María y yo nos hicimos novios.

—¡Ay, hijo mío! ¿Me lo dices de verdad? ¿No lo haces por contentarme? —exclamó repentinamente feliz—. Así pues, ¿no eran ciertos los rumores de las comadres?

—Algo de cierto tenían, pero al parecer al final me ha preferido a mí —explicó contento—. Se lo digo porque también los va a tener a ella y a sus padres, don Ramón y doña Emilia, buena gente, que no le negarán ayuda si la precisa.

—Pero ¿ya le has regalado el anillo de compromiso? —preguntó con un nuevo brillo en los ojos.

—Aquí los llevo. —Se señaló al bolsillo—. Y un relojito de pulsera que le compré hace unos días en un anticuario del rastro, en Madrid. Ahora se los daré, cuando nos despidamos.

La mención a la partida hizo desaparecer de nuevo la luz en la mirada de Dolores, que dirigió al anillo que ella misma lucía en el anular izquierdo. Entonces, al recordar a Fabián, el abismo volvió a abrirse a sus pies. Hizo un esfuerzo sobrehumano por mantenerse entera.

—No voy a ser la única que te eche en falta, hijo mío —consiguió decir.

—Y yo me voy con el doble de razones para volver cuanto antes, madre.

Todo había resultado más difícil de lo que Joaquín esperaba. A pesar de su intento por despedirse antes de salir de la casa, Dolores, empeñada en acompañarlo hasta el patio trasero, había terminado por claudicar a la pena allí, cuando estaba a punto de alcanzar la salida. De rodillas en la gravilla, envuelta en llanto, las manos juntas en el halda y la barbilla en el pecho, sollozaba pronunciando entre dientes los nombres de su esposo y de su hijo.

—¡No, no, no, no! —musitaba sin parar, con voz apenas audible, tratando de negar la realidad que la atropellaba, desmintiendo con lágrimas todos los intentos anteriores por aparentar sosiego.

Joaquín, roto de dolor, retrocedió dos pasos, se inclinó sobre ella y depositó un largo beso en su frente. Después, incapaz de pronunciar palabra, se dio la vuelta, atravesó el dintel, cerró la portezuela sin mirar atrás y, con el macuto a la espalda, se perdió en la oscuridad de la calleja.

Se obligó a centrarse en lo más inmediato, en la necesidad de hurtarse a la vista de sus perseguidores. Avanzó entre las sombras, deteniéndose en cada esquina para escrutar las calles adyacentes débilmente iluminadas por la luz de los faroles; escogió el trayecto menos habitado, cruzando a paso ligero por las zonas más sombrías, aunque se obligó a no correr, lo que habría despertado mayores sospechas en caso de ser visto. Le reconfortaba el pequeño bulto que notaba al caminar en el bolsillo izquierdo de los pantalones, tal vez porque le recordaba a Ana María, la siguiente parada en aquel viaje imprevisto y forzado.

Tuvo que lanzar una pequeña china a la ventana entreabierta cuando llegó a las inmediaciones de la casa. Al instante, señal de que estaba despierta y a la espera, adivinó en el vano el óvalo de su rostro débilmente iluminado por el farol más cercano. Se separó de la fachada para dejarse ver, y la muchacha le hizo una seña en dirección a la entrada. Con la mano abierta le indicó que debía empujar la puerta; a continuación, se llevó el índice a los labios para pedirle silencio. Supuso que don Ramón y su mujer dormían, así que entró con el mayor sigilo, después de dejar el macuto oculto entre los dondiegos que ribeteaban el frente del edificio. Decidió que sería más prudente quitarse los zapatos y, con ellos en la mano, se deslizó escaleras arriba. La puerta del dormitorio de Ana María se abrió y se cerró tras él. Solo iluminaba la estancia una pequeña lámpara sobre la mesilla de noche, suficiente para permitirle escrutar el semblante de su prometida, triste, expectante y acogedor a un tiempo. Se fundieron en un abrazo prolongado. Joaquín sintió el latido agitado de Ana María bajo la blusa que vestía y se recreó en aquel instante, con el aliento de la muchacha en el cuello. Mientras, él, con la diestra, le acariciaba el cabello liberado de la esclavitud del moño y tal vez cepillado mil veces durante la espera. Tardaron en separarse y, cuando lo hicieron, sus miradas se hundieron en los ojos del otro tratando de vislumbrar detrás de su brillo lo que aún no se habían dicho con palabras.

—¡Es injusto! —dijo al fin Ana María—. ¿Por qué tienes que huir tú? ¡No has hecho nada malo!

—No le demos más vueltas a eso, nos volveríamos locos. Supongo que Fede te ha contado lo que hay, ¿no es así?

Ana María asintió mordiéndose los labios.

—Desde que se ha ido, no dejo de darle vueltas, Joaquín. Me quiero ir contigo —declaró con amargura.

—¡¿Qué dices?! ¡Vaya locura! —exclamó alarmado, aunque con voz queda—. Olvídalo.

—¡Lo digo muy en serio! ¿Vamos a consentir que nos separen ahora? ¡Ni cuatro días hemos pasado juntos siendo novios!

—¡Si mi idea es alistarme en cuanto tenga oportunidad! ¿Qué ibas a hacer tú en Madrid, sola?

—¡Alistarme contigo! ¿Qué otra cosa podría hacer? Hoy precisamente hemos escuchado en la radio de mi padre que muchas madrileñas se están ofreciendo como voluntarias para participar en las milicias que empiezan a organizarse.

—¡No te veo yo con un fusil en la mano! —Joaquín negaba con la cabeza, burlón—. Ni a ti ni a ninguna otra mujer. ¡Qué idea!

—Pues estoy segura de que lo haríamos mejor que muchos hombres —arguyó—. Además, no faltarán tareas a las que dedicarse sin tener que empuñar un arma.

—Te necesito aquí, Ana María. Mi madre se queda sola, me gustaría que le hicieras alguna visita, que te cerciorases de que todo marcha bien en casa. Hoy la he visto derrotada —le confió con voz afligida—. Desde que me fueron a buscar, ha tratado de mantener el tipo, pero al verme marchar, ha claudicado. Me voy muy apenado por ella.

—Ya —respondió Ana María de manera lacónica.

—¿Podrás hacer lo que te pido?

La muchacha tardó en responder.

—Supongo que no tengo otra opción —aceptó, a duras penas conformada—. Dice Fede que os vais al alba. Sería bueno que durmieras un poco, parece que te esperan días agotadores.

—Sí, me echaré un rato, aquí mismo, en el suelo; tú también tendrás que dormir.

—¿En el suelo? ¡Ni hablar! ¡Vete a saber cuándo volverás a coger un colchón! En el suelo me tumbo yo, que ya tendré tiempo de descansar mañana. Anda, quítate los pantalones y la camisa y métete en la cama, que no miro.

Joaquín sonrió ante la candidez de Ana María, tan diferente a la actitud de algunas de las muchachas que había conocido en Madrid, pero se dispuso a obedecer. Al echar mano a la hebilla del cinturón, recordó lo que llevaba encima.

—¡Ah, se me olvidaba! Te he traído algo que te debía. ¡Y mira que abulta, casi no me cabía en el bolsillo!

Ana María, sentada en el borde de la cama, cogió el envoltorio ajado y terminó de rasgar el papel con una sonrisa carente de intriga. No obstante, al levantar la tapa de cartón duro no pudo evitar una exclamación.

—¡Madre mía, Joaquín! Pero ¡si es precioso!

El muchacho sacó el relojito con cuidado, se lo colocó en la muñeca y abrochó suavemente el cierre. Ana María se inclinó hacia la lámpara para contemplarlo bajo el haz de luz.

—Hay algo más —anunció Joaquín y hurgó en el borde de la cajita de cartón. Extrajo dos anillos que colocó en su palma bajo la mirada atenta de la muchacha. Tomó el de menor diámetro y, tembloroso, se inclinó en busca del anular derecho de Ana María—. Ya sé que no es gran cosa, pero es lo único que he podido encontrar con las prisas —se excusó atusándose el pelo con la mano libre—. Pero ¿qué clase de compromiso sería el nuestro sin anillos, por humildes que sean?

Ana María cogió el segundo anillo de la palma de Joaquín y, todavía sentada, se lo ajustó en el dedo. Tuvo que insistir hasta que consiguió traspasar el nudo abultado de la articulación. Colocaron las dos manos juntas y, por un momento, se quedaron mirando las sortijas con expresión azorada y bobalicona. De improviso, Ana María se levantó de la cama, se colgó del cuello de Joaquín y lo besó brevemente en los labios. El joven, desconcertado por un instante, dio un paso atrás, pero reaccionó de inmediato tomando la iniciativa. Asió a su prometida por la cintura y con la mano derecha le rodeó el cuello para atraerla hacia sí. Se fundieron en un beso prolongado, apasionado como nunca. Los dedos de Joaquín, temblorosos, apenas acertaban a soltar los botones de la blusa. Cuando sus yemas rozaron el pecho de Ana María, un calambre le recorrió la piel de todo el cuerpo erizándole el vello. Sentía la respiración acelerada de la joven que le elevaba rítmicamente el sujetador, y aquello terminó de encenderlo. Para su sorpresa, los dedos de la muchacha empezaron a desabotonar su camisa, y se vio sacudido por un nuevo escalofrío cuando las dos manos menudas se posaron sobre su pecho desnudo.

Joaquín se sentó sobre la cama para quitarse los pantalones, que dejó plegados de cualquier manera a los pies. Después, con torpeza, trató de soltarle la falda, pero tuvo que ser Ana María, con una risa nerviosa, quien completara la tarea. La prenda cayó al suelo junto a la blusa, y Joaquín la atrajo con suavidad para que se sentara a su lado en el borde del colchón. Sus labios se unieron de nuevo mientras se acariciaban con avidez. Abrazados, se dejaron caer sobre las sábanas y la almohada acogió sus cabezas. Los rostros quedaron enfrentados, y allí permanecieron, mirándose, mientras Joaquín acariciaba el cabello de la muchacha.

—No me puedo llevar mejor recuerdo que este —musitó conmocionado e incrédulo.

—No podíamos dejar pasar la ocasión de que te llevaras este recuerdo. ¿Quién sabe cuándo volveremos a vernos? ¿Quién sabe si volveremos a vernos, Joaquín?

—Ya es hora de decirte lo que te quiero, Ana María —sonrió a pesar de todo—. Te amo.

Ella cerró los ojos con la dicha en el semblante y asintió con un sutil movimiento de la cabeza.

—Yo también. —Le tocó el mentón con delicadeza—. Y me rompe el alma tener que decírtelo en esta situación.

—No, por favor, no llores, Ana María. Hagamos este momento inolvidable de verdad. Puede que la fatalidad nos quiera privar de una noche de bodas como la que te mereces, pero nadie nos podrá reprochar que tratemos de burlar al destino.

—Qué bonito es lo que acabas de decir, picapleitos —se burló.

—¿Eso significa que estás de acuerdo?

Por toda respuesta, Ana María se arqueó para soltar el enganche del sostén, que fue a caer encima de la blusa. Desnudos por completo, sus cuerpos se fundieron. Solo hubo lugar para la pasión y el deseo, por fin liberados, y lo que sucedió a continuación tuvo la virtud de apartar de ambos cualquier inquietud por lo que la fortuna les tuviera reservado después del alba.

4

Martes, 21 de julio de 1936

Las dos mulas arrastraban la galera remontando con esfuerzo la cuesta que conducía hacia el alto de Santa Quiteria, en cuya ladera se alzaba el cementerio de la ciudad. En el pescante, Federico arreaba a los animales con un nudo en la garganta tratando de escrutar el camino en medio de la oscuridad, rota tan solo por las pocas bombillas que, de trecho en trecho, resistían a la intemperie y a las pedradas de los zagales.

Era dolorosamente consciente del riesgo que corrían. A pesar de haber salido antes del alba, el carro cargado de paja atraería la atención de cualquiera que anduviera vigilando los caminos, y más cuando la declaración del estado de guerra, dos días antes, había paralizado la actividad cotidiana a excepción de los quehaceres más perentorios. A ello se aferraba, pues el ganado no sabía de alzamientos ni de guerras y demandaba su forraje a diario.

Pese a los cuatro años que los separaban, Joaquín era algo más que un amigo para Federico, como sus padres lo habían sido. Hijos únicos ambos, su madre había muerto durante el parto; su padre, cuatro años atrás, al ceder el tejado de uno de sus almacenes. Desde aquel día, Fabián y Dolores se habían volcado con él y lo habían tratado como a su propio hijo. Le resultó muy duro adaptarse a la soledad, hacerse cargo de las tareas que demandaban las tierras y el ganado de la familia con solo veintiún años, pero ahí había estado Fabián con su ayuda, sus consejos y también sus reprimendas. Joaquín, después de aquel día aciago, se había convertido en su sombra, en una especie de hermano menor siempre dispuesto a echarle una mano, tal vez movido por una cierta admiración que venía dada por la diferencia de edad.

No había dudado un instante en correr a advertirle del peligro que corría. Lo de sacarlo de Puente Real oculto en el carro había sido una ocurrencia poco meditada, de la que había empezado a arrepentirse desde el momento mismo en que salió de la casa de Fabián y de Dolores. De hecho, había sopesado la opción de acudir a la de Ana María, donde sabía que lo encontraría, para proponerle que regresara al escondite que la tarde anterior se había mostrado seguro. Allí podría permanecer el tiempo que fuera necesario, siempre que no le faltaran el sustento y una bombilla algo más potente. Ocasión habría de ayudarle a buscar otra forma de escapar más adelante. Con ese pensamiento se había recostado en la cama, incapaz de conciliar el sueño. El cansancio y la tensión del día lo sumieron en un duermevela inquieto.

Pensó que los golpes sordos en la puerta pertenecían a la pesadilla que lo agitaba, hasta que, ante su insistencia, le hicieron despertar. Confuso, tratando aún de separar el sueño de la realidad, se acercó a la entrada. Los golpes se repitieron entonces. Solo abrió tras la respuesta tranquilizadora al «¿quién va?». Allí estaba Alberto, uno de los miembros de la cuadrilla, hecho un manojo de nervios. La prohibición de reuniones de cualquier tipo dictada por el bando de Mola el mismo día diecinueve les había hurtado la posibilidad de juntarse en el Sport, el mentidero de Puente Real y la única fuente de información fresca sobre lo que sucedía. El rostro apesadumbrado de su amigo y la manera en que manoseaba la gorra le indicaron que algo grave sucedía, pero no estaba preparado para el mazazo que recibió a continuación. Alberto pasó al zaguán, cerró tras él y, sin más rodeos, lo tomó del hombro y le contó. Todo eran rumores y conjeturas, si bien se daba por seguro que seis hombres habían sido fusilados aquella misma noche junto a la tapia del cementerio. Uno de los antiguos parroquianos del Sport, vecino de la cárcel, se las había arreglado para hacer correr la noticia: aseguraba haber visto cómo, poco después de la medianoche, los seis eran conducidos a punta de fusil hasta la camioneta que los esperaba afuera. Solo había reconocido a tres de ellos, dos miembros de la UGT y un concejal de las izquierdas. Y Fabián fue el primero que, maniatado, había sido obligado a empellones a encaramarse a la caja del vehículo.

—¿Sabes dónde está Joaquín? Hay que avisarle —le advirtió—. Era Zubeldía quien encañonaba a su padre.

Federico se dejó caer en el arcón con respaldo que hacía las veces de banco al sentir que las piernas le flaqueaban. Era cierto que se habían escuchado tiros, aunque no más que en las noches previas, sobre todo desde el sábado anterior, con exhibiciones militares que se prolongaban el día entero.

—Tranquilo, Alberto, vuélvete a casa. Déjalo de mi cuenta, yo sé dónde para. —Recordaba haber musitado al borde de las lágrimas, derrotado e incapaz de asimilar lo que acababa de escuchar—. Gracias por arriesgarte a venir.

Ya no se volvió a acostar. Movido por la rabia, una infinita tristeza y una absoluta incapacidad para comprender, y desesperado por evitar que un crimen como aquel se repitiera con Joaquín, echó mano del morral y lo llenó con una hogaza, medio queso, unas sardinas rancias, longanizas y morcillas secas y la bota de vino repleta. Luego, salió al patio y se perdió en la cuadra, dispuesto a aviar las mulas.

Joaquín le había notado algo cuando se encontraron de madrugada, a pesar de la obligación que se había impuesto de actuar con naturalidad. No tenía la menor intención de revelarle el destino de su padre antes de marchar. Que le creyera a salvo en Francia era la única manera de sacarle de allí, de apartarle de su madre sola y de impedir que se echara a la calle en busca de venganza contra Félix Zubeldía.

También él había observado un brillo nuevo en los ojos de Joaquín. Y en los de Ana María, al despedirse a la puerta. Se alegró por ambos, pero suponer lo que había sucedido no hizo sino aumentar su dolor hasta forzarle a contener las lágrimas.

Volvía a sucederle ahora, sentado en el pescante, a punto de pasar por delante del cementerio donde el cadáver de Fabián debía de descansar ya junto a los otros cinco infortunados, si es que habían tenido tiempo de darles sepultura.

Había tratado de reconstruir los acontecimientos de la víspera y, por los detalles que Alberto le había facilitado, las conclusiones le golpeaban de manera inmisericorde. Frustrado por no encontrar a Joaquín en el registro de su casa, Zubeldía habría regresado a la cárcel para participar en la saca. Por venganza, tal vez, pero quizá también con la intención de provocarle y hacerle salir de su escondite. No podía quitarse de la cabeza el pensamiento de que el refugio de la bodega había salvado, de momento, la vida de Joaquín, pero habían acabado con la de su padre. Le resultaba especialmente dolorosa la idea de que Fabián hubiera sido fusilado mientras su hijo y Ana María yacían juntos por primera vez.

Oyó chistar a su espalda.

—¡¿Estás loco?! —siseó con enfado de cara al cargamento. El remolque estaba abierto por atrás, pero había acomodado a Joaquín en un hueco situado en la parte delantera derecha, al que había accedido desde el pescante, dejándose caer. Después, lo había cubierto con paja hasta que el escondite quedó disimulado con el resto de la carga.

—¡Joder! ¿Va todo bien? ¿Se ve a alguien? ¿Por dónde vamos? Dime algo cuando no haya nadie cerca, cabrón.

—Estamos saliendo de Puente Real, no digas ni palabra.

—Ya imagino, subiendo la cuesta del cementerio, ¡me escurro hacia atrás!

—¡¿Te quieres callar?!

Alcanzaron el alto cuando un tenue resplandor anunciaba la proximidad del alba. En ese punto, la carretera comenzaba a llanear entre monte que en su día habría estado arbolado, pero que la necesidad de leña de la ciudad había convertido en una sucesión de ondulaciones cubiertas de arbustos y matojos y salpicadas de árboles aislados. Federico se alegró de haber llegado al límite de la población sin contratiempos. A partir de allí, una vez pasado el cementerio, las escasas bombillas eléctricas apenas rompían la oscuridad del camino, así que tiró de las riendas para detener la galera. Se volvió hacia la lámpara de carburo que colgaba del pescante, giró la ruedecilla que regulaba el goteo del agua, prendió el mechero de gasolina y lo acercó a la espita. Una luz intensa y blanquecina, ampliada por la pantalla bruñida, iluminó la escena disipando la negrura.

—Me estoy meando, Fede —se oyó.

—Pues ya te puedes aliviar encima porque no pienso sacarte de ahí hasta que hayamos pasado Tarazona —respondió en voz baja al tiempo que, con cierto enfado, arreaba de nuevo a las mulas y el carro se ponía en marcha.

La angustia le atenazaba la garganta mientras avanzaban en paralelo a la tapia del cementerio donde, si las noticias eran ciertas, se habían llevado a cabo los fusilamientos. La pierna volvía a temblarle de forma inadvertida, pero sintió alivio al acercarse al final del camposanto sin encontrar rastro de lo sucedido.

Vio el haz de luz de la linterna antes de que su portador saliera al camino desde la esquina que dibujaba la tapia en su límite meridional.

—¡Alto a la Guardia Civil!

De manera refleja, el sobresalto le hizo tirar de las riendas y las dos mulas se revolvieron inquietas hasta detenerse. Su corazón, en cambio, se lanzó a un galope desbocado. El candil de carburo arrancaba destellos a los cuatro tricornios que, en un instante, rodearon el carro con sus portadores empuñando las armas reglamentarias.

La luz lo cegó cuando el guardia le alumbró el rostro.

—El hijo del Ernesto, que en paz descanse —anunció el que se había situado a su izquierda.

—¿A dónde vas a estas horas, a oscuras y sin esperar a que amanezca?

—Tengo que subir dos remolques de paja a Tarazona, y me espera un día largo. Si no arranco temprano, ni pensar en hacer hoy los dos viajes. Pero a oscuras no voy, que antes de llegar a donde se acaban las luces he encendido el candil. Nada que ocultar, ya lo ve usted.

Los dos números restantes rodeaban la galera, aunque la única linterna seguía apuntando hacia el pescante junto al farol de carburo.

—¿Tan urgente es subir esta paja hasta Tarazona en las que estamos?

—Las reses no saben de política, sargento —respondió cuando, acostumbrada la vista a la luz, distinguió los galones—. Siguen comiendo con estado de guerra o sin él.

—¡Conmigo no te hagas el gracioso, eh, payaso!

—¡No era mi intención! —Se enfadó consigo mismo. Lo último que quería era ganarse la antipatía de los guardias.

—¿Este no era tan amigo del sindicalista, de Fabián Álvarez y de su hijo? —intervino el cabo a su izquierda.

—Sí, les conocía —se adelantó Federico—. No era mal hombre a pesar de estar en el sindicato. Me ayudó cuando mi padre se mató.

—¿Y sabes dónde para el hijo?

—No lo veo desde la última vez que vino de Madrid, que coincidimos en el Sport —mintió—. Y a su padre lo mismo, hace días que no lo veo. Digo si se habrán marchado los dos a Francia, que Joaquín habla bien francés.

El cabo y el sargento cruzaron una mirada de interrogación. En aquel instante, Federico temió que alguno de ellos revelara el apresamiento de Fabián.

—¿Y tú no te habrías ido con ellos?

—¿Yo? Qué va —negó con firmeza—. Que hubiera alguna amistad entre mi padre y Fabián no quiere decir que pensara como él. Mi padre tenía tierras y ganado y siempre votó a las derechas. Ya se imaginará que lo de la reforma agraria le traía por la calle de la amargura. De hecho, jamás hablaban de política para evitar enfrentarse.

—¿Y por qué te tiembla la pierna de esa manera? ¿Estás nervioso? Baja del carro —ordenó el sargento.

Federico obedeció con el corazón en un puño. El guardia lo cacheó con pocos miramientos.

—No llevo armas encima, si es lo que buscan. No sabría utilizarlas. Yo solo manejo la horca, la azada y la dalla.

El cabo subió al pescante, levantó la tapa del asiento y sacó el morral.

—Pues para hacer los viajes en el día, llevas aquí comida para un regimiento.

—Nunca se sabe lo que se puede encontrar uno, cabo. Lo que sobre acabará esta noche de vuelta en la despensa, y listo.

—La cédula —pidió el sargento, desabrido.

Federico sacó la cartera del bolsillo de la camisa y extrajo el documento, que le mostró bajo el haz de la linterna. Vio cómo apagaba el pesado aparato y se lo entregaba a uno de los guardias que había rodeado la galera. La claridad del alba y la última bombilla, situada precisamente en el extremo del camposanto, proporcionaban ya luz suficiente.

—Ahí atrás todo parece normal —informó.

—Más te vale organizar lo tuyo desde mañana mismo, en cuanto vuelvas —sugirió el sargento mientras le devolvía la cédula—. Con veinticinco, y tal como parecen ir las cosas, no van a tardar en llamarte de la caja de reclutamiento, amigo.

—¿Usted cree, sargento? —Federico fingió sorpresa. Sabía que muchos jóvenes de Puente Real se habían presentado voluntarios y que se empezaba a mirar mal a quienes se mostraban remisos. Su situación, en cambio, era singular—. ¿Estando solo en casa? No sé qué sería del ganado si faltara.

—Eso no es problema mío. Yo solo te aviso —respondió displicente—. Díselo a esos putos rojos que han provocado todo esto.

Federico se había encaramado al pescante de nuevo. Aún trataba de mostrar calma, y se obligaba a mantener quieta la pierna, pero sentía el latido desbocado en el pecho.

El sol se alzaba ya sobre los montes que cerraban el valle por el este y teñía de dorado el paisaje. Giró la espita del candil para apagarlo antes de arrear al tiro. Con un «¡arre, mula!» y una sacudida de las riendas, los animales reanudaron la marcha. La tablazón de la galera pareció gruñir mientras observaba, furtivamente, con el rabillo del ojo, cómo la patrulla de la Guardia Civil iba quedando atrás.

—¡Alto ahí!

Federico volvió la cabeza sobresaltado y de nuevo tiró de las correas. El cabo se había llevado el fusil al hombro y apuntaba al remolque desde el centro de la carretera. Con un movimiento de cabeza, señaló al pavimento en el lugar donde se habían detenido. Con pavor, vio cómo el sol arrancaba destellos a un pequeño charco en el asfalto.

—¿Una mula? —aventuró su superior.

—¡*Quiá*, una mula! Si se mea la mula, se organiza aquí una charca.

—Levanta las dos manos, ponlas en la nuca y baja despacio de la galera —le conminó entonces el sargento al tiempo que sacaba su Astra de la pistolera.

Los cuatro guardias habían alzado sus armas. Federico, tembloroso, obedeció la orden y se quedó inmóvil al pie del pescante. El sargento caminó hacia el cabo y ocupó su lugar en la trasera del carro, del que lo separaban apenas seis metros. Alzó la pistola y apretó el gatillo. La bala atravesó el remolque y proyectó una nube de astillas sobre la grupa de las dos mulas. El proyectil, sin embargo, pasó limpiamente entre ambas.

—Pero ¡¿qué hostias hace?! ¡Me va a matar las mulas! —exclamó Federico, aterrado, mientras, en una acción refleja, echaba a andar a grandes zancadas hacia el sargento.

El culatazo en la sien de uno de los guardias que le salió al paso dio con él en el suelo.

—¿A dónde te crees que vas, imbécil?

—¡A cubierto todos, pueden ir armados! —gritó el sargento—. ¿Cuántos hay?

—¿No oyes? ¡Que cuántos hay!

Un segundo culatazo del mismo guardia, esta vez en el hombro, provocó un aullido de dolor de Federico, que de manera profusa sangraba por la frente.

—¡Un hombre solo! —La voz de Joaquín surgió amortiguada de entre la paja—. ¡No estoy armado! ¡Voy a salir, pero a él no le hagan daño!

5

Miércoles, 22 de julio de 1936

Siempre le había relajado regar con mimo los geranios y los claveles, que en esa época del año lucían espectaculares junto a la fachada. Sin embargo, aquella tarde la regadera parecía pesarle entre las manos, y el chorro de agua oscilante reflejaba el temblor que Ana María no podía evitar. Había pasado el día en vilo. De hecho, llevaba desde la víspera en ascuas, sin noticias de Joaquín ni de Federico, que no había regresado a Puente Real, según lo previsto, después de descargar en Tarazona el primer viaje de paja. La noche había sido otro duermevela continuo tratando de convencerse de que aquello era normal, de que habría surgido algo inesperado, tal vez una avería en la galera, y Federico se habría visto obligado a hacer noche allí. Pero el día había transcurrido sin noticias, y, a aquella hora, la certeza de que algo malo había sucedido empezaba a adueñarse de ella. Lo peor era la incertidumbre, no tener a quién recurrir en busca de información. Por eso, cuando vio aparecer a Alberto al cabo de la calle, soltó la regadera y, con escasa prudencia, caminó aprisa hacia él. El muchacho, más precavido, se detuvo al llegar a una calleja estrecha que solo conducía a un corral, se introdujo unos pasos en ella y la esperó.

—¿Qué sabes? —espetó Ana María en cuanto dobló la esquina.

El muchacho negó con la cabeza.

—Por eso vengo, pensaba que tal vez tú tendrías alguna novedad —respondió desalentado.

—¿No se dice nada en el Sport?

—Ya no se puede ir al Sport, el bando de Mola prohíbe las reuniones incluso en los cafés. Cada uno se las arregla como puede para enterarse de las cosas, pero esto es un sinvivir, y más con todo lo que está pasando. Desde ayer de madrugada no sé nada de Federico ni de Joaquín.

—¿Ayer de madrugada? —se extrañó Ana María—. ¿Estuviste con ellos ayer de madrugada?

—No, pasé un momento por casa de Fede porque no daba con Joaquín, para advertirle. Me dijo que él sabía dónde encontrarle y que me fuera tranquilo, pero ahora no sé dónde paran ninguno de los dos.

Ana María vaciló un instante mientras escrutaba el semblante preocupado de Alberto. Decidió que era de total confianza y que, en cualquier caso, necesitaba toda la ayuda posible para recabar noticias de su prometido y también de Federico, así que lo puso al corriente de los planes de ambos.

—¡Hostia, qué huevos el Fede! —exclamó el joven con semblante serio—. Pues con razón no sabemos de ellos. Me tranquilizas.

—Yo estoy muy inquieta, Alberto; Federico tenía que estar de vuelta ayer, antes del anochecer.

—Mujer, cuando sales de casa con una galera y dos mulas cualquier cosa puede pasar: una rueda, una herradura o, simplemente, que decidiera hacer noche para volver sin prisas.

—En ese caso, ya tendría que estar de vuelta. Casi han pasado dos días completos —objetó la muchacha, a sabiendas de que el amigo de Joaquín solo trataba de tranquilizarla.

—No te preocupes, Ana María. Lo importante es que Joaquín haya podido salir de Puente Real. ¿Tú cómo estás? Ha tenido que ser un golpe muy duro también para ti.

—¿Un golpe duro? ¿A qué te refieres?

—Mujer, a lo de Fabián.

—¿Qué pasa con Fabián? —inquirió alarmada—. Fabián huyó a Francia con los de la UGT, ¿acaso le ha pasado algo?

Alberto, incrédulo, tragó saliva.

—No... ¿no sabéis? —acertó a decir, casi tartamudeando.

—¿Saber qué, Alberto? ¡Por Dios! ¡¿Saber qué?!

El muchacho trataba de comprender. Ana María parecía no estar al corriente de la detención de Fabián y, por tanto, tampoco de su muerte. Solo había una explicación: que Dolores le hubiera ocultado la verdad a su hijo. Sintió venirse el mundo abajo cuando fue consciente de que era él, solo un amigo de Joaquín, quien iba a tener que darle la noticia, como la víspera había hecho con Federico.

Con el rabillo del ojo atisbó un poyo de piedra junto a la puerta del corral y tomó a la muchacha por el brazo.

—Ven, sentémonos ahí un momento.

Había anochecido ya y solo un tenue resplandor azulado hacia poniente revelaba lo reciente del ocaso. El callejón estaba casi a oscuras, excepto por el reflejo de un farol en la calle cercana. Ana María sollozaba aún, inconsolable, con los codos hincados en las rodillas y el rostro oculto entre las manos.

—Tienes que volver a casa, tus padres estarán inquietos —propuso Alberto al fin, mientras sacaba su pañuelo doblado del bolsillo para ofrecérselo.

La muchacha se incorporó despacio y asintió. Guardó su pañuelo empapado y aceptó el que le ofrecía Alberto. Se secó con él los ojos y la moquita después.

—¿Cómo han podido derrumbarse así nuestras vidas en unos pocos días? —se lamentó hipando—. ¿Cómo es posible tanto odio y tanta maldad?

Alberto no respondió. Sabía que eran preguntas retóricas y, por otra parte, en la última media hora había agotado todos los argumentos de los que echar mano para tratar de consolarla. Era un simple empleado de ferretería y, más allá de los tornillos y de las máquinas de embutir, la conversación se le acababa pronto.

—Esto no ha de durar. No puede durar —acertó a decir aún, mientras se ponía en pie y la ayudaba a hacer lo mismo.

Salieron a la calle principal. Ana María, derrotada, no rechazó el brazo de Alberto mientras desandaban el camino hasta la casa.

—Lo siento —musitó el muchacho compungido cuando se detuvieron ante la fachada—. Si hay algo que pueda hacer por ti...

—¡Virgen santa! ¡¿Dónde te habías metido?! —La puerta se había abierto y un débil haz de luz enmarcaba el perfil de Emilia, en jarras—. ¡Tu padre ya se estaba vistiendo para salir a buscarte! ¿Quién era ese?

Alberto ya se había alejado un centenar de pasos y Ana María no contestó. Cabizbaja, obligó a su madre a apartarse cuando atravesó el dintel para dirigirse hacia la escalera.

—No tan rápido, jovencita. —La detuvo sujetándola del brazo—. Anda, desastre, que vienes hecha un adefesio. Entra, aunque sea en la cocina, refréscate la cara y arréglate ese pelo, que tienes visita.

—¿Cómo que visita? ¿Qué dice? —Se dio la vuelta con el pie ya en el segundo escalón.

—Félix ha venido a verte, te espera en el cuarto de estar. Tu padre le ha estado dando conversación todo este rato.

Ana María se dio la vuelta, atónita, incapaz de creer lo que acababa de oír. Un palmo por encima de su madre, la fulminó con la mirada.

—¡¿Cómo se atreve a poner un pie en esta casa?! —Cerró los ojos tratando de controlar su ira y siguió hablando sin abrirlos, dejando que las palabras se escaparan entre los dientes apretados con rabia—. ¡¿Cómo se atreve, madre, a abrirle la puerta a ese miserable desalmado?!

—¡¿Te quieres callar, niña estúpida?! —respondió chistando con el índice en los labios—. ¿Quieres que te oiga?

—¡Me trae sin cuidado que me oiga! ¡No pienso mirarle a la cara!

—¡Tú vas a entrar ahí ahora mismo y vas a escuchar lo que ese chico te tenga que decir!

—¡Han matado a Fabián, madre! ¡Esos miserables asesinos han matado a Fabián y a muchos otros!

La muchacha se derrumbó sobre las escaleras y, apoyada la cara sobre el brazo recogido, rompió a llorar. Su madre acusó el golpe que suponía aquella noticia.

—¿Fabián? ¿Fabián Álvarez, el padre de Joaquín? —farfulló incrédula.

—¿Conoce a otro Fabián? —sollozó—. ¡Los fusilaron a las puertas del cementerio! ¡Y solo por ser militantes de las izquierdas!

—¡Oh, Dios mío! —Emilia se santiguó, pero su mirada, clavada en la blusa de su hija, indicaba a las claras que su cabeza bullía tratando de aprehender las consecuencias de aquella revelación. Cuando habló por fin, lo hizo con los ojos entornados y con un tono de voz cargado de resolución y de firmeza—: ¿Y qué pretendes con esta actitud necia? ¿Que tu padre sea el próximo?

Ana María comprendió en aquel instante la verdadera razón de la postura de su madre y el corazón le dio un vuelco. Tal vez no se trataba de ambición, o no solo de ambición, sino de miedo también. Y estaba descargando en ella la responsabilidad de garantizar la seguridad de la familia a costa de entregar su vida y su felicidad.

—¡¿Cómo puede, madre...?! —estalló con la ira en el semblante.

—¡¿Se puede saber qué son esas voces?! —cortó Ramón, de pie en la puerta del cuarto de estar que acababa de abrir con enfado—. ¿Ya no se respetan en esta casa ni las más elementales normas de cortesía?

Detrás, de pie también, Félix observaba la escena por encima de su hombro.

—No se preocupe, don Ramón. Estos días estamos todos muy alterados, y no faltan motivos.

Ana María observó a Zubeldía de hito en hito. Engominado como si se dispusiera a asistir a la misa de doce del domingo, impecable en su indumentaria, había hablado con los ojos clavados en ella. Solo el esparadrapo que lucía en la ceja herida rompía con la pulcritud de su atuendo. Hizo amago de darse la vuelta y huir escaleras arriba, pero sintió que la mano de su madre la asía férreamente de la manga. El tirón a punto estuvo de hacerla caer y la obligó a apoyarse en la pared con la otra mano.

—He venido porque tengo algo que decirte. Pero me gustaría hacerlo a solas.

—¡No tengo nada que hablar contigo, canalla!

Emilia se llevó la mano a la boca, escandalizada. Al hacerlo, Ana María se liberó de la presa y se puso fuera del alcance de su madre, varios peldaños más arriba. Desde allí miró la escena a sus pies y de nuevo estalló en llanto mientras se perdía en el hueco para alcanzar el corredor del piso superior.

—¿Ni siquiera si te digo que vengo para hablarte de Joaquín? —gritó para asegurarse de que se le escuchaba desde arriba.

Durante unos segundos la casa permaneció en absoluto silencio. Después, las sandalias de Ana María comenzaron lentamente a descender escalones.

—¿Qué sabes de Joaquín? ¿Dónde está? —preguntó antes de

llegar a asomar el rostro. Había aún rabia en su voz, pero la esperanza la matizaba.

—Baja. Hablemos —dijo con tono condescendiente sin responder a las preguntas—. Estoy seguro de que tus padres nos cederán la salita un momento.

Ramón se las arregló para apretar la mano de su hija cuando pasó junto a él, en un gesto de apoyo y complicidad. Luego, él mismo cerró la puerta y tomó a su mujer del brazo camino de la cocina.

—¿Qué sabes de Joaquín, miserable? —espetó Ana María en cuanto se quedaron solos.

—Siéntate, mujer. —Zubeldía se apoyó en el brazo del sofá más cercano—. No es necesario ser desagradables el uno con el otro. No sé qué imagen te has formado de mí, pero el viernes te dejé claro que yo te quiero, Ana María.

—¡¿Dónde está Joaquín?! ¿Está bien? —inquirió impaciente.

—Tranquila, Joaquín está bien. No donde querría estar, pero bien. Por eso he venido a hablar contigo.

—¡¿Me quieres decir qué ha pasado?! —insistió exasperada.

—Me parece que estás al corriente, al menos en parte. No creo que pretendiera escapar a zona controlada por los rojos sin despedirse de ti. ¿Qué ha pasado? Que los de la Civil no son tontos y les echaron mano sin llegar a salir de Puente Real.

—¿Y dónde los tenéis, canallas? ¿En la cárcel del convento?

—¡Eh, para, para! Yo no tengo a nadie en ningún sitio. Son las autoridades competentes quienes los tienen presos. ¿A quién se le ocurre tratar de huir? Hacerlo fue toda una confesión. ¡Y madre mía, arrastrar a Federico, que nada tenía que temer!

Ana María sentía que las piernas no la iban a sostener más y no tuvo más remedio que dejarse caer en el sillón que tenía a la espalda. Temía que hubieran tiroteado a Joaquín al intentar zafarse de sus captores, y la noticia de su encierro suponía un alivio momentáneo. Sin embargo, no podía quitarse de la cabeza la noticia que acababa de recibir en la calle por boca de Alberto.

—¿También lo vas a fusilar como a su padre? —Escuchar aquella frase de sus propios labios la volvió a enfrentar con la realidad y de nuevo rompió a llorar.

—Por eso estoy aquí, Ana María. —Félix se sentó en el sofá cercano, con las manos entrelazadas sobre las piernas—. Lo de su padre yo no lo pude evitar, se hizo siguiendo las órdenes de la superioridad. Ya leerías el bando de Mola. Con el hijo, en cambio, es distinto. Lo someterán a juicio, de eso no cabe duda, pero mi padre podría mover los hilos para que pudiese salir bien parado.

—¿Bien parado? ¿Qué es salir bien parado? —sollozó.

—Mujer, que lo condenen a prisión, que se pueda librar al menos de la pena de muerte.

Ana María dejó escapar un gemido.

—¡¿Prisión?! ¿Por qué prisión? ¿Qué ha hecho, si puede saberse? Hace cuatro días estaba en Madrid estudiando para hacerse abogado.

—Ya, mujer, pero van a pedir informes. Y en el juicio saldrá a la luz lo de la FUE, ese sindicato de estudiantes. El muy tonto escondía en casa papeles que lo incriminan en la organización de huelgas revolucionarias en Madrid. Además, dirán que de casta le viene al galgo. Lo del intento de huir en la galera... Bueno, podría alegarse que supo lo de su padre y que el miedo le empujó a escapar.

—Sé que estás detrás de todo esto. Sé que esa brecha en la ceja tiene la culpa de lo que les está pasando. Juraste venganza.

—Mujer, eso son cosas que se dicen con la sangre caliente, y nunca mejor dicho. Te juro que traté de interceder por su padre, pero todo fue tan rápido...

—Te vieron encañonando a Fabián. Fuiste tú en persona quien acudió en su busca.

Zubeldía parecía no haber contado con aquello. Durante un instante, azorado, dudó.

—Yo solo cumplí las órdenes, pero eso no quiere decir que no intentara evitar que lo sacaran a él —respondió—. Piensa un poco, su muerte no iba a mejorar la imagen que tienes de mí, a las pruebas me remito.

—Juraste que te ibas a ocupar de que viviera lo menos posible —recordó la joven con amargura, cabizbaja—. Y lo que más me duele es que ahora pienso que todo lo que le está pasando es culpa mía.

—En tus manos está ahora salvarle la vida, Ana María. —Se detuvo, como si vacilara. Se acercó a la muchacha sin levantarse del sofá, ayudándose con los brazos, y continuó al fin—: Mira, si aceptas ser mi novia, te prometo que mi familia hará todo lo posible para que Joaquín salga lo mejor parado posible.

Ana María alzó la vista cargada de desprecio, los ojos entornados. Entonces se levantó apoyándose con las manos en los brazos
del sillón. Salvó la escasa distancia que los separaba, se detuvo
frente a Zubeldía, aún sentado, y, sin mediar palabra, le escupió en
la cara.

—¿Cómo te atreves, infame? Soy mujer, pero como hay Dios
te digo que, si me matáis a Joaquín, con estas mismas —dijo alzando las manos desnudas— te quitaré la vida y echaré a los perros tu
corazón podrido. Y ahora, deja de mancillar esta casa, sal por la
puerta y no vuelvas a poner tus sucios pies en ella.

6

Viernes, 24 de julio de 1936

El calor, la humedad y el humo de los incensarios hacían casi irrespirable el aire en el interior de la catedral, atestada de fieles en la penúltima tarde de la novena a santa Ana, la patrona de Puente Real. Ana María apenas podía moverse, aprisionada entre su madre y una mujer que a última hora había porfiado en ocupar el único palmo libre del banco, obligándolas sin sonrojo a repartirse entre ocho el espacio pensado para seis. Ante ella, en el lado derecho de la nave, reservado a las mujeres, se extendía hasta el altar un mar de mantillas y de pañoletas negras que contrastaba con los colores vivos de las rosas, los claveles, las calas y las azucenas que adornaban la cabecera.

Ese día, víspera de Santiago, debería haberse escuchado el repicar de las campanas que tradicionalmente daba comienzo, acompañado del lanzamiento de cohetes, a las fiestas mayores. Sin embargo, aquella iba a ser la única celebración que tuviera lugar a causa de la declaración del estado de guerra. Tal vez por ello la ciudad al completo se había volcado, hasta el punto de que el espacioso templo se había quedado pequeño. El murmullo continuo, que por momentos impedía escuchar al celebrante, era señal del verdadero interés de los vecinos: muchos, poco aficionados a las misas en tiempos de la República, necesitaban redimirse ante los ojos de las nuevas autoridades; otros, los más, habían acudido en busca de noticias sobre lo sucedido en las últimas horas. Los rumores acerca de las últimas detenciones y sobre la identidad de los fusilados corrían de boca en boca.

También Ana María se mostraba impaciente por que el canto de los gozos a la patrona llegara a su fin. Las cabezas se volvían una y otra vez para observar de soslayo a las nuevas autoridades sentadas en las cátedras de terciopelo rojo ubicadas ante las rejas del coro. Al hacerlo, había divisado a Alberto en la parte trasera del lado de los hombres, en pie y con el hombro apoyado en uno de los pilares laterales. También habría querido ir a hablar con Dolores, a quien había visto acercarse a un confesonario durante el rezo del rosario, para mostrarle sus condolencias y ofrecerle su ayuda, pero quizá lo dejara para otro momento, ansiosa como estaba por tener noticias de Joaquín. Se preguntaba cómo se las arreglaría para ir al encuentro del muchacho cuando los vivas a la patrona le advirtieron de que la novena llegaba a su fin.

—Váyase a casa, madre, que yo no tardaré. —Se había levantado del asiento sin esperar a que lo hiciera la mujer a su lado, que no se privó de emitir un gruñido de queja, tan inútil como el amago de protesta de Emilia.

Tuvo que emplear los codos para abrirse paso, sorteó a los alabarderos y a los alguaciles que rodeaban a los nuevos y flamantes ediles y se dirigió a la escalinata de la Puerta del Juicio, donde había decidido apostarse, confiada en que Alberto usaría aquella salida. Se dejó arrastrar por la multitud cuando, por fin, lo vio acercarse con semblante hosco, hablando con otro de los miembros de la cuadrilla a la que pertenecían Federico y Joaquín. Primero intercambiaron un gesto de asentimiento y, con paciencia, consiguió ponerse a su lado. Se alejaron juntos una vez atravesado el cuello de botella en que se convertía la portada y se encaminaron a la cercana plaza de San Jaime.

—¿Qué sabes de ellos? —preguntó impaciente en cuanto pudieron apartarse unos palmos del río humano, refugiados en el portalón del Palacio Decanal.

Alberto no cambió un ápice el gesto adusto.

—No te voy a engañar, Ana Mari —respondió con pesar—. De ellos no sé nada, pero las cosas no pintan bien. Quizá donde más seguro esté sea allí, en la cárcel del convento.

—¿Por qué dices eso? —inquirió con la angustia en la voz.

—Te vas a asustar, pero tienes que saberlo —siguió—. Han aparecido cadáveres en varios lugares, en acequias, en las huertas... Dicen que por ajustes de cuentas, porque a alguno no se le conocía filiación política. Maximino, el veterinario, el que tuvo hace poco aquel enfrentamiento con Zubeldía padre a cuenta de una caballería muerta de un cólico, ¿recuerdas?

—Sí, que no le quiso pagar los honorarios —recordó—. ¿Qué pasa con él?

—Lo han encontrado por la mañana flotando en el azud. Además, alguien ha hecho correr la especie de que se ha suicidado y no lo quieren enterrar en sagrado.

—¡Bendito sea Dios! —exclamó Ana María llevándose la mano derecha al rostro en un ademán de incredulidad y desesperación—. ¡Pero si su mujer está a punto de dar a luz!

—Imagínate, como para quitarse la vida, a punto de ser padre por tercera vez —razonó—. Pero, Ana Mari...

—¿Qué pasa, Alberto? Me asustas —apremió.

—¡Mierda! ¡Joder! —Era evidente que al muchacho le costaba trabajo continuar—. Es don Tomás —reveló con un gemido.

Ana María, lívida, asió a Alberto por las dos muñecas.

—¿Qué dices? ¿Tomás Toral, el maestro?

El muchacho liberó la mano derecha y se restregó la nariz con el dorso, a la vez que asentía cabizbajo. Sabía que aquello iba a dolerle especialmente, pero no tenía otra opción. Don Tomás había sido discípulo de Ramón y era, tal vez, el maestro más querido de su escuela. Llegado de León, pronto se había hecho un hueco en la ciudad, y tres años atrás, con treinta y dos, había empezado a festejar con una muchacha de Puente Real, maestra en las mismas aulas. Ramón, Emilia y Ana María habían asistido a la boda, y para septiembre esperaban el nacimiento de su primer hijo.

Ana María se echó la mano al vientre y no pudo evitar doblarse para vaciar el estómago en el quicio del portón. Por segunda vez en dos días, Alberto le ofreció su pañuelo. Dos jóvenes ataviados con boinas rojas frenaron la marcha a pocos pasos. Uno de ellos habló con la clara intención de ser oído:

—¿No es este uno de los amigos del picapleitos? De los que se pasaban la vida vagueando en el Sport.

Alberto, de manera instintiva, se colocó dando la espalda a Ana María en actitud protectora.

—Y esta, la hija del tal don Ramón. ¿Qué le habrá visto Zubeldía?

—A ver si la ha *dejao* preñada el mosca muerta del estudiante, que esa manera de echar las tripas en plena calle no es normal. Estos rojos son todos unos depravados —rio.

—¡Pues qué poca gracia le haría a Félix! ¡Y ese no se anda con chiquitas!

Sin más, se quitó la boina e hizo con ella el amago de golpearle la cara en un gesto fugaz. El movimiento reflejo de Alberto para protegerse les hizo estallar en carcajadas.

—Con estos valientes, si hay guerra, será un paseo —se mofó el otro.

Alberto no respondió. Tomó a Ana María de la mano y tiró de ella.

—Ven conmigo —musitó.

—Anda, sí, marcha a preparar la cunita a la criatura —rio de nuevo siguiendo con la chanza.

—¡Y una caja de pino cuando se entere Zubeldía!

Se alejaron calle abajo con las carcajadas en los oídos. Ana María, sin voluntad, se dejaba arrastrar casi a trompicones, como un pelele. Recorrieron varias calles del casco antiguo hasta que Alberto empujó una puerta al inicio de la calle de las Verjas.

—¡Madre! —llamó.

Ana María se sujetaba la cabeza entre las manos, apoyados los codos en la mesa, con el tazón humeante de manzanilla entre ellos.

—¿Por qué él? ¿Cómo ha sido?

—Mejor nos ahorramos los detalles, no es necesario.

—Mañana a primera hora iré a ver a Esperanza, su mujer. Necesito saber, tal vez de esa forma pueda transmitirle algún consuelo.

—Mal consuelo le habrías de llevar entonces.

—Alberto... por favor —insistió.

El muchacho asintió. Antes de empezar apuró el vaso de vino que tenía ante sí, en el lado opuesto de la mesa.

—Lo ha encontrado esta mañana el zagal que Federico tiene de pastor cuando ha ido a la paridera a sacar el ganado. Con el amo en la cárcel, él tiene que hacerse cargo del rebaño. Estaba en la balsa de al lado, con un escopetazo de postas en el pecho.

—A pesar del lamento de la muchacha, continuó—: Lo ha reconocido enseguida porque él fue quien le enseñó a escribir y las cuatro reglas.

—¿Has estado con él?

—Pasé ayer por allí, por asegurarme de que el mozo se las arreglaba. Y sí, todo estaba en orden. Hoy he vuelto en cuanto me he enterado. Buen estudiante no debía de ser, pero dice que lo apreciaba mucho y por eso le ha impresionado tanto. Se ha pasado la tarde llorando.

—Pobre crío —sollozó Ana María.

—Además, mala papeleta si no sueltan pronto a Federico.

—Pero ¿por qué todo esto? —se lamentó con angustia en la voz—. Si le han hecho eso al pobre Tomás, mi padre podría correr la misma suerte.

—Tranquila, tu familia estará segura mientras Zubeldía te pretenda.

—A Zubeldía lo eché de casa la otra noche con un salivazo en la cara —repuso con tono compungido—. Me estaba esperando cuando te fuiste.

—¡No jodas! ¿Y eso?

—Me vino con la cantinela de que, si aceptaba comprometerme con él, su padre ayudaría a Joaquín en un supuesto juicio.

—¡Vaya hijo de puta sin escrúpulos! —estalló—. ¡Aprovechar esto para su chantaje!

—No, Alberto —respondió Ana María con amargura hipando—. Le he dado vueltas y no, no es que se aproveche de esto; es que él lo ha provocado. Y que Fabián esté muerto es solo la demostración de que va en serio. Joaquín cometió el error de enfrentarse a él y lo está pagando.

—¡Miserable! —Fue lo único que acertó a decir.

Ana María miraba la infusión intacta que le había preparado la madre de Alberto sin dejar de sollozar.

—Tengo que pasar por la casa de Tomás, ya estarán en el velatorio. —Ana María se había incorporado, como si hubiera necesitado encontrar un motivo para salir de su postración.

—No, no estás para ir a un velorio. —Alberto la había retenido poniendo una mano sobre la suya—. Demasiado dolor para un solo día. Es mejor que te acompañe ahora; si tu padre se ha enterado de lo de don Tomás, tendrás a quién consolar en tu propia casa.

Escuchó las voces desde el exterior. Nunca había encontrado la casa cerrada, al igual que la mayor parte de los domicilios de Puente Real, pero en aquella última semana todo parecía haber cambiado. La voz de su madre llegaba apagada desde la cocina, aunque hablaba alterada y con tono apremiante. Cesó cuando golpeó suavemente con el llamador de hierro en forma de puño.

Fue Emilia quien abrió. Vestía aún la ropa que había llevado a la novena y mostraba el gesto descompuesto.

—¿Se puede saber dónde te has metido, Ana Mari? —espetó al tiempo que alargaba el brazo, la tomaba de la muñeca e, irritada, tiraba de ella hacia el recibidor.

—¿Qué pasa, madre? ¿Por qué está así?

—¿Que por qué estoy así? Entra, y que te lo cuente tu padre —apremió.

Ramón estaba sentado a la mesa, cabizbajo y abatido. A Ana María le dio un vuelco el corazón: nunca en sus veintiún años había visto llorar a su padre, y tampoco en aquel momento lo hacía, pero los ojos enrojecidos no dejaban lugar a la duda.

—Veo que ya saben lo de Tomás —se adelantó, aliviada por evitarse el trago de ser ella quien les diera la noticia.

Ramón la miró sin tratar de ocultar su desconsuelo y su gesto desvalido, tan inusual, la hizo derrumbarse. Se inclinó sobre él y lloraron abrazados. Emilia permaneció a la espera, en pie junto a la puerta, en silencio y cubierto el rostro con la diestra. Fue ella quien habló cuando su esposo y su hija se incorporaron:

—A ver si tú lo convences, que se quiere ir donde Tomás.

—¿Y le parece mal, madre? Era como un hijo para él. También usted debería ir.

—Pero ¿es que no lo entiendes? A Tomás lo han matado los fascistas sin más motivo que ser maestro y republicano. ¡Podría haber sido tu padre! —El miedo parecía atenazar su garganta y era evidente que le costaba esfuerzo hablar—. ¡Y aún quiere significarse más dejándose ver en casa de la viuda!

—Voy a ir, te pongas como te pongas. Bastante estará sufriendo Esperanza con su marido encima de la cama reventado de un escopetazo como para que, además, sus amigos le demos la espalda. ¡Está pasando con todos los fusilados! Nadie se atreve a acercarse a darles el pésame a sus mujeres. ¡Es como si los volviéramos a matar!

—Yo me voy con usted —anunció Ana María.

—¡De eso nada! ¡Ni lo sueñes! ¡¿Tú estás loca?! —gritó Emilia—. ¿No tuviste bastante con echar de aquí a Zubeldía con cajas destempladas que ahora le vas a hacer la afrenta de plantarte en casa de Tomás? ¿Qué crees que va a pensar cuando se entere?

—¡Me da igual lo que piense ese miserable! ¡Esperanza es nuestra amiga!

—¡¿Es que no te das cuenta de que tú eres nuestro salvavidas?! —gritó—. ¡Si persistes en esa actitud terca y egoísta, Félix se va a hartar y la vida de tu padre no valdrá un pimiento! A casa de los Zubeldía es a donde deberías ir para pedirle perdón, testaruda.

—¿Egoísta? ¿Testaruda? ¿Soy egoísta por negarme a enterrarme en vida con ese criminal que se aseguró de que fusilaran a Fabián el primer día? —vociferó asombrada e incrédula—. ¡¿El que ha hecho encerrar en la cárcel al chico que quiero?!

—Joaquín se la jugó tratando de huir. Si algo le pasa será una pena, pero ya no tiene remedio, las cosas seguirán su cauce. ¡Lo que todavía está en tu mano es poner a tu padre a salvo!

—¡Usted! ¡Usted es la egoísta! ¡¿Cómo puede hacerme esto?!

El golpe de Ramón con el puño hizo saltar la vajilla sobre la mesa. Un vaso cayó al suelo y se hizo añicos.

—¡Callad! ¡Callad las dos! —bramó.

Un silencio profundo se adueñó del lugar, solo roto por el sobrealiento de los tres.

—Prefiero afrontar lo que tenga que venir antes que obligar a mi única hija a atarse a ese malcriado, ruin y sin escrúpulos —declaró poniéndose en pie—. Si me llevan, al menos podré salir por esa puerta con la cabeza alta.

Ana María miró a su padre de hito en hito, luego volvió la cara hacia su madre. Después, dio dos zancadas hasta la puerta y, esquivando a Emilia, salió al corredor al tiempo que, por enésima vez, estallaba en sollozos.

Ramón la siguió cuando cruzó el vestíbulo e impidió que diera un portazo al salir a la calle.

—¡Espera, Ana María! Así no vamos a arreglar nada. Hemos de serenarnos.

La muchacha se volvió. Permanecía con los ojos cerrados, los puños prietos y la respiración acelerada, pero se mantuvo en silencio.

—Anda, sube a tu cuarto, arréglate un poco ese pelo y vámonos hasta casa de Tomás.

—Vaya usted, padre. Lo que acaba de decir me ha recordado que no he tenido arrestos todavía para ir a ver a Dolores.

—¿Sabe ya lo de su hijo? —pareció caer en la cuenta Ramón.

—¡No lo sé! —respondió molesta consigo misma—. Daba por supuesto que estaría bien acompañada, pero si lo que cuenta es cierto, eso de que la gente rehúye a las viudas... ¡pobre mujer! La he visto en la novena, pero estaba tan ansiosa por hablar con Alberto que ni me he acercado a ella. Creo que mientras usted va a casa de Tomás, le voy a hacer una visita, aunque no sean horas.

Ramón alzó la mirada por encima del hombro de su hija y su expresión de desconcierto hizo que ella también se diera la vuelta. Había anochecido ya, pero quien se acercaba a buen paso proyectando una sombra alargada a la tenue luz de los faroles era, sin duda, un hombre ataviado con sotana.

No lo reconocieron hasta que estuvo a unos metros y ralentizó la marcha. Fue él quien les saludó.

—¡Don Ramón, Ana María!

—¡Don Ángel! ¿Cómo usted por aquí?

—Con ustedes quería hablar, ¡alabado sea Dios! Sabía que viven por aquí, pero no su dirección exacta —explicó con cierto alivio—. Me han evitado el trabajo de andar preguntando a estas horas de la noche.

Don Ángel era canónigo de la catedral. Antes, durante media vida, se había dedicado a la enseñanza en el colegio de los jesuitas, orden a la que había pertenecido hasta la disolución de la Compañía de Jesús, en enero de 1932. Desde entonces, a diferencia de muchos de sus antiguos compañeros, había permanecido en Puente Real dedicado por completo a la tarea diocesana en el templo catedralicio. Contaría cincuenta años tal vez y era conocido por todos, tanto por su labor docente como porque, en una u otra ocasión, ya fuera en bautizos, primeras comuniones, confirmaciones, matrimonios o funerales, pocos eran los habitantes de la ciudad que no hubieran asistido a alguna de sus celebraciones.

—¿Ocurre algo, don Ángel?

El sacerdote pasó de uno a otro una mirada inquieta y preocupada, como si estuviera valorando lo que podía decir y lo que debía callar. Terminó deteniéndose en el maestro.

—Supongo que puedo ser sincero con ustedes, al fin y al cabo compartimos el amor por la enseñanza. Creo que también con su hija, y, en realidad, es con ella con quien quería hablar. —Hizo una breve pausa antes de continuar—: No se les oculta que nuestra experiencia durante la República no ha podido ser más nefasta: la disolución de la Compañía, el cierre del colegio, el anticlericalismo radical... Pero tampoco lo que estamos viendo estos últimos días es de mi agrado. ¡Qué diantre! Lo condeno con las mismas fuerzas. Y creo que no hay derecho a lo que se está haciendo con algunas personas buenas y honradas de Puente Real. Me acabo de enterar de lo sucedido con don Tomás y estoy desolado. Sé que fue su discípulo y amigo, así que le ruego que acepte mis condolencias y que, si tiene ocasión, se las dé a su esposa.

Ramón aceptó la mano que le tendía y asintió.

—Hacia allí voy precisamente.

—Bien, entonces no les quiero entretener. Solo quería trasladarle, Ana María, algo que me preocupa. Dolores, la esposa de Fabián Álvarez, se ha confesado conmigo esta tarde durante la novena y, sin romper el sigilo preceptivo, debo decirle que el tono de su confesión me ha dejado pensativo e inquieto. Al parecer, ha conocido la muerte de su esposo y, esta misma mañana, la prisión de su hijo, de boca de alguien de muy mala fe que, por otra parte, se ha burlado de ella y le ha insinuado que el joven Joaquín ha de correr la misma suerte que el padre.

Ana María gimió sin poderlo remediar.

—No dé crédito a tales habladurías, se lo ruego. Estos días parecen haber sacado a flote lo peor de cada uno y se ha extendido un insano deseo de causar el mayor sufrimiento posible a quienes en unas horas han pasado de ser vecinos y conocidos a ser acérrimos enemigos. Lo cierto es que he visto a la pobre mujer derrotada y me parece que el hecho de acudir en busca de confesión ha sido un último clavo ardiendo al que agarrarse.

—¡La he visto levantarse del confesonario! ¡Debía haber hablado con ella entonces!

—Me ha explicado que se ha visto sola y, al preguntarle a quién tenía, me ha hablado de usted, Ana María. Al parecer, su hijo Joaquín le contó antes de marchar que acababa de comprometerse con usted.

—Así es —se limitó a responder, lacónica, inmersa en sus cavilaciones.

—Le haría bien hablar con alguien. He tratado de ofrecerle mis argumentos, pero no le vendría mal algo de apoyo y compañía. Pasar por lo que ella está pasando sola debe de ser duro en extremo. Cree que los ha perdido a los dos.

—¿Cómo he podido ser tan insensible y tan necia? —se lamentó la muchacha, furiosa consigo misma.

—Ahora mismo me acababa de decir que se iba para allá mientras yo voy a ver a la viuda de Tomás. —El comentario de Ramón era, sin duda, un recordatorio para evitar que su hija se culpara, como acababa de hacer.

El sacerdote asintió.

—Me parece bien. Ojalá los verdugos no existieran y ojalá las víctimas no abandonaran a sus compañeros de desdichas a su suerte. El alivio es comprobar que aún queda gente buena.

—Usted también lo es. Gracias por tomarse esta molestia —respondió la joven—. Aunque tal vez...

—Dígame, Ana María. —El sacerdote la animó a continuar al ver que se detenía.

—Le iba a decir que, además de ocuparse de las víctimas como está haciendo, y yo se lo agradezco, podría hablar con los verdugos, como ministro de Dios que es, para impedir que quienes se dicen católicos sigan pecando contra sus leyes. Acaso si alguien les recordara el quinto mandamiento, los presos que tienen en la cárcel del convento, Joaquín entre ellos, podrían salvar la vida.

Ana María no recibió respuesta cuando golpeó con la aldaba en casa de Joaquín. Probó a empujar y la puerta cedió. Unas semanas atrás no le habría llamado la atención, pero desde el sábado anterior, todas las puertas de Puente Real, como la suya propia, volvían a estar cerradas.

—¿Quién vive? ¡¿Dolores?!

De nuevo, no hubo respuesta. Decidió pasar a la cocina, pero la encontró desierta. Un puchero lleno de agua encima del fogón aún estaba caliente, señal de que la dueña de la casa no estaría lejos. Quizá alguna vecina se la hubiera llevado para darle consuelo, compañía y puede que el sustento que ella no estaría en condiciones de tomar, ni siquiera de preparar. Salió al pasillo y pensó en subir al piso de arriba por si, agotada, Dolores se hubiera quedado dormida. Le llamó la atención, sin embargo, el resplandor que surgía de un hueco bajo la escalera, a su derecha. Al acercarse comprobó que se trataba de la despensa, pero el suelo de linóleo estaba en parte levantado y enrollado de cualquier manera encima de cunachos de patatas y cebollas, una tinaja de aceite y una garrafa de vino. Un hueco se abría en el pavimento y una escalera de travesaños descendía hasta el sótano, iluminada solo por una débil bombilla polvorienta.

—¿Dolores? ¿Está ahí?

Su voz atemorizada reverberó en el interior del hueco. Se colocó de espaldas en el primer listón y comenzó a descender. Sintió en las piernas el aire fresco y cargado de humedad de la bodega y fijó la mirada en el resto de los peldaños, que bajó apoyando los dos pies en cada uno, pendiente de no perder apoyo. Solo al pisar el suelo firme de la estancia alzó la vista. De una de las sogas sujetas a las vigas pendía, colgado por el cuello, el cuerpo desmadejado de Dolores con el rostro azulado, la lengua amoratada fuera de la boca y el último rictus de la agonía fijado en el semblante.

7

Sábado, 25 de julio de 1936

Ana María había pasado las primeras horas de la mañana en compañía de su padre tratando de echar una mano a las dos cuñadas de Dolores, hermanas de Fabián y únicas parientes cercanas, con los preparativos del entierro que el párroco de la iglesia de San Jorge había accedido a celebrar aquella misma tarde en la habitual misa de las siete. Había sido necesario un generoso acicate económico para que el cura aceptara reflejar en el libro de defunciones de la parroquia un accidente como causa de la muerte de Dolores, y no un suicidio, lo que habría impedido su inhumación dentro del camposanto. La infortunada mujer había dejado una nota, escrita con prisa, en una hoja cuadriculada arrancada de un cuaderno, junto a un sobre ajado con algún dinero en su interior, con instrucciones para costear con él su propio funeral y, si algo sobraba, hacérselo llegar a su hijo allá donde estuviera.

Se sentía agotada tras una nueva noche de insomnio, agitada por pesadillas en los pocos momentos en que el sueño la vencía y desvelada por las dudas que de continuo le venían a la cabeza acerca del mejor proceder. ¿Debía hacerle llegar a Joaquín la noticia de la muerte de su madre? ¿Acaso aquello no acabaría por minar su resistencia en medio de las duras condiciones que debían de sufrir en la cárcel del convento? Por otra parte, sabía bien que las nuevas autoridades habían vetado cualquier contacto con los presos, de quienes no se sabía nada desde su detención. Ninguno había salido vivo para contar lo que sucedía entre los muros de la reducida prisión. Al alba había tomado la decisión: Joaquín iba a necesitar todo su ánimo para soportar el encierro y la incertidumbre sobre su destino. Nada podía hacer por impedir que la fatal noticia de la muerte de sus padres le alcanzara de otra forma, tal vez en boca de un carcelero o de un nuevo detenido, pero no sería ella quien contribuyera a su tormento en aquella coyuntura.

Se había sentido incapaz de arreglarse para asistir a la misa mayor en aquel día de Santiago que, por vez primera, se oficiaba sin la algarabía de las fiestas. Ramón y Emilia sí que habían acudido a la catedral. A su regreso, la encontraron enfrascada en los fogones preparando el almuerzo que aquel día no tendría nada de especial a pesar de la festividad. Se secó las manos en el halda del delantal a la espera de las nuevas que pudieran traer.

—Se comenta que la cárcel se les ha quedado pequeña y que van a trasladar a una parte de los presos —le contó su padre con tono compungido—. Alguien ha dicho que están preparando la plaza de toros.

Ana María alzó la cabeza, esperanzada.

—¿Cree que podré verlo si lo mueven? —preguntó con emoción.

Ramón negó con la cabeza, cabizbajo.

—Olvídalo, hija. Lo harán de madrugada y usarán camiones cubiertos con lonas. No van a permitir que el traslado se convierta en una manifestación.

—¡Qué obsesión con ese chico! —intervino Emilia, incisiva—. Cuéntale también lo otro.

—Mujer, ¿qué necesidad hay? Es más de lo mismo.

—Por eso, ¡más de lo mismo! Que siguen sacando a gente de sus casas: concejales, sindicalistas, jornaleros, gente de las izquierdas por poco que hayan tenido que ver con la República. ¡Y maestros! Ya han detenido a una decena de maestros y maestras solo en Puente Real, por no contar a otros muchos de la comarca.

—¡Basta, Emilia! ¡Esta discusión quedó ya zanjada anoche!

—¡¿Zanjada?! —gritó, de pronto fuera de sí—. Zanjada quedará esta madrugada cuando vengan a por ti. ¡Pero entonces ya será tarde!

—¡Emilia! ¿Quieres controlarte? —Ramón la sujetaba por los brazos—. ¿Qué necesidad hay de montar estos melodramas cada vez que se habla en esta casa?

—¡Drama es lo que está ocurriendo ahí afuera! Pero es un drama muy real. Y hasta ahora hemos tenido la suerte de que no ha cruzado nuestra puerta. —Se dejó caer en una silla, a punto de estallar en llanto—. Pero no os preocupéis, la solución es fácil. Si pasa... la pobre Dolores me ha enseñado el camino.

Ana María, lívida, apenas acertaba a desatar el nudo del delantal a su espalda. Cuando lo hizo, lo ovilló y lo arrojó encima de la poyata.

—¡Ya basta de hacerse la víctima, madre! ¿Ve lo que llevo en este dedo? —A punto estuvo de golpearle la cara cuando extendió la mano frente a ella—. Es el anillo de compromiso que me regaló Joaquín la noche anterior a su captura. Y él lleva otro igual que yo misma puse en su anular. No sé qué va a pasar, una sola bala puede desbaratar los planes mejor trazados, pero, se lo ruego, mientras mi prometido siga con vida, no vuelva a referirse a él como «ese chico» de manera despectiva.

En cuatro zancadas atravesó la cocina y salió hacia las escaleras en busca de la soledad de su habitación.

El calor apenas era soportable a aquella hora de la tarde, y Ana María buscaba la sombra de los árboles mientras recorría la carretera de Zaragoza entre los últimos edificios y naves de la ciudad. La plaza de toros lucía espléndida al otro lado de las vías del Tarazonica, el ramal ferroviario que unía los dos municipios, aunque el entorno sin urbanizar deslucía el conjunto. El apeadero y el paso a nivel marcaban el límite de Puente Real, pero el nuevo coso se había construido al otro lado buscando el espacio del que carecía en la anterior ubicación.

No se le habría ocurrido caminar hasta la plaza de toros a aquellas horas si no hubiera tenido la seguridad de encontrar allí a quien deseaba ver después de intentarlo en la prisión, en la casa familiar de los Zubeldía y en el lugar de reunión de los falangistas. Las puertas principales, tanto la de los tendidos de sombra como la de los de sol, estaban cerradas, así que rodeó el recinto hasta el acceso al patio de caballos. Allí, a pleno sol, se encontraba aparcada una camioneta con material de obra, así como uno de los pocos vehículos particulares que circulaban por la población. Una portezuela practicada en el portalón estaba abierta, y Ana María se coló en el interior. El olor a estiércol en las cuadras a su izquierda persistía aún desde el último festejo. Sin embargo, en aquel momento en ellas se almacenaban ladrillos, vigas de madera, sacos de cemento, arena y grava. Avanzó hacia el interior en busca de la sombra hasta que escuchó voces.

—¿Hay alguien? —gritó.

Un instante después, fusil al hombro, se plantó ante ella un joven con vestimenta militar. Había echado mano a la pistolera, pero la dejó caer al verla. Su rostro le resultaba familiar, tal vez por haber coincidido en la escuela, aunque él contaría un par de años más y no daba muestras de haberla reconocido.

—¿Cómo ha entrado sin permiso? —preguntó tras escrutarla de arriba abajo.

—Busco a Félix Zubeldía, me han dicho que podía estar aquí.

—¿Y quién lo busca?

—Dígale que soy Ana María y quiero verle.

El muchacho la observó entonces con mayor interés y esbozó un amago de sonrisa. Pensó que su nombre le habría ayudado a identificarla, después de que el interés de Zubeldía por ella corriera de boca en boca por Puente Real durante semanas.

El joven uniformado regresó al interior en penumbra, bajo los tendidos, de donde surgía una corriente de aire más fresco.

—¡Félix! Tiene visita —avisó.

Ana María reparó en el hecho de que no le tuteaba a pesar de la cercanía en la edad. Sin duda, entre ellos se había establecido ya un grado de jerarquía.

Zubeldía no tardó en asomar. Su rostro denotaba sorpresa, pero también satisfacción.

—¡Pero bueno, mira a quién tenemos aquí! —Se acercó a ella y la tomó de la mano—. Pero, mujer, ¿cómo vienes con este calor y a pleno sol? Entra, entra y bebe un poco de agua fresca.

—Dame del botijo mismo, pero prefiero hablar aquí. —Hizo un gesto de negación señalando hacia los hombres que seguían charlando en el interior, bajo el tendido.

—Tú dirás —dijo Félix cuando hubo saciado la sed. Se retiró hacia la sombra del portón doble que comunicaba el patio de caballos con el callejón.

Ana María vaciló, insegura. Cerró los ojos tratando de contener una lágrima que pugnaba por brotar. Al final, se la secó con el índice, alzó la barbilla, respiró hondo y habló:

—Tú me dijiste que, si accedía a comprometerme contigo, harías todo lo posible por salvar a Joaquín.

—Claro que sí, Ana María. De hecho, ya lo estoy haciendo. De otra manera... —Intencionadamente dejó la frase en el aire, al tiempo que negaba con la cabeza.

—Quiero que me asegures que su vida no corre peligro y que haréis todo lo posible por que salga en libertad cuanto antes.

—A ver, Ana María, lo único que está en mi mano ahora es garantizarte que a Joaquín no lo van a sacar para llevárselo a la tapia del cementerio antes del juicio. Que ya es mucho.

—Tampoco a Federico...

Zubeldía pareció vacilar. Miró a Ana María de arriba abajo y sonrió.

—Tampoco a Federico —concedió—. Pero lo que suceda en el juicio ya no es cosa mía. Ya te dije que mi padre tiene buenos amigos en la milicia y en la judicatura, amigos que le deben favores y dinero y, sobre todo, que necesitan de su discreción. Pero la verdad es que lo que se oye no invita a ser optimistas, me da en la nariz que muchas de las sentencias van a ser a muerte.

Ana María gimió.

—Tú me dijiste...

—No adelantemos acontecimientos. No se sabe lo que va a pasar y, aunque haya condenas a muerte, se pueden conmutar por penas de prisión —arguyó—. Yo te garantizo que los Zubeldía no ahorraremos esfuerzos para salvar la vida de Joaquín.

—No tiene a nadie, dentro de un rato entierran a su madre. Solo le quedo yo. —De nuevo, las lágrimas asomaron. No le importaba mostrar debilidad, usar la lástima y la compasión como argumentos. Solo Joaquín era importante—. Y mi padre. Mi padre es intocable.

—¡Mujer! ¿Desvarías? Si accedes a nuestro compromiso... ¿cómo iba a permitir que se le tocara un pelo de la cabeza a mi futuro suegro, al abuelo de nuestros hijos? ¡Ramón pasará a formar parte de la familia! —exclamó con repentino alborozo—. ¡Cuánto me agrada que hayas recapacitado!

—También Federico, recuerda.

—¡Que sí, mujer! —admitió como si fuera un detalle sin importancia, pensando ya lo que iba a proponer a continuación—: ¿Sabes lo que vamos a hacer? Esta noche te vienes a casa, cenamos con mis padres y te presento. Todavía tengo guardado nuestro anillo de compromiso, sabía que tarde o temprano llegaría este momento. Y después de cenar le hablamos a mi padre de Joaquín y que nos cuente lo que se puede hacer por él, ¿te parece?

—Es muy precipitado...

—Todo es muy precipitado desde hace una semana, Ana María. Y yo estoy impaciente, me acabas de dar la alegría de mi vida. Prométeme que vendrás.

—No puedo, tengo que ir al entierro de Dolores. Lo último que me apetece es tener que aguantar el tipo delante de tus padres.

—Te entiendo, Ana María, te entiendo. Pero no te preocupes, la situación del país no está para fiestas. Será tan solo una reunión familiar y todos estamos al tanto de lo que estás pasando —la tranquilizó—. Ya verás como te hace bien. Vendrás, ¿verdad?

La muchacha terminó por asentir, aún llorosa.

—Entonces te espero en casa a las nueve.

Acababan de sonar varias campanadas en el reloj de la catedral, pero no había llegado a contarlas. Abrió la cancela que daba acceso al jardincillo frontal, subió la escalinata hasta el porche y pulsó el timbre de la casa de los Zubeldía. Nerviosa, mano sobre mano, esperó a que algún miembro del servicio acudiera a abrir la puerta, pero no ocurrió nada. Aún la embargaba la aflicción por el desangelado funeral de Dolores al que acababa de asistir en compañía de su padre, a quien, a última hora y a regañadientes, se había sumado Emilia. Alberto y algún que otro amigo de Joaquín habían sido las únicas caras a las que acertó a poner nombre, en una eucaristía que no había reunido a más de medio centenar de personas contando a las fieles beatas que a las siete oían en San Jorge su misa diaria. Consultó el reloj de pulsera de Joaquín por si se hubiera equivocado, pero las diminutas agujas le confirmaron que la hora era correcta. Tras la misa, su amargura no le había impedido cruzar cuatro palabras con Alberto para informarle de la conversación con Félix Zubeldía y de la cita con su padre, en la que esperaba obtener garantías para Joaquín y Federico. Después, despechada por no poder acompañar a la menguada comitiva hasta el cementerio, había tenido el tiempo justo para pasar por casa a asearse después de una tarde tórrida a pleno sol y arreglarse un poco para no llegar tarde a la cita.

Volvió a pulsar el timbre, esta vez con más insistencia, pero tampoco sucedió nada. Desencantada, decidió esperar unos minutos. Había puesto toda su esperanza en la conversación con don José Zubeldía, y aquel contratiempo la sumía de nuevo en la zozobra y la angustia. Algo grave había tenido que pasar para que la vivienda se encontrara vacía.

El reloj marcaba las nueve y cuarto cuando, dándose por rendida, descendió la escalinata. Al asir el tirador de la cancela para salir a la calle escuchó un ruido a su espalda y, al volverse, pudo ver que una ventana se entreabría en el piso superior.

—¡Espera, Ana María! Ahora mismo bajo. —Era Félix quien había gritado asomando el rostro entre la tela de las cortinas.

El hombre que le abrió varios minutos después no era el joven acicalado que conocía, con el pelo engominado y el atuendo impecable. Se cubría con un albornoz blanco, calzaba unas alpargatas negras con suela de esparto y parecía haberse atusado el pelo a toda prisa con las manos.

—Perdona, ha debido de haber un error —se excusó la joven, aturdida—. Quizá no era hoy el día.

—Ah, no, no. La culpa es mía. Pasa, te lo ruego, ahora te explico.

Ana María percibió algo extraño en la voz de Zubeldía, tarda, torpe y pastosa. El olor a alcohol que le alcanzó un instante después se lo confirmó.

—Puedo volver mañana —propuso, un tanto amilanada.

—No, ¡no faltaba más! Tenemos mucho de qué hablar —repuso mientras la tomaba de la mano y la conducía al interior del lujoso vestíbulo. Cerró la puerta tras ella y se colocó a su lado.

—¿No hay nadie? —preguntó con asombro barriendo el desierto y silencioso lugar con la mirada.

—¡Si es que soy un desastre! La verdad es que en la última semana he parado poco aquí, lo justo para adecentarme un poco y dormir alguna hora en una cama digna de tal nombre. Resulta que mis padres no están. Todos los años pasan alguna semana en la finca de Murillo supervisando el final de la siega, la trilla y el almacén del grano, aunque siempre vuelven para las fiestas. Pero este año no hay fiestas, y está claro que han decidido quedarse allí. Y yo, con todo este desbarajuste, ni enterarme.

—¿Y el servicio?

—Pues no lo sé, Ana María. Eso me he preguntado yo cuando he encontrado la casa vacía al llegar. Supongo que se habrán llevado parte a la finca y al resto les habrán dado permiso. ¡Lo cierto es que estoy más solo que la una! —sonrió con cara de circunstancias.

—Me marcho entonces —respondió la joven al tiempo que se daba la vuelta—. Si he aceptado venir ha sido para hablar con tu padre.

Félix la tomó de nuevo de la muñeca.

—Jobar, Ana María, ya sé que esto no son maneras de recibir a una señorita —se señaló a sí mismo, incómodo—, pero al llegar y ver que no había nadie, me he dado un baño, me he servido una copa y me ha cogido el sueño en el sofá. Llevo varias noches durmiendo solo a ratos. Por casualidad he escuchado el timbre medio en sueños, antes de caer en la cuenta de que estaba sonando realmente. Dame un momento, por favor, lo justo para subir a mi dormitorio y vestirme.

—No, Félix, de verdad, prefiero hablar otro día —insistió.

—A ver, chica, que parece que me tienes miedo. Después de la conversación de esta tarde puede decirse que estamos prometidos ya, ¿no?

La agarró y la llevó con firmeza hasta el salón que se abría en el lado derecho del vestíbulo. Parecía haber renunciado a la intención inicial de subir a cambiarse, tal vez temeroso de que se marchara si la dejaba a solas, así que entraron juntos en la estancia. Sobre una mesita central descansaba una botella de whisky demediada junto a un vaso vacío de vidrio delicadamente labrado. En torno a ella, un amplio sofá de piel separaba el espacio de estar de una mesa señorial rodeada de sillas tapizadas en terciopelo y de un hermoso trinchante, que conformaban el comedor. Las lámparas, las alfombras, los jarrones sobre sus peanas, varios marcos con fotografías, un gramófono y dos enormes óleos completaban una decoración soberbia que impresionó a la muchacha.

—No me comprometeré contigo hasta que oiga de boca de tu

padre que a Joaquín no le van a tocar un pelo —respondió adusta y firme mientras accedía a sentarse en un extremo del sofá.

—¡Que no hace falta que te lo diga mi padre! ¡Eso te lo aseguro yo, y basta! Mi padre hará lo que yo le pida porque soy yo el que tiene relación con las nuevas autoridades. Y esas personas son las que dan las órdenes ahora y las que deciden sobre el destino de cada uno de esos rojos presos.

—Entonces solo tienes que asegurarme tú que ni a Joaquín ni a Federico les vais a tocar un pelo.

—Claro, ya te lo he dicho esta tarde. De eso puedes estar segura. Es mi parte del trato.

—¿Cómo sé que me dices la verdad?

Félix pareció cavilar.

—Mira, vas a esperarme aquí un momento mientras subo a por la libreta que guardo en mi ropa de campaña. Allí están anotados los nombres de todos los que van entrando en prisión. Te explico un poco por encima: es el registro general de detenidos, pero, además, el nombre de cada uno aparece en otra relación: hay una lista negra que ya imaginarás para qué sirve, otra de gente sin destino decidido y una lista blanca. Estos últimos son, digamos, los intocables, aquellos que, por el motivo que sea, nos interesa mantener vivos.

Ana María miró a Félix asqueada.

—¡Son seres humanos! Jóvenes en su mayoría, con familia y con toda la vida por delante. ¡Los marcáis como al ganado que se va a enviar al matadero!

—¡Estamos en guerra, Ana María! ¡Así son las cosas en la guerra! Ellos mismos se han puesto en esa situación con sus actos. ¿Qué te crees que estará pasando en Madrid? ¡Lo mismo, pero al revés!

—¡¿Qué daño le había hecho a nadie don Tomás?! ¿También vais a fusilar a mujeres solo por haber sido maestras de escuela?

—¡Eh, eh, chica! Si vas a ser mi prometida, vas a tener que aprender a controlar esa lengua. Tú mandarás de puertas para dentro, pero lo que pase en la calle no es cosa tuya —advirtió, irritado—. Ahora dime si quieres que suba a por esa libreta y anote esos dos nombres en la lista blanca.

La cabeza de Ana María era un torbellino. Vio a Zubeldía servirse otra generosa cantidad de whisky y sintió asco. Odiaba a aquel hombre, y la idea de atar sus destinos con un compromiso en firme la sumía en un estado de congoja tal que le producía náuseas. Pero él tenía en sus manos las vidas de quienes más quería. Levantarse de allí era firmar la sentencia de muerte para Joaquín, para Federico y, tal vez, para su propio padre. Supo que no podría vivir con ello sobre su conciencia.

—Sube.

Para su sorpresa, Zubeldía regresó sujetando en la mano la bandolera de tela que portaba habitualmente sobre la camisa azul, pero seguía vistiendo el albornoz y las alpargatas.

—Vas a ser una verdadera afortunada, Ana María —anunció con cierta sorna y con un deje de misterio, mientras pasaba las hojas cuadriculadas de un cuaderno—. Tus amigos van a ser los primeros, esa lista blanca está sin estrenar.

Apoyó la libreta en la mesa y aún se tomó tiempo para sorber un trago del vaso. A pesar de estar vacía, existía ya una página encabezada con aquel texto. Ana María se preguntó cuándo habría escrito el epígrafe. Félix aplanó la hoja con la mano extendida, tomó el lapicero que había sacado de la bandolera y se llevó la punta a los labios para humedecer el carboncillo. Luego dibujó un pequeño guion y empezó a escribir: «Joaquín...». Sin embargo, se detuvo y dejó el lápiz sobre la mesa.

—¿Qué pasa? —preguntó Ana María, que miraba con el alma en vilo lo que sentía como su propia sentencia.

—Nada, que creo que este es el momento ideal para hacer lo que dejamos a medias hace ocho días—. Mientras hablaba, sacó del bolsillo del albornoz un envoltorio que, sin duda, acababa de coger del dormitorio. Retiró el papel, que dejó junto a la botella de whisky, y tomó entre las manos la pequeña cajita nacarada que Ana María ya conocía.

—¿Ahora sí me ofrecerás tu mano? Te va a quedar preciosa —dijo con tono galante mientras tomaba la sortija con el brillante entre los dedos.

Ana María, como si quisiera retrasar al máximo lo inevitable, extendió con enorme lentitud la mano, que le temblaba de manera ostensible. Félix, sin embargo, chistó tres veces negando con la cabeza.

—No está nada bien que me ofrezcas la mano izquierda para colocar un anillo de compromiso porque llevas otro en la derecha —observó, socarrón, con la voz alterada por el alcohol—. Vamos a tener que quitarlo de ahí, ¿no te parece?

—¡No, por favor, Félix! No me obligues a quitármelo. Siento que, si lo hago, perdería todo vínculo con él, es como si lo abandonara a su suerte —rogó compungida.

—¡Cómo sois las mujeres! Haz lo que te plazca, es solo un anillo, y muy vulgar, por otra parte —concedió sin darle importancia—. Yo ya tengo lo que quiero. Pero, por lo menos, pásatelo a la otra mano.

Ana María obedeció. Después, ofreció a Félix la diestra.

—¿Ves cómo brilla? ¡Qué preciosidad! Te queda que ni pintado —exclamó una vez en su sitio. Entonces le tendió el segundo anillo en la cajita.

—Este no lleva brillante —observó Ana María.

—Claro que no, poco iba a durar; estos rojos nos obligan a estar todo el tiempo con el fusil entre las manos —rio mientras se dejaba colocar la sortija.

—Ya está. Ya puedes anotar el nombre de los dos en esa libreta.

—Mujer, ¿no me vas a dar ni un beso? Por fin somos novios.

Ana María, haciendo un esfuerzo por dominar el asco, le dio un beso fugaz, apenas un roce de los labios.

—¡Hazlo, por favor! ¡Escribe!

Félix la miró con una media sonrisa. Después, apuró despacio el vaso de whisky y solo entonces cogió el lápiz.

—Joaquín Álvarez... ¿qué más?

—Casas —apostilló Ana María.

—¿Y el otro?

—Federico Nieto Abad.

—Muy bien, has jugado bien tus cartas, ya tienes lo que querías. —Cerró de golpe la libreta y la guardó en la bolsa. Después, se recostó en el sofá—. Esta misma noche haré llegar sus nombres a quien debe conocerlos para evitar errores involuntarios.

—Te hago responsable desde este momento de lo que pueda sucederles.

—A ver, a ver, ¿qué manera es esa de hablarle a tu prometido? —repuso tomándola de la mano para atraerla hacia él—. Ahora sí, con esos nombres en la libreta, vas a tener que darme un beso, pero de los que se dan los novios.

Ana María sintió las náuseas de nuevo en la garganta. No era que Félix le desagradara físicamente, de hecho, siempre le había parecido buen mozo, y feo no era. Lo que le resultaba repulsivo era su carácter arrogante y fatuo, que había llegado a aborrecer desde que la rondaba.

—Ahora no es el momento, Félix. Estoy destrozada, acabamos de enterrar a Dolores —le recordó tratando de excusarse.

—A ver, rica, Dolores está muerta y, como dices, enterrada. Yo acabo de firmar el seguro de vida de mi mayor rival, te permito hasta conservar el anillo que te regaló ese picapleitos, ¿y tú me vas a negar un beso? Deberías mostrarte más agradecida.

Estaba terminando de hablar cuando la atrajo hacia sí con fuerza, le rodeó el cuello con el brazo y la besó con ímpetu. Ana María, cogida por sorpresa, reaccionó empujándole por el pecho con las dos manos para tratar de separarse, mientras sentía en la boca el sabor acre del whisky. Félix, con los ojos brillantes, la miró incrédulo. Se puso en pie, se arrodilló en el sofá y descargó su peso sobre el cuerpo de la muchacha. La besó de nuevo, a pesar de sus intentos por apartar la cara. Para evitarlo, la arrinconó contra la esquina del sofá y, entonces sí, le cubrió los labios con la boca. Solo cejó en el empeño cuando sintió las uñas de Ana María haciendo presa en la piel del muslo. Al verse libre, pudo gritar. Félix reaccionó con una bofetada y le tapó la boca con una mano.

—¡Será estrecha! —soltó palpándose el profundo arañazo—. ¡No te jode, que hasta un beso me niega!

—¡Para, Félix, por favor! —rogó con voz entrecortada cuando consiguió zafarse de la mano que le impedía respirar—. ¡Estás borracho! ¡Luego te vas a arrepentir de esto!

Sin embargo, Félix se encontraba fuera de sí. La resistencia de Ana María parecía excitarlo más.

—Ya tengo mi primera herida de guerra —se mofó mirándose la uñada—. ¡Pues vas a tener guerra!

Con rapidez, liberó las dos manos para agarrarla por el cuello de la blusa. Con un brusco tirón, le arrancó todos los botones mientras hacía presa con las piernas para que no se moviera. La abofeteó de nuevo cuando volvió a gritar. Fuera de control por completo, con una mano apoyada en la boca, usó la otra para levantarle la falda. Ana María, indefensa frente a la corpulencia de Zubeldía, trataba de resistirse, pero los arañazos ya no hacían mella en su afán de poseerla. Antes bien, parecían enfurecerlo y avivar su deseo. Con dos movimientos rápidos, se deshizo del albornoz y, tumbado con todo su peso sobre el cuerpo menudo de la muchacha, se abrió paso hasta entrar en ella.

8

Lunes, 3 de agosto de 1936

La memoria era su único refugio. Llevaba la cuenta de cada uno de los días transcurridos allá dentro, pero no había empezado a contar desde la mañana de su captura, sino desde la madrugada anterior cuando, en brazos de Ana María, había sido libre y feliz por última vez. También pensaba en su madre, a la que imaginaba ignorante de la suerte que hubiera podido correr. Cada vez que lo hacía, se odiaba a sí mismo por haber aceptado el dinero que le había ofrecido en su precipitada despedida, quinientas pesetas que los guardias civiles se habían repartido sin pudor antes de llevarlos al cuartel, con la amenaza de ocuparse de Dolores si se le ocurría abrir la boca para denunciarlos.

La luz y el aire entraban en la exigua celda por un ventanuco enrejado situado sobre la puerta. Pensada para albergar a un solo hombre, eran seis los que en aquel momento se hacinaban en su interior. Uno de los laterales estaba ocupado en parte por una plataforma elevada de hormigón destinada a soportar el colchón del recluso, un lujo ausente desde su llegada. Habían organizado el descanso por turnos: cuatro se alineaban usando la grada como banco; uno más tenía que conformarse con apoyar la espalda en el muro, sentado en una porción cualquiera del suelo húmedo; el sexto disfrutaba de una hora de descanso tumbado contra la pared detrás de sus compañeros de infortunio, en turnos estrictos que las campanas de la catedral se encargaban de acotar. El rayo de luz del ventanuco se proyectaba sobre la pared opuesta, y allí era donde Joaquín había realizado las muescas en el yeso que marcaban el paso del tiempo. Tres cuadrados completos, dos de ellos con una barra transversa, daban cuenta de los catorce días transcurridos en aquel lugar.

Tres veces durante la jornada se les permitía salir para evacuar en las tazas turcas de un excusado común situado en el mismo distribuidor al que se abrían las celdas y los ventanucos. El hedor le había resultado nauseabundo, pero había terminado por acostumbrarse a él. Del rancho, que les entregaban en escudillas a través de una abertura practicada en el portón, no se podía quejar. Al menos, el arroz, las patatas y los mendrugos de pan mataban el hambre, aunque la variedad no estuviera entre sus virtudes. El momento más deseado del día era la salida matinal al claustro del convento, no más allá de media hora, pero que permitía estirar las piernas, respirar aire fresco y, en aquellas mañanas de verano, dejar que los rayos de sol que esquivaban los muros del edificio se posaran sobre la piel. Lo hacían por turnos, sin consentir que se juntaran en el claustro más allá de una quincena de presos, tres celdas completas todo lo más, tal vez la cuarta parte del total.

A pesar de ser uno de los más jóvenes de la prisión, Joaquín conocía a muchos de sus compañeros de infortunio. Sindicalistas, jornaleros, concejales de pueblos de la comarca, algún maestro, el editor de *El Eco del Distrito*... Todos tenían en común el hecho de ser partidarios de la República y la hostilidad declarada o supuesta hacia los protagonistas de la sublevación. En aquellos recreos diarios, los guardias armados se mezclaban entre los presos, por lo que no resultaba sencillo intercambiar información valiosa. Por desgracia, habían internado a Federico en una celda distinta y todavía no habían coincidido en esos ratos de asueto.

El momento más temido, por el contrario, llegaba al anochecer. No había sucedido a diario, pero cada dos o tres noches, el ruido de las cucharas en los platos de los guardianes durante la cena, sus voces en el cuerpo de guardia y el sonido de una radio de galena de la que sin cesar surgían las notas de la música militar, el himno nacional y el eco de los partes de guerra se habían visto amortiguados por el traqueteo del motor de un camión que se detenía al costado del convento. Entonces, en silencio y con el corazón en vilo, escuchaban atentos el chirrido de los cerrojos, los taconazos de las botas en el suelo enladrillado, la apertura de puertas y la lectura en voz alta de nombres conocidos en su mayor parte.

Solo en dos ocasiones se había abierto el portón de su celda en aquellas circunstancias para sacar de ella a alguno de los camaradas. El semblante incrédulo de los escogidos, la súbita lividez, la forma de tragar saliva, la breve despedida, las palmadas de ánimo en la espalda, los recados para los allegados... Todo ello formaba parte de una función con papeles que nadie había ensayado, pero que todos parecían conocer. Tras un prolongado entreacto, la representación tocaba a su fin cuando, en la quietud de la noche, el eco apagado de los disparos en las lejanas tapias del cementerio llegaba hasta ellos. Se hacían los dormidos en aquel momento, pero Joaquín estaba seguro de que el gesto de santiguarse era la causa de los tenues roces que se escuchaban en la oscuridad. Al día siguiente, en todas las ocasiones, otros ocupaban los huecos vacantes. Por otra parte, desde su llegada, Joaquín había percibido un pacto tácito de mutismo acerca del número y de los nombres de quienes habían sido fusilados, así que procuró no hacer preguntas que pudieran incomodar a sus compañeros.

Aquella noche las cosas no parecían discurrir del mismo modo. Desde que el sol empezara a declinar, se percibió un barullo inusual en el edificio, la cena consistió en un mendrugo de pan con una sardina rancia y, ya entre dos luces, oyeron el ruido no de uno, sino de tres camiones que se detenían junto al edificio.

—Esta vez van a hacer una buena limpia —declaró, socarrón, un jornalero de la CNT, el más entrado en años—. Casi es una buena noticia, cualquier cosa mejor que pudrirse en este agujero.

—Habla por ti, abuelo —respondió otro, descompuesto—. Cómo se nota que no te esperan en casa una mujer y tres criaturas, viejo idiota.

Las puertas del cuerpo de guardia se abrieron pasadas las once de la noche. Escucharon las voces de los carceleros mezcladas con las de quienes, al parecer, habían acudido como refuerzo, los cerrojos de las primeras celdas, las órdenes imperiosas para que los presos salieran en orden con las manos detrás del cuello. El sonido de las cartolas de los camiones les indicó que los estaban haciendo subir en los vehículos. Se fueron vaciando las celdas más próximas hasta que le llegó el turno a la que Joaquín ocupaba. A punta de fusil y de pistola, completaron el tercer camión cuando los anteriores, que ya habían arrancado, esperaban a la salida de la plaza para conformar un convoy.

—Hoy se quedan sin balas —se mofó un forastero de unos treinta años, mientras los camisas azules se esforzaban en volver a ajustar las cartolas con el remolque repleto de presos, apiñados e inmovilizados hombro con hombro.

—Camaradas, si nos bajan a todos a la vez, somos más que ellos —musitó otro con intención.

—¡Claro, Efrén, no te jode! —le respondió por su nombre uno que sería de su celda—. Pero ellos van armados y nosotros no.

—Si los pillamos por sorpresa, no se lo van a esperar —insistió—. Quizá podamos arrebatarles algún arma.

—¡Si ni siquiera sabemos aún a dónde nos llevan!

—Pues yo no me pienso estar quieto viendo cómo me apuntan con una docena de armas. Si saltamos todos a un tiempo, tenemos posibilidades. Y si no... ¡muertos estamos ya! No tenemos nada que perder.

—¡Eh, vosotros, a callar! —Un falangista despechugado se había encaramado a la parte trasera de la cabina y, balanceando las botas, les apuntaba desde lo alto con una carabina Mauser. A punto estuvo de perder el equilibrio cuando el transporte, de improviso, dio un empentón al ponerse en marcha.

En torno a los tres camiones se habían dispuesto, a modo de escolta, varios vehículos descubiertos repletos de hombres armados que no quitaban ojo a los prisioneros. Avanzaron despacio hasta incorporarse a la carretera principal que venía de Pamplona, junto al viaducto del ferrocarril. Después, continuaron hacia el centro de la ciudad, en paralelo al río que la atravesaba, hasta girar en el puente y enfilar la carretera de Zaragoza, que conducía al extremo opuesto de Puente Real.

—¡Ah, joder, pues por aquí no se va al cementerio! —observó alguien.

Camiones y vehículos de acompañamiento ocupaban todo el ancho de la calzada y obligaron a orillarse a los dos únicos autos que se cruzaron en dirección contraria.

El ruido de los motores a aquella hora de la noche hacía que los vecinos, curiosos, se asomaran a las ventanas, unos de forma discreta, tras las cortinas y los visillos; otros con naturalidad, como si estuvieran tomando la fresca o fumando un cigarrillo en el balcón. Las últimas viviendas dieron paso a naves y talleres intercalados con campos de cultivo, hasta que la caravana redujo la marcha para atravesar las vías del ramal ferroviario que conducía a Tarazona. A la izquierda, un extenso trigal aún sin cosechar se perdía fuera de la vista en medio de la oscuridad. Unos metros más allá, sin embargo, iluminada ya por los focos de los camiones, se levantaba la mole del nuevo coso taurino, inaugurado solo tres años atrás.

—Una de dos, o nos quieren encerrar aquí, o se han aburrido de fusilar contra una tapia y nos quieren hacer salir por toriles para recibirnos a portagayola y hacer puntería.

El forastero seguía con su mofa, pero no encontró quién le riera la gracia entre los hombres, atemorizados e inquietos. Joaquín, desde el borde de la caja del camión, vio cómo se abría la puerta grande del coso, que un año antes él mismo había atravesado ante las astas de las reses durante los encierros de las últimas fiestas.

—¡Hombre a la fuga!

El grito y el revuelo procedentes del segundo camión hicieron que todos volvieran la vista al lado izquierdo de la carretera. Fuera del camino trazado por el convoy e iluminado por los faros de los vehículos, la oscuridad se adueñaba del terreno. Sin duda, aquello era lo que había tratado de aprovechar quien había saltado desde el camión precedente.

Joaquín apenas era capaz de ver nada. El desconcierto pareció imponerse entre los guardianes en el primer instante, indecisos y cautelosos por si a aquel temerario le seguían otros.

—¡Al que se cantee, le vuelo la sesera! —advirtió a voz en grito el falangista que, en pie sobre la cabina, les apuntaba con el arma amartillada.

Se escucharon varios tiros aislados desde los camiones que les precedían y desde los vehículos que protegían el transporte.

—¡Enfocad los faros hacia el campo! ¡No tiréis a ciegas! —se oyó por encima del revuelo.

La orden se cumplió al instante, al tiempo que varios hombres con linternas se adentraban en el trigal.

—¡Hostia, no tiene nada que hacer! —exclamó alguien detrás de Joaquín viendo, como todos, que el trigo tronzado marcaba visiblemente el recorrido, que, agachado, seguía el fugado.

—¡No tiréis a matar, joder, es solo un puto crío asustado! —gritó alguien desde el segundo camión.

A lo lejos, el movimiento de la mies era visible bajo los haces de luz de los vehículos y de los focos. Los perseguidores, haciendo caso omiso a la advertencia, solo tuvieron que seguir la trayectoria y apuntar las armas, esta vez a placer. No fueron necesarios más de media docena de tiros para conseguir que el movimiento cesara, cincuenta metros antes de que el infortunado alcanzara el límite del trigal.

Alterados aún, los vigilantes volvieron las armas hacia los tres camiones repitiendo sus amenazas.

—¡Pobre zagal! ¡Descanse en paz! —musitó alguien cerca de Joaquín. Varios hombres, cabizbajos, repitieron la plegaria al tiempo que se santiguaban.

El primer camión atravesó el portón y se detuvo en el callejón, sin pisar el ruedo. Allí hicieron bajar a sus ocupantes sin contemplaciones y, encañonados, los condujeron por el espacio circular bajo los tendidos. Cuando le llegó el turno al último camión, y Joaquín fue trasladado junto con los demás a base de empujones e improperios, comprendió lo que se proponían. En el interior habían levantado dos muros que delimitaban un espacio amplio y diáfano bajo el graderío. Dos puertas enrejadas, una a cada extremo, eran los únicos accesos, y habían integrado dentro del recinto los aseos de la propia plaza. Lo que había sido el mostrador del bar del tendido de sombra había quedado dividido en dos por el nuevo muro, y la parte que quedaba dentro del espacio reservado a los presos había sido protegida por sólidas rejas de hierro encofradas en horizontal, sin duda, para permitir el reparto del rancho a su través.

—¡Esta sí que es buena! Nos van a meter aquí a todos juntos —coligió uno de los presos que Joaquín no conocía, justo un momento antes de que la puerta enrejada se cerrara tras el último de ellos.

Uno de los vigilantes pasó el cerrojo, nuevo y bien engrasado, y lo bloqueó con un sólido candado.

Joaquín recibió una palmada en la espalda. Era Federico, a quien no había visto desde su captura. Todavía llevaba el brazo en cabestrillo. Se volvió hacia él y, con cuidado y sin decir palabra, lo abrazó.

—Federico, joder, verte en estas es lo que más me está haciendo sufrir. Y solo por intentar ayudarme.

—No me arrepiento. Tuvimos mala suerte. Al menos, aquí parece que vamos a estar juntos —comentó mientras paseaba la mirada por el recinto tabicado. La única luz procedía de varios orificios rectangulares practicados en horizontal en lo alto del paredón exterior, con función también de ventilación—. Eso sí, tiene toda la pinta de que vamos a seguir durmiendo en el puto suelo.

—Con un poco de orden, podremos estar tumbados todos a un tiempo, cuando menos —se consoló Joaquín.

—Menudo culatazo me metió aquel hijo de puta. El muy cabrón me debió de romper algo. Menos mal que en mi celda estaba el Anselmo, el veterinario, y me preparó este cabestrillo con unas telas que les pedimos a los guardias.

—¡Si no me hubieran entrado las ganas de mear!

—¿Cómo podíamos saber que justo en ese momento nos iban a dar el alto? No sirve de nada lamentarse. Lo que hace falta es que salgan los juicios cuanto antes y nos dejen libres de una vez. Ni tú ni yo hemos hecho nada malo.

—Yo no tengo tanta fe. Otros tampoco habían hecho nada y ya están criando malvas. Doy gracias a Dios cada día por que mi padre consiguiera adelantarse por unas horas y escapar a Francia. No soportaría verlo aquí conmigo. O peor, que lo hubieran pasado por las armas.

Federico soltó un grito.

—¡Hostia, ten cuidado! ¿A dónde vas mirando al techo?

El tal Efrén, quien poco antes en el camión había propuesto atacar en grupo a los guardias, lo había golpeado en el hombro de manera fortuita.

—Perdona —respondió sin prestar atención, escrutando fijamente el muro exterior que cerraba la plaza.

—¿Qué miras allá arriba, si se puede saber? —preguntó Joaquín.

El joven se acercó a los dos.

—Estoy viendo que podemos largarnos de aquí cuando queramos —respondió en voz baja. Después, mirando el hombro en cabestrillo de Federico, se volvió hacia Joaquín y se corrigió—: Al menos tú.

Ana María vislumbró la figura de la mujer trajinando en la cocina a través del visillo, entre las flores rojas de los geranios que poblaban el alféizar. Metió el brazo entre las rejas y golpeó el cristal con los nudillos. A pesar de la suavidad con que lo hizo, percibió su sobresalto, que se tornó en sorpresa cuando, aguzando la vista, la reconoció. La adivinó secándose las manos en el delantal antes de acudir con prisa a la puerta, que se abrió un instante después.

—Sí que madrugas, hija mía. ¿Pasa algo? —preguntó con preocupación.

—Ya sé que es muy temprano, pero es que necesito hablar con Alberto. ¿Estará despierto?

—¡*Quiá*! ¡Qué va a estar, si eran pasadas las cuatro cuando ha vuelto a casa! No sé en qué andan, que a mí no me quiere contar nada, pero toda la santa noche me ha tenido en vela mirando por la ventana por si lo veía aparecer —se lamentó—. Solo con que lo vean por la calle a esas horas, me lo llevan preso.

—¡Vaya! —se limitó a responder Ana María sin ocultar su decepción.

—Pero ha dejado dicho que lo despertara en un rato, que a echar a los animales ha de bajar antes de irse para la ferretería. Eso no puede esperar —aclaró—. Anda, pasa, que voy a llamarlo.

La muchacha no se hizo de rogar. Al entrar, la sorprendió un intenso y agradable olor que parecía extenderse por toda la casa. Lo identificó al instante, pero solo cuando entró en la cocina vio la bandeja de madera repleta de florecillas secas de manzanilla que la madre de Alberto había estado desmenuzando.

—¡Madre mía, qué olor! Tiene usted manzanilla aquí para todo Puente Real.

—¡Pues si vieras que sale sola en la huerta! La otra tarde me entretuve recogiéndola y ya ves, hay para todo el año. Luego te pongo un saquete para que les lleves a tus padres —ofreció satisfecha.

—Me da un poco de apuro preguntarle, que es la segunda vez que estoy en su casa... y aún no sé cómo se llama usted.

—¡Ah! ¿Y por qué habrías de saberlo? Hasta ahora no habíamos tenido trato. Herminia me llamo —respondió amable—. Don Ramón, tu padre, sí que me conoce, de cuando Alberto iba a su escuela.

—Le diré que la manzanilla es suya.

—Anda, siéntate ahí, que voy a llamar a ese tarambana —dijo mientras terminaba de despejar la mesa.

—No hace falta, madre, que ya estoy en pie.

Alberto había aparecido en la puerta de la cocina. A pesar de los párpados hinchados por el sueño, se diría que había tenido tiempo de asearse. Mostraba la cara recién lavada, se había repeinado el cabello rubio, rizado y corto, y la camisa, abrochada sin terminar de secarse las manos por completo, estaba mojada en torno a los ojales. Llevaba un pantalón azul de faena atado con una correa de cuero y alpargatas de esparto con los talones sin calzar.

—Vas a terminar por caer enfermo, cada día estás más flaco. —Fue el saludo de Herminia—. Trabajar mucho, comer lo justo y, estos días, no dormir...

—¿Pasa algo, Ana María? —Alberto no prestó la menor atención a las advertencias de su madre, seguramente repetidas cien veces.

—Estoy muy inquieta, Alberto. Mi madre ha ido al horno al punto de la mañana y ha oído que anoche hubo movimiento en la cárcel, que se llevaron a muchos. Pero poco más me ha sabido decir. Venía por ver si sabes tú algo —explicó con angustia.

—¡Sí que corren las noticias! Pensaba pasar por tu casa para contártelo de camino a la ferretería —explicó con tono tranquilizador—. No te preocupes, solo los han trasladado para hacer sitio.

—¿Trasladado? ¿A dónde? ¿A la plaza de toros, como se rumoreaba?

—Ah, veo que ya sabías algo.

—Sí, pero en la plaza ¿cómo? —se preguntó.

—Por lo visto, han estado haciendo obras. Han debido de tabicar el corredor bajo las gradas para habilitar un lugar cerrado y seguro donde meterlos juntos a todos.

—Así que cuando fui a buscar a Félix a la plaza tenían aquello lleno de material de obra —recordó—. ¿Y tú cómo lo sabes, si fue anoche a última hora?

—Digamos que lo sé. —Alberto dirigió una mirada furtiva hacia su madre, de espaldas ante una de las alacenas.

—No, si ya sé que no quieres que me entere de tus andanzas. —Herminia acababa de volverse y había advertido el gesto de su hijo—. Ya os dejo solos.

—Es mejor así, madre —se excusó el muchacho—. Nunca se sabe...

De la alacena, Herminia había sacado un plato cubierto con un paño que depositó sobre la mesa.

—Las hice anoche con la nata que tenía y la ralladura del último limón —le explicó a Ana María mientras dejaba las pastas al descubierto—. Y el azúcar y la harina también empiezan a faltar, así que aprovechad porque no sé cuándo podré hacer más.

Un instante después, Herminia había salido de la cocina cerrando la puerta tras ella, no sin antes ofrecerles un tazón de leche para acompañar las galletas de nata. Ana María lo había rechazado, pero sí que aceptó una taza de manzanilla. Ella misma se ofreció para calentar el agua y en ello estaba cuando, impaciente, repitió la pregunta que había formulado poco antes.

—¿Que cómo lo sé? —respondió Alberto, ya sin cuidarse de su madre—. Pues porque unos cuantos hemos empezado a juntarnos a escondidas. Entre unos y otros nos ponemos al día de lo que pasa en Puente Real, pero es que, además, tenemos un receptor de radio. Mal que bien, podemos oír Radio Madrid o Radio Barcelona, según sopla el viento.

—Mi padre tiene otro, la escuchamos también todas las noches.

—Entonces estarás al tanto de lo que pasa en Guadarrama. Les estamos dando para el pelo a las tropas que Mola va enviando hacia Madrid. Y las columnas de Barcelona también han conseguido pararles los pies en Zaragoza.

—Mi padre dice que no debemos creer todo lo que cuentan, que puede ser propaganda para mantener alta la moral de la gente.

—No, pero buscando emisoras de onda corta se coge alguna radio francesa y están contando lo mismo. El Francés viene cada noche y nos traduce lo poco que se puede pillar. Del que hablan mucho ahora es del general Franco, pero parece que, al menos hasta hace unos días, la Marina lo mantenía a raya en África, sin dejarle cruzar el Estrecho con las tropas africanas.

—De momento me interesa más lo que va a pasar aquí. ¿Hasta cuándo van a tener a Joaquín preso? —se lamentó Ana María, mientras llenaba dos tazas con la infusión que había preparado haciéndola pasar a través de un colador de tela—. ¿Cuándo los van a juzgar, si es que tienen algo de qué acusarlos?

Alberto sirvió una cucharada generosa de azúcar en cada taza, como si de alguna manera pudiera también restar amargor a lo que estaba a punto de decir.

—Ana María, tal vez sea mejor que te desengañes, a veces es peor crearse falsas esperanzas.

—¿Qué quieres decir? —La joven dejó de remover la infusión y la cucharilla quedó suspendida en el aire.

—No están haciendo juicios, y tal vez sea lo mejor. Los pocos que han hecho hasta ahora son juicios sumarísimos, sin ninguna garantía ni posibilidad de defensa. En cinco minutos hay sentencia, y es siempre la misma. —Hizo una pausa, y decidió continuar—: Esa es la noticia mala. La buena es que la mayor parte de las penas de muerte son conmutadas después.

—¿Conmutadas?

—Por treinta años de prisión.

Ana María dejó la cucharilla en la taza y se cubrió los ojos con las manos. Después, levantó la mirada vidriosa y enfrentó la del amigo de Joaquín.

—Pero Félix me dijo que su padre podía conseguir que le dejaran declarar a su favor...

Alberto respondió con el gesto moviendo la cabeza lentamente en señal de negación.

—¡Miserable! —gimió la muchacha, mientras el recuerdo de lo sucedido en casa de los Zubeldía hacía que las lágrimas, esta vez de rabia e impotencia, volvieran a asomar. Se llevó la taza a los labios para combatir el sabor amargo intenso que le inundaba el paladar, pero, incapaz de probar bocado, rechazó la galleta que le ofrecía Alberto.

—Como te vea mi madre... Me voy a tener que comer las tuyas para que no se sienta ofendida —trató de bromear.

—¿Y vosotros qué pensáis hacer? —siguió tras esbozar una rápida sonrisa forzada—. Se dice que la recluta para enviar tropas a los frentes se va a generalizar. ¿No habláis de ello donde quiera que os juntéis?

—Tenemos claro que de esta semana no pasa —confirmó Alberto—. Queremos alistarnos juntos, a ver si hay suerte y nos destinan a la misma unidad.

Ana María lo miró sorprendida.

—Pero ¿vais a luchar con los fascistas?

—¡No es la idea! No hay más remedio que alistarse. Pero una vez cerca de la línea del frente, ya sea en Aragón o en Guadarrama, ya nos las arreglaremos para pasarnos al otro lado.

—¡Como si fuera tan fácil!

—¿Y qué otra cosa podemos hacer? De todas formas, no sé de qué te extrañas, es lo mismo que pensaba hacer Joaquín, cruzar al otro lado de las líneas y llegar a Madrid. Para la mayor parte de la gente de nuestra edad la elección es sencilla: o te alistas o acabas en la cárcel o en la tapia del cementerio. —Hablaba con aplomo, como se alude a una fatalidad asumida e inevitable—. Si lo piensas, tiene su aquel estar en las manos del destino, no saber dónde acabarás, si en Madrid, en Barcelona o vete tú a saber, a lo mejor solo por la decisión de un cabo furriel en la oficina de recluta.

—¿Crees que Joaquín se precipitó? —espetó Ana María.

—¡Qué va! Zubeldía iba a por él, tratar de escapar era su única oportunidad. La oportunidad que Fabián no tuvo.

—Mira para qué nos ha servido.

—No sé si acabo de entenderte...

—Es igual, solo estaba pensando en voz alta.

—No le digas nada a mi madre del alistamiento —le pidió Alberto en voz baja—. Prefiero mantenerla ignorante hasta que llegue el momento de marchar.

9

Sábado, 8 de agosto de 1936

Joaquín había vacilado durante los cinco días que llevaban allí encerrados. Por momentos, el plan le parecía descabellado y condenado al fracaso; en otros, sin embargo, se convencía a sí mismo de que su simplicidad le concedía una probabilidad de éxito. Consideraba que el mayor inconveniente surgía de la necesidad de que todos los hombres, los setenta que compartían la improvisada prisión, estuvieran al corriente de su propósito. No se fiaba de algunos. Era cierto que les unía el odio cerval hacia quienes les tenían prisioneros, hacia quienes habían fusilado a decenas de sus camaradas en solo tres semanas de rebelión. Pero también lo era que muchos habían mantenido en el pasado duros enfrentamientos entre ellos, que pertenecían a sindicatos y organizaciones rivales; poco tenían que ver los miembros de la UGT con los cenetistas, los anarquistas con los republicanos radicales o con los socialistas, por no hablar de las rencillas y rivalidades personales por la linde de un campo, por una deuda o por una novia. Tal vez alguno estuviera tentado de pensar que un chivatazo pudiera ser la puerta hacia su libertad. En aquel momento, en cambio, bien entrada la tarde del sábado, había decidido apartar aquellos pensamientos pesimistas porque su decisión estaba tomada. Si algo le había terminado de convencer era la colaboración altruista de quienes no iban a poder sumarse a la fuga.

El plan de Efrén apenas era digno, en realidad, de tal nombre. Se trataba, sin más, de escapar a través de los huecos de ventilación practicados en lo alto del cerramiento exterior del coso taurino. Su estrechez y la altura a la que se encontraban, unos cinco metros, parecían haber convencido a sus captores de que aquella no era una vía de fuga practicable. Y, de hecho, no lo era para la mayoría, pues solo y difícilmente permitiría el paso de los hombres más delgados. Desde el momento de su llegada, Efrén parecía no haber dejado de maquinar la manera de hacerlo. De todos los que allí se encontraban era, sin duda, el más decidido, como habían comprobado ya en el camión que los había trasladado desde la cárcel.

El mayor obstáculo era salvar aquella altura. Durante el primer día de estancia en la plaza fue haciendo partícipes de su intención a quienes entendía que podían resultarle de ayuda. La tercera noche lo tuvo todo preparado para probar fortuna y realizar una suerte de ensayo. Cuatro de los hombres más fornidos se tomaron por los hombros para formar una base. Tres más treparon sobre ellos para conformar un segundo nivel, sujetos por las pantorrillas desde abajo, tal como habían visto hacer en alguno de los concursos de torres humanas con los que, años atrás, se amenizaban las fiestas. Por fin, los dos más ágiles y robustos, tras varios intentos, consiguieron mantener el equilibrio en lo alto. Entonces le llegó el turno a Efrén, de cuerpo menudo y espigado pero vigoroso, que, ante el asombro de todos, emprendió un ascenso veloz y decidido hasta lo alto en medio de la penumbra. La torre soportó su peso mientras desenrollaba de su cintura cuatro pares de pantalones anudados por las perneras. Comprobó que el soporte metálico que sujetaba el cableado eléctrico podía resistir el peso de un hombre y colgó de él el primer par de pantalones por la entrepierna. Tiró con fuerza, se colgó de la improvisada maroma y, ya cuando la torre humana empezaba a dar señales de agotamiento e inestabilidad, dio la señal convenida. El castillo se desbarató en un instante, pero los hombres de abajo procuraron amortiguar cualquier ruido que pudiera poner sobre aviso a la guardia. Efrén, suspendido de la maroma en lo alto, pasó una pierna por el hueco de ventilación, consiguió apoyar el cuerpo sobre la base del vano y, entonces, llevó a cabo la prueba de fuego. Confirmó con alivio que, aunque fuera necesario ladearla, hacer algo de contorsionismo y rozarse la piel contra el cemento, era posible pasar la cabeza por el orificio. Y si pasaba la cabeza, pasaba el resto del cuerpo. Descansó aún un instante el peso de su cuerpo sobre el vano antes de iniciar el descenso. Era impensable dejar allí el atadijo de pantalones, así que lo liberó del soporte y lo dejó caer. Por precaución, esperó a que abajo soltaran los nudos de los pantalones y, uno a uno, fueran devueltos a sus dueños. Después, con todos los músculos en tensión, quedó enganchado por las manos al borde del orificio. Sintió vértigo al comprobar que sus pies pendían aún a más de tres metros del suelo, pero una docena de los hombres más musculosos se aprestaban para recibirlo abajo entre los brazos. Y se soltó sin pararse a pensar.

La desilusión cundió entre el grupo cuando Efrén confirmó lo que ya habían sospechado, que solo él y media docena más de los presos más enjutos podrían atravesar la abertura. Alguien propuso ampliar las dimensiones del respiradero usando los tenedores para rascar el cemento entre los ladrillos y quitar así la fila inferior, pero Efrén, que acababa de comprobar la dificultad de permanecer arriba apenas unos minutos, desechó la posibilidad. Aunque con tiempo hubiera podido hacerse —convinieron la mayoría—, era impensable mantenerlo oculto a los guardias.

Pasaron dos días de conversaciones a media voz a espaldas de los vigilantes, discutiendo los pros y los contras del intento. Joaquín, a quien todos daban como uno de los seguros participantes, fue quien planteó el que podría ser el principal inconveniente: las seguras represalias de las autoridades con quienes se veían obligados a quedarse. El hecho de que fuera necesario usar la ropa anudada de varios de ellos lo complicaba todo y señalaba a los colaboradores directos. Para su sorpresa, muchos hombres se ofrecieron voluntarios para prestar la suya. No obstante, no fue necesario ponerlos en riesgo porque a Efrén se le ocurrió una solución: haciendo un atadijo de doble longitud que llegara al suelo por los dos lados del muro, podrían recuperar todos los pantalones desde dentro, simplemente tirando de ellos, una vez que los huidos estuvieran a salvo en el exterior. La idea fue recibida con alborozo, y ni uno solo de los hombres planteó en voz alta más objeciones al plan.

Decididos los nombres de los cinco jóvenes que habrían de intentar la huida, a los que se había sumado Fidel, un jornalero de unos cuarenta años, tan menudo y fibroso como ellos, el siguiente paso fue elegir la fecha más apropiada. Y estuvieron de acuerdo en que, tal como sucedía en la cárcel del convento, era probable que en la noche del sábado al domingo se redujera el personal de guardia.

—Nunca mientras viva te podré agradecer bastante lo que has hecho por mí.

Hacía horas que había anochecido, y solo el tenue resplandor de la luna en cuarto menguante que se filtraba por los respiraderos, amén de la escasa luz de una bombilla polvorienta que colgaba en lo que había sido la cantina, impedían que la oscuridad fuera total. Joaquín había tomado por el brazo a Federico y lo había llevado a un aparte, en el rincón más alejado, con la intención de despedirse. Vano había sido el intento de tratar de dormir aquella tarde por lo que pudiera venir. Con los nervios a flor de piel, ni quienes iban a saltar el muro ni quienes se quedaban habían podido conciliar el sueño, a pesar de que el espacio en aquel nuevo cautiverio les había permitido durante la semana dormitar en el suelo en las calurosas horas de la siesta.

—¡Si no fuera por el hombro! —se lamentó Joaquín.

—Yo no quepo por ese agujero, amigo. Demasiados torreznos este invierno —bromeó—. En cambio, tú has tenido suerte de que en esa pensión de Madrid te hayan tenido a caldos y coles.

—Te juro que, si consigo escapar, no me voy a olvidar de ti —aseguró Joaquín, agobiado por la sensación de culpa—. Y voy a hacer todo lo posible por sacarte de aquí.

—Lo que me tienes que jurar es que, tan pronto como plantes un pie allá afuera, vas a poner tierra de por medio y no vas a hacer ninguna tontería. Esa es la obligación de los que os marcháis, nos lo debéis a los que nos quedamos.

Joaquín asintió con desgana.

—¡Eh, no te quiero ver así! Esta gente, en cuanto tengan necesidad, van a vaciar las cárceles y nos mandarán a todos al frente. ¡Al tiempo, ya lo verás! Y apenas haya oportunidad, ¡a pasarnos al otro lado y a ganar esta guerra! Tú y yo tenemos que corrernos muchas juergas juntos aún.

Oyeron chistar a Efrén. Era la señal convenida. Los dos jóvenes se fundieron en un abrazo, mientras a su alrededor se escuchaban los roces de la ropa a medida que los hombres empezaban a desnudarse. Se tomaron todo el tiempo necesario para anudar la docena de pantalones que habían considerado suficientes para alcanzar el suelo al otro lado, desechadas las camisas por la mayor debilidad del tejido. La torre humana, con la práctica adquirida en los tanteos de las noches anteriores, tomó forma con rapidez en medio de la penumbra. Efrén, después de estrechar unas cuantas manos y de recibir en la espalda varias palmadas de ánimo y despedida, inició el ascenso con el extremo del atado en torno a la cintura. Una vez en el respiradero, tiró de la ristra de pantalones hasta llegar a su centro y la sujetó al soporte del cableado. Entonces descolgó el atadijo por el exterior. Los hombres que habían formado la torre la deshicieron sin ruido. Efrén se deslizó a través del angosto espacio y, sin esperar más, descendió hasta el suelo, libre. Fidel, el segundo de los afortunados, trepaba ya por el interior y, aunque con menos habilidad y sin poder evitar un rasponazo en la cara, consiguió pasar por el hueco antes de descolgarse siguiendo el ejemplo de quien había abierto camino. Uno a uno repitieron el proceso hasta que le llegó el turno a Joaquín. Efrén le había pedido que él fuera el último porque su tarea era algo más compleja: ya a horcajadas en el hueco, debía soltar el atado del anclaje interior y bajar por el exterior mientras sus compañeros de infortunio mantenían tirante la improvisada amarra desde dentro.

Supo que algo iba mal cuando, aún en lo alto, observó un brillo metálico en el suelo, a sus pies. Sin duda, el brillo del cañón de un arma que ninguno de sus compañeros de fuga portaba. El corazón le dio un vuelco al comprender que los habían descubierto. El instinto de supervivencia le llevó a mirar hacia arriba. Por encima de su cabeza, a poco más de un metro, discurría el corredor que rodeaba la plaza para dar acceso a la parte alta de los tendidos, pero no disponía de apoyo para encaramarse hasta allí sin perder el equilibrio y precipitarse al vacío. El tubo de uralita de desagüe que bajaba por la fachada desde el tejado de la plaza le podía proporcionar una oportunidad, pero se encontraba a más de un metro de distancia del vano. Solo había una posibilidad, y lo iba a intentar. Se colgó del atado de pantalones y comenzó a darse impulso con los pies, balanceándose hasta que alcanzó uno de los soportes del tubo y pudo aferrarse a él con los dedos. Sabía que solo dispondría de un intento y que tal vez la vida le iba en él. Los soportes metálicos del desagüe estaban anclados a la fachada a una distancia similar a la altura de un hombre. Apoyó los pies en uno de ellos y, de igual manera que de críos trepaban a los árboles, se agarró con los dedos al siguiente y se aupó a pulso hasta tocar con la diestra el borde superior de la balaustrada. Con un esfuerzo sobrehumano, elevó todo su peso sin hacer caso a la piel desollada de los antebrazos y de las piernas. Supo que lo podía conseguir cuando logró acodarse con los dos antebrazos sobre el borde. Se dio impulso y pasó la pierna derecha al otro lado. Después, con sus últimas fuerzas, se encaramó con todo el cuerpo y se dejó caer en el corredor.

No se dio tiempo para recuperar el aliento. Se puso en pie, aún pasmado por no haber recibido los tiros que había esperado y, en cuclillas, avanzó por la galería que rodeaba el coso. No tardó en toparse con el muro que separaba los tendidos de sol y de sombra, y eso lo obligó a retroceder en busca de una portezuela de acceso al graderío. El ruedo y los tendidos se hallaban a oscuras, salvo por la tenue luz de la luna, que le resultó suficiente para moverse con rapidez hacia el lado opuesto de la plaza, donde se encontraban los corrales, los toriles y el patio de caballos. Sabía que sus tapias, adosadas al muro perimetral de la plaza, le permitirían deslizarse hasta la calle sin asumir el riesgo fatal de torcerse un tobillo en aquella circunstancia.

Solo cuando, después de descolgarse del último muro, se agachó entre las sombras, se concedió un minuto para recuperar el resuello y pensar. No creía que se hubiera producido una delación porque, de ser así, a aquellas alturas la plaza estaría rodeada de falangistas y guardias civiles con proyectores. Antes bien, se inclinaba por un encuentro fortuito de la pareja de centinelas con Efrén, el primero que había pisado el suelo del exterior. Supuso que, uno a uno, habrían sido encañonados a medida que descendían, seguramente advertidos también los contados guardias del interior. Apenas habrían tenido manos para dominar a todos ellos aun a punta de pistola, lo que explicaba que él hubiera dispuesto de una oportunidad de escapar sin ser tiroteado.

No se podía confiar, sin embargo. Ya se habría dado la voz de alarma y, en cuestión de minutos, la zona estaría infestada de guardias, tal vez con perros, vehículos y focos. Descartaba por completo el plan de fuga trazado con Efrén, que contaba con que los rebeldes no repararían en su ausencia hasta el recuento de la mañana. Trató de ponerse en el lugar de sus perseguidores e imaginó la batida de la zona que se pondría en marcha al amanecer. Barajó ocultarse en los almacenes de la estación del ferrocarril, pero lo desechó de inmediato por la cercanía. Al otro lado del trazado ferroviario se levantaba la Azucarera, la mayor industria de la ciudad, junto al cauce del Ebro, que también podría servir de escapatoria en caso de necesidad. Se puso en marcha en aquella dirección tratando de apartar de su mente la suerte que habrían corrido Efrén y los otros compañeros de fuga.

Aprovechó la oscuridad para atravesar las vías del tren y se orientó por las enormes chimeneas de la fábrica de azúcar. Conocía bien el entorno por sus andanzas en la zona desde que era un chaval. En más de una ocasión se habían colado en el recinto para trepar por silos y tejados, retarse a atravesar a rastras tubos de desagüe que desembocaban en el río o, simplemente, provocar el enfado de algún operario antes de salir corriendo entre risas. Sin dejar de ampararse en las sombras, se dirigió a una zona de tapias bajas que podría saltar sin dificultad en busca de escondite dentro del recinto. Allí tendría tiempo para decidir con calma cómo proceder en adelante.

Comprendió su error al escuchar la voz de alto de un hombre armado y ataviado con indumentaria militar. Sin duda, la situación de guerra había llevado a las autoridades a reforzar la vigilancia de las instalaciones para evitar sabotajes. Maldiciéndose por no haberlo previsto, ignoró el aviso y echó a correr en dirección contraria hasta que, extenuado, se cobijó en el ribazo cubierto de cañas que bordeaba una profunda acequia.

Una vez descubierto merodeando por la zona debía estudiar otra opción. De hecho, ya la tenía pensada, incluso en los días previos a la fuga, aunque la había desestimado por descabellada. En aquel momento, en cambio, se le antojaba una posibilidad atractiva. Se trataba de un lugar que ya se había mostrado seguro cuando habían ido en su busca. Y la idea de volver a abrazar a su madre, de hacerle saber que había podido huir y de prometerle que por nada del mundo iba a dejarse atrapar de nuevo, le reconfortó de tal manera que tuvo que obligarse a no salir corriendo hacia la casa que había abandonado tres semanas atrás.

Sonaron las campanadas de las cuatro de la madrugada mientras rondaba por los alrededores. Descartada la entrada principal, se agazapaba entre las sombras en la calleja que conducía al patio trasero. Con la espalda pegada al muro, se acercó a la portezuela antes de disponerse a saltar la tapia. Para su sorpresa, la encontró abierta. Entró en el patio con sigilo y se dirigió con pasos quedos a la puerta de acceso a la vivienda. La extrañeza se convirtió en inquietud cuando descubrió que tampoco estaba cerrada. Las bisagras chirriaron al girar, tan solo lo necesario para que Joaquín se deslizara de costado en el interior. Apenas entraba luz de la calle, pero su retina se había acostumbrado a la oscuridad, y lo que vislumbró lo dejó paralizado. Todo estaba revuelto, apenas quedaba en la cocina ninguno de los enseres que unas semanas atrás se disponían ordenados en alacenas, estantes y repisas, ni siquiera la mesa y las sillas ocupaban su lugar. Aturdido, salió al pasillo para comprobar que las señales de saqueo se extendían al resto de la casa.

—¿Madre? —se atrevió a llamar. Su propia voz, acallada durante horas, lo sobresaltó.

Como esperaba, no recibió respuesta. Su mente comenzó a cavilar desbocada intentando atinar con una explicación. Lo más probable, pensó, era que alguna de sus tías hubiera acogido a su madre para evitarle la soledad, una vez despojada de la compañía de los dos hombres a los que había dedicado su vida, y la casa vacía habría atraído la atención de los amigos de lo ajeno. Comprendió que proteger los bienes de las familias represaliadas no formaba parte de las prioridades de las nuevas autoridades.

Avanzó en dirección a las escaleras con un nudo en el estómago, temeroso de lo que pudiera descubrir en la planta superior, en el dormitorio de sus padres y en su propia alcoba. Sin embargo, la puerta entornada bajo el hueco de las escaleras captó antes su atención. Se acercó a la despensa en medio de la penumbra tanteando las paredes con las dos manos para no tropezar. Con el pie comprobó que el linóleo estaba retirado y la trampilla que conducía a la bodega, abierta. Habría dado cualquier cosa por disponer de un mechero o de un cabo de vela, porque encender una luz de la casa resultaba temerario. Consideró, no obstante, que no sería demasiado arriesgado accionar la luz de la bodega y se deslizó hacia la trampilla. Al girar el interruptor, el tenue resplandor iluminó la despensa. Ya no había patatas ni cebollas, ni vino ni aceite, ni harina ni legumbres, solo un revoltijo de recipientes vacíos y restos de envoltorios. Nada comestible. Dudó si descender los travesaños, pero al final lo hizo. Le invadió la angustia al recordar la última vez que había estado allí en compañía de Federico. Todo seguía igual, a excepción de las sogas que colgaban de las vigas: una de ellas pendía en el centro de la bodega, cortada de un tajo a un par de metros del suelo. El cabo seccionado yacía en el suelo y mostraba una lazada en el extremo, como si hubiera sido utilizado para colgar un peso de él. Con una sorda inquietud, regresó a la despensa, salió al pasillo y, entonces sí, se dispuso a subir a la planta de arriba, sin dejar de pensar en lo que acababa de ver. No solo su madre se encontraba ausente, sino que el escondite de la bodega había quedado al descubierto. Era impensable que ella lo hubiera dejado así. ¿Tal vez lo habían hallado de manera fortuita los saqueadores? ¿Y si habían vuelto a registrar la casa y, tras localizar el escondrijo, se habían llevado a su madre?

Al desasosiego que le causaba la incertidumbre se sumaba una inmensa decepción, tras albergar durante aquel breve tiempo la esperanza de ver a su madre. Solo por ella había asumido el riesgo de regresar allí, y en aquel instante fue consciente del grave error que estaba cometiendo. Se detuvo sin completar el ascenso, preso de una repentina desazón. Se había prometido a sí mismo que no se dejaría atrapar de nuevo y, sin embargo, allí estaba, en la boca del lobo, con el refugio de la bodega inutilizado y con su madre ausente. Volvió sobre sus pasos, con todos los sentidos alerta, tratando de no hacer ruido al descender los escalones y atento a cualquier sonido procedente del exterior.

Atravesó la cocina, presto a salir al patio sin perder en la casa desierta ni un instante más. Ya había echado mano del tirador de la puerta cuando, de manera nítida, escuchó a su espalda el sonido inconfundible de una pistola al ser amartillada.

—Demasiado sentimental, Joaquín. Demasiado previsible. —La voz de Félix sonó desprovista de emoción, como si de alguna manera se sintiera contrariado por encontrarlo allí—. No des un paso más. Créeme que no quiero tener que dispararte.

Lo único que acudió a la mente de Joaquín fue la promesa de no dejarse coger de nuevo y una inmensa sensación de rabia contra sí mismo. Agarró el pomo, abrió de un tirón y se arrojó de bruces al suelo del patio, con la esperanza de esquivar el disparo que, sin duda, se iba a producir. Mas no oyó sonido alguno. Aturdido, se incorporó y se lanzó hacia delante con toda la potencia de las piernas, en busca de la portezuela exterior. La violencia del choque contra una de las sombras que se interponían en su camino hizo que Joaquín cayera sobre la gravilla, junto al tricornio del guardia que, un instante después, lo inmovilizaba con una rodilla en la espalda.

10

Martes, 25 de agosto de 1936

La angustia la paralizaba. Al echar la vista atrás, Ana María era incapaz de comprender cómo su vida y la de quienes la rodeaban podía haberse ido al traste de aquella manera. Desde el 18 de julio había llorado más que en toda su vida anterior. Apenas descansaba: se despertaba sobresaltada y aguardaba a que el reloj de la catedral diera la hora por no consultar su reloj de pulsera, que le recordaba a su prometido. El cuerpo le daba un vuelco cuando solo sonaban dos o tres campanadas: entonces sabía que le esperaba una madrugada de desvelo y cavilaciones, de negros presentimientos que cada noche trataba de apartar de su mente sin conseguirlo. No podía quitarse a Joaquín del pensamiento, y la ausencia de noticias de las últimas semanas se había convertido en un tormento continuado. No tenía apetito y se obligaba a tomar algún alimento solo para contentar a sus padres. Emilia y ella misma habían tenido que ajustar toda su ropa que, de otra manera, se le habría escurrido del cuerpo.

Había recorrido Puente Real hablando con unos y con otros en busca de información, pero solo había obtenido retazos de rumores, suposiciones, tal vez solo invenciones. Sí que se había extendido la noticia de un intento de fuga de la plaza de toros poco después de su estreno como prisión, aunque nadie parecía conocer ningún detalle ni saber a ciencia cierta si alguno de los presos había conseguido su objetivo. La marcha de Alberto y de su grupo de camaradas al frente en las cercanías de Madrid le había supuesto un nuevo mazazo, y echaba en falta su compañía y sus confidencias.

Aquella mañana había salido pronto arrastrando los pies con desánimo, cansada tras una nueva noche de vigilia, con la misma opresión en el pecho que no la abandonaba ni de día ni de noche. Se encaminó al horno cercano a por una hogaza de pan, y allí se encontró con la primera sorpresa del día: el precio había subido cinco céntimos desde la víspera y, en previsión de problemas de abastecimiento, las nuevas autoridades habían limitado la venta. Con un nuevo motivo de preocupación, volvió a casa con la hogaza, prometió a su madre que, a su regreso, ella se encargaría de hacer una colada en el lavadero y salió de nuevo, decidida a no parar hasta conseguir alguna noticia de Joaquín. Tenía pensado tocar a tantas puertas como fuera necesario: la Junta Local de Guerra, la sede de la Falange, el Ayuntamiento, la propia cárcel del convento o la plaza de toros. El más cercano de aquellos lugares era el Círculo Carlista, sede de la Junta Local, y hacia allí se dirigió. La intimidaba, debía reconocerlo; ignoraba cómo recibirían en aquel lugar a una mujer deseosa de tener noticias de su prometido preso. Sabía cuál era el nombre con que aquel sitio había sido bautizado en las últimas semanas, la Junta de Matar, pero no estaba dispuesta a prolongar aquella incertidumbre que iba a terminar con su resistencia.

El edificio imponía, igual que los vehículos militares aparcados en las inmediaciones a punto de bloquear la calle, con sus conductores en actitud de espera. Ana María supuso que se celebraba una reunión, si bien un solo guardia armado, de uniforme pardo y boina roja, custodiaba la entrada. Se disponía a acercarse a él cuando escuchó el ruido de un motor a su espalda. Giró la cabeza por si era necesario apartarse y vio que se trataba de un lujoso automóvil civil. El conductor vestía la inconfundible indumentaria de la Falange. Maniobró entre los autos estacionados sin intención aparente de detenerse, sobrepasó a Ana María y, en ese momento, se detuvo en seco. Félix se apeó al instante, rodeó la delantera del coche y, con gesto de desconcierto, se interpuso en su camino. La sujetó por el brazo.

—¿A dónde vas, Ana María? ¿No pensarás entrar ahí? —espetó sin levantar la voz por la cercanía del guardia.

—¿Y a ti qué te importa dónde entro? —Se revolvió tratando de zafarse.

—No seas loca, ¿no vendrás aquí a preguntar por Joaquín? ¿Qué quieres, acabar en la cárcel de mujeres?

—¿Cómo te atreves a acercarte siquiera? ¡Y mucho menos a dirigirme la palabra!

—Sube al coche ahora mismo. Si quieres noticias de Joaquín deberías haber venido a preguntarme a mí.

—¡Antes muerta! —soltó con desprecio.

—¡Que subas, he dicho! —ordenó Félix con enfado al tiempo que abría la portezuela del copiloto—. Era yo el que quería hablar contigo. Ayer se celebró el consejo de guerra de Joaquín. Supongo que ya sabrás que fue uno de los que intentaron fugarse de la plaza de toros, aunque volvió a ser capturado.

Ana María se quedó clavada en el sitio. El joven carlista de guardia los observaba sin perder detalle, pero se abstuvo de intervenir. Zubeldía apoyó la mano en la nuca de la muchacha para obligarla a bajar la cabeza y hacerla subir. Con largas zancadas rodeó de nuevo el vehículo, se sentó al volante y arrancó.

Condujo en absoluto silencio durante varios minutos en dirección al cerro de Santa Bárbara, que dominaba la ciudad por el norte. Intuyendo el destino que había elegido, e incapaz de soportar la incertidumbre hasta completar el ascenso por la estrecha carretera que dibujaba curvas de herradura hasta la cima, Ana María se avino a hacer la pregunta que le quemaba en la boca:

—¿Lo han condenado?

—Tiene suerte de seguir vivo —respondió Zubeldía, lacónico, mientras giraba el volante con los dos brazos en una curva especialmente cerrada y en pendiente.

—¿Lo han condenado? —repitió, impaciente e irritada.

—Mi padre subió a Pamplona, como te prometimos.

—¿Conocías la fecha del consejo de guerra y no me advertiste?

—Nada podías hacer por él.

—¡¿Nada?! ¡Verlo! ¿Te parece poco?

—No te lo habrían permitido. Los juicios se celebran a puerta cerrada y sin el concurso de testigos, mucho menos de allegados. En verdad, fue un triunfo de mi padre el hecho mismo de que les hayan sometido a un consejo de guerra.

—¿Has dicho «les», en plural?

—Sí, sí, también Federico —aclaró, ufano—. De alguna manera, ese acto oficializa la situación de ambos, que queda recogida en sus expedientes y en los registros, de forma que dejan de ser presos anónimos con quienes se puede hacer lo que se quiera sin dar explicaciones. Además, excepcionalmente, consintieron que mi padre testificara por ser quien es, alegando su posición social y la circunstancia de conocerlos a ambos. Gracias a ello, en el mismo acto se les conmutó la pena.

—¿Qué pena? ¡Por el amor de Dios! —estalló, incapaz de aguardar un instante más sin saber.

—Al final, treinta años —respondió con un tono carente de emoción—. Y, como te digo, gracias a mi padre. Dos intentos de fuga en el caso de Joaquín. Los habían condenado a muerte.

Ana María ocultó el rostro entre las manos. Zubeldía, mientras tanto, dejó avanzar el coche por la explanada desnuda que coronaba el monte hasta que frenó en el extremo opuesto, al borde de la pendiente, desde donde la ciudad se divisaba a sus pies.

—¿Por qué me traes aquí? —preguntó con rabia, incapaz de ocultar el rencor—. ¿Para darme la noticia de que han sentenciado a mi prometido a treinta años de prisión y ofrecerme tu falso consuelo?

Félix no contestó enseguida. Parecía sinceramente afligido.

—Necesitaba pedirte perdón por lo que pasó el otro día en casa. Estaba seguro de que no me ibas a dejar ni arrimarme si no era por tener noticias de Joaquín. Solo voy a disponer de esta oportunidad, ya lo sé, así que déjame aprovecharla. De verdad, Ana María, no sé qué me pudo pasar, yo no soy así. —La miró con semblante consternado—. Yo te quiero de verdad, y te juro por lo más sagrado que jamás volverá a pasar algo parecido, pero tienes que perdonarme. Te lo imploro.

Ana María volvió el rostro hacia él, incrédula.

—¡¿Cómo te atreves, asqueroso?! ¿De verdad te crees que voy a dejarme impresionar por este tono lastimero y esas palabras tan bonitas como fingidas? ¡Me tomaste por la fuerza! ¡Me violaste! ¡Me río yo de tu arrepentimiento! —Acompañó sus palabras con una risa despechada y el desprecio en el semblante—. ¡Como esa falsa pesadumbre por la condena del pobre Joaquín! ¡Y encima habéis montado este paripé para que tenga que estar agradecida a los señores Zubeldía!

—Te aseguro que, cuando me enteré de que había vuelto a fugarse, me dio un vuelco el estómago. Un segundo intento de huida complicaba más su situación. ¿Me creerás si te digo que llegué a rezar por que no fuera capturado? —mintió.

—No, no te creo. —Aquella conversación no le interesaba en absoluto, por nada del mundo iba a ablandarse después de ser forzada por aquel ser mezquino cuyo simple olor aborrecía. Era cierto: solo toleraba su presencia si le permitía obtener alguna información sobre Joaquín—. ¿A dónde los van a llevar?

—De momento, al colegio de los escolapios de Pamplona.

—¿Se le puede visitar?

—Ana María...

—¡¿Qué?! —se revolvió.

—Ahora soy yo tu prometido, no lo olvides.

—¡Ah! ¿Sí? —La muchacha levantó las dos manos y se las mostró. Solo llevaba el sencillo anillo que Joaquín le regalara, de nuevo en la mano diestra. También su reloj de pulsera.

—¿Qué has hecho con el brillante?

Ana María no respondió. Abrió la portezuela, se bajó del coche y, sin molestarse en cerrarla, empezó a caminar en busca de la empinada senda que le permitiría atajar a pie en el descenso. A punto de perderse de vista, detuvo sus pasos y se volvió hacia el lujoso vehículo.

—¡Lo arrojé al río! —gritó para hacerse oír.

Joaquín había visitado Pamplona en contadas ocasiones, pero atisbando entre las lonas que cubrían la caja del camión reconocía el entorno de la plaza de toros, la cercana calle Estafeta y la cuesta de Labrit, que en aquel momento transitaban. El traqueteo sobre los adoquines hacía que se escurriera del asiento corrido, sobre todo porque el hecho de viajar maniatados y trabados a la estructura metálica les impedía sujetarse.

Tras el simulacro de juicio al que había sido sometido la víspera, un consejo de guerra que había resultado una farsa, sin defensa y sin testigos, una simple puesta en escena para rellenar un expediente, suponía lo que les esperaba. El vuelco del corazón al escuchar la sentencia a muerte impuesta en un primer momento por rebelión se había transformado en alivio al saberla conmutada de inmediato por la pena de prisión. Sin embargo, la larga noche que había pasado tratando de descansar sobre el enlosado de los escolapios le había puesto frente a la cruda realidad: una condena por la que iba a dar con sus huesos en alguna prisión de la que tal vez no saldría hasta dejar atrás la juventud recién estrenada.

Los diez hombres que lo acompañaban viajaban cabizbajos y

abatidos. Efrén se mostraba callado, como si el haber arrastrado a sus compañeros de infortunio a una huida que había desembocado en el más absoluto fracaso le hiciera sentirse responsable del destino de todos ellos. Los seis habían corrido la misma suerte, aunque, de manera inexplicable, solo él hubiera pasado por el consejo de guerra. A ellos los falangistas habían sumado a última hora a otros cinco hombres, sin relación directa con la fuga, si bien todos habían compartido el cautiverio de la plaza de toros. Con enorme alegría, cuando los cinco fueron obligados a subir al camión, Joaquín descubrió entre ellos a Federico, ya recuperado de su lesión en el hombro.

Todos se esforzaban por mantener el equilibrio bajo la vigilancia atenta de los guardias que les apuntaban desde la trasera del camión. Joaquín paseó la mirada por el rostro de sus camaradas. Pensaba en cómo el simple hecho de sufrir la misma desdicha establecía entre los hombres lazos difíciles de romper. Hizo el ejercicio de repasar sus nombres uno a uno y se sorprendió al descubrir que los recordaba todos: Efrén, Fidel, Lucio, Teodoro y Cándido, los cinco que con él habían intentado la fuga; Elías, Ángel, Porfirio y Anselmo el veterinario, los cuatro que habían subido al camión en último lugar junto con Federico.

Atravesaron las calles a buena marcha con la lona golpeteando los soportes metálicos. Al llegar a las afueras, se alzó ante ellos el monte que cerraba por el norte la cuenca donde se asentaba la ciudad. Joaquín esperaba que el trayecto se desviara a uno u otro lado para sortear la mole que se interponía en su camino, pero no fue así. Al tiempo que el conductor engranaba una marcha más corta, el ruido del motor se volvió más agudo y el camión emprendió un esforzado ascenso. De no haber viajado amarrados a los hierros de la cartola, se habrían deslizado hacia la parte trasera del camión, tal era la pendiente de la carretera. La velocidad se había reducido, el viento ya no levantaba las lonas y apenas podían vislumbrar el paisaje, que había cambiado de manera radical. Por la cuneta descendían regueros de agua que parecía manar de la ladera y un frondoso arbolado sustituyó a los prados y a los arbustos. El vehículo casi se detuvo para engranar la primera marcha y remontar así una cerrada curva en pendiente que hizo cambiar su trayectoria ciento ochenta grados. Después, fueron ganando altura hasta llegar a una segunda curva de herradura que los devolvió al sentido inicial. Continuaron el esforzado ascenso siguiendo una carretera a cada momento más bacheada, tal vez por el mayor deterioro al que era sometida por la nieve y el hielo a medida que subía. Joaquín había contado siete de aquellas cerradas curvas, entreviendo a través de las rendijas el paisaje que iban dejando a sus pies, cuando uno de los guardias que los custodiaban se puso en pie y golpeó el vidrio trasero de la cabina.

—¡Eh, Felipe, para! —gritó para hacerse oír por encima del ruido del motor. Acompañaba las voces con gestos de las manos.

—¿Qué pasa? ¿Parar para qué? —preguntó el conductor, molesto, después de asomar la cabeza por la ventanilla.

A modo de respuesta, una vez detenido el camión en la cuneta, apoyó los pies en las barras metálicas, se izó a pulso y asió un extremo de la lona, que alzó para descubrir el lateral. Un claro en el bosque dejaba a la vista la ladera de la montaña y, cuatrocientos metros más abajo, la ciudad entera bajo los rayos oblicuos del sol de la mañana, ceñida por el cordón plateado del Arga.

—Que se queden con esto antes de que los encierren allá arriba.

—¡*Amos*, Marcelino, no me jodas! Tú siempre con tus ocurrencias de samaritano —protestó otro de los guardias sentado junto a la lona trasera.

—¿Aquí quién está al mando, tú o yo? —cortó.

—¡Hostia puta! ¿Cómo que encerrarnos allá arriba? —Todos se volvieron hacia Fidel, el jornalero cuya delgadez le había permitido escapar de la cárcel—. No será esta la prisión de San Cristóbal, ¿eh? ¡No me jodas!

—¡No, hombre! A vosotros os corresponde algo con más categoría, el fuerte de Alfonso XII —respondió el que acababa de protestar y, aunque lo hizo con cara de pocos amigos, despertó la risa de algunos de sus camaradas.

El camión enfiló la última rampa con que la carretera alcanzaba la cima del monte. El que se hacía llamar Marcelino había dejado la lona levantada y Joaquín, sacando la cabeza del vehículo, observó cómo se aproximaban a una entrada ciclópea de grandes sillares que se alzaban siete u ocho metros sobre el suelo. En su centro se levantaba una gran portada de piedra de aire neoclásico que enmarcaba una sólida verja de hierro dividida en dos hojas simétricas. En aquel momento, el conductor hizo sonar la bocina de manera insistente, pero no habría sido necesario porque, un instante después, las puertas se abrieron de par en par, señal de que los guardias ya habían oído el ruido acelerado del motor en su escalada hasta la cima del monte. El vehículo cruzó la arcada de la entrada y, a través de una segunda verja, accedió a un pequeño patio descubierto. Continuó hacia otra arcada de varios metros de longitud, esta vez desprovista de verjas, y entró en un espacio vasto y diáfano a cielo abierto, flanqueado por sólidas construcciones entre las que deambulaban numerosos hombres con indumentaria militar. Joaquín se fijó en las miradas asombradas de sus compañeros por las dimensiones del lugar, que nadie habría adivinado, oculto como estaba por completo a la vista desde el exterior. El camión se detuvo de manera demasiado brusca al lado opuesto de la explanada, y solo las ataduras impidieron que todos los presos se vieran arrojados al piso metálico. Uno a uno, los once hombres fueron liberados y obligados a descender tan solo maniatados a la espalda. El tal Marcelino saludó al modo militar e intercambió unas palabras con uno de los oficiales del fuerte* que se había acercado. Le entregó varios documentos, seguramente entre ellos el listado de los presos que se sometían a su custodia.

—¡A formar! ¡En fila de a uno! —ordenó el militar de manera imperiosa, al tiempo que se volvía hacia los prisioneros, que obedecieron con torpeza. Después, continuó—: ¡Un paso al frente cuando se os nombre!

Terminado el recuento, hizo ademán de apoyarse en el morro de la camioneta para estampar su firma en los papeles. Sin embargo, se apartó de forma abrupta.

—¡Joder, conductor! Llevas el motor al rojo vivo —espetó.

—Ahora miro el agua, mi sargento, pero no hay problema, que la vuelta es cuesta abajo.

Pocos minutos después, Joaquín vio cómo la camioneta en la que habían llegado maniobraba antes de recorrer el camino inverso hacia la salida. El oficial había entrado en una de las dependencias y solo dos soldados armados los vigilaban de cerca, amén de los centinelas que, desde sus garitas situadas en lo alto, los observaban sin quitarles ojo. Notaba un nudo en la garganta y se sentía intimidado, apabullado por el aspecto amenazante del lugar. Miró

* Llegada del grupo al fuerte de San Cristóbal. Véanse los planos de las páginas 602 y 603.

de soslayo a sus compañeros y comprobó que también recorrían el formidable recinto con la mirada, tan amilanados como él.

El fuerte de San Cristóbal recibía el nombre de la ermita ubicada en aquel paraje, que protegía desde tiempos inmemoriales a los caminantes que se aproximaban a Pamplona por el norte. Se trataba de una construcción ciclópea, iniciada en 1877 con el propósito de defender a la ciudad de un nuevo bloqueo como el llevado a cabo por los carlistas pocos años antes, que había impedido la entrada y salida de personas, provisiones y combustible.

La edificación se había realizado mediante el laborioso sistema de vaciar la cumbre del monte, a modo de cráter de volcán, para levantar los edificios del complejo militar en el interior, construcciones de varios pisos de altura y de un centenar de metros de longitud cuyas cubiertas, al ras de la cima, estaban conformadas por la misma tierra y la misma vegetación del entorno, de forma que la instalación quedaba oculta a la vista desde la distancia y protegida frente a posibles disparos de artillería. Cualquiera que ingresara al interior a través del largo túnel de acceso se veía enseguida rodeado por las fachadas de piedra de edificios de tres plantas y por los muros exteriores, cercados a su vez por los imponentes fosos concéntricos que bordeaban el perímetro del fuerte. Solo alzando la mirada podía vislumbrarse un fragmento de cielo, cuya forma se correspondía con la del recinto interior que se estuviera hollando.

Concebido para dar cobijo a una reducida guarnición militar, fue reconvertido en prisión después de la primera gran guerra en Europa, cuando la aparición de la aviación acabó con la seguridad que antaño ofrecía frente al fuego terrestre de artillería. La población reclusa entre sus muros había sufrido notables altibajos, con un máximo de setecientos presos tras la durísima represión de los sucesos revolucionarios de 1934. La llegada al poder del Frente Popular en febrero de aquel mismo año y la posterior amnistía la habían reducido hasta dejarla en solo dos centenares, presos comunes todos ellos.

Joaquín había buscado a Federico tras la orden del sargento de formar y, con dos pasos que trató de aparentar casuales, consiguió ponerse a su lado. Si grande era su aprensión por el futuro que le aguardaba en aquel lugar opresivo y siniestro, mayor era la desazón que sentía por haber arrastrado a su mejor amigo a compartir el mismo destino. Le costaba trabajo volver la mirada hacia él, en posición de firmes bajo el sol de agosto que se dirigía hacia el cénit. El sudor le escurría por las sienes y se perdía bajo el cuello de la camisa que empezaba a empaparse.

—¡Joder! ¿Hasta cuándo nos piensan tener aquí? —oyeron protestar a Efrén, dos puestos más allá.

—Al menos podrían darnos agua —rezongó otro en tono lo bastante alto para que lo escucharan los dos guardias que, protegidos por la breve sombra del muro meridional, los seguían apuntando con los fusiles.

—¡Vosotros! ¡A callar! —ordenó uno de ellos, interrumpiendo un momento la conversación que mantenían.

Joaquín se sentía a punto de desfallecer cuando su atención se vio atraída hacia la boca de lo que parecía un túnel que desembocaba en el recinto, donde distinguió a un hombre alto vestido de paisano flanqueado por un guardia armado. Uno de los hombres que los vigilaban, al verlos, corrió hacia el edificio y un instante después salió acompañado del sargento, que se dirigió al encuentro de los recién llegados.

—Buen día, don Alfonso —saludó, sin embargo, al estilo militar—. Estos son los once nuevos. Rebelión todos, solo dos con consejo de guerra.

—¡Serán hijos de puta! —musitó Efrén con sarcasmo—. ¡Ahora resulta que los rebeldes somos nosotros! ¡Qué ganas de que la República le dé la vuelta a la tortilla!

—¡Decidle a ese que se calle, a ver si nos vamos a estrenar en alguna celda de castigo! —masculló otro.

—Este será el director, ¿o qué? —supuso Federico, con voz queda.

—Tiene toda la pinta —respondió Joaquín, sin desviar la mirada del frente.

El tal don Alfonso los barrió con una mirada rápida y desprovista de interés al tiempo que consultaba el listado que el sargento le acababa de entregar.

—Está bien, para dentro ya —ordenó.

—Entiendo, señor De Rojas, que usted se encarga del registro —trató de asegurarse el suboficial, confuso.

—Registro, los dos con sentencia. El resto, ni registro ni leches. Esos, en cuanto atraviesen el rastrillo, dejan de existir —sentenció.

11

Lunes, 7 de septiembre de 1936

Parecía que se los hubiera tragado la tierra. Las indagaciones de la última semana en Puente Real habían resultado infructuosas, a pesar de haberse significado ante funcionarios, carlistas, militares, fascistas y hasta sacerdotes. Con gran disgusto de su madre, había regresado a la Junta Local de Guerra, pero también al Ayuntamiento, a la sede de la Falange, a la delegación del Gobierno Militar y al Palacio Decanal. Nadie le supo dar razón de Joaquín Álvarez Casas, ni siquiera una pista de su paradero, un hilo del que poder tirar. Tampoco de Federico Nieto Abad.

Desde el local de Teléfonos había puesto conferencias con el Gobierno Militar de Pamplona, también con el colegio de los escolapios donde, según el bastardo de Zubeldía, se le había ubicado por última vez, pero todas sus explicaciones, ruegos y peticiones habían sido en vano. Por eso se encontraba sentada en el viejo asiento de madera del autobús de La Veloz, que la conducía aquella mañana a la capital. Había dicho en casa que debía acudir a Pamplona en busca de información acerca del curso escolar que, por las fechas, debería estar a punto de comenzar. Si Ramón, su padre, estaba al tanto de la total suspensión de las clases a causa de la guerra, se lo había callado cuando la víspera, sentados los tres a la mesa para el almuerzo, había comunicado su intención. Por suerte, la contienda, con todos sus frentes lejos, por el momento no había afectado a los coches de línea en la provincia, aunque Emilia no había dejado de advertirle de los riesgos de viajar sola en aquella situación. Habían sido detenidos en tres controles militares, y hombres con camisa azul en una ocasión, guardias civiles de verde en la segunda y de caqui con boinas rojas en la tercera se habían subido al vetusto vehículo para pedir a todos los pasajeros sus cédulas de identificación. Si algo había observado en común en todos ellos no era el atuendo, ni las armas que portaban, ni la forma de dirigirse a los viajeros, distinta en cada ocasión, sino el olor penetrante del sudor rancio y del humo de las fogatas.

Casi tres horas habían empleado en recorrer el centenar escaso de kilómetros que separaban Puente Real de Pamplona cuando el autobús se detuvo a media mañana en la vieja estación del centro. Con las nalgas doloridas por el traqueteo, Ana María se apeó con torpeza tratando de desentumecerse. Al salir, el calor empezaba a apretar y las sombras proyectadas por los edificios circundantes no resultaban ya suficientes para acoger a todos los viandantes. Por suerte, había tenido la previsión de vestirse con ropa fresca y amplia, aunque habría preferido no tener que cubrir brazos y piernas por completo ni tener que ocultar el cabello con un pañuelo, tal como marcaba la norma impuesta por las nuevas autoridades civiles y religiosas.

No tuvo dificultad para orientarse y se encaminó hacia la plaza de toros que, tan solo dos meses antes, había acogido los célebres encierros y las bulliciosas corridas de toros durante las fiestas de San Fermín, con la ciudadanía ajena a la frenética actividad que a pocos metros desarrollaba el general Mola, en plenos preparativos del golpe de Estado que iba a desatar el caos solo cuatro días después. Aún se veían, rotos y descoloridos por el sol y alguna tormenta, los carteles que habían anunciado los cuatro festejos taurinos de la feria de aquel año.

Apenas empleó diez minutos en plantarse frente a la imponente aguja del colegio de los escolapios, reconvertido en prisión dependiente de la Junta Central Carlista. Ante el chaflán opuesto al coso taurino se encontraban estacionadas dos camionetas provistas de toldos que ocultaban su interior. Los únicos hombres a la vista, amén de los guardias apostados en la puerta, eran los conductores que fumaban sus cigarrillos de pie, pegados al muro a falta de un solo árbol que prestara sombra.

Se acercó intimidada pero decidida a no moverse de allí sin la información que venía a buscar.

—¿A dónde va, señorita?

Un joven esmirriado, apenas un muchacho, ataviado con la indumentaria carlista y una chapela roja que, a todas luces, le quedaba grande, le dio el alto, alterado, apenas hubo atravesado el umbral. Ana María pensó que tal vez su turbación se debía al hecho de que en realidad su puesto se encontraba en el exterior, expuesto al sol, y no en la penumbra del zaguán donde se había refugiado, sin poder observar a quienes se aproximaban al edificio a no ser que lo hicieran de frente.

—Vengo en busca de información sobre mi prometido. Según mis noticias, ha sido trasladado aquí. Su nombre es Joaquín Álvarez Casas, tiene veintiún años y es vecino de Puente...

—Pare, pare, señorita. Que yo solo estoy aquí haciendo mi turno de guardia.

—¿Darías aviso a quien pueda darme razón de él? —Ana María tuteó al muchacho, a quien, de tropezárselo sin la vestimenta militar, habría considerado un mozalbete.

—Como quieras, pero ya te adelanto que pierdes el tiempo. —El tuteo del militar no era sino una nota más en su actitud de desprecio y altanería—. No paran de llegar parientes de rojos preguntando por ellos, y todos se vuelven por donde han venido.

—Haz el favor...

Ana María esperó en una estancia desnuda, apenas dotada de dos bancos corridos, que, sin duda, había sido la sala de espera del colegio. Transcurrió más de media hora antes de que la puerta se abriera para dar paso a un hombre, casi un anciano, que debía de rondar los setenta. Vestía de manera sobria, pero con cierta clase, sensación a la que contribuía el elegante sombrero de rejilla de color pajizo que sujetaba en la mano, con el que seguramente se habría protegido del calor. A pesar de lo avanzado del verano, presentaba un aspecto pálido y enfermizo, con grandes ojeras y bolsas bajo los párpados que le proporcionaban una expresión afligida y desolada. En cuanto se hubo cerrado la puerta, antes siquiera de tomar asiento, se dirigió a ella:

—¿A quién busca usted? ¿A su padre? ¿A un hermano quizá?

—¿Yo? A mi novio —respondió con cortesía—. Somos los dos de Puente Real.

El anciano meneó la cabeza despacio con semblante apesadumbrado.

—Os han robado la juventud, chiquilla. A vosotros y a todos

esos muchachos que se están dejando la vida en el frente antes de empezar a vivirla. No hay nada que justifique segar miles de vidas recién estrenadas... ¡nada! —Levantó la voz, alterado, aunque se llevó la mano a la boca al ser consciente de dónde se encontraba.

—¿Y usted a quién busca? —se interesó Ana María. Se sentía conmovida por la emoción que el hombre había mostrado al hablar.

Al escuchar la pregunta, se estremeció y pareció empequeñecer, tal vez porque había agachado la cabeza tratando de ocultar la emoción.

—Busco a mi hijo Samuel. Se lo llevaron la víspera de Santiago, y ya no he vuelto a saber de él.

—¿Y se puede saber...?

No fue necesario que Ana María terminara. El hombre asintió al tiempo que se dejaba caer en el mismo banco, dispuesto a responder a su pregunta.

—Me siento aquí, a su lado, si no le molesta; así no hará falta levantar la voz, que de esta gente no me fío un pelo. A mi edad las piernas ya no le sostienen a uno como antes. Además, créame, señorita, siento que en estos dos meses he envejecido tanto como en los diez últimos años.

—Claro, siéntese —dijo tocando la madera del banco a su lado—. Le aseguro que le creo, yo soy mucho más joven y, de alguna manera, me ocurre lo mismo.

—Yo soy impresor, ¿sabe usted? Siempre he regentado el negocio que heredé de mi padre, pero hace un par de años la delicada salud de mi esposa me obligó a dejar la imprenta en manos de Samuel. En mala hora.

—¿En mala hora? ¿No fue bien el negocio?

—El negocio iba viento en popa, Samuel ha trabajado siempre conmigo y lo llevaba igual o mejor que yo. —A la muchacha no le pasó desapercibida la nota de amargura en la voz del anciano al utilizar el pasado—. Tan bien, que cada día me dedicaba más a mi mujer y menos a la imprenta. Por eso él estaba solo en el taller cuando fueron a buscarlo, y no hubo posibilidad de que yo asumiera la responsabilidad. Por eso no me llevaron a mí.

—¿Responsabilidad?

—Además, no tuve picardía. —De nuevo ignoró la interrupción—. Fue mi culpa.

Ana María no se atrevió a preguntar otra vez. Se limitó a esperar a que el viejo impresor siguiera hablando, cosa que sucedió apenas un instante después:

—Le encontraron paquetes de pasquines para la CNT y también unos carteles de apoyo a la reforma agraria. Encargos, como otros muchos. Fue suficiente para que lo acusaran de auxilio a la rebelión. ¿Se quiere usted creer que me enteré de la detención de mi hijo por una nota que acertó a dejar en el mostrador cuando se lo llevaban? Lo dejaron todo abierto de par en par, y solo nos enteramos al ir a la imprenta por la noche, cuando mi nuera me avisó de que Samuel no había vuelto a casa. Ya no le hemos visto más.

El anciano se incorporó ligeramente para sacarse la cartera del bolsillo y del billetero extrajo una tarjeta de Artes Gráficas Hualde. Se la tendió después de darle la vuelta. En el reverso solo había unas pocas palabras escritas a toda prisa, apenas inteligibles: «Me llevan los requetés, pero estoy bien. No os preocupéis. Pronto nos vemos. Samuel».

Ana María se la devolvió con gesto compungido negando con la cabeza.

—¿Y no tiene idea de a dónde lo han llevado?

—Es como si se lo hubiera tragado la tierra. He recorrido la prisión provincial, el colegio de los salesianos, en manos de la Falange, el convento de la Merced, el centro de detención de la plaza de toros, cuarteles, comisarías... Nadie me ha dado cuenta de su paradero. Y sí, antes de que usted me lo diga, ya sé que han podido fusilarlo, pero tampoco nadie me ha dicho que lo hayan hecho. Así que, mientras no tenga constancia de su fallecimiento... de su asesinato —se corrigió—, yo seguiré buscando.

La joven tomó nota mental de los lugares que acababa de citar el anciano. Ella disponía de información fehaciente de que Joaquín había sido conducido a aquel lugar, pero nadie le aseguraba que no lo hubieran trasladado con posterioridad. Así se lo comentó al viejo impresor.

—¿Cómo se llama usted, señorita? Mi nombre es Germán.

—Me llamo Ana María —respondió con una sonrisa ante el evidente deseo de conversar del anciano.

—Pues bien, Ana María, siento tener que rebajar sus expectativas, pero, aunque su prometido se encontrara ahora mismo aquí, a cincuenta metros de usted, no conseguiría arrancar ninguna información a esta gente. Solo le digo que es la tercera vez que vengo... y, como he entrado, he salido. Han levantado un muro de silencio. La ciudad está llena de personas como usted y como yo buscando a sus allegados desaparecidos —se lamentó—. La esperanza es que hay constancia de que algunos de ellos están en prisión y no bajo tierra.

—¿Y cómo lo han sabido?

—Bueno, siempre hay testigos: el que lleva provisiones a las prisiones, algún guardia amigo de la familia que se apiada de los parientes, algún cura... Lo cierto es que se encuentran allí, pero tampoco dan cuenta de ello a sus familiares.

—Y eso hace albergar esperanzas a otros —aventuró.

—A mí solo me falta preguntar en la prisión de San Cristóbal, pero subir hasta allí a pie por esas rampas kilométricas es un esfuerzo que ya no puedo hacer, además de que no podría dejar sola a mi esposa impedida durante tantas horas.

—Tal vez yo podría subir e interesarme por Samuel a la vez que pregunto por Joaquín —repuso Ana María, repentinamente animada.

—Temo que, aunque lo hiciera, chocaría con el mismo muro de silencio.

—Si no me dan lo que busco aquí o en cualquier otra prisión de Pamplona, no dude que llamaré a todas las puertas, aunque tenga que emplear un día completo en subir allí y regresar.

—¿Y viene usted desde Puente Real en autobús? Si tiene que hacer ese camino, tal vez no le quede tiempo de tomar el coche de vuelta.

—En ese caso debería quedarme en un hostal o en una pensión a hacer noche.

—Tiene usted abierta mi puerta, joven. Rosalía, mi nuera, se muda esta misma semana con los dos nietos; así ella puede echarme una mano con mi esposa, y yo con los críos, sin necesidad de mantener dos casas en estos tiempos de escasez.

—Tiempo al tiempo, Germán. Como le digo, yo sí tengo noticias de que trasladaron a Joaquín aquí. Y de aquí no me muevo mientras no me lo confirmen o me den cuenta de su paradero.

—Le deseo mucha suerte, Ana María —respondió sin ocultar su escepticismo—. Le ruego, en todo caso, que tome nota de mi dirección, por si no nos volvemos a ver cuando nos atiendan, si es que lo hacen. ¿Tiene usted algo donde anotarla?

Ana María sacó del bolso una pequeña y manoseada libreta y hurgó en el interior hasta que extrajo un lápiz diminuto. Después, pasó varias hojas hasta que dio con la letra G, dispuesta a añadir el nombre del impresor.

—Por la H será mejor, si lo que quiere es anotar mi apellido —le sugirió el impresor, que la había observado atentamente—. Hualde, Germán Hualde. Calle Mayor, 57. Está en la misma calle que la imprenta. Artes Gráficas Hualde, apúntelo.

La muchacha anotó las señas con cuidada caligrafía.

—Le agradezco su disposición, Germán —dijo mientras la recogía en el bolso.

—Ahí tiene su casa para lo que precise —ofreció—. Estamos en el mismo trance y nos tenemos que echar una mano entre nosotros...

—Mi padre es maestro en Puente Real, Ramón Herrero. Si va por allí, solo tiene que preguntar a cualquiera y enseguida le indicarán nuestra dirección.

Aún tuvieron tiempo de hablar durante el cuarto de hora largo que tardó en abrirse la puerta. Un cabo uniformado, con cara de pocos amigos, se plantó frente a ellos.

—El capitán al mando ha sido reclamado por las autoridades militares y ha tenido que marchar. Tengo que invitarles a abandonar el edificio, hoy ya no ha de regresar.

—Discúlpeme, pero vengo desde Puente Real en busca de información sobre mi prometido. Félix Zubeldía, miembro de la Junta Local de la Falange, me informó de que había sido trasladado aquí. Estoy segura de que alguien, a falta del capitán al mando, podrá confirmar si es así y facilitarme el contacto con él.

—Creo que no me ha escuchado bien, señorita —repuso, impaciente, sosteniendo la puerta abierta para permitirles el paso—. Le acabo de dar una orden. No me obligue a adoptar medidas más expeditivas.

—Vamos, Ana María. —Germán la tomó del brazo y tiró de ella hacia el zaguán—. Es inútil insistir, créame.

Salieron del antiguo colegio al calor abrasador de aquel día de verano tardío. Germán, con el sombrero calado, se despidió alegando que debía atender a su esposa en el almuerzo, no sin antes insistir en que usara la dirección que le acababa de dar en caso de que regresara a Pamplona.

—Le agradezco su amabilidad, Germán.

—Si no nos ayudamos entre nosotros, ¿quién lo hará? Quién sabe si alguno de los dos puede averiguar algo —repitió mientras se secaba el sudor de la frente con el dorso de la mano—. ¿Qué va a hacer ahora?

—Aún me queda probar suerte en los salesianos y en la Merced, además de en la prisión provincial.

—Los salesianos están aquí, a la vuelta de la esquina, pero hace un calor terrible. Véngase conmigo a casa, así se refresca y come algo con nosotros antes de seguir —le ofreció Germán—. Si no me equivoco, no habrá probado bocado desde que ha salido de Puente Real.

Ana María no lo desmintió.

—No sabe cómo se lo agradezco, pero no tengo tiempo que perder, el autobús regresa a las siete. Llevo un tentempié en el bolso y beber... ya beberé de cualquier fuente.

—No le insisto, Ana María. Ojalá pudiera acompañarla, pero ya le digo que tengo sola a mi mujer. —Le tendió la mano para despedirse—. Le deseo mucha suerte.

12

Lunes, 14 de septiembre de 1936

Entumecido, aterido, dolorido. Joaquín se despertó antes incluso de que el corneta se empleara a fondo con el toque de diana. Pero aquellas eran tan solo sensaciones físicas soportables y pasajeras. Resultaban mucho más mortificantes la desesperación, la nostalgia por lo que había dejado afuera, la angustia de pensar que aquel castigo brutal iba a prolongarse durante años. Le venían a la cabeza las admoniciones del padre Villanueva, el jesuita que durante su adolescencia había sido su confesor. Cuando, de rodillas ante la rejilla del confesonario, se acusaba de haberse tocado, comenzaban las imprecaciones por haber vuelto a caer en aquel, al parecer, terrible pecado mortal. Le recordaba que si, por cualquier desgraciada circunstancia, la muerte le visitaba sin un acto de contrición y sin haber recibido la absolución de un sacerdote, su alma descendería sin remisión a los infiernos y ardería para siempre en el fuego del averno. Y entonces, con tono didáctico, le explicaba que la mayor tortura que sufrían las almas atormentadas no era el dolor terrible de las propias llamas lamiendo la piel, sino la conciencia de la infinitud de aquel castigo, de su carácter interminable, eterno. La misma sensación de infernal angustia le martirizaba cuando cada amanecer regresaba del sueño a la realidad y constataba que, a sus veintiún años, treinta años más sometido a aquel martirio se parecían mucho a una eternidad.

Aún no acababa de creer que las condiciones en que los mantenían pudieran ser reales y no fruto de una broma pesada o de una pesadilla. Tras su llegada a la prisión, los condujeron por el largo túnel que comunicaba el cuerpo de guardia con las dependencias destinadas a los reclusos. Una puerta abierta en un sólido muro de piedra de la altura de tres hombres les dio paso a un patio rectangular de un centenar de metros de largo y unos quince de ancho. Flanqueado en toda su longitud por edificios de piedra de tres pisos, el cielo azul era tan solo un rectángulo estrecho que se veía al levantar la mirada.* Cuando la puerta de hierro se cerró tras ellos con un chasquido metálico, Joaquín sintió que lo invadía una aguda sensación de claustrofobia y de aislamiento que le puso un nudo en la garganta. Cruzaron el recinto en diagonal hasta alcanzar una entrada situada en el lado opuesto. Con los ojos habituados al sol intenso del exterior, la impresión que tuvieron al atravesar aquella puerta enrejada fue la de avanzar en penumbra. Pero la oscuridad se hizo más intensa cuando los obligaron a descender una amplia escalera de caracol en dirección a lo que, a todas luces, debía de ser el sótano del edificio. Casi a ciegas, un segundo sentido vino a suplir a la vista, pues un hedor apenas soportable invadió sus narices hasta el punto de forzarlos a levantar las manos atadas para tapárselas.

Se encontraron en un amplio pasillo abovedado que recorría, perdiéndose de vista, el centenar de metros del edificio, más con aspecto de túnel que de corredor. Solo la luz mortecina de unas cuantas bombillas de escasa potencia y el resplandor procedente de ventanucos en lo alto del muro, a ras del suelo del patio, impedían que la oscuridad fuera absoluta. A ambos lados del andador se abrían naves, asimismo abovedadas, de unos cinco metros de lado, enfrentadas, abiertas, sin paredes que las separaran del pasillo.

Después, supieron que se hallaban en la primera brigada, compuesta por once de aquellas dobles naves, y que la distribución de los dos pisos superiores era similar, salvo por el hecho de que las brigadas segunda y tercera sí que disponían de ventanas enrejadas y no solo de aquellos pequeños ventanucos a ras de suelo. Sin embargo, por lo que habían visto al atravesar el patio, ni unas ni otros disponían de cristales.

A pesar de que se encontraban a mediados de septiembre, en verano aún, Joaquín, recién despierto, temblaba de manera irresistible. Los problemas de la ubicación de la primera brigada en aquel semisótano se veían agravados por el hecho de que las naves del

* Véase el plano del penal de la página 603.

lado derecho lindaban con los aljibes del fuerte, separadas de ellos tan solo por el muro del fondo. El agua rezumaba entre la argamasa de los sillares, se desparramaba por el suelo enlosado y llegaba a encharcarse en las zonas de mayor declive. La tremenda suciedad acumulada, apisonada de manera continua por los presos, formaba con la humedad una gruesa capa de pecina maloliente sobre la que no tenían más remedio que acostarse. Por ello, tras una noche de relativa inmovilidad, los reclusos despertaban ateridos, con la sensación de llevar mojadas las pocas prendas con que se cubrían. Joaquín y los demás habían llegado con la ropa que vestían, pantalones y camisa tan solo, amén de los zapatos y la muda. A la entrada no se les había entregado más que una manta pequeña, una lata a modo de escudilla y una cuchara, al tiempo que les indicaban cuál era el número con el que habían sido identificados y al que, en adelante, tendrían que responder en los recuentos.

En cada una de las naves, que por poco sobrepasaban los veinticinco metros cuadrados, se hacinaban otros tantos hombres, lo que daba un número total de quinientos a seiscientos reclusos por brigada. Disponían de una docena de retretes, uno por cada cincuenta presos, simples agujeros en el suelo desprovistos de agua corriente. Allí dentro faltaba de todo: no había camas, ni colchones, ni mesas, sillas o armarios. Los reclusos dormían, o al menos lo intentaban, acostados en hileras sobre el suelo, pegados unos con otros, con la ropa puesta, aislados de la pecina por un petate o por la manta.

Los once hombres que habían llegado en la camioneta bajaron juntos a aquel sótano y juntos los hicieron avanzar a lo largo de las naves. Los guardias, a ojo, parecían calcular la ocupación de cada una de ellas y los fueron repartiendo. En la tercera nave dejaron a dos y en la quinta, a dos más. Viendo lo que sucedía, Federico había cogido a Joaquín por el brazo y cuando, al llegar a la séptima nave, el guardia levantó tres dedos, dio un paso al frente y arrastró a su amigo con él. Un tercero hizo ademán de unirse a ellos, pero Efrén lo retuvo tomándolo del brazo y ocupó su lugar.

—Yo con vosotros, camaradas —siseó esbozando una sonrisa.

Los cuatro restantes, rodeados por los guardias armados, siguieron adelante por el túnel hasta perderse de vista.

Con el paso de los días, Joaquín había terminado por habituarse al hedor de la brigada, tal vez porque el suyo propio se había sumado al del resto. Pero lo que no podía soportar era el suplicio de los piojos. Cientos, miles de ellos los habían invadido en cuanto pusieron los pies en aquel lugar lóbrego, atraídos tal vez por la ropa más limpia o menos infestada que la del resto. Había pasado las primeras noches en vela rascándose sin descanso hasta sangrar, torturado por el picor y por los miles de patitas que notaba en cada milímetro de su piel, incluidos la cabeza y el cabello.

—Al final, te acostumbras —les advirtió un preso que dormía cerca, molesto por sus continuos movimientos y por las quejas—. Rascarse es lo peor, que más de uno ha salido de aquí con los pies por delante y con la piel llena de llagas supurando. Y cuanto más te rascas, más pica. Así que quietos y a callar.

Entre la advertencia y el agotamiento, la cuarta noche en el penal fue la primera en que pudo conciliar un sueño digno de tal nombre. Fue también por entonces cuando el hambre empezó a hacer estragos.

El primer día de estancia en el fuerte les había señalado la rutina que les esperaba. A su llegada, habían mantenido las primeras conversaciones con sus compañeros de infortunio, que los habían recibido con curiosidad, pues su presencia no dejaba de suponer un cambio en la monotonía de sus vidas. A ellos recurrieron los tres, una y otra vez, para anticipar lo que vendría a continuación, para saber cómo comportarse sin despertar la ira de los guardias y para despejar las muchas dudas que a cada momento les asaltaban. La sucesión encadenada de novedades había hecho que aquella primera jornada transcurriera con rapidez.

Tras la primera noche de encierro, el toque de diana a las seis y media había despertado a quienes no estaban ya en vela, aunque algunos permanecieron acostados unos minutos más, hasta que sonó una segunda llamada para el recuento. Como todos dormían vestidos, solo tenían que ponerse en pie a ambos lados del túnel central y esperar a que el cabo, lista en mano, cantara su número de identidad al tiempo que avanzaba por el andador central. Otros, en cambio, se habían levantado antes y habían salido de la nave con sus latas o escudillas en la mano, aunque todos estaban de regreso a la hora del recuento. No comprendieron el motivo hasta que llegó la hora del aseo. Solo había unos lavabos en la brigada y, al parecer, el agua estaba racionada por la escasez del abastecimiento en lo alto de aquel monte. Quinientos hombres debían llenar sus recipientes al mismo tiempo, y la aglomeración fue tremenda. Se produjeron discusiones, empentones y conatos de peleas, así que Joaquín, Federico y Efrén, perplejos, optaron por esperar. Nadie les había dicho que las conducciones permanecían abiertas tan solo veinte minutos, los únicos a lo largo del día, y no llegaron a tiempo para coger el agua que les habría correspondido.

A las ocho se repartió el desayuno. Los tres recogieron una oblea de chocolate que no pesaría más de una onza, tan fina que estaba llena de agujeros, y un pequeño bollete de pan, no duro del todo.

—No está tan mal, ¿no? —comentó Joaquín mientras comía con apetito.

—Poca cosa es para aguantar toda la mañana, pero menos es nada —respondió Efrén, que había dado buena cuenta del pan y del chocolate en dos bocados.

—Azúcar, desde luego, poca lleva. No sabe a nada. —Federico se había puesto en la lengua un trozo de oblea casi transparente y dejó que se fundiera antes de darle un mordisco al bollo.

—Más fino que las hostias que dan en misa —trató de bromear Efrén, ya sin nada que llevarse a la boca.

Joaquín entonces arrugó el ceño. Había observado que el resto de los presos los contemplaban perplejos. Se fijó en que solo alguno de ellos estaba masticando y, quienes lo hacían, solo habían dado pequeños mordiscos al panecillo. Mirando a uno de los más cercanos, que se había guardado la mayor parte en el bolsillo del pantalón, alzó los hombros y la barbilla en un gesto de interrogación.

—El bollo es para todo el puto día, panolis —espetó.

—Mirad los nuevos, se han creído que esto es el Palace —se mofó otro.

Aunque con pocas ganas, algunos presos rieron, pero la mayor parte los miraron con una mezcla de lástima y de pesar.

Muchos se habían vuelto a sentar y algunos otros, con aspecto poco saludable, yacían de nuevo sobre las mantas. Los menos caminaban aprovechando los pocos metros del pasillo central que correspondían a su nave. Descubrieron que los lugares más buscados se situaban junto a las paredes, pues permitían apoyar la espalda, pero no había muro para todos, así que se mantuvieron en pie trabando conversaciones y tratando de satisfacer la curiosidad que despertaban como recién llegados.

Hacia las diez salieron al patio, o más bien fueron sacados en formación y a toque de corneta. Aunque, entre tapias y fachadas, el aire fresco los hizo revivir, por mucho que a la luz del sol los piojos también parecieran cobrar nueva vida sobre su piel. Solo habían pasado una noche en la brigada y no sentían una necesidad acuciante de desentumecerse y de caminar, como parecía sucederles al resto. Nada más poner los pies en el patio, se incorporaban a una improvisada procesión que giraba pegada a los muros en sentido contrario a las agujas del reloj. Otros, en el centro, formaban corros al sol o se sentaban sobre el suelo pisoteado por miles de suelas para fumar, para despiojarse unos a otros o simplemente para hablar con quienes no se tenía ocasión de hacerlo habitualmente por ocupar otra nave o pertenecer a otra brigada.

Federico, en pie, sacó el paquete de picadura que conservaba en el bolsillo, extrajo un papel del librillo y empezó a liarse un cigarro. Efrén lo imitó al instante. Joaquín reparó en que algunos de los hombres los miraban y, de manera aparentemente casual, se aproximaban a ellos. Fue Efrén quien sacó primero el chisquero y, con la mecha ya encendida, se lo ofreció a Federico, que prendió su cigarrillo y aspiró con deleite la primera calada.

—¡Chis! —chistó Joaquín para llamar la atención de ambos. Con un gesto de la frente señaló a los espectadores que no les quitaban ojo de encima.

—¡Coño! ¿No tenéis tabaco, o qué? —exclamó Federico.

Un par de jóvenes de su edad negaron con la cabeza.

—Aquí el tabaco se comparte —dejó caer un tercero—. Cuando hay.

Fue Efrén quien pasó el suyo al muchacho que tenía al lado, que lo cogió con avidez y se llenó los pulmones con los ojos entornados. Joaquín reparó en su juventud.

—¿Cuántos años tienes, chaval?

—Tengo ya dieciocho —respondió con orgullo.

—¿Y qué mal has hecho tú para que te tengan aquí? ¡Si eres un crío!

—¡Tampoco me sacas muchos tú! Me alisté voluntario y marché para el frente. Soy de Segovia —aclaró al tiempo que devolvía el cigarro—. Estaba haciendo una guardia en el hospital de sangre, por Guadarrama, y cuando quisimos darnos cuenta los fascistas nos habían *copao*, no hubo forma de salir de allí. Ni un tiro pude descerrajarles a esos cabrones, es lo que más me jode.

Fumaron los dos cigarros entre seis hombres, hasta quemarse los dedos. También Joaquín participó, con una especial sensación de camaradería con aquellos perfectos desconocidos.

—Soy Moisés. Aquí tenéis un amigo —se presentó tendiéndoles la mano a los tres, que correspondieron al gesto—. Y mis compañeros desde que entramos juntos aquí hace tres semanas: Amador y Enrique. Estamos en la segunda brigada.

Entre los saludos, el chico se mojó los dedos en la boca, apagó las dos colillas y se las guardó en el bolsillo.

La salida a la luz del sol no duró mucho. Descubrieron que los presos paseaban por turnos porque en el patio no cabían todos. Mientras, algunos reclusos seleccionados de forma rotatoria realizaban una somera limpieza de las brigadas, que no percibieron en absoluto cuando regresaron al sótano. Al contrario, tras poco más de una hora en el exterior, el hedor volvió a torturarlos con saña renovada.

A mediodía, poco después del toque del ángelus, hubo de nuevo movimiento en la brigada. Los hombres, aunque no todos, se iban poniendo en pie con las latas y las escudillas en la mano. Cuando los imitaron y se acercaron al pasillo, un hombre enjuto, de barba cerrada, que rondaría los cuarenta, se arrimó a ellos.

—Ya podéis tener *cuidao* y comer despacio, que los atracones son malos. Os he visto las ansias en el desayuno, así que pan vais a mojar poco —rio—. Si me permitís, puedo daros otro par de consejos para novatos, cortesía del Donato.

—Se agradecen —se apresuró a aceptar Joaquín.

—Al Chato, ni un mal gesto. Siempre buena cara, os apartáis en cuanto os eche el mejunje en la lata y si hacéis como que coméis, mejor.

—¿Quién es?

—El que va a entrar ahora a repartir la comida con el oficial de prisiones. Un común que no nos traga a los políticos. No sé cómo cojones lo han hecho, pero él y sus compinches son los putos dueños de la cocina y manejan la comida y los repartos a su antojo. Como le caigas mal o te vea un mal gesto, date por jodido: te tiene una semana asegurándose de que no te caiga ni un miserable garbanzo con el caldo.

—Bueno es saberlo —agradeció Joaquín—. ¿Algo más, ya puestos?

—Ya os he dicho que iban dos por el mismo precio. Con el mendrugo de pan que os habéis *zampao* los tres esta mañana, es posible que no estéis tan hambrientos como para trasegar la bazofia que nos dan. No es por asustar, pero hace falta tener hambre de verdad. Y cojones. Lo que hacemos es irnos al muro de los aljibes, donde no llega la luz del ventano, y tragar a oscuras lo que haya sin mirar dentro.

—Espero que estés exagerando la nota para que luego la cosa no nos parezca tan mal —trató de convencerse Efrén, pero las risas mordaces de los hombres que escuchaban alrededor le hicieron torcer el gesto.

Eran lentejas. O lo habían sido. Lo que el Chato vertió en sus latas eran los pellejos vaciados por los gorgojos, que flotaban en agua tibia manchada con algo de pimentón. De algún petate salió una lata agujereada a modo de colador que fue pasando de mano en mano. Los presos se ponían de dos en dos, mezclaban sus exiguas raciones en una de las dos latas y la vertían en la otra a través del colador, que en un momento terminaba repleto de pellejos de lentejas y de cientos de gorgojos hervidos. A continuación, volvían a repartirse el caldo y echaban dentro pequeños trozos del panecillo que habían recibido por la mañana, a modo de sopas.

Los tres amigos se miraron perplejos. Les repugnaba el aspecto de aquel mejunje cuajado de bichos negros, pero el hambre les resultaba ya insoportable. Usaron el colador cuando les llegó el turno y, haciendo de tripas corazón, se obligaron a trasegar el caldo, que al menos estaba templado, aunque supiera más a gorgojo que a legumbre.

Uno de los presos se hizo con el colador y pasó las dos horas siguientes separando con paciencia infinita los gorgojos de los pellejos de lentejas, que fue guardando en su escudilla.

La tarde fue un calco de la mañana: un nuevo paseo de una hora y la cena a las seis y media, que consistió en un cocimiento de cebollas con unos pocos trozos de patata mal pelada. Después llegó la hora de la limpieza de utensilios, que ya venían lavados con el caldo que habían contenido durante el día, la oración, el tercer recuento del día y el toque de silencio a las nueve y media.

Incapaz de pegar ojo por la dureza del suelo, por la humedad, por los piojos y por los ronquidos de los cincuenta hombres que lo rodeaban, Joaquín se preguntaba una vez más cuál había sido su crimen para acabar metido en aquel lugar de pesadilla, en un mal sueño que solo acababa de empezar. Trató de no pensar en Ana María para evitar el sufrimiento de su recuerdo, pero no fue capaz. Una y otra vez, las imágenes de las horas pasadas en su compañía tras su regreso de Madrid pugnaban por hacerse presentes. Y sobre todas ellas, volvía a experimentar de forma vívida las sensaciones de la última noche juntos. Alzó las manos y se acarició el anillo en la diestra. Sin embargo, lejos de experimentar el más mínimo atisbo de deseo al recordar a su prometida entre sus brazos, la impotencia y la desesperación llenaron sus ojos de lágrimas de manera irrefrenable.

El primer domingo que pasaron en el penal cambió la rutina. Tras el desayuno, mientras esperaban sentados al segundo recuento, Donato se les acercó.

—¿Sois de misas vosotros? —les preguntó.

Negaron casi al unísono.

—Pues iros acostumbrando a aguantar sermones, o ya podéis preparar la espalda para la fusta del mosén, que hoy es fiesta de precepto.

—Aquí no hay día sin su buena noticia —ironizó uno que se sentaba junto a ellos.

Supieron a qué se refería cuando, tras el cambio de guardia, escucharon el tañido amortiguado de una campana. El sonido entraba por el único respiradero de la nave, situado en lo alto del muro orientado al norte, a ras del suelo del patio, y parecía lejano.

—¿Hay una iglesia aquí dentro? —se extrañó Federico.

—Aquí hay de todo: iglesia, enfermería, economato y dicen que hasta cocina —respondió otro con sorna—. Pero de poco nos sirven a ninguno de nosotros.

No tardó en percibirse un revuelo en las primeras naves, las más cercanas a la puerta. Alguien, con voz destemplada e imperativa, se fue acercando hasta la séptima, donde se encontraban. Se oían voces, gritos, algún quejido y el rumor sordo de decenas de hombres, al parecer marcando el paso para salir al exterior bajo la vigilancia de los guardias. Los cincuenta moradores de la séptima nave se habían puesto en pie con indolencia, excepto uno, tumbado aún sobre una de las dos o tres únicas colchonetas que destacaban entre las mantas del suelo.

—¡Hostia! ¿Ese es el capellán? —exclamó Efrén.

—Acabas de conocer a don Miguel, capellán de San Cristóbal, agustino y falangista —explicó en voz baja el tal Donato, que no parecía mostrar gran afecto por el clero—. Dicen que se presentó voluntario en cuanto supo que se necesitaba un cura. Para él somos ovejas descarriadas y está empeñado en redimirnos a todos, aunque sea a latigazos.

El sacerdote vestía uniforme de falangista, con gorro y correajes, pero lo que llamó la atención de Joaquín fue la pistola que llevaba al cinto, amén de la fusta que blandía con la diestra. Cuando entró en la nave, sus ojos hundidos y escrutadores se clavaron en el preso que continuaba tumbado.

—¿Qué pasa contigo? —Hizo la pregunta con tono inquisitivo y evidente enfado. Como no recibió respuesta, apoyó la bota en el costado del hombre y lo volteó sin miramiento.

—Lleva toda la noche ardiendo, don Miguel —se atrevió a responder el único compañero que había permanecido a su lado, con un tono lo bastante sumiso para no ser él quien recibiera el primer vergazo, aunque resultaba evidente que el cura hacía esfuerzos por contener la rabia.

—Que lo apunten en la lista de la enfermería para mañana —ordenó condescendiente y con displicencia a uno de los guardias que lo acompañaban.

—Don Alejandro dejó dicho el viernes que mañana no ha de subir, que estará ausente de Pamplona —objetó el vigilante.

—¡Quien dice mañana, dice pasado, diantre! —respondió contrariado. Entonces dejó la fusta en manos del guardia, se sacó un crucifijo del bolsillo de la camisa y, haciendo con él la señal de la cruz repetidas veces, murmuró un responso, a modo de extremaunción. Luego se volvió hacia el pasillo y habló en voz alta—: Si no llega a tiempo el médico, por lo menos se irá aviado. ¡Los demás, a formar! ¡Todos fuera!

—Dicen que también confiesa vestido de militar, así que ya sabéis... —se mofó Donato mientras se disponían en dos filas paralelas y comenzaban a avanzar marcando el paso torpemente y a destiempo, tras los hombres de la nave anterior.

—No me he confesado en mi puta vida, ni con el cura de mi

pueblo, que era una bella persona —le respondió con tono irónico Efrén, que caminaba detrás—, ¡así que el tiempo me va a faltar para contarle mis pecados a este hijo de puta!

Formaron los primeros en el patio. Tras ellos bajaron los hombres de la segunda y la tercera; más tarde, los reos comunes de la cuarta, distinguibles del resto porque llevaban uniformes pardos, tal vez entregados cuando al presidio aún no habían comenzado a llegar los presos políticos tras la revuelta militar. Por fin, bajaron los reclusos de pabellones, el edificio que se encontraba justo enfrente. Era la primera vez que Joaquín veía a los de aquel bloque, y tuvo la impresión de que su aspecto no era tan deplorable como el de los hombres de las brigadas.

—¡Estos tienen mejor rancho! —Federico también se había fijado.

—¡*Quiá*, el rancho es el mismo! Igual sí que salen un poco favorecidos en el reparto —explicó Donato—. Pero esos son los señoritos, los de posibles, que les meten comida las familias y les mandan perras para comprar en el economato.

—¿Señoritos? —se extrañó Federico.

—Ahí hay de todo: políticos, militares, guardias de asalto y guardias civiles que se mantuvieron fieles a la República, maestros, estudiantes, médicos y comerciantes. —Donato parecía disfrutar presumiendo de su conocimiento—. Hasta el ministro de la Guerra está ahí, el general Molero.

—¿Molero está aquí? ¡Pero si fue ministro hasta febrero! Lo vi y lo escuché en Madrid durante una arenga antes de las elecciones.

—¡Anda, mira el chaval! ¿Y qué hacías tú en Madrid?

—Estudiaba Derecho en la universidad hasta la sublevación —se adelantó Federico, orgulloso de su amigo.

—¡Así que estudiante! Pues hazte valer, chico. Gánate a alguno de estos, que a lo mejor tu sitio no está en ese agujero de ahí abajo.

Una súbita voz marcial, acompañada de un breve toque de corneta, dio la orden de silencio y la conversación cesó en seco, al tiempo que los cientos de hombres perfectamente formados se colocaban en posición de firmes. El capellán, revestido con la casulla sobre los correajes militares, asomó entonces tras el altar, dejó la pistola encima y dio comienzo a la misa.

13

Martes, 29 de septiembre de 1936

Ana María no había repetido el error cometido en su primer viaje a Pamplona, del que regresó con rozaduras y dolorosas ampollas producidas por los zapatos y el calor. En aquella ocasión calzaba alpargatas y la ropa más fresca y cómoda de que disponía. Portaba un bolso de tela en bandolera en el que había guardado algunas provisiones y una vieja cantimplora de su padre que ya había tenido que utilizar en el coche de línea. Además, se cubría la cabeza con una pañoleta que la protegería del sol.

Apenas puso el pie en la capital, había iniciado la caminata que debía conducirla al fuerte de San Cristóbal. Aquel día, tanto su padre como su madre estaban al tanto del verdadero motivo del viaje, y aunque Emilia no había dejado pasar la oportunidad de manifestar su desagrado, no tuvo más remedio que ceder ante la determinación firme que había mostrado. Ramón le brindó una ayuda inapreciable al llevar a casa un plano detallado de Pamplona que había tomado prestado de la biblioteca de la escuela. Con él, regla en mano, habían calculado, según la escala del mapa, la distancia que debería recorrer para llegar a la cima del monte Ezcaba. Así, estimó que, a paso ligero, podría llegar a la base del monte en Artica en una hora, dando tan solo un pequeño rodeo en busca del puente de la Rochapea, por el que cruzaría el Arga.

En aquel instante, apoyada en el pretil de la muralla con el río a sus pies, observó al norte, recortado contra el cielo azul, el perfil del monte al que se dirigía. Trató de atisbar en la distancia algún rastro de la construcción que albergaba en su cima, pero nada parecía romper la uniformidad del paisaje cubierto de vegetación que se extendía por la ladera hasta los novecientos metros que alcanzaba en la cumbre. Solo se entretuvo un momento para intentar grabar en su mente algunos de los accidentes del terreno que se divisaban desde aquel punto, uno de los más altos de la ciudad, con el fin de orientarse durante el resto del camino. Después, inició el descenso en busca del puente sobre el cauce que ceñía el casco urbano.

Tras el primer e infructuoso viaje a Pamplona, era su intención repetirlo en una fecha cercana. Sin embargo, su madre había caído enferma dos días después, presa de fiebres que la habían postrado en cama durante doce largos días. A pesar de la insistencia de Ramón, no había consentido en dejarlo solo al cuidado de Emilia y de la casa; así que, exasperada, había visto pasar las semanas sin noticias de Joaquín. Solo unos días atrás había regresado a Pamplona con la intención de volver a probar suerte en los escolapios y completar la búsqueda en el resto de los lugares de la ciudad habilitados como prisión. Haciendo de tripas corazón, de nuevo visitó a Félix para que le facilitara un papel con el sello de la Junta Local de la Falange que le permitiera franquear los muros con los que se había topado en su primer intento. Zubeldía había terminado proporcionándoselo, no sin tratar de obtener a cambio la promesa de nuevos encuentros a solas, algo que solo había conseguido a medias, con largas por su parte y sin ninguna concreción. Pero la recomendación solo le había servido para que en su segunda visita a la prisión carlista de los escolapios le confirmaran que Joaquín Álvarez Casas había salido de allí tras una breve estancia, sin que el oficial que accedió a entrevistarse con ella, sin franquearle siquiera el paso a su oficina, le diera cuenta de su destino. La airada protesta de Ana María, que invocaba su derecho, no había torcido la voluntad del militar, quien alegó la prohibición estricta del mando de compartir aquel tipo de información con particulares que no pudieran demostrar un lazo familiar.

Llegó a Artica con el sol próximo al cénit. El calor apretaba ya, pero una espesa bruma empezaba a difuminar el azul del cielo, y nubes blancas y algodonosas se alzaban con formas caprichosas tras las cumbres que delimitaban la cuenca donde se asentaba Pamplona. La vida en el pueblecito, tan cercano a la capital, parecía desarrollarse con normalidad, ajena a los avatares de la guerra. Los vecinos conducían las mulas cargadas de regreso de las huertas, un grupo de mujeres parloteaban en el lavadero afanadas con la ropa que llenaba sus cestos y bandadas de chiquillos alborotaban en las calles sin prestarle demasiada atención. Había calculado que, desde allí, siguiendo la sinuosa carretera que trepaba por la ladera, le llevaría al menos una hora y media llegar a la cima, tal vez más, de modo que se refrescó en el caño de una fuente que manaba generosa, rellenó la cantimplora y, sin perder más tiempo, se dispuso a iniciar el ascenso. Levantó la vista hacia lo alto del monte tratando de ubicar el fuerte para orientarse durante la subida, pero tampoco desde allí se apreciaba nada en la cima. Aunque indecisa, decidió seguir el único camino en pendiente que partía del extremo opuesto del pueblo, a pesar de que parecía conducir en dirección opuesta.

—La veo despistada, señorita.

Ana María se volvió sobresaltada y tuvo que mirar hacia arriba para descubrir a quien le había hablado desde lo alto de un murete. Una rampa construida en el talud daba acceso a una humilde vivienda en el reducido espacio ganado a la ladera, y desde allí, sentado en un poyo de piedra y apoyado en su gayata, un anciano con el rostro cubierto de profundas arrugas la observaba con expresión complacida.

—¿Me equivoco si pienso que busca usted la subida al fuerte?

—No, no se equivoca. ¿Voy bien por aquí?

—Va usted bien, solo tiene que seguir el camino principal, no hay pérdida. Ahora... ¿me permite que le dé un consejo?

—Se lo ruego.

—Si no deja usted la carretera, tiene seis kilómetros hasta llegar arriba, porque está pensada para que los autos suban sin pendientes —explicó satisfecho—. A partir de la tercera curva cerrada hay sendas que atajan monte a través y van al encuentro del siguiente trecho del camino, que sube en zigzag. Es usted joven y, aunque tenga que apechugar con cuestas más empinadas, se va a evitar mucho rodeo. Y si coge esa que empieza ahí —señaló una acequia que, a una veintena de metros, descendía por la ladera—, se ahorrará otro buen trecho.

—Pues no sabe usted el favor que me hace —respondió agradecida—. Espero no extraviarme entre la arboleda.

—¡No, mujer! Usted oriéntese en aquella dirección, que es

donde está el fuerte, y acabará llegando arriba —dijo apuntando al norte con la gayata—. De todas maneras, que una mujer sola ande por estos montes... Iría más segura con un hombre a su lado.

—No hay más remedio, abuelo. Ya quisiera yo.

—No, si desde que la he visto he imaginado que es a su hombre a quien busca, y lo va a buscar allá arriba. —De nuevo, levantó el bastón—. No es usted la primera. Y me temo que no será la última. ¡Caterva de mal nacidos!

A Ana María no le pasó desapercibido que el viejo apenas había musitado las últimas palabras, bien seguro de que solo ella pudiera escucharlas.

—Le agradezco los consejos, pero no tengo tiempo que perder. Tal vez, si no me entretengo, pueda estar de vuelta en Pamplona para coger el coche de la tarde.

—Mejor si remata pronto la faena, sí; porque, si no me engaño, esta tarde igual se prepara tronada —le advirtió mirando más allá de la sierra.

—Gracias por todo, abuelo —se despidió caminando ya hacia el inicio de la vereda que le acababa de indicar.

—Inaxio, me llamo Inaxio. Aunque las hijas ya no me dejan llamarme así y me lo han cambiado por Ignacio. ¡A mi edad! —explicó perplejo—. ¿Y usted? ¿Cómo se llama usted?

—¿Yo? Yo me llamo Ana María —respondió mientras se alejaba.

—*Agur eta zorte on,** Ana María —musitó en voz baja, pero la muchacha ya no le podía escuchar.

No había sabido dosificar sus fuerzas, y cada paso en las últimas pendientes le provocaba un dolor que se obligaba a soportar, agarrándose con las manos a ramas y arbustos para aliviar el sobresfuerzo que les había exigido a sus poco entrenadas piernas. Para colmo, en un par de ocasiones había tropezado en el sendero que, a tramos, no era sino el cauce seco de los arroyos que bajaban del monte en la época de lluvias, y se había lastimado ambas rodillas. La senda, que serpenteaba entre un frondoso arbolado, le habría parecido hermosa de no haber tenido la mente cerrada a cualquier

---

* Adiós y buena suerte.

pensamiento que no fuera la manera de dar con el paradero de Joaquín. A trechos, la vegetación se abría en claros que le habían permitido contemplar la ciudad a sus pies, abrazada por el Arga, medio millar de metros más abajo. Ya cerca de la cima, una sensación de congoja se había apoderado de ella al pensar en las palizas que le esperaban si Joaquín se encontraba preso en aquel lugar. Era, sin embargo, una sensación contradictoria porque al mismo tiempo lo deseaba con todas sus fuerzas.

Por fin, inmersa en aquellas cavilaciones y superado un último talud de tierra desnuda, volvió a poner los pies en la carretera, a pocos metros de la cumbre. A su izquierda, excavado en la cima del monte y amoldado a su contorno, se abría un amplio portillo revestido de grandes sillares que albergaba la entrada del fuerte. Todavía con las manos apoyadas en los muslos y tratando de recuperar el aliento, se aproximó a aquellos muros que, construidos en oblicuo, semejaban un embudo que de manera inexorable condujera al visitante al portón enrejado que servía de acceso. La sólida verja de hierro estaba encastrada en una construcción de aire neoclásico que imitaba un arco de triunfo. Arriba, en el frontispicio, grandes letras forjadas en metal componían el nombre original del lugar, el fuerte de Alfonso XII.

Se sorprendió al no encontrar vehículos ni rastro de guardias en la puerta, pero solo con levantar la mirada atisbó a dos centinelas armados apostados en lo alto del tajo, junto a lo que, a todas luces, eran garitas de vigilancia. Sobrecogida por el aspecto imponente de la construcción, experimentó un estremecimiento; pero no era una sensación sombría, sino un pálpito gozoso, como si de alguna manera que no acertaba a explicar pudiera sentir la presencia cercana de Joaquín. Por primera vez en muchas semanas, se dejó invadir por un sentimiento de alivio, casi de euforia, que la empujó hasta la verja, dispuesta a exigir que le permitieran ver a su prometido.

El aparente descuido en la vigilancia no era tal. Habían advertido su llegada, sin duda, pues dos militares armados con fusiles habían acudido al túnel de acceso y la escrutaban al otro lado de la reja.

—Identifíquese —exigió uno de ellos, aquel que lucía un galón de cabo.

Ana María, impaciente, escarbó en la bandolera y sacó una carterita de la que extrajo su cédula.

—Mi nombre es Ana María Herrero, tengo veintiún años y soy natural de Puente Real —avanzó, como si quisiera abreviar la comprobación—. Vengo a ver a mi prometido, Joaquín Álvarez Casas. Tiene mi misma edad y es estudiante de Derecho, también de Puente Real.

—¿Y qué le hace pensar que se encuentra aquí?

El cabo no había utilizado el tono desabrido al que se había acostumbrado en las cárceles visitadas hasta aquel momento, y solo ese detalle le hizo albergar esperanzas. Sin embargo, la ilusión se desvaneció al instante cuando reparó en el modo en que la observaba, de arriba abajo, como si pretendiera desnudarla con la mirada.

—Me han dicho que lo trasladaron aquí —mintió—. Un familiar que pertenece a la Falange y que se ha interesado por él.

—Entiendo. Bien, pues habrá que comprobarlo. —Se volvió hacia su camarada, un soldado raso que por poco pasaría de los veinte—. Tú, paleto, ¿te has quedado con el nombre?

El muchacho pareció enrojecer y Ana María acudió en su ayuda.

—Joaquín Álvarez Casas —repitió—. Es un chico moreno, más o menos de tu altura...

—¡Vale, vale! Con el nombre es suficiente. No crea que va a entrar en las compañías a buscarlo por las señas —replicó, aunque el tono era más de broma que de burla.

—Busco también a un amigo común que detuvieron junto con él. Federico Nieto Abad.

—Dos nombres ya serán mucho para este cencerro —lo humilló de nuevo—. ¿Qué haces ahí parado? ¡Anda, busca al sargento! Ya sabes cómo proceder en estos casos. ¡O deberías!

—¡A sus órdenes, cabo!

—¡Un momento, hay un tercero! Samuel Hualde, de aquí, de Pamplona.

—¿Samuel Hualde? Ese nombre no me resulta desconocido —dijo el cabo—. ¿El impresor? —añadió.

—El mismo, ¿se encuentra aquí?

—Hace unos días, su mujer subió preguntando por él. Y sí, aquí está.

—¡Gracias a Dios! —exclamó Ana María recordando a Germán, su padre.

—¿A qué esperas, pánfilo? —arreó el guardia.

El soldado atravesó el pasadizo que daba acceso a un pequeño patio interior, abrió la portezuela de una segunda verja y ya se alejaba recitando en alto los dos nombres cuando la voz del cabo lo detuvo en seco:

—¡Rodríguez, joder! ¿Tan difícil de entender es que en ningún momento pueden estar abiertas las dos verjas al mismo tiempo? ¡Cierra, coño, cierra!

—A sus órdenes, pero como está cerrada la de fuera... —se atrevió a responder el muchacho.

—¿Y cómo quieres que deje pasar a esta señorita? ¡Bien tendré que abrirle! ¡Anda, anda! —exclamó, alzando las cejas con gesto paciente—. Calla la boca y haz lo que te mandan.

El cabo rebuscó entre las llaves que llevaba colgadas al cinto y abrió la sólida cerradura exterior. La puerta giró sobre los goznes que, faltos de un buen engrase, chirriaron con fuerza.

—Entre, que ahí al sol le va a dar un patatús. ¡Vaya sudada lleva! Ya veo que ha subido por los senderos, monte a través. —Pareció observar algo y echó atrás la cabeza con sorpresa—. ¡Pero, chica!, ¿qué te has hecho en esas rodillas? ¡Si las llevas en carne viva!

—He sido un poco torpe, eso es todo —contestó, un tanto sorprendida por el repentino paso al tuteo—. No es nada.

—Ven, mujer, al menos para limpiarte la sangre y la tierra.

Cerró la puerta a su espalda, cruzó el túnel de acceso y volvió a abrir la verja que el soldado acababa de atravesar. Ana María lo siguió hasta el pequeño patio interior donde, en el extremo opuesto, nacía otro túnel similar, aunque carente de verjas. Más allá, a través del orificio, se adivinaba una explanada a cielo abierto de mucha mayor extensión y rodeada de edificios. Sin embargo, el cabo la condujo a la estancia situada en uno de los lados del pasaje de acceso, que se abría a él con una ventana de medio punto, aunque la puerta se encontraba en el patio. Se trataba de una sala desnuda, provista tan solo de una vieja mesa de madera y de dos sillas desvencijadas. Al fondo, una alacena destacaba en el muro.

—Anda, siéntate, vamos a lavar eso —dijo al tiempo que se dirigía a la hornacina.

Ana María obedeció. No le había pasado desapercibido que el guardia había empezado a tutearla justo cuando se vieron solos.

Ignoraba el tiempo que tardaría en volver el soldado con la información que anhelaba, pero era cierto que no estaría de más limpiar aquellas heridas. Sobre la mesa reposaban una jarra de porcelana y dos tazas del mismo material, todas desportilladas. Cuando su vista se acostumbró a la penumbra de la habitación, descubrió también en una esquina una tinaja de barro que debía de contener agua, a juzgar por el cazo que colgaba del borde. Se sorprendió preguntándose cómo abastecerían en verano aquel fuerte situado en la cumbre del monte.

—Supongo que debo darle las gracias.

—¿Gracias de qué, chiquilla? ¡Qué menos! —Agachado junto a la alacena, el cabo hurgó en un rincón tras la puerta y, con gesto de triunfo, sacó una botella de vidrio—. Mira, hasta podremos desinfectar esas heridas.

Depositó la botella en la mesa y acercó la segunda silla. Se inclinó junto a ella, le asió la pierna izquierda por la pantorrilla y la levantó hasta dejarla apoyada en el asiento. Después, la rodeó y repitió la operación con la pierna derecha.

—Así no escurrirá —explicó antes de levantarle el borde del vestido varios dedos por encima de la rodilla.

Cogió la jarra y vertió un poco de agua fresca sobre las dos rodillas tratando de que arrastrara la mayor parte de la suciedad. Después, se metió la mano en el bolsillo y extrajo un pañuelo blanco cuidadosamente doblado.

—Llevo el mío. —Ana María se volvió hacia la bolsa que aún portaba.

—No te preocupes, puede hacerte falta más tarde. Este está recién lavado.

Sacó el corcho de la botella de vino, humedeció la tela con generosidad y la aplicó con cuidado sobre la primera herida. Ana María, al sentir el escozor, hizo un amago de encoger la pierna. Entonces el militar apoyó la mano bajo el borde del vestido y presionó para evitarlo.

—Esta ya está. Vamos a por la otra.

En esa ocasión, puso la mano en la pierna antes de colocar el pañuelo empapado sobre la herida. Ana María no protestó, a pesar de lo violenta que se sentía. Pero un escalofrío le recorrió la espalda al sentir cómo la mano del soldado ascendía de manera apenas perceptible hasta introducirse bajo la tela del vestido. La sorpresa se transformó en pánico cuando la otra mano abierta se posó junto a la primera al tiempo que percibía su respiración agitada e intensa.

Saltó como un resorte para deshacerse de su contacto y huir hacia la puerta, pero el cabo esperaba su reacción, se adelantó a ella y la agarró con fuerza por la manga. La atrajo hacia sí, la rodeó con firmeza con ambos brazos y trató de besarla. A la mente de Ana María acudió el recuerdo de una escena muy similar, y sintió que el pánico la invadía. Entonces gritó.

—¡Eh, eh, tranquila! Ya está, ya está. —Intentó calmarla con una mano cubriéndole la boca—. Te suelto y te dejo salir, ¿sí? Pero no vuelvas a gritar, o tendré que hacerte daño. ¿De acuerdo?

Ana María asintió con la respiración acelerada, y él, despacio, aflojó el abrazo. Quiso correr hacia la puerta, pero otra vez el soldado la retuvo por la muñeca.

—A ver, a ver, chica, que no ha pasado nada, a ver si me la vas a liar. Entiéndeme, mujer, llevo aquí un mes encerrado, tú estás de toma pan y moja y uno no es de piedra.

—¡Déjame, cerdo! ¡No me toques!

—Está bien, te suelto. Pero no me toques los cojones, ¿eh? Aquí no ha pasado nada —amenazó—. No te conviene ponerte a mal conmigo. Te lo advierto por el bien de tu hombre, si es que está aquí.

Ana María salió por fin. Le flaqueaban las piernas e, incapaz de dar un paso más, se dejó caer a la sombra del muro. Se cubrió el rostro con las manos mientras las lágrimas brotaban incontenibles. El guardia regresó al interior y, al cabo de un instante, volvió con una taza de agua que dejó a su lado, sobre el musgo reseco.

—¡Joder, lo siento! —Parecía realmente afligido, tal vez asustado—. Me he comportado como un animal, me he dejado llevar y...

El ruido de pisadas sobre la grava le obligó a callar. Ana María se puso en pie con torpeza, apoyándose en las manos, pero de manera veloz. Esperó a que el soldado se acercara con el corazón, de nuevo, a punto de salírsele del pecho.

—¿Y bien, Rodríguez?

—No hay nadie registrado con el nombre de Joaquín Álvarez en los listados de presos del fuerte. Federico Nieto tampoco está. Y el sargento los ha revisado delante de mí, dos veces.

Ana María ahogó un gemido. Impotente, se llevó la mano al rostro para cubrirse los ojos y comenzó a sollozar.

—Lo siento... señorita —acertó a decir, abandonado ya el tuteo.

—Yo he oído que a los gubernativos no los registran hasta ver qué hacen con ellos —soltó el soldado—. Total, a muchos los acaban fusilando...

—¿Te quieres callar, imbécil? ¡Si cuando te digo que eres un cateto sin luces...! ¡Anda a tomar por el culo de aquí! Quédate pegado a la verja por si sube el del pan, que estará al caer. ¡Ni se te ocurra moverte de allí!

El chico obedeció a disgusto, arrastrando los pies con desgana y tal vez tratando de entender qué tenía de malo lo que había dicho.

Ana María había dejado de llorar en seco.

—¿Es cierto lo que ha dicho? —espetó en cuanto el muchacho se perdió en el túnel de acceso.

—Puede que lo sea —concedió el cabo—. Pero eso solo lo sabrán el director y los jerifaltes que lo han puesto ahí.

—Es decir, que puede estar aquí y no figurar en las listas oficiales.

—Eso se rumorea, pero yo...

—Has dicho que sentías lo que acaba de pasar —le cortó con una voz llena de determinación—. ¿Estás dispuesto a ayudarme?

—Depende de lo que sea, mujer. Yo...

—Has dicho que llevas aquí un mes sin salir. ¿Todo el tiempo aquí, en la entrada?

—No, rotamos. También en las brigadas y en el edificio de pabellones, el principal. Y en las garitas.

—Cuando estás dentro, ¿tienes contacto con los presos?

—Sí, claro. Y se hace recuento tres veces al día.

—¿A todos? ¿También a esos que llamáis «gubernativos»?

El cabo asintió.

—Todos tienen su número y con él se pasa lista, no por el nombre. Los gubernativos hacen la vida y salen al patio con los demás.

—Si yo te trajera una fotografía de Joaquín, ¿podrías reconocerlo? —En aquel momento se maldecía por no haberla llevado consigo.

—Supongo que sí. ¿Así te vas a cobrar mi desliz?

Ana María lo miró fijamente y no respondió.

—Volveré pronto. ¿Cómo puedo dar contigo?

—Lo siento, no te puedo dar mi nombre. Yo también tengo novia.

—¿Ah, sí? De manera que estás comprometido. Eres un cerdo mal nacido, ¿lo sabes? Pero necesito que me ayudes. Y para eso he de saber tu nombre, tendré que preguntar por ti cuando regrese con esa foto.

—Mañana es el último día de mes, mi último día aquí arriba. Después, tengo una semana de permiso para atender las cosas de casa, en el pueblo.

—¿Y no puedes averiguar mañana si entre esos gubernativos hay alguien llamado Joaquín Álvarez?

—Mañana repito este puesto, en puerta y en horario de mañana —respondió negando con la cabeza.

Ana María, contrariada, entornó los ojos mientras hacía un rápido cálculo mental.

—El viernes 9 de octubre, a tu vuelta, estaré aquí de nuevo —declaró—. Pero necesito saber tu nombre por si no estás de guardia en el acceso, que será lo más probable. Me lo debes.

—Ojalá mi novia llegue a quererme tanto algún día como tú quieres a ese tal Joaquín.

—Ojalá algún día llegues tú a quererla tanto que te acuerdes de ella antes de violentar a otra mujer —espetó sin ocultar su rencor—. Y ahora dime tu nombre si quieres que te perdone.

—¿Sabes? Ahora tengo curiosidad por saber cómo es él.

—¡¿Cómo te llamas?! —Ignoró su comentario.

—Me llamo Sebastián Ochoa —cedió.

—En diez días preguntaré por ti, a esta misma hora. ¿Podrás cambiar tu turno para estar en la puerta?

—Lo intentaré, pero no es fácil —repuso, después de pensar un momento—. Si se hace alguna vez, es de tapadillo, a espaldas de los mandos, y para arriesgar tanto, los dos deben tener razones poderosas.

Ana María se volvió hacia la bandolera, sacó su cartera y extrajo dos billetes de diez pesetas.

—¿Serán bastante poderosas estas razones para alguno de tus camaradas?

—Con la mitad será suficiente —dijo tomando un solo billete—. Y si basta con la mitad de la mitad, te devolveré el resto. Puede que sea débil con los pecados de la carne, pero no soy de los que sacan provecho del mal ajeno.

—He sido una estúpida por no traer hoy esa fotografía —se lamentó una vez más—. Eso lo va a retrasar todo tanto...

—¿Por qué no me la haces llegar por carta? Mañana mismo. Así la recojo cuando vuelva del permiso y tal vez pueda decirte ya algo cuando subas.

El ruido de un motor interrumpió la conversación. En el exterior, una pequeña camioneta con la caja recubierta por una lona sujeta con cuerdas de cáñamo hizo sonar tres veces la bocina. Rodríguez, el joven soldado, abrió la verja de par en par antes de saludar al conductor, que introdujo el vehículo en el pasaje de acceso. Se apeó mientras el guardia abría la puerta al patio. Llevaba un par de panecillos en la mano que ofreció al muchacho.

—Estos, para vosotros.

—Se agradece, Aristu —respondió por él el cabo, que se había acercado a la verja en compañía de Ana María—. Anda, saca otro para la señorita, que ha subido a pie y no ha tenido buenas noticias. Al menos, que se llene un poco el estómago con pan recién hecho.

El descenso se le hizo mucho más llevadero. Por desgracia, los acontecimientos le habían hecho olvidarse de dar cuerda al reloj que le regalara Joaquín, cuyas agujas se habían detenido pasadas las dos del mediodía. No habría sido capaz de calcular la hora por la posición del sol, pero, además, las nubes blancas y algodonosas de la mañana se habían convertido en amenazadores cúmulos negruzcos de tormenta que ya cubrían toda la cuenca de Pamplona. Pensó que detenerse junto a un manantial al poco de iniciar el descenso para calmar el apetito con las escasas provisiones que llevaba en la bolsa había sido un error, pero el aroma del pan hecho aquella misma noche había resultado una tentación imposible de resistir. Además, desde la mañana arrastraba un mal sabor de boca y unas náuseas que había achacado a los nervios y a la incertidumbre, pero que bien podían deberse al vacío de su estómago.

A ratos, descendía al trote por la vereda, entre una vegetación exuberante, cruzando de uno a otro lado el cauce del arroyo seco que marcaba el trayecto de la senda. Y lo hacía perdida en sus pensamientos, que vagaban tan desbocados como sus piernas por aquellas rampas que hacían complicado refrenar la marcha. Pensaba que, si alguien le preguntara, no sabría describir su estado de ánimo. Por una parte, no había dado con Joaquín, y la posibilidad de que se encontrara entre los presos gubernativos no registrados resultaba aún más terrible. ¿Y si llegaba tarde? ¿Y si la amenaza que había salido de la boca del soldado se había hecho realidad y habían fusilado a Joaquín? Aún peor... ¿Y si eran fusilados en aquellos largos días que pretendía dejar pasar sin hacer nada? Además, se había visto obligada a contemporizar con el depravado que había tratado de aprovecharse de ella. En otras circunstancias, le habría escupido a la cara, por nada del mundo habría pasado por alto su afrenta, pero el deseo de dar con Joaquín la llevaría a pactar con el mismo diablo si era preciso. Trató de apartar de su mente aquellos pensamientos aciagos porque, por otra parte, también cabía la posibilidad de que estuvieran allí y en poco tiempo pasaran a engrosar la lista oficial de presos, al igual que Samuel Hualde. ¿Qué motivos tenían los sublevados para asesinar a sangre fría a un pobre estudiante que aún no era mayor de edad o a un muchacho como Federico cuyo único delito era haberse dejado la juventud en sus tierras de labor?

Una fuerte racha de viento arrojó a su rostro las hojas secas y el polvo de la vereda y supo que, si quería llegar a tiempo para tomar el coche de línea de las seis, tendría que caminar bajo la lluvia hasta Pamplona. A los relámpagos y a los truenos más tempranos les siguieron las primeras gotas que, al poco, empezaron a arrancar al monte reseco un extraordinario olor a tierra mojada. Pensó en cubrirse con la bolsa que llevaba en bandolera, pero sería inútil. La tormenta arreciaba por momentos y el agua, que hasta entonces solo había empapado la tierra, comenzó a correr por el fondo del arroyo. Había resbalado ya un par de veces cuando la senda desembocó en una de las cerradas curvas que dibujaba el camino principal de acceso al fuerte. Parada bajo las ramas de un árbol frondoso, dudó entre seguir por el atajo o hacer el resto del trayecto por la carretera, que ofrecía menos pendiente y mayor seguridad. Resignada a llegar a Pamplona empapada, decidió no hacerlo también cubierta de barro, así que eligió la segunda opción. Calculó que aún quedaban dos horas largas hasta la salida del coche de línea y, tal vez, pasada la tormenta, volviera a salir el sol que permitiera secarse, al menos en parte, la ropa ligera de verano con que había salido de casa. Hasta aquel momento, la tupida vegetación había evitado que se calara por completo, pero, decidida, abandonó la protección del árbol dispuesta a seguir el camino bajo la lluvia. En ese momento, un ruido distinto llegó a sus oídos. Comprendió al instante que se trataba de un motor y regresó al abrigo bajo las ramas. La luz mortecina de dos faros anticipó la llegada de la camioneta del panadero, quien pareció sorprendido al verla parada en la curva y pisó el freno con brusquedad, tanto que las ruedas traseras llegaron a derrapar en la gravilla mojada. Ana María reparó entonces en el rótulo pintado a mano en la portezuela que identificaba la camioneta del Horno de pan Aristu e Hijos. El conductor se limitó a inclinarse para abrir la portezuela derecha, y Ana María, encogida, se montó en el vehículo.

—Antes de entrar en el fuerte a dejar el pan no he caído en decirle que esperara. Al salir, ya se había marchado usted —explicó a modo de saludo.

—No imaginaba que el nublado se fuera a echar encima con tanta rapidez.

—Ya lo puede usted decir; por abajo, hacia el Carrascal, tiene una pinta muy fea. Estas tormentas de septiembre suelen hacer daño. —La miró de reojo antes de poner de nuevo el coche en marcha. Se trataba de un hombre bien parecido, de unos cuarenta años; sin duda, uno de los hijos del Aristu que daba nombre al negocio—. Menos mal que no le ha dado tiempo a mojarse demasiado. ¿De verdad pensaba ir andando hasta Pamplona, con la que va a caer?

—¡Qué remedio! Tengo que coger el coche de las seis para Puente Real. ¿Tiene usted hora?

El hombre sujetó el volante con una mano y sacó un reloj de cadena del bolsillo.

—Pasan cinco minutos de las cuatro —dijo tras un fugaz vistazo—. Tiene usted tiempo de sobra.

Ana María puso en hora su reloj y le dio cuerda.

—Qué tarde sube usted el pan al fuerte, ¿no? —se le ocurrió preguntar tras un silencio que se le hizo incómodo.

—Cuando se puede —respondió sin apartar la vista de la carretera—. Amasamos y cocemos por la noche, se vende en el horno a primera hora y luego toca hacer el reparto por el barrio. Además, siempre hay faenas que hacer: limpiar el horno, ir a buscar la leña, trasegar la harina... Así que almuerzo temprano y dejo el fuerte para después, que es lo que más tiempo me lleva.

—¿Y sube todos los días?

—Martes y viernes, el pan para el personal y el economato. Y el sábado subo para los presos lo que va quedando durante toda la semana.

—¿Comen pan duro los presos? —se sorprendió.

—No dan presupuesto para más. ¡Menudos son! Y mucho es que les sigo sirviendo, porque entre el tiempo que me lleva, la gasolina y que por lástima siempre les meto algo de pan del día... prefiero no sacar cuentas porque a lo mejor resulta que estoy perdiendo dinero.

—¿Y cuándo duerme?

—Pues enseguida me iré a planchar la oreja. —Él solo se rio de su chanza—. La voy a acercar en un momento al coche de línea y marcharé para casa.

—¿Puedo preguntarle algo?

—Usted dirá, señorita.

—Si he subido al fuerte es porque estoy buscando a mi prometido. No tengo noticias de él desde que lo detuvieron en Puente Real hace ya mes y medio.

—¿Y en qué podría ayudarla yo con eso?

—Veo que tiene usted acceso al fuerte. Supongo que descarga el pan en la cocina y me ha hablado también del economato. ¿Puede ser que tenga usted contacto con los presos?

—Eh, sí, bueno, con los que trabajan en cocina. O si por casualidad coincido con alguno en el economato, pero poco más.

A Ana María no le pasó desapercibido el tono evasivo y desconfiado que había adoptado el panadero.

—Lo cierto es que estoy desesperada. A Joaquín parece habérselo tragado la tierra. Me han dicho que no figura en la lista de presos, pero también que hay algunos sin registrar. Necesito saber si mi novio está entre ellos.

—Mire, señorita, yo soy de la opinión de que los que están allá dentro... por algo será. —El tono había pasado a ser desabrido y cortante—. Así que no me pida que me meta en líos, que yo tengo un negocio que mantener en marcha, empleados y una familia que alimentar.

—Aún no le he pedido nada —acertó a responder Ana María, entre sorprendida y molesta.

Hablaron poco más el resto del camino. Al llegar a Artica, el aguacero era de tal intensidad que las escobillas de goma que barrían el parabrisas desde lo alto no daban abasto para apartar la lluvia del cristal. En un par de ocasiones, el vehículo atravesó pequeños torrentes que descendían impetuosos por las calles del pueblo, y el panadero se vio obligado a sujetar el volante con fuerza para enderezar la trayectoria.

—¡Cuidado! —gritó Ana María al ver que unas cepas de leña, arrastradas por el agua, se interponían en su camino desde la derecha. El hecho de verlas en primer lugar le permitió anticipar el frenazo para aferrarse al agarradero.

—¡Si al final voy a tener que parar! —gruñó el hombre, contrariado.

Por el contrario, siguió adelante con más precaución adentrándose en la capital casi desierta.

—Gracias por el aviso —concedió al cabo de un rato de silencio—. Si no ve usted las cepas a tiempo, reviento una rueda, seguro.

Llegaron a la estación sin que la tormenta diera señales de amainar.

—Espere aquí, con esta manga de agua, solo con atravesar la acera se va a empapar.

—De ninguna manera, ya ha hecho usted bastante por mí —respondió Ana María, tal vez con un exceso de hosquedad, al tiempo que abría la portezuela—. Tiene que irse a dormir.

—Lo siento si antes he sido brusco con usted —se excusó—, pero entiéndame. En estos tiempos que corren...

—No es necesario que me dé explicaciones, lo entiendo perfectamente —le cortó mientras se ajustaba el pañuelo, dispuesta a salir de la cabina—. Le agradezco lo que ha hecho por mí, el panecillo y la vuelta que ha tenido que dar para traerme.

—¡Dígame el nombre de su prometido! —cedió cuando Ana María ya ponía un pie en el suelo encharcado.

—Joaquín Álvarez Casas —vociferó desde la calle con el cuello encogido entre los hombros y los ojos entornados, en un inútil gesto para protegerse del aguacero.

—Pase por el horno si vuelve a Pamplona. Haré por enterarme de algo.

Dieron las siete cuando Ana María enfilaba el inicio de la calle Mayor. Veinte minutos antes había dejado de llover y, desalentada, pidió a un empleado de La Veloz que le indicara el camino hasta el único lugar de Pamplona donde tal vez podría pasar la noche con un poco de compañía, huyendo de la sordidez y la soledad que hallaría en una casa de huéspedes.

Poco antes de las seis, cuando la mayor parte de los pasajeros se encontraban ya acomodados en el interior del coche de línea, el conductor había subido al vehículo para anunciar que el viaje quedaba cancelado. Acababa de recibirse una llamada telefónica desde la parada de Tafalla para advertir que la carretera estaba cortada debido a un desprendimiento causado por las fuertes lluvias que se habían producido. Entre murmullos de contrariedad, los viajeros se apearon, no sin antes recoger sus equipajes del interior. Debido a la tormenta y a la escasez del pasaje, el chófer había decidido amontonar los bultos en los asientos de la parte trasera, y no en la baca, donde, aun protegidos con lonas, nadie garantizaba que llegaran secos a Puente Real. Ana María solo portaba la bolsa con que había salido de casa, así que se aproximó al portón de la estación que daba a la calle, donde seguía jarreando. Tuvo que pasar media hora para que el cielo ganara en claridad al mismo tiempo que perdía fuerza el repiqueteo de la lluvia en los charcos. Cuando solo era un ligero sirimiri y ya asomaba algún retazo azul entre los nubarrones, arrancó en dirección al número 57 de la calle Mayor.

Se trataba de un edificio de cuatro plantas con balcones de forja y altas contraventanas plegables de madera. La puerta de la calle se encontraba abierta de par en par y una mujer menuda, arrodillada sobre una almohadilla, secaba el suelo empapado con una bayeta. Alzó la mirada en cuanto percibió la sombra que le robaba la luz.

—¡Vaya! ¿Viene aquí? —preguntó contrariada.

—Busco la casa de Germán Hualde, el impresor.

—En el segundo —repuso con desgana—. Vaya pegada a la pared, haga el favor, que a este paso no termino en toda la tarde.

—¿Ha sido por la tormenta? —se interesó tratando de congraciarse.

—Claro que ha sido la tormenta, pero pasa cada vez que llueve fuerte. Las alcantarillas, que no tragan —explicó—. ¡Hala, suba de una vez!

Al poco de llamar, se abrió una amplia mirilla y sus ojos quedaron enfrentados a los de una mujer joven que la escrutaron con atención antes de hablar:

—¿Qué se le ofrece?

—Pregunto por Germán Hualde —repitió—. Lo conocí hace unos días en los escolapios, buscaba allí a su hijo Samuel. Él me dio estas señas.

—Germán no está en casa, ha salido —respondió a través de la rejilla, sin llegar a abrir la puerta.

—Si no me equivoco, usted debe de ser Rosalía, la esposa de Samuel. He preguntado por él en el fuerte y me han dicho que está allí y también que ustedes lo han encontrado.

Se cerró la mirilla, sonó un cerrojo y la puerta se abrió al instante. Rosalía no pudo evitar una mueca de sorpresa cuando la miró de arriba abajo.

—Disculpe mi aspecto, he subido a pie a San Cristóbal y la tormenta me ha sorprendido al bajar.

Rosalía asintió con gesto comprensivo.

—Germán me habló de una chica de Puente Real que buscaba a su novio. No sé si me llegó a decir su nombre. ¿Eres tú?

Ana María asintió y se lo recordó.

—Anda, pasa, mi suegro no tardará en llegar. Ha ido a respirar el aire fresco de la tormenta.

—Solo pregunta por Samuel. Es la niña de sus ojos.

Ana María y Rosalía llevaban más de una hora de conversación fluida, sentadas en los extremos del mismo sofá con sendos vasos de limonada en la mesa frente a ambas. Josefina, la esposa de Germán, cubiertas las piernas por un echarpe, cabeceaba de forma rítmica e incesante acomodada en el sillón próximo al balcón abierto, por el que entraba una agradable corriente cargada de olor a tierra mojada, que agitaba de vez en cuando las cortinas. Rosalía le había explicado cómo su suegra, antaño activa y habladora, había terminado en poco tiempo en aquel estado de total ausencia que le impedía desenvolverse por sí misma e incluso llamar por su nombre a ninguno de los miembros de la familia, con la excepción de Samuel.

—Tiene que ser duro y triste verla así. Y más para su marido.

—Al menos, Dios le ha evitado el sufrimiento de conocer el verdadero motivo de la ausencia de su hijo. Cuando pregunta, le decimos que está de viaje y con eso se conforma.

En aquella hora larga, las dos mujeres habían tenido tiempo de ponerse al tanto de sus peripecias desde el inicio de la guerra, culminadas con las respectivas indagaciones en el fuerte de San Cristóbal, de resultado tan dispar. A pesar de la diferencia de edad, al poco de sentarse había surgido entre ellas una corriente de simpatía y la conversación había empezado a fluir, interrumpida tan solo por la llegada atropellada de los dos muchachos.

—¡Mamá! ¡Abuelo! —Se plantaron sin resuello en la puerta de la salita—. ¡Hemos visto tanques!

—A ver, a ver, ¿qué modales son estos? ¿No veis que tenemos visita? —les reprendió su madre—. Haced el favor de saludar, eso para empezar.

—Buenas tardes, señora —obedeció el mayor, secundado al instante por su hermano.

—¿Señora? —rio Rosalía—. ¡Pero si podría ser vuestra hermana!

—Estáis hechos unos hombrecitos —los saludó Ana María—. ¡Así que habéis visto tanques!

—Sí, en la estación. Hay un tren cargado con una docena de ellos. Deben de llevarlos al frente.

—¿En la estación? Pero ¿hasta allá os habéis ido? —los regañó de nuevo, alarmada.

—No se preocupe, madre, todos los chicos hemos ido juntos a verlos. Además, iba conmigo —repuso el mayor en el papel de hermano responsable.

—Ya hablaremos. Venga, id a la cocina a merendar algo, que nosotras estamos entretenidas mientras esperamos al abuelo. Podéis bajar a la imprenta y leéis unos almanaques hasta que se haga la hora de cenar. Pero acordaos de apagar la luz antes de volver, que si no el abuelo se pone hecho un basilisco.

—Están preciosos —comentó Ana María cuando salieron—. ¿Qué edad tienen?

—Antonio tiene quince y Luis, doce. Cada día doy gracias a

Dios por ello. No quiero ni pensar lo que habría sido de esta casa si les coge la guerra con unos años más y me los mandan al frente.

—No, mujer. Por suerte, eso no va a pasar. Esta locura no puede durar mucho más.

—Ellos me sostienen en pie, después de lo de Samuel —confesó Rosalía—. No podría sobrevivir sin tenerlos conmigo.

—¿Saben lo que ha pasado con su padre?

—Lo saben. Decidimos con Germán que debían conocer la verdad, más que nada porque los chicos de su edad pueden ser muy crueles y no queríamos de ninguna manera que se enteraran por ahí. Aun así, más de un día han vuelto marcados por alguna pelea.

—¿A cuenta de su padre?

—Los chicos repiten lo que oyen en casa. Y si a mí y a Germán vecinos y amigos de toda la vida nos han retirado el saludo, imagina lo que pasa con esas cuadrillas de críos, ya de por sí siempre dispuestos a las riñas.

—No me coge de nuevas —asintió Ana María—. En Puente Real nos ha pasado lo mismo. Incluso antiguos alumnos de mi padre que antes lo veneraban ahora le apartan la cara con desprecio.

—Es lo peor de todo esto. Aunque la guerra terminara mañana, ya nada volvería a ser igual —se lamentó Rosalía.

Anochecía ya cuando se abrió la puerta de la casa y escucharon el saludo del viejo impresor en el vestíbulo.

—¡Ya estoy aquí, Rosalía! —anunció.

—Ahora está colocando el sombrero en el perchero. Después, se va a quitar los zapatos y los meterá en el taquillón de la entrada —bromeó Rosalía—. Josefina lo tenía bien enseñado.

—Germán, no te quites los zapatos, que tienes visita.

El anciano asomó la cara con expresión de curiosidad. Al principio, no pareció reconocerla, pero un instante después su semblante se iluminó y levantó las dos manos a la altura de la cara.

—¡Esto sí que no me lo esperaba! —exclamó contento—. ¡Pero si es mi chiquilla de Puente Real!

Ana María, mientras se acercaba, reparó en que el rostro demacrado del anciano que había conocido en los escolapios había cambiado para mejor de manera sustancial. Lo achacó a la confirmación de que su hijo seguía vivo y no pudo evitar una intensa punzada de envidia. Germán la abrazó con cariño y la besó en la frente.

—¿Qué has sabido de tu novio? —Fue lo primero que preguntó sin dejar pasar un segundo.

Ana María se limitó a negar con la cabeza apretando los labios con gesto de resignación.

—¡Ay, criatura! ¿Aún no has tenido noticias? —preguntó con incredulidad y pesar. Después, se volvió hacia su nuera de manera algo atropellada—. ¿Le has ofrecido algo de comer?

—Sí, gracias, Germán —repuso Ana María por ella—. No se preocupe, hemos tomado una limonada, y apetito no tengo, que llevo todo el día con el estómago un poco revuelto.

En cuanto estuvieron los tres sentados, la joven lo puso al corriente de sus pesquisas tras el encuentro en los escolapios.

—Así que aún no he perdido la esperanza —terminó tras relatar la visita a San Cristóbal de aquella misma mañana, ocultando, eso sí, las circunstancias en que había conseguido la información en el fuerte—. Y luego está el panadero, que al final me ha prometido que hará por enterarse de algo.

—Di que sí, Ana María —intervino Rosalía—. Seguro que Joaquín está allá arriba y Samuel podrá buscarlo entre los presos en cuanto recibamos permiso para visitarlo y le hablemos de él.

—¿Sabes lo que te digo, chiquilla? Que ahora me alegro de que haya caído semejante tormenta, de otra manera no estarías aquí.

—Eso es cierto —reconoció Ana María sintiéndose un poco culpable.

—Te diré lo que vamos a hacer. Ahora mismo nos vamos a ir a Teléfonos a poner una conferencia a Puente Real para que tus padres no estén intranquilos... y tú te quedas esta noche con nosotros. Mañana será otro día.

—Se lo agradezco, Germán, no quisiera ser una molestia. Puedo buscar una casa de huéspedes para pasar la...

—¡Ni hablar, Ana María! Por nada del mundo vamos a permitir que andes sola por Pamplona teniendo techo aquí —atajó Rosalía sumándose a la propuesta de su suegro.

Sentada en el borde de la cama, acababa de ponerse el camisón prestado cuando oyó golpear en la puerta con los nudillos.

Tras regresar de Teléfonos, el agotamiento de la jornada había hecho mella en ella. Además, la sensación de náusea que había soportado durante el día se había vuelto más intensa, hasta el punto de tener que excusarse para saltarse la cena y retirarse enseguida a descansar.

—¿Puedo pasar?

Rosalía cerró la puerta tras atravesar el umbral con un plato en el que portaba un tazón humeante que dejó en la mesilla. El olor a manzanilla invadió el dormitorio a pesar de que el aire fresco de la noche penetraba por una de las hojas abiertas del balcón.

—Os agradezco mucho lo que hacéis por mí —acertó a decir con cierta emoción—. Hace solo unas horas ni siquiera me conocías.

—Calla, mujer. ¿Acaso no harías lo mismo si la situación fuera la inversa? Te he oído vomitar en el baño. Y, por tu cara, veo que no se te ha pasado.

—Deben de ser los nervios —aventuró—. Es muy difícil todo esto. Solo de pensar en Joaquín, en que le haya podido pasar algo, siento un nudo en la garganta que me deja sin respiración. ¡Qué te voy a contar, si tú has pasado por lo mismo!

—Vamos a hacer una cosa —propuso Rosalía—. Tómate la manzanilla despacio cuando se enfríe un poco, a ver si te asienta el estómago, y luego, si no vuelves a vomitar, te prepararé una tortilla francesa. No es bueno que te vayas a la cama sin haber cenado nada, y más después de este día agotador.

Bebió la infusión sorbo a sorbo, atenta a su efecto, pero no sintió mejoría alguna. De hecho, tras una arcada, le pidió a Rosalía que le acercara el orinal que había sacado de la mesilla del lado opuesto. Vomitó tan solo el líquido que acababa de tomar, pues nada sólido ocupaba su estómago. Sintió un repentino alivio y se recostó sobre la almohada. Rosalía se sentó en el borde de la cama y la cogió de la mano con afecto.

—Hay muchas cosas que no os he contado.

—¿Crees que te haría bien hacerlo?

Ana María asintió.

—Pero me gustaría que Germán estuviera aquí también.

—Desde luego, dame un segundo, que voy a buscarlo.

Durante varios minutos les habló de su prometido y de sus estudios interrumpidos por la rebelión militar, de Zubeldía y sus pretensiones, de cómo el inicio de la guerra había puesto sus vidas patas arriba con el fusilamiento de Fabián, de los dos intentos de huida y las sucesivas capturas de Joaquín y de la muerte de Dolores. Incapaz de superar la vergüenza, la violación de Félix quedó convertida en su relato en un mero intento del que había conseguido salir indemne.

Germán y su nuera apenas habían podido contener la emoción a medida que Ana María iba desgranando los detalles de la tragedia que había vivido en los dos últimos meses.

—Así pues, ¿los padres de Joaquín han muerto y él aún no lo sabe? —acertó a preguntar Rosalía con voz entrecortada.

—No sé si le habrán contado algo —reconoció—. Después de la muerte de ambos se han producido nuevas detenciones y tal vez alguien haya podido coincidir con él, sea cual sea el sitio donde lo tengan preso.

—¡Hijos de puta! —estalló el anciano—. ¡Cómo pueden destrozar así familias enteras!

—Calla, Germán, por favor, te van a oír.

—Si es por los chicos, ya es hora de que vayan sabiendo con qué clase de bestias se las van a tener que ver tarde o temprano; si es por los vecinos, ya me da igual todo.

—Anda, vete con ellos, si te han oído gritar, estarán preocupados —le pidió mientras le apretaba la mano con cariño.

El anciano abandonó el dormitorio y cerró la puerta tras él. Rosalía se volvió hacia la muchacha, que se había incorporado con la espalda apoyada sobre una almohada contra el cabecero de la cama.

—¿Te sientes mejor ahora?

Ana María trató de esbozar una media sonrisa y se encogió ligeramente de hombros.

—Con qué delicadeza has hecho salir a Germán —observó.

Aunque asintiendo con la cabeza también trató de sonreír, en el semblante de Rosalía persistía la preocupación. Durante un momento, permaneció en silencio con la mirada clavada en los bajos de la cortina mecida por la brisa. Daba la sensación de querer decir algo, pero en dos ocasiones pareció echarse atrás. A la tercera se decidió.

—Es verdad que solo hace unas horas que nos conocemos y que aún no tenemos ninguna confianza, claro —empezó, eligiendo las palabras con sumo cuidado—, pero creo que tengo que hacerte esta pregunta.

—Sé lo que me vas a preguntar.

—Lo sabes, ¿no?

—Que si he tenido alguna falta —gimió Ana María, al borde de las lágrimas.

—¿Y la has tenido?

—En agosto no me bajó —sollozó—, pero lo achaqué a lo histérica que estaba con todo esto que os acabo de contar. Lo malo es que tampoco este mes...

—Fue la noche anterior a la marcha de Joaquín, ¿no es cierto?

Ana María no respondió. Tan solo se dejó caer sobre la almohada hecha un mar de lágrimas. Era dolorosamente consciente de que no tenía respuesta para la pregunta de Rosalía. Lo único cierto era la evidencia de su embarazo, pero cualquiera de los dos hombres con los que había yacido, por voluntad propia o por la fuerza, podía ser el padre.

14

Martes, 29 de septiembre de 1936

La tormenta había hecho que se cancelara el paseo de la tarde, lo que los obligó a permanecer recluidos en aquel pozo maloliente después de la comida. La lluvia parecía haber refrescado el ambiente en el exterior, pero la escasa ventilación de la brigada y el calor que desprendían los quinientos cuerpos hacinados hizo que allá abajo solo se notara una atmósfera más húmeda, opresiva y cargada de amoniaco, hasta el punto de irritarles los ojos y los bronquios. Para colmo, en pleno fragor de la tormenta, cayó un rayo en una de las garitas de la parte alta, el fuerte entero se quedó sin suministro eléctrico y dejó a la primera brigada, la única situada en un subterráneo, sumida en tinieblas. Ni el lagrimeo de muchos presos ni las toses movieron a la piedad a los mandos de la prisión, que se negaron a permitir el paseo más allá de las seis y media, la hora establecida por rutina para lo que llamaban «cena», a pesar de que había escampado y quedaban horas de luz.

Tras un mes largo de reclusión en el fuerte, Joaquín era capaz de llamar por su nombre a la mayoría de los camaradas de la séptima nave y a unas decenas más de hombres del resto de la brigada con los que coincidía en el patio. Las horas allá dentro se hacían eternas y se mataba el tiempo con largas conversaciones entre los más cercanos, de tú a tú, con un tercero, o en corrillos más o menos numerosos. Algunos, enfermos o sumidos en la desesperación, rehusaban cualquier contacto, circunstancia que el grupo respetaba. En aquellas semanas habían muerto tres hombres en la brigada, uno de ellos en su propia nave, aquel a quien, incapaz de ponerse en pie por la fiebre, el capellán había administrado la extremaunción. Melchor, se llamaba. Aguantó los dos días que tardó el médico en regresar al penal, como si se agarrara a esa última esperanza. Victorino, el joven que había pedido ayuda para él al capellán, fue uno de los voluntarios que lo trasladaron en parihuelas a la enfermería, para regresar al poco con su amigo en la misma situación. Contó que el tratamiento que le había prescrito don Alejandro, que así se llamaba el médico que debía ocuparse de los presos, sin acercarse siquiera a explorar a Melchor, sin apenas levantar la cabeza de los papeles en los que estaba enfrascado, había sido el de siempre: una cucharada de purgante y una aspirina. El desgraciado amaneció muerto a la mañana siguiente en medio de un charco de olor nauseabundo, y, a pesar de ello, varios presos hicieron amago de disputarse su manta, su petate y sus escasas pertenencias. Victorino, que había pasado la noche pegado a él, se enfrentó a ellos con el apoyo de varios hombres más que, afligidos, contemplaban la escena. Un guardia armado, requeté voluntario, entró poco después acompañado por dos presos de confianza a los que se hizo portear el cadáver. Era de todos sabido que los fallecidos en el fuerte eran repartidos por los cementerios de los pueblos cercanos, en las faldas del monte Ezcaba, para darles allí sepultura.

A los tres días de la muerte de Melchor, al poco de salir al patio, un revuelo llamó la atención de Joaquín y de los hombres con quienes compartía las horas del paseo. Se acercaron hacia el corro que empezaba a formarse en torno a dos presos que, entre gritos e insultos, se enfrentaban de forma violenta. Uno era un preso común, a juzgar por el uniforme pardo, y el otro, el amigo del camarada fallecido.

—¡¿De dónde la has sacado?! ¡Habla, hijo de puta! —aullaba Victorino en un mar de lágrimas agarrando por la solapa al común, que sangraba de manera profusa con la nariz partida.

—¡Te he dicho que del economato, chiflado! ¡Qué culpa tengo yo! ¡Te voy a matar, rojo tarado!

—¡Mientes! ¡La conozco bien! ¡El remiendo se lo hice yo mismo!

Con un brusco tirón que lo dejó sin botones y con el pecho al aire, el tipo consiguió liberarse y se puso a la defensiva con los puños en alto, a la espera del momento propicio para devolverle el puñetazo. Le escupió a la cara la sangre que le llenaba la boca. Sin embargo, el corro se abrió a golpe de cachiporra para dar paso a cuatro guardias que, sin contemplaciones, redujeron a los dos hombres y los inmovilizaron en el suelo con las manos en la espalda.

Uno de ellos, el cabo que parecía al mando, en pie, les ordenó darse la vuelta y escrutó sus rostros. Pareció reconocer al preso común y, con gesto de fastidio, dio orden de que lo devolvieran a la cuarta brigada. Después, se centró en Victorino, al que hizo levantarse. De improviso, lo golpeó con la porra en las costillas haciéndole doblarse de dolor.

—¡A la de castigo con él! —sentenció.

Luego, se agachó y recogió del suelo una camisa que, aunque vieja, parecía limpia, una manta llena de mugre y unos zapatos en buen uso que lanzó a otro guardia.

—¡Todo el mundo fuera! ¡Dispérsense! —ordenó blandiendo la defensa de manera amenazante.

Aquella mañana, antes de regresar a la brigada, Joaquín y sus camaradas habían aprendido varias cosas en conversaciones trabadas con voz queda. La primera, que alguien se encargaba de despojar de sus ropas a los muertos en el fuerte antes de meterlos en la caja de madera en la que iban a ser enterrados. Las prendas se lavaban y regresaban a la prisión para ser vendidas. No tenían pruebas de que el economato participara en el trapicheo. Sin embargo, nadie parecía dudar de que eran los presos comunes los encargados de llevarlo a cabo y quienes se beneficiaban de ello, por dos razones: por la situación de privilegio de la que gozaban a cambio de su colaboración con la dirección y porque los comunes odiaban a los políticos, que eran los más. Fueron conscientes también de que allí todo se compraba y se vendía, mediante trueque o con dinero de por medio. Lo habían visto a menudo en el patio con simples trozos de pan que algunos presos cambiaban por tabaco, mantas por zapatos, libros o revistas por papel para cartas o lapiceros. La mayor parte de este material entraba en la prisión con los paquetes de los presos que, procedentes de pueblos cercanos o de la misma Pamplona, estaban autorizados a recibir visitas. Se hablaba también de guardias que hacían negocio con la miseria de los reclusos: una manta, una colchoneta o unos guantes no valían apenas nada en la ciudad, pero algunos presos que recibían dinero de sus familias podían estar dispuestos a pagar una pequeña fortuna por ellos. Y estaba el economato. Allí se podían comprar alimentos, prendas de ropa, tabaco y productos de primera necesidad que, por sus precios abusivos, solo estaban al alcance de los pocos presos de familias pudientes. Así, una botella de un litro de leche aguada se vendía por una peseta y quince céntimos, lo que triplicaba su precio en una lechería. Además, en ocasiones, el encargado se negaba a vender el producto solicitado si el preso no compraba, además, alguna otra mercancía de la que disponía en exceso o que estaba a punto de echarse a perder.

Siempre había en los corrillos algún enterado que, de una manera u otra, se las había arreglado para informarse de chismes jugosos acerca de los administradores del penal, tal vez a través de algún colaborador con tendencia a irse de la lengua. Así, circulaban rumores de que Alfonso de Rojas, el director, y Carlos Muñoz, el administrador, estaban compinchados con Antonio Fernández, el suministrador único de los alimentos y de los productos que se consumían en la cocina y los que se vendían en el economato, en una trama que, de ser cierto lo que contaban, abarcaba diversas formas de hacer caja. Por un lado, el suministrador adquiría a precios irrisorios grandes partidas de alimentos en mal estado, como habas, lentejas, garbanzos, carne o pescado. Incluso se decía que algunas partidas de habas se parecían mucho a las usadas como alimento para las caballerías y para los cerdos en los pueblos de la zona. Sin embargo, en las facturas de comerciantes y proveedores hacían figurar precios mucho más elevados. Así, la dirección conseguía embolsarse gran parte del dinero destinado a la manutención de los presos. Por otro lado, se dificultaba la entrega a los reclusos de paquetes que contuvieran comida, con el pretexto de que podían usarse para introducir propaganda subversiva. Si al mismo tiempo disminuían las raciones o se ocupaban de que fueran incomestibles, los abocaban, al menos a aquellos con posibles, a llamar a la puerta del economato para gastar hasta el último céntimo del dinero recibido, so pena de morir de inanición. La última vuelta de tuerca había sido obligar a que todo paquete que llegara a la prisión fuera depositado en el economato, donde se abría, se calculaba el precio de su contenido y se forzaba al preso a pagar un décimo de su valor si quería retirarlo. Muchos de ellos no disponían de tal cantidad de dinero, y el contenido del envío era puesto a la venta. Se rumoreaba que el director había adquirido recientemente un lujoso coche a costa de matarlos literalmente de hambre.

El encargado del economato, con la intención de vender prendas de ropa y abrigo, no dejaba pasar ocasión sin advertir del frío terrible que se pasaba en aquel lugar en invierno, de lo que los condenados no tenían ninguna duda. Solo había que ver las brigadas con el suelo desnudo y empapado, las ventanas sin cristales y la ausencia de colchones. Por supuesto, en las dependencias destinadas a albergar presos no había nada parecido a una estufa o a una chimenea con que caldearlas.

Atando cabos, supieron que Victorino, que se había visto con el petate y la manta de su amigo, había tratado de intercambiar esta última por una camisa y unos zapatos con aquel común, que casualmente le había venido con la prenda robada al cadáver del infortunado camarada.

Una nueva revelación había venido a sumar motivos de angustia a su situación. Desde el ingreso en San Cristóbal de Joaquín y sus compañeros, las llegadas de nuevos penados se habían multiplicado, el hacinamiento era cada vez mayor y las raciones, más exiguas. Pero también, de tanto en tanto, se habían producido algunas liberaciones de presos. Las llevaban a cabo después de la oración, tras el recuento de la tarde, y el modo de proceder era siempre parecido: un oficial, acompañado por varios guardias, recorría la brigada libreta en mano e iba cantando en voz alta los números que allí aparecían señalados. La última había tenido lugar una semana antes, y los detalles habían quedado grabados, tal vez para siempre, en la memoria de Joaquín.

—¡En pie, que nos vamos!

La orden del sargento, que se había detenido al otro lado de la nave, les llegó nítida, pues el silencio se había adueñado de toda la brigada. El suboficial iba flanqueado por varios requetés uniformados que custodiaban ya a media docena de hombres de otras naves. El preso cuyo número se acababa de pronunciar se puso en pie e hizo ademán de agacharse a recoger sus pertenencias.

—Déjalo ahí. No vas a salir de prisión con toda esa mierda a cuestas. O, mejor, dáselo a quien tú quieras y así nos evitamos las disputas.

Algunos compañeros se acercaron a felicitarlo, pero el sargento cortó en seco las despedidas:

—¡Vamos, que no tenemos todo el día! ¡O, si lo prefieres, te quedas aquí con tus camaradas!

Poco después, a través del respiradero, vieron los pies del grupo atravesando el patio en dirección al túnel del rastrillo.

—Cualquier día nos toca a nosotros —comentó Efrén, optimista y animado—. ¡Si es que no hay motivos para que nos tengan aquí encerrados!

—¿Qué sería lo primero que haríais si os soltasen? —preguntó Federico con tono evocador, satisfecho por tener al fin un tema agradable del que hablar, diferente de los recuerdos cargados de nostalgia que ocupaban todas sus conversaciones—. Yo, meterme en una cantina y trasegarme de una sentada una botella de vino y dos buenos panes con un par de ristras de chorizo.

—Sí, a patadas te echa el cantinero cuando te vea cruzar la puerta con esa pinta y esa peste —se mofó otro.

—No jodas, Julián, antes de que salgan les dejarán lavarse y les darán alguna ropa limpia, digo yo —aventuró un cuarto hombre.

—Mucho suponer es eso. Pero siempre está el río para aventar estos andrajos y quitarse los piojos antes de entrar en Pamplona.

—Claro, y luego te paseas desnudo por la plaza del Castillo —rio Efrén.

—Chico, cuántos problemas. Seguro que hay algún tendedero con ropa a mano —solventó el tal Julián—. Y si es de un requeté o de un falangista, mejor.

—Pues yo no me pongo una camisa parda ni azul —aseguró Efrén—. ¡Prefiero ir en pelotas!

—Te metes en una iglesia y te vistes de monaguillo, seguro que das el pego.

Joaquín, absorto en sus pensamientos, sonreía sin intervenir, pero le agradaba aquel soplo de buen humor al que había dado pie la inminente liberación de los camaradas. Levantó la cabeza y, más allá del grupo de los habituales, observó rostros circunspectos. Le hizo un gesto a Donato a modo de interrogación y este, con el semblante descompuesto, negó con la cabeza, como si le costara comprender lo que estaba escuchando.

—¿Qué pasa? —siseó en voz baja.

El otro pareció entender aunque solo fuera leyéndole los labios.

—¿Que qué pasa, panolis? —Donato parecía rabioso y consternado, pero dispuesto a responder. Todos los del círculo se habían vuelto hacia él—. ¡Parece que nacisteis ayer, hostias! ¡¿Será posible?!

—¿Qué le pasa a este? —musitó Efrén, sorprendido—. ¿Es que ni una broma se puede hacer?

—¡Hostia! ¡Joder! —exclamó Joaquín, alargando las palabras cuando se hizo la luz para él.

—Pero ¿qué cojones pasa? —insistió Efrén, mirándolo desconcertado.

—¡Pasa que a esos no los van a soltar, patanes! —gritó Donato con ira y desesperación, y toda la nave pudo escucharlo—. A esos les van a dar matarile en cualquier cuneta esta misma noche, antes de que se vaya del todo la luz. Si os estáis calladitos en vez de soltar sandeces, a lo mejor hasta oís las descargas de los fusiles y los tiros de gracia después, que ni se molestan en alejarse mucho.

15

Domingo, 11 de octubre de 1936

El ritmo acelerado de las pisadas en los escalones advirtió a Ana María del grado de irritación de su madre y se preparó para la reprimenda. La puerta del dormitorio se abrió con estrépito y bajo el dintel apareció el rostro ruborizado de Emilia, que barrió de un vistazo la estancia hasta que se detuvo en la mesita frente a la ventana donde su hija la esperaba con semblante descompuesto. La muchacha comprobó que ni siquiera se había quitado la mantilla negra con la que había salido de casa para asistir a la misa mayor en aquel soleado domingo.

—¡Lo que me temía! ¡Tenía que haberte sacado a empujones delante de nosotros! ¡Me has mentido!

—Le prometo que pensaba ir, pero nada más tocar el segundo el estómago me ha dado un vuelco y me he tenido que meter al baño a toda prisa. Y sigo sin encontrarme bien.

—¡Qué casualidad! Llevas casi dos semanas poniéndote mala cuando hay que salir de casa, y luego resulta que aquí estás tan normal. ¿O es que te crees que no veo lo que tengo delante de los ojos? ¡Si tienes la casa como los chorros del oro!

—¡Madre, le digo que me he puesto mala!

—¡Mira que no venir a misa! ¡El lado entero de las mujeres murmurando, hasta se volvían a mirar sin disimulo! Y a la salida todas preguntando, las muy arpías. Que si no estabas en Puente Real, que si estabas indispuesta...

—¡Indispuesta estaba, haberles dicho que sí!

—Muy bien, de acuerdo. Ahora mismo me acerco a casa del

médico para que venga a visitarte. Que nos saque de dudas de una vez, no sea que vayas a tener algo serio —repuso con sorna dejando traslucir su incredulidad, al tiempo que daba dos pasos atrás para salir del dormitorio.

—Deje que antes me prepare una manzanilla a ver si se pasa —rogó tratando de evitarlo.

—¡Otra manzanilla! Si desde que volviste de Pamplona la última vez casi solo te has alimentado de brebajes de esos.

Ana María se maldijo por no haber sido más discreta y no haberse forzado a sentarse a la mesa para aparentar normalidad en aquellas dos semanas. Y eso que había tenido la precaución de tender sus paños a la vista de su madre en las fechas apropiadas para evitar sospechas. Sintió una nueva arcada al comprender, con dolorosa lucidez, que iba a resultar absurdo tratar de ocultarle su estado mucho tiempo más. Su madre la conocía demasiado bien y era en extremo avispada.

—Tampoco pasa nada por que hayan preguntado. Ya habrá sabido usted darles respuesta. Además, a quien mucho quiere saber, poco y al revés —arguyó y se levantó de la silla para no ofrecer a su madre un blanco inmóvil, tal vez.

—Antes se coge al mentiroso que al cojo —respondió usando otro refrán.

—¡No tenía usted que mentir! ¡Me encontraba indispuesta, eso es todo!

—¡Igual que el domingo pasado! ¡Y espera, que mañana es el día del Pilar! Si hace falta, te llevo a rastras a la iglesia delante de mí, mira lo que te digo.

En aquel instante, Ana María se sintió como un reo al que le colocan la soga al cuello, sin escapatoria, esperando tan solo a que la trampilla del cadalso se abra bajo sus pies. Se dejó caer en el borde de la cama. Durante aquellos días había rumiado sobre su situación. Las náuseas, por supuesto, estaban provocadas por su estado, pero también por la angustia que le producía afrontar aquel momento que se acercaba inexorable y antes de lo que había previsto. Tres días atrás había recibido carta de Germán Hualde en la que le informaba de la primera visita a Samuel en San Cristóbal. Habían tenido la enorme generosidad de dedicar un minuto del breve tiempo de entrevista a pedirle que averiguara si Joaquín estaba allí. Un rayo de esperanza se había abierto al leer que el marido de Rosalía había oído hablar de la reciente llegada de un grupo de presos de los llamados «gubernativos» procedente de Puente Real. Esperaba con ansia una segunda misiva con el resultado de las pesquisas de Samuel. No creía difícil, si es que los presos compartían los espacios comunes, que estos dieran voces en busca de un nombre concreto y, por tanto, confiaba en tener noticias en un sentido o en otro. Sin embargo, en la carta no se mencionaban la periodicidad de las visitas ni la fecha de la siguiente. Había albergado la ilusión de confirmar la presencia de Joaquín en el fuerte antes de verse obligada a confesar su embarazo en casa. Sabía que ello le daría fuerzas para enfrentarse al trance, pero el rostro inquisitivo de su madre a dos palmos de distancia le cerraba toda vía de escape en su propósito de aplazar el momento. Decidió dejar de resistirse y permitió que una lágrima se deslizara por su mejilla. Sabía que aquellas gotas de llanto eran, paradójicamente, la mecha que iba a conducir a la segunda voladura de su vida anterior, tras la primera demolición posterior al 18 de julio.

—¿Se puede saber por qué lloras? —Emilia, con la alarma dibujada en el semblante, volvió a entrar en la habitación y cerró la puerta tras de sí. En tres pasos se acomodó en el lado opuesto de la cama haciendo botar a su hija.

Ana María sentía que la pólvora encendida, una vez prendida la mecha, seguía su camino de manera inexorable. Se limitó a cerrar los ojos, resignada a dejarse zarandear por el estallido.

—Creo que estoy encinta —declaró con un hilo de voz.

El desmayo de su madre casi había supuesto un alivio para ella. Al menos había interrumpido, siquiera de manera fugaz, el acceso de cólera con que había reaccionado. Con una toalla húmeda le había refrescado la cara y parecía volver en sí, tumbada en la cama de cruzado, con la cabeza en el mismo borde. La mantilla negra yacía en el suelo, el moño se le había deshecho en hebras que colgaban sin orden hasta rozar el suelo, pero las pupilas habían recuperado su aspecto tras un terrible momento en que se le habían quedado en blanco.

—¿De quién es? ¡¿Quién es el padre?! —balbució desesperada, una vez que hubo recuperado el conocimiento, tratando de incorporarse en la cama, lívida.

Era la pregunta cuya respuesta había tratado de determinar en las dos últimas semanas. La realidad era que ella misma la desconocía y la conversación que había mantenido con Rosalía en Pamplona solo había terminado de convencerla de que, por las fechas, tanto Joaquín como Félix podían ser el padre. En su confusión, se había confiado a aquella mujer que acababa de conocer pero que le transmitía confianza y, sobre todo, una experiencia en asuntos de mujeres de la que ella carecía por completo. Así, Rosalía le había hablado, con un almanaque en las manos, del periodo fértil tras su última regla que, haciendo memoria, había conseguido ubicar en el 9 de julio, un par de jornadas después de la festividad de San Fermín. La despedida de Joaquín antes de la huida había tenido lugar la madrugada del 21, y solo cuatro días después había sido forzada por Zubeldía.

Contarle a su madre que el niño era de Joaquín suponía confesar que habían yacido juntos, que se había entregado a su prometido antes del matrimonio. Con toda seguridad su madre lo culparía a él, lo que aumentaría su inquina y su preferencia por Félix. Por el contrario, revelarle que había sido forzada por Zubeldía le daría a ella la razón acerca de la clase de persona que era. Estaba segura de que dejaría de insistir acerca de la conveniencia de aceptar los requerimientos de un hombre inmoral y violento, que se dejaba arrastrar por sus impulsos. En cualquiera de los dos casos, debería dejar Puente Real mientras durara su embarazo, tal vez para siempre. El orden moral impuesto tras el alzamiento no dejaba lugar a que una mujer sola criara a un hijo de padre desconocido. Las arpías estaban al acecho para arrojarse sobre su presa, como demostraba el hecho de que la simple ausencia de la misa mayor durante dos domingos hubiera despertado sus sospechas y sus ansias de escándalo. Pero había algo que no entraba en sus planes: dejar que Zubeldía se hiciera cargo de su hijo.

En la larga noche que había pasado en casa de Germán Hualde, Rosalía le había hablado de familias acomodadas que, tras el anunciado cierre de escuelas y colegios por la guerra, buscaban institutrices y niñeras que continuaran con la educación de sus vástagos. Ella era maestra, mostraba vocación por la enseñanza, y una oportunidad como aquella vendría a solucionar muchos de sus problemas, al menos, el más acuciante de todos. Seguramente podría contar que el padre de la criatura había caído en el frente.

De hecho, le habría gustado disponer de una oferta en firme antes de revelar su estado, para proporcionar a su madre la solución al problema al mismo tiempo que se lo contaba. Sin embargo, todo se había precipitado.

—Félix Zubeldía me forzó —declaró tras una larga pausa, ante la mirada apremiante y temerosa de su madre.

Temió que perdiera el conocimiento por segunda vez al ver su expresión, sentada en el borde de la cama. Boquiabierta, se llevó la mano a la cara para ahogar un grito sin conseguirlo. Después, se la llevó al pecho, como si le costara respirar, se puso en pie y caminó hasta la ventana dando breves bocanadas que llenaran de aire sus pulmones. De manera precipitada abrió la ventana y dejó que el ligero cierzo que soplaba aquel día rebajara el tono escarlata que había adquirido su rostro tras la lividez anterior.

—Ana María —dijo al fin mientras se volvía hacia su hija, quien permanecía sentada con las manos juntas en el halda, cabizbaja y al borde del llanto—, ¿estás segura? ¿No son imaginaciones tuyas? Lo que acabas de decir es muy grave para nosotros. ¡Félix Zubeldía es el jefe local de la Falange!

La muchacha levantó la mirada, sorprendida por la reacción de su madre, y por un instante captó en su semblante algo que la dejó helada. ¿Era alivio? ¿No era un atisbo de sonrisa lo que acababa de borrar de sus labios? ¿Se equivocaba, o había apreciado un brillo en sus ojos que había tratado de ocultar de inmediato con la oportuna táctica de cerrar los párpados antes de componer una expresión compungida que un segundo antes no tenía?

Entonces empezó a hablar. Como si fuera una de aquellas películas de cine mudo, los hechos acaecidos en la tarde del día de Santiago volvieron a desfilar por su retina como tantas veces lo habían hecho en los últimos meses. Pero, a diferencia de las ocasiones anteriores, sentía que el hecho de poner sonido a los recuerdos, de oírse relatando en voz alta lo sucedido en aquellas horas angustiosas, estaba rompiendo algo en su interior. Sin embargo, las palabras surgían como un torrente, sin limar la crudeza del relato. Había sido el día del entierro de Dolores. Le contó cómo, ante el riesgo inminente de que Ramón fuera también encarcelado, había decidido sacrificarse para ponerlo a salvo; cómo había acudido en su busca hasta encontrarlo en la plaza de toros; cómo la había engañado con la invitación para cenar con su familia y para hablar con su padre de la situación de Joaquín; cómo lo había encontrado solo y ebrio y, aun así, había aceptado su anillo de compromiso. Y tampoco evitó los detalles de lo sucedido a continuación. No podía hacerlo, porque el brillo de la ambición en los ojos de su madre la había puesto sobre aviso de que, a poco que suavizara la brutalidad del episodio, Emilia estaría dispuesta a justificar los actos de Zubeldía como un incidente aislado de juventud, si no una demostración del amor irrefrenable que sentía hacia ella.

Lloraba amargamente cuando completó el relato. Emilia dejó la ventana y tomó asiento al lado de su hija, pasando el brazo por su espalda a la vez que apoyaba la mejilla en su hombro, en un gesto de afecto y protección.

—No llores, mi chiquilla, ya lo has contado —murmuró con voz demasiado afectuosa para los oídos de Ana María—. Ahora entiendo que estuvieras tan rara estas últimas semanas, pobre hija. Pero no te preocupes, ni eres la primera ni serás la última, y aquí está tu madre para buscar una solución. Dios aprieta, pero no ahoga, y no hay mal que por bien no venga.

Ana María sintió un escalofrío que le erizó el vello. La actitud de su madre confirmaba sus peores expectativas y debía dejarle claro cuál era su intención.

—Le advierto, madre, que ni muerta voy a acceder a casarme con esa bestia. Se lo digo por si se le está pasando por la cabeza irle con el cuento.

Emilia no respondió enseguida. Pasado un momento de incómodo silencio, se disponía a preguntarle si había otra opción posible, cuando Ana María se adelantó:

—Y le diré cuáles son mis planes. En unos días, un par de semanas como mucho, antes de que empiece a notarse —se llevó la mano izquierda al vientre—, me voy a ir de Puente Real. Conocí a una familia de Pamplona, muy bien situada, que busca institutriz para sus hijos y que está dispuesta a acogerme hasta que nazca la criatura —mintió—. Eso me permitirá seguir buscando a Joaquín y estar cerca de él si es que lo tienen en la prisión de San Cristóbal. Después, ya se verá. Como dice usted, Dios aprieta, pero no ahoga.

—No debes precipitarte, ahora estás confundida —respondió Emilia con tono condescendiente—. Lo primero que debemos hacer es contarle a tu padre todo esto, ahora, en cuanto vuelva, evitándole los detalles más escabrosos, por supuesto, que esos se quedan entre nosotras.

—Yo no tengo fuerzas para volver a hacerlo. Eso se lo dejo a usted.

Emilia cerró con cuidado y se cubrió con el chal. El cierzo, más recio, había refrescado el ambiente y el cielo poblado de enormes nubarrones grises amenazaba con descargar las primeras lluvias del otoño. Echó a andar en dirección a casa de Joaquina, amiga de siempre, donde tocaba juntarse aquella tarde de domingo para la partida de brisca a la que, a pesar de todo, no habían terminado de renunciar. Como a los hombres la cantina, aquellas reuniones que mantenían con discreción les ayudaban a combatir la soledad y a intercambiar noticias y rumores sobre el desarrollo de los acontecimientos en la ciudad. Sin embargo, dio un rodeo para evitar la casa de su amiga y cualquier encuentro inoportuno porque tenía asuntos que resolver mucho más trascendentes que una partida de cartas.

De Ramón no había obtenido el apoyo que esperaba. De hecho, después de pasar más de una hora a solas con Ana María, había bajado a la cocina con los ojos enrojecidos y lleno de dudas. Ramón era un hombre bueno, pero tenía un defecto: precisamente, que siempre estaba lleno de dudas. Así que, como casi siempre en sus largos años de convivencia, una vez más tendría que ser ella quien tomara el toro por los cuernos ante aquella nueva adversidad. Y lo mejor era hacerlo a su manera, sin dar cuartos al pregonero.

Habían sonado las campanas de las cinco en la catedral cuando se plantó ante el jardín de los Zubeldía. No sentía el más mínimo apetito, a pesar de que aquel mediodía nadie había probado bocado en casa. Su intención era hablar con Félix, pero si este se negaba, no pararía hasta hacerlo con su padre. Atravesó la cancela, ascendió las escalinatas hasta el porche y pulsó el llamador. Unos segundos después, una doncella perfectamente uniformada abrió la puerta.

—El señorito no se encuentra en casa —le informó cuando preguntó por él—. Ha salido nada más comer.

—¿Y no ha dejado dicho a dónde iba?

—No hace falta que diga nada, pasa la mayor parte del día en la Junta. Y sí, también los domingos —se adelantó—. Si tan urgente es, allí podrá encontrarle.

Quince minutos después se encontraba sentada en un banco de madera junto a una puerta con un cartel que rezaba «Junta Local de Falange Española» y en una segunda línea, esta vez con letras capitales, «JEFATURA». Un muchacho con uniforme y armado con pistola al cinto hacía guardia en la entrada a la sala de espera que, por ser domingo, halló desierta. Él mismo se encargó de asomarse al despacho para advertir a Zubeldía de su presencia. La anunció como la madre de Ana María, sin más detalles, lo que hizo preguntarse a Emilia hasta qué punto la tormentosa relación de Félix con su hija era conocida en Puente Real. A través de la puerta le llegó el sonido amortiguado de la voz enérgica del joven, que parecía impartir órdenes de manera autoritaria y malhumorada, y aquello la hizo sentirse repentinamente insegura. Por un momento pensó que quizá no había sido buena idea presentarse allí para abordar un asunto tan espinoso. Se levantó incluso, vacilando, tentada de poner una excusa ante el bisoño vigilante y salir del local, cuando el ruido de la manija la sobresaltó.

—Emilia, ¿usted por aquí? ¿Un domingo por la tarde? ¿Ocurre algo grave?

—Pues... depende —balbució dubitativa. La presencia imponente del joven uniformado terminó definitivamente con la actitud decidida y el aplomo que la habían sacado de casa—. No sé si grave es la palabra, pero sí que es importante.

—Usted dirá.

—Creo que tienes compañía, por las voces que acabo de escuchar —aventuró señalando también al guardia de soslayo—. Es necesario que hablemos a solas.

—Hablaba por teléfono, Emilia. Puede pasar, no hay nadie dentro —aclaró con una media sonrisa algo condescendiente.

Dejó que entrara y cerró detrás de ambos. Un intenso olor a tabaco la recibió, a pesar de que una de las hojas de la ventana que daba a la calle se encontraba abierta, tal vez solo desde un instante antes. El suelo de tarima ajada y mate crujió bajo sus pies mientras se colocaban a ambos lados de la mesa, sobre la que destacaban un teléfono de baquelita negra y un crucifijo en una peana de piedra.

—Siéntese, Emilia, y dígame qué sucede. Me tiene en ascuas.

—Gracias, muy amable. —El entorno, la indumentaria del falangista con camisa azul y guerrera, y la distancia que la mesa marcaba entre los dos la inclinaban a adoptar aquel tono formal, aunque a causa de la edad le resultara imposible evitar el tuteo. Resultaba extraño que, a sus veinticinco años, aquel joven desempeñara un papel que podría pensarse reservado a hombres con experiencia, pero, sin duda, el apellido y la influencia del padre habrían tenido mucho que ver. Por otra parte, su posición social y el desahogo económico, del que había disfrutado durante toda la vida, le habían llevado desde la adolescencia a adoptar un papel de preeminencia y liderazgo entre los jóvenes de Puente Real, que se había reafirmado ya durante los preparativos del alzamiento.

—Cómo no voy a ser amable con la madre de Ana María; mi mejor aliada, además.

—De ella vengo a hablarte precisamente.

—Al menos no viene en busca de noticias de ese chupatintas que la pretendía. Noticias de las que carezco, por otra parte. ¿Y bien?

—Mira, Félix, no voy a andarme por las ramas. Hasta hoy ha tratado de ocultarlo, pero a una madre no se la puede engañar: mi hija está en estado —espetó sin más preámbulos, aunque temiera su reacción—. Me ha costado mucho arrancarle la confesión, pero al final me ha contado lo que ocurrió en tu casa el día de Santiago.

Un silencio espeso se instaló en la habitación. Zubeldía la miraba inexpresivo, acaso tratando de asimilar las implicaciones de aquella revelación. La rodilla derecha de Emilia comenzó a temblar de manera apenas perceptible a la espera de una reacción o una respuesta.

—No es algo de lo que pueda sentirme orgulloso, ¿verdad? —respondió al fin con cierto aire de contrición—. Y tampoco puedo decir que me pille por sorpresa, durante estos meses no he dejado de pensar que una conversación como esta podría tener lugar. De hecho, es lo primero que me ha pasado por la cabeza cuando me han dicho que estabas aquí.

—¿Y bien? —apremió Emilia, inquieta. Ignoraba si el hecho de que hubiera pasado a tutearla tendría algún significado. En el instante siguiente, cualquier cosa podría suceder.

Félix, acodado sobre la mesa, se sujetó el mentón entre el pulgar y el índice y soltó una risa breve y apagada.

—Tiene bemoles. ¡Qué puntería! —rio mientras se mordía el labio y negaba con la cabeza, en un gesto de cierta incredulidad.

—Entonces ¿te harás cargo de la criatura? —insistió, esperanzada.

De nuevo, Zubeldía sonrió mientras, acodado y con los ojos cerrados, se atusaba con suavidad el cabello.

—¡Pues claro que lo haré, Santo Dios! ¡Es la mejor noticia que me podías haber traído! —exclamó, exultante.

Se puso en pie, rodeó la mesa e, inclinándose, abrazó a una desconcertada Emilia.

—No va a resultar tan sencillo —advirtió tratando de rebajar la sorprendente euforia del joven—. Temo la reacción de mi hija cuando sepa que te lo he contado.

—¡Pero si espera un hijo mío! ¡¿Qué reacción ni qué ocho cuartos?! Si Ana María albergaba alguna duda, esto por fuerza ha de disiparla. Fijaremos de inmediato la fecha de la boda.

—Precisamente por la fuerza es como nunca he conseguido nada de Ana María —objetó Emilia, desalentada—. Se quiere marchar de Puente Real.

—¡¿Marcharse?! ¿A dónde va a marcharse? ¡Una mujer sola y preñada! ¡Ni que fuera una vulgar furcia!

—Tú no la conoces. Es terca como ella sola y a veces tiene ideas que me asustan.

—No me extraña, la culpa es de tu marido. Estoy seguro de que es él quien le ha imbuido esas ideas todos estos años, quien le ha permitido lecturas poco recomendables, si no se las ha proporcionado él mismo, que de estos rojos se puede esperar cualquier cosa.

—Mi marido ha cambiado, ya no es así —trató de defenderlo, atemorizada.

—De puertas para afuera, Emilia. Son todos iguales. Se creen que por dejarse ver en misa, por confesarse y pasar a comulgar incluso, ya quedan olvidados todos los desmanes pasados.

—Vas a tener que convencerla, sé que a mí no me va a hacer caso— insistió intentando quitar a Ramón del foco de atención.

—¿Convencerla? ¡Es que no tiene otra opción! Tan solo tiene un camino, que es casarse conmigo, convertirse en la señora de Zubeldía, dar a esa criatura el mejor de los futuros posibles y vivir el resto de su vida como una reina. ¿Lo otro? Lo otro sería convertirse en una perdida, acabar por ahí malviviendo como una apestada o metiéndose en la cama con el primer miliciano que se cruce en su camino. ¡No lo permitiré! ¡No consentiré que convierta a mi hijo en el hijo de una puta!

—¡Y yo no te permito que hables así de mi hija!

—No hablo de ella, hablo de la clase de mujer en que se convertirá si no acepta casarse conmigo. Pero no vamos a permitir tal cosa, ¿a que no? Por la cuenta que nos trae a todos, ya puedes poner toda la carne en el asador para que no haga ninguna tontería —advirtió—. Y tu marido igual, tenlo presente.

—No deberías amenazarme así. En esta partida, yo soy la única dispuesta a ser tu pareja de juego.

—Pues, hablando de brisca, aún guardo una carta de la que no te he hablado. Me han reclamado de la oficina de reclutamiento, y en un par de semanas tengo que marchar al frente.

Emilia sintió un escalofrío cuando la puerta de la Junta Local de la Falange se cerró tras ella. Bien podía deberse a lo desapacible de la tarde, al chirimiri intermitente que el viento arrastraba con fuerza y que la obligó a embozarse con el chal, pero había algo más. Félix era un patán. Lo era, sin duda alguna. Violento, como había demostrado al forzar a su hija; provocador y chantajista al usar la amenaza hacia Ramón en su argumento; escaso de escrúpulos, a juzgar por el nulo arrepentimiento que había mostrado por su acción; fanfarrón, tan ufano de ser el único que podría proporcionar un futuro halagüeño a su hija, por no hablar del comentario sobre su puntería. Todo ello era cierto y, de alguna manera, podía comprender la aversión de Ana María hacia él. Pero ocupaba una posición de privilegio, la suerte de los Herrero estaba en sus manos, pertenecía a una familia acomodada y, sobre todo, iba a ser el padre de su primer nieto, por mucho que aquello fuera el resultado de un acto deshonesto.

—De una violación —se obligó a decir en voz alta mientras caminaba.

Sintió un nudo en el estómago al oírse. ¿Estaba haciendo bien? ¿Sería capaz aquel hombre de hacer feliz a su hija? Pero la duda le duró un instante y continuó con paso decidido en dirección a la casa de Joaquina con la intención de hacer tiempo antes de regresar. De nada servía lamentarse, así eran las cosas en aquellos tiempos duros que les había tocado vivir. Debían hacer de tripas corazón porque el túnel en el que se encontraban solo tenía una salida. Y la noticia que acababa de darle en el momento de salir la reafirmaba en la convicción que la había llevado hasta allí.

—Tienes visita, Ana María. —Ramón asomó la cabeza después de llamar con cuidado a la puerta.

Al volver a casa a la hora de comer, había encontrado a su mujer sentada a la mesa de la cocina, aunque nada estaba dispuesto para el almuerzo en familia. Su cara de circunstancias le advirtió de que algo grave sucedía, y el hecho de que le pidiera sentarse antes de empezar a hablar había acabado de asustarlo. Con el corazón en un puño escuchó el relato de Emilia, entre incrédulo y angustiado. Mientras lo hacía, recordaba haber pensado qué más se podría torcer para acabar de empeorar la ya de por sí precaria situación de su familia, pero, sobre todo, se angustió al imaginar el sufrimiento por el que estaría pasando Ana María. De inmediato, habían subido juntos a la habitación, y, una vez allí, como se temía, su papel había consistido en tratar de calmar a su hija, que se había derrumbado ante su sola presencia. Sin embargo, poco habían permanecido a su lado: la insistencia de Emilia en sus argumentos había hecho que Ana María les rogara con vehemencia quedarse sola. Había tenido que tomar a su mujer del brazo para respetar el deseo de su hija y sacarla de allí.

Poco después, Emilia le había sorprendido al anunciarle que se iba a casa de Joaquina, con la excusa de que faltar a la partida de brisca, unido a la ausencia de su hija de la misa dominical, podría dar lugar a más rumores. Un argumento verosímil para cualquiera que conociera a las comadres de su mujer, mas algo le decía que no era aquel el verdadero motivo de su marcha. No había puesto ninguna objeción porque estaba deseando tener la oportunidad de quedarse a solas con Ana María. Así que, sin dar tiempo siquiera a que Emilia doblara la esquina, estaba llamando de nuevo a la puerta en el piso de arriba.

La conversación había adquirido un cariz distinto por completo. Para su extrañeza, había descubierto que la falta de noticias de Joaquín ocupaba el primer lugar en la lista de preocupaciones de su hija, por delante incluso de su seguro embarazo. El sufrimiento de Ana María le dolía más que el suyo propio, más que cualquier desgracia de cuantas les rodeaban desde el inicio de la guerra. Era un dolor diferente, desgarrador a pesar de no sufrirlo en carne propia. Siempre había sido así, desde que era una niña, y, sin embargo, se había forzado a no dejarse llevar por tal debilidad y había tratado de darle las herramientas para afrontar los problemas sin soslayarlos. La conversación de aquella tarde, pese a la angustia que la situación conllevaba, había tenido la virtud de permitirle constatar que en gran medida había conseguido aquel objetivo.

Las náuseas, sin embargo, la seguían martirizando, y él mismo había tenido que prepararle una manzanilla para aplacarlas. Con el estómago vacío después de vomitar, el efecto calmante de la infusión y el alivio de haber compartido su inquietud con quien quizá mejor la comprendía, la muchacha se había quedado al fin traspuesta, arropada en el lecho.

En aquel momento, volvían a tocar a su puerta. El ruido del motor del deslumbrante vehículo que se detuvo frente a su fachada le había reafirmado en la sospecha de que aquella tarde Emilia no había jugado a la brisca.

—Ya le he visto. —Ana María se encontraba de pie ante la ventana y soltó el visillo que un instante antes le había permitido vislumbrar la calle a través de una rendija—. Dígale que no voy a hablar con él.

—Hija, le puedo decir que estás indispuesta y que hoy no es buen momento —concedió Ramón—. Pero tarde o temprano tendrás que hacerlo.

—¡La voy a matar!

Ramón sabía que aquella era una frase hecha, pero no dejó de inquietarse por el enfrentamiento familiar que anunciaba. Él mismo experimentaba una aguda irritación con su mujer y se sentía inclinado a ponerse del lado de su hija. ¿Quién era ella para forzar de aquella manera la situación sin contar con nadie? Se enojó consigo mismo; conociendo a Emilia, debería haberlo previsto y advertirle que no lo hiciera cuando se preparaba para salir de casa.

—Lo malo es que lo hecho, hecho está. Ahora ya no tiene remedio, Ana María —se lamentó—. Y si tu madre le ha contado que es el padre de la criatura, no va a servir de nada que te niegues a hablar con él.

No quiso dejarlo entrar en casa. Como una leona enjaulada, había recorrido la habitación una y mil veces, asomándose a la ventana de vez en cuando por si se producía el milagro y, en una de ellas, el coche había desaparecido de allí. Jamás en su vida había sufrido una desazón como aquella, jamás se había enfrentado a una situación para la que no veía salida alguna por mucho que tratara de devanarse los sesos. Por un momento entendió a Dolores y se permitió recrearse con la idea de acabar en un instante con la pesadilla en que se había convertido su vida. ¡Si al menos hubiera dado con el paradero de Joaquín! ¡Si hubiera podido hablar con él! Tal vez solo estuviera tratando de engañarse a sí misma para convencerse de que no estaba muerto, en contra de cualquier probabilidad. ¿Por qué habrían tenido que mantenerlo a él con vida cuando habían fusilado a tantos otros? El sabor amargo de la bilis le llegó a la boca con nuevas e intensas arcadas, pero al menos fue de ayuda tener el estómago vacío. Abrió la puerta de la habitación y amplió al pasillo en penumbra el recorrido de su caminar frenético. Adivinaba en el piso de abajo la presencia de su padre, callado, seguramente ansioso y lleno de dolor por ella, lo que hacía que su zozobra fuera aún mayor. La tarde había oscurecido; cada vez que pasaba junto a la ventana las gotas de agua en el cristal eran más numerosas y comenzaban a resbalar hacia el alféizar, señal de que el chirimiri se había tornado en lluvia tenaz. Vislumbró a través del vidrio mojado cómo Zubeldía se metía dentro de su flamante Ford C para guarecerse de ella.

La sobresaltó pensar en la posibilidad de que su madre regresara a casa en aquel momento. No se sentía con fuerzas de enfrentarse a ella y, mucho menos, a los dos juntos si Félix insistía en su intención de hablar con ella y no se daba por vencido. Entonces tomó la decisión. Echó mano de una chaqueta y, sin detenerse siquiera a peinarse o a lavarse la cara para borrar el rastro del llanto, bajó las escaleras. Encontró a su padre en el vestíbulo, expectante, con el dolor dibujado en el rostro como había imaginado. Al pasar ante él, simplemente le rozó la mejilla a modo de despedida, se echó la chaqueta por los hombros, salió a la calle y, bajo la lluvia, se dirigió al automóvil. Abrió la portezuela del acompañante y se dejó caer en el asiento.

—Arranca —pidió con la mirada fija al frente.

Félix, buscando el abrigo del viento que arrojaba la lluvia contra el coche, frenó junto a los sillares de la vieja torre medieval que dominaba la ciudad desde uno de sus altozanos. Ana María no había despegado los labios en todo el trayecto, a pesar de un par de intentos de Zubeldía por trabar conversación, a lo que había terminado por renunciar. Con el motor parado, solo se escuchaba el repiqueteo del agua en la chapa y el piar de los gorriones refugiados del chaparrón en los árboles cercanos. Durante un tiempo, se mantuvieron todavía en silencio, él con las manos aferradas al volante, ella con las suyas en el halda, cabizbaja, con los ojos cerrados a ratos y con algún suspiro entrecortado por lo que parecían sollozos contenidos.

—No entiendo por qué estás así, Ana María. Para mí ha sido una gran noticia.

La joven no respondió, ni siquiera hubo señal de que lo hubiera escuchado.

—Sé que lo nuestro no ha ido demasiado bien, en ningún momento hemos llegado a entendernos del todo —continuó—. Y para colmo, aquel día cometí el mayor error de mi vida. Y bien arrepentido que estoy por ello. Te pedí perdón de corazón y llegué a comprender que no pudieras dármelo. Por eso dejé de insistir. Pero esto, lo que tu madre me ha contado hace un rato, lo cambia todo, amor mío.

Se detuvo, a la espera de una reacción que no se produjo. De nuevo, se instaló el silencio entre ambos. La muchacha apenas mostró un ligero sobresalto cuando Félix accionó la varilla que, desde lo alto del parabrisas, barrió la lluvia del cristal. En un día claro habrían podido contemplar la ciudad a sus pies, la torre de la catedral en el centro del caserío amalgamado de la vieja villa medieval, el cerro de Santa Bárbara en el lado opuesto, el puente sobre el Ebro... Pero aquella tarde, solo forzando la vista se podía alcanzar a vislumbrar las copas de los árboles ladera abajo, a un escaso centenar de metros de distancia. La penumbra empezaba a ganar el interior del vehículo, lo que teñía la escena con una pátina de melancolía y languidez propias del otoño recién estrenado.

—Tenemos que empezar de cero, Ana María. Quiero haceros felices, a ti y a la criatura que llevas ahí. Y si tú estás dispuesta, cuando todo esto acabe, no habrá nada que nos lo impida. Puedo ofreceros la mejor vida que puedas imaginar.

—Yo no te quiero.

Había sido solo un susurro, sin que Ana María, cabizbaja, hiciera más movimiento que el necesario para emitirlo. Sin embargo, resultó suficiente.

—Eso el tiempo lo arreglará —respondió con vehemencia—. Voy a ser el padre de tu hijo, y eso es lo único que no va a cambiar, aunque al principio te resulte difícil olvidar lo que sucedió y asimilarlo.

—He conocido tu verdadera cara, eso es lo que jamás va a cambiar. Tarde o temprano, volverá a manifestarse. —Ana María había alzado la cabeza y miraba a través del cristal, que empezaba a empañarse.

—Dame otra oportunidad, por el amor de Dios. Yo sí que te quiero y, aunque no me creas, es amor verdadero lo que siempre he sentido por ti. Sé que piensas que para mí eres como un trofeo, un capricho más, pero nada más lejos de la realidad. Si he rivalizado por ti es porque... —Se detuvo un instante—. Joder, Ana María, porque te amo. Y te lo juro por lo que más quiero, te lo juro por nuestro hijo, en este momento estoy siendo más sincero que nunca en mi vida.

—Sabes que amo a otro hombre —respondió con implacable sinceridad.

Félix se aferró con fuerza al volante e hizo un gesto de hastío y rabia que no le pasó desapercibido a Ana María.

—¡Mujer, por el amor de Dios! —repitió—. ¡Trata de ser sensata! Hasta ayer, haciendo un gran esfuerzo, podía llegar a entender que siguieras pensando en él. ¡Pero hoy ya no! Vas a tener un hijo. ¡Vamos a tener un hijo! Es una bendición del cielo, una señal de que lo nuestro es grato allá arriba.

Ana María se removió en el asiento, asustada consigo misma. Al escuchar a Félix, se había sentido tentada a escupirle en la cara que ni siquiera estaba segura de que fuera suyo. Había estado a punto, pero se contuvo. Un rato antes, en la soledad de su dormitorio, dominada por la desesperación, había barajado mil ideas, a cuál más descabellada. Y una de ellas, la que más tiempo había ocupado su mente, era la posibilidad de esperar a que la gestación llegara a término y entregar a su hijo en la inclusa o en un convento junto con la identidad del padre para que los Zubeldía se hicieran cargo de él y le proporcionaran ese futuro del que acababa de hablar Félix. Ella podría desaparecer, tal vez irse a Francia a vivir, como habían hecho muchos republicanos en los primeros días de la guerra, y aguardar allí la liberación de Joaquín. No sabía bien por qué, pero al pensar en esa opción había vuelto a su mente el recuerdo del abogado Cubero, que estaría observando el desarrollo de la guerra desde la seguridad de su nueva casa junto al mar, al otro lado de la frontera. Para ello, sin embargo, tendrían que darse tres condiciones: que Joaquín siguiera vivo y pudiera haber contactado con él para entonces. La segunda, que fuera capaz de entregar a su hijo recién nacido. En su desespero lo creía posible, aunque para ello tuviera que evitar verlo siquiera al nacer, rehuir por cualquier medio ese lazo de afecto ya inquebrantable que se establecía con el primer contacto, según había escuchado contar a otras mujeres. Y, en tercer lugar, tendría que estar segura de que el hijo no era de Joaquín. Pero las dos últimas resultaban incompatibles entre sí: nunca podría llegar a saber quién era el padre sin ver el rostro del pequeño. Emitió un gemido de impotencia que Félix debió de tomar por una respuesta, porque de inmediato continuó hablando:

—Mira, Ana María, hay algo más que no sabes y es importante. —Hizo una pausa prolongada tratando de vislumbrar algún viso de interés en ella, que no se produjo—. Por mi edad, me han reclamado de la oficina de reclutamiento, y en un par de semanas tengo que marchar al frente. A Madrid, dicen. Es un motivo más para que nos casemos cuanto antes, si es que llevar ya dos faltas no era razón suficiente.

Ana María experimentó un estremecimiento y se ajustó con las dos manos la chaqueta sobre el pecho. Después, hurgó en el bolsillo en busca de un pañuelo con el que se sonó la moquita que había empezado a escurrirle por el labio en dirección a la boca.

—Estás loco si crees...

—Espera, déjame terminar —cortó con un gesto—. Mira, mañana es el día del Pilar. Yo creo que, moviendo algunos hilos, puedo retrasar la marcha hasta final de mes, ya que mi padre no ha podido impedir la llamada a filas. Si lo preparamos todo con rapidez, tal vez podamos casarnos en quince días, el domingo que será... veinticinco —calculó mentalmente—. Luego, yo me iré. Entenderé que no quieras moverte de tu casa sin estar yo en Puente Real, así que puedes seguir con tu vida, sin cambiar nada, con la única diferencia de que serás la señora de Zubeldía y con la suerte de que, a ojos de todos, te habrás quedado embarazada en la misma noche de bodas. No será el primer niño sietemesino que nace en Puente Real, y si murmuran, que murmuren.

Ana María, anonadada, hizo el ademán de agarrar el tirador para bajarse del coche, pero Félix se lo impidió sujetándole el brazo con la fuerza imprescindible para evitarlo, sin la menor violencia.

—Espera, por favor, falta lo más importante —rogó, y en su voz se percibió un atisbo de emoción—. Si es cierto que me destinan al frente de Madrid, entra dentro de lo probable que no regrese. Y tú llevarías en el vientre al heredero de los Zubeldía.

—En la vida no todo es el dinero —escupió Ana María con rabia mientras, con un ligero tirón, liberaba su brazo.

—Tal vez para ti no, pero esa criatura no va a vivir del cariño que le tienes a Joaquín. —No pudo ocultar una cierta irritación. Le acababa de decir que se iba al frente, la baza que se guardaba para el final, y la noticia no parecía haber hecho mella en su pétrea determinación—. Te recuerdo que, aun en el supuesto de que siguiera vivo, le esperan treinta años de prisión. Además de que, si es un hombre con los pantalones bien puestos, nunca aceptaría hacerse cargo de un hijo que no es suyo.

—No conoces a Joaquín. O tal vez sí, y por eso lo odias, porque sabes que es mejor que tú en todo.

—¿Y qué vas a decirle cuando lo encuentres? «Mira, tres meses hemos estado separados, y ya estoy encinta de tu rival. Pero porque te amo mucho, Joaquín, cariño» —se burló.

Ana María se bajó del vehículo. La lluvia empezó a golpear su rostro con fuerza.

—Sigues siendo un miserable hijo de puta y lo serás hasta que tu podrido corazón deje de latir.

—Sí, pero me necesitáis. —No dio señal de haber sentido el golpe—. Tú y tu hijo me necesitáis. Y sé que, si no lo haces por ti, lo harás por él. Y por tu padre.

Ana María estampó la portezuela con rabia y sintió cómo las lágrimas saladas empezaban a mezclarse con el agua de lluvia. Después, de manera infructuosa, trató de arroparse con la cha-

queta y buscó la vereda, ya embarrada, que descendía del altozano.

Refugiada bajo el tejadillo del lavadero, desierto aquella fría y llu-
viosa tarde de domingo, temblaba aterida. Nada le resultaba más
apetecible que pensar en meterse bajo la cálida manta de su cama,
conciliar el sueño reconfortada por el calor y despertar no en semanas, sino en meses. Pero para llegar a su dormitorio tenía que
pasar por delante de la cocina, y ello supondría iniciar el tercer
enfrentamiento en lo que llevaban de día. No se sentía con fuerzas,
aunque sabía que resultaba inevitable si pretendía regresar a casa. Le
castañeteaban los dientes, le dolían los dedos de las manos y de los
pies y, a cada momento, la agitaban fuertes temblores. Sabía que no
podía permanecer ni un minuto más a la intemperie, así que, con
esfuerzo y ayudándose con las manos, se levantó y se dispuso a
regresar. Temía que aquella imprudencia le pasara factura en forma
de calentura, de una pulmonía o de unas fiebres que le hicieran
incluso perder a su criatura.

Trató de caminar protegiéndose bajo los aleros de los tejados,
bajo los balcones y en los dinteles de las puertas, hasta que, de
manera apenas perceptible, sintió que había dejado de llover. La
temperatura, sin embargo, había descendido de manera notable, y
un viento fino hacía que el frío penetrara hasta los huesos. No
estaba segura de haberlo hecho de manera deliberada, pero, de todos los caminos posibles, sus pasos la habían llevado por el más
cercano a la casa de Joaquín. Al pasar por la calleja trasera, asió el
tirador de la puerta y, para su sorpresa, comprobó que seguía
abierta. Atravesó el patio, pero no tuvo tanta suerte con la de la
cocina que daba acceso a la casa. Sin embargo, sabía que allá dentro
encontraría el abrigo que necesitaba y la posibilidad de retrasar el
encuentro con su madre. Del borde del parterre cogió una piedra
del tamaño del puño y la arrojó contra el cristal mientras se protegía el rostro con el brazo izquierdo. Un perro comenzó a ladrar en
algún lugar cercano y a él se sumaron otros. Esperó inquieta por
si escuchaba voces o pasos, pero no sucedió nada. Entonces se estiró la manga de la chaqueta para proteger la mano y la introdujo
entre los barrotes. Con sumo cuidado, fue arrancando los fragmentos de vidrio que habían quedado sujetos con la masilla del

marco hasta que una de las secciones quedó libre de cristales por completo. Se inclinó y metió el brazo derecho hasta el hombro y tanteó el interior de la puerta hasta dar con el pasador. Se alegró cuando se vio en el interior de la cocina, pisando los cristales rotos. En aquel instante, volvió a su mente el recuerdo de Dolores y a punto estuvo de salir corriendo de allí. Pero pudo más la necesidad perentoria de quitarse de encima aquel frío que la mortificaba. Además, nada más poner el pie en el patio, había ido tomando forma otro deseo que en aquel momento se había convertido en un anhelo irresistible. Subió las escaleras y se dirigió al dormitorio de Joaquín. La habitación se encontraba en penumbra, pero en un estante descubrió una palmatoria con un cabo de vela y, junto a ella, un mechero de yesca. Poco después, la luz mortecina de la vela le permitió comprobar que la cama estaba vestida tan solo con las sábanas, como correspondía al mes de julio en que había quedado vacía. Buscó en las dos alacenas empotradas en el muro, y en el altillo de una de ellas encontró dos mantas de lana. Extendió una sobre el lecho antes de empezar, lenta y conscientemente, a despojarse de sus ropas mojadas. Desnuda por completo, temblando de frío y de emoción, se deslizó entre las sábanas, dispuesta a embriagarse con el olor del hombre que se había cubierto con ellas tres meses atrás. Con la cabeza apoyada en la persistente huella de la almohada modelada por Joaquín, cubierta con el embozo hasta el cuello, se dejó atrapar por el torbellino de sensaciones que la invadían a través de cada centímetro de la piel, a través de los olores que el calor creciente volvía más intensos y a través de los objetos de su prometido que reconocía bajo la luz oscilante de la palmatoria. La nostalgia, el sentimiento de soledad, de desamparo y de pérdida y el recuerdo del amor por Joaquín, cercenado de manera brutal, le pusieron un nudo en la garganta y una fuerte opresión en el pecho, impresiones que conocía bien y que, durante aquellos tres meses, casi a cualquier hora, precedían al llanto. Sin embargo, no lloró. Cerró los ojos e imaginó que el roce que sentía sobre la piel desnuda no eran las sábanas de Joaquín, sino las yemas de sus dedos ávidos. Que el calor que sentía no era el suyo propio, sino el del cuerpo del muchacho. Su olor no necesitaba imaginarlo porque aún impregnaba la ropa de su cama. Entonces usó los dedos para tratar de recuperar las sensaciones que por vez primera había experimentado aquella lejana noche de julio. Aún no habían transcurrido tres meses y parecían pertenecer a una vida anterior. Tras el tacto, el olfato y a la vista de los objetos que le pertenecían, sus propios gemidos sirvieron para hacerle recuperar también, al menos en parte, los sonidos que, amortiguados por el pudor, se escucharon en su alcoba mientras yacía con Joaquín. Mientras se dejaba arrastrar por el mismo placer, deseó con todas sus fuerzas que el hijo que llevaba dentro hubiera sido concebido durante aquel extraordinario acto de amor.

Se acercaba la medianoche cuando Ana María entró de vuelta en casa acompañada por Ramón. Al principio pensó que el hecho de buscar refugio en el recuerdo de Joaquín que se hacía presente en su dormitorio no había sido algo tan descabellado, ya que también a su padre, asustado por la tardanza, se le había ocurrido probar suerte en casa de los Álvarez durante la búsqueda, tras comprobar en la mansión de los Zubeldía que su hija no solo no se encontraba allí, sino que Félix había dejado que se perdiera bajo el aguacero tras su enésima discusión.

La había encontrado dormida, presa de pesadillas que la agitaban en el lecho y la hacían gritar. Una vez despierta, le explicó que su voz alterada lo había guiado escaleras arriba, una vez que el cristal roto de la entrada le hubo advertido de su probable presencia en la casa. Le confió también el indescriptible alivio que había sentido al encontrarla tras más de una hora y media de infructuosa búsqueda por todo Puente Real. Aunque no lo había expresado con claridad, alguno de los comentarios posteriores de Ramón le había revelado a Ana María que su primera impresión acerca del motivo que lo había llevado a casa de Joaquín estaba equivocada. Su padre no había imaginado que tal vez pudiera haber buscado refugio en el lecho de Joaquín. La verdadera razón, después lo supo, era el temor de que hubiera seguido el ejemplo de Dolores. Y lo confirmó al saber que, nada más entrar por la cocina, había corrido a la despensa para descender los travesaños de la escalera de la bodega. Solo al regresar a la planta baja había escuchado su voz alterada por las pesadillas en el piso superior.

Ramón, nada más entrar en casa, arrojó a un rincón la brazada de ropa mojada. Ana María, arropada tan solo con una manta, se dirigió a la cocina al tiempo que su madre salía a su encuentro.

—¡Gracias al cielo que estás bien! Pero ¿de dónde vienes, chiquilla? ¿Dónde te habías metido? ¡Y cómo vienes! ¡Pero si estás completamente despeinada! ¿De dónde has sacado esa manta? ¡Espero que no os haya visto nadie andar por la calle con esta facha! ¿Y Félix? ¿Has hablado con Félix? ¿Qué...?

—¡Basta ya, Emilia! —cortó Ramón, que entraba en la cocina detrás de su hija—. ¿En serio quieres que responda a toda esa sarta de preguntas sin apenas haber puesto un pie en casa? Calla un poco y deja de atosigarla, haz el favor.

Emilia, impaciente y enojada por el repentino rapapolvo, se dio la vuelta, apartó la tapa circular de la cocina económica y usó el mismo gancho para atizar el carbón y avivar el fuego. Mientras, su marido, tratando de mostrarse sereno, empezó a darle detalles de la búsqueda hasta el momento de dar con ella, si bien no le reveló todos.

—¡Ay, qué mala espina me da que hayas acabado allá! ¿A quién se le ocurre? Esa casa está maldita desde el suicidio —espetó. Pareció querer seguir, pero la mirada feroz de Ramón la obligó a cambiar el tono—. Pero bueno, lo hecho, hecho está. Y lo importante es lo que haya podido salir de tu conversación con Félix. Cuéntanos, hija, por Dios, no nos tengas en ascuas.

—¿Cómo se ha atrevido, madre?

El tono de Ana María resultó plano, glacial. En un primer instante, Emilia la miró con sorpresa, pero enseguida fue contrariedad lo que reflejó su semblante.

—Mira, hija, no me vengas con monsergas. He hecho lo que tenía que hacer, lo que haría cualquier madre. Félix te ha dejado embarazada, y solo me he asegurado de que va a apechugar con las consecuencias de lo que hizo.

—¡¿Cómo se ha atrevido?! —repitió a gritos, esta vez al borde de la histeria.

—¡Esta sí que es buena! ¿Que cómo me he atrevido, dice? ¿Es que acaso creías que iba a consentir que te escaparas de Puente Real preñada, deshonrada, sin un padre que reconociera a esa criatura? ¿Consentir que mi única hija arruine su vida y nos deje señalados para siempre? —Cada frase que pronunciaba resonaba en la cocina con más fuerza que la anterior—. No, hija, no. Tú no te vas a mover de aquí. ¡Soy capaz de encerrarte si hace falta!

—¡No me puede obligar a atarme de por vida a ese hombre!

¡No lo quiero! ¡Lo odio! ¡Me repele! —gritó—. ¡Me moriría antes de dejar que volviera a ponerme la mano encima!

—¡Tonterías! ¡Eso lo dices ahora! El roce hace el cariño, y en un año te has olvidado de todo. Los hombres cambian, y más si les das un heredero. —Buscaba y enlazaba argumentos de manera vehemente, sin pausa, a punto de quedarse sin aliento—. Hasta que nazca la criatura, además, puedes buscar la manera de evitarlo. Siempre se puede simular un oportuno sangrado o yo qué sé...

—Lo tiene todo pensado, ¿verdad? —repuso con desprecio—. Le ciega la ambición, para usted esto solo ha sido un golpe de suerte inesperado. ¡Mi felicidad no le importa en absoluto! Solo piensa en el qué dirán y en que me convierta en la perfecta y ejemplar esposa del hombre que me violó.

—¿Y tú? ¿En qué piensas tú? —El rostro de Emilia se había puesto encarnado, con las venas del cuello y de las sienes perfectamente visibles—. ¡Yo te lo diré! ¡Piensas en ti, solo en ti! Y lo que es peor, en ese picapleitos que te ha sorbido el seso, preso de por vida, si es que no está ya bajo tierra, como muchos. ¿Eso es lo que quieres para tu hijo? ¡Es en esa criatura en quien tienes que pensar, solo en ella, en el apellido que le vas a poner y en la vida que va a llevar!

—Emilia, haz el favor, para ya, que te va a dar algo —intervino de repente Ramón, con el rostro descompuesto.

La mujer lo miró con los ojos entornados y llenos de rencor.

—¿Eso es lo que te preocupa, que me dé algo? ¡Pues que me dé, así acabo con esta locura! —gritó, ya fuera de sí, entre sollozos—. ¿No tienes nada más que decir, calzonazos? ¿No tienes huevos para decirle a tu hija lo que piensas, lo que esta tarde me decías a mí?

Ana María volvió la mirada hacia él. Derrotado, abatido, como si aquel domingo hubiera cargado sobre sus hombros diez años de golpe, parecía, él sí, a punto de desfallecer. Sintió hacia él una intensa corriente de cariño y empatía, al tiempo que una sensación de culpa insoportable la golpeaba sin piedad.

—¿Piensa lo mismo que ella, padre? —suspiró aplastada por la pena. Se trataba en aquella ocasión de pena hacia sí misma, acrecentada hasta resultar dolorosa al ver el sufrimiento que su desdicha provocaba en el hombre que más quería en el mundo.

Ramón apretó los ojos, bajó la cabeza mordiéndose los labios y, como pidiendo perdón con los brazos caídos a ambos lados del cuerpo, asintió lentamente con la cabeza.

Emilia aprovechó aquel triunfo para intervenir de nuevo. Y la frase que pronunció hizo que Ana María sintiera cómo se rompían lazos entre ellas que nunca podrían recomponerse:

—Supongo que te ha contado lo de su alistamiento y la marcha al frente de Madrid. Si tanto lo odias, no te preocupes, que, con un poco de suerte, no vuelve.

16

Lunes, 12 de octubre de 1936

En medio de todo, la mañana había comenzado bien para Joaquín. Se festejaba el día de la Raza, aunque recordaba que ya el año anterior se había conmemorado en Madrid como el día de la Hispanidad. Se celebraba también la festividad religiosa del Pilar, y los presos habían salido al patio para asistir a misa. Don Miguel, el capellán, se había trasladado a Zaragoza para participar en la jornada patriótica, y por eso aquel día había acudido al fuerte el párroco de uno de los pueblos cercanos. Los reclusos no habían sido obligados en aquella ocasión a asistir al oficio a golpe de fusta, y el patio pudo acoger a los internos de todas las brigadas y también de los pabellones, amén de una nutrida representación de la guarnición que custodiaba el penal.

Joaquín había sopesado la posibilidad de no asistir, pero la alternativa era permanecer confinado dentro de la brigada, así que la duda le duró poco, como a la mayor parte de los camaradas. De pie, con los ojos cerrados, cambiando el peso a intervalos de una pierna a otra, pasó aquella hora perdido en sus pensamientos más bien negros, pero disfrutando de la caricia del sol de la mañana en su rostro cada día más lívido. La celebración terminó con los consabidos gritos de exaltación de Franco brazo en alto, aunque aquel día se oyó con especial claridad cómo muchos sustituían el nombre del causante de sus desgracias por una palabra que era imposible de distinguir si los guardias trataban de leer los labios: «¡Rancho! ¡Rancho! ¡Rancho!», gritaban a voz en cuello delante de las autoridades del presidio, sin que nadie pudiera determinar quién pronunciaba una u otra. El capellán titular los habría tenido un par de horas en pie cantando el «Cara al Sol», el «Oriamendi» o el himno de la Legión, pero aquel día tal cosa no sucedió y los presos disfrutaron de su exiguo triunfo.

Rotas las filas, antes de regresar a la brigada, Joaquín sintió que alguien le ponía la mano en el hombro.

—¿Joaquín Álvarez? —preguntó un desconocido vestido con chaquetilla azul.

—El mismo —respondió al volverse, mirándolo desconfiado.

—Yo soy Samuel Hualde, impresor, de aquí, de Pamplona —se presentó—. Tú no me conoces, pero tengo un mensaje para ti.

—¿Un mensaje? ¿De quién?

—No tenemos mucho tiempo. —Miró de soslayo a los guardias, que ya azuzaban a los presos—. ¿Tu prometida se llama Ana María, de Puente Real?

Joaquín notó que todos sus sentidos se ponían alerta, al tiempo que se le erizaba el vello de los brazos y de la nuca.

—Así es, pero ¿cómo...?

—Te cuento rápido. Al parecer, tu novia conoció a mi padre, Germán Hualde, mientras ambos hacían pesquisas sobre nuestro paradero, y han trabado buena amistad, también con mi mujer, Rosalía —explicó—. Hace unos días les confirmaron que yo estaba aquí, llevaron a cabo los trámites para solicitar una comunicación y pudimos hablar unos minutos en el locutorio, por vez primera desde mi detención.

—Rápido —apremió Joaquín—, están vaciando el patio.

—Me pidieron que hiciera por enterarme si estabas aquí, porque a tu novia no le dan razón de tu destino —explicó—. La verdad es que no ha sido fácil indagar sin poder coincidir en el patio, pero ahora ya les puedo dar respuesta. Por lo que me contaron, tu novia, Ana María, se alegrará. Llegó a visitar la prisión hará quince días, pero por algún motivo no quisieron sacarla de dudas.

—¿Ana María estuvo aquí? ¿Me busca?

—A ti y a un amigo vuestro. ¿Federico, puede ser? Los guardias no dejan que en las comunicaciones se hable de otros presos y nos cortaron la conversación sin miramientos —se excusó.

—Sí, Federico, sí. Dile que está aquí conmigo.

—Sí, les confirmaré que estáis los dos bien en la próxima comunicación. Me toca el miércoles.

—Se agradece. ¿Samuel Huarte, has dicho? ¿En qué sección estás?

—Hualde, de Artes Gráficas Hualde. Estoy en la primera de pabellones —aclaró—. Me tengo que marchar, pero toma, mi padre me dio esto para ti. —Mientras hablaba sacó del bolsillo de la chaquetilla de impresor dos billetes de cinco pesetas que le tendió, justo en el momento en que un requeté le empujaba hacia el edificio con pocas contemplaciones.

—¡Dile eso, que estoy bien! —tuvo que gritar porque ya les separaban unos cuantos metros—. Que le diga a Ana María que no pene por mí, que nos tratan bien.

El encuentro con el impresor y las noticias de Ana María habían ejercido en él un efecto de bálsamo. A lo largo del día regresó a ese recuerdo cada vez que las penalidades arrastraban su ánimo hacia abajo: un ataque de picor por los piojos, el olor de la bazofia con pescado podrido que les habían repartido a pesar de ser el Pilar, el frío que ya a mediados de octubre empezaba a hacerse notar a todas horas. También le reconfortaba el pequeño tesoro que guardaba en el bolsillo, los dos duros que en aquel agujero valían un potosí. Tumbado sobre la manta tras la comida, había fantaseado con la manera en que habría de gastarlos. Casi se le saltaron las lágrimas al pensar que podría permitirse comprar un bocadillo en el economato. Sí, seguramente se daría aquel capricho, aunque lo más acuciante era pertrecharse con alguna prenda de abrigo para el invierno, que en pocas semanas se les echaría encima. Tal vez, si jugaba bien sus bazas y sabía mercadear con los comunes o con los guardias, podría hacerse con un petate para protegerse de la humedad del suelo y con una buena manta.

Lamentaba que la conversación con Samuel hubiera sido por fuerza tan breve. Había dejado muchas preguntas sin formular y, al repasarla, alguno de sus comentarios le había dado que pensar. ¿Por qué, si Ana María había subido hasta allí expresamente para interesarse por él, no le habían confirmado su presencia? Al propio Samuel parecía extrañarle. De repente, pareció cobrar sentido otro hecho al que no había dado demasiada importancia, que por dos veces le hubieran negado el recado de escribir que había solicitado. Tampoco había recibido carta alguna, pero eso no era raro teniendo en cuenta que nadie sabía hasta aquel mismo día de su presencia allí. Tanto él como Federico habían pasado por un consejo de guerra y no pertenecían, por tanto, al grupo de los presos gubernativos y por obligación debían figurar en los registros. Una sorda sensación de inquietud le invadió al pensar que, por algún motivo, pudiera pesar sobre ambos alguna orden de incomunicación. Trató de apartar de sí la idea, que enturbiaba el optimismo que sentía, porque, en cualquier caso, con Ana María sabedora de su cautiverio en el fuerte, pronto saldría de dudas.

El resto de la jornada transcurrió sin sobresaltos, inmersos en el marasmo que reinaba en la brigada cuando, tras el paseo vespertino, los quinientos hombres regresaban a aquel sótano inmundo y atestado, sin el aliciente de disfrutar de algo que mereciera el nombre de «cena» y con otra larga noche de frío, toses, ronquidos, picores, incomodidad e insomnio por delante.

Durante mucho tiempo volvió a aquel momento, deseando que la noche hubiera continuado adelante solo con aquellos sufrimientos cotidianos. Pero no sucedió así. Tras la oración y el último recuento, sin haber llegado a salir de la brigada los guardias encargados de la comprobación, se abrió paso por el pasillo central un grupo de militares de la guarnición seguidos de varios hombres también armados que vestían la indumentaria inconfundible de los requetés.

—¡Hostia, otra vez, no me jodas! —exclamó uno de los presos de la nave que se encontraba cerca del paso—. Ya vienen a liberar a alguno.

Tras un revuelo inicial, en el que la novedad se extendió hasta el último rincón como la pólvora, se hizo en la brigada un silencio sepulcral, roto tan solo por el taconeo de los militares que avanzaban a lo largo del paso central. Siguieron sin detenerse hasta llegar a una de las últimas naves, dejando a un hombre armado en cada uno de los muros de separación entre naves. Todos los presos estaban en pie, todos alerta, muchos de ellos con visible temblor, algunos rezando sin ocultarse. Solo unos cuantos demasiado enfermos para levantarse u obnubilados por las calenturas permanecieron tumbados. Joaquín y Federico se habían buscado y este había cogido por el brazo a su amigo, sin poder evitar el habitual temblor de la pierna. Efrén, menudo como era, se había deslizado hasta la primera fila para que nadie tuviera que contarle lo que sucedía.

Donato se situó detrás de ellos y les puso las manos en los hombros.

—Tranquilos los dos, esto no va con vosotros —dejó caer para que ambos lo oyeran.

—¿Y cómo estás tan seguro?

—Solo sacan a gubernativos, ¿no lo visteis la última vez? He preguntado, y en el resto de las brigadas hacen lo mismo.

En las naves del fondo, más allá de la séptima que ocupaban, empezaron a oírse voces, nombres pronunciados en voz alta, órdenes que se repitieron cada vez más cerca. Cuando el grupo llegó a su nave, los guardias llevaban consigo a cuatro hombres. Federico oprimió su brazo con tal fuerza que Joaquín tuvo que soltarlo con la otra mano, con un quejido. Oyó que le rechinaban los dientes, tanto apretaba la mandíbula. Los conocían a los cuatro, los cuatro pertenecían al grupo de la plaza de toros de Puente Real: Elías, Porfirio, Cándido y Anselmo, el veterinario que le había colocado el cabestrillo en el brazo.

Un cabo furriel enfocó la linterna de petaca sobre la lista que llevaba el sargento.

—¡Efrén Saldaña!

—¡No! —gimió Joaquín con voz aguda e irreconocible. Federico, sin darse cuenta de lo que hacía, se aferró de nuevo a él maldiciendo entre dientes.

—¡Un paso al frente, hasta el centro del pasillo! —ordenó el sargento.

—Estos cabrones ya se han olvidado del paripé de la puesta en libertad —observó Donato—. Saben que nadie se lo cree.

Efrén, de pie en primera fila tratando de mantener la compostura y la dignidad, dijo algo que no pudieron oír, pero recibió una negación por respuesta.

—¡Serán hijos de puta! No le dejan ni despedirse —advirtió de nuevo Donato—. ¡Vamos nosotros, joder!

Se abrieron paso entre decenas de hombres de rostro acongojado hasta llegar al pasillo central. Efrén, al verlos, se lanzó hacia ellos y los cuatro se fundieron en un abrazo. Tratando de contener la emoción y las lágrimas, lo besaron en la frente, lo apretaron contra ellos de uno en uno, pero ninguno fue capaz de pronunciar palabra, excepto Joaquín.

—Intenta escabullirte, escápate, no serás el primero. Esta vez, tú solo, puedes conseguirlo —susurró con rabia y también con convicción—. Salta del camión, joder, sal pitando al menor descuido.

—Tenlo por seguro, camarada. Estos no me ultiman a mí como a un cordero.

El violento tirón de uno de los guardias acabó con la fugaz conversación, y el grupo siguió adelante, mientras la nave se sumía en un silencio sepulcral. Al paso de los guardias que los habían encañonado, los presos iban invadiendo el pasillo central de nuevo. No se habían detenido en la sexta, pero sí en la quinta, donde llamaron a dos hombres y dos más en la tercera. Sus nombres golpearon a Joaquín y a Federico como mazos: Fidel, Lucio, Ángel y Teodoro. Los dos se dejaron caer al suelo de rodillas, la cara cubierta por las manos, frente contra frente llorando juntos sin consuelo.

—Son todos los que vinieron con ellos el mismo día —se oyó aclarar a Donato—. Todos los de Puente Real. Vaya puta escabechina.

—Un escarmiento por haber intentado fugarse allí —concluyó otro.

—Y a nosotros nos faltan huevos para impedirlo. Estamos quinientos hombres aquí metidos. Si vamos a por ellos todos juntos, no quedan de estos cabrones ni los huesos para el caldo.

—Ya se han ocupado ellos de habernos reducido a despojos humanos, sin ganas de nada, sin fuerza ni para pensar.

Un revuelo les hizo prestar atención a lo que sucedía en la entrada a la brigada. La linterna de petaca parecía aproximarse de nuevo y, en efecto, el sargento apareció en el umbral de la séptima nave escoltado por tres hombres armados.

—Joaquín Álvarez. ¿Está aquí?

El interpelado le daba la espalda y se levantó despacio. Federico, desde el suelo, lo contemplaba con incredulidad, paralizado, con una expresión en el rostro que a Joaquín le recordó a un eccehomo.

—Te vienes con nosotros —ordenó el sargento—. Pero tú coge tus mierdas, que no tienes la suerte de estos.

Llevaba más de una hora en la planta baja del edificio de pabellones, con sus escasas pertenencias dentro de la manta, a modo de hatillo. Se trataba de una oficina de suelos de tarima, con el mobiliario funcional y barato propio de cualquier centro oficial. Preso de la más honda amargura, ni siquiera se preguntaba qué hacía allí, maniatado, sentado en la silla de madera donde se había dejado caer cuando la puerta se cerró a toda prisa tras él y alguien al otro lado dio vuelta a la llave en la cerradura. Ya todo le daba igual. Si alguna pregunta se hacía era por qué no se lo habían llevado también a él. Deseaba que lo hubieran hecho para terminar de una vez. Tras seis semanas allí encerrado, su mente se negaba a asumir que lo vivido hasta aquella noche aciaga fuera solo el primer peldaño de una empinada escalera cuyo final no alcanzaba a vislumbrar, una condena destinada a prolongarse de manera indefinida. En aquel momento, el rayo de esperanza que le había reconfortado tras el encuentro con Samuel se había eclipsado por completo; incluso se sentía estúpido y culpable por haberse abandonado a aquel alivio conociendo como conocía la amenaza que pendía sobre sus cabezas. Apoyaba la barbilla en los puños, clavados los codos en las piernas, y escuchaba los sonidos tras la puerta, sin duda del guardia que lo vigilaba tras ser encerrado allí. Su mente, mientras, trataba de interpretar los acontecimientos de la última hora, buscándoles, desesperado, una explicación menos dolorosa que la más evidente.

Lo habían sacado de la brigada con pocas contemplaciones, a tiempo para llegar a ver al grupo de nueve hombres que, rodeados de guardias y requetés, habían atravesado el patio y cruzaban en aquel momento la verja que comunicaba con el rastrillo, el túnel bajo la montaña que conducía a las dependencias exteriores ocupadas por la guarnición. Su grupo, en cambio, se encaminó a una de las puertas que daban acceso al edificio de pabellones situado frente al bloque de las brigadas. Apenas habían accedido a un reducido vestíbulo cuando se escuchó un estampido que siguió reverberando un tiempo y que puso en alerta a sus captores.

—¡¿Qué hostias...?! —exclamó el sargento, sin terminar la frase—. ¿Eso ha sido afuera?

—En el túnel del rastrillo, me parece a mí —opinó otro—. Ha retumbado entre los muros.

—¡Meted a este ahí mismo! Con llave. Y tú, quédate con él. Los demás, conmigo, ¡vamos!

—Las ventanas tienen rejas, de aquí no se va a escapar —objetó el escogido.

—¡He dicho que lo encierres y no te muevas de ahí! ¡Te hago responsable!

Trataba de convencerse de que aquel ruido podía haberse producido al cerrarse con estrépito una puerta metálica, tal vez la de una de las celdas de castigo que se encontraban en medio del rastrillo. Aun en el caso de que hubiera sido un disparo, podía responder a cualquier causa, incluso un tiro fortuito de uno de los numerosos requetés, no tan entrenados en el uso de las armas como los guardias de prisiones. Tal vez hubiera sido un tiro de advertencia sin consecuencias. Pero cuando lograba hacer un hueco para la duda, volvían a resonar en sus oídos las últimas palabras de Efrén.

Las voces y el taconeo de varios pares de botas le advirtieron de que el grupo que le había trasladado allí estaba de regreso. No estaba seguro de querer conocer la verdad, pero se obligó a ponerse en pie, salvó la distancia que lo separaba de la puerta y apoyó la oreja en la madera.

No llegó a tiempo de escuchar la voz del guardia al otro lado, aunque supuso que había preguntado por el motivo del alboroto. Lo que sí escuchó fue la respuesta.

—El canijo, que se lo olía y el muy necio ha intentado quitarle la pistola a un requeté dos veces más grande que él —respondió uno de sus camaradas.

—Dicen que no se lo ha pensado, lo ha noqueado de un derechazo, lo ha levantado del suelo solo con la izquierda y le ha descerrajado un tiro entre ceja y ceja —se adelantó otro, todavía excitado—. ¡Los sesos por la pared, tú!

Al cabo de un rato, con el petate y los pies a rastras, Joaquín fue obligado a subir varios tramos de escaleras hasta alcanzar el segundo piso. Recorrieron un buen trecho del pasillo central al que se abrían puertas a uno y otro lado, como si de un gran hotel se tratara. Al menos puertas había tenido en algún momento, pero las habían arrancado y solo quedaban las jambas. Cuando faltaba media docena de ellas para llegar al final, el sargento consultó una libreta y se detuvo. Un simple gesto de cabeza sirvió para que el funcionario encargado de la planta lo sujetara del brazo sin miramientos para obligarle a entrar.

Apenas vio nada al principio. La luz de la bombilla desnuda que colgaba del techo en el pasillo a duras penas conseguía amortiguar la oscuridad. La estancia aparecía desnuda, pero el suelo estaba cubierto por colchonetas. La ventana, tal vez un balcón porque llegaba hasta el suelo, carecía de rejas y tampoco había rastro de cristales, pero disponía de contraventanas, que en aquel momento estaban abiertas porque dos de los hombres que ocupaban la celda parecían haber estado asomados al patio, tal vez a causa del revuelo, antes de volverse sorprendidos hacia la entrada en el momento de su llegada. Otros dos se sentaban sobre las colchonetas que ocupaban la totalidad del exiguo espacio y contemplaban con la misma curiosidad al recién llegado.

—Aquí tenéis al último del quinteto, que estabais vosotros muy anchos —anunció el sargento con voz carente de cordialidad, antes de liberar las muñecas de Joaquín y empujarlo al interior.

17

Viernes, 16 de octubre de 1936

Lo había intentado el martes, al día siguiente de la festividad del Pilar, pero La Veloz había dejado de atender el servicio regular de viajeros entre Puente Real y Pamplona a causa del sabotaje de dos de sus autobuses. Por eso, sin éxito, había dedicado el día, y también la mañana del miércoles, a buscar quien pudiera acercarla a la capital. Su estado de ánimo parecía colgado de un péndulo que oscilaba de un extremo al contrario en minutos, pero lo que no variaba un ápice era su determinación por conocer el paradero de Joaquín. La guerra lo había trastocado todo, también el servicio de viajeros en ferrocarril, y había llegado a acariciar la idea de subirse a uno de los trenes de transporte de material militar que, de manera esporádica, pasaban por la ciudad. Había visto que algunos convoyes prácticamente se detenían durante la operación de cambio de agujas, y estaba dispuesta a intentar abordar alguno, a riesgo de que el destino no fuera Pamplona, sino Logroño y Burgos, sede de la Junta de Defensa Nacional.

No había sido necesario, sin embargo. Una de las puertas que Ana María tocó el miércoles fue la de una de las dos ferreterías de la ciudad, aquella en la que Alberto había trabajado hasta su partida al frente. Cuando le planteó su necesidad, el encargado le explicó que subía todos los viernes a primera hora en busca de material, ya que el establecimiento tenía la casa matriz en Pamplona y el inicio de la guerra no había alterado su costumbre. El servicio que el negocio daba a la comarca le había librado de la requisa general de vehículos, y el hombre no mostró inconveniente en hacerle el favor teniendo en cuenta su amistad con el amigo de Joaquín.

El viaje se había realizado sin contratiempos, salvo por las continuas miradas de soslayo que el ferretero le lanzaba y un par de comentarios subidos de tono que no fueron más allá, aunque a Ana María le recordaron las eternas advertencias de su madre. Pensaba en cómo pondría el grito en el cielo si la supiera viajando sola con un desconocido. Pero no tenía por qué enterarse y, en cualquier caso, el detalle resultaba nimio teniendo en cuenta que viajaba a Pamplona sin advertirla de ello y en contra de su prohibición expresa. Emilia se mostraba entusiasmada con la boda, y la sola idea de que un improbable reencuentro con Joaquín diera al traste con sus planes le quitaba el sueño.

Desde el terremoto que la familia había vivido el domingo anterior, su madre actuaba como si nada hubiera pasado, como si el enlace fuera algo deseado por todos y ella misma tuviera la obligación de volcarse en los preparativos, cosa que de ningún modo había hecho. Lo más perentorio para Emilia había sido pensar en el vestido de novia, y se había apresurado a remover el contenido de los baúles en busca del que ella misma había empleado, una prenda bastante anticuada de una tela negra de no muy buena calidad. El tiempo y las polillas se dejaban notar, y la misma tarde del lunes, el día del Pilar, la había tenido subida a un taburete haciendo pruebas, para llegar a la conclusión de que, sin la intervención de una buena modista, el vestido no se podría usar. Sin pensárselo dos veces salió en su busca y no debió de resultarle sencillo obligarla a salir de su casa, tal vez dejar otros encargos anteriores, a juzgar por el tiempo que tardó en regresar con ella. La sorpresa de ambas fue mayúscula cuando entraron en la cocina y hallaron a Ramón con cara de circunstancias. Sobre la mesa, a medio sacar de su funda y de una segunda envoltura de papel, se encontraron con un hermoso vestido negro de moaré elaborado con tafetán de seda.

—Pero ¿cómo ha llegado esto aquí? —Ana María oyó a su madre desde el piso superior, a donde había subido solo para rehuir el momento.

—Lo ha traído una de las doncellas de los Zubeldía. Lo envía doña Margarita —explicó su padre sin mostrar demasiada emoción—. Dice que es el que llevó en su boda y que lo tratemos con delicadeza porque le tiene mucho aprecio y cuesta una fortuna.

—Pero ¡qué detalle! ¡Madre de Dios, qué preciosidad de vestido! —la había oído exclamar, entusiasmada, con el sonido de fondo del delicado papel mientras terminaba de desenvolver la prenda.

—Pues yo creo que esto es una humillación, Emilia —murmuró Ramón—. Y tu hija está de acuerdo conmigo. ¿Dónde se ha visto que la futura suegra tenga que prestarle el vestido a la novia?

—¡Tonterías! Es un vestido precioso, y nuestra hija va a brillar con él.

Con la modista allí, no había tenido más remedio que bajar a probárselo. Por fortuna, su dictamen la liberó de una larga tarde de pruebas, pues anunció que tan solo sería necesario ajustar una pizca la sisa y la cintura. Por supuesto, la sesión había terminado con la habitual sarta de reproches por parte de su madre por el desinterés que mostraba en los preparativos.

Chispeaba cuando llegaron a Pamplona, el ambiente se había tornado frío y desapacible. Había aprovechado el largo camino para preguntarle a su benefactor si le constaba que se hubieran recibido noticias de Alberto, pero afirmó no haber tenido ningún contacto con la madre de su antiguo empleado. Ana María se reprochó el descuido y anotó mentalmente la necesidad de visitar a la mujer en cuanto pusiera el pie de vuelta en Puente Real. El ferretero la había dejado en la calle Sarasate y, para su sorpresa, se ofreció a recogerla en el mismo sitio hacia la una del mediodía si quería que la llevara de vuelta. Comprendió que no había tiempo que perder, de forma que echó a andar de inmediato. En la plaza del Castillo preguntó por el horno Aristu e Hijos y descubrió que se encontraba en una calle cercana, a unos cientos de pasos tan solo. De hecho, al llegar comprobó que ya lo conocía, incluso recordaba haber entrado en alguna ocasión en compañía de sus padres, pero nunca había reparado en el nombre. Al empujar la puerta del despacho, la asaltó el agradable aroma del pan recién hecho, amén de un ambiente cálido que agradeció en aquella mañana ventosa y gris. Tras el mostrador de madera, una mujer entrada en carnes, con el pelo recogido por una pañoleta blanca a juego con el resto de su indumentaria, servía a la única clienta que en aquel momento se encontraba en el establecimiento. Sin dejar la conversación intrascendente que mantenía, cogió la barra que le había solicitado de una de las cestas de mimbre que descansaban en un estante a su espalda. A su lado tenía dispuesta una pila de trozos de papel de periódico para envolverla, aunque, antes de coger uno, tuvo que espantar al gato que se había acomodado encima del mullido montón. Para cobrar se frotó las manos manchadas de harina en el delantal, no mucho más limpio, que resaltaba su busto generoso.

—Buenos días —saludó Ana María cuando le llegó el turno—. Mire, no vengo a por pan, supongo que a quien busco es a su marido, necesitaría hablar con él. ¿Está aquí?

—¿Y para qué tienes que hablar con él? —respondió suspicaz después de esbozar un gesto de fastidio.

—Bueno, tiene que ver con la prisión de San Cristóbal, quedó en que haría algunas averiguaciones...

—Ah, eres esa. Algo me contó. Fue el día de la tormenta, ¿no?

—Eso es —respondió Ana María, esperanzada—. Me pilló bajando del fuerte, y su marido tuvo la amabilidad de acercarme a la estación. Porque es su marido, ¿no?

—Es mi marido, sí. Pero ahora está repartiendo. A estas horas es lo que toca.

—¿Y a qué hora suele volver?

La panadera mostró, de nuevo, un mohín de fastidio. Resultaba evidente que la visita no era de su agrado.

—No tardará. Tiene que hacer un viaje a por harina.

—Entonces, si le parece, lo esperaré dando una vuelta por aquí cerca —respondió con cierto alivio.

—Por mí, haz lo que quieras. Pero no creo que haya preguntado nada. Ya le dije que no me gustaba que se interesara por ningún preso. Aquí enseguida se sabe todo, esto es un pueblo venido a más.

—Entonces a usted no le ha contado nada, ¿no? —insistió, impaciente—. Si ha sabido algo, quiero decir...

—Pero ¿no te estoy diciendo lo que hay? A mí qué me va a decir si le prohibí que metiera las narices donde no le llaman —respondió, ya visiblemente molesta—. Mira, hija, mi marido y yo pensamos que nadie acaba en la cárcel sin motivo, así que esa gente cuanto más lejos, mejor.

—Creo que en eso se equivoca. Mi novio estudiaba Derecho en Madrid, solo tiene veintiún años y es una bella persona, nunca ha hecho mal a nadie.

—Oye, mira, no me interesa —la cortó con un aspaviento—.

Si quieres esperar, espera, pero ya te digo que no vas a sacar nada en claro. ¡Vamos! Más le vale que no me entere yo de que ha estado husmeando en asuntos que ni le van ni le vienen.

—Lo aguardaré, ya que estoy aquí. He venido de propio desde Puente Real. ¿Me puede decir solo cuándo fue la última vez que subió al fuerte?

—¡No, sal ya de la tienda, que esta viene aquí! —dijo escudriñando a través del visillo que cubría el pequeño escaparate, sobresaltada y nerviosa—. Ni una palabra más, que es mujer de requeté.

Ana María caminó por las calles cercanas abstraída en sus pensamientos, sin apenas reparar en las escasas mercancías que se exponían en los escaparates tres meses después del inicio de la guerra, en la gente que se afanaba por continuar con sus vidas cotidianas en medio de una contienda que en Pamplona se antojaba distante. No se alejó mucho, sin embargo, y enseguida restringió su vagabundeo al entorno de la tahona, cien pasos arriba, cien abajo.

Reconoció la camioneta en cuanto dobló la esquina y apresuró el paso para abordar al panadero antes de que entrara al establecimiento.

—No sé si se acuerda de mí —le dijo apenas hubo abierto la portezuela, contenta por que hubiera detenido el vehículo fuera del campo de visión de su mujer a través del visillo.

—Claro que me acuerdo, aunque el otro día no me dijo su nombre.

—Me llamo Ana María —respondió, esperanzada por su tono de voz—. De usted solo conozco el apellido, por los rótulos.

—Andrés Aristu.

—Ya se imaginará para qué he venido...

—La esperaba antes, la verdad. Han pasado más de dos semanas.

—No sabe usted las cosas que han pasado en estas dos semanas. Lo que no ha cambiado es la falta de noticias de Joaquín. ¿Ha podido usted averiguar algo?

El panadero miró a derecha e izquierda y, por el gesto, no pareció satisfecho. Caminó hacia la parte trasera de la camioneta, abrió las dos portezuelas y se colocó entre ellas, haciendo como que hurgaba en los canastos de mimbre casi vacíos con los que regresaba del reparto diario. Ana María se situó junto a él, protegidos ambos de las miradas por las puertas abiertas.

—¿Y bien? —preguntó impaciente—. ¿Le han dicho si está?

—Sí, tranquilízate, que estás temblando —la tuteó con tono jovial, seguro de la alegría que le estaba produciendo con aquella noticia—. Está allí.

—¿Y qué? ¿Qué ha podido averiguar? ¡¿Cómo está?! —La emoción apenas le permitía articular palabra, y las preguntas se atropellaban mientras las lágrimas de alivio le asomaban a los ojos y empezaban a resbalar por sus mejillas.

—Pues si te soy sincero, Ana María, poca cosa. Y eso que he tenido que recurrir al mismo administrador del penal. Si me lo ha confirmado ha sido porque he simulado un interés personal, y gracias a la amistad que tenemos. Pero hay algo... —vaciló—. Algo raro pasa con tu mozo.

—¿Qué quiere decir? —Enseguida se secó los ojos con el dorso de la mano, intrigada y expectante.

—A ver, no lo sé. Pero mi contacto solo dejó entrever que está allí, ni siquiera lo afirmó. Y me pidió que no cuente a nadie que ha sido él. Ya sabes, «yo no te he dicho nada». Fue todo muy extraño en esa conversación.

—¿Extraño en qué sentido?

—Pues mira, no sé si hago bien en contarte esto, pero me dijo que ni siendo administrador estaba autorizado a darme esa información, que el preso en cuestión tiene vetada la correspondencia, las visitas e incluso que se informe sobre su paradero.

—¡Pero ¿de dónde vienen esas órdenes?!

—Ana María, no tengo ni idea. Solo puedo decirte que por encima de él solo están el director y las autoridades militares.

La puerta de la tahona se abrió para dejar salir a una clienta, pero tras ella, de inmediato, salió la esposa del panadero, que clavó la mirada en la furgoneta que los ocultaba.

—¡Andrés! ¡¿Se puede saber qué haces ahí?! Pero ¿tú sabes la hora que es?

—Lo siento, te tengo que dejar. Si vuelves a Pamplona, pásate de nuevo. No creo que vaya a obtener más información, pero quién sabe.

—Se lo agradezco en el alma, la noticia más importante ya me la ha dado —respondió feliz.

El panadero se volvió hacia uno de los cestos y cogió algo que envolvió con un pedazo de papel.

—Toma, un bollo suizo. Antes me los quitaban de las manos, pero ahora pocos están dispuestos a pagar lo que valen. Además, debes de estar hambrienta si no has comido nada desde Puente Real.

—En realidad, desde anoche no pruebo bocado. Pero déjeme que se lo pague, por favor. —Se metió la mano en el bolsillo en busca de la cartera.

—Ni lo sueñes, Ana María —se negó sujetándole el antebrazo para impedírselo.

—Otra cosa más que le tengo que agradecer.

—Que tengas buena suerte. A vuestra edad no deberíais estar pasando por esto.

—¿Es por eso que ha cambiado de actitud? El día de la tormenta no parecía muy convencido de querer ayudarme.

—En parte sí —respondió mirándola a los ojos.

—Quedo obligada con usted, Andrés. Me ha hecho un favor inmenso. Si vuelvo, pasaré, aunque solo sea a saludarle.

—Hazlo. Haré por enterarme de algo más —repitió.

—Es la misma frase del primer día.

—Lo sé —aseguró con un guiño fugaz, mientras cerraba las portezuelas de la camioneta.

Se orientó sin dificultad por las revueltas del casco antiguo para llegar al número 57 de la calle Mayor. Se sentía contenta y reconfortada después de dar buena cuenta del bollo que le había regalado Andrés, aunque ya estaban allí de nuevo las náuseas, su compañía inseparable de las últimas semanas. Todavía se chupaba el azúcar de los dedos cuando se plantó frente al portal, que estaba cerrado, pero no tenía un minuto que perder si quería llegar a tiempo a la cita con el ferretero para regresar a Puente Real. Reparó en una anilla que no había visto el primer día, tiró de ella y, con un chasquido, la cerradura en el interior cedió. Aun sabiendo que Josefina, la esposa de Germán, se encontraba impedida y por fuerza tenía que haber alguien en casa, subió las escaleras hasta el segundo piso con cierta aprensión. Se abrió la mirilla como el primer día al poco de pulsar el picaporte, pero, a diferencia de entonces, la puerta se abrió de inmediato y ante ella surgió el rostro risueño de Rosalía, que se fundió con ella en un abrazo.

—¡Mmm, hueles a bollo dulce! —rio—. No recuerdo cuánto

hace que no pruebo uno. ¡Qué alegría tenerte aquí de nuevo! ¡Déjame que te vea bien!

—Aún no se me nota mucho —se adelantó—. Menos mal.

—Ahora me cuentas cómo te ha ido en estas semanas y qué planes tienes. Pero pasa, mujer, no te quedes ahí. Germán está en la imprenta, con los chicos. Allí se entretienen y les va enseñando algo del oficio.

Entraron en la sala de estar donde Josefina cabeceaba de igual manera que el día en que la conoció, cubiertas las piernas por el mismo echarpe. En esta ocasión el balcón estaba cerrado, los visillos, apartados y la mirada de la anciana, fija en algún punto del exterior. Ana María la tomó de las manos y le dirigió unas palabras que no produjeron ningún efecto en ella.

—Está igual, pero como si no estuviera —comentó Rosalía—. Solo de vez en cuando sigue preguntando por Samuel.

—¿Habéis tenido noticias de él? ¿Habéis podido verlo?

—Sí, precisamente tuvimos comunicación anteayer. ¡Y nos dio buenas noticias! ¡Joaquín está allí, y este mismo lunes pudo hablar con él en el patio! Me extraña que no hayas preguntado por él antes de cruzar la puerta.

—Es que acabo de pasar por el horno de Aristu y ya me ha dicho que está en el fuerte. Y, además, me ha regalado el bollo —sonrió alegre—. Pero cuéntame, que Aristu de ahí no ha pasado, no sabe nada más. ¿Cómo está Joaquín?

—Me dijo que lo había visto bien, un poco delgado, eso sí —mintió—. Aprovechó que sacaron a todos los presos a la misa en el patio por el día del Pilar y tuvo la suerte de dar con él, aunque dijo que solo habían podido hablar un minuto. Y Federico, su amigo... está con él.

—¡Ay, qué bien! —exclamó—. Conociendo a Joaquín, no se perdonaría que a Federico le pasara algo, estoy segura de que se culpa por haber dejado que lo ayudara a escapar. Al menos, si están juntos, podrán hablar y las horas no se les harán tan largas.

—¡Te escribimos ayer a Puente Real contándote todo esto, pero la carta y tú os habréis cruzado por el camino! ¿Sabes? Joaquín te pide que no penes por él, que los tratan bien.

—¿No lo dirán por no preocuparnos?

—Yo también lo he pensado. Si te digo la verdad, vi a Samuel bastante desmejorado. Pero dice que, aunque la comida es mala, tienen un economato en el que pueden comprar algunas cosas. ¡Por cierto! Para que estés más tranquila: mi padre le entregó diez pesetas para él en la primera comunicación.

—¿Cómo? ¡No lo puedo permitir! —Ana María sacó de inmediato su monedero y extrajo varios billetes, hasta completar treinta pesetas, que le tendió a Rosalía—. Toma, no llevo más ahora. Os quedáis las diez y el resto, si no te importa, se lo das a Samuel en la próxima comunicación, para Joaquín.

—Mujer, ahora que sabes que está allí, puedes solicitar comunicación en Capitanía y dárselo tú misma.

Ana María la puso al corriente de las averiguaciones de Andrés Aristu y de las menciones sobre su aislamiento.

—Es extraño, nosotros con Samuel no tuvimos problemas. Tardaron unos días en dar la autorización, eso sí. Luego hay que adaptarse a los turnos y las frecuencias que imponen en el fuerte. Y el tiempo: quince minutos contados.

—Lo intentaré de todas formas —anunció—. Si me niegan la comunicación, tendrán que darme buenas razones. Pero hoy ya no va a poder ser, porque he quedado a la una para volver.

—¡Vaya, qué prisas! Pensaba que te quedarías a comer con nosotros para hablar con tranquilidad.

—¡Si me he escapado de casa sin que lo supiera mi madre!

—¡¿Y eso?! —Le salió un tono agudo a causa de la sorpresa.

Ana María agachó la cabeza, con semblante circunspecto.

—¿Qué pasa? ¿Hay algo que no me hayas contado?

La muchacha asintió.

—¿Me lo quieres contar?

Asintió de nuevo con la cabeza y entonces miró a los ojos de Rosalía.

—Cuando me notaste que estaba embarazada, diste por supuesto que era de Joaquín, y yo guardé silencio. Pero no estoy segura, Rosalía.

—¡¿Cómo?! —exclamó sin poder evitar el grito que salió de su garganta—. ¿Me estás diciendo que te acostaste con otro hombre por las mismas fechas?

Ana María lo desmintió con un gesto sin dejar de morderse los labios y con las manos entrelazadas y sudorosas.

—Félix me forzó, Rosalía. Y no fue un mero intento como os conté la otra vez —le reveló con vergüenza y amargura.

La mujer palideció, tragó saliva, pero no fue capaz de articular palabra. Negaba con la cabeza, incrédula, y las lágrimas acudieron a sus ojos.

—¿Ese animal te violó? ¿Hasta el punto de que tengas dudas de haber podido quedar embarazada? ¡Te penetró!

—¡Cállate, Rosalía, por favor! —sollozó.

—¿Cómo me voy a callar, Ana María? ¡Me dejas de piedra!

—En casa dije que el hijo es suyo, pero lo cierto es que no lo sé.

Rosalía tragó saliva de nuevo, callada. Necesitaba tiempo para asimilar lo que acababa de escuchar. Fue Ana María quien volvió a romper el silencio. A solas las dos, salvo por la presencia ausente de Josefina, le contó todo lo sucedido el domingo anterior, cuando no pudo ocultar su estado por más tiempo.

Le habló de la pretensión de Félix, de la actitud que había adoptado su madre, ambos seguros de la paternidad de la criatura que crecía en su vientre. Trató de justificar que, a causa del miedo y de la vergüenza, solo les hubiera hablado a sus padres de la violación por parte de Zubeldía, pero no de lo que había sucedido en su dormitorio la noche previa al intento de huida de Joaquín.

Otra vez quedaron en silencio hasta que Rosalía alzó la cabeza y miró a los ojos a Ana María.

—Entonces ¿te vas a casar con él? ¿Tú estás segura?

La muchacha negó con la cabeza.

—Es lo último que deseo, pero no tengo otra salida —confesó, a punto de romper a llorar—. ¡Estoy tan confundida! Y más ahora que sé que Joaquín está en San Cristóbal y que tal vez pueda hablar con él.

Rosalía se inclinó hacia ella y la abrazó acariciándole la cabeza por encima de la pañoleta.

—¡Criatura! Si en verdad hubiera un Dios, no permitiría lo que te está pasando —blasfemó de manera consciente, llena de rabia—. Pero después de lo que me has contado, hagas lo que hagas estará bien.

—No tengo valor para escaparme —reconoció—. Así que supongo que la suerte está echada.

Rosalía la miró con ternura.

—¡Pobre muchacha! —Seguía negando incrédula, resoplando—. ¡Es que vas a casarte con el hombre que te ha violado!

Ana María se echó a llorar tapándose los ojos.

—¡Perdóname, perdóname, perdóname! —repitió Rosalía, arrepentida—. ¡Con lo que debes de estar pasando! ¡Tu aspecto lo dice todo, niña!

—Y aún es más duro ahora que sé dónde está Joaquín y que se encuentra bien —repitió por segunda vez en un minuto—. ¿Cómo se lo voy a decir cuando me dejen verlo?

—Si es por eso, Joaquín lo entenderá. Sabe que no puede hacerse cargo de ti y de la criatura mientras continúe en prisión. Si es que aún sigue allí.

Las últimas palabras no habían pasado de ser un susurro pronunciado para sí misma.

—¿Puedo pasar al baño, Rosalía? Es que no me aguanto más —se excusó por cortarla de aquella manera y se echó la mano al vientre.

—¡Qué pregunta, mujer! Ya sabes dónde está.

Se miró en el espejo mientras se lavaba las manos, que aún sentía algo pegajosas de azúcar. La imagen que tenía frente a sí no era, desde luego, la de una chica de veintiún años a punto de casarse. Decían que las mujeres se ponían más guapas con el embarazo, pero en su caso no estaba pasando. Su rostro había adquirido un aspecto desmejorado, casi demacrado; intensas ojeras le ribeteaban los párpados inferiores y, sobre todo, se sentía incapaz de esbozar una simple sonrisa. No era extraño que Rosalía le hubiera hecho aquel comentario sobre su aspecto. Además, sin saber a qué achacarla, una sorda inquietud se había ido adueñando de ella a medida que conversaban. Las noticias que le había transmitido su amiga eran las que llevaba tanto tiempo aguardando, pero ninguna de las dos había manifestado el entusiasmo que era de esperar.

Rosalía, pensativa, se mordía la uña del índice izquierdo mientras aguardaba. Se debatía entre dudas. ¿Debía revelarle en aquellas circunstancias a Ana María la noticia que había corrido aquella semana entre los familiares de los presos? En las dos ocasiones en que habían acudido al locutorio se habían encontrado, tanto a la entrada como a la salida, con otros parientes que esperaban su turno en las inmediaciones del fuerte. Aquel miércoles un rumor circulaba de manera insistente, y a ellos les llegó cuando se disponían a iniciar el regreso a casa: al parecer, un numeroso grupo de presos —se hablaba de una decena— habían sido fusilados el mismo día del Pilar, una vez caída la noche. Tanto a su padre como a ella se les heló la sangre en las venas cuando su interlocutor, hermano de un sindicalista de Pamplona encerrado desde los primeros días, dijo no estar preocupado porque, según se contaba, todos ellos venían de Puente Real. Tras la zozobra inicial, fue Germán quien supo mantener la calma y poner las cosas en su sitio: conociendo las estrictas limitaciones durante las comunicaciones, era muy improbable que una revelación así hubiera podido salir del fuerte. La conversación en los locutorios se desarrollaba a través de dos tupidas mallas metálicas separadas por varios palmos que dificultaban incluso la visión y siempre con la presencia constante de un guardia. Los interlocutores se veían obligados a levantar la voz para ser escuchados, lo que impedía contar nada sin que el vigilante se enterara. Estaba absolutamente prohibido que los presos pudieran hablar acerca de otros reclusos, dar detalles de la vida en el interior del presidio y, mucho menos, proferir la menor crítica hacia sus responsables ni hacia las nuevas autoridades. En la primera comunicación con Samuel, se les había advertido expresamente de que el quebrantamiento de las normas, tanto por parte de los visitantes como de los reclusos, provocaría la inmediata interrupción de la visita y su supresión hasta nueva orden. Lo mismo sucedía con la correspondencia de los presos, que era leída y sometida a la censura de los administradores antes de darle el visto bueno para ser remitida. Su longitud, además, estaba tasada, tan solo unas pocas líneas, por lo que no cabía un solo comentario superfluo. Tanto detalle debía de responder a la imaginación de alguna mente calenturienta.

El golpe producido por la noticia había sido mayor porque llegaba apenas unos minutos después de la conversación con Samuel en la que les había confirmado que Joaquín estaba allí y que había podido hablar con él en la misa por el Pilar, por la mañana. Sin embargo, de ser cierta la noticia, los fusilamientos habrían tenido lugar aquel mismo día por la tarde. Un escalofrío le recorría la espalda cada vez que pensaba en ello. Desde luego, en la carta enviada a Ana María la víspera, nada le había revelado, pero en aquel momento tenía a la muchacha en casa. Trató de evaluar las implicaciones que aquel suceso podía tener para lo que a ella más le importaba, que eran el futuro y la felicidad de Ana María, a quien, de manera sorprendente dado el poco trato mantenido, había tomado un gran afecto. Si Joaquín se encontrara —Dios no lo quisiera— entre el grupo de presos de Puente Real presuntamente fusilados, sería un durísimo golpe para la muchacha, pero la liberaría de la tortura moral, del cargo de conciencia que para ella suponía romper su compromiso con él. Sabía que, si daba el paso de casarse con Félix Zubeldía, el hombre que la había forzado, sería en contra de su deseo, en contra de su interés y renunciando a su propia felicidad, movida tan solo por la necesidad imperiosa de dar un padre a su hijo, y tal situación la ayudaría a sobrellevar la culpa. En aquel mismo instante se sintió avergonzada por permitirse pensar así, pero la situación las obligaba a comportarse de manera pragmática. Y si solo se trataba de un rumor, nada habría cambiado: a Joaquín le quedarían por delante muchos años de condena y estaba segura de que, si el joven hacía gala de las virtudes de las que había hablado Ana María, él sería el primero en animarla a seguir adelante con los planes de la boda.

Ana María regresó y volvió a sentarse junto a Rosalía mientras miraba el reloj de pulsera.

—Solo tengo media hora —anunció—. Va a ser un viaje rápido, pero me alegro de haber venido, se ponga mi madre como se ponga. Te debía una explicación.

—Tu madre tiene que comprender que, aunque hayas accedido a tirar adelante con ese matrimonio, no vas a olvidar a Joaquín de la noche a la mañana.

—Jamás lo voy a olvidar —la corrigió—. Y removeré Roma con Santiago para conseguir que me dejen estar en contacto con él y aliviar en lo posible su cautiverio. ¡Es tan injusto, Rosalía!

—Piensa que estás haciendo lo correcto, Ana María —improvisó sin saber a ciencia cierta si lo que estaba diciendo era lo que, en realidad, creía—. También respecto a Joaquín. Si te asaltan las dudas, recuerda que tú eres quien va a sacrificarse por el bien de tu hijo o de tu hija. Además, imagina que decidieras irte, dar a luz a esa criatura tú sola, y que luego a Joaquín le pase algo. Serían tres vidas rotas, por no hablar de las de tus padres.

Ana María volvió la mirada hacia su amiga escrutándola.

—Rosalía, no quiero parecer desagradecida después de todo lo que estás haciendo por mí, pero ¿me lo has contado todo?

—No te entiendo. ¿A qué te refieres?

La pregunta la había pillado por sorpresa y de manera instintiva había optado por hacerse la desentendida, aunque tan solo un minuto antes hubiera decidido que tenía que darle noticia de los rumores. Si eran ciertos, cuanto antes lo supiera, mejor. Tarde o temprano iba a enterarse, y seguramente de una manera cruel, sin nadie que suavizara el impacto y que pudiera apoyarla.

—No sé, tengo una sensación extraña. Lo que me has contado son buenas noticias, y sin embargo...

No pudo terminar porque el timbre de la puerta las sobresaltó.

—Qué raro a estas horas. Germán siempre lleva encima las llaves de casa —se extrañó Rosalía mientras se dirigía al vestíbulo.

Ana María oyó cómo accionaba la mirilla, sin que durante unos segundos pasara nada. Después, la puerta se abrió. Hubo otro breve silencio, y entonces se le heló la sangre.

—Está aquí, ¿verdad?

—¿Quién está aquí? ¿Quién es usted?

Una exclamación de estupor de Rosalía, apenas un pequeño grito, precedió al ruido de pasos en el vestíbulo.

—¿Cómo se atreve? ¡No le he dado permiso, esta es mi casa!

En cuatro zancadas, Félix se plantó bajo el dintel.

—¡Joder! —exclamó al verla—. ¡Cómo te conoce Emilia!

—¿Qué haces aquí? —respondió Ana María, más abatida que extrañada.

—Venir a buscarte, ¿qué voy a hacer si no? ¿Sabes el sofocón que le estás dando a tu madre? Ha venido a la Junta hecha un manojo de nervios, piensa que te has escapado de casa —dijo tomándola de la mano para obligarla a levantarse.

—¿Acaso cree que tengo motivos? —respondió con sarcasmo.

—Levanta de ahí, nos vamos.

—Oiga, no sé quién es usted, supongo que Félix Zubeldía, pero no tiene derecho a esto. Ana María es mayor de edad y es libre de...

—Yo sí sé quién es usted —la atajó—, la mujer de un condenado por auxilio a la rebelión que, además, seguro que le está metiendo ideas raras en la cabeza a mi prometida. Mientras viva en casa, está bajo la patria potestad de su padre, y cuando contraiga matrimonio, pasará a estar bajo la autoridad de su esposo. Así que no se meta donde no la llaman, no sea que su señor suegro tenga una visita en la imprenta y vaya a hacer compañía a su marido.

Rosalía, en la puerta, parecía petrificada, mientras Josefina, sobresaltada por las voces, miraba al recién llegado. Alzó la mano hacia él, como si quisiera alcanzarlo.

—¡Samuel! —musitó.

—¡Coge tus cosas y vámonos! Tu madre tiene razón cuando dice que la vas a matar a disgustos. A ti va a haber que meterte en vereda.

18

Domingo, 25 de octubre de 1936

Josu, Rogelio, Jacinto y Ezequiel. Aún no se habían cumplido dos semanas de convivencia, y ya lo sabía todo de ellos. Y ellos de él. Le resultaba asombrosa la manera en que la cautividad, el solo hecho de compartir la desgracia, podía llegar a unir a hombres que tal vez fuera de aquellos muros jamás hubieran intimado, aun en el caso de haber tenido posibilidad de trato.

De ellos, era Josu con quien Joaquín tenía más detalles vitales en común. El primero, sus veinte años, uno menos que él. El segundo, que la guerra también lo había sorprendido en Madrid, donde estudiaba Química, aunque era natural de Bilbao. Había marchado al frente en los primeros días de la contienda con los de su quinta, y allí había conocido a Jacinto, ferroviario. Ambos habían sido capturados en una escaramuza a principios de septiembre y conducidos junto con otros muchos a San Cristóbal. Jacinto era jefe de tránsito en la estación de Miranda de Ebro, y lo que le había llevado a prisión era su militancia durante la República en la UGT, sindicato mayoritario en la Compañía de Ferrocarriles del Norte. Contaba treinta y dos años, y era padre de dos niñas de seis y tres.

Rogelio era periodista y había trabajado en un diario vespertino de Burgos. Un artículo contra el general Mola escrito semanas antes del golpe militar le había supuesto una denuncia, la consiguiente farsa de consejo de guerra y una condena a muerte no conmutada. Tan seguro estaba de su destino que días atrás, abriendo el petate con cierto misterio, les mostró un hábito con el que pretendía vestirse el día que lo llevaran a fusilar, a modo de mortaja.

Ezequiel era el mayor de todos, frisando los cuarenta. Empleado de banca en Pamplona, en su juventud había estudiado en el seminario, que abandonó por motivos que no les quiso contar. Lo que sí les había revelado era la falsa denuncia de que había sido objeto, precisamente por parte de un sacerdote de avanzada edad de la misma institución. Sus ojos se inyectaban al hablar de él, y aseguraba que su único objeto en la vida era salir de San Cristóbal para ajustar aquella cuenta pendiente. No hacía falta cavilar demasiado para sacar conclusiones, aunque nadie lo había hecho en voz alta.

El apoyo de los cuatro le había sido de gran ayuda en el momento más negro de su existencia. A la muerte segura de Efrén se había sumado la descarga de fusiles que se escuchó desde el interior del fuerte. Era cierto que ya ni se tomaban la molestia de alejarse del presidio como al principio. Ocho tiros de gracia, ni uno más, contados en medio del silencio de la noche, habían terminado por hundir a Joaquín en un pozo de negrura, como ocho golpes de mazo clavan una estaca en el suelo. ¿Cómo era posible que nueve de los diez hombres que le habían acompañado en su llegada a San Cristóbal fueran ya cuerpos sin vida dispuestos para ser enterrados en una zanja sin nombres? Pensó en los parientes de aquellos jóvenes con quienes había compartido unas pocas semanas de existencia por obra del destino: padres y madres, hermanos, novias, hijos en algún caso, que nunca podrían llorarlos ante una tumba. Y si él mismo hubiera corrido la misma suerte, ¿podría Ana María averiguar su paradero? En su caso, a lo mejor, al no ser un preso gubernativo, su enterramiento figuraría en algún registro, quizá lo cubriera una lápida, una tabla al menos, con su nombre y una fecha.

Sumido en aquellos negros pensamientos, tumbado por primera vez en meses sobre una colchoneta, se dejó arrastrar por la idea que había empezado a rondar por su cabeza como una seductora manera de poner fin a su desconsuelo. Pensó que sus nueve camaradas, pasado el breve trance de la muerte, ya no sufrían, ya no tenían que enfrentarse a la certeza de un futuro de hambre, frío, falta de libertad y, sobre todo, de inmenso dolor por lo que habían dejado atrás en plena juventud. Sin embargo, el recuerdo de sus padres, de sus amigos, de Ana María, le hizo desechar aquella vía de escape por egoísta y cobarde.

Con el aliento entrecortado por los sollozos, aquella primera noche se sumergió en un duermevela inquieto. Entre sueños vio con toda nitidez a Fabián, su padre, delante de su tumba, recién regresado de Francia tras el final de la guerra, restaurada la legitimidad del gobierno republicano con la ayuda de las democracias europeas. Tomaba a su madre por el hombro, rota de dolor y vestida de luto, y ambos portaban un hermoso ramo de rosas rojas que a duras penas pudieron depositar sobre su sepultura de tierra con manos temblorosas. Efectivamente, en la misma piedra que señalaba la cabecera del enterramiento, alguien había escrito su nombre y una fecha que vio con claridad, el 13 de octubre de 1936. En el sueño, Ana María permanecía en pie, aunque las lágrimas no dejaban de caer por sus mejillas. Despertó sobresaltado cuando vio que, apoyada en el halda, su prometida sujetaba por las manos a una criatura que apenas empezaba a caminar.

A pesar de que alguien le había echado la manta por encima, se sentía aterido. Notaba la presencia cercana de sus camaradas, constreñidos en una celda pensada para albergar a uno solo de los oficiales de la guarnición del primitivo fuerte de defensa y no con demasiada holgura. En aquel momento agradeció el calor tibio que irradiaba el cuerpo más cercano, pero incluso aquel alivio pasajero se desvaneció al recordar a Federico, quien en el mismo instante debía de seguir en la brigada, tumbado sobre el suelo helado y húmedo.

Incapaz de volver a conciliar el sueño, se puso en pie y, con cuidado de no pisar a ninguno de sus compañeros, abrió una rendija en uno de los postigos. La luna creciente, camino de luna llena, aparecía rodeada por un halo difuso y daba algo de claridad al patio, dos pisos más abajo, y a la fachada de las brigadas frente a él. Desde aquella altura, la libertad parecía poder tocarse, al contrario de lo que sucedía en el subterráneo donde había pasado cuarenta y ocho largos días, y también en el patio, donde el mundo exterior se reducía a un pedazo de cielo entre el perfil amenazador de las enormes fachadas que cerraban el recinto por los cuatro costados. Sin embargo, lejos de sentir consuelo, la angustia por recuperar la libertad que esperaba al otro lado de aquellos muros pareció constreñirle la garganta, y se vio tomando aire a bocanadas en medio de un ataque de ansiedad.

El sueño que acababa de tener no se había esfumado como en

otras ocasiones. Por el contrario, regresó a su mente de manera vívida y, frente a la luna que también iluminaría la noche en Puente Real, pensó en su madre. Ignoraba lo que ella sabría de su paradero, aunque suponía que Ana María la tendría informada de sus averiguaciones. ¿Y su padre? ¿Habría escrito desde el exilio? Pobre de él, lejos de su familia y sin hablar una palabra de francés. Se le ocurrió que, sabiéndole preso en San Cristóbal y condenado por años, no había razón para que no enviara a alguien en busca de su madre y se la llevara con él a Francia a la espera de tiempos mejores. Lo cierto era que la ausencia de noticias del exterior lo martirizaba tanto como el hambre y el frío. Debía insistir en su idea de ponerse en contacto con su familia por carta. Tal vez el cambio que acababa de vivir aquella noche, sin duda a mejor, incluyera también el permiso para hacerlo.

Casi dos semanas después, seguía sin obtener autorización para enviar correspondencia ni para solicitar una comunicación, al contrario de sus cuatro compañeros de celda, al contrario de Samuel, con quien en ocasiones coincidía durante el paseo por compartir el bloque de pabellones. Por muchas vueltas que le daba, no alcanzaba a comprender por qué se le negaba lo que a muchos les estaba permitido, por qué nadie le daba una razón o simplemente un plazo que lo conformara.

Su situación dentro de la prisión, sin embargo, había mejorado de manera notable. Los primeros fríos invernales ya se habían hecho sentir, sobre todo en las horas de la madrugada, pero la ausencia de la humedad que martirizaba a los presos de la brigada del sótano, el lujo de las colchonetas que les aislaban del frío enlosado, la existencia de postigos en el balconcillo y, sobre todo, las mantas supletorias que sus compañeros de celda se habían agenciado a través de las visitas, suponían un cambio radical. Sabía, todos lo sabían, que en aquellas circunstancias lo peor estaba por llegar, que el frío extremo del invierno en Pamplona, y más en lo alto del monte, a cuatrocientos metros por encima de la ciudad, iba a causar estragos entre los reclusos si las autoridades no ponían remedio a las precarias condiciones en que los mantenían. De manera egoísta, experimentaba alivio al saberse a salvo del tormento que habría supuesto tener que soportar los hielos y las nieves de enero y febrero enterrado en las inmundas naves encharcadas de la primera brigada, una condena casi segura a la enfermedad y, tal vez, a la muerte.

En realidad, la situación en el pabellón no era mejor en cuanto al sustento, idéntico al de sus primeras semanas en San Cristóbal. Los garbanzos, las lentejas y las habas llenas de gorgojos seguían siendo la base del menú con el bollo diario de pan duro. La única novedad había sido la incorporación de un cocimiento de patatas, tres o cuatro pedazos por cabeza y no más, que nadaban en agua teñida con pimentón en la que habían cocido corvina del Sáhara, según pregonaban pomposamente los presos comunes encargados del rancho. En realidad, el pescado resultaba incomestible y, cuando lo ponían a cocer, se extendía por todo el penal un hedor tan nauseabundo que muchos se veían obligados a taparse la nariz con una mano para obligarse a respirar por la boca. A la hora del reparto, se veía a los internos escrutar con aprensión las latas o las escudillas, pues la improbable presencia de una porción de corvina suponía un trozo menos de patata. La pestilencia persistía días en el penal ya que, tanto los reos de los pabellones como los de las brigadas, arrojaban al patio los pedazos de pescado podrido, que después eran pisoteados durante el paseo.

Joaquín, sin embargo, había comprobado que muchos de los recluidos en el pabellón se permitían el lujo de completar su magra dieta en el economato. La administración del penal parecía llevar a cabo una selección de los penados y, como ya sabía por Donato, la mayor parte de quienes ocupaban aquel edificio eran profesionales, empleados, obreros cualificados, estudiantes universitarios, carabineros, militares y, en general, hombres que no pertenecían al extracto social más bajo. Salvo aquellos que procedían de lugares más alejados, solían recibir visitas y correspondencia y, con ellas, paquetes que incluían comida, ropa, objetos de primera necesidad e, incluso, dinero. Era el caso de sus compañeros de celda. También él disponía, aún intactos, de los dos billetes de cinco pesetas que Samuel le había entregado. La postración que se había sumido tras la muerte de Efrén y los demás le había conducido a un estado tal que no pensaba en nada distinto al cumplimiento mecánico de las rutinas impuestas por el régimen de la cárcel. Ni siquiera había sentido la necesidad acuciante de saciar el hambre visitando el economato en aquella primera oportunidad que se le presentaba. Tampoco se había concedido el capricho del bocadillo con el que había soñado antes de la tragedia. Por otra parte, suponía, se temía, que el gesto de generosidad del padre de Samuel no se iba a repetir y, consciente de su extraño aislamiento, había decidido destinar aquel dinero a necesidades más perentorias que, sospechaba, iban a tener relación con la ropa de abrigo para el invierno que ya estaba encima.

Sus nuevos compañeros, sin embargo, no solo se habían volcado a la hora de prestarle apoyo moral en su profundo abatimiento de los primeros días, sino que habían repartido con él su tabaco, algún panecillo con manteca y hasta porciones de chocolate, sin que llegara a saber si procedían de los paquetes recibidos o del economato. En realidad, eran Josu, Jacinto y Ezequiel quienes parecían contar con más ayuda de sus familias, porque a Rogelio tan solo le había llegado una carta, pero no visita alguna. Dedujo que el periodista era quien había disfrutado hasta entonces de la solidaridad de los tres compañeros de celda, que a partir de entonces iba a tener que compartir.

Tampoco las condiciones higiénicas habían mejorado con el traslado al pabellón. En la planta se hacinaban ciento veinticinco presos, que disponían de dos retretes y dos fregaderas para todos. Había que asearse con ayuda de alguien que echara el agua sobre la cabeza con una lata, lo más despacio posible, mientras el otro con ambas manos se la extendía con rapidez y se frotaba para aprovechar al máximo la ración que debía servir para beber y para lavarse. Así, el mal olor en las celdas era también repulsivo, pero en modo alguno se parecía al ambiente irrespirable de la primera brigada. Además, ya desde los primeros días, Joaquín descubrió sorprendido que Josu, quien se había descrito como un fanático de la limpieza antes de ser encarcelado, dedicaba parte de su peculio a comprar sosa Solvay en el economato, con la que semanalmente frotaban el suelo tras sacudir las colchonetas y las mantas por las rejas del balconcillo.

Josu, de hecho, había resultado ser un tipo muy especial. Alto y escurrido, y no solo a causa de la magra dieta de la prisión, parecía no haber abandonado la inquietud intelectual en pro de lo más perentorio, como la mayoría. Ya su aspecto daba una pista sobre su modo de ser: bromeaba con el detalle de que el cabello, que antaño se repeinaba con gomina, se mantenía en su sitio de igual manera a causa de la grasa por la escasez de agua y de jabón. Los ademanes elegantes, casi refinados a pesar de las circunstancias, y las gafas de montura redonda de las que no se separaba, y que habían superado incluso su paso por el frente, terminaban de conferirle un aire docto pese a su extrema juventud.

Imaginar al Josu estudiante, que un año atrás estaría como él empezando allá en Madrid el curso en la universidad, le hacía estremecerse de nostalgia, de rabia y de desesperación por las oportunidades perdidas y por la atroz injusticia que suponía el encierro de cientos de hombres tan jóvenes que ningún delito habían cometido, aunque solo fuera por falta de tiempo.

Dos nuevas sorpresas habían contribuido a formarse su opinión no solo sobre Josu, sino también acerca de los demás compañeros de celda. A pesar de que la posesión de libros estaba expresamente prohibida por las normas del penal, ya al tercer día de su estancia en el pabellón tenía entre sus manos un ejemplar del *Romancero gitano*, que Rogelio había conseguido disimular entre sus pertenencias y que se había convertido en un tesoro allá dentro. Sabían del riesgo que corrían al ocultar una obra de un autor proscrito, y temían un posible registro que, sin embargo, no se había producido. Y no era el único, porque Josu también poseía un libro, un ejemplar de las *Poesías Completas* de Antonio Machado publicado en Madrid en 1933, que acababa de adquirir antes de volver a casa en el mes de junio. Los poemas de los dos maestros les habían ayudado a sobrellevar las largas horas de encierro en las que disponían de luz natural, y para Joaquín habían supuesto un bálsamo frente al dolor sin consuelo por la muerte del grupo de Puente Real.

La segunda maravilla con que sus nuevos compañeros le habían asombrado era un precioso juego de ajedrez fabricado por Jacinto con miga de pan. Había modelado las figuritas con los dedos, con la única ayuda de un alambre; se endurecían al secarse al sol y al aire en el balcón, y estaban rematadas con barniz de un frasquito que el ferroviario había conseguido agenciarse en el patio a cambio de varios panecillos y de un paquete de picadura. El barniz permitía que las figuras no se reblandecieran ni se mancharan demasiado en contacto con los dedos. El tablero, en cambio, estaba hecho de cartulina, y una simple corriente de aire o un cambio de postura de uno de los jugadores daban al traste con las partidas que, solo a veces, la memoria privilegiada de Josu permitía recomponer.

El discurrir de los días, los ánimos que los nuevos camaradas trataban de infundirle, la evasión que le proporcionaba la lectura y también los pequeños extras que habían llegado a la celda procedentes del economato habían contribuido a amortiguar la desesperación que había creído no poder superar a su llegada. A duras penas había empezado a asumir la muerte de todos sus antiguos camaradas, una lacerante realidad imposible de apartar del pensamiento, pero que ya no tenía remedio. El recuerdo de Federico, todavía en la primera brigada, había recuperado el primer puesto entre las causas de su aflicción. Por ello, lo sucedido aquel mismo viernes, dos días atrás, lo había sumido en el desconcierto. Poco antes de la hora marcada para salir al patio tras el parco desayuno, el oficial al cargo del pabellón se había plantado bajo el dintel de la celda y había pronunciado su nombre en voz alta.

—¡Levántate, imbécil! —ordenó al ver que se limitaba a asentir sin ponerse en pie. Sin embargo, aquellos preciosos segundos le habían bastado para ocultar bajo la manta el ejemplar del *Romancero gitano* que releía por enésima vez.

Ya en el pasillo, siguió las órdenes del guardia y caminó tras él en dirección a la salida del pabellón, con uno de los requetés de servicio en la prisión tras sus pasos. Descendieron las escaleras hasta la planta baja y enfilaron el largo corredor que les condujo a la enfermería. El oficial llamó a la puerta, pronunció el nombre de don Alejandro para obtener su permiso y lo hizo pasar. Sobre una mesa de madera bajo la ventana yacía un hombre tumbado, sujeto con correas, que Joaquín reconoció de inmediato por la indumentaria. A punto estuvo de abalanzarse sobre él cuando vio sus muñecas rodeadas de vendas empapadas de sangre oscura, pero la voz del médico lo detuvo.

—¿Joaquín Álvarez? —preguntó escudriñándolo por encima de los anteojos. Llevaba una pluma en la diestra con la que parecía haber estado haciendo anotaciones en una libreta preimpresa.

Joaquín se limitó a asentir, sin poder apartar la vista del cuerpo de Federico, cuyo pecho, por fortuna, se alzaba rítmicamente, aunque con una respiración que, incluso a simple vista, daba la impresión de ser débil.

—Ese imbécil intentó cortarse las venas con la lata del rancho

—soltó con desprecio—. Si te digo la verdad, no me habría quitado el sueño de haber cumplido su objetivo, pero...

—¿Está bien? —se atrevió a preguntar, impaciente y lleno de zozobra.

—¡Habla cuando se te pregunte! —espetó.

Joaquín no pudo evitar un gesto de rencor. No había tenido ocasión de verlo antes en todo su tiempo de estancia en el penal, salvo en un par de ocasiones, de refilón, al pasar ante su celda en alguna de sus escasas visitas al pabellón. Pero su aspecto casaba a la perfección con lo que se decía acerca de su forma de comportarse. Corpulento, cincuentón de rostro rechoncho, malcarado y de mirada despectiva, no parecía ser la vocación lo que le llevaba a ejercer su labor. Para el doctor San Miguel, al parecer, los presos no eran mejor que el ganado y su vida carecía de valor. Su trabajo allí como médico era una mera obligación impuesta a cambio del salario que percibía, y no movía un dedo por ninguno de ellos si podía evitarlo. Para ser atendido, el enfermo debía estar apuntado en la lista de reconocimiento que se confeccionaba la tarde anterior. Si alguien caía enfermo por la noche o simplemente después de haberse confeccionado la lista, era obligado a esperar al día siguiente, si es que no era festivo. Mucho había dado que hablar un caso reciente del pabellón inferior: un preso guipuzcoano de cierta edad había sufrido un infarto en su celda a la hora de la comida, cuando el médico todavía estaba en el fuerte. Sin embargo, al no aparecer su nombre en la relación de aquel día, don Alejandro abandonó la prisión sin atenderlo, a pesar de los ruegos de sus compañeros. El pobre desgraciado murió aquella misma tarde.

Antes de la llegada de Joaquín al segundo pabellón se había producido otro episodio no menos sangrante que le habían referido sus compañeros de celda. El protagonista fue un minero de Ponferrada que arrastraba desde la víspera una fiebre muy alta. Tumbado en la colchoneta, esperaba a que el doctor llegara a su lado al pasar visita. Al ver que no tenía intención de detenerse tras mirarlo con despreocupación, el enfermo extendió el brazo, le tocó el pie y le recordó que estaba apuntado para reconocimiento desde la víspera. Ofendido por el atrevimiento, San Miguel presentó queja ante la jefatura de servicios. Al poco fueron en busca del preso para llevarlo a una de las celdas de castigo en el estado en que se encontraba, donde permaneció una semana a oscuras, sobre las losas empapadas y sin manta con que cubrirse. Por la noche se le oía toser como un perro desde cualquier celda de pabellones.

—Digo que, después de lo que ha hecho, si se muere, uno menos —continuó el médico tras la interrupción—. Pero estos perros nacen con un ángel de la guarda, y alguien le taponó las heridas y le puso un torniquete. Con telas mugrientas, pero ahí lo tienes. Mala hierba... ¿no te parece? Dos días así en la brigada del sótano, y aquí sigue entre los vivos.

Se había dirigido al oficial que acompañaba a Joaquín, quien asintió servil.

—Ya lo puede usted decir, doctor.

—Bien, al grano, que el tiempo es oro. Resulta que yo nací en Puente Real, como vosotros dos. El mundo es un pañuelo. Y por circunstancias que no voy a contarte y que ni yo alcanzo a comprender, me veo en la obligación de preservar la vida de este mochuelo que, al parecer, es tu amigo del alma, según me han contado. Por eso he ordenado que lo trasladen a la enfermería y hasta he malgastado con él unas vendas limpias.

Joaquín experimentó una oleada de odio a la vez que una intensa sensación de alivio que le hizo suspirar al comprender que la vida de Federico no estaba en peligro.

—Gracias, doctor —musitó.

—Lo malo es que a la brigada no puede volver y aquí molesta. Así que, si tan amigos sois, te encargarás tú de él.

—¿Yo, señor?

El médico ignoró la pregunta. Sacó del cajón un paquetito de papel, lo hizo oscilar entre los dedos y lo arrojó al otro lado de la mesa con displicencia.

—Polvos de sulfonamida para las heridas. ¡Cógelos y andando! Y tú —se dirigió al oficial—, manda a dos con parihuelas para que lo saquen de aquí. Ah, y llama a alguien para que desinfecte la consulta, no soporto esta peste.

Joaquín obedeció sin rechistar. Las preguntas se agolpaban, pero por nada del mundo iba a darle al médico la posibilidad de cambiar de parecer. Cogió el sobrecito de papel marrón, lo guardó en el bolsillo de la camisa y siguió al oficial que lo esperaba ya en la puerta.

—¡Virgen santísima, lo que hay que tragar por un jornal de mala muerte! —lo oyó gruñir antes de salir.

A pesar de que hacer sitio a un enfermo que aún no era capaz de ponerse en pie les suponía pasar el día sentados, la espalda contra la pared y las piernas encogidas; a pesar de que tenían que dormir casi de costado y moverse lo justo para no despertarse unos a otros, ninguno de los compañeros había mostrado su fastidio por tener que acoger a Federico en la celda. El alivio y el agradecimiento que suponía para Joaquín tenerlo con él y poder prestarle sus cuidados eran infinitos, su presencia colmaba todos sus deseos y había borrado de un plumazo la zozobra, el desánimo y la melancolía con los que había llegado al pabellón.

Dos días después, Federico seguía débil en extremo, lívido e incapaz siquiera de hablar, pero había recuperado el conocimiento y dado muestras de haberlo reconocido. Joaquín se ocupaba de incorporarlo para ofrecerle agua, se servía de una lata para evitar que se orinara encima y había bajado con sus ropas al lavadero para tratar de despojarlas de la mayor cantidad posible de piojos. Aquella misma mañana, tras la misa dominical, había salido por primera vez de la celda para visitar el economato, donde había gastado sus diez pesetas y había empeñado el anillo de compromiso de Ana María. Un bote de leche condensada, dos panecillos, una muda en buen uso, un pequeño frasco de tintura de yodo, una venda nueva y algo de esparadrapo conformaban su botín de vuelta al pabellón. Del dulce de leche ya no quedaba nada a primera hora de la tarde, pero, a juzgar por el cambio en el aspecto de Federico, su efecto había sido poco menos que milagroso y aún quedaba la mayor parte de lo recibido a cambio del anillo para satisfacer sus necesidades en los días siguientes.

Esperanzado, sentado contra la pared junto a su amigo, observaba los movimientos que Rogelio y Josu, tumbados frente a él, imprimían a las pequeñas piezas de ajedrez apurando la luz que empezaba a escasear. Jacinto y Ezequiel compartían un cigarrillo en pie frente al balcón, recortadas sus figuras contra el cielo rojizo de aquel atardecer de finales de octubre. Por algún motivo, vino a su mente el rostro de Ana María, que tal vez pasearía en aquel momento junto al Ebro contemplando el mismo crepúsculo. A pesar del pellizco de nostalgia que le produjo evocar aquella imagen, se sentía en paz. Poder cuidar de su amigo, darle todo lo que tenía, era la única manera de apaciguar su conciencia tras provocar su cautiverio y arrastrarlo hasta el borde del suicidio. Solo era una milésima parte de la deuda contraída con él, pero al menos había empezado a saldarla. Pensó en lo poco que necesitaba un hombre para alcanzar aquel estado aun en las circunstancias más adversas: en su caso, tan solo la compañía de los camaradas y una luz de esperanza que siguiera brillando, aunque fuera en la distancia. Hurgó bajo la colchoneta hasta que sus dedos se toparon con lo que buscaba, lo asió, lo abrió y el azar puso ante sus ojos el «Romance de la pena negra». Aprovechando la última luz de la tarde, empezó a leerle a Federico el ya ajado ejemplar del *Romancero gitano*:

Las piquetas de los gallos
cavan buscando la aurora,
cuando por el monte oscuro
baja Soledad Montoya.
Cobre amarillo, su carne,
huele a caballo y a sombra.
Yunques ahumados sus pechos,
gimen canciones redondas.
Soledad, ¿por quién preguntas
sin compaña y a estas horas?
Pregunte por quien pregunte,
dime: ¿a ti qué se te importa?
Vengo a buscar lo que busco,
mi alegría y mi persona.
Soledad de mis pesares,
caballo que se desboca,
al fin encuentra la mar
y se lo tragan las olas.
No me recuerdes el mar,
que la pena negra brota
en las tierras de aceituna
bajo el rumor de las hojas.
¡Soledad, qué penas tienes!
¡Qué pena tan lastimosa!
Lloras zumo de limón
agrio de espera y de boca.

¡Qué pena tan grande! Corro
a mi casa como una loca,
mis dos trenzas por el suelo,
de la cocina a la alcoba.
¡Qué pena! Me estoy poniendo
de azabache carne y ropa.
¡Ay, mis camisas de hilo!
¡Ay, mis muslos de amapola!
Soledad: lava tu cuerpo
con agua de las alondras,
y deja tu corazón
en paz, Soledad Montoya.
Por abajo canta el río:
volante de cielo y hojas.
Con flores de calabaza,
la nueva luz se corona.
¡Oh pena de los gitanos!
Pena limpia y siempre sola.
¡Oh pena de cauce oculto
y madrugada remota!

19

Domingo, 25 de octubre de 1936

—Me da igual, quiero hablar con ella ahora —porfió Félix, tenaz.

—¡Trae mala suerte que la veas antes de la boda!

—¡Déjate de sandeces, Emilia! Si no la haces bajar, voy a entrar yo. Hace tres días que no he podido hablar con ella y ya me temo lo peor. No he pegado ojo en toda la noche. Tengo que estar seguro.

—Es mejor así, Félix. Es normal que estés nervioso antes de la ceremonia, pero justo por eso no debes verla.

Félix entornó los ojos y se irguió. Las palabras que iba a pronunciar parecieron quedar congeladas en sus labios, como si le acabara de asaltar una idea perturbadora. Tomó a la mujer por los brazos.

—Dime que Ana María está en casa. ¡Dime que no ha huido!

—¡¿Te quieres calmar, por el amor de Dios?! —exclamó Emilia, desconcertada—. Pues claro que está en casa. ¿Dónde iba a estar si no? Es solo que temo que discutáis a unas horas de la boda.

Félix retrocedió dos pasos hasta apoyarse en la portezuela del vehículo, que permanecía abierta con el motor en marcha. La respuesta de su futura suegra parecía haber disipado su súbita sospecha, pero no por eso dejó de insistir.

—No es mi intención discutir con ella. Solo necesito estar seguro de sus intenciones. Mi familia no soportaría el bochorno de un espectáculo en la iglesia, maldita sea.

—Pero ¿qué dices, Félix? No va a pasar nada en la iglesia, salvo que os vais a casar en menos de cinco horas. Simplemente la imaginación te está jugando una mala pasada. Anda, coge el coche y vete a casa tranquilo. Yo me encargo de que mi hija y su padre estén en la puerta de la catedral a las doce en punto. Ni un minuto de retraso para no dar lugar a que te intranquilices más.

Félix negó con la cabeza.

—No me voy sin hablar con ella, Emilia. He tenido un pálpito y me va a dar algo si no la veo. No aguanto cinco horas con este temor en el cuerpo.

La puerta de la casa, hasta entonces entrecerrada, se abrió para dar paso a Ramón. Tras él, envuelta en un chal para protegerse del relente, asomó Ana María.

—Déjalos que hablen, mujer. Hablar nunca ha hecho mal a nadie.

Ramón se hizo a un lado para dejar pasar a su hija, mientras con un gesto del dedo corazón le pedía a su mujer que entrara en casa. La muchacha se cruzó con su madre, rodeó el coche y se introdujo en él por la puerta del copiloto, al tiempo que Félix lo hacía por la del conductor.

—¿A dónde quieres que vayamos? —preguntó con las manos en el volante.

—No hace falta ir a ningún sitio, aquí puedes decir lo que tengas que decir.

Félix apagó el motor. Al principio miró al frente a través del parabrisas, ambos en silencio. Unos segundos después, se volvió hacia ella y estiró el brazo hasta rozar su vientre, que, sentada como estaba y vestida con ropa holgada, empezaba a abultarse de manera ostensible, al menos para quien estaba avisado de su estado.

—¿Va todo bien?

—Supongo que va bien. Hasta ahora no has dejado que me visitara un médico —le reprochó.

—Te mandamos a la Balbina.

—La Balbina es solo una partera.

—De total confianza para mi familia, que es de lo que se trata, ¿no crees? Ella me trajo al mundo. Pero, tranquila, tal vez hoy mismo pueda darle solución a eso —trató de zanjar—. Pero lo que me tiene en vilo es otra cosa, Ana María. ¿Por qué no he podido verte en todos estos días? Me has tenido muy preocupado. Si estás enfadada o molesta por algo, dímelo, por favor.

—¿Crees que puedo tener algún motivo para estar enfadada? —respondió de manera enigmática devolviéndole la pregunta.

—¿Por lo de la semana pasada en Pamplona? —aventuró.

—¿Solo por eso?

—No se me ocurre otra cosa. ¿Acaso mi madre ha hecho algo que haya podido ofenderos?

Ana María no lo negó, pero con el gesto indicó que aquello no era lo relevante.

—¿Por qué Joaquín está incomunicado en el penal? Todos los presos tienen permiso para recibir visitas de los parientes y para intercambiar correspondencia. Todos menos él, al parecer.

—¿Incomunicado? Es la primera noticia que tengo —declaró—. Te aseguro que, si eso es cierto, yo no tengo nada que ver.

—No te creo, Félix. Eres el único que tiene motivos para impedirme que suba a visitarlo, a llevarle al menos alguna cosa que pueda necesitar.

—No sé nada, tienes que creerme. ¡Si ni siquiera sabía que estaba encerrado allí!

—Bueno, eso lo dices tú. ¿Y por qué he de pensar que es la verdad? Estoy segura de que temías que, si hablaba con él, pudiera romper la promesa de casarme contigo. Teniéndolo aislado te cerciorabas de que no iba a hacerme cambiar de opinión.

—Es verdad que no me hacía gracia que lo buscaras y que pudieras llegar a verlo —admitió—. Tampoco hice mucho por averiguar su paradero una vez que se lo llevaron a Pamplona, lo reconozco. Pero eso mismo me proporciona una coartada, mal podía mover ningún hilo para conseguir que la dirección de la prisión ordenara el bloqueo de sus comunicaciones si no sabía que estaba allí encerrado.

—Alguien ha tenido que dar esa orden, no creo que el director haya tenido motivos para aislar a Joaquín, uno entre mil.

—Pero podría ser. Tengo entendido que uno de los castigos más frecuentes por mal comportamiento es el aislamiento.

—Cómo se nota que no conoces a Joaquín. No hay mejor persona en Puente Real.

—Nunca le he deseado ningún mal —mintió—. Tan solo era el rival que me separaba de ti. Ahora que nos vamos a casar, admito que lamento su situación. Tampoco nos lo puso fácil con dos intentos de huida.

—Por favor, Félix, ¿cómo puedes ser tan falaz? Fabián no tuvo ocasión de huir y por eso está enterrado en alguna fosa con dos balazos en el cuerpo.

—No sé lo que significa «falaz», que no soy hijo de maestro, pero bastante tengo con mis culpas como para cargar con las que no son mías. Nada tengo que ver con eso y nada pude hacer para evitarlo —mintió de nuevo—. Cuando he tenido ocasión de salvar a quien no tenía culpa, lo he hecho. Tu padre es el mejor ejemplo.

—¿Quién atrapó a Joaquín cuando escapó de la plaza de toros?

La pregunta pareció sorprender a Félix, que desvió la mirada a través de la ventanilla del conductor.

—La Guardia Civil —musitó.

—Me han llegado rumores, Félix.

—¿Rumores? ¿Y vas a hacer más caso de los rumores que de la verdad que yo te cuento? Te juro por mi hijo que fue un guardia civil quien lo detuvo.

—A veces los hombres, cuando estáis entre camaradas con unos vasos de aguardiente en la mano, os volvéis muy fanfarrones y habláis más de la cuenta.

—Ni borracho sería tan estúpido. Si has oído que yo tuve algo que ver en eso, son solo chismes —negó por tercera vez.

—¿Por qué, por mucho que lo intento, no puedo apartar de mí la impresión, la certeza de que me mientes de continuo? —gimió la muchacha mirándose las manos que apoyaba juntas en el halda.

—Tengo la misma sensación de impotencia, Ana María. Por mucho que lo intento no consigo que confíes en mí. Pero te juro que voy a hacer todo lo posible para que eso cambie. De hecho, ya lo he estado haciendo.

—¿Qué quieres decir? —reaccionó, súbitamente interesada.

—Iba a ser parte de mi regalo de bodas, pero tal vez he arriesgado demasiado al esperar hasta hoy. Por eso he venido.

—¡Dime, jolín! ¿Tiene que ver con Joaquín?

—Mira, mi padre ha invitado a la boda a Alejandro San Miguel, el médico de San Cristóbal. Su familia y la nuestra tienen una buena relación y ellos dos son viejos amigos. Cuando supe por fin que Joaquín estaba en el fuerte, le pedí a mi padre que se pusiera en contacto con él. Y he de decirte que llegamos justo a tiempo porque, de no haberse producido esa llamada telefónica, Joaquín ya no estaría con vida.

—¡¿Qué?! —exclamó Ana María, alarmada.

—Tranquila, ya te digo que, gracias a Dios, llegamos a tiempo. Según le contó Alejandro a mi padre, todos los fugados de la plaza entraron en prisión al mismo tiempo y fueron recluidos en la peor galería del fuerte, un sótano inmundo lleno de humedad, de suciedad y de piojos. Allí han estado desde agosto. Y Ana María, lo que te voy a contar es duro, pero el destino de todos ellos no era otro que el paredón como escarmiento por la fuga que organizaron. Los han fusilado a todos excepto a Joaquín... y a Federico.

Ana María se llevó las manos a la cara y estalló en sollozos.

Félix tragó saliva. Se disponía a hilvanar una nueva sarta de mentiras o, al menos, suavizar la verdad y cavilaba acerca de la mejor manera de hacerlo sin revelar detalles que más adelante pudieran poner al descubierto sus embustes. Decidió continuar. Si aprovechaba el estado de conmoción de Ana María, después, tal vez, no recordara los pormenores con claridad.

—Como te digo, la llamada a Alejandro se produjo justo la víspera de la fecha prevista para su ejecución. Él movió los hilos con el director de la prisión para que a Joaquín y a Federico los dejaran en paz. Y no contento con eso, consiguió que Joaquín fuera trasladado a un nuevo pabellón en el que comparte habitación con otros cuatro presos, en unas condiciones incomparablemente mejores que las que había sufrido en el primer encierro. Hasta un balcón que da al patio debe de tener.

—¿Me estás diciendo la verdad?

De nuevo tuvo que tragar saliva. Se estaba arrogando un mérito en el que ni él ni su padre habían tenido nada que ver, pues todo había ocurrido semanas atrás y por motivos bien distintos. Pero eso Ana María no tenía por qué saberlo. Lo que iba a contarle a continuación era la única parte de la historia que encerraba algo de verdad, en la que él y su padre habían asumido algún protagonismo.

—Pero espera, hay más. Alejandro viajó ya ayer desde Pamplona y anoche cenó en casa con nosotros y nos contó otros pormenores. Resulta que a Federico aún no lo habían trasladado de galería por falta de espacio y ya no estaban juntos. Además, se produjo un fatal malentendido, porque sacaron juntos de la galería a Joaquín y al resto de los hombres camino del paredón. Por lo visto, Federico interpretó que todos iban a correr el mismo destino y, claro, como puedes imaginar, entró en un estado de postración absoluta. Lo cierto es que hace unos días (no recuerdo exactamente la fecha que mencionó Alejandro) intentó quitarse la vida cortándose las venas.

Ana María gimió atormentada.

—Tranquila, está bien. Alejandro nos contó que lo trató en el primer momento y, por fortuna, pudo evitar que perdiera demasiada sangre. Lo llevaron a la enfermería, donde le suturó las heridas, le administró un antiséptico y le aplicó un vendaje. Y no contento con eso, hizo llamar a Joaquín para que permaneciera junto a él. Al final, y esto, por lo visto, es algo excepcional en la prisión, Federico ha sido alojado en la celda de Joaquín para que pueda ocuparse de él.

Cuando terminó de hablar, Ana María lloraba, pero lo hacía de manera sosegada, más por la emoción y el alivio que por el dolor anterior.

—Gracias —musitó con un hilo de voz entre los sollozos.

—Y mira —siguió Félix, ya lanzado, una vez liberado del esfuerzo de blanquear la realidad—, si le preparas un paquete para Joaquín, él mismo se lo puede llevar mañana a la prisión cuando regrese al trabajo.

Ana María asintió repetidamente, mordiéndose los labios por la ansiedad. Se volvió hacia Félix.

—Entonces ¿podrás conseguir una visita a la cárcel? ¿Podré verlo? —gimió esperanzada.

Félix entornó los ojos. Supo que aquel era el momento en que, ganada ya la partida, iba a recoger las ganancias.

—Voy a hacer lo posible, Ana María. —Se volvió hacia ella, ya sin miedo de que encontrara en sus ojos la evidencia de su añagaza. Continuó con tono quejumbroso—: Pero espero que seas consciente de lo que supone para un hombre, en el día de su boda, además, prometerle a su mujer que va a hacer lo posible por que pueda verse con su antiguo pretendiente.

—Si lo haces así, tendrás mi agradecimiento.

La respuesta de la joven, en su ingenuidad, tuvo la virtud de hacerle sentir culpable. Al volver el cuerpo, se encontró con sus propios ojos reflejados en el espejo retrovisor y experimentó una oleada de desasosiego. ¿Qué clase de matrimonio podía basarse en una sarta de mentiras como la que acababa de desplegar a pocas horas de llevarla al altar? Sintió una corriente de ternura y admiración por ella y supo que no merecía lo que le estaba haciendo. Regresó a su posición frente al volante preguntándose cuál era la realidad de sus sentimientos hacia ella. ¿Era amor lo que sentía por Ana María o solo la deseaba como el trofeo que se pretende arrebatar a un rival? Lo uno y lo otro, se respondió a sí mismo, algo que anteriormente le había negado. La había querido desde que eran críos, su presencia siempre le había producido una sensación agradable y placentera. Un amor puro y casto al principio, que había ido tornando hacia el deseo carnal y la pasión con la llegada de la adolescencia. Entonces ¿por qué siempre había sentido que no tenía nada que hacer para conquistar no ya su amor, sino tan solo su afecto? Lo sabía perfectamente. Había creído que podría conseguirla igual que siendo niño obtenía cualquier cosa que deseara. Desde el primer momento había escogido con ella las armas equivocadas, sin poder explicarse sus fracasos sucesivos. Cada desengaño le había conducido a cometer un nuevo error y le exasperaba que, a pesar de su empeño, la distancia que les separaba fuera cada vez mayor. Cuando Joaquín entró en juego, comprobó que, a pesar de que el estudiante no podía ofrecerle nada de lo que a él le sobraba, ella se mostraba receptiva a sus tímidos intentos de acercamiento. Entonces, la actitud airada y despechada se sumó a su lista de errores. El día en que los descubrió en aquel banco del parque tras el incomprensible rechazo al compromiso que había cosechado la víspera, solo le restaba el recurso a la violencia para completar el cúmulo de despropósitos en que había convertido su relación con la muchacha. Y la venganza. Y la tentación irresistible de terminar de una vez por todas con aquella rivalidad usando el camino más expeditivo que pudiera imaginarse. Una tentación a la que había sucumbido sin escrúpulos, sin reparar en límites morales.

Solo después había sido consciente de cuán equivocado había estado todo aquel tiempo al pensar que, apartando al rival del camino, la muchacha se arrojaría a sus brazos. Todo lo contrario, había minusvalorado su personalidad, y tan solo había conseguido exacerbar su amor hacia Joaquín. El culmen de los dislates había sido forzarla. Violarla. Y no en un arrebato imposible de controlar, sino tendiendo a la incauta una trampa artera y premeditada para atraerla hasta su guarida, sin testigos. Siempre podría decir que ella se le había echado encima. Hasta su estado de ebriedad había estado preparado para justificar su acción si alguien se la reprochaba, pero ni siquiera había sido necesario.

Y lo cierto era que, a pesar de tanto error y de tanta miseria, estaba a punto de conseguir su propósito. O no. Mejor debería decir que estaba a punto de conseguir que fuera suya y de nadie más, pero, en realidad, no era aquella su verdadera intención. Había fallado de la manera más estrepitosa en su deseo de despertar en ella un sentimiento que se pareciera en algo al amor, simplemente al cariño; incluso con un mínimo aprecio se habría conformado, pero solo había cosechado su desprecio, aunque aquel mediodía fuera a escuchar un «sí, quiero» de sus labios.

La mayor prueba de su fracaso era que solo había logrado arrastrarla al matrimonio por el amor incondicional que le profesaba a Joaquín, dispuesta a todo por salvarle. Sintió un amago de náusea al comprender que aquel día el altar de la catedral iba a ser para ella el ara de su sacrificio, en la que iba a inmolarse para aplacar la ira de los dioses y salvar así la vida de los suyos.

—Vuelve a casa, Ana María —dijo Félix tras aquel imprevisto minuto de silencio e introspección.

La muchacha lo miró con sorpresa, pero no dijo nada. Tiró de la manilla y puso un pie en el suelo. Oyó entonces a su espalda:

—Lo siento. Debes saber que es amor lo que siempre he sentido por ti. Pero has de perdonarme por no haber sabido quererte y por todo el daño que eso te ha causado.

La muchacha se detuvo con la cabeza vuelta hacia el interior. Pareció ir a decir algo, pero un gesto de Félix con la mano la frenó.

—No, no digas nada. Si hoy tiene lugar nuestro enlace, te convertirás en mi esposa con todas las consecuencias y ya no habrá marcha atrás. A partir de ese momento, tendrás que comportarte como la señora de Zubeldía. —Se detuvo un instante y tragó saliva dos veces, como si le costara continuar—. Pero quiero que sepas que entenderé que no te presentes en la catedral, que optes por irte de Puente Real. No te seguiré.

Ana María lo miró intensamente, viendo por primera vez a un Félix que quizá no conocía, pero negó con la cabeza. Cumpliría su promesa porque Joaquín era lo primero. Acudiría a la catedral.

La boda había transcurrido sin sobresaltos ni estridencias, como correspondía a una ceremonia celebrada en aquellas circunstancias. A nadie pareció extrañar la premura del anuncio y la celeridad de los preparativos teniendo en cuenta que el novio partía hacia el frente aquella misma semana. Ninguno de los invitados había querido faltar al enlace del heredero de los Zubeldía, a pesar de que algunos asistentes habían portado el color negro del luto en sus indumentarias por la muerte reciente en la contienda de algún pariente, un hijo o un hermano en alguno de los casos.

El casamiento, como estaba previsto, había tenido lugar en el altar mayor de la catedral, adornado a la sazón con enormes ramos de crisantemos, a falta de claveles, rosas, gladiolos, calas y azucenas, todos fuera de temporada. Había sido concelebrada por nueve sacerdotes, el deán entre ellos, y presidida por el arzobispo de Pamplona, al que sumaba la dignidad de obispo de Puente Real, llegado desde la capital al efecto. Las nuevas autoridades habían asistido todas: desde el alcalde con el consistorio al completo, hasta la plana mayor de la Junta Local de la Falange; los gobernadores civil y militar y el comandante de la Guardia Civil; desde la capital, además del séquito del arzobispo, se habían desplazado algunas autoridades militares, los directores del *Diario de Navarra* y de la Caja de Ahorros de Navarra, además de otros empresarios, financieros y profesionales que, por un motivo u otro, mantenían relación con la familia Zubeldía. Tal había sido la afluencia de invitados que los salones del hotel Unión se habían quedado pequeños y hubo de habilitarse un espacio cubierto con lonas a las puertas del hotel, en el recién bautizado paseo del general Franco.

El matrimonio Zubeldía, tanto José como Margarita, había disfrutado del éxito social de una ceremonia que con el inicio de la guerra habían dado por imposible, y se habían sumado con entusiasmo a los «vivas» al nuevo régimen y a los brindis por los éxitos militares de los sublevados. Félix, ataviado para la ocasión con el uniforme de jerarquía como jefe de la Falange, se había mostrado en su elemento respondiendo afable a los abrazos, a las palmadas en la espalda y a las continuas felicitaciones de los invitados.

Ana María, por el contrario, había transitado el día de su boda con la sensación de flotar sobre una realidad que le resultaba ajena. Creía haber sonreído lo suficiente hasta que, a punto de sentarse a la mesa que presidía el banquete, doña Margarita la asió de la mano y la arrastró consigo, aunque con delicado disimulo, tras los cortinajes que ocultaban el acceso a una habitación anexa.

—Hija mía, haz el favor, ¡compórtate! Entre los crisantemos de la catedral y la cara que llevas, esto más que la boda de mi hijo parece el día de Difuntos —le espetó un instante antes de recomponer la sonrisa para regresar al salón principal.

De haber podido reaccionar en medio de su estupefacción, habría replicado que bastante hacía con soportar las ganas de echarse a llorar. Que bastante había hecho con resistir la irrefrenable tentación de usar la salida que su propio hijo le había dejado abierta pocas horas antes, de escapar de la catedral un segundo antes de pronunciar las fatídicas palabras que la habían atado para siempre a un hombre a quien no amaba. Pero se quedó allí parada hasta que Félix, tras observar la escena desde el salón, acudió en su rescate para acompañarla de vuelta al comedor.

Al terminar el banquete y tras el baile, que a Ana María se le habían hecho interminables, tuvo la única alegría del día. Lo avanzado del otoño había hecho que el ocaso llegara antes de que finalizara la celebración, y aprovechó que Félix departía con varios invitados para salir a uno de los balcones del primer piso, precisamente sobre el entoldado de la calle, donde aún se escuchaba la música animada de la orquestina en medio del bullicio. Frente a ella, la silueta de la catedral se recortaba contra el cielo teñido aquel día de los tonos rojizos del atardecer. La escena resultaba hermosa, pero a Ana María, cuyo recuerdo había volado una vez más hasta la prisión de San Cristóbal, aquellos rojos se le antojaron una señal de mal agüero. Si era cierto que Joaquín había sido trasladado a una nueva celda y que contaba incluso con un balcón, tal vez en aquel momento estuviera contemplando aquella misma puesta de sol. Sin embargo, lejos de confortarla, aquella evocación hizo que los ojos se le empañaran una vez más.

Trataba de secárselos con el dorso de la mano cuando se abrió la puerta del balconcillo.

—¡Aquí estás! Te estaba buscando.

Detrás de Félix aguardaba un hombre entrado en años, de rostro regordete y bigote recortado, a quien recordaba haber saludado tras la ceremonia, aunque seguía ignorando su identidad.

—Te quiero presentar a don Alejandro San Miguel, de quien te he hablado esta mañana. Es el médico de San Cristóbal.

El hombre le tomó la mano con delicadeza y le rozó el dorso con un gesto en exceso solemne.

—Ya he felicitado a Félix por su fortuna. Sin duda, ha escogido a la muchacha más hermosa de Puente Real.

—Gracias —se limitó a responder, molesta por el hecho de que hubiera usado el verbo «escoger», como si una novia no tuviera opinión ni capacidad para decidir—. ¿Es cierto que Federico y Joaquín se encuentran bien?

El médico abrió los ojos perplejo y sorprendido.

—Ana María, ¡por favor! —le reprendió Félix—. Sabes ser más educada. Menos mal que Alejandro es como de la familia.

—Tienes suerte de que tu marido sea un hombre tan comprensivo y tan humano. Desde luego, no es frecuente que un hombre se preocupe por la suerte de antiguos amigos de su esposa, algo que incluso le podría acarrear problemas de no ser yo quien ocupara ese puesto en el penal. —Ana María percibió extrañeza en su voz, cuando no cierto reproche hacia Félix—. Por suerte para ambos, me obliga la lealtad a tu suegro y a todos los Zubeldía.

—Sí, soy muy afortunada —respondió usando un tono que no permitía distinguir si era una respuesta sincera o cargada de sarcasmo—. Supongo que esa lealtad de la que habla me incluye desde hoy también a mí. Así que ya puedo dormir tranquila, porque sé que, mientras usted ocupe el puesto de médico en San Cristóbal, no va a permitir que nada malo les suceda a mis amigos, como usted los llama.

—Estás consiguiendo que me avergüence, Ana María.

—Perdóname, Félix, no era mi intención —se excusó, esta vez con sinceridad—. No sé si el doctor San Miguel está al tanto de las circunstancias de ambos, pero, por desgracia, ya no les queda nadie que se preocupe por ellos, y no los voy a abandonar, aun a riesgo de parecer tozuda y hasta insolente.

—Respondiendo a tu pregunta —atajó el médico, quien parecía temer ser el protagonista de la primera discusión entre los esposos—, el herido está fuera de peligro. Te aseguro que es el único preso del penal al que he administrado sulfonamidas para evitar la infección. Y he hecho que lo trasladen para ponerlo bajo los cuidados del otro.

—Se llaman Joaquín Álvarez y Federico Nieto. No olvide sus nombres, se lo ruego.

—Te has casado con una mujer de carácter —trató de bromear el médico para suavizar la tensión.

—Le tengo que rogar una cosa más, aunque tal vez ya sea tarde: Joaquín, que yo sepa, aún no está al corriente de la muerte de sus padres. Me gustaría que eso siguiera así para evitarle un sufrimiento añadido, al menos hasta que tenga la oportunidad de darle la trágica noticia en persona, si es que me lo permiten de una vez. Sería muy triste que se enterara de algo así por alguien sin ninguna relación con la familia.

—Descuide, no seré yo quien le diga nada.

—Ah, me dijo Félix que usted mismo podría llevarle mañana a Joaquín el paquete que le he preparado. No sabe cuánto se lo agradezco.

José Zubeldía había observado la escena desde el interior del salón. Esperó hablando nimiedades con algunos parientes hasta que vio que los tres abandonaban el balcón. De inmediato, se excusó y dejó el corrillo para acercarse a ellos. Félix y Ana María no tardaron en ser interpelados por un grupo de invitados, así que aprovechó la ocasión para abordar al médico.

—Tengo que hablar contigo —le dijo mientras lo tomaba del brazo y lo llevaba de regreso al balcón—. Un segundo nada más.

—¿Ocurre algo? —preguntó el doctor una vez entrecerradas las puertas—. Parece que has visto un fantasma.

—Todo esto no me gusta nada, Alejandro. Ten mucho cuidado. No olvides que el chico no sabe nada.

—Descuida, José. Félix no sospecha, eso te lo aseguro. Y por mi parte, así seguirá siendo.

—Puedo transigir con lo de los paquetes, incluso con cartas si te aseguras de leerlas todas tú en persona. Las de él y las de ella, entradas y salidas. Y no estaría de más que las copies personalmente y me las hagas llegar, podría haber algo que a ti se te escapara.

—Me va a crear algunos problemas explicar por qué es el único preso al que le leo las cartas, al margen de la censura general.

—Eso lo dejo de tu cuenta. Pero a lo que iba: paquetes y cartas sí, pero nada de visitas de ella a la prisión, ni hablar de comunicaciones.

—Más problemas para explicar por qué ese empeño. Apenas

hay presos con las comunicaciones restringidas, salvo castigo, y estos son siempre temporales.

—Las comunicaciones se autorizan para parientes, que yo sepa. Y ella no tiene ningún parentesco con él.

—No siempre es así, José. Hay mujeres de Pamplona que han empezado a visitar a los reclusos y no se les ha puesto impedimento. Pero descuida, haré lo que pueda.

—Como si va a visitarle el arzobispo. Pero mi nuera, de ninguna manera —insistió inflexible—. Si tengo que subir a hablar con De Rojas, lo haré. Pero prefiero que te encargues tú. Sabemos demasiado sobre él y sus manejos como para que se atreva a ponerte dificultades. Lo que te estoy pidiendo solo vale la centésima parte de la deuda que tienes contraída conmigo.

—Las otras noventa y nueve te las he pagado con mi silencio de todos estos años, José —respondió contrariado—. No olvides nunca ese detalle.

SEGUNDA PARTE

1937

20

Viernes, 28 de mayo de 1937

Querida Ana María:

Te escribo esta con la única intención de pedirte perdón por mis reproches anteriores, pues lo hice sin derecho alguno. Tu última carta me ha hecho recapacitar y me ha servido para comprender tus razones. Has hecho lo mejor para la criatura y para todos. Qué diferente habría sido todo en otras circunstancias, pero las cosas han venido así, y de nada vale lamentarse. Quiero que sepas que estoy conformado, y eso ha traído por fin la paz a mi corazón, algo que tanto ansiaba.

Otra vez, muchas gracias por tus paquetes, aquí son de mucha ayuda y no voy a ser tan orgulloso como para decirte que no te molestes. No sé qué habría sido de mí este invierno sin el chaquetón y los guantes que mandaste. Mira de meter si puedes papel para cartas y algún lapicero más, que aquí escasean.

Haz por saber del paradero de mis padres. Si supiera su dirección en Francia podría escribirles y ellos a mí. No sabes cómo los añoro y cuánto pienso en ellos. Tanto como en ti (y esto no es una falta de respeto a una mujer casada, sino una muestra de la amistad que nos une desde niños).

No penes por mí, que dentro de lo que cabe estoy bien y hay otros peor. Lo mejor de todo, las amistades que se hacen aquí dentro. Seguro estoy de que serán para toda la vida. Federico te manda un abrazo también.

De tu amigo que no te olvida,

JOAQUÍN

Ana María dobló la carta con cuidado, la introdujo en el sobre y la guardó en el cajón del escritorio, junto con las demás. Un nudo le atenazaba la garganta cada vez que las leía, pero hacía tiempo que las lágrimas habían dejado de brotar. Pensó en cuán firme y eficaz es la coraza que la mente elabora para protegerse de la locura.

Se levantó y se dirigió a la ventana, apartó la cortina y miró al exterior. La primavera había llegado de pleno, las rosas llenaban de color las jardineras de la fachada principal, y empezaba a pesarle el forzado encierro en que se encontraba. Gracias al jardín interior con que contaba la vivienda de los Zubeldía, había podido caminar al aire libre y recibir a mediodía los rayos del sol en su piel durante todas aquellas semanas, a pesar de los altos muros que lo rodeaban.

El embarazo se había desarrollado con normalidad, pero el parto se había adelantado una semana, algo que no había ayudado en los planes de doña Margarita para ocultar las circunstancias en que se había producido la concepción. Por suerte, el corsé había impedido que nadie se diera cuenta antes de la boda, pero quedaba lo más difícil: ocultar a la criatura tras el nacimiento, al menos el tiempo suficiente para no dar lugar a murmuraciones.

La madre de Félix no le había dado opción a elegir. Tras la marcha de su hijo al frente, había sido recluida en la segunda planta de la mansión, que ya desde su construcción se había concebido como una vivienda independiente para el uso del heredero. A quienes preguntaban se les explicaba que, aunque por suerte había quedado encinta la misma noche de bodas, había tenido un ligero sangrado semanas después y el médico le había indicado la urgencia de guardar reposo absoluto. Ella misma había tenido ocasión de escuchar a su suegra, poco después de Navidad, explicarlo con sentimiento a una de sus visitas, apostada en el hueco de la escalera.

—Imagínate, Isabelita, que a Félix le pasa algo, nada extraño estando donde está, sirviendo a la patria en primera línea —decía con tono compungido—. Ni José ni yo nos perdonaríamos que el hijo que está en camino se malograra por no haber actuado con prudencia. Tal vez el futuro del apellido Zubeldía nos vaya en este empeño.

—¿Y la chica cómo lleva el encierro? —se interesó la esposa del alcalde.

—¡Ay, Ana María es una bendición! Para ella todo sacrificio es poco con tal de sacar adelante la mayor de sus obligaciones, que no es otra que darle un hijo a su marido, y más en estas circunstancias.

—Estoy segura de que la tenéis a cuerpo de rey, sin que le falte de nada.

—Ya puedes decirlo. Aquí me tiene a mí, y todo el servicio está a su disposición, pendiente de la menor de sus necesidades. Aún no ha terminado de pedir algo cuando ya hay una doncella corriendo escaleras abajo para llevárselo cuanto antes.

Aquello era cierto en gran medida. Ana María vivía en una especie de jaula dorada en la que solo echaba en falta la ausencia de libertad. Pero en su situación era lo que menos le importaba. Sentía un íntimo consuelo por el hecho de compartir de alguna manera el encierro de Joaquín. Como Félix y el doctor San Miguel le habían prometido, le permitían cartearse con él, y doña Margarita no ponía objeción a la hora de llenar los paquetes que se le enviaban. Sin embargo, mediante escrito timbrado de la dirección del penal, se le había denegado la posibilidad de acudir a visitarlo por la ausencia de parentesco. Tal vez aquello había evitado el conflicto con los Zubeldía porque, de haber podido acudir a San Cristóbal, de ningún modo habría aceptado de buen grado su aislamiento.

Por otra parte, algo sustancial diferenciaba su situación con la reclusión de Joaquín, más allá de las abismales diferencias en el trato: tenía una fecha de finalización marcada en el calendario. Había sido doña Margarita quien marcara los plazos tras concienzudos cálculos ante el almanaque. Si el embarazo se hubiera producido en la noche de bodas, habrían de cumplirse los nueve meses hacia finales de julio. Entraba dentro de lo probable un adelanto, tal vez de un mes, por lo que a nadie extrañaría que la criatura naciera a últimos de junio. Sin embargo, para entonces, si el pequeño o la pequeña nacía cuando le tocaba, en la segunda quincena de abril, ya contaría dos meses de edad y cualquier mujer avispada se daría cuenta del engaño en el caso de que Ana María saliera a la calle inmediatamente después. Por tanto, iba a ser necesario prolongar la reclusión hasta bien entrado el verano, para que el paso de los meses fuera aminorando la evidencia. Doña Margarita se lamentaba de que el estado de guerra fuera a impedirles viajar con la criatura a Santander o a San Sebastián, donde habrían podido pasar el verano en un hotel o en una casa de baños, antes de regresar a Puente Real con una criatura de varios meses que bien podía pasar por el digno heredero de un hombre corpulento como Félix. Por eso, la solución a este último extremo había quedado postergada a la espera de acontecimientos.

Respecto a los aspectos legales, el propio don José se había encargado de explicarle que todo estaba ya hablado. La inscripción en el registro se llevaría a cabo con la fecha que el doctor San Miguel plasmara en la certificación de nacimiento, fecha que tendría que ser determinada en el seno de la familia. Nunca olvidaría la frase con la que había concluido aquella conversación.

—Vas a tener un privilegio que ninguna mujer ha tenido, el de elegir la fecha del cumpleaños de tu hijo —dijo José Zubeldía sin rastro de emoción.

Ana María, en aquella ocasión, no había podido controlar el impulso de responder.

—El cumpleaños de mi hijo será siempre en la fecha en que lo traiga a este mundo.

También ella había impuesto sus condiciones. La principal, que el acceso de sus padres a la casa estaría garantizado en todo momento, tanto antes como después del parto. Doña Margarita había transigido sin que aquello pareciera contrariarla, aunque de ninguna manera se había conducido con Emilia como una igual tras la boda. En sus inevitables encuentros, la apariencia de cordialidad en el trato siempre quedaba desmentida por algún comentario destinado a marcar las distancias. Caso aparte era el de don José, que había acogido a Ramón con la cordialidad propia de un consuegro. Tal vez se debiera a que el maestro contaba con algo de lo que Zubeldía carecía: un bagaje cultural infinitamente más amplio que el de un hombre de negocios, un tratante, al fin y al cabo. Durante las largas horas que Emilia pasaba haciendo compañía a su hija en la planta superior, era frecuente encontrar a los dos hombres compartiendo un coñac y un cigarro puro en el salón principal de la planta noble. Ana María sabía que su padre hacía de tripas corazón, que en su fuero interno abominaba de aquel individuo y de lo que representaba, y sufría imaginando cuántas veces tendría que morderse la lengua para no responder airado. La Navidad había marcado un punto de inflexión en la relación entre las dos familias, porque los Zubeldía, durante las principales celebraciones, habían sentado a su mesa a los dos nuevos comensales. Parecía haberse dado por sobrentendido que de ninguna manera doña Margarita y don José iban a corresponder a la visita sentándose a la mesa de Ramón y de Emilia, aunque el obligado encierro de Ana María había evitado que también aquel conflicto llegara a tomar forma.

En una ocasión, días después de la boda y de la partida de Félix, Ana María había preguntado a doña Margarita por el servicio. Desde el primer momento, su anfitriona parecía tener atados todos los extremos relativos a su estancia allí, pero no acertaba a comprender cómo pensaba asegurar el sigilo del personal teniendo en cuenta que no todos ellos eran internos y que cada noche volverían a casa con sus familias. La respuesta le hizo comprender que se encontraba ante una mujer de carácter, capaz de tomar decisiones, y no un simple apéndice de su esposo. Y también le hizo percibir su catadura moral.

—Quien tiene un perro sabe que su obediencia se gana de dos maneras, con el premio y con el castigo. Tan solo hay que mostrarles quién manda. Con el servicio ocurre lo mismo: si saben guardar los secretos familiares, participarán del desahogo de esta casa; si se van de la lengua, ellos mismos y sus familias sabrán de primera mano quiénes son los Zubeldía. Y ya lo han aprendido por otros que les precedieron, así que callarán por la cuenta que les trae.

El niño, como si el destino hubiera querido hacer un guiño y dar en la cabeza a la familia Zubeldía, había venido al mundo el 14 de abril, aniversario de la República, con una semana de adelanto. En realidad, había trastocado todos los planes, porque estaba previsto que el doctor San Miguel se desplazara desde Pamplona con una matrona de confianza a la primera señal que anunciara la cercanía del parto. Pero Ana María había roto aguas a la hora del desayuno y, con la urgencia, hubo que echar mano de Balbina, la vieja partera de Puente Real. Avisada Emilia, que llegó hecha un manojo de nervios, y con las doncellas ocupadas de los paños, del agua hervida, de las sábanas y de todo lo necesario, la anciana se puso manos a la obra en el dormitorio principal de la segunda planta.

Todo transcurrió con normalidad, y a las cuatro de la tarde la muchacha había podido abrazar a su hijo, un varón cuyo nombre se apresuró a anunciar doña Margarita, sin haberlo consultado siquiera con la madre. El niño se llamaría José Félix, por el abuelo y por el padre, aunque de manera oficial no hubiera nacido todavía y faltasen meses para su inscripción registral.

Un mes y medio después del alumbramiento, Félix no conocía a su hijo. Ana María ni siquiera estaba segura de que tuviera noticia de su nacimiento, pues no había constancia de que la carta enviada con el anuncio hubiera llegado a sus manos. El continuo movimiento de tropas en torno a la capital desde que el joven se incorporara a su unidad en noviembre había complicado el contacto, como él mismo explicaba en las dos únicas misivas recibidas en Puente Real.

En la primera, escrita poco antes de la Navidad en algún lugar del noroeste de Madrid cercano a la carretera de La Coruña, daba somera cuenta de las maniobras de los sublevados para tratar de penetrar en la ciudad por aquella vía, aislándola al mismo tiempo de las fuerzas republicanas que combatían en la sierra de Guadarrama. Su tono era aún de expectativa, aunque su unidad pareciera haber entrado ya en combate contra los defensores de Madrid.

El tono en la segunda había cambiado por completo. Llegó a Puente Real en los primeros días de marzo, y mencionaba duros combates al sur de la provincia, en torno al río Jarama. Aunque hubiera que leer entre líneas en un texto que, resultaba evidente, trataba de ocultar los aspectos más dramáticos de la lucha en el frente, sus palabras traslucían sufrimiento y desesperanza, lo que tuvo el efecto de enervar a los Zubeldía, por más que don José se cuidara de no revelar su verdadero estado de ánimo. Ambas cartas iban dirigidas a él, y solo al final de la segunda dedicaba dos renglones a preguntar por Ana María y por la marcha del embarazo.

Las noticias publicadas en la prensa que llegaba desde Pamplona hablaban de las numerosas bajas infligidas al enemigo, pero el sentido común, la escasez de los avances a pesar de la dureza de los combates y el tono de la última comunicación hacían pensar a Ana María que las bajas no se estarían produciendo en un solo bando, como pretendía la propaganda de guerra.

—No alcanzo a explicarme cómo es posible que Félix no haya tenido un solo permiso desde Todos los Santos —protestó doña

Margarita después de que su esposo hubiera leído la carta en voz alta en presencia también de Ana María—. ¡Es que ni siquiera durante las celebraciones navideñas!

Don José había llegado un rato antes desde la Junta Local de la Falange con un gramófono y varios discos requisados, sin duda, en la casa de algún melómano represaliado. Se afanaba para hacerlo funcionar cuando se detuvo, sorprendido por la ingenuidad y la simpleza de aquel comentario.

—¡Margarita, por favor, qué sandeces se te ocurren! —la increpó aún malhumorado por el escrito—. Pero ¿tú te crees que alguien va a parar la guerra para que los soldados se vayan a cenar a sus casas por Nochebuena?

La mujer, boquiabierta, se llevó las manos a las mejillas rubicundas.

—¡José Zubeldía! ¿Cómo te atreves a hablarme así? ¡Y con ella delante! —protestó señalando a Ana María con la barbilla.

—Perdona, mujer. —Soltó el disco que tenía en la mano encima de un sillón y se frotó los ojos en un gesto de cansancio y malestar—. Son las noticias de esta maldita guerra, que no termina de avanzar por mucho que diga la propaganda. ¡Cómo va a volver desde Madrid si los rojos siguen dominando la mitad del territorio!

A duras penas, Ana María se mantenía al tanto de la evolución de la guerra. Solo la posibilidad de una pronta resolución del conflicto con la victoria del legítimo gobierno republicano le permitía albergar la esperanza de la revocación de las injustas sentencias contra Joaquín y contra otros muchos miles de hombres y de mujeres y, con ella, de la ansiada puesta en libertad. Ramón, haciendo caso omiso de las admoniciones de Emilia, continuaba utilizando el receptor de radio que mantenía oculto en casa. Consideraba que algo bueno tendría que tener haberse convertido en los suegros del jefe local de la Falange y en consuegros del mayor cacique local, y era la seguridad de que no iban a ser víctimas de un registro o de la requisa del receptor. Sin embargo, tropezaba con la escasa credibilidad de las emisoras que se podían captar, sin otro contenido que la propaganda de guerra proporcionada por las autoridades de uno y otro bando según la ubicación de la estación de radio. Por eso, Ana María le había revelado la confidencia que Alberto le había hecho, antes de su alistamiento y su partida, acerca de las

reuniones que mantenían para escuchar en su receptor las emisoras de onda corta de estaciones francesas en compañía del Francés.
Ignoraba la ubicación del aparato y si seguía funcionando tras la
marcha de los jóvenes al frente, así que Ana María había recurrido
a Herminia por si tuviera alguna información. Tras su descuido
inicial, había empezado a visitarla con cierta frecuencia para interesarse por ella y por las nuevas que pudiera tener de Alberto. Tras
dos cartas recibidas a principios y a mediados de septiembre en las
que relataba con poco entusiasmo su participación en las escara-
muzas en torno a la capital con las tropas rebeldes, las noticias
acerca del muchacho llegaron a su fin, lo que sumió a la pobre
Herminia en un estado de ansiedad y postración que a punto estuvo de costarle la salud. Por fin, antes de las Navidades, había
llegado una tercera misiva fechada en noviembre, en aquella ocasión desde las posiciones de defensa en torno a la Casa de Campo,
lugar donde el muchacho, en compañía de varios camaradas, había
conseguido por fin cruzar las líneas para engrosar las fuerzas del
ejército leal a la República.

En atención al aprecio que la mujer profesaba a Ramón desde
los años de escuela de su hijo, esta se desvivió por localizar al
Francés, quien una noche, poco antes del día del Pilar, golpeó la
puerta de la casa del maestro con los nudillos. No le reveló el lugar
donde se reunían, tal vez por el temor que les causaba su relación
con el jefe de la Falange, pero accedió a acudir allí cada semana
para escuchar juntos las transmisiones de alguna de las emisoras
francesas más cercanas a la frontera, ya que la escasa potencia de
los receptores no permitía captar con claridad las noticias desde
París. Las emisiones de Unión Radio desde Madrid y Barcelona
completaban la información, así como las novedades radiadas desde Burgos por los sublevados.

El miedo de Ana María y de su padre a una pronta caída de
Madrid quedó soslayado cuando el general Franco desvió a Toledo
las columnas que avanzaban hacia la capital desde el sur, entre ellas,
la conocida como la «columna de la muerte» que había protagonizado una brutal represión en la campaña de Extremadura. El objetivo era terminar con el asedio al alcázar de la ciudad del Tajo, una
acción de valor simbólico que acrecentó el prestigio del general entre sus compañeros de armas. El mismo día en que las emisoras
nacionales daban la noticia del fin del cerco, Franco era nombrado

no solo generalísimo de todas las fuerzas nacionales, sino también jefe del Gobierno del Estado Español mientras durara la guerra. Las tropas sublevadas, tras el éxito de Mola en la campaña de Guipúzcoa, habían conseguido aislar por tierra el norte republicano de la Península y contactar con las tropas del sur en los alrededores de Madrid.

A primera hora del día cinco, José Zubeldía la había despertado exultante para anunciarle que acababa de escuchar en Radio Lisboa que la caída de Madrid era un hecho y que Franco había entrado en la ciudad triunfante a lomos de un caballo blanco. Por algunos de los comentarios que le escuchó durante aquella mañana en sus conversaciones telefónicas podría parecer que el mérito era todo de su hijo. Ana María tuvo que esperar a la visita de su padre para saber que, si bien la toma de la capital parecía cosa hecha, y que el Gobierno de la República, encabezado por Largo Caballero, se había trasladado a Valencia según las informaciones de Unión Radio, aquel había encomendado la defensa de Madrid, aún en pie, a la Junta de Defensa encabezada por el general Miaja. Los días que siguieron confirmaron que Ramón estaba en lo cierto, pues fue entonces cuando dio comienzo la verdadera batalla de Madrid. Por unos y otros llegaban noticias, aderezadas con generosas dosis de propaganda y de ardor patriótico, acerca de violentos combates que tenían lugar en la Ciudad Universitaria y en la Casa de Campo. Pero a mediados de mes la situación distaba de estar resuelta. El avance de los sublevados parecía haberse detenido por la resistencia de las fuerzas republicanas, reforzadas con la llegada de las primeras Brigadas Internacionales, y de tanques y de aviones rusos cuyos nombres empezaron a hacerse conocidos en las retransmisiones radiofónicas. Los moscas y los chatos, al parecer, empezaban a disputar la superioridad aérea a los Heinkel y los Junkers de la Legión Cóndor alemana. La propaganda gubernamental vibraba con las arengas que invariablemente terminaban con el «no pasarán» que Dolores Ibárruri, la Pasionaria, había hecho célebre en su mil veces repetido discurso tras la sublevación. El 23 de noviembre, Ramón acudió a casa de los Zubeldía con la noticia de que el general Franco había desistido en su ataque frontal a Madrid, cosa que Ana María no había escuchado en el aparato que don José tenía conectado día y noche para captar los partes de la guerra emitidos desde Burgos. Aquel día, a ambos, esperanzados, les pareció un poco más creíble el «Madrid será la tumba del fascismo», lema que se repetía de forma continua a través de la propaganda republicana.

Hasta enero los intentos de envolver Madrid por el noroeste, desde la carretera de La Coruña, se sucedieron tres veces hasta que, constatado su fracaso, el mando del Ejército nacional, como se denominaban a sí mismos los sublevados, decidió cambiar de estrategia y atacar por el sureste. Durante la mayor parte de febrero se había desarrollado la que fue bautizada como la «batalla del Jarama», saldada con un nuevo fracaso en el propósito de las tropas nacionales de penetrar en Madrid, aunque los republicanos perdieron una cantidad importante de terreno que no pudieron recuperar. La dureza de los combates, lo infructuoso de los esfuerzos bélicos y las bajas que se contaban por decenas de miles, siempre atribuidas por los respectivos servicios de propaganda al bando contrario, eran lo que se dejaba traslucir en las dos cartas que durante aquellos meses del invierno Félix había enviado a casa.

Aún se había producido un tercer intento durante marzo, conocido como la «batalla de Guadalajara», saldado con lo que la prensa internacional, a juzgar por lo que el Francés le traducía a Ramón, calificó como la primera victoria contra el fascismo en España.

Una semana después de que Franco cejara en el intento de conquistar Madrid, el último día de marzo, se había iniciado la campaña del norte, un nuevo ataque de las fuerzas sublevadas contra la franja cantábrica que permanecía fiel a la República, pero que estaba aislada por tierra del resto de la zona republicana tras la campaña de Guipúzcoa. El objetivo de las tropas nacionales, de nuevo bajo el mando del general Mola, era controlar su industria, especialmente las siderurgias y las fábricas de armas. Además, su conquista permitiría trasladar la flota sublevada al Mediterráneo para intentar detener el tráfico marítimo que se dirigía a los puertos republicanos. La impresión que Ramón tenía escuchando las emisoras extranjeras era que la superioridad de los sublevados había marcado los acontecimientos en Vizcaya durante aquel mes de abril y la última noticia que llegaba a través de Unión Radio y de los medios internacionales, inquietante y estremecedora, hablaba de un masivo bombardeo, la destrucción casi total a cargo de la Legión Cóndor de la localidad vizcaína de Guernica, símbolo de la autonomía vasca.

Terminaba ya el mes de mayo, la campaña del norte parecía seguir su curso y, aunque las sensaciones no eran halagüeñas y Ramón parecía esperar de un momento a otro la noticia de la caída de Bilbao, esta no se había producido todavía.

Poco después de despedir a sus padres tras una de sus visitas, Ana María se disponía a acostar al pequeño. Acababa de darle el pecho y trataba de hacer que expulsara los gases con suaves palmaditas en la espalda cuando sonó la campanilla de la puerta principal. Miró el reloj de péndulo que adornaba la estancia y comprobó que faltaba poco para el mediodía. Se asomó a la ventana, pero el visitante se encontraba bajo el porche de acceso, fuera de su vista. Oyó cómo se abría la puerta y, a continuación, dos voces femeninas. Luego, pasos en las escaleras y voces más cercanas, en el piso principal, la de doña Margarita ya entre ellas. Pasos de nuevo, esta vez de dos personas bajando las escaleras y una conversación distante, quizá en la puerta. Ana María dedujo que una sirvienta había atendido la llamada antes de acudir al primer piso en busca de su señora, pero no se había permitido a la visitante pasar de la entrada. Las voces subieron de volumen, como en un conato de discusión, aunque a todas luces la anfitriona trataba de no levantar la voz para no ser oída en el resto de la casa. La muchacha no pudo reprimir la curiosidad y descendió las escaleras hasta el rellano de la primera planta. Esta vez, con claridad, oyó la voz modulada de doña Margarita: «¡Le he dicho que no es posible! ¡Haga usted el favor de marcharse! ¡Buenos días!».

Regresó a toda prisa al dormitorio y corrió el visillo para contemplar el jardincillo de entrada con claridad. Una mujer sola, con un traje de chaqueta oscuro y un bolso negro en la mano derecha, caminaba hacia la cancela. A punto de alcanzar la calle, se detuvo, volvió la cabeza y miró hacia arriba.

Ana María, con el alma en vilo, peleó con el mecanismo de la ventana hasta que consiguió abrirla de par en par.

—¡Rosalía! —gritó—. ¡Espera, por favor, no te vayas! ¡Bajo ahora mismo!

El grito despertó al pequeño, que empezó a lloriquear, pero Ana María hizo caso omiso, salió del dormitorio y bajó las escaleras tan rápido como pudo.

Al llegar al vestíbulo se dio de bruces con doña Margarita.

—¿A dónde crees que vas?

—¡Es mi amiga! ¡No puede impedir que hable con ella!

—¡Nadie puede saber que el pequeño está arriba! ¡Y menos ella! ¡Esa mujer no es bienvenida en esta casa!

—Esa mujer es mi amiga —repitió—. Es la única persona que conozco que está al corriente de todo. ¡Por eso precisamente viene a visitarme!

—¡¿Qué dices, insensata?! ¿Cómo has podido contar...?

—¡No le he tenido que contar nada! —reveló entonces—. Fue la primera en saber de mi embarazo, antes que usted incluso. ¡Y si no se aparta de la puerta, subo, cojo a mi hijo y no nos vuelve a ver!

Doña Margarita, con el rostro encendido, se llevó las manos a la cara presa de la desesperación. Sin embargo, de forma remisa, con pasos lentos y cortos, se hizo a un lado.

Ana María abrió la puerta principal de un tirón. Rosalía había vuelto a subir la escalinata de acceso y se hallaba de pie ante la puerta. Sus rostros habían mudado por completo la expresión y sonreían de manera abierta, exultante. Después de mirarse durante un breve instante, se abrazaron y las lágrimas de alegría no tardaron en brotar.

Tuvo que tomar al pequeño en brazos para calmarlo tras el berrinche que tenía al regresar al dormitorio en compañía de Rosalía. Había cerrado la puerta de la estancia con la intención de poder hablar tranquilas.

—Es una preciosidad. —Le rozó una piernita con la yema del dedo mayor mientras contemplaba cómo se le volvían a cerrar los ojos.

—Cada vez que le doy el pecho se me olvidan todas las penas, Rosalía. No podría soportar lo que me está ocurriendo si no fuera por él. ¡Y pensar que llegó a pasar por mi cabeza la idea de dejarlo en la inclusa!

—Solo las que hemos tenido hijos podemos llegar a comprender la intensidad de ese sentimiento. No hay dolor más grande para una madre que abandonar a su hijo recién nacido, por eso nadie puede juzgar a quienes se ven abocadas a semejante sacrificio. ¿Puedo cogerlo un momento?

—Claro que sí, tonta. ¿Cómo no vas a poder? —respondió al tiempo que se lo tendía con cuidado.

—Parece que no se me ha olvidado, a pesar de los años —bromeó mientras lo arrullaba—. ¡Mira, si se ríe!

—Sí, es muy agradecido. ¡Con decirte que le sonríe hasta a mi suegra!

Las dos mujeres rieron juntas.

—¡Oye! —exclamó entonces Rosalía—. Pero... ¿y estos ojos? ¡Los tiene de diferente color!

—Los tiene como su padre, exactamente iguales, uno verde y otro marrón pajizo.

—Pero...

—Sí, ya sé lo que estás pensando. Por ahora, no ha habido problema; ni doña Margarita ni don José conocen a Joaquín.

—¡Pero Félix sí! —se dijo Rosalía para sí al comprender el problema.

—De momento, Félix está en el frente.

—¡Madre mía, ya es casualidad, un ojo de cada color, y justo tiene que heredarlo! —se lamentó Rosalía con enfado—. ¡Un problema más!

—De momento Félix está en el frente —repitió Ana María—. Estoy aprendiendo a ocuparme de los problemas cuando los tengo encima. Bastantes quebraderos de cabeza arrastro ya. No me quiero mortificar hasta que llegue el momento, si es que llega.

Rosalía evitó seguir hurgando en las tribulaciones de su amiga. El tono con el que había pronunciado la última frase le había revelado cuál podía ser la esperanza que albergaba en su fuero interno, seguramente de manera culpable, y no iba a ponerla en la tesitura de tener que expresarla en voz alta. Sin embargo, no era su única duda.

—¿Y tus padres? ¿Lo saben? —Le devolvió el pequeño con cuidado, al tiempo que hacía la pregunta.

Ana María negó con la cabeza.

—Joaquín aún no había entrado en casa. Lo conocen solo de vista. Ellos también creen todavía que es de Félix —reconoció arrullando al bebé.

—¡Bendito sea Dios! ¡Lo que debes de estar pasando! Es como vivir con una espada pendiente de un hilo sobre la cabeza.

—Anda, siéntate, Rosalía —le pidió cuando hubo acomodado

al pequeño en la cuna—. No te puedes imaginar lo que te agradezco esta visita. ¡He echado tanto de menos tus consejos todo este invierno! Tenemos mucho de qué hablar.

—Para eso estoy aquí. Me he liado la manta a la cabeza y he cogido el coche de línea, porque hablar contigo ha sido tarea imposible. ¿También a ti te han tenido incomunicada?

—¿Has intentado hablar conmigo? —se extrañó—. ¿Por teléfono?

—Cien veces, Ana María. Al principio me preguntaban quién era yo y siempre respondían que estabas indispuesta. Créeme que llegué a preocuparme —afirmó—. Debían de tener a todo el servicio bien aleccionado. Después, sospechando lo que ocurría, preguntaba por doña Margarita, pero siempre que se ponía al aparato me venía con lo mismo, que, por una u otra razón, no te podías poner y que dejara de importunar con mis llamadas. Luego ya simplemente colgaban el teléfono cuando pronunciaba tu nombre.

—¡Madre mía, todas esas veces que sonaba el teléfono en el vestíbulo y colgaban sin cruzar palabra! ¡Debías de ser tú!

—Llamaba a cualquier hora, por si se producía la casualidad de que un día estabas tú cerca del aparato y descolgabas. He pasado horas muertas en la centralita de Teléfonos haciendo tiempo para probar suerte.

—¡Tenía prohibido poner los pies en la planta baja por si había alguna visita!

Rosalía, que parecía cansada, se recostó en el sillón.

—¿Era necesario todo esto, esta representación teatral solo por el qué dirán? —se preguntó, señalando al hermoso carrito de bebé de grandes ruedas que permanecía arrumbado en un rincón del dormitorio.

—Ni yo misma sé cómo he llegado hasta aquí, transigiendo cada vez más, aceptando cada día una nueva imposición hasta verme recluida en esta jaula y participando de lleno en el juego diseñado por los Zubeldía. —Por primera vez expresaba con palabras el sentimiento que a cada instante le rondaba por la cabeza—. Pero no les culpo solo a ellos, me podía haber negado y no lo hice. Desde el principio.

—Lo hiciste por... José Félix.

Ana María, a pesar de lo penoso de la conversación, esbozó una sonrisa al percibir su duda.

—Tampoco a ti te gusta el nombre, ¿no es cierto?

Rosalía compuso una expresión perpleja a la vez que se encogía de hombros.

—¡Me parece horrible! —soltó entonces, al tiempo que se relajaba, y las dos rieron.

—Pienso lo mismo. Pero ni siquiera me preguntaron. De todas formas, nunca lo llamo por su nombre, ¿verdad, chiquitín? —El pequeño se había dormido en su regazo y Ana María se incorporó para dejarlo con cuidado en la cuna mientras seguía hablando con voz queda—: Además, aún no se le ha inscrito en el registro civil.

Ante la cara de extrañeza de Rosalía, Ana María volvió a sentarse y aprovechó para explicarle los planes trazados por Zubeldía para dar al nacimiento apariencia de legitimidad.

—¡Pero no puedes seguir aquí encerrada durante meses! —exclamó al terminar.

—¿Y qué otra cosa puedo hacer a estas alturas?

Rosalía no respondió enseguida. Parecía tener la mirada perdida en algún lugar indeterminado del exterior que podía vislumbrar a través de los visillos. Luego alzó la cabeza, entornó los ojos y exhaló con fuerza.

—Tengo que hablar con tu suegra —dijo al fin, con expresión pensativa.

Su amiga la miró con sorpresa.

—¿Con Margarita? ¿Hablar de qué?

—No puedes pasar el verano aquí encerrada, te vas a volver loca. Además, de ninguna manera será creíble para las alcahuetas lo que os proponéis hacer —declaró—. Estoy segura de que los Zubeldía están en el foco de todos los chismes que circulan por Puente Real, y tú ahora eres parte de la familia, con el añadido de la novedad.

—¿Y qué propones?

—Tienes que alejarte de aquí una buena temporada. Si te vienes conmigo a Pamplona, podrás salir a la calle con el pequeño y hacer una vida medianamente normal dentro de lo que nos permite esta maldita guerra. Allí nadie te conoce.

Ana María negó con expresión escéptica.

—Doña Margarita ya dijo que lo ideal habría sido tener la excusa del veraneo en alguna casa de baños o en un hotel cerca del mar, en San Sebastián o en Santander —le explicó—. Pero la guerra ha dado al traste con todo. ¡Como para viajar ahora allí, con Bilbao a punto de claudicar!

—Pues miel sobre hojuelas. Al menos tenemos la opción de Pamplona.

—Ya la barajaron, pero concluyeron que no está lo bastante lejos para pasar desapercibidos —objetó.

—Demasiados peros. Menos es nada. Si nos comportamos con discreción y con la ayuda de una pañoleta sería mucha casualidad que te reconociera alguien de Puente Real. Te prestaré mi ropa; incluso podemos cambiar de carrito al bebé —dijo señalando al que reposaba sin uso junto a la pared—. El nuestro no es tan cómodo ni tan hermoso, pero servirá.

—No te molestes, Rosalía. Doña Margarita no va a permitir que me mueva de Puente Real sin el consentimiento de su hijo. Y dejar a mis padres aquí... —Negó con el gesto—. Por no hablar de los problemas para salir de Puente Real con el bebé sin llamar la atención.

—Ana María, si hablo con doña Margarita y logro convencerla, está el coche de Félix. Alguien de confianza habrá que pueda conducirlo si tu suegro no puede hacerlo.

—No, Rosalía, no. No es tan fácil —volvió a negar con gesto de desaliento.

—¿Y si te digo que he estado dándole vueltas a la cabeza y creo haber encontrado la manera de que puedas subir a San Cristóbal para tener una comunicación con Joaquín?

21

Miércoles, 7 de julio de 1937

Aunque el bochorno que entraba en la celda resultaba abrasador a primera hora de la tarde, al menos ayudaba a disipar la fetidez de las colchonetas y de los cuerpos hacinados y empapados en sudor. Las normas del penal impedían a los presos cualquier atisbo de desnudez, ni siquiera despojarse de las camisas salvo el tiempo imprescindible para lavarlas, pero a aquella hora los guardias jamás entraban en los pabellones, que apestaban a mugre y sudores viejos, y también a amoniaco, que irritaba ojos y pulmones y provocaba un coro continuo y desafinado de toses y carraspeos. Así que los seis ocupantes de la estancia, en calzoncillos, aprovechaban las horas muertas antes del paseo vespertino para librarse de la tortura de los piojos y las ladillas. Utilizaban trozos de latas limados contra la piedra para evitar cortes. De dos en dos, para alcanzar la espalda y la parte posterior de las piernas, se pasaban por la piel el metal, apretando con fuerza suficiente para arrastrar la mayor cantidad de parásitos, que en el borde de la hoja formaban, junto con la piel muerta, la mugre y el sudor, una especie de pasta que parecía tener vida propia. La piel quedaba enrojecida y momentáneamente despiojada, aunque la tosca herramienta no alcanzaba aquellos rincones del cuerpo donde, a la espera del contraataque, la plaga se resguardaba. Sabían que era una batalla perdida, porque en pocos días las diminutas liendres que permanecían adheridas al vello y a los cabellos serían parásitos adultos, y las camisas y los pantalones sin lavar volverían a repoblar la piel en cuanto la tocaran, pero de aquella manera mataban el tiempo y el hecho de despiojarse les proporcionaba una de las escasas sensaciones placenteras en su cautiverio.

Aquel, la absoluta falta de intimidad, era uno más de los inconvenientes del penal. No había un rincón al que tuvieran acceso que se encontrara al abrigo de las miradas. Durante los meses de estancia de Joaquín en la brigada el deseo sexual había desaparecido por completo. La asombrosa sabiduría de la naturaleza parecía haber reservado los escasos recursos de que disponía su cuerpo a la mera supervivencia, igual que una planta reseca y sin nutrientes sacrifica las flores en primer lugar para mantener las hojas con vida. Después, ya en el pabellón, aunque los paquetes y el economato habían mitigado el hambre en momentos muy puntuales, el frío del invierno la había suplido en aquella función. Sin embargo, todos eran muchachos jóvenes, los pensamientos y los recuerdos eran los únicos que disfrutaban de libertad dentro del penal, y había ocasiones en que el deseo aparecía con fuerza. En el caso de Joaquín, aquellos momentos se producían siempre al recordar su última noche de libertad y solían coincidir con los días en que recibía carta de Ana María. Entonces, como los demás, se aliviaba con discreción bajo la manta, con los ronquidos de los compañeros de fondo.

La falta de intimidad y de espacio se había agravado en los últimos meses, al recibir el penal un flujo creciente de condenados en consejos de guerra sumarios. Cualquier señal de desafección a las nuevas autoridades en las zonas bajo control del bando nacional, una denominación que parecía haber sido aceptada de forma general en contraposición al bando rojo o republicano, terminaba con su protagonista en prisión si un pelotón de fusilamiento no se interponía antes en su camino. Haber militado en un partido republicano, nacionalista o de las izquierdas, o simplemente haber simpatizado con sus postulados; pertenecer a un sindicato de trabajadores; haberse manifestado contra la reforma agraria, contra los privilegios del clero o contra algún abuso por parte de un patrón; una simple denuncia por rencillas personales, por una disputa a cuenta de la linde de un campo o por la atención de una muchacha... todas parecían razones suficientes para terminar atravesando los portones enrejados de San Cristóbal. Lo cierto era que el hacinamiento había agravado la situación de los presos, que ya se contaban por miles, sin que el presupuesto para alimentación pareciera haberse incrementado.

Ya el invierno había resultado terrible. Hasta la Navidad la campana de la iglesia tañía con el toque de difuntos cuando se producía un deceso. Al principio de su estancia allí, sonaba una o dos veces a la semana; en ocasiones, ninguna. Con la llegada de los fríos y de las primeras nevadas de diciembre, el tañido se les antojaba continuo hasta el punto de que el inicio de uno se confundía con el anterior. Después de la festividad de Reyes, alguien dio la orden de que las campanas dejaran de sonar salvo para anunciar las celebraciones religiosas y las festividades señaladas, en forma de repiques y bandeos. La tuberculosis había empezado a hacer estragos en las brigadas, a juzgar por los incontenibles ataques de tos que se escuchaban durante los paseos y las manchas rojas en los pañuelos que los hombres se afanaban en ocultar. En la celda se comentaba con extrañeza que ni al doctor San Miguel ni a las autoridades de la prisión parecía preocuparles la situación, dada la total ausencia de medidas de aislamiento. Así, los presos, por iniciativa propia, tal vez aconsejados por algún médico recluso, habían delimitado una zona del patio, y no precisamente la más soleada en invierno, en la que reunían a los internos aquejados de tos. En ocasiones, algunos eran conducidos a ella a la fuerza y a empujones. Sin embargo, dentro de las brigadas, tal como Joaquín y Federico las recordaban, resultaba imposible la separación, mucho más el aislamiento y, por tanto, los contagios debían de seguir produciéndose a diario.

En el mes de febrero la desdicha había visitado su celda. Era Miércoles de Ceniza y todos los presos de pabellones habían sido trasladados al patio para asistir a la imposición de la ceniza en señal de humildad y penitencia ante el inicio de la Cuaresma. De regreso al pabellón, Rogelio los había hecho reír al decir en voz baja que allí todos los días eran de penitencia y que hasta los domingos eran Miércoles de Ceniza. Pero la risa se les había helado en los labios al acercarse a su aposento. Comprendieron que la dirección había ordenado aquella salida obligatoria solo con la intención de proceder a un registro general de todas las dependencias. En aquellas donde se había descubierto algo, aguardaban guardias y personal de la prisión, y ese era el caso de la suya. Un oficial con expresión de triunfo sostenía en las manos los poemarios de García Lorca y de Machado. Otro guardia exhibía la cajita donde guardaban las piezas de ajedrez. Josu se adelantó sin dar tiempo a reaccionar a nadie y alegó que los dos libros eran suyos. Jacinto hizo lo mismo respecto a sus figuras de miga de pan. La confesión les costó el traslado a las celdas de castigo junto con otros cuatro presos que también ocultaban objetos prohibidos, y allí permanecieron durante una semana, que resultó ser la más fría del invierno. Aquel mismo viernes, el penal amaneció cubierto por una capa de nieve de más de un palmo que, entre otros problemas, ocasionó que en los dos días siguientes no pudieran llegar víveres al fuerte. Asimismo, las tuberías se congelaron y dejó de salir agua por las canillas.

Josu regresó a la celda lívido, aterido y con una extrema debilidad después de pasar siete noches durmiendo sobre el suelo empapado y comiendo un mendrugo de pan al día. A Jacinto, sin embargo, lo subieron en parihuelas, aquejado de escalofríos y convulsiones, entremezclados con gemidos y delirios. Ezequiel le puso la mano en la frente y comprobó que ardía. Entre todos reunieron unas pesetas con las que Joaquín, en cuanto tuvo ocasión, corrió al economato para adquirir dos latas de leche condensada. Josu, por fortuna, tal vez por su juventud, reaccionó con rapidez tras ingerir el azúcar que su cuerpo demandaba, y la mejoría fue evidente e inmediata. Jacinto, sin embargo, apenas fue capaz de tragar unas cucharadas antes de vaciar su estómago, preso de fuertes arcadas. Reclamaron la atención urgente de don Alejandro, pero el oficial al cargo les aseguró que Jacinto había pasado por la enfermería antes de regresar a la celda y que allí se le había administrado el tratamiento pertinente. No obstante, el ferroviario quedó apuntado en la lista de visitas del día siguiente. Durmió arropado por las mantas de todos, que se apañaron compartiendo las que quedaban, pero ni así cesaron los temblores y los delirios. La frente le ardió toda la noche hasta que, poco después del amanecer, cuando la primera luz del alba empezaba a entrar por los resquicios de las portezuelas del balcón, la celda quedó sumida en un silencio total que precedió al llanto de todos sus camaradas después de que Jacinto, tras un estertor final, dejara de respirar. El delito de haber fabricado un ajedrez con migas de pan dejaba una viuda y dos niñas huérfanas de siete y cuatro años. Desde aquel día aciago, la vida para ellos se había tornado triste y monótona, sin la vía de escape de los poemas que en algunos casos habían llegado a aprender de memoria.

Poco después, sin embargo, se había producido una novedad inesperada. Una tarde, a principios de marzo, Josu fue llamado a locutorios. Permaneció fuera de la celda no más de treinta minutos, pero regresó con el rostro encendido, sonriente y sin las señales de abatimiento que todos arrastraban desde la muerte de Jacinto. Llevaba un envoltorio de papel de estraza anudado con bramante.

—¡No os lo vais a creer! —exclamó mientras se dejaba caer de rodillas en la colchoneta.

—¿Quién era? ¿Alguien de tu familia? —preguntó Federico.

—Qué va, no tenía ni idea de quién era. Una chica joven, y muy guapa, por cierto. Es lo único que he visto al principio.

—Pero ¿cómo no la vas a conocer? Solo se permiten visitas a parientes directos.

—¡Se ha hecho pasar por mi prometida! Además, ha sido muy lista porque al ver que entraba en el locutorio con cara de pasmo, y antes de darme tiempo a meter la pata delante del guardia, que no perdía detalle, me dice, medio riéndose...: «Hola, Josu, ¿esa es la cara que pones después de meses sin ver a tu novia?». Y, claro, ya se me ha encendido la bombilla y he empezado a seguirle el juego. Además, debía de tenerlo todo pensado, en la conversación ella ha llevado la voz cantante.

—¡Esa sí que es buena! —rio Ezequiel—. Entonces ¿no ha podido decirte quién es en realidad?

Josu se echó a reír.

—¡Sí que lo ha hecho! ¿A que no adivináis cómo?

Los cuatro hombres se encogieron de hombros a la vez negando con la cabeza.

—Ha soltado una parrafada atropellada en vasco, y cuando el guardia se ha querido dar cuenta y ha soltado un grito, ella se ha deshecho en excusas alegando que es su lengua materna y que con los nervios del reencuentro se ha olvidado de hablar en castellano —explicó con tono jocoso y lleno de admiración.

—Pues se ha jugado la comunicación —comentó Joaquín.

—¡Ya lo puedes decir! Pero ha sido lo bastante avispada como para hacerlo pasado un buen rato, por si acaso —aclaró—. Pero sí, la ha amenazado con dar parte si vuelve a repetirse, para que se le prohíban las visitas.

—¿No te digo yo...?

—Pero, coño, ¿qué te ha dicho, que nos tienes en ascuas?

—Que son un grupo de chicas del PNV, de Pamplona, que han decidido juntarse para intentar visitar y ayudar a algunos presos vascos de San Cristóbal. Y que van a empezar a subir de continuo.

—¡No jodas! Y solo a presos vascos, ¿eh? —protestó Ezequiel.

—Bueno, a lo mejor nos podemos aprovechar todos. Para empezar, abre ese paquete mientras os cuento. Ni siquiera me ha dicho lo que hay dentro.

Fue Joaquín quien alargó la mano y meneó el paquete, pero el sonido que produjo no les dio ninguna pista, de forma que empezó a soltar el atadijo.

—Ha dicho —continuó Josu sin poder ocultar cierto tono de triunfo— que han pedido permiso para llevarse nuestras ropas y devolverlas lavadas en la siguiente visita.

—¿En serio? —Ezequiel había abandonado por completo el tono de protesta—. A ti lo que se te ha aparecido es el ángel de la guarda.

—Además, se llama Socorro, que no os lo he dicho —rio.

Joaquín terminaba de desenvolver el paquete en aquel momento.

—Esto es lo más parecido a la mañana de Reyes que recuerdo —bromeó con expectación.

La impaciencia le llevó a terminar rompiendo el papel hasta que el contenido quedó a la vista de todos, que soltaron exclamaciones quedas para no llamar la atención fuera de la celda. Había picadura de tabaco, librillos de papel, un chisquero de mecha, chocolate Manterola, higos secos, recado para escribir y una bolsita de papel con una docena de caramelos de café con leche.

Como Socorro había anunciado, las visitas comenzaron a hacerse habituales y frecuentes. En el patio tuvieron ocasión de juntarse con otros presos que también las recibían, siempre mediante el subterfugio del presunto compromiso de matrimonio. Una de ellas, en la primera visita, había alegado que era hermana de uno de los presos, pero los guardias no tardaron en comprobar la falsedad del parentesco y le fue revocado el permiso. El noviazgo, en cambio, no precisaba un documento de comprobación, y simplemente portar un anillo en el anular resultaba suficiente.

Las muchachas parecían arreglárselas para hacer acopio, siempre en secreto, de alimentos no perecederos y objetos de primera necesidad entre las familias simpatizantes del partido, que entregaban a los reclusos junto con las ropas despiojadas y lavadas. La admiración que, a pesar de su juventud, Josu había despertado desde el principio entre sus compañeros de celda se había transformado en veneración, y todos aprovechaban cualquier oportunidad para corresponder a su enorme generosidad. Semana tras semana, se había convertido en rutina la llamada a comunicación de los miércoles al estudiante vasco, que recogía en un saquete la ropa sucia y salía acompañado de un guardia en dirección al locutorio de la planta baja. Nunca tardaba más de treinta minutos en regresar y lo hacía con otro saco que contenía la ropa limpia entregada la semana anterior, amén del consabido paquete de comida que repartían y racionaban durante los siete días siguientes. Habían observado que los dulces les proporcionaban energía con rapidez, pero la grasa les saciaba de manera más duradera. Así, Josu había pedido a Socorro que, si era posible, sustituyera el chocolate y los dulces por tocino, manteca, mantequilla, panceta en salazón y, cuando hubiera oportunidad, algún que otro chorizo.

A pesar del aporte adicional que suponía el paquete semanal, la delgadez era extrema en los cinco hombres, pero en modo alguno llegaba al punto de quienes no recibían comida ni dinero del exterior, ni contaban con medios para frecuentar el economato. Estos, débiles y famélicos tras el incremento del número de reclusos, empezaban a morir literalmente de hambre. En ocasiones, los comunes que trabajaban en las cocinas, para evitar su transporte al exterior, arrojaban en un extremo del patio las mondas de patatas del rancho, a sabiendas de que los presos más desesperados iban a dar buena cuenta de ellas. Si las patatas habían sido conservadas en malas condiciones o estaban dañadas y germinadas, era frecuente que las peladuras mostraran un color más verdoso de lo habitual, y en aquellas circunstancias los que las consumían se veían aquejados de vómitos y diarreas que agravaban más su estado. Josu, estudiante de Química, les explicó que se trataba de una intoxicación por solanina, presente en la piel cruda de las patatas y que solo desaparecía tras su cocción. Aunque había tratado de hacer correr aquella información en el patio para que llegara también a las brigadas, el esfuerzo no parecía tener ningún éxito.

En el cambio de año se había extendido por el penal un rumor que muchos creyeron posible: junto a la enfermería existía un cuarto, tabicado por completo excepto en la puerta de entrada, que se utilizaba para depositar temporalmente los cadáveres, y se aseguraba que algunos presos habían conseguido entrar en varias ocasiones para mutilar los cuerpos y saciar el hambre.

El propio Josu, ya muy delgado por constitución, mostraba los pómulos prominentes, las mejillas y los ojos hundidos, y sus brazos, antaño fuertes, se habían reducido a hueso y tendones cubiertos de piel, con el músculo indispensable para permitir el movimiento. Calculaba que no pesaría más allá de cuarenta y cinco kilos, cuando al ingresar rondaba los setenta y cinco. Algo similar le sucedía a Joaquín, aunque su delgadez resultaba incluso más patente por el tamaño en proporción mayor de su cabeza.

Si la ropa recién lavada y la comida habían supuesto para los cinco un privilegio caído del cielo, no resultaba menos apreciada la entrada de noticias de la guerra en boca de aquellas muchachas, que, en cuestión de horas, se extendían desde el locutorio por todo el penal. Sospechaban, sabían que aquella información no era real, que se exageraban los avances republicanos y se minimizaban las victorias nacionales, tal vez con el fin piadoso de dejar hueco a la esperanza y permitirles soñar con un final próximo de la contienda. En ocasiones, aquellos cuentos procedían de los chóferes de los camiones de suministro y seguían un camino diferente, a través de las cocinas y de los presos comunes. Cuando se daba la circunstancia de que una mentira procedente de dos orígenes distintos convergía en el patio a la hora del paseo, pasaba a ser una verdad incontrovertible y un hecho confirmado. Así sucedió con la noticia de la muerte del general Mola en un accidente aéreo, que entró en el penal por varias vías a principios de junio. Dos de ellas coincidieron en que el siniestro se había debido al sabotaje del aparato, pues su muerte suponía la eliminación de un rival en las aspiraciones del general Franco a ostentar el liderazgo de los militares alzados en armas contra la República. De la misma manera habían confirmado la noticia de la caída de Bilbao el día 19 de junio y, con ella, el final del autogobierno, lo que había sumido en la postración a Josu y a todos los presos republicanos vascos.

Como cada miércoles, el día de San Fermín el guardia entró en la celda en busca de Josu para conducirlo al locutorio. Sin embargo, este no se levantó, como solía hacer de inmediato en cuanto veía aparecer al funcionario. Aquel día, en sus ojos brillaba una luz especial y parecía ocultar un atisbo de sonrisa que pugnaba por dibujarse en su cara.

—¿Qué te pasa? ¿Tengo que repetir tu nombre cada semana para que te levantes? ¿Te gusta escucharlo en voz alta? ¿Es eso?

—Perdone, cabo, creía que...

—Joaquín Álvarez —le cortó, leyendo su listado de manera mecánica—. Conmigo también.

Joaquín, entumecido, se puso en pie con dificultad. Miraba a Josu, confundido.

—¿Qué pasa aquí, Josu? ¿Locutorio yo? Tú sabes algo, ¿no es cierto? Llevas días con la misma sonrisita en la boca y haciendo comentarios extraños. ¿Qué te traes entre manos?

—¡Yo qué sé! A lo mejor alguna de esas chicas se ha enterado de que en la celda hay un mozo menos feo que yo —bromeó—. Tú, por si acaso, ponte guapo, no vayas a espantarla con esa camisa despechugada.

—Trátala bien. —Rogelio se sumó a la chanza sin saber muy bien a qué venía aquello—. ¡Ya me podía haber tocado a mí!

—¡Basta ya de cháchara! —cortó el guardia, molesto—. A ver si en vez ir a los locutorios pasamos de largo y seguimos hasta las celdas de castigo.

Viendo que el cabo no estaba de humor, lo siguieron en silencio escaleras abajo hasta enfilar el pasillo que conducía al extremo del edificio cercano al rastrillo. Llegaron a una estancia alargada en la que se abría un vano enrejado de varios metros de longitud. Joaquín nunca había estado allí y en aquel momento observó en persona lo que su camarada les había descrito a menudo. A las rejas se había soldado una malla metálica de luz escasa, ante la cual varios presos conversaban con sus visitas, bajo la vigilancia de dos hombres armados. Josu parecía conocer el lugar al dedillo, y tal vez Socorro siempre se colocaba en el mismo sitio, porque se dirigió directamente al extremo más próximo. Uno de los funcionarios, ante la vacilación de Joaquín, le señaló con la barbilla un hueco que quedaba más cerca del extremo opuesto. Frente a esta verja interior, como a un metro de distancia, se levantaba otro muro con un vano similar protegido por el mismo enrejado tupido, en una estancia gemela a la que los familiares accedían desde el exterior por una puerta estrecha. La única luz de todo el recinto de los locutorios era la que penetraba a través de esa puerta, que obligó a Joaquín a entornar los ojos para no quedar deslumbrado. Había alguien frente a él, una mujer joven por la silueta, pero el contraluz y las dos verjas que los separaban le impedían apreciar bien sus rasgos.

—Joaquín... ¿eres tú? —escuchó decir con una voz aguda, deformada por el estupor y el llanto, a alguien que también parecía hacer esfuerzos por reconocerle.

Ana María había cubierto a pie la senda que desde Artica les había conducido a San Cristóbal siguiendo los atajos que las muchachas parecían conocer bien; atajos que, si bien acortaban de manera notable la distancia por carretera, hacían más duras las pendientes. Tras una hora de ascenso al ritmo de las otras jóvenes, habituadas a aquel ejercicio semanal, alcanzó la cumbre extenuada, sedienta y empapada en sudor. Tuvo que sentarse en una roca al borde del camino para recuperar el resuello, con la imponente entrada del fuerte a la vista, y apuró la cantimplora que Rosalía le había prestado.

El plan improvisado por su amiga en la visita a Puente Real había acabado tomando forma. Doña Margarita, en un principio, se había negado a cruzar una palabra con ella, y Rosalía se había visto obligada a amenazarla con hacer circular el rumor del verdadero motivo de aquella boda precipitada, rumor que, además, caería en terreno abonado. Ana María había escuchado la discusión atónita e incrédula, sin dar crédito a la determinación y la osadía que su amiga mostraba.

Una vez que su suegra accedió a sentarse a hablar, Rosalía cambió la amenaza por la empatía y la seducción, la tranquilizó en cuanto a sus intenciones, que no eran otras, aseguró, que hacer aquel trago más fácil para todos, y en especial para Ana María, a quien consideraba ya una de sus mejores amigas. Le planteó la conveniencia de sacarla un tiempo de Puente Real, pues el aislamiento de la muchacha en la casa no resultaba en modo alguno creíble. Además, añadió, estaba el bienestar de la madre y del pequeño, a quienes la clausura no hacía ningún bien, ni en lo físico ni en lo emocional. En caso de que Félix regresara, tendría abiertas las puertas de su casa y, por supuesto, Ana María podría regresar a Puente Real cuando lo creyeran conveniente. Mientras tanto, en Pamplona podría salir a la calle cuando quisiera, pasear con discreción por zonas poco frecuentadas y esperar instalada allí el tiempo necesario para volver con el pequeño lo bastante crecido como para no despertar sospechas.

José Zubeldía se incorporó al cónclave a su regreso a casa a la hora del almuerzo. Sorprendido en principio por la presencia de Rosalía, no se mostró desacorde con la idea, en contra de lo que Ana María habría creído. No podía afirmar si sus argumentos lo habían convencido o si su beneplácito se debía a la impresión que había causado en él, pues no se le había pasado por alto que desde su entrada no había apartado la vista de su amiga.

Nada les había dicho esta, por supuesto, de la verdadera razón con la que había persuadido a Ana María. Resultaba que, en una de las ascensiones al fuerte para visitar a Samuel, había coincidido con un grupo de muchachas con las que había trabado conversación. Superadas las iniciales reticencias y una vez conseguida la confianza suficiente, se habían contado los motivos de sus respectivas caminatas hasta el penal. Se trataba de un grupo de estudiantes comprometidas por sus ideales políticos desde los primeros momentos de la República, siendo aún adolescentes, que habían terminado por afiliarse al Partido Nacionalista Vasco de Pamplona. Enteradas de la llegada a San Cristóbal de varios presos nacionalistas, habían decidido organizarse para acudir en su ayuda. Rosalía les había preguntado si no tenían miedo de sufrir ellas mismas las represalias, pero por sus respuestas concluyó que, o bien no eran conscientes del peligro que corrían, o bien lo asumían como parte de su compromiso político. Se concertaron para volver a subir juntas una semana más tarde, y en aquella ocasión Rosalía les contó la situación de Joaquín y de Ana María, incluso retazos de la historia de su matrimonio forzado.

—Por algún motivo, a mi amiga se le niegan las visitas al que fue su prometido —les explicó—. Aunque ha tenido ocasión de escribirle, sé que hasta que no tenga ocasión de hablar con él en persona no va a conseguir la paz interior y va a seguir torturándose por haber roto su compromiso.

—¿Qué edad tiene tu amiga? —preguntó una de ellas.

—Tiene veintidós años.

—Pregúntale si se atrevería a hacerse pasar por una de nosotras. Hay una compañera de edad parecida que aún no ha subido al fuerte. Es vergonzosa en extremo y cree que si pide visitar a un preso no va a saber darle conversación. Pero está deseando ayudar. Podría solicitar comunicación y prestarle la cédula a tu amiga.

—¿Es eso posible? ¿No será correr demasiado riesgo?

—¿Cuánto es demasiado riesgo? Depende de las ganas que se tengan de conseguir lo que se pretende. La posibilidad existe, habla con tu amiga, y que ella decida si está dispuesta a asumirlo.

Aquel mismo viernes, dos días más tarde, Rosalía había viajado a Puente Real. Finalmente, el propio don José se había ofrecido a llevar a Ana María a Pamplona con el auto de Félix para evitar dar cuartos al pregonero, algo que habían llevado a cabo una semana más tarde, la mañana del 4 de junio. Habían cargado el vehículo la noche anterior en el patio interior de la casa y habían salido camino de la capital antes del alba.

Para Ana María había supuesto una auténtica liberación instalarse en casa de Germán. Salvado el momento violento que había provocado don José el día de la llegada, todo había marchado sobre ruedas. Zubeldía había aceptado la invitación de Germán y Rosalía para almorzar en su casa antes de regresar a Puente Real. Al parecer, Félix no le había contado el origen de la amistad de los Hualde con Ana María, e ignoraba que Samuel estaba preso en San Cristóbal. La comida había resultado un completo desastre a causa de los comentarios despectivos hacia quienes, según él, querían romper España y que con razón estaban recibiendo su merecido. Los alternó con loas a los militares que se habían alzado frente a la catástrofe republicana, incluido un panegírico hacia Emilio Mola, cuya muerte en un accidente aéreo se había conocido justo la víspera. Ana María había temido que Germán terminara por explotar y se delatara, especialmente cuando don José empezó a lanzar groseros y descarados requiebros a su nuera sin importarle la presencia del impresor. Por fortuna, Zubeldía alegó tener prisa para realizar un par de visitas antes de regresar a Puente Real y les libró de su presencia tras el almuerzo.

Ana María, que no había querido dejar solo al pequeño toda una tarde aunque Germán se había ofrecido a hacerse cargo de él, el miércoles siguiente sí que acompañó a Rosalía hasta el pueblo de Artica donde se reunía con las muchachas para subir juntas a San Cristóbal. De la breve conversación surgió la determinación de seguir adelante con el plan ideado por Socorro, la joven que parecía asumir el liderazgo del grupo.

En las semanas que siguieron, en que esperó con ansiedad el día en que Rosalía la avisara de que todo estaba listo, había sabido de Joaquín a través de las conversaciones de Socorro con Josu y de Samuel con Rosalía, tan solo retazos, pues el tiempo tasado de las entrevistas hacía necesario economizar las palabras.

Fue el último miércoles de junio cuando Rosalía regresó con la noticia. La semana anterior, la joven tímida del grupo había solicitado comunicación con Joaquín haciéndose pasar por su prometida y le había sido concedida. Ana María grabó en su memoria el nombre de Felisa Ciga, cuya identidad debería adoptar. La visita tendría lugar el miércoles siguiente, 7 de julio, festividad de San Fermín. Ana María acudiría a Artica, donde Felisa le haría entrega de la cédula que debería franquearle el paso a los locutorios, y Rosalía renunciaba a visitar a Samuel aquel día para ocuparse del pequeño.

—¿Eres tú, Joaquín? —repitió entre el murmullo de las conversaciones. Se esforzó por elevar la voz, que, sin embargo, parecía negarse a salir de su garganta.

Se había preparado durante semanas para soportar el torbellino de emociones que, lo sabía bien, la iban a zarandear en cuanto tuviera a Joaquín delante. Se había conjurado para mantener la serenidad y no transmitirle la zozobra que sentía. Pero en las mil ocasiones en que había anticipado aquel momento, quien aparecía era el Joaquín que había conocido en Puente Real, el muchacho con la lozanía de los veintiún años, de rostro agraciado y mirada vivaz. Sin embargo, la visión de la figura que tenía enfrente le había golpeado de manera brutal, le había encogido el estómago y robado la voz, hasta el punto de hacerle dudar de si aquel espectro famélico de cabeza rapada, pómulos prominentes y mejillas hundidas y, sobre todo, sin un ápice de luz en la mirada era realmente Joaquín.

—¿Ana María? —preguntó este, incrédulo, con la voz apenas

audible, rota—. ¿De verdad eres tú? Si no estoy soñando, repite mi nombre.

—Soy yo, claro que sí, Joaquín Álvarez. ¿Acaso no me ves? —respondió muerta de pena.

—Me da la claridad en los ojos, no puedo verte bien —se lamentó llevándose la mano a la frente a modo de visera—. Apártate un poco de la luz de la puerta, a tu derecha. Y ponte de lado, que te dé en la cara.

Ana María se apresuró a hacer lo que le pedía, pero, además, se desató la pañoleta apretada con que se había cubierto el cabello. Entonces escuchó un llanto de hombre, grave, acompasado e irreprimido. Cuando volvió la mirada comprobó que Joaquín se había dejado caer de rodillas y ocultaba el rostro entre las manos.

—¡Gracias, gracias, gracias! —consiguió musitar. Algo parecido a la risa se entremezclaba con los sollozos—. Gracias por venir. ¡Lo necesitaba tanto!

—¿Qué te han hecho, mi amor? —Solo un lamento ahogado por el llanto le salió de la garganta—. ¿Qué te han hecho?

Joaquín se asió a la verja para ayudarse y se puso de nuevo en pie. De manera un tanto frenética, se pasó por los ojos el dorso de las dos manos para apartar las lágrimas que le privaban de la visión de Ana María. Tal vez también se frotaba los ojos para asegurarse de que la visión era real.

—Déjame, déjame que te vea bien. —De un momento para otro, una risa entrecortada se había superpuesto al llanto y se había hecho dueña de su expresión—. Quiero recordar esta imagen hasta que me muera.

—¡Yo no sabía...! ¡Pero si estáis todos en los huesos! —exclamó con desesperación, señalando por un instante a los hombres que acompañaban a Joaquín en el locutorio—. Dime qué puedo hacer. ¡Dime qué necesitas!

—Estoy bien, Ana María —aseguró tratando de sobreponerse—. No te preocupes por mí. Nos hacen pasar un poco de hambre, pero somos de los más afortunados del penal. ¿Y tú? ¿Cómo está tu pequeño? A poco que se parezca a ti debe de ser una preciosidad.

De nuevo Ana María fue incapaz de responder. Durante las semanas transcurridas desde su llegada a Pamplona, había cavilado día y noche acerca de la conveniencia de revelar a Joaquín su paternidad. Podía despertarse una mañana con la convicción de que era cruel hurtarle el conocimiento de un hecho de tal trascendencia en la vida de un hombre. Era posible, no obstante, que ese mismo día, antes de que el sueño la venciera, pensara en el dolor terrible que le causaría saber que un hijo de su sangre llevaba el apellido de su más enconado rival. Al recorrer por vez primera el túnel del rastrillo que conducía al núcleo central del penal y a los locutorios, creía haber tomado una decisión. En aquel momento, sin embargo, frente a la sombra del joven que Joaquín fue un año atrás, martirizado por sus captores hasta hacerle perder su luz interior, como una luciérnaga se apaga cuando se la maltrata, comprendía que el muchacho que tenía ante sí necesitaba de todas sus fuerzas para soportar aquel castigo desmesurado e inhumano, a todas luces destinado a minar la resistencia de aquellos hombres hasta convertirlos en animalillos dóciles y sin voluntad de revolverse contra sus verdugos. Un ápice más de sufrimiento podía llevarle a superar el umbral de lo soportable, hacer que se rindiera y dejara de luchar por seguir adelante para salir de allí con vida.

—Está precioso. Y sí, se parece a mí —musitó Ana María. Por segunda vez en minutos, sintió que algo se rompía en su interior, pero, en aquella ocasión, no por la pena, sino por el peso de su propia cobardía.

—¿Y de mis padres no ha habido ninguna noticia en todo este tiempo? ¿Ya saben dónde estoy? —inquirió con un punto de desengaño.

La pregunta cogió a Ana María desprevenida, a pesar de estar segura de que en algún momento de la conversación se había de plantear. Dudó un instante, apartó la mirada y titubeó al responder.

—No, no. No he tenido noticias suyas... —farfulló, mientras se maldecía por ello.

—¿Qué pasa, Ana María? Dime lo que haya. No concibo que en todos estos meses no hayan hecho por ponerse en contacto conmigo de una manera o de otra.

—No los culpes, si están en Francia no habrán tenido manera de...

—Hay camaradas que reciben cartas de sus parientes desde Francia. Conozco a mis padres y sé que no podrían vivir sin saber de mí —la atajó con una tristeza infinita en la mirada—. Ahora que te tengo delante, veo en tu expresión que no me dices la verdad. Y solo se me ocurre una razón, Ana María. Dime lo que haya. ¿Qué les ha pasado a mis padres?

Sintió que las fuerzas la abandonaban; que, como los malos actores, olvidaba el papel que había querido representar; que ya ninguna otra mentira podría convencer a Joaquín. Y se derrumbó. Esta vez fue ella la que cayó de rodillas en el cemento áspero de aquel maldito locutorio, rota por completo y hecha un mar de lágrimas. Y se hizo el silencio en toda la estancia. Socorro corrió a ayudarla, sin que el amago de uno de los guardias por retenerla sirviera para nada.

—Tranquila, chiquilla, tranquila —le dijo al oído después de arrodillarse a su lado y apretarle la cabeza contra su pecho. Alzó los ojos también arrasados y se topó con la mirada de Joaquín clavada en las dos, al otro lado de las verjas. Cuando lo vio alzar las manos para cubrirse el rostro supo que había comprendido—. Ya está, Ana María, ya está. Ya lo sabe. Ahora solo queda que se lo cuentes todo y no prolongar más su sufrimiento.

22

Miércoles, 4 de agosto de 1937

Ana María y Rosalía regresaban juntas tras haber pasado casi la jornada entera en el monte Ezcaba. La canícula estaba en su apogeo, las comunicaciones en su caso se realizaban a media tarde, pero resultaba impensable llevar a cabo el ascenso con el sol en lo más alto, así que habían madrugado para trepar por los atajos con el fresco de la mañana. Llevaban una fiambrera con algo de comida para almorzar a la sombra de las encinas, los pinos o los robles que poblaban las laderas del monte y que se daban el relevo a medida que remontaban las veredas. Los arroyos estaban secos por completo y solo manaba agua en algunas fuentes de la parte baja, al inicio del camino, de manera que para el resto del día debían añadir el peso de las cantimploras. El tiempo de espera hasta la hora de acceder al locutorio lo pasaban descansando y hablando con los pocos parientes que se acercaban al fuerte para visitar a sus familiares presos, en las visitas que se distribuían en horario de mañana y tarde. Para subir juntas habían tenido que recurrir a una haya que se hacía cargo del pequeño José Félix los miércoles. Aunque Germán se ocupaba de sus nietos y de su esposa Josefina, la chica le ayudaba en la cocina y en las tareas de la casa que Rosalía y Ana María dejaban adelantadas antes de marchar.

Era Germán quien corría con los gastos, pues Ana María carecía de ingresos propios. La guerra, además, había truncado su expectativa de comenzar a trabajar con el nuevo curso escolar, y la economía de sus padres también estaba maltrecha, pues Ramón no cobraba desde el inicio de la contienda y el último jornal era el de junio del año anterior. Para más inri, hasta después del verano no le sería fácil encontrar un empleo como institutriz. Así las cosas, Ana María había tenido que recurrir a doña Margarita, que le había enviado un giro postal ciertamente generoso para el mantenimiento de la criatura. Gracias a él había podido adquirir las viandas, el tabaco y los artículos de primera necesidad que cada miércoles incluía en el paquete que dejaba en la entrada del locutorio a la espera de ser examinado y entregado a su destinatario. Dos semanas atrás, Joaquín, en contra de su costumbre, le había hecho un encargo especial: un manual de gramática francesa con el que quería ocupar las largas horas dentro del penal perfeccionando el idioma. Había solicitado permiso para ello y, sorprendentemente, le había sido concedido. Si hubiera tenido oportunidad de viajar a Puente Real, le habría llevado alguno de los que su padre guardaba en la biblioteca, pero no era el caso. De todas las formas, pagó con gusto las casi cinco pesetas que le pidieron en La Casa del Maestro, en la calle Capitán Mangado, cerca de la imprenta de Germán, sabiendo que el libro le sería de mucha ayuda para mantener la mente ocupada en algo productivo.

Dos días atrás, aquel mismo lunes al atardecer, había recibido aviso de una conferencia telefónica desde Puente Real. Había corrido a la cercana centralita para comprobar que era su padre quien llamaba. Después de intercambiar las preguntas obvias acerca del estado y de los progresos del pequeño y de la salud de todos, Ramón había abordado el verdadero motivo de la conferencia.

—Esta mañana han estado en casa las tías de Joaquín, las hermanas de Fabián —explicó—. Ya sabes que Dolores dejó cierta cantidad de dinero para correr con los gastos de su funeral, con el encargo de entregar a su hijo el sobrante en caso de que siguiera con vida.

—Sí. Y supongo que quieren saber la manera de hacérselo llegar a la prisión.

—No es exactamente eso, Ana María. Ni siquiera sabían que está preso en el penal —le reveló—. Me temo que están asustadas, aunque me ha dado la impresión de que son sus maridos quienes no desean que se les relacione con él viendo lo que ha pasado. Pero tampoco desean quedarse con algo que no les pertenece. En cuanto les he explicado dónde está Joaquín y que tú tienes acceso a él, me han entregado el dinero como si les quemara entre las manos.

—Así pues, ¿ahora lo tiene usted? —preguntó sin dar muestras de extrañeza por lo que acababa de oír.

—Sí, hija, en casa está bien guardado, esperando a lo que tú me digas. Y no es una cantidad despreciable, hay casi quinientas pesetas.

—Qué bien, padre. A Joaquín le van a venir muy bien, allí necesitan de todo, especialmente comida y ropa de abrigo para el invierno próximo. Justo este miércoles subo a visitarle a la prisión —le adelantó—. Verá qué contento se pone cuando se entere.

—¿Quieres que haga por ir a Pamplona a llevártelo, hija?

—No, no será necesario, a no ser que madre y usted se quieran venir a ver al pequeño. Pero si lo prefiere, puede enviarme un giro postal a la estafeta del paseo de Sarasate, y yo lo cobro allí. Está a tiro de piedra de casa.

El miércoles había llegado y, a pesar de la alegría que para Joaquín había supuesto poder disponer de aquel dinero, Ana María regresaba abatida y desalentada. En primer lugar, porque le había revelado que aquella cantidad era la mitad de los ahorros de Dolores y Fabián. El resto, las quinientas pesetas que le había entregado su madre el último día que se vieron, se lo habían robado a Joaquín los guardias civiles durante su detención al intentar huir de Puente Real. Por otra parte, en aquellas cuatro semanas no había visto excesiva mejora en el aspecto escuálido y demacrado del muchacho.

—¿Es que no te comes lo que te subo? —le había preguntado.

Joaquín miró de soslayo al guardia que los vigilaba, atento tal vez a otras conversaciones, e hizo un gesto con la mano derecha, abriendo y cerrando los dedos, que le hizo caer el alma a los pies al comprender que también los guardias de la prisión se quedaban con todo o parte del contenido de los paquetes y tal vez con el dinero incluido en las cartas. Por eso le había entregado cuatro billetes de diez pesetas para los que Joaquín había asegurado tener el destino pensado; le dosificaría el resto y, desde luego, se lo entregaría en persona durante las comunicaciones para evitar el riesgo de robo más que probable.

Con el sol ya cercano al ocaso, cansadas ambas, enfilaron los primeros números de la calle Mayor. A mitad de la vía, Rosalía cogió de la mano a su amiga y la retuvo, a la vez que señalaba hacia la casa. Germán las esperaba asomado a la ventana, las había visto llegar y hacía llamativos gestos apuntando afuera con el índice extendido.

Ana María se dio cuenta de lo que pasaba y fue ella quien arrastró a Rosalía detrás de una camioneta.

—¡Madre mía! ¡Es el Ford C de Félix! —exclamó al ver el vehículo negro estacionado frente al edificio.

—Será don José —aventuró Rosalía.

—¿Y tú crees que en ese caso no habría subido a casa a esperar? ¿Y que tu suegro estaría haciendo esos aspavientos? Este ha de ser Félix por fuerza —dijo tragando saliva.

—Habrá regresado a casa y, al contarle su madre dónde estabas, ha cogido el coche para subir a verte y conocer a su hijo. Cualquier padre haría lo mismo. ¿Cuánto tiempo ha pasado ya desde su marcha?

—Más de nueve meses.

—Bien, lo mejor que puedes hacer es actuar con naturalidad y mostrar alegría por su regreso.

Las dos mujeres continuaron el camino. Ana María se acercó al coche y miró a través de la ventanilla del pasajero. Félix dormitaba en el asiento del conductor y a la muchacha le dio un vuelco el corazón al ver que lucía dos aparatosos vendajes, uno alrededor de la cabeza y otro en el antebrazo derecho. Dio la vuelta al vehículo y se detuvo un momento a observarlo antes de despertarlo.

Vio a un hombre apenas reconocible. Resultaba evidente que se había arreglado en Puente Real antes de acudir en su busca, lucía el cabello muy corto, la barba bien afeitada y el bigote recortado con bordes rectos. Sin embargo, mostraba el rostro curtido por el sol, surcado por profundas y numerosas arrugas y algunas cicatrices, descarnado y enjuto, distinto por completo al que había dejado Puente Real tras su boda en el mes de octubre. Vestía el uniforme de campaña del Ejército nacional, con enseñas en el cuello y la solapa cuyo significado ignoraba. La camisa remangada dejaba ver las vendas extrañamente limpias, tal vez repuestas también en Puente Real, y la gorra, incompatible con el vendaje de la cabeza, descansaba en el asiento del copiloto. Había adelgazado de manera llamativa, y se sorprendió pensando que aquel aspecto afinado, curtido y marcado por un evidente sufrimiento lo hacía más atractivo, a pesar del hilillo de saliva que le escurría de la boca entreabierta.

Golpeó con suavidad la ventanilla y Félix despertó con un respingo. Ana María se retiró y esperó a que la portezuela se abriera.

—¡Has vuelto! —exclamó. Cuando su marido salió del coche, ella le dio un abrazo prolongado antes de separarse y mirarlo, una vez en pie—. Estás herido. ¿Es grave? ¿Cómo fue?

—Metralla —se limitó a responder—. Un obús, cerca de Brunete, hace veinte días.

—Pero ¿es mucho? —preguntó con preocupación sincera. En aquel momento, viendo a Félix ante ella, la frase que había pronunciado su madre cuando trataba de convencerla para aceptar el matrimonio, recordándole las altas probabilidades de que Félix muriera en el frente, le parecía cruel e inhumana.

—Lo de la cabeza son heridas tan solo, pero tengo roto el radio. La metralla lo quebró como un mondadientes. Hasta ayer lo llevé en cabestrillo, pero necesitaba mover el brazo si quería conducir hasta aquí en busca de mi mujer y de mi hijo —espetó.

Ana María tragó saliva.

—Tus padres te habrán explicado...

—Mi madre me ha explicado que tú y tu amiga la amenazasteis con contarlo todo si no accedía a dejarte ir con mi hijo.

—¡Eso no es cierto, Félix! —negó atónita—. Convinimos juntos que era lo mejor para todos.

—¿De dónde vienes? Estoy aquí desde el mediodía esperándote.

Ana María titubeó y trató de salir del paso.

—He acompañado a Rosalía —dijo sin mentir del todo—. Pero supongo que lo primero que querrás es subir a casa a conocer a tu hijo.

—Ya conozco a mi hijo, pero me lo ha tenido que mostrar una criada cuando ha vuelto a casa con él, y no su madre.

Ana María advirtió que la respiración de Félix se aceleraba.

—Subamos a casa, Félix —intervino Rosalía.

—No tengo ninguna intención, no se me ha perdido nada. Bastante he esperado ya. Llego a Puente Real y me encuentro con que mi mujer se ha marchado con mi hijo. Vengo en su busca, y compruebo que lo ha dejado al cuidado de una criada y ha pasado el día entero fuera de casa. ¡¿Dónde has estado, maldita sea?! —Con el brazo izquierdo propinó un puñetazo que abolló la chapa del coche.

—Ya te lo he dicho, he acompañado a Rosalía a San Cristóbal para ver a su marido.

—¡Cago en Dios! ¡Que no me mientas, o te parto la cabeza aquí mismo! Ya me lo ha contado la criada, pero quiero oírlo de tu boca. Has subido a verlo, ¿no es cierto?

Ana María, al borde del llanto, temblaba de manera visible.

—Sí, he subido a llevarles algo de comida. ¡Los están matando de hambre!

—¡¿Hambre?! ¡Estamos en guerra! ¡Hambre se pasa en el frente, y sed, y frío, y miedo y dolor! Esos maricones se pasan el día tumbados, a resguardo de los obuses, los morteros y las ametralladoras, y solo mueven el culo a la hora del rancho. Y si se ponen malitos, corren a llamar al médico para ir a la enfermería a por aspirina para el dolor de cabeza y a por laxante para el estreñimiento —gritaba fuera de sí—. ¡He visto amputar brazos sin otra anestesia que la cazalla, con un trapo en la boca para no partirse los dientes! ¡Y tú tienes que abandonar a tu hijo para ir a ver a ese alfeñique y subirle golosinas! ¿Para eso querías el dinero que te manda mi madre?

—¡Basta ya! ¡Estás dando un espectáculo en plena calle! —estalló Rosalía—. Estás siendo muy injusto. ¡Semanas tratando de pasar desapercibidas para guardar tu buen nombre, y ahora vienes tú a montar este escándalo llamando la atención de todo el vecindario! Si quieres culpar a alguien, cúlpame a mí. Fui yo quien la convencí. A ella y a tu madre. ¡Pero pensando en el bien de ella y en el tuyo, pedazo de cafre!

Félix levantó la mano, dispuesto a golpearla.

—¡Como le roces un cabello te reviento la cabeza! —La voz de Germán llegó desde el balcón del segundo piso. Apoyado sobre el balaustre, encaraba la mirilla de un fusil con un ojo cerrado.

Con los párpados entornados por el odio, Zubeldía dejó caer la mano, a la vez que movía la cabeza arriba y abajo, como si se estuviera aprobando ante sí mismo la venganza que pasaba en aquel momento por su mente ante semejante afrenta. Entonces se volvió hacia Ana María.

—Mira, vas a subir a esa puta casa, vas a coger todas tus cosas en diez minutos, bajas con ellas y con el crío y te montas en el coche. Porque nos vamos a nuestra casa, de donde nunca te tenías que haber movido sin el permiso de tu marido. ¿Te enteras bien?

Llegaron a Puente Real entrada la noche. El pequeño, recién amamantado, había dormido todo el camino, pero el trasiego tras la llegada lo había vuelto a despertar. Félix apenas había hablado durante el viaje, a pesar de los esfuerzos de Ana María por entablar conversación intentando abstraerse del trato que le acababa de dispensar. Le preguntó por sus heridas, por las penurias padecidas en el frente, por lo vivido en aquellos largos nueve meses de ausencia, pero solo recibió respuestas forzadas, breves y tan carentes de detalles como del deseo de explicarse. Se apeó del coche en cuanto este se detuvo y enfiló para la casa sin esperar a Ana María. Al instante, el servicio salió para hacerse cargo del equipaje y prestarle ayuda con el pequeño.

Cuando entró con él en brazos, Félix ya se había servido un vaso de whisky y se había dejado caer en uno de los sillones del salón, con la mirada perdida. Algo debía de haberles contado, porque don José y doña Margarita, en pie, se volvieron hacia ella con miradas cargadas de reproche.

—¿Cómo has podido? —espetó don José sin esperar un instante, con un semblante en el que se leía odio y aversión, cuando no asco.

—¡No he hecho nada malo! —trató de defenderse—. Solo he ayudado a una persona a la que aprecio y que está sufriendo en prisión. ¡Podría hacerlo con cualquiera!

—¡No te hagas la tonta! —aulló doña Margarita, fuera de sí—. ¡Félix dice que ese hijo no es suyo! ¿Es cierto?

Ana María enmudeció. Como golpeada por un mazo, recorrió con la mirada los tres rostros que tenía frente a sí. Comprendió que Félix había visto al pequeño en Pamplona durante su ausencia y sus ojos le habían revelado la verdad. Pero ¿cómo era posible que hubiera guardado silencio durante todo el camino, que hubiera esperado a llegar a casa de sus padres para destapar la realidad en su presencia? Recordaba, incluso, que en Pamplona se había referido a José Félix como su hijo. ¿Había evitado desatar allí la tormenta para impedir que se negara a regresar con él a Puente Real? Quizá el fusil que había empuñado Germán hubiera tenido algo que ver. En aquel momento cobró sentido el trato que le había dispensado: su ira no tenía solo que ver con las visitas a Joaquín, sino con la certeza de que su rival era el padre de la criatura que había de llevar su apellido.

Félix, con los ojos cerrados y el semblante descompuesto, se llevaba el vaso a la boca una y otra vez. Arrellanado en el asiento con las piernas extendidas en una actitud que denotaba dejadez y hastío, los vendajes y las señales de la guerra en el rostro le proporcionaban un aspecto de absoluta derrota. Sus padres, en cambio, aguardaban su respuesta como un fiscal tras el alegato de acusación.

Ana María, con los ojos arrasados, apretó a su hijo contra el pecho como si quisiera ampararse en su único asidero.

—¡No lo supe hasta semanas después del parto, cuando sus ojos se volvieron del color definitivo!

Entonces se dio la vuelta, salió de la estancia y, dando tumbos con el niño en brazos, corrió escaleras arriba en dirección al dormitorio. Doña Margarita se apresuró tras ella y llegó a la puerta cuando Ana María alcanzaba el descansillo.

—¡Puta! —gritó.

A duras penas había conseguido calmar al pequeño. Amamantado y dormido durante todo el camino, le había sido imposible conseguir que volviera a conciliar el sueño. Temía el momento en que su marido subiera a la habitación, y se le había llegado a pasar por la cabeza la idea de arropar a la criatura y salir de aquel lugar para refugiarse en casa de sus padres. Solo tras considerar las consecuencias comprendió que debía permanecer allí y afrontar la situación por sí misma. Oyó voces en la planta baja durante un tiempo que se le hizo eterno, quedas en casi todos los momentos, alteradas en ocasiones. Dieron las doce en el reloj de la catedral con el pequeño recién acostado en su cuna. La solitaria campanada que marcaba la una de la madrugada la sorprendió recostada en una de las butacas. Se sentía extenuada por la tensión vivida desde su regreso, más incluso que por lo agotador del ascenso a San Cristóbal, pero su mente no dejaba de cavilar, llena de pensamientos tan negros como la porción de firmamento que se adivinaba tras los cristales. Se sintió despreciable al reconocer que solo habría tenido una oportunidad de salvar su imposible situación de haberse cumplido el presagio de su madre sobre la suerte de Félix en el frente. Ya resultaba en vano y no había vuelta atrás.

En algún momento debió de quedarse traspuesta porque el ruido de las pisadas vacilantes de Félix dentro de la habitación la sobresaltó. Había cerrado la puerta tras él y se detuvo frente a la butaca. La tenue luz del único farol prendido en la calle, bajo el que aún permanecía el coche en el que habían viajado, iluminaba su rostro. Se encontraba tan cerca que el olor acre del whisky la asaltó, un olor que más de un año atrás había aprendido a temer y a odiar.

—Qué bien que estás despierta —farfulló ebrio, mientras se desabotonaba la camisa para arrojarla sobre la cama. Trastabilló, sin embargo, cuando alzó la pierna para descalzarse y optó por sentarse en la otra butaca—. No sabes las veces que he soñado con este momento durante todo este tiempo, montando guardia en una trinchera, tirado en el suelo en una casa sin puertas ni ventanas o en algún catre de mala muerte entre combates. Soñaba con que a mi regreso me esperarías en casa, me besarías con cariño, de verdad, y me darías todo lo que me ha faltado en el frente, después de meses y meses sin rozar a una mujer. Y fíjate lo que me he encontrado en cambio: la certeza de que con el único que te acostaste por gusto fue con el picapleitos. —Félix soltó una risa despechada—. ¡Y encima, el cabrón te deja preñada! ¿Sabes lo que creo? Que mi madre tiene razón. Me he casado con una puta.

Ana María sentía el corazón desbocado. Pensó en decir algo en su descargo, pero comprendió que sería peor.

—¡Una verdadera puta! —rio de nuevo—. ¿Y sabes qué hacen los hombres con las putas?

Ana María gimió aterrada.

—Cometí un error, Félix. Pero tú no fuiste mejor que yo. Me violaste. ¿O de eso te has olvidado?

Félix seguía desnudándose e hizo un gesto de dolor cuando se incorporó del asiento para poder quitarse los pantalones.

—Puede que sí, te forcé —reconoció con tono burlón—, pero cuando lo hice, tú ya estabas preñada, zorra. De lo contrario, el hijo sería mío.

Los pantalones atravesaron la habitación para caer encima de la camisa. Félix se puso en pie frente a Ana María y le tendió la mano izquierda.

—Hoy no me vas a obligar a follarte a la fuerza, ¿verdad que no? Me duele el brazo, y si me haces daño, me puedo enfadar bastante.

—¡Así no, Félix! —gritó Ana María—. ¡Otra vez no! Has bebido. ¡Así no!

—¿Así no? Perfecto. Será como tú quieras, zorra. ¿No quieres por las buenas? Pues será por las malas. —La agarró de la mano y, de un tirón, la obligó a ponerse en pie—. Pero antes de volver al frente me voy a asegurar de que tu próximo hijo sea mío, no vaya a suceder que, cuando lo haga, no tenga tanta suerte como hasta ahora, y muerto yo, en casa Zubeldía no haya un heredero de mi sangre.

23

Miércoles, 25 de agosto de 1937

La víspera, el día de San Bartolomé, Félix había subido a uno de los camiones militares que, una vez recuperado de sus heridas y transcurrido su permiso, debía devolverlo a su compañía de destino, acantonada todavía en algún lugar próximo al cerco de Madrid. Con el petate al hombro y un ostentoso detente bendecido por el papa colgado al pecho, había participado a primera hora de la mañana en el acto de homenaje y despedida celebrado por las autoridades de Puente Real en la plaza de los Fueros, que habían alabado su arrojo y su compromiso con la unidad de la patria y con la nueva cruzada en marcha. Nadie lo expresó con palabras, pero entre los parabienes flotaba la idea de que un Zubeldía bien podría haberse librado de la llamada a filas usando cualquiera de los resortes a su alcance, teniendo en cuenta, además, que acababa de ser padre y que ostentaba la jefatura local de la Falange. No sabían que era don José mismo quien había tomado la decisión, que Félix había acatado, aunque su padre no hubiera sido sincero del todo con él. El argumento que había usado para convencerlo de la necesidad de marchar al frente era sencillo: el prestigio que a su vuelta habría adquirido haría impensable que nadie cuestionara su idoneidad para ocupar las más altas responsabilidades, una vez finalizada la guerra y asentadas en Navarra y en la ciudad las nuevas autoridades: alcalde con toda probabilidad, gobernador civil tal vez. Lo que se había guardado para sí tenía que ver con las dudas que albergaba acerca de la capacidad de su hijo, incluso para ocuparse de las empresas de la familia. Un Zubeldía convertido en algo parecido a un héroe de guerra tendría menos dificultades para hacerse respetar en el proceloso mundo de los negocios.

Era cierto que había tomado aquella decisión cuando creía tener cubiertas las espaldas, en caso de que ocurriera una desgracia, con un heredero en casa. Nadie sabía el golpe que había supuesto para él saber que José Félix no era su nieto. Confiaba, sin embargo, en que pronto hubiera otro varón en camino, esta vez sí, de su sangre, y por eso rezaba cada día por que las voces de su nuera en la alcoba, tanto en la noche de su regreso como en otras después, se tradujeran en un nuevo embarazo. Tal vez no hubiera otra oportunidad viendo el cariz que tomaban los acontecimientos en la relación entre ambos.

En aquellas tres semanas, Ana María se había visto obligada a guardar las apariencias. Aun con reservas, el pequeño se había dado a ver, pero siempre en compañía de sus dos progenitores. La malsana curiosidad de las comadres no había quedado en ningún caso satisfecha, pues el propio Félix se había ocupado de mantenerlas a raya durante las salidas en compañía de su mujer, en particular para asistir a las tres misas dominicales que habían tenido lugar durante su permiso. Ana María había aceptado el papel de miembro de una comparsa en cuyo seno permanecía por la fuerza de los hechos y no por su deseo, y asumía indiferente las murmuraciones acerca de su sequedad y antipatía a las que, sin duda, había dado lugar. Había dejado para doña Margarita las explicaciones y la respuesta a los cumplidos, metida de lleno en el papel de abuela feliz que interpretaba a la perfección en el escenario de las calles y plazas de Puente Real, y que abandonaba al atravesar la puerta de su casa, para regresar a las bambalinas y a la realidad.

La tensión en la mansión de los Zubeldía se habría podido cortar durante aquellos veinte días. Tras los sucesos de la primera noche, Ana María se había negado a abandonar la habitación, en la que se había encerrado sin intención de permitir la entrada de Félix. Él no había vuelto a acercarse a la criatura, ni siquiera le había dirigido una mirada dentro de los muros de la mansión. Sin embargo, había regresado al dormitorio en media docena de ocasiones, siempre de madrugada, siempre ebrio, dispuesto a asegurarse el propósito formulado la noche de su retorno. No dejaba duda a su esposa acerca de sus intenciones, ni de las consecuencias de un rechazo si Ana María se negaba a satisfacer sus deseos y a cumplir con el débito conyugal.

Fue el primer domingo, de vuelta a casa tras la misa de doce a la que había sido obligada a asistir, cuando estalló un nuevo enfrentamiento a causa de un hiriente comentario de doña Margarita poniendo en duda su honra y calificando de «bastardo» al pequeño.

Ana María, de pie en el salón frente a la figura hierática y severa de su suegra, y en presencia de los dos hombres, sintió que la sangre le hervía. Conscientemente se despojó de cualquier filtro, dispuesta a traspasar los límites de lo conveniente, fueran cuales fueran las consecuencias. Si tenía que tomar a su hijo y salir de aquella casa para no volver jamás, estaba dispuesta a hacerlo sin importarle el escándalo que se habría de desatar.

—Mi pecado, doña Margarita, es haberme entregado al hombre al que amo de verdad. Y no dudaría en hacerlo otra vez en las mismas circunstancias, en la víspera de su partida, sin saber si volvería a verlo vivo. Era mi prometido, el hombre destinado a convertirse en mi esposo, pero ustedes, la Falange, los carlistas, la Guardia Civil, lo buscaban para acabar con su vida, con la vida de un muchacho de veintiún años, como habían acabado con la vida de Fabián. ¿Y sabe por qué, virtuosa señora? —Ana María lanzó la pregunta con rabia—. Ni siquiera por una cuestión política, que es lo que mató al padre de Joaquín. Era porque se interponía en las pretensiones del ser perverso que usted ha criado.

—¡No te permito...!

—¡Claro que me lo va a permitir! ¡Hasta aquí hemos llegado! Hoy van a tener que oír lo que nadie se ha atrevido a decirles, y si acabo también en el muro del cementerio, moriré orgullosa diciendo que los Zubeldía son, todos ellos, una familia de miserables biempensantes sin escrúpulos. Si me convertí en su nuera fue por el chantaje de este poco hombre incapaz de enamorar a una mujer, que amenazó con hacer correr a mi padre la misma suerte que Fabián, que usó la vida de Joaquín y de Federico como moneda de cambio. Si creí posible que mi hijo hubiera sido engendrado por Félix fue porque en las mismas fechas me había violado en esta misma casa, borracho como suele y acostumbrado como está por la educación que ustedes le han dado a conseguir todo lo que desea, así sea por la fuerza. ¡Sí, doña Perfecta!, su hijo me violó en ese mismo sofá donde está sentado —espetó con el asco dibujado en el semblante.

—¿Es eso cierto? —intervino don José desde la butaca que ocupaba, rubicundo y con las venas de la frente a punto de estallar. Ana María no concedió importancia a su pregunta. Sabía que su estado de alteración se debía al ataque de que eran objeto, y no a la revelación de que su propio hijo, además de un asesino, era un violador.

—¡Qué va a ser! —respondió Félix—. Si algo ha demostrado esta zorra es que le cuesta poco abrirse de piernas. No te creas nada, papá. Ni amenazas ni hostias. ¡Tu dinero es la explicación!

Ana María escupió al suelo.

—Otra respuesta que demuestra lo poco hombre que eres, canalla. Pero ellos conocen la verdad, porque el miércoles repetiste tu hazaña, esta vez en su presencia. Me tuvieron que oír gritar cuando me forzaste por segunda vez. Pero no hicieron nada por evitarlo. —Les dedicó una mirada de absoluto desprecio—. No son mejores que tú.

—Lo que pasa en la alcoba, en la alcoba se queda —se defendió el patriarca.

Ana María lo miró con asco profundo.

—No tendría ningún problema en renunciar en este momento y por escrito a la última peseta que salga de su bolsillo. Ha amasado usted su fortuna dejando atrás cualquier principio moral, pasando por encima de las leyes de Dios y de los hombres, por encima de las vidas de sus semejantes, incluso. Es dinero podrido, dinero maldito. Y no contento con ello, ha criado a otro monstruo a su imagen y semejanza —escupió con una serenidad que a ella misma le sorprendió—. Me voy con mi hijo a donde nunca más tenga que volver a contemplar sus odiosas caras.

—Claro que te vas de aquí, zorra. A ver si te crees que voy a cargar yo con tu bastardo. —Félix, repantigado en el sofá, había adoptado una actitud displicente.

—De aquí no se va nadie. —Don José apoyó las manos en los brazos del butacón y se levantó con parsimonia. En su rostro se leía amargura, pero también determinación—. No he dedicado toda una vida a labrarle una reputación a mi apellido para que vengan ahora dos mocosos a echarlo todo por tierra.

—¡Padre...!

—¡Cállate, imbécil! En algunas cosas no le falta razón. Una cosa es que no me haya entrometido en lo que pasa en tu alcoba y otra cosa es que lo apruebe. ¡En mi vida le he puesto la mano encima a tu madre y, desde luego, no me fue menester conducirla al altar con amenazas y chantajes! —declaró, de pie ante la chimenea que enmarcaba su figura—. Así que aquí no va a cambiar nada. Vosotros dos estáis casados y así vais a seguir. Si hace falta, os vais a pedir perdón por lo que os habéis hecho y os habéis dicho. De ninguna manera José Félix es un bastardo: es tu hijo, lleva tu apellido y el mío, y lo va a seguir llevando.

—No cogeré en mis brazos al hijo de otro, no me puedes obligar a eso.

—A eso y a mucho más, mientras esté en posesión de mis facultades. Incluso puedo ir al notario mañana por la mañana y dejar todos mis bienes a las hermanas clarisas para que hagan obras de caridad —amenazó—. Puedes pasar tus noches donde quieras y me es indiferente si coges o no coges a esa criatura. Después de lo que has hecho, no me extraña que a tu mujer le asquee que la roces, pero ese no es mi problema. Mi responsabilidad es conseguir que de puertas para afuera paséis por un matrimonio normal, si alguno en estos tiempos lo es. Tu regreso al frente, de momento, facilitará las cosas. Cuando vuelvas, ya veremos qué pasa. Respecto a ti, mi encantadora y adorada nuera, no olvides cuáles son tus deberes de esposa y no olvides tampoco que hay cárceles para mujeres, lo mismo que hay inclusas.

Aquella misma noche, Félix la forzó por tercera vez.

El 10 de agosto, solo dos días después, un nuevo golpe había puesto a prueba la resistencia de Ana María, al tiempo que desataba un conflicto más con los Zubeldía. El padre Ángel había acudido a la casa y preguntó por ella. Su rostro, con el sacerdote de pie en el vestíbulo, no presagiaba buenas noticias cuando lo contempló desde el descansillo al bajar de su habitación.

—Dice doña Margarita que pueden usar la biblioteca hasta que don José y don Félix regresen —oyó decir, mientras descendía el último tramo de escaleras, a una de las doncellas, que indicaba al sacerdote el camino.

Ana María, con la certeza de que algo malo pasaba, los siguió y ella misma, con prontitud, cerró la puerta nada más entrar en la estancia.

—¿Qué ocurre, padre? —preguntó con la mano aún en la manilla—. Solo hay que verle la cara para saber que no son buenas noticias lo que trae.

El canónigo se acercó y la tomó de los dos antebrazos en un gesto que no dejó de sorprenderla.

—No se engaña, Ana María. Vengo de casa de Herminia. Y, en efecto, las noticias son pésimas.

—¿Herminia ha muerto?

El padre Ángel negó con la cabeza.

—Esa sería una noticia dolorosa, pero no dejaría de respetar las leyes de la vida. Entra dentro de lo normal que los padres abandonen este mundo antes que sus hijos; sin embargo...

—¡¿Alberto?!

El sacerdote le apretó los brazos con fuerza.

—Sé que eran amigos. Lo siento mucho —dijo con una mueca de impotencia, negando a la vez con la cabeza, clavada la mirada en la alfombra.

Ana María dio un paso atrás y se tapó los ojos con la diestra, descompuesto el semblante.

—Siéntese, hija. Se ha quedado lívida, y no es para menos. No se vaya a marear.

La joven, trastabillando, aceptó el consejo y se dejó caer en el orejero más próximo. Apoyó las dos manos en los brazos del sillón, cerró los ojos con fuerza e inspiró profundamente varias veces seguidas, sin hablar. De aquella manera permaneció durante dos largos minutos, durante los cuales solo una lágrima solitaria se deslizó por su mejilla.

—¿Cómo se han enterado? —preguntó por fin sin mover un músculo, sin siquiera abrir los ojos.

—Herminia ha recibido un escueto telegrama en el que le daban cuenta de su muerte. Al parecer, resultó herido hará dos semanas en el transcurso de un combate en Brunete. Durante este tiempo ha permanecido en un hospital de campaña donde ha fallecido a causa de una gangrena tras amputársele un brazo.

—Brunete —musitó.

—¿No es allí donde resultó herido también su esposo?

Ana María se limitó a asentir.

—Lo lamento profundamente. Y debo decir que me asombra su entereza.

—Llega un momento en que hasta las lágrimas se agotan, padre. Y en el último año he vertido las que cualquier mujer vierte en toda una vida.

—Si necesita usted consuelo, sabe dónde encontrarme. En los momentos más terribles y desesperados, recurrir a Dios puede resultar de gran ayuda.

—La vida, y mire que soy joven, padre, me ha enseñado lo poco que puedo esperar de un Dios que permite tantas injusticias, algunas cometidas en su nombre.

—No seré yo quien censure sus palabras, Ana María. La desesperación habla por su boca; en este momento no es usted quien lo hace.

—¡Pobre Alberto! Y pobre Herminia, era lo único que tenía en esta vida. ¿Y qué ha sido de su cuerpo? —Levantó la cara con el ceño fruncido, como si acabara de pensar en ello.

—Supongo que se le daría sepultura en algún lugar cercano al campamento y al hospital de campaña. Es impensable devolver a los caídos en combate a su lugar de origen.

—Y menos en este caso, que está en zona enemiga.

—Herminia me ha pedido, a pesar de que Alberto no era creyente, que oficie un funeral en su recuerdo.

—¿Y lo va a hacer, padre? —se extrañó—. Como dice, Alberto no era creyente y, aunque lo hubiera sido, nadie en Puente Real va a acompañarla, bien por aversión, bien por miedo.

—No le puedo negar el consuelo de Dios a una madre que acaba de perder a su único hijo. Lo oficiaremos en una capilla pequeña, en la intimidad, mañana a las seis.

Las habladurías se habían extendido por la ciudad desde primera hora. De alguna manera, tal vez por boca de las beatas que limpiaban las dependencias del templo y se ocupaban de disponer todo lo necesario para las celebraciones, había trascendido la tajante negativa del deán a permitir a su canónigo una ceremonia fúnebre en la catedral, por sencilla que fuese, por un declarado ateo, rojo y republicano, desertor del Ejército nacional, a quien el castigo divino había alcanzado mientras alzaba su arma contra hombres de fe, verdaderos creyentes. Por supuesto, antes del mediodía el rumor había llegado a oídos de doña Margarita, quien había atado cabos tras la visita del padre Ángel. Le faltó tiempo durante el almuerzo para poner al corriente a su marido y a su hijo, quien le confirmó que el tal Alberto era uno de los amigos de Joaquín y de Federico y, por tanto, también de Ana María.

A las cinco y media, cuando la joven se disponía a salir de casa camino de la catedral, tras dejar al pequeño al cuidado de la doncella que habitualmente se ocupaba de él, se encontró a su suegra plantada ante la puerta.

—¿A dónde vas a estas horas? —espetó.

—No es asunto suyo. Usted no es quién para controlar mis movimientos. Disfruto de completa libertad para ir y venir a donde me plazca.

—Eso no es exactamente así. Una mujer casada no puede hacer tal cosa sin el conocimiento y la autorización de su esposo. ¿Le has pedido permiso?

—Pregúntele a él.

—No necesito hacerlo. Conozco la respuesta.

—¿Y es tan calzonazos que la manda a usted? ¡Pasen y vean, la señora de Zubeldía ejerciendo de portera!

Doña Margarita ignoró la mofa.

—Te prohíbo tajantemente que te acerques a la catedral. Supongo que el deán habrá hecho entrar en vereda a ese cura rojo, pero, aun así, todo Puente Real estará pendiente para ver quién se acerca allí. No vamos a consentir el escándalo de que la esposa del jefe local de la Falange acuda al remedo de entierro de un rojo.

—En ese caso, tendrán que impedírmelo por la fuerza —respondió al tiempo que abría la puerta de la calle—. Era nuestro amigo y no voy a consentir que su madre pase sola por esto.

Bajó las escaleras con determinación, atravesó el jardincillo ante la fachada y echó mano a la cancela que la separaba de la calle. Alguien la había cerrado con llave. Sin pensarlo ni un segundo, se encaramó a la verja para saltarla. Solo se volvió cuando escuchó su nombre pronunciado desde una de las ventanas del piso superior. Las dos hojas estaban abiertas y Félix ocupaba el vano con el niño en brazos.

—Si sales, no te molestes en volver. Ya no encontrarás a tu hijo en esta casa.

Apenas el convoy militar habría llegado a los muros del cementerio que marcaban el límite de la ciudad cuando Ana María, empujando el carrito del bebé, alcanzó a sus padres, que entraban en casa tras asistir al acto de despedida de los combatientes. Ramón abrió la puerta y cruzaron el vestíbulo para entrar en la cocina.

—Bien, hija, ya estás sola de nuevo —comentó—. Al menos ahora ya nadie sospechará y no has de permanecer más tiempo encerrada.

—Eso he venido a decirles... —Sacó una silla y se sentó a la mesa, con el carrito al lado—. He pensado en instalarme aquí de nuevo. No soporto a esa gente.

—¡Ana María! ¿Cómo puedes...? ¡Son tus suegros! —la reprendió Emilia.

—Solo me quedaré aquí mientras el cretino de mi marido siga en el frente.

—¡Ana María! —gritó aún más fuerte descargando su peso sobre las dos manos apoyadas en la mesa, en una postura que tenía algo de amenazadora—. Que sea la última vez que hablas así del padre de tu hijo en mi presencia. Pero ¿se puede saber qué te pasa? La casa de tu marido es tu casa, y allí debes estar, por mucho que nos apetezca teneros aquí con nosotros.

—Félix no es el padre de mi hijo.

Emilia no reaccionó. Tan solo surgió entre sus labios una risita nerviosa.

—Que haya estado en el frente y no se haya podido ocupar de él no le hace ser peor padre —dijo, al fin, dando por supuesta la única posibilidad razonable que podría justificar el disparate que acababa de pronunciar su hija.

—El hijo no es suyo. Me violó, pero el hijo no es suyo. El padre es Joaquín.

Tal vez esperaba la bofetada, porque apenas hizo un gesto cuando su madre le volvió la cara.

—¿Qué estás diciendo? ¡Te has vuelto loca! ¿Se puede saber qué pretendes soltando tal sarta de majaderías? Te casaste con Félix y ya no hay vuelta atrás, por mucho que quieras enfurecerlo con tus embustes.

—Joaquín estuvo aquí la víspera de su captura, de madrugada. Ustedes dormían. Nos acabábamos de prometer. Y sucedió.

Emilia había empezado a respirar fatigosamente, por la boca. La incredulidad había sido sustituida en su mirada por el miedo.

—Aunque así fuera, ¿cómo podrías estar segura de que el hijo es suyo y no de Félix? —balbució tratando de encontrar una vía de escape.

—Lo supe poco después de nacer, cuando sus ojos adquirieron el color definitivo. Uno verde y otro pajizo. Exactamente igual que Joaquín, que su padre.

Emilia se dejó caer en la única silla libre. Los brazos le colgaban a los costados, lánguidos, en una actitud de derrota. Al final, alzó la mirada y clavó los ojos en su hija. Parecía haberse dado por vencida.

—¿Lo sabe alguien más?

—Por supuesto, madre. Lo saben los Zubeldía.

—¡Te han echado de casa y por eso estás aquí!

—No, no me han echado. La honra de la familia pesa más que cualquier otra cosa —respondió desengañada, casi riendo—. Le han dado su apellido, y nada va a cambiar. Tampoco por mi parte, ya se han ocupado ellos de que conozca las consecuencias que tendría para mí, y tal vez para ustedes.

Emilia no pudo evitar un suspiro de alivio. Ramón asistía a la escena apartado, apoyado en el fregadero. Su expresión era tan solo de profunda tristeza por el sufrimiento de su hija, que ya se prolongaba un año. Se había sacrificado por él, y recordarlo le rompía de dolor.

—¿Y por qué te vienes aquí? Con Félix fuera de Puente Real, allí tienes más comodidades —preguntó.

—Estoy harta de soportar su desprecio y sus humillaciones, padre —confesó—. Además, no quiero que estén al tanto de cada uno de mis pasos. Antes de marchar, Félix me prohibió que volviera a San Cristóbal a visitar a Joaquín, y eso es algo que no pienso obedecer. Estoy resuelta a tomar mis propias decisiones. Mañana mismo, si no tienen inconveniente, voy a pedirles que se hagan cargo del pequeño, porque yo me subo a Pamplona en el coche de línea.

De nada habían servido las admoniciones de Emilia de la víspera tras conocer la verdad sobre la paternidad de su nieto. Le había prohibido revelar a nadie aquel secreto, al tiempo que le exigía aguantar lo que hiciera falta a la espera de acontecimientos. Ana María sabía bien lo que aquella expresión escondía. No fue ella, sino Ramón quien puso voz a sus pensamientos.

—No eres mejor que ellos, Emilia —había dicho.

Lamentó haber contribuido a abrir aquella brecha entre sus padres, pero qué importaba ya una sacudida más cuando todo a su alrededor parecía haberse desmoronado.

Al punto de la mañana esperaba al coche de línea con la incertidumbre de comprobar si aquel día podría hacer el viaje. Los bombardeos de la aviación republicana habían empezado a sucederse, y solo dos semanas atrás, el 12 de agosto, habían provocado una masacre en Puente Real. Tres Tupolev rusos habían atacado objetivos estratégicos como la central eléctrica, la de Teléfonos, el cuartel de la Guardia Civil y el puente del Ebro, pero dejaron caer también sus bombas en el céntrico paseo del Marqués de Vadillo, donde a aquella hora se celebraba una feria en la que incluso se había instalado un tiovivo. Uno de los proyectiles impactó en la fuente que allí se hallaba, conocida por todos como la «fuente de los angelotes», y el metal destrozado hizo de metralla, lo que acabó con la vida de trece personas, mujeres y niños en su mayor parte. Se había hablado de mala suerte, pero Ana María pensaba que no era una cuestión de mala suerte provocar víctimas cuando se arrojan bombas sobre un paseo repleto de gente. También en Pamplona se había producido un bombardeo en mayo que causó once víctimas, pero ya no había vuelto a repetirse. En todo caso, resultaba imposible saber con certeza si el coche de línea iba a realizar su trayecto bajo la amenaza de la aviación, y por eso respiró con alivio cuando vio aparecer en la distancia el traqueteante autobús.

Había dedicado la tarde anterior a preparar el paquete que pensaba llevar consigo, y con él en la bolsa se plantó ante el portal de la calle Mayor de Pamplona cuando más apretaba el sol. Rosalía, sorprendida, la recibió con enorme alegría, aunque no tardó en mostrar sus dudas:

—No te van a dejar verte con él, Ana María. No se ha pedido.

—Cuando llegan parientes de fuera de Pamplona, a veces se les permite la visita en el día —objetó con tenacidad—. De todas maneras, cuento con ello. Al menos, entregaré el paquete.

Almorzó con la familia al completo y, sin reparar en el calor sofocante, emprendieron juntas el camino hacia el monte Ezcaba. El viaje desde Puente Real había retrasado mucho la hora de salir hacia el penal, y al llegar a Artica comprobaron que el resto de las muchachas habían partido ya, de manera que iniciaron solas el ascenso. A Ana María no solo no le importó, antes bien se alegró en su fuero interno. Necesitaba confiarse a alguien, y Rosalía era en aquel momento su única amiga y cómplice.

Durante la primera parte del camino, la puso al corriente de todo lo sucedido desde que Félix se la había llevado de vuelta a Puente Real, incluida la conversación con sus padres de la víspera. Al terminar el relato, habían acabado bajo la sombra de un roble, abrazadas. Rosalía le ofreció una taza de porcelana que llenó con agua de la cantimplora.

—Toma, lo necesitas —dijo antes de llenar la suya—. Y vamos a brindar por que todo esto acabe cuanto antes.

—Estoy de acuerdo. Por que esta locura sea pronto un mal sueño.

—Si fuera verdad que hay alguien allá arriba, así sería —añadió Rosalía con escasa convicción.

—¡Eh, maja! ¡Que esto no es agua!

—Sí que lo es, con un poco de Anís del Mono. Bueno, tal vez haya más anís que agua.

Rieron juntas.

Reanudaron al poco el camino, esta vez en silencio, concentradas en superar la parte más abrupta del ascenso. Entre los claros, Pamplona se veía a sus pies como una pequeña aldea por efecto de la altura y la distancia.

—Se lo voy a decir, Rosalía —espetó Ana María al cabo de un buen rato.

—¿Que le vas a decir qué?

—Que tenemos un hijo.

Rosalía se detuvo con sobrealiento en medio del cauce del arroyo que remontaban. Se echó la mano a la rodilla y esperó un instante hasta recuperar de nuevo el resuello.

—¿Estás segura? Si lo haces, ya no habrá marcha atrás. Y cuando Joaquín salga de prisión, porque tarde o temprano tendrá que salir, irá en tu busca y en busca de su hijo.

—Lo sé. Si tengo que contestar a tu pregunta... No, no estoy segura —respondió incómoda—. Ojalá lo estuviera. No sé qué efecto va a causar en su ánimo saber que tiene un hijo afuera, si le va a ayudar a soportar la reclusión o lo va a terminar de hundir al pensar que se está perdiendo su infancia, que cuando salga va a ser un desconocido para él.

—Yo no te puedo ayudar a tomar esa decisión. Sé que Samuel sufre mucho por sus hijos, pero a la vez le dan fuerza para seguir en pie.

—Trato de ponerme en su lugar, pero creo que no nos hacemos ni la menor idea de lo que están pasando allá dentro. Cuando llamaron bastardo a mi hijo, supe que se lo tenía que contar, que le tenía que dar un padre que de verdad lo quisiera. Pero desde entonces, he cambiado de opinión media docena de veces. Lo que tengo claro es que no es asunto que pueda contarle en una carta de unas pocas líneas.

—No tienes que decidirlo ahora. Habrá más ocasiones.

—No es que crea en el destino ni en cosas de esas, pero tal vez tome la decisión en función de lo que pase en el fuerte dentro de un rato. Si puedo hablar con él, se lo diré. Si no, esperaré.

El ocaso y los oscuros nubarrones que poblaban el cielo al sur resultaban ser un buen decorado para el estado de ánimo de Ana María durante el descenso del fuerte. No se le había negado llevar a cabo la comunicación por no contar con solicitud previa, sino porque a Joaquín se le había cancelado la posibilidad de recibir visitas *sine die*, y así figuraba en las listas de acceso. De nada le habían servido las protestas, los ruegos explicando la distancia que había tenido que recorrer para llegar hasta allí, ni la cándida exigencia de hablar con el mando que había dado aquella orden. Al menos, había podido entregar el paquete.

El parloteo y las canciones de las muchachas que las acompañaban en la bajada, contentas tras la buena acción que acababan de llevar a cabo, le resultaban ajenos. La ira y la desesperación le quitaban la respiración por momentos, porque al final no había sido ella quien tomara la decisión de revelar o no su paternidad a Joaquín. Alguien que en aquel momento acababa de regresar al frente la había tomado por ella y se había asegurado de dejar hecha la tarea antes de partir. Odiaba a Félix, deseaba que no regresara a casa. Y ya no se sentía culpable por ello.

24

Martes, 21 de septiembre de 1937

El otoño se había adelantado y la lluvia llevaba días haciendo acto de presencia, bien en forma de tormentas vespertinas, bien en forma de chubascos pertinaces procedentes del Cantábrico que se prolongaban durante varias jornadas. Las primeras nieblas habían cubierto un par de mañanas la cumbre del monte Ezcaba y la humedad mortificaba a quienes habitaban entre los sólidos muros de piedra del penal.

Tal vez los cielos grises y la frescura de los amaneceres que anticipaba los primeros fríos contribuían al pésimo estado de ánimo que Joaquín arrastraba, aunque lo que más le mortificaba era, sin duda, la ausencia de noticias de Ana María en las cinco semanas anteriores. Por Samuel sabía que había regresado a Puente Real a primeros de agosto, fecha a partir de la cual cesó la correspondencia, a pesar de que él había seguido enviando sus cartas puntualmente, desde entonces, a la dirección de sus padres, pero no había obtenido respuesta. La sospecha de que algo iba mal quedó confirmada a principios de septiembre, cuando Samuel lo abordó en el patio para contarle que Ana María había vuelto al fuerte en compañía de Rosalía, pero que le habían impedido la visita. El mazazo llegó al explicarle el motivo: sin que nadie le hubiera comunicado nada, sin ningún motivo aparente, su permiso había sido cancelado. El impresor le confirmó que Ana María tampoco recibía sus cartas y, sin embargo, ella seguía escribiendo. En algún lugar la correspondencia, tanto en un sentido como en otro, era interceptada. Se sintió zarandeado por una mano invisible, una mano con poder para hacer y deshacer que, de manera caprichosa y, para él, incomprensible, tomaba decisiones acerca de su vida allí dentro. Resultaba evidente que, tras un efímero paréntesis de unos meses, volvía a estar aislado, puesto que se había ordenado el fin de las comunicaciones en el locutorio y alguien censuraba sus cartas. El último paquete, un mes atrás, le había sido entregado con el envoltorio rasgado y recompuesto de cualquier modo y, estaba seguro, con el contenido más que demediado.

El conocimiento de la muerte de sus padres lo había sumido de nuevo en una profunda depresión. Apenas era capaz de conciliar el sueño, despertaba de madrugada envuelto en sudor, presa de angustiosas pesadillas, y los días se sucedían con él abstraído, sentado en la colchoneta con la espalda contra la pared, las rodillas abrazadas, los ojos cerrados y la barbilla hundida en el pecho. Solo las fugaces visitas de aquellas semanas en las que Ana María se había hecho pasar por otra persona habían conseguido llevarle algo de ánimo. Pero aquello también había terminado.

Lo que realmente se había convertido en su tabla de salvación era la gramática francesa que Ana María le había conseguido. Pasaba las horas muertas leyendo sus páginas, haciendo los ejercicios que se proponían en un nuevo cuaderno que había adquirido en el economato. Josu, aunque con menos fluidez, también hablaba algo de francés, y no era extraño escucharlos tratando de mantener conversaciones.

No alcanzaba a comprender el motivo que llevaba a la dirección del penal a prohibir libros, juegos y pasatiempos que ayudaran a acortar las largas horas de inactividad. Se le ocurrían dos explicaciones posibles: que las autoridades buscaran el total aniquilamiento psicológico de los presos, lograr que cuando salieran de allí fueran tan solo muñecos sin alma, temerosos, dóciles e inofensivos; otra, que consideraran que el estado ideal de un desafecto al nuevo régimen fuera el analfabetismo.

Rogelio y Ezequiel también poseían escuetas nociones de francés y de vez en cuando le tomaban prestado el manual. El único que no sabía una palabra del idioma era Federico, y Joaquín se propuso enseñarle los primeros rudimentos. El joven se afanaba en repetir la pronunciación correcta del vocabulario más básico, pero lo hacía de manera torpe y en voz demasiado alta. Parecía resultarle imposible pronunciar una palabra en francés si no era a voz en grito, y aquello despertaba las risas de los demás, que también las repetían, pero en voz más queda.

Sin embargo, la anécdota había tenido una consecuencia inesperada: los presos de las celdas vecinas habían oído las voces de Federico y se acercaban a la entrada de la celda para escuchar. Pronto, algunos pidieron sumarse a las improvisadas clases, primero dos jóvenes de la celda vecina, después, a medida que la noticia se iba extendiendo por el pabellón, varios más. A mediados de agosto las clases de Joaquín tenían hora fija, antes de la salida vespertina al patio, y los espontáneos alumnos se sentaban a ambos lados del pasillo central, en torno al hueco de acceso a la celda de Joaquín, que él ocupaba.

Le conmovía comprobar el afán de aquellos hombres no solo por ocupar su tiempo y olvidarse del hambre y las penurias, sino por aprender. No era el caso de los presos de pabellones, quienes en su mayoría tenían algún tipo de formación, pero sabía que en las brigadas habían surgido de manera igualmente espontánea grupos de hombres que se reunían para aprender a leer y escribir en torno a algún estudiante o algún maestro. En el patio se comentaba incluso que en la primera brigada un grupo de presos se juntaba a diario para aprender esperanto.

A Joaquín también le había supuesto un alivio saber que contaba con un pequeño capital en manos de Ana María. No era mucho, pero le permitiría corresponder a la generosidad que hasta aquel momento habían mostrado con él sus compañeros de celda. Lo primero que había hecho al recibir la primera entrega en la última visita había sido correr al economato para desempeñar el anillo de compromiso. Temía que ya no estuviera allí, pero sí, el responsable lo conservaba a buen recaudo, envuelto en un trozo de papel y metido en una cajita metálica junto a otros. En el mismo envoltorio estaba escrito su nombre y el importe satisfecho por él.

—Bien, me alegro de que te vayan bien las cosas y de que puedas volver por aquí para recuperar tu anillo —dijo el encargado del economato—. Me tienes que dar cien pesetas, y es tuyo de vuelta.

—¡Cómo que cien pesetas! ¡Debe de haber un error! ¡Me disteis diez cuando lo empeñé!

—Bueno, ya sabes que con la guerra los precios se han disparado y empieza a faltar de todo. La carestía llega a todas partes.

Además, hay que pagar el servicio de custodia y valorar lo que obtuviste gracias a mi generosidad. Me contaste que con aquel dinero habías salvado la vida de tu amigo. Eso vale más de cien pesetas, ¿no es cierto?

—No dispongo de cien pesetas, solo tengo cuarenta. Pensaba que sería más que suficiente.

—No te preocupes, vuelve cuando las tengas, aquí estará el anillo aguardándote.

Joaquín lo miró con desprecio desde el lado opuesto del mostrador.

—Sois peores que los buitres, os aprovecháis de nuestra desesperación para ganar dinero.

El hombre hizo caso omiso y se dispuso a atender a otro recluso.

—Cincuenta te puedo dar.

—Ochenta, y no se hable más —atajó el hombre mientras buscaba algo en una estantería—. Lo tomas o lo dejas.

Ana María había llegado a pensar que Joaquín no quería saber de ella. Hacía un mes y medio que no recibía carta del penal, a pesar de que semana tras semana le remitía la suya, con las mismas preguntas, los mismos deseos y las mismas noticias, además de un billete de cinco pesetas para alguna compra de primera necesidad en el economato. Por fortuna, tenía a Rosalía. En dos ocasiones había podido contactar con ella mediante conferencia telefónica, tarea cada vez más complicada conforme avanzaba la guerra. Al parecer, a diario se producían sabotajes de las líneas, que permanecían operativas tras su reparación el tiempo que les costaba a las parejas de la Guardia Civil abandonar la vigilancia de los lugares donde se habían producido los cortes. Por suerte, en la última ocasión Rosalía le había confirmado que Joaquín le seguía escribiendo, pero que no le habían entregado ninguna de sus cartas. Sin embargo, le había aconsejado que dejara de meterle dinero en el sobre, que no servía sino para enriquecer a alguno de los guardianes.

Aun sabiendo que, probablemente, sus palabras nunca iban a llegar a su destino y que serían leídas por alguien que no era Joaquín, escribirle le hacía bien, y en ello estaba enfrascada aquella ventosa tarde de sábado en que los nubarrones amenazaban con una lluvia que no había llegado a caer. Comprobó en el reloj de pulsera de Joaquín que apenas faltaban cinco minutos para las siete. El pequeño permanecía en la cuna, despierto pero satisfecho tras haber tomado el pecho durante un buen rato. Miró a su alrededor, el espacio donde se había desarrollado su vida desde que tenía uso de razón. Joaquín, en su encierro, con frecuencia recordaría, sin duda, aquella habitación, el último sitio donde habían estado juntos y a solas; el lugar donde concibieron a la criatura que gorjeaba en la cuna. Le resultaba difícil imaginar cómo sería la celda donde el padre de su hijo y sus compañeros hacían la vida, pero le parecía verlo con su carta entre las manos y oliendo la gota de perfume que siempre dejaba caer en una esquina del papel.

A Félix, por el contrario, no había vuelto a escribirle. Semanas atrás había tratado de empezar una carta formal, que iba a parecerse más a una comunicación entre dos desconocidos que a la misiva de una mujer recién casada a su marido, pero cada letra que garabateaba le suponía un esfuerzo, con cada palabra le costaba más superar la aversión que sentía. Solo fue capaz de escribir una línea completa.

Querido Félix:

Espero que al recibo de la presente te encuentres bien. Yo bien, gracias a Dios.
Nuestro hijo...

¿Debía usar «nuestro» hijo, «mi» hijo, «el» hijo, «José Félix»...? Tras un momento de indecisión, rasgó el papel, lo arrugó con coraje entre las manos y lo arrojó a la papelera. Se sintió despreciable al darse cuenta de que no le importaba lo más mínimo cómo se encontrara, pero era un desinterés que no podía evitar, tras la vergonzosa escena en el salón de los Zubeldía, después de que negara con sorna e impudicia que la hubiera forzado, de insinuar que había sido ella la que se había arrojado en sus brazos en busca del dinero de la familia. Definitivamente, le importaba un pimiento lo que le pudiera pasar. De aquel intento hacía ya tres semanas, y no se había vuelto a repetir.

El rencor que albergaba por Félix había ido a más con el paso del tiempo, se acentuaba cada vez que traía a la memoria las ofensas que aquel día se vertieron en la casa de los Zubeldía, a medida que se hacía más y más consciente de la clase de hombre sin escrúpulos con el que había accedido a casarse. Hasta el nombre de la criatura le causaba aversión y no podía soportar escucharlo en boca de su padre y de su madre o de las pocas visitas que se recibían en casa, así que había empezado a llamarlo Jofe. Y había pedido a sus padres que hicieran lo mismo.

Se sorprendió con la mirada fija en su cama. Y no pudo evitar revivir el momento, catorce largos meses atrás, en que la había compartido con Joaquín. Al recordar las sensaciones de aquella noche, notó un intenso estremecimiento que al instante, sin embargo, se convirtió en un calambre de angustia al ser tristemente consciente de que tal vez jamás volviera a experimentar algo igual. Un sordo desasosiego, que no procedía de los dolorosos recuerdos, se había apoderado de ella, aunque no llegaba a aprehender la causa. Cuando lo hizo, se estremeció, sobresaltada. Cerró los ojos con fuerza. Allí estaba de nuevo. Las náuseas, que la habían acompañado durante todo el embarazo y que solo habían cedido poco antes del parto, habían regresado. Junto al retraso que había sufrido, aquello solo podía significar una cosa.

Se levantó con lentitud anticipando el momento en que pudiera bajar a la cocina para prepararse una manzanilla, la infusión que había acabado aborreciendo el invierno anterior. Se acercó a la cuna y, con cuidado, tomó al pequeño en brazos y lo arrulló tarareando las notas entrecortadas de una vieja nana.

—Vas a tener un hermanito, Jofe. O una hermanita —le susurró—. Al menos no estarás tan solo en esta vida como yo.

Era martes, pero podría haber sido cualquier otro día de la semana porque, para su desesperación, se parecían unos a otros como gotas de agua. Excepto los domingos, en que la misa matinal en el patio venía a romper la monotonía. Aquella tarde el suelo del patio estaba embarrado por las lluvias de la última semana y, por vez primera desde la primavera, Joaquín se había liado un cigarro apoyado en el muro del edificio de pabellones, buscando uno de los pocos huecos en la única pared soleada del penal. El ambiente fresco y lluvioso de la última semana había minado la moral de los presos, por lo que tenía de anticipo de un nuevo invierno que se acercaba de manera inexorable y al que todos temían.

Apenas había dado dos caladas, recreándose de manera ceremoniosa y consciente en el proceso, cuando un hombre pasó por delante, volvió la cabeza hacia él y, con un gesto por demás discreto, le hizo señas para que lo siguiera. Lo conocía de su estancia en la primera brigada, pues era un preso que llamaba la atención por la altura, por la sensación de fortaleza a pesar de su delgadez y por una actitud que siempre transmitía decisión y arrojo. Además, pese a lo demacrado del rostro por el hambre, el atractivo físico que habría poseído antes de entrar en prisión resultaba evidente. Joaquín, confuso, dudó, pero lo siguió con la mirada. Detuvo sus pasos junto a un rincón cercano al acceso a la cocina, donde el agua encharcada en la que flotaban restos de basura mantenía alejados a los reclusos. Comprendió que quería decirle algo y buscaba el lugar más discreto del patio para hacerlo. De manera pretendidamente casual, se agachó como si se estuviera atando las alpargatas, sin levantar la mirada en ningún momento. Se puso en pie cuando, por el rabillo del ojo, vio que Joaquín se había acercado. Entonces rebuscó en el bolsillo, sacó un trozo de cigarro que era poco más que una colilla y le pidió el suyo para prenderlo.

Exhalando la primera calada, dobló la rodilla y apoyó la planta del pie en la pared más cercana. Joaquín lo imitó y se colocó junto a él en la misma postura.

—¿Joaquín Álvarez?

—Ajá, ¿y tú? —devolvió la pregunta.

—Yo soy Leopoldo.

—¿Leopoldo Picó?

—¿Te ha hablado alguien de mí?

—No, pero cuando estaba en la primera brigada se lo oí mencionar a alguien. No es un nombre que se olvide fácilmente.

—Me han dicho que ahora enseñas francés en el segundo pabellón.

—Así es. Pero no es posible hacerlo con presos de otros pabellones o de las brigadas. En el patio no nos permitirían...

—No es eso, no quiero aprender francés —le cortó. Se volvió hacia él con un gesto casual y lo escrutó—. Eres más joven de lo que yo pensaba. ¿Qué hacías antes de la guerra? ¿Estudiante?

—Estudiaba Derecho en Madrid, sí.

—¿Y por qué estás aquí?

—¿Lo sabes tú?

—¿De qué te han acusado para meterte aquí? —se corrigió—. ¿Estabas en algún sindicato estudiantil y liaste alguna?

—Bueno, sí, estaba en la FUE, pero eso no se sabía aquí, tan lejos de Madrid. El motivo es mucho más prosaico, más de andar por casa: justo en la víspera del golpe le quité la chica al jefe local de la Falange.

Picó soltó una carcajada.

—¡Esa sí que es buena! ¡Joder con el niñato! Claro, se te ve buen piquito y eres buen partido, señor letrado —rio.

—¿Y a ti? ¿Cómo te echaron el guante?

—A mí me cazaron cuando intentábamos volar un puente para detener el avance de los sediciosos, en el límite entre Álava y Vizcaya —explicó Picó entornando los ojos mientras soltaba el humo. Entonces se volvió hacia Joaquín y le clavó una mirada penetrante, como si quisiera captar sus pensamientos—. ¿Puedo confiar en ti?

—Depende de para qué —respondió con recelo.

—Solo para guardar el secreto de lo que te voy a decir, de momento.

—De eso puedes estar seguro.

—Eso espero, porque resulta vital. Si te vas de la lengua, mi vida y las de otros no valdrían nada.

Joaquín observó que barría los alrededores con la cabeza quieta moviendo tan solo los ojos.

—Lo que te voy a contar no puedes hablarlo con nadie, ¿entiendes? —continuó—. Absolutamente con nadie, al menos sin mi permiso expreso. Todos aquí tenemos algún amigo íntimo con quien no guardamos secretos. Seguro que tú también. Tampoco a él puedes decirle nada.

—¡Cuánto misterio! Pero tienes mi palabra —aseguró, intrigado.

De nuevo, Leopoldo barrió el entorno en busca de oídos que pudieran estar atentos.

—Nos están matando poco a poco, para mí que ese es su objetivo. Que enfermemos de hambre, de frío, de desesperación para sacarnos con los pies por delante. Otro invierno más, y, viendo como estamos, no llegamos a la primavera ni la mitad.

—Espero que esto no sea lo que me tienes que decir con tanto misterio, porque eso lo vemos todos.

—Creo que hay una manera de salir de aquí si lo preparamos bien y con tiempo —aseveró sin andarse por las ramas.

Joaquín lo miró de hito en hito.

—¿Escapar de aquí? ¿Estás loco? ¿Tú ves estos muros? —rio—. Detrás de esos sillares no hay una ladera por la que correr cuesta abajo, sino decenas de metros de tierra, este lugar inmundo está horadado dentro de la montaña. Esto es como el puto cráter de un volcán, solo que excavado a pico y pala. Y este patio donde nos tienen encerrados está en pleno corazón de la fortaleza, con un túnel de decenas de metros y varias verjas de hierro que lo separan del exterior, vigilado por más de un centenar de hombres, lleno de garitas con centinelas apuntándonos a todas horas desde lo alto del monte...

—Aun así, creo que hay manera de escapar. Y no solo yo lo creo. Ya somos unos cuantos.

—¿Hay más hombres contigo preparando una fuga?

—Habrás oído que un grupo de presos se reúnen para aprender esperanto, ¿no?

—¿Sois vosotros?

Leopoldo afirmó.

—Nos sirve para estar en contacto sin despertar sospechas y usando palabras en esperanto nadie entiende lo que decimos —explicó—. Pero, como comprenderás, no te puedo dar un solo detalle hasta que estemos seguros de tu lealtad, una vez que te hayas sumado a nosotros.

—¿Y por qué precisamente yo? —Exhalando el humo, con gesto despreocupado como si la conversación fuera intrascendente, alzó la cabeza para señalar a los cientos de hombres que se movían por el patio.

—Necesitamos a uno que hable francés.

—¿Va a venir desde Francia alguien con un aerostato para sacaros de aquí volando? Porque no se me ocurre otra forma.

—Déjate de bromas, Joaquín —le reprendió entre dientes.

—Lo siento, pero me parece una idea tan descabellada...

—¿Me ves cara de ser un cantamañanas que se deja llevar por la imaginación? Llevo muchas semanas dándole vueltas, hablando, observando, tomando notas, trazando planos... y creo que hay una posibilidad real de organizar una fuga.

—¿De cuántos hombres me estás hablando?

—Todos. Podríamos escapar todos. El penal entero.

Joaquín tuvo que volverse hacia el muro simulando un ataque de tos.

—Hay riesgos, podría salir mal, pondremos en juego nuestras vidas —siguió Picó—, pero tal como nos tienen, peor que a perros, no hay mucho que perder. Si no salimos pronto de aquí, por las buenas o por las malas, estamos muertos.

—En eso podría estar de acuerdo, pero, de verdad, no veo la manera... Leopoldo —respondió tratando de recordar su nombre de pila.

—Está bien. No es bueno que nos vean tanto rato juntos. Estoy convencido de que es posible, pero me falta concretar detalles, recabar aún más información. Cuando lo haga, si soy capaz de disipar tus dudas, ¿te sumarás? No es necesario que participes de manera directa; de hecho, sería muy difícil estando tú en pabellones y nosotros en la primera brigada, pero me bastaría saber que, si lo conseguimos, nos acompañarás.

—Entiendo que el plan es escapar de San Cristóbal y llegar a Francia.

—Chico listo. Pero ya he hablado demasiado, y cada palabra de más nos puede costar la vida.

—No voy a decir nada, puedes estar tranquilo conmigo. A nadie. Has imaginado bien, estoy de vuestro lado.

Leopoldo, solo con la mirada y un sencillo gesto, consiguió atraer la atención de Joaquín hacia el objeto que había sacado de algún sitio y que sostenía en la mano, oculto entre la pierna y el muro. Se trataba de un afilado punzón, fabricado tal vez con un tenedor.

—Fuera de nuestro grupo solo tú estás al tanto ahora. Si trasciende algo, sabremos de dónde ha partido el chivatazo —le advirtió—. Y a partir de ese momento no podrás caminar por el patio sin temer que algo como esto te entre por el estómago hasta terminar en tu corazón. Ni siquiera tendrás tiempo de ver la mano que te causará la muerte.

—Para mí también ha sido un agradable encuentro, sí.

Leopoldo ahogó otra carcajada.

—Dicen que el sentido del humor es señal de inteligencia —musitó al tiempo que lanzaba al aire la colilla usando el pulgar y el corazón—. La verdad es que me has caído bien, estudiante.

TERCERA PARTE

1938

25

Miércoles, 23 de febrero de 1938

Ana María entró en el automóvil de Félix, que la había esperado en la puerta mientras abrigaba al pequeño.

—Ya estoy. Puede arrancar cuando quiera —dijo acomodando a Jofe entre sus piernas para darle calor con la capa en que se había envuelto.

El invierno estaba resultando terrible; desde mediados de diciembre, un frío glacial se había abatido sobre la ciudad, las nevadas se habían sucedido sin permitir que la nieve acumulada en las calles se derritiera, y los ventisqueros bordeaban las carreteras y los caminos, sin haber llegado a desaparecer a pesar de unos días de cierta bonanza a mediados de enero. El frío había llegado a ser extremo en la Nochevieja y los primeros días de enero, con las calles convertidas en intransitables pistas heladas, las conducciones municipales y las cañerías de las viviendas reventadas y las fuentes, lavaderos y abrevaderos tornados en bloques macizos de hielo. Incluso el caudaloso río Ebro había permanecido helado durante días a su paso por la ciudad, hasta el punto de que los mozalbetes más osados pudieron adentrarse varios metros en el cauce.

El acopio de combustible para la estufa había resultado insuficiente después de casi dos meses de heladas continuas, y Ramón tuvo que rebajarse a pedir leña y carbón a don José, que había terminado accediendo ante la negativa tajante de Ana María a regresar a la mansión con el pequeño. Hacían la vida al calor de la cocina económica, pero el momento de ir a dormir se antojaba un suplicio. Con las cañerías rotas, se habían visto obligados a almacenar el agua de diario en tinajas, jofainas, garrafas y damajuanas que algunas mañanas habían amanecido heladas en el interior de la casa. Las sábanas parecían estar húmedas, y enfrentarse al primer contacto a la hora de meterse en la cama requería de un arranque de férrea voluntad. Ramón se encargaba poco antes de colocar calentadores de cobre en los dos lechos para mitigar así la sensación de frío y de humedad. Ana María y Jofe dormían abrazados, acurrucados e inmóviles, con prendas de franela y gruesos calcetines de lana, arropados con las mantas, una sobre otra, hasta el cuello. La cabeza y las orejas, al descubierto, se quedaban ateridas y el vaho blanco que salía de las bocas de ambos hacía las delicias del pequeño.

Aquella mañana, el ronroneo del motor había precedido a la llamada en la puerta con el picaporte. Era Jaime, uno de los criados más jóvenes al servicio de los Zubeldía, que entre sus destrezas había incluido la de conducir por exigencia de su patrón. A pesar de su juventud, lo habían eximido del servicio en filas a causa de una malformación de nacimiento en la cadera que le causaba una pronunciada cojera. Al abrir anunció que, al parecer, había noticias de Félix y que don José la reclamaba.

Una gruesa capa de escarcha helada lo cubría todo, y al chófer no le fue sencillo recorrer los pocos centenares de metros que separaban las dos casas sin perder el control del volante.

—Menos mal que su esposo posee un coche magnífico, señora. Ford modelo C de 1935, ensamblado en Barcelona, además. Treinta y dos caballos, tres velocidades, casi mil doscientos centímetros cúbicos, la versión de cuatro puertas —recitó de memoria, entusiasmado—. ¡Y puede alcanzar ciento diez kilómetros por hora! ¿Se imagina? ¡Qué prodigio!

—Espero que nunca circule usted con él a esa velocidad endiablada —respondió sin mostrar demasiado interés—. Al menos, no conmigo sentada aquí atrás.

—Don Félix ya tuvo ocasión de probarlo al poco de comprarlo, según me dijo antes de marchar para el frente.

—Y usted se muere de ganas por hacer lo mismo, si es que no lo ha hecho ya. ¿Me equivoco?

Ana María sonrió para sí cuando, desde su asiento, vio cómo las orejas del joven enrojecían más de lo que estaban a causa del frío.

—Pero fue con don José en un viaje a Pamplona, no vaya a creer que iba yo solo —se excusó, azorado.

—Por mí puede hacer usted lo que le plazca con el coche. Y no se preocupe, que no seré yo quien vaya con ningún cuento a los Zubeldía.

Se apeó por fin con el pequeño apretado contra el pecho, arrebujado en mantas y cubierto con su propia capa.

Como sabía, en el interior los esperaba un ambiente caldeado y agradable, pues la casa contaba con un sistema de distribución de aire caliente a través de tubos que partían de las tres chimeneas con que contaba la mansión, además de la cocina de carbón y de varias estufas de leña que el servicio se encargaba de mantener encendidas cuando doña Margarita lo ordenaba.

Don José la recibió en el despacho que, al tiempo, hacía las veces de biblioteca, donde ardía uno de los tres fuegos. Cuando la doncella que la había acompañado cerró la puerta tras ella y se quedaron solos, apenas había levantado la vista de los papeles que tenía delante. Cuando lo hizo, le indicó que se sentara sin prestar ninguna atención a la criatura que sostenía en brazos.

—Te he hecho venir porque hay noticias de tu marido —dijo, a la vez que daba la vuelta al documento que parecía estudiar—. He supuesto que te interesaría conocerlas, aunque tal vez peque de ingenuo.

—Tan ingenuo como yo al pensar que podría usted interesarse por mi hijo.

—Ahora mismo te iba a preguntar por él. Estás ya de seis meses, ¿no? ¿Va todo bien? Lo cierto es que tengo ganas de ser abuelo, por fin.

Ana María sintió que la ira, causada por el modo en que intencionadamente ignoraba a Jofe, la hacía enrojecer. Sin embargo, ya esperaba algo así y se recordó el propósito que se había hecho por el camino de no dejarse dominar por la cólera.

—Casi. En realidad, hace seis meses y veinte días que fui violada por su hijo por segunda vez y, después, forzada repetidamente —se revolvió, aunque usó para hacerlo un tono neutro y contenido—. En realidad, no sé en qué momento de aquel permiso quedé encinta.

—Siempre tan detallista, Ana María. Por desgracia, en la primera se le adelantaron. Pero en esta ocasión el peligro estaba conjurado.

«A la mierda la contención», pensó.

—¿Alguna vez le han dicho a la cara que es usted un hijo de puta?

—Unas cuantas. Y siempre con motivos para ello. No se llega a donde yo estoy sin ser un hijo de puta, querida; no sé si te lo he comentado en alguna otra ocasión. Pero dejemos a un lado las cordiales salutaciones y vayamos al grano. Aunque no te interese, te lo voy a explicar igual, porque has de seguir interpretando tu papel y no resultaría creíble que desconozcas lo que te voy a contar.

»No sé si estás al corriente de que tu esposo se ha batido como un valiente en la toma de Teruel. Diría más, en la reconquista de Teruel, después de que esos malditos rojos y el general Invierno se interpusieran en diciembre en los planes del general Francisco Franco. Tal vez el detente haya evitado que un proyectil de esos diablos comunistas le alcanzara, pero del frío no lo ha podido librar, por desgracia. Sabes que he tenido que remover Roma con Santiago para dar con su paradero, pero al final conseguí localizarlo en el hospital de Nuestra Señora de Gracia de Zaragoza.

—¿Herido? —preguntó Ana María con expresión impasible.

—No sé si lo preguntas con preocupación o con esperanza, pero eso, a estas alturas, es lo de menos. Ya habrás oído que el frío extremo ha hecho estragos en las tropas; de hecho, no se habla de otra cosa en la ciudad desde que a diario pasan por aquí los trenes llenos de hombres con congelaciones hacia los hospitales de Pamplona.* Félix ha tenido suerte, aunque tal vez no sea esa la expresión más apropiada. Porque, en realidad, no se ha debido a la suerte, sino al hecho de disponer de las mejores botas y de la mejor

---

* Según los diversos autores, las bajas sufridas por el bando nacional durante la batalla de Teruel superaron las 54.000; de ellas, más de 18.000 debidas a congelaciones. Entre las fuerzas republicanas el total de bajas rondó las 60.000, un tercio de ellas también como consecuencia del frío. Desde el 15 de diciembre de 1937 hasta el 22 de febrero de 1938, fechas que coinciden con el desarrollo de la batalla, la ciudad sufrió tres episodios de frío intenso que alcanzaron sus registros extremos en los primeros días de enero, con temperaturas mínimas de -20 °C y máximas que durante semanas no superaron los 0 grados. Los hospitales de Zaragoza quedaron colapsados en pocos días con heridos por congelación, sobre todo en los pies, que a menudo precisaban la amputación de falanges o incluso del pie entero. Por ello se inició su traslado a los hospitales de retaguardia de Navarra, que pronto se vieron también desbordados e hizo necesario distribuir a los heridos por pequeños hospitales de toda su geografía.

ropa de abrigo. Lo cierto es que solo le han tenido que amputar dos dedos del pie izquierdo. Siendo tan detallista como a ti te gusta, ni siquiera se los amputaron: se le cayeron solos al retirar el primer vendaje de campaña.

—¿Cuándo va a volver?

—Ayer hablé con los médicos y de momento consideran conveniente terminar allí el tratamiento que han empezado para detener la gangrena seca y que no haya que amputar más. Además, parece que hay otra cosa...

José Zubeldía se puso en pie y caminó hasta la ventana. Apartó los visillos, pero los cristales se encontraban empañados por completo. Con el índice dibujó unos trazos que borró de inmediato con la palma.

—¿Qué otra cosa?

—Su estado mental. Los médicos me explicaron que sufre un trauma psicológico severo. La batalla de Teruel ha debido de ser un verdadero infierno, y no solo por el frío. Seguro que ya lo sabrás por las noticias que tu padre escucha a escondidas, supongo que, en vuestro caso, en alguna emisora francesa o soviética.

—No se lo voy a negar —respondió con serenidad.

En efecto, la estancia con el pequeño Jofe en casa de sus padres les permitía pasar las veladas tratando de sintonizar emisoras que dieran cuenta, con algo de fiabilidad, del transcurrir de la contienda. El Francés seguía pasándose por allí de vez en cuando, y era entonces cuando escuchaban las emisoras de Burdeos, Pau o Toulouse. Algunas noches, incluso, habían podido captar las emisiones de Radio París. El verano anterior, tras una intensa tormenta eléctrica, habían creído captar una emisión en español de Radio Moscú, y por eso había transigido ante la alusión de Zubeldía.

Tras la caída de Bilbao, el Ejército republicano había lanzado una nueva ofensiva en el frente de Madrid con el objetivo de detener el avance de los sublevados hacia Santander, objetivo que se cumplió durante el tiempo que duró la batalla de Brunete, pues el general Franco se vio obligado a detraer fuerzas terrestres y aviones del frente del norte. Bajo el abrasador sol de julio, en un terreno desprovisto de sombras y de agua, las bajas se contaron por decenas de miles. La ofensiva concluyó por puro agotamiento cuando se cumplía un año del inicio de la contienda, con el único resultado de haber retrasado unas semanas el avance hacia la ciudad cántabra. Precisamente en las cercanías de Brunete, durante la reconquista de la localidad por parte de las tropas nacionales, era donde Félix había sido herido a mediados de mes por la metralla de un obús y donde Alberto había perdido la vida.

Agotado el ataque republicano, las fuerzas nacionales se reorganizaron para continuar con la campaña del norte: el 14 de agosto atacaron Santander desde el puerto de Reinosa, al sur, y siguiendo la costa desde el este. El Ejército republicano emprendió una segunda ofensiva para tratar de detener la campaña del norte, esta vez en el frente de Aragón con la intención de conquistar Zaragoza desde el este. Llegaron tarde para evitar la caída de Santander, que se produjo el veinticuatro, el mismo día en que daba comienzo el ataque a la capital aragonesa. El hecho más destacado de la campaña de Aragón fue la batalla de Belchite, cuyo cerco por parte de las tropas republicanas empezó el día veintiséis y se prolongó hasta el 3 de septiembre por la encarnizada defensa de las tropas nacionales, que dio lugar a miles de bajas y a la absoluta destrucción del municipio. La operación de Aragón no había logrado el propósito de tomar Zaragoza ni tampoco el de detener el avance de los sublevados en el norte, pues el 1 de septiembre se inició la ofensiva contra Asturias, el último bastión del Cantábrico en manos de los republicanos.

Ana María vivía estos acontecimientos con el alma en vilo, pendiente de la radio de los Zubeldía, o escuchándola junto a Ramón tras el regreso de Félix al frente. La caída de Gijón el 21 de octubre puso fin a la campaña del norte. Ni siquiera la propaganda republicana era capaz de ocultar la trascendencia de la victoria del Ejército nacional en el Cantábrico: la industria siderúrgica y de armamento quedó en poder de los rebeldes y el general Franco pudo concentrar todos sus esfuerzos a partir de aquella fecha en el centro y en el este del país. Ese día aciago para los republicanos, el Francés se encontraba en casa de Ramón tratando de traducirles las noticias de una emisora de Pau. El muchacho compuso un gesto de desaliento que no le pasó desapercibido al maestro.

—Malas noticias, ¿no? ¿Qué dicen?

—Dicen... que, una vez perdido el norte, la victoria de los rebeldes es cuestión de tiempo —tradujo con desconsuelo—. Pero seguro que se equivocan, ya veréis.

A mediados de diciembre empezaron a llegar noticias de movimientos de tropas alrededor de Teruel. Los medios extranjeros no parecían tener claras las intenciones que habían llevado a Enrique Líster, jefe miliciano comunista, a cortar las comunicaciones entre la ciudad y la retaguardia nacional, aunque el temor a una inminente ofensiva de los sublevados contra Madrid podría estar detrás. Además, el Ejército republicano, tras la reciente derrota del norte, precisaba de una victoria militar para fortalecer la confianza del bando leal y también más allá de España, en un momento en que se estaba reduciendo la llegada de material bélico soviético por las dificultades para atravesar la frontera tras la caída en Francia del gobierno socialista de Léon Blum. El general Franco reaccionó de inmediato para tratar de romper el cerco de Teruel, para lo que renunció al ataque a Madrid. Pero las primeras nevadas y el inicio del frío helador lo impidieron, con lo que el coronel Domingo Rey d'Harcourt rindió el 8 de enero la ciudad, que fue ocupada por los republicanos a las órdenes del Campesino. Desde aquel día, las tropas nacionales redoblaron sus esfuerzos para reconquistar Teruel lanzando una ofensiva tras otra en medio del invierno más crudo que los turolenses recordaban. El 7 de febrero, la ciudad estaba de nuevo cercada por los nacionales y el veintiuno, solo dos días antes de la conversación que mantenía la muchacha con José Zubeldía, fue reconquistada tras una lucha de más de dos meses en la que el general Invierno, según la expresión usada por el coronel Rey, se había convertido en el enemigo a batir.

—No sé si será una exageración, pero ayer en Zaragoza se hablaba de cien mil muertos en la batalla de Teruel. Casi dos veces la población de Pamplona, ¿te imaginas? —explicó don José.

«A la mierda la contención», pensó Ana María por segunda vez.

—Es lo que puede pasar cuando se provoca una guerra para subvertir el resultado de las elecciones; que en una sola batalla puede haber cien mil muertos. Cien mil familias rotas. Eso sí, con todas las bendiciones.

—No te creas valiente por hablarme así. No lo harías de no llevar en el vientre lo que llevas. Haz lo posible por no tener ningún percance con la criatura porque es tu seguro de vida.

Ana María prefirió ignorar la amenaza y regresar al asunto que la había llevado allí para terminar cuanto antes. No tenía intención de prolongar aquel combate dialéctico con su suegro.

—¿Qué le notó a Félix, pues? ¿Habló con él?

—Apenas. Padece un agotamiento brutal y permanece medio inconsciente. No es ni la sombra de lo que era. La nieve y el hielo impidieron la llegada de suministros, y han pasado semanas alimentándose de lo que encontraban por el monte, según me contaron en el hospital. Han muerto más de hambre y de frío que a causa de las balas, yo creo que no pesará más de sesenta kilos. Aun así, lleva heridas de metralla. Pensaba que lo habían herido en la cabeza porque lleva un vendaje, pero resulta que solo es para taparle los oídos.

—No entiendo.

—Sufre agudos ataques de pánico desatados por cualquier ruido intenso. Le han tenido que colocar tapones para que no se tire de la cama si escucha un simple portazo. La noche de su llegada se le cayó una bandeja a una de las monjas y debió de estar a punto de tirarse por la ventana, con los dos pies vendados como lleva.

—¿Y por eso acaba de escribir la palabra «loco» en el cristal?

—Que Dios te conserve la vista —dijo sin asomo de sonrisa—. Ya veremos cómo sale de esta. Entre otras cosas, se niegan a trasladarlo aquí, como solicité, porque está pendiente de valoración psiquiátrica, por ver si tienen que licenciarlo.

—Puede que sea pasajero —dijo Ana María sin emoción.

—Puede que, si lo licencian, la vida tranquila lejos del frente y el próximo nacimiento de su hijo le hagan bien. Pero el brutal sufrimiento que han debido de pasar, el horror continuado durante tantas semanas con la muerte rozándoles a cada instante, ver de hecho morir a los camaradas a su lado, en sus brazos incluso... —Hizo una pausa, negando con la cabeza—. No pudieron asegurarme que fuera a mejorar. De hecho, los médicos me hablaron con franqueza: algunos se van recuperando con el paso del tiempo, pero después de traumas así hay quienes quedan tocados de por vida.

Zubeldía se pasó la diestra por las mejillas y por la barba apretándose con fuerza. A Ana María no le pasó desapercibido que la voz le había flaqueado, y si no se volvía e insistía en mirar a través de los vidrios empañados era porque tal vez sus ojos también lo estuvieran. Sin embargo, el sentimiento de compasión seguía ausente en ella y se preguntó si su propio trauma no la estaba deshumanizando. Por otra parte, el sufrimiento al que Félix había asistido y que había protagonizado, ¿le habría tocado algún resorte? ¿Lo haría en el futuro? ¿Sería suficiente una experiencia de tal intensidad para cambiar a un hombre por completo y darle la vuelta a un alma como se le da a un calcetín?

—Al menos lo tiene vivo. Es más de lo que decenas de miles de familias pueden decir. ¿De verdad, con la mano en el pecho, sigue pensando que merece la pena esta locura a la que han arrastrado al país desde el 18 de julio?

—¡El país se había ido a la mierda mucho antes! —estalló ante la repetida alusión—. Solo necesitaba de alguien con decisión y autoridad que pusiese orden con mano dura. Y más pronto que tarde se ha de conseguir. ¿Qué vas a decir tú, la hija de uno de esos maestros que no han hecho sino sembrar cizaña en las escuelas?

—Que Dios les perdone —musitó.

—Mañana cogeré el coche y, si la nieve y el hielo lo permiten, volveré a Zaragoza con Margarita. Que ayer, si no es porque pude seguir las rodadas de un convoy militar, para rato llego a Puente Real. —Zubeldía se volvió por fin—. ¿Vendrás a ver a tu marido?

Ana María negó con parsimonia usando solo la cabeza.

—Si lo que le preocupa es el qué dirán, puede decir que he tenido un sangrado y que en esas condiciones sería una locura viajar hasta Zaragoza —propuso—. No me importa quedarme en casa unos días; de todas maneras, con este tiempo no se puede poner un pie en la calle.

—Tal vez le haga bien verte ahora que el embarazo es ya más que evidente.

Ana María volvió a negar.

—Si fuera, iría con Jofe, y no creo que le hiciera ningún bien.

—¿Quién es Jofe?

Señaló al pequeño que gorjeaba entre sus brazos ya cansados.

—Hasta el nombre le quieres quitar.

—Nunca debería haberlo llevado. Habría sido más inteligente por su parte reservarlo para el que llevo en el vientre, si es que es otro varón.

—Ten cuidado, Ana María. Que legalmente seas mi nuera no te pone a salvo de todo. No te arriesgues tanto, que en estos tiempos que corren, las cosas se dan la vuelta de un día para otro.

—Lo tengo en cuenta cada minuto, desde el día maldito en que su hijo se cruzó en mi vida —respondió, incapaz de ocultar su rencor—. Y si no tiene nada más que decirme, creo que me voy a marchar.

El frío dolía. Impedía incluso pensar. El frío se había convertido, con diferencia, en la peor de las torturas. Joaquín nunca hubiera creído posible experimentar una sensación tan mortificante como aquella. Era tan doloroso como meter un dedo en las brasas, con la diferencia de que afectaba a todo el cuerpo y nadie se podía proteger de aquel fuego que se había hecho dueño y señor del penal. Desde Año Nuevo, el patio se hallaba cubierto de una gruesa capa de nieve helada que era imposible retirar salvo que se usaran picos y palas. Las cañerías llevaban semanas reventadas y en el fuerte ya no había agua corriente. Durante lo peor de las sucesivas olas de frío que les habían azotado desde diciembre, la nieve había hecho imposible las salidas al patio, y la situación en los pabellones y, sobre todo, en las brigadas se había vuelto insufrible. El agua llegaba a San Cristóbal en las raras ocasiones en que un camión cisterna era capaz de ascender por la carretera helada y era racionada: apenas un par de litros al día por cada preso, que debían utilizar para beber y lavarse, aunque nadie osaba desnudarse con temperaturas bajo cero incluso a mediodía. También el lavadero amanecía cubierto por una gruesa capa de hielo y permanecía inutilizado. Por añadidura, alguien había considerado que la limpieza de los retretes era un derroche de agua inasumible. La nieve entraba por los vanos de las ventanas sin cristales y terminaba encharcando el suelo de las brigadas y, en menor medida, el de los pabellones. En la primera brigada, situada por debajo del nivel del patio y de los aljibes, el agua del deshielo se colaba por las grietas de los muros y anegaba las naves en las que chapoteaban los reos empapados. Además, la nieve tapaba los respiraderos a ras del suelo y, aunque así no entraba el viento helado, impedía la ventilación. El resultado era un hedor nauseabundo que, aun mitigado por el propio frío y a pesar de la habituación del olfato, penetraba hasta el cerebro. Nadie procedente del exterior era capaz de entrar en la zona que ocupaban los presos sin sufrir ataques de náuseas y vómitos. Los presos enfermos que no podían caminar se orinaban encima. También orinaban en cualquier rincón otros muchos, incapaces de soportar la suciedad y el olor de los retretes. Y en los días de frío más extremo, la propia orina había sido la única fuente de calor para las manos cubiertas de sabañones y para unos pies calados que amenazaban con congelarse. Asimismo, a falta de medicinas, la orina era el único desinfectante para las llagas producidas por la sarna, los hongos y para las heridas que los mismos presos, infestados de piojos, se hacían al rascarse. La consecuencia era un aire irrespirable cargado de amoniaco, que irritaba los ojos y los bronquios y que convertía las naves en un coro disonante e inagotable de toses que se sumaban a las producidas por los catarros, las gripes, las bronquitis y la tuberculosis.

Tras las nevadas más copiosas, el acceso al fuerte había quedado cerrado y ni siquiera las cisternas ni las camionetas de suministros podían trepar por la carretera helada. Las tropas de la guarnición se mostraban incapaces de despejar el paso a lo largo de los seis kilómetros que separaban el penal del pueblo de Artica, y se había obligado a los reclusos, bajo fuerte vigilancia, a trabajar de manera forzosa en la tarea. Débiles, hambrientos y sin ropa de abrigo adecuada, la mayoría no aguantaban más de unas pocas horas apartando nieve a paladas antes de caer agotados, muertos incluso. Para completar la tragedia, tres de ellos habían sido abatidos a balazos cuando trataban de internarse en las laderas boscosas para huir, según contaron sus compañeros de infortunio al regreso. Se había recurrido a emplear a centenares de condenados de otros penales de Pamplona, aunque conseguida la proeza de permitir la llegada de los suministros después de una dura jornada de trabajo, una nueva nevada durante la noche daba al traste con el esfuerzo.

La dirección de la prisión se había visto desbordada. Los muertos de frío y de hambre, las bajas por tuberculosis y otras enfermedades hacían que los cadáveres se amontonaran a la espera de sepultura. Habían tratado de reaccionar, pero en plena ofensiva en el frente de Teruel, las mantas y la ropa de abrigo se habían convertido en un bien precioso e inaccesible incluso para los mandos militares de la retaguardia. En vista de la situación, a través de la prensa y de los púlpitos, se había organizado una colecta masiva de mantas y ropa de abrigo. Aprovechando unos cuantos días de mejoría en el tiempo a mediados de enero, llegaron a San Cristóbal varias camionetas cargadas de prendas de todo tipo, además de pasamontañas, calcetines, guantes, polainas, bufandas y gorros, que contribuyeron a paliar en parte la dantesca situación que se vivía en el fuerte.

Para agravarlo todo, en una de las naves surgió un brote de sarna que, aunque en principio no se salía de lo habitual, se fue extendiendo de manera alarmante a las otras galerías de la prisión, amenazando a los guardianes y a sus familias. El pedido de medicinas para atajarlo, remitido al Servicio Central de Farmacia Militar de Pamplona, recibió como respuesta una breve nota según la cual, por orden gubernativa, todas las existencias de medicamentos se destinaban al frente, a los hospitales de campaña y a los dieciocho hospitales de retaguardia que las autoridades habían habilitado en todo el territorio de Navarra, donde se atendía a los heridos en combate.

Joaquín y sus compañeros de celda habían tenido acceso a estas informaciones por su amistad con el doctor Lamas, preso en el segundo pabellón desde diciembre del 36. Francisco Lamas era natural de Lugo y contaba treinta y tres años. Elegido como alcalde de la ciudad en las elecciones de febrero de aquel mismo año, compatibilizaba el cargo con su concurrida consulta de psiquiatría en la capital gallega cuando lo detuvieron y encarcelaron. La mayoría de sus compañeros de partido, Izquierda Republicana, habían sido fusilados, pero él, según sus propias palabras, se había salvado por los pelos por la intercesión de una antigua paciente agradecida, cuyos familiares eran militares y falangistas. Aunque ocupaba una celda distinta, había hecho buenas migas en el patio con Josu y, a través de él, con el resto del grupo.

Lamas había resultado ser un hombre excepcional. Entró a trabajar en la enfermería en agosto de 1937, poco después de que el doctor San Miguel fuera nombrado director médico del recién creado hospital militar Mola de Lecároz, a donde se vio obligado a trasladar su residencia y simultanear así sus dos trabajos. Las continuas ausencias del médico titular hicieron que Lamas tomara poco a poco y de manera oficiosa el mando de la enfermería, con tres presos comunes como ayudantes. Las cosas, desde entonces, habían cambiado de manera drástica en el cuidado de los reos, al menos en cuanto a la actitud y a los desvelos del médico, aunque la absoluta penuria de medios hacía poco menos que inútil su labor. Era el doctor Lamas en persona quien visitaba, uno tras otro y día tras día, a los enfermos que no podían moverse de su colchoneta y, aunque de continuo clamaba contra las deplorables condiciones de higiene en las galerías, causa de la mayor parte de los males, sus ruegos eran ignorados por completo por parte de la dirección del penal. Así, tenía que enfrentarse a diario con situaciones dramáticas y atender a enfermos tuberculosos que agonizaban con los pulmones encharcados y tragando esputos de sangre. Pero era impensable poder trasladar a todos a la enfermería: sería necesario, decía, un hospital entero como el hospital militar de Pamplona o el provincial para ocuparse de todos los presos que precisaban un ingreso. Lamas había llegado a cifrar en un diez por ciento los reclusos aquejados de tuberculosis, de lo que resultaba una cifra cercana a los trescientos, entremezclados con el resto de los compañeros sin la más mínima medida de aislamiento y profilaxis. Los moribundos desesperados pedían ayuda a los compañeros que a pocos centímetros trataban de conciliar el sueño y clamaban por que no los dejaran morir. Sus ropas se rifaban entre los más cercanos cuando, con el toque de diana, constataban por el cuerpo literalmente helado que el infortunado había dejado de existir.

Aunque desde que asumiera de facto el trabajo como médico de la prisión había dejado de salir al patio con los otros reclusos, Francisco Lamas mantenía, si bien de manera esporádica, el contacto con Josu y con los demás en sus escasos ratos de asueto. Tras la partida del doctor San Miguel, se había volcado de lleno en el estudio, ya que su especialidad era la psiquiatría. En la enfermería había libros de dermatología, de medicina interna, de enfermedades infecciosas y hasta de ginecología. Allí contaba con una oportunidad que no había tenido nunca durante sus estudios, pues en las naves disponía de un completo atlas viviente de patologías que podía examinar, estudiar y ver evolucionar cuantas veces quisiera, para después comparar la experiencia práctica con las explicaciones teóricas de los tratados de medicina. Era frecuente, de hecho, que se viera la luz de la enfermería encendida hasta altas horas de la madrugada.

En el mes de octubre, Alejandro San Miguel había sido ascendido a teniente médico y destinado al frente, enrolado en una bandera de la Legión. Sin embargo, Víctor Cadena, su sustituto, desbordado por su trabajo como radiólogo del hospital Alfonso Carlos, tampoco aparecía por la enfermería con regularidad, confiado tal vez en el trabajo de Lamas.

Aquel miércoles no esperaban al guardia que solía llevar a Josu al locutorio. La carretera continuaba intransitable y las veredas que conducían a la cumbre a través del bosque debían de acumular palmos de nieve y de hielo, así que las visitas seguían suspendidas. Joaquín, despreocupado, repasaba junto con Federico y por enésima vez el manual de gramática francesa, el único libro del que seguían disponiendo, aunque el uso obligado de guantes les dificultaba en gran medida su manejo, si bien era impensable quitárselos cuando en la celda el agua permanecía congelada durante todo el día. Además, llevaba desde el domingo acatarrado y con mucho malestar, algo que, sin embargo, no resultaba nada nuevo, porque él y todos estaban igual desde el inicio de aquel invierno de frío extraordinario.

Se sorprendieron cuando el funcionario se abrió paso por el corredor y se detuvo ante el hueco de su celda.

—Joaquín Álvarez, ¡conmigo!

Extrañado, el joven se puso en pie. Miró a los demás encogiéndose de hombros, pero, sujetándose bien la manta que lo envolvía, salvó la distancia que lo separaba de la entrada y siguió al guardia que ya avanzaba por el pasillo en dirección a la verja de acceso al pabellón. Descendieron los dos pisos, pero no giraron a la izquierda en dirección a los locutorios, sino en sentido contrario. Pronto comprendió que se dirigían a la enfermería. El guardia llamó a la puerta y asomó la cabeza.

—Joaquín Álvarez —anunció.

—Sí, que pase, que pase...

Joaquín advirtió que el funcionario trataba a un preso como Lamas de la misma manera que a un superior como el doctor San Miguel. No era de extrañar, porque, desde que asumiera el trabajo como médico, atendía también a los guardias y a sus familias. Se había dado el caso, se decía, de tener que asistir en el parto de algunas de sus esposas.

—Hola, Francisco —le saludó intrigado.

—No estaba seguro de si tu apellido era Álvarez. Ya veo que eres tú.

—¿Cómo estás? Desbordado, supongo —se interesó con cortesía.

—Si estuviera desbordado pero viera que mi trabajo sirve para algo...

—¿Que si sirve? Pero ¿tú sabes lo que hablan de ti los camaradas? Eres su héroe, te admiran, te idolatran. Por algo será.

—Creo que no hacía falta demasiado esfuerzo para mejorar lo que había. Pero siento que mi tarea es algo así como tratar de vaciar el océano a cucharadas.

—Cada una de esas cucharadas es un hombre reconfortado y agradecido contigo para siempre.

—Bueno, bueno, que no te he llamado para escuchar halagos; de hecho, me incomoda. Mi día a día está lleno de fracasos. Cada hombre que muere lo es —aseguró—. Te he llamado por esto.

Sobre la mesa había un sobre sepia con algo escrito en negro. Las letras estaban emborronadas por la tinta corrida. En la parte de atrás parecía conservar adherido un buen trozo de esparadrapo que sobrepasaba los bordes.

—¿Qué es?

—He aprovechado un minuto libre para ordenar el cajón, que aún estaba como lo dejó San Miguel. Esto se había desprendido y estaba en el fondo. Cuando llegué, di la orden de que se desinfectara toda la enfermería, y debieron de limpiar la mesa con lejía, demasiado abundante por lo que se ve, porque se filtró entre las tablas. —Cogió el sobre entre los dedos y se lo tendió—. Esto debía de estar pegado por debajo del tablero con esparadrapo, y al mojarse se ha caído dentro del cajón. Lo malo es que el sobre y su contenido se mojaron también, porque está toda la tinta corrida.

—¿Y qué tiene que ver conmigo?

—Tiene tu nombre escrito, puedes mirarlo. Como no sabía a ciencia cierta quién era el tal Joaquín Álvarez, me he permitido abrir el sobre que ya estaba despegado —confesó con cierto tono de culpa—. Tú eras de Puente Real, ¿no?

—Sí —dijo mientras se hacía con el sobre.

—¿Y puede ser que el doctor San Miguel también?

—También —confirmó Joaquín.

—Entonces no hay duda, se refiere a ti. Confieso que me intriga que San Miguel escondiera eso ahí, un sobre referido a uno solo de los tres mil presos que habrán pasado por aquí en este tiempo. Pero no sé si vas a poder sacar nada en claro, el papel es muy fino, la tinta se ha corrido y, además, la lejía la ha decolorado. Son todo borrones difuminados. Ya lo verás, pero ¿te dice algo un apellido... Zubeldía? En una de las esquinas aparece completo, y luego varias veces más medio borrado. Y también hay una fecha, 1915.

Joaquín afirmó con la cabeza y tragó saliva. Cuando extrajo el papel, las manos le temblaban ligeramente.

—Yo nací en 1915. ¿Puedo? —Joaquín pedía permiso para extender el papel bajo el flexo del médico.

—¡No faltaba más! —respondió acercándoselo—. O mejor, ven, siéntate en mi silla y lo miras con tranquilidad. Yo, mientras, voy a hervir el material para la última ronda. Aunque ya no sé ni para qué pierdo el tiempo hirviendo nada, es absurdo.

Joaquín, ya sentado en el sillón que había sido de Alejandro San Miguel, ajustó el flexo sobre el papel que había extendido con cuidado. Efectivamente, eran los extremos los que aparecían menos deteriorados, y en ellos se encontraba aquel apellido, Zubeldía y el año de su nacimiento. Para cualquier otro tal vez habrían pasado desapercibidos, pero para alguien familiarizado con ellos había otros dos nombres que saltaban a la vista a pesar de no leerse enteros. «José» aparecía completo en el extremo izquierdo de una línea, y algunas letras de «Dolores», en diferentes combinaciones, se repetían en más de una ocasión. Barrió el papel en busca de más nombres que pudieran tener relación con él, y de inmediato lo encontró. Solamente aparecían letras sueltas, pero al menos en dos, tal vez en tres lugares, se adivinaba la grafía de «Fabián». Y luego estaban los pocos fragmentos legibles de texto que, más o menos deteriorados, habían tenido la virtud de sumirlo en la confusión.

El contenido del sobre era un rompecabezas en el que faltaban la mayor parte de las piezas y sabía que era la primera de las mil veces que tendría que examinarlo para arrancarle toda la información posible. Tras leer aquello, un deseo se abría paso en su mente: poder quedarse a solas un día con Alejandro San Miguel, frente a frente, con un punzón en la manga, puestos a pedir. Cuando terminara de hablar con él, todas las conjeturas y dudas que le acababan de surgir habrían quedado resueltas.

26

Viernes, 22 de abril de 1938

Las dos semanas transcurridas desde el regreso de Félix habían resultado peores de lo que hubiera podido imaginar. Dos meses después de su ingreso en el hospital de Nuestra Señora de Gracia de Zaragoza tras la batalla de Teruel, seguían llegando noticias acerca del infierno en que se había convertido el escenario de aquel cruento episodio. La dureza de los combates había provocado el asombro de la prensa internacional, que, sin embargo, y tal vez porque también los corresponsales lo habían soportado, destacaba el sufrimiento inmenso que para los combatientes de ambos bandos había supuesto el frío extremo y prolongado durante sesenta interminables días. El Nuestra Señora de Gracia de Puente Real, curiosamente del mismo nombre, había acogido en febrero a diecisiete soldados aquejados de congelaciones en los pies, varios de ellos llegados directamente desde el frente, dada la absoluta saturación del resto de los hospitales. Una de las religiosas que atendían el centro, al enterarse de la suerte que Félix había corrido, le relató a doña Margarita que, en realidad, había sido muy afortunado. Al parecer, casi la totalidad de los casos que allí trataban presentaban gangrena seca. La piel se volvía negruzca y adquiría aspecto apergaminado, un cuadro que las enfermeras bautizaron como «los pies negros de Teruel». El aspecto de las extremidades, según le contó con prolijos detalles, impresionaba: eritemas extensos que en algunos pacientes sobrepasaban la articulación del tobillo; ampollas enormes de contenido rojizo que al reventar dejaban úlceras profundas; placas de gangrena seguidas de cráteres hondos; dedos que al levantar el apósito se iban tras él dejando las falanges mondas al descubierto; metatarsianos que, denudados, se separaban del pie o quedaban flotantes, sujetos por los ligamentos que era preciso cortar... A este aspecto repugnante se añadía el hedor cadavérico, acre, que hacía penosa la permanencia junto al herido y, más aún respirar cerca de él para curarle.

Pero lo que más había marcado a la religiosa era el caso de un muchacho joven de apenas veinte años a quien había atendido a su llegada. Al deshacerle el vendaje para valorar las lesiones e intentar la cura, el pie entero se desprendió y se quedó literalmente con él en la mano. Según contaba, habían sido unos instantes terribles. El joven no fue consciente de lo sucedido y la hermana volvió a colocarle la venda, llamó al médico y se le trasladó al hospital militar de Pamplona, seguramente para amputar ambas extremidades.

Félix, por el contrario, se apeó del coche que conducía su padre y entró a la casa por su propio pie, si bien ayudándose de un par de muletas que tras dos meses manejaba con soltura. Doña Margarita y el servicio al completo habían salido a recibirlo con efusivas muestras de alegría, a las que Félix apenas respondió, circunspecto. El primer contacto con Ana María se produjo en la puerta de acceso a la casa, donde le aguardaba. El pequeño Jofe, que acababa de cumplir un año, había empezado a dar sus primeros pasos y esperaba en pie, de la mano de su madre y apoyado en su pierna. La mirada que Félix dirigió al pequeño dejó helada a Ana María y marcó el tono del reencuentro. Sus mejillas apenas llegaron a rozarse, en un gesto frío y distante dedicado más a quienes los observaban que a mostrarse un cariño que ninguno de los dos sentía.

—¿Cómo está mi hijo? —Fueron sus primeras palabras.

—El embarazo sigue adelante —respondió Ana María con displicencia al comprobar que no tenía un comentario para Jofe.

El aspecto de Félix seguía siendo deplorable, a pesar de la prolongada convalecencia. Ana María no podía ni imaginar cuál habría sido la estampa en el momento de su traslado desde el frente. La cara chupada, los ojos bordeados por profundas ojeras, los labios aún rodeados de costras, la piel cuarteada por el frío y una extrema delgadez pese a aquellas semanas de adecuada alimentación. Pero lo que más la impresionó fue la forma de mirar de su marido. Era la mirada de un hombre trastornado que le habría resultado difícil describir, pero que devolvió a su mente el recuerdo de las cuatro letras escritas meses atrás por don José en el vidrio empañado de la biblioteca.

Entraron todos juntos en la casa y don José condujo a su hijo del brazo hasta el salón, donde le ayudó a tomar asiento en uno de los sillones, al tiempo que se hacía cargo de las muletas.

—Voy a servir unos whiskies para celebrar tu licenciamiento y la vuelta a la normalidad, y sobre todo sano y salvo —anunció tratando de resultar jovial mientras se ponía a la tarea.

Con el vaso en la mano, don José se dirigió al gramófono, lo puso en marcha y aplicó la aguja en el borde del disco de pizarra que estaba ya colocado en el plato. En la funda, que había dejado apoyada en la mesa, se leía el nombre de Beethoven con grandes letras y, más abajo, el título de la obra, *La batalla de Vitoria*.

Cuando las primeras notas empezaron a sonar, un redoble de tambores propio de la batalla, el servicio al completo efectuó una teatral entrada en el salón. Se dispusieron en torno a la puerta y esperaron. Tras los tambores, entraron en escena las cornetas y, un minuto después, don José dio la señal para que todos al unísono empezaran a cantar acompañándose por las notas de la melodía de Beethoven al máximo volumen:

> *Porque es un muchacho excelente*
> *Porque es un muchacho excelente*
> *Porque es un muchacho excelente...*
> *¡Y siempre lo será!*
> *¡Y siempre lo será!*

Antes de terminar, Jaime, el chófer, salió de la habitación.

—¡Y ahora las salvas de bienvenida! —musitó para sus compañeros, sin que los demás llegaran a escucharlo.

Se dirigió al porche de entrada donde había dispuesto montoncillos de pólvora de la que usaban para cargar cartuchos y con un simple mazo de madera empezó a golpearlos rítmicamente, provocando su estallido a modo de salvas, como había anunciado.

Don José saltó como un resorte.

—¡Para, para, para! ¡No hagas eso!

Pero ya era tarde. Félix se había tirado al suelo, el vaso de whisky se hizo añicos a un lado del sillón y él empezó a gatear en dirección a la puerta lanzando gemidos de pánico. Pasó entre las piernas de las espantadas doncellas y alcanzó el vestíbulo, donde se incorporó, tropezó y volvió a caer de rodillas antes de iniciar una carrera frenética hasta una portezuela que, bajo las escaleras, daba acceso al sótano.

—¡Maldita sea! ¡Tenía que habéroslo advertido! —aulló don José mientras apartaba a las criadas en pos de su hijo.

Cuando descendió las escaleras tras girar el interruptor que prendió la bombilla del sótano, vislumbró un movimiento entre las tinajas del aceite y los sacos de patatas. Lo encontró acurrucado, abrazándose las rodillas, temblando de miedo.

—No pasa nada, hijo. Estás en casa, seguro y a salvo —trató de calmarlo con la voz más serena que pudo componer tras el disgusto que había arruinado la bienvenida. Con cuidado de no sobresaltarlo más, le puso la mano en el hombro—. Aquello ya pasó. Ya pasó.

Cuando, una hora después, don José regresó al salón, Ana María, que había estado esperando a que alguno de sus suegros bajara para despedirse, se encontraba ya en pie con el pequeño Jofe en brazos, dispuesta a marcharse.

—¿Cómo está? —se interesó. Debía reconocer que ver a Félix en aquel estado le había removido algo por dentro. Sin duda, era otro hombre, distinto por completo al que partió meses atrás.

—Avergonzado. Ha sido un tremendo error por mi parte no haber prevenido al servicio de las crisis que padece.

—Sí, Jaime también está muy afectado —comentó—. Sería conveniente que lo tranquilizara usted, se culpa de lo sucedido.

—Quiere que te quedes en casa.

—¿Cómo? —Ana María se cambió al pequeño de brazo tratando de asimilar aquella frase pronunciada de improviso.

—Quiere que vuelvas. Y yo te ruego que lo hagas —dijo con un tono que Zubeldía nunca había utilizado con ella—. Al fin y al cabo, eres su esposa y la madre de su futuro hijo. Félix está hundido, destrozado por dentro como no te puedes imaginar. Ver crecer a esa criatura dentro de tu vientre es lo único que puede devolverle la ilusión perdida por vivir.

—No va a funcionar —respondió Ana María tras un largo silencio—. Sigue odiando a Jofe y verlo aquí a diario no va a contribuir a su recuperación, todo lo contrario.

—Nadie entendería que, con tu marido de vuelta, sigas viviendo en casa de tus padres. Has de regresar —sentenció ignorando el argumento.

El Ford, conducido por Jaime y repleto con su equipaje y con las cosas de Jofe, había servido para hacer el traslado la mañana siguiente. Y esa misma tarde habían comenzado los comentarios despectivos, las ofensas y los insultos. Ana María esperaba un cambio, pero no podía imaginar que fuera a peor. Descubrió a un Félix amargado, resentido con el mundo hasta el extremo, y su presencia en la casa la convirtió en la diana de sus pullas, en la víctima perfecta sobre la que descargar su ira. Desde su llegada a Puente Real, el alcohol había vuelto a ser su refugio y era raro verlo en algún momento del día sin dar señales de embriaguez.

En las primeras jornadas le había bastado con evitarlo. Trataba de no coincidir con él a solas, sobre todo en presencia de Jofe, a quien daba de comer en la cocina al mismo tiempo que almorzaba ella con el servicio. La animadversión hacia el pequeño no solo parecía haberse acrecentado, sino que resultaba patente porque ya no la ocultaba. Al más mínimo alboroto por parte del pequeño, ya fuera por hacer algún ruido durante sus juegos, o por algún berrinche propio de una criatura de un año, Félix surgía del dormitorio en el piso de arriba, del salón o de la biblioteca y aullaba por el hueco de la escalera o en el vestíbulo exigiendo que alguien hiciera callar a aquel niño.

Pasados los días, Ana María comprendió con horror que Félix no solo no lo evitaba, sino que, deliberada o inconscientemente, provocaba encuentros con ambos en los que de forma sistemática dejaba caer un comentario desdeñoso, un reproche por cualquier razón o simplemente le lanzaba una mirada de odio y de desprecio al cruzarse. Empezó a temer por el pequeño. El desequilibrio mental de Félix no daba muestras de ir a mejor, era frecuente escucharlo gemir o hablar en voz alta en su dormitorio, en medio del silencio y de la oscuridad de la noche y, cuando conciliaba el sueño, en muchas ocasiones envuelto en los vapores del whisky, lo asaltaban pesadillas que le hacían despertar entre gritos. Aquellos alaridos nocturnos le recordaban a Ana María un serial de terror que habían emitido en la radio años atrás y que había dejado de seguir por el miedo que le producía.

La esperanza de don José de que el progreso de la gestación de su hijo le hiciera algún bien había sido vana. Ni un comentario hacia su esposa, ni un gesto de ternura, ni una mirada furtiva al vientre que, con más de ocho meses, la hacía ya caminar de manera torpe y lenta. Parecía pesarle más la afrenta de un hijo que no era suyo que la inminencia del alumbramiento de su propio vástago.

Lo que tenía que suceder ocurrió aquel mismo domingo, poco antes de la cena. Félix había salido a dar un paseo en compañía de su padre. El pie mutilado ya no precisaba vendaje y eso le había permitido, usando unas zapatillas cómodas, empezar a caminar sin la ayuda de las muletas. Habían pasado la tarde en casa atendiendo a alguna de las visitas que, desde su regreso, solían acercarse para interesarse por su estado, y después don José lo había animado a salir para desentumecer los músculos y ejercitar las piernas. Ana María, por su parte, había utilizado la sillita del niño para dar otro paseo en compañía de Emilia y Ramón a lo largo de la vereda que bordeaba el río. A pesar de lo avanzado de su embarazo, escapar con Jofe del ambiente opresivo y amenazador de la casa de los Zubeldía se había convertido en una necesidad cada día más acuciante. La primavera, por fin, se había adueñado de los días, y la tarde había resultado placentera en extremo. El follaje nuevo de los árboles los había hecho reverdecer y las primeras flores silvestres salpicaban los ribazos y los pequeños sotos a la orilla del cauce. La muchacha la había disfrutado hasta el punto de que, por breves momentos, había sido capaz de dejar de lado la angustia que la oprimía. Jofe comenzaba a caminar y apenas necesitaba ya de su ayuda; además, había sido su abuelo, y su abuela también, quienes se habían mostrado pendientes de él, encantados con sus progresos. Ramón, incluso, le había regalado una pelota de goma que apenas podía sujetar, pero que lo había mantenido entretenido y entre risas gran parte del recorrido. En un momento del paseo, Ana María había hecho reparar a su madre en que, mirando alrededor, no había un solo detalle que hiciera pensar que el país estaba en guerra: ni un uniforme, ni un vehículo militar, ni una viuda o una madre enlutadas, ni un herido a la vista entre los miles que poblaban la retaguardia tras casi dos años de contienda. Contemplando a su hijo y a su padre jugando con la pelota, se habían empapado de aquel instante de paz, conscientes de que se trataba tan solo de un relámpago fugaz.

Apuraron hasta el ocaso y, a su regreso, don José y su hijo se encontraban ya en el salón. A juzgar por las voces destempladas que alcanzaban el vestíbulo, mantenían, si no una discusión, sí una conversación acalorada. Haciendo caso omiso, subieron al dormitorio que ocupaban en la segunda planta para asear a Jofe, que había vuelto a casa feliz, sin soltar su pelota nueva, pero cubierto de mugre. Incómoda por la barriga, había entrado en la cocina para pedir ayuda a una de las doncellas, y fue la más joven y de incorporación más reciente, Julita, que apenas contaba dieciséis años, quien se ofreció a subir con ella a la habitación. Ya seco y con un pijama limpio, unos minutos después el niño volvía a jugar con su pelota en el amplio rellano al cuidado de la doncella, quien lo vigilaba atenta para que no se acercara a las escaleras mientras su madre se aseaba y se cambiaba de ropa.

Cuando Ana María, ya dispuesta a bajar a la cocina para la cena del pequeño, salió del dormitorio, se encontró a Félix de pie frente a ella con la pelota de su hijo en la mano. Jofe lo miraba como a un desconocido, entre contrariado y temeroso, despojado de su juguete.

—Jofe, ven, ya está aquí la mamá —le dijo al pequeño acercándose, protectora.

—¡Madre mía! ¡Ni que me lo fuera a comer! Solo quería jugar un poco con él.

El tono mordaz de Félix puso en alerta a Ana María. Reconocía el temido sonido pastoso de su voz afectada por el whisky que, sin duda, había trasegado en el salón, a lo que se sumaba el posible enfado que debía de arrastrar tras la reciente discusión con su padre.

—¡Eso es! Muy bien, precioso. —Inclinada hacia delante, le habló con voz tranquilizadora al tiempo que lo acogía en el halda con los dos brazos por delante de su cuerpecillo.

—¡Hasta le has cambiado el nombre en mi ausencia! ¿Cuál es el que no quieres pronunciar, el de mi padre, el mío o ninguno de los dos? —rio con acidez.

—No seas retorcido. Simplemente, Jofe es más corto.

—¡Ah! ¡Retorcido! Tu madre me llama retorcido, Jo... fe —pronunció el nombre con sarcasmo separando las sílabas con intención—. Ven, toma, vamos a jugar un poco.

Félix hizo que la pelota rodara por el rellano hasta detenerse a escasa distancia del pequeño, que, viéndola a su alcance, hizo amago de soltarse para ir en su busca. Su madre se lo permitió, aunque regresó al instante en busca de su protección, con ella entre las manos, sonriéndole.

—Es la hora de su cena —musitó Ana María.

—Deja que juegue un poco con él, mujer. Seguro que ya echa en falta la figura de un padre, y el suyo está a otras cosas. A ver si, de tanto estar entre mujeres y con tanto mimo, nos va a salir un enclenque afeminado, como esos poetas y artistas rojos que tanto abundan.

Félix se acercó y se agachó delante de Jofe. Lo escrutó con atención. Durante un instante no pronunció una palabra, pero su mirada no se apartaba de los ojos del niño. Ana María percibió que algo se torcía en su gesto.

—Félix, por favor, déjanos bajar. Se hace tarde para la cena.

—Dame la pelota, venga, con el pie.

—¡Félix, por favor...! —repitió entre asustada y avergonzada, mientras miraba a Julita, que seguía al borde de la escalera—. No des otro espectáculo.

—¡Te he dicho que me des la pelota, pequeño bastardo! —gritó fuera de sí mientras se la arrebataba con violencia.

Ana María reaccionó con rapidez, cogió a su hijo en volandas y, dando un paso al frente, se dispuso a bajar las escaleras con él en brazos. Sintió en la espalda el impacto de la pelota, con tan inusitada fuerza, que la impulsó hacia delante. El golpe inesperado, el peso de Jofe y su propia barriga la hicieron vencerse hacia delante al borde de los peldaños, y soltó un grito desgarrador al comprender que, de manera inexorable, iba a caer por la escalinata. Entonces sintió un providencial tirón de la manga que la retuvo. Julita, en el último momento, había conseguido alcanzarla y evitó que se precipitara con su hijo en brazos, pero el propio tirón hizo que ella también cayera de rodillas en el primer escalón, lastimándose en el golpe, a juzgar por su grito de dolor. Al final, las dos mujeres y el pequeño terminaron desplomadas en los dos primeros peldaños, magulladas, atónitas, asustadas, respirando afanosamente y sin poder asimilar lo que acababa de ocurrir. Al volver la vista hacia arriba, el descansillo se encontraba desierto.

Los gritos habían alertado a don José, quien, al subir, se encontró con el cuadro al doblar el descansillo a media altura.

—¿Se puede saber qué ha pasado aquí? —gritó alarmado.

—Su hijo, don José, que ha tratado de tirar a la señora y al pequeño por las escaleras —sollozó Julita, espantada.

Había conseguido llegar a Pamplona la víspera, después de volverse loca para encontrar un medio de transporte, pues el coche de línea ya no realizaba sus viajes de manera regular y ella no podía esperar. La suerte se puso de su lado cuando, desesperada, acudió a la estación de ferrocarril en un último intento antes de desistir. El jefe de estación le informó de que a primera hora del viernes tenía previsto el paso un convoy militar que se dirigía vacío a Pamplona en busca de la mayor parte de los heridos trasladados a la ciudad tras la batalla de Teruel, con la intención de devolverlos a sus lugares de origen o a los hospitales de Zaragoza, una vez resuelta la saturación que se había producido en febrero. Al punto de la mañana, antes del amanecer, se encontraba sentada en uno de los bancos del andén con el pequeño Jofe dormido en los brazos. Había tenido que mentir y utilizar su parentesco con los Zubeldía para conseguir la implicación del ferroviario en algo que resultaba por completo irregular, que un civil, y más una mujer, se subiera a un tren militar casi vacío. Había venido en su ayuda el hecho de que, además de militares y sanitarios, viajaran las religiosas y enfermeras que debían atender a los heridos en el trayecto de regreso. A media mañana, el tren había arribado a la estación de Pamplona y Ana María, a pesar de lo avanzado de su gestación, había recorrido a pie y con el pequeño en brazos la distancia que la separaba del centro de la ciudad. Resultaba impensable que en su estado pudiera trepar por las laderas del monte Ezcaba hasta alcanzar la prisión, así que tenía que recurrir a su última esperanza.

Entró en la panadería de Aristu esperando hallar a su esposa, dispuesta a soportar sus recelos y sus preguntas con tal de hablar con su marido, pero se encontró con un joven bisoño que no pasaría de los dieciséis, lo que explicaba que no hubiera sido llamado a filas.

—Busco a Andrés Aristu —espetó nada más entrar, plantada frente al mostrador.

—¿De parte de quién?

—¿Está en el horno? —devolvió la pregunta, sorprendida por su suerte.

—Sí, ahora volverá. Ha salido a por un viaje de leña y luego tiene que cargar un reparto.

—Va a subir el pan a San Cristóbal, ¿no?

—Como todos los viernes a mediodía —respondió el dependiente—. Veo que está usted informada.

—¿Qué ha sido de la esposa de Aristu? ¿Se encuentra enferma?

—Se encontraba enferma.

—¿Entonces...? —inquirió sin comprender.

—Pues eso, que se encontraba enferma hasta que murió. Fue por el invierno que hizo. Tanto calor en el horno, tanto frío en la calle... Cogió una calentura y en cuatro días la pobre mujer estaba bajo tierra. Tuvieron que buscar a alguien rápidamente, y ahí entro yo en la historia. —Se detuvo como si se hubiera dado cuenta de que tal vez estaba dando demasiadas explicaciones—. ¿Va a querer algo o solo quiere hablar con don Andrés?

—Anda, sí, dame un panecillo tierno para el pequeño. Ha comido en el tren antes de llegar, pero el día va a ser largo. Y avisa a Andrés en cuanto llegue, haz el favor. Dile que pregunta Ana María, la de Puente Real. Él ya sabe.

—Dale un bollo dulce para el crío y otro para ella.

Andrés había asomado a través de la cortina que separaba el horno y el obrador del despacho de pan. Se secó las manos en un delantal colgado de una alcayata y le tendió la diestra para saludarla. Le tomó tan solo los dedos con delicadeza.

—¿Es tu hijo?

Ana María asintió con la cabeza.

—No recuerdo que estuvieras embarazada la última vez que nos vimos.

—Lo estaba, de tres meses, pero todavía no se notaba. Ha pasado mucho tiempo, más de un año y medio.

—Sería por octubre del 36. Me prometiste que pasarías por el horno cuando vinieras a Pamplona —le recordó, más con tono de decepción que de reproche.

—Lo sé, Andrés. Cada vez que he regresado a casa sin hacerlo me lo he echado en cara. Lo cierto es que me siento muy egoísta por venir aquí solo cuando necesito su ayuda.

—Pero, mujer, esperas otro crío y, a juzgar por el tamaño de esa barriga, no debe de faltar mucho. ¿Cómo es que vienes sola a Pamplona y con el otro pequeño a cuestas?

—Es muy largo de contar.

—Supongo que no harías algo así sin un buen motivo.

—Siento mucho lo de su mujer, me lo acaba de contar el chico —dijo mirando al dependiente.

—Todos estamos perdiendo demasiadas cosas desde que empezó la guerra. A mí el negocio no me va mal, todo lo contrario, así que supongo que el de allá arriba decidió quitarme a mi mujer para igualarme con el resto —declaró con pesar—. Pero no me trates de usted, Ana María, por favor.

—Lo siento —repitió—. ¿Y cómo te las arreglas?

—Pues mira, con Matías, que es sobrino mío. Hasta que lo recluten me viene de maravilla —explicó al tiempo que se lo presentaba—. Aquí donde lo ves, que parece un crío, ha caído bien a la parroquia, tiene buena labia y casi vende más que su tía.

Jofe, cohibido, miró a su madre antes de asir con las manitas el bollo suizo que le tendía el muchacho. Chupó los granos de azúcar que lo cubrían antes de probarlo con el primer mordisco de sus dientecillos recién estrenados.

—¡Cuánto me alegro!

—Bueno, por lo que me dices, supongo que quieres subir al fuerte —comentó Andrés—. Comeos esos bollos mientras yo cargo la camioneta y enseguida salimos para allá, que ya voy tarde. Pero por el camino me has de poner al día; si no, no hay trato.

—Ni aunque el fuerte estuviera a cien kilómetros me daría tiempo para contar lo que ha sido de mi vida en este año y medio.

—Me apañaré con un resumen, mujer.

El viaje había transcurrido sin contratiempos, salvo una parada en una de las últimas curvas para añadir agua fría al radiador, que parecía resoplar por el esfuerzo. Ana María, con trazos gruesos y sin detenerse en detalles, había puesto a Andrés al corriente. De hecho, no había estado demasiado comunicativa a pesar del enorme favor que le estaba haciendo. Pero su mente estaba en otro sitio, en la puerta de la prisión, en las verjas que le faltaban por atravesar antes de poder mostrar a Joaquín al hijo que llevaba en brazos. Aquella vez nada la iba a detener. Tendrían que sacarla de allí a rastras si querían que renunciara a ver al padre de su hijo. Le daba igual ponerse de parto en la puerta del fuerte, alguien la atendería. Y si algo le sucedía, sus padres se harían cargo del pequeño.

El último episodio en casa de los Zubeldía le había demostrado que Félix nunca sería un padre para Jofe a pesar de llevar su nombre. El pequeño necesitaba un padre, y ella se lo iba a dar, costara lo que costara. No permitiría que su hijo creciera junto a un hombre que lo odiaba, que lo arrinconaría en cuanto diera a luz a su propio hijo. Jofe tenía que crecer sabiendo que aquel hombre incapaz de mostrarle cariño no era su verdadero padre. Que su padre era otro, un hombre completamente distinto de quien lo habían apartado por la fuerza. ¡Y Joaquín! ¡Qué necia había sido! ¿Cómo había podido hurtarle la verdad todo aquel tiempo? El argumento que se había dado a sí misma, la idea de que conocer su paternidad le causaría mayor dolor, le parecía ahora absurdo. Estaba segura de que, para un hombre, igual que para una mujer, nada proporciona más fuerza que saber que un hijo de tu propia sangre precisa de tu ayuda. Pero aún no era tarde, y aquel día de abril iba a hacer todo lo que estuviera en su mano para conseguir que Joaquín conociera a su vástago. Había puesto a Aristu al tanto de lo que se proponía, y él se había limitado a resoplar y a cabecear, consciente, sin duda, de que no iba a poder evitar verse implicado, aunque solo fuera porque él era quien había llevado a la joven hasta allí.

La lúgubre fachada del acceso contrastaba con el cielo azul y luminoso de primavera que se divisaba por encima de la cumbre. Los elevados muros en forma de embudo que se adentraban en la montaña condujeron a la camioneta frente a la verja de acceso. Andrés accionó el claxon y, al instante, el habitual rostro bisoño de uno de los soldados rasos asomó entre los barrotes. Al reconocer la camioneta del pan, se apresuró a girar la llave en la sólida cerradura y la puerta chirrió sobre los goznes. Cuando pasaron a su lado, pareció sorprenderse al comprobar que el panadero no viajaba solo.

—¡Cabo, salga, que Aristu ha subido hoy con compañía! —llamó al tiempo que cerraba la verja tras ellos.

El vehículo quedó encajonado entre las dos verjas del acceso, pero Aristu no se apeó, a la espera de que abrieran la segunda. Sin embargo, el soldado no parecía tener esa intención. Por el contrario, abrió la portezuela e invitó a Ana María a bajar. La miró de hito en hito al comprobar su avanzado embarazo a pesar de llevar a un pequeño encima.

El cabo salió con aire contrariado arrastrando los pies y se topó con Ana María. Ambos se miraron durante un instante antes de reaccionar, pero fue Ana María quien habló primero:

—¡Pero si es...! ¿Cómo era tu nombre? ¡Sebastián! Sebastián Ochoa.

—Yo no recuerdo el suyo, pero la recuerdo a usted. —Bajó la cabeza, avergonzado, antes de repetir sus palabras con intención—: La recuerdo muy bien.

—Me alegro de encontrarte aquí. Es providencial. Estoy segura de que vas a poder ayudarme.

—La esperé, ¿sabe? Dijo que volvería. Incluso cambié el turno como me pidió. Pero hace año y medio de aquello, y ya no la he vuelto a ver.

—Se torcieron las cosas. Sin embargo, he subido en numerosas ocasiones al fuerte y no estabas de guardia. —Ana María no se sorprendió de que el militar volviera a tratarla de usted, algo que podía explicarse por el tiempo transcurrido y por la presencia de testigos.

—Estuve destinado en Capitanía Militar. Acabo de regresar a San Cristóbal.

—Cabo, la puerta, que tengo que descargar el pan —apremió Aristu, acodado en la ventanilla abierta.

—Lo siento, pero la señora no puede pasar —respondió el guardia—. Hoy no es día de visita.

—A ver, cabo. Ana María viene sola y de propio desde Puente Real, con un hijo en brazos y a punto de dar a luz a un segundo. —Aristu se implicó como sabía que iba a suceder—. Va a tener que hablar con el oficial al mando y ver qué se puede hacer, pero no la pueden ustedes mandar de vuelta sin permitirle ver al padre de la criatura, siquiera sea unos minutos.

—Eso es completamente irregular, hay órdenes expresas de...

—Sebastián —cortó Ana María con voz queda y asegurándose de que el soldado no pudiera oírla—. Tú y yo tenemos una deuda pendiente.

—Lo siento, Ana María. Yo no puedo hacer nada en esta situación. Lo que diga un cabo les va a importar un carajo en la sala de oficiales. Solo se van a reír de mí.

—Tú consigue traer aquí al oficial de guardia mientras yo entro a descargar —intervino Andrés de nuevo—. Dile que soy yo quien lo llama. ¿Estamos?

El cabo, lleno de dudas, tragó saliva, pero sacó su propio manojo de llaves para abrir la verja interior. Aristu apretó el acelerador y entró a la primera explanada dejando el cuerpo de guardia lleno de un tufo a gasolina quemada.

—Yo lo voy a preguntar —accedió Sebastián—, pero ya les adelanto que solo voy a conseguir la mofa de los oficiales. Y ya es lo que me faltaba. No creo ni que acceda a salir.

Aristu había tardado más de una hora en regresar a la entrada del fuerte. Encontró la puerta interior abierta, pero detuvo la camioneta antes de llegar a ella y se apeó de un salto al divisar la escena que se desarrollaba en el cuerpo de guardia. Ana María se había dejado caer de rodillas en el suelo, dispuesta a impedir que la sacaran del fuerte si no era por la fuerza. Como Sebastián había previsto, el oficial se negaba en redondo a permitir la comunicación que solicitaba, y el cabo se veía obligado a cumplir las órdenes del sargento para ayudarle a arrastrarla fuera sujeta por las axilas. Jofe lloraba aterrorizado en brazos del soldado, que no sabía qué hacer con la criatura.

—¡Aunque me saquen no me moveré! —advertía Ana María—. ¡No tienen derecho a negarme que vea al padre de mi pequeño! Dormiré en el suelo si es necesario hasta que me dejen verlo. ¡Y si tengo que parir a mi hijo ahí fuera, lo haré!

—¡Un momento! ¡Por Dios, déjenla! —gritó Andrés dirigiéndose al oficial—. ¡Ya está todo solucionado! ¡Espere!

Regresó a la camioneta y se inclinó de puntillas para coger algo del asiento del acompañante. Con el papel en la mano, se acercó de nuevo al sargento, que, momentáneamente, había cejado en el intento de levantar a Ana María.

—¿Qué significa que está solucionado?

—Lea usted, sargento, por favor —pidió, ya con calma, una vez que la escena de fuerza había cesado—. Es una autorización expresa firmada por don Alfonso de Rojas para una comunicación inmediata de Ana María Herrero con Joaquín Álvarez.

El sargento lo miró con incredulidad. No obstante, no podía hacer otra cosa que leer el papel que le tendía. Al fin y al cabo, toda la guarnición conocía la relación que el director mantenía con los abastecedores del penal. El recelo se transformó en pasmo a medida que leía.

—¿Le ha recibido De Rojas y le ha firmado esto? —preguntó con asombro.

—Ahí lo tiene —respondió—. Firmado y sellado. Aún estará la tinta fresca.

Era por completo diferente a las ocasiones anteriores. Por la hora, a mediodía, con el sol en lo más alto. Y por la soledad y el silencio en el locutorio, desierto por completo mientras esperaba. Jofe dormía en el halda, satisfecho después de comerse el segundo bollo suizo del día, empapado esta vez en la leche que el propio sargento había terminado por proporcionarle procedente del economato.

Ahora que sabía que faltaban minutos para ver de nuevo cara a cara a Joaquín, se sentía flaquear. Hacía ocho largos meses desde la última visita, tras la cual Félix, de regreso del frente de Madrid, la había llevado consigo de vuelta a Puente Real. Los mismos ocho meses largos de su embarazo, pues aquel mismo día la había forzado otra vez. Ocho meses también desde que Félix le prohibiera regresar a San Cristóbal y moviera sus hilos a través del doctor San Miguel para impedirle los encuentros, seguro de que en su ausencia volvería a intentarlo.

Pero allí estaba de nuevo, burlando los esfuerzos de la bestia en que se había convertido su marido. Sintió aborrecimiento al recordarlo con la pelota de Jofe en la mano y algo parecido a la venganza satisfecha por encontrarse allí sentada. Había sido una ilusa si pensaba que podría conseguirlo por sus propios medios. Sin Andrés, en aquel momento estaría en la carretera, tal vez habría aguantado una noche, pero Jofe la habría obligado a desistir y a bajar a Pamplona para pedir refugio en casa de Germán y Rosalía.

Estupefacta, aún incrédula, pero absolutamente feliz, había preguntado a Aristu cómo lo había conseguido. Su respuesta la había dejado un tanto apesadumbrada, pues le había reconocido que en aquella guerra nadie era trigo limpio, que todos tenían secretos que esconder y decisiones de las que avergonzarse. No hacía falta ser demasiado avispada para saber a qué se refería y comprendió que los bollos suizos con los que en ocasiones la había obsequiado tal vez se hubieran elaborado con la harina destinada al pan de los presos del penal.

El chirrido de unas bisagras le advirtió de que el momento había llegado. Se puso en pie y cogió a Jofe en brazos, que se despertó. Lamentó la presencia de la doble rejilla que, por tupida, apenas permitía verse las caras con nitidez, a pesar de que a aquella hora la luz entraba a raudales por los dos accesos al locutorio. Se abrió la puerta, pero no entró Joaquín como esperaba. En su lugar apareció el rostro inquieto de Sebastián, quien la reclamó con un gesto de la mano.

—¡En completo silencio, no digas nada! Aquí una voz de mujer es lo que más llama la atención —susurró—. Vas a salir por donde has entrado y me esperas junto a la puerta. Yo doy la vuelta y me reúno contigo en medio minuto. Procura que el crío no haga ningún ruido, por favor.

Ana María obedeció, confusa por completo. Salió al angosto espacio que, entre altos muros de piedra, separaba el locutorio del rastrillo, del pabellón y del patio de los presos. Su desconcierto apenas duró un instante, que ocupó en canturrear una vieja nana al oído del niño mientras le frotaba la espalda, antes de que el cabo apareciera por la otra puerta en su busca.

—He terminado la guardia a las tres, pero he pedido ser yo quien fuera en busca de Joaquín —explicó, nervioso, mirando de manera incesante en derredor—. Sígueme a cuatro o cinco pasos. Si me paro, te paras. Y si te hago una seña con la mano, vuelve atrás y entra de nuevo en el locutorio. ¿Has entendido? Esto es completamente irregular.

Ana María asintió. El corazón le latía con fuerza.

—¿Por qué lo haces?

—Te lo debía, Ana María. Tú misma me lo has recordado. Espero que esto sirva para que me perdones y también para acallar algo mi conciencia —musitó—. ¡Vamos!

Sebastián cruzó la puerta que daba acceso al pabellón y atisbó el interior. Cuando estuvo seguro de no ver a nadie a lo largo del pasillo que se perdía a lo lejos, avanzó con pasos decididos tratando a todas luces de aparentar normalidad y evitar cualquier actitud furtiva. Así salvaron la distancia hasta la tercera puerta que se abría a su izquierda, en la que el joven introdujo una llave que asía en la diestra. Accionó la manilla, la abrió y se apartó para dejar paso a Ana María, a la vez que con el gesto le indicaba que se apresurara.

—Os voy a dejar aquí encerrados. Tenéis veinte minutos, porque en media hora volverán los furrieles. Cuando abra, será porque no hay moros en la costa y tendrás que salir sin perder un momento. ¿Entendido?

Se trataba de una oficina con suelo de tarima desgastado por el uso en las zonas de paso, amueblada con dos mesas funcionales cubiertas de legajos atados con cintas, carpetas de cartón y los recados de escribir a medio recoger, señal de que los escribientes se encontraban fuera solo para el descanso del mediodía. Apenas se fijó en las sillas de madera iguales y de respaldo curvo, en el crucifijo que presidía la estancia, o en las dos ventanas enrejadas que permitían el paso de la luz desde el gran patio exterior. Solo tenía ojos para la figura que, a contraluz, se recortaba ante una de ellas.

Avanzó dos pasos tan solo y se detuvo sin decir nada, porque el nudo que se le acababa de formar en la garganta le impedía hablar. El hombre que tenía delante debía de ser por fuerza Joaquín, pero sus ojos se inundaron al comprobar que era incapaz de reconocerlo en aquella figura demacrada, escuálida, consumida, una imagen espectral del joven lozano y vivaracho que se había convertido en su prometido casi dos años atrás.

—Hola, Ana María —susurró con voz trémula y aguda por la emoción.

La muchacha comprendió por su semblante que tampoco él podía creer lo que le mostraban los ojos. Los labios le temblaban, las lágrimas pugnaban por caer y los brazos le colgaban flácidos a los costados, como si de un momento a otro las fuerzas fueran a abandonarle, tan intensa era su conmoción.

—¡Joaquín! —gimió tan solo, de manera apenas comprensible—. Pero ¿qué te hacen, mi amor? ¿Qué te están haciendo estos desalmados?

Eran las mismas palabras que había pronunciado en el locutorio nueve meses atrás, en su primer encuentro, de nuevo vencida por la piedad y la lástima que le producía aquel rostro, dominada por el llanto mientras apretaba esta vez la cabecita de Jofe contra el cuello. Hizo ademán de avanzar hacia él, pero Joaquín la detuvo con un gesto de alarma, el brazo extendido con la mano abierta.

—¡No, no! Así estamos mejor. Mi olor debe de resultar intolerable para alguien de fuera, y el penal está lleno de tísicos —arguyó con los ojos clavados en el pequeño—. Nunca se sabe si...

Las piernas apenas la sostenían en pie. Le resultaba insoportable descubrir en los ojos del hombre a quien seguía amando el dolor, la desesperanza, la resignación por lo que le era negado. A pesar de lo que se había propuesto con absoluta determinación durante la espera, un llanto amargo, incontrolable y convulso se apoderó de ella y contagió al pequeño que trataba de mecer al mismo tiempo. Confirmó la idea que la había llevado hasta allí: había sido una verdadera necia. Joaquín, a todas luces, se encontraba al límite de sus fuerzas; de hecho, no alcanzaba a explicarse cómo aquellos hombres podían soportar la tortura continuada que vivían sin perder la razón y las pocas energías que les restaban. Comprendió que necesitaba un motivo para no claudicar, una ilusión por la que desear seguir vivo y no dejarse ir para terminar con aquel infierno. Ella lo llevaba en brazos, y Joaquín no había apartado de él la mirada cargada de dolor desde que, juntos, habían cruzado el umbral.

—No me han dejado subir a verte en todos estos meses, las cartas han sido interceptadas, pero hoy estaba dispuesta a no moverme de aquí hasta que me permitieran hablar contigo. Y, gracias al cielo, aquí estamos. Los dos. Yo y tu hijo, Joaquín.

El muchacho, en un gesto involuntario, arrugó el entrecejo, sin poder asimilar lo que acababa de oír.

—¿Qué dices, Ana María? —Su voz era queda, inexpresiva, como si estuviera seguro por completo de haber escuchado mal.

—Acércate un poco, Joaquín, no pasará nada —respondió cargada de expectación—. Quiero que veas el color de sus ojos.

Joaquín negó al principio, inseguro, pero después miró en derredor buscando algo con avidez. Por el gesto de decepción pareció no encontrar lo que buscaba, hasta que clavó la mirada en la bandera nacional que colgaba de una de las paredes, entre dos alcaya-tas. Caminó con paso vacilante hacia ella.

—¿Qué te pasa, Joaquín? Si apenas puedes andar...

—No es nada, son solo los sabañones, todos tenemos los pies hechos polvo. Pero nosotros no nos podemos quejar, peor están los de las brigadas —explicó mientras descolgaba la bandera—. Bueno, los de las brigadas que han conseguido sobrevivir al invierno.

Dobló la tela hasta que alcanzó el tamaño adecuado y se envolvió la cabeza con ella poniendo especial cuidado en cubrir la nariz y la boca. Solo entonces se atrevió a acercarse. Ana María había conseguido calmar al pequeño y se colocó de forma que sus rostros quedaran enfrentados, al tiempo que la intensa luz de la ventana se proyectaba sobre la carita del pequeño. Los ojos de Joaquín eran lo único que con el improvisado antifaz quedaban al descubierto, pero Ana María pudo seguir en ellos todo el proceso: expectación, sorpresa, asimilación, emoción... hasta terminar de nuevo en las lágrimas. «Uno verde tirando a marrón, otro marrón tirando a verde».

—¿De verdad es mi hijo? —De nuevo, apareció el tono agudo propio de la voz rota por el llanto.

—Lo es, claro que lo es, amor mío. —Le cogió la mano y, todavía reticente al principio, el deseo de tocar a la criatura se impuso sobre la prevención.

—¿Por qué no me lo dijiste la vez anterior? —La pregunta estaba exenta de reproche alguno.

—Creí que saberlo iba a aumentar tu pena —se excusó—. Ahora sé que estaba equivocada y que hice mal.

—Es mi hijo. Es mi hijo. ¡Es mi hijo! —repitió, como si solo el hecho de escucharlo en voz alta pudiera llegar a convencerlo.

—Míralo, tócalo, Joaquín —le dijo sin importarle el apenas soportable hedor que desprendía su cuerpo, sus ropas, tal vez las llagas que le hacían cojear de manera ostensible—. Es tu hijo y te espera para crecer junto a ti en cuanto salgas de aquí. No sé cómo, pero estoy segura de que acabará siendo así.

—¡Mi hijo! —repitió extasiado.

—Hace una semana cumplió un añito.

—¿Y cómo se llama? —preguntó, consciente de que nunca antes se había preocupado de saber su nombre.

—Le pusieron José Félix, por el abuelo y el padre, pero ni él es su padre ni el viejo Zubeldía es su abuelo. Odio el nombre, así que lo llamo Jofe. —Hizo una pausa, como si una idea se le hubiera pasado por la cabeza—. ¿Sabes? Se me acaba de ocurrir algo: desde este mismo momento lo voy a llamar solo Jo. A secas. Jo, de Joaquín.

Por vez primera, el joven pareció esbozar una sonrisa, a juzgar por la expresión de los ojos tras la tosca máscara.

—¿Y él lo sabe?

Ana María asintió, y ya no tuvo duda de que Joaquín estaba riendo. Terminó soltando una risotada, divertido, al parecer, por la situación. Sin embargo, a la risa siguió un acceso de tos, que hizo que se volviera a apartar de ellos.

—Nadie en el penal ha dejado la tos desde los primeros fríos —se excusó—. ¿Y cómo lo llegó a saber?

—Por los ojos, claro. Tonto no es.

—Ya, pero eso habrá sido después de nacer. Lo que no entiendo es cómo pudo casarse contigo sabiendo que esperabas un hijo de otro, aunque no supiera que el otro era yo.

Ana María cambió el peso del cuerpo de una pierna a otra, inquieta. No había pensado que la conversación pudiera tomar aquel derrotero. Pero lo había tomado, y Joaquín esperaba una respuesta mientras se quitaba la bandera del rostro.

—Creía que el hijo era suyo, Joaquín —respondió sabiendo que no tenía otra opción—. No pensaba contarte todo esto para no cargarte con más tribulaciones, pero, antes de que me lo preguntes, la respuesta es no. No me acosté con él.

—En ese caso... solo queda una opción.

—Es lo que sospechas, Joaquín. Me llevó con engaños a su casa para hablar con su padre, por ver qué podía hacerse por ti, que acababan de detenerte. Y allí, borracho, me forzó.

Se produjo un largo silencio en la estancia hasta que Joaquín volvió a hablar:

—Ahora tengo dos razones para aguantar y salir vivo de aquí, Ana María: cuidar de mi hijo y cargarme a ese hijo de puta.

Joaquín había regresado a la celda poco antes de la salida vespertina al patio. Sus compañeros, ávidos por conocer el motivo de tan extraordinaria llamada, se le habían echado encima en busca de noticias, pero tan solo tuvo tiempo para anunciarles que el hijo de Ana María era suyo. El toque de corneta a la hora de paseo había interrumpido la conversación que, sin duda, pensaban continuar en el exterior. No obstante, Joaquín parecía tener otros planes y desapareció entre los cientos de reclusos que caminaban por el patio siguiendo el sentido contrario a las agujas del reloj.

Sabía que Ana María le había ocultado muchas cosas, seguramente con la intención de no trasladarle más inquietudes, pero no era preciso cavilar mucho para comprender que su situación en el seno de la familia Zubeldía debía de ser muy delicada. Conociendo a Félix, imaginaba cuál habría sido su reacción al descubrir que el hijo no era suyo, aunque en un primer momento la escena le hubiera movido a risa. Ana María había tratado de soslayar la respuesta, pero intuía que Zubeldía la maltrataba, y más conociendo su carácter autoritario, su falta de escrúpulos y su afición a las borracheras. Había terminado por confesarle que el hijo que esperaba era fruto de una segunda violación, lo que había reforzado su voluntad de tomarse la justicia por su mano si es que algún día salía de entre los muros del penal.

Transcurridos los veinte minutos, Ana María había insistido en su deseo de darle un beso de despedida, a lo que se había negado en redondo para no poner a ninguno de los dos en riesgo. Incluso le había señalado la necesidad de que se lavara las manos con lejía antes de abandonar la prisión.

La determinación con la que había salido de aquella oficina era la que le llevaba a buscar en el patio a una persona entre tres mil, la única que podía ayudarle a cumplir su objetivo. La encontró cerca del economato, en medio de un círculo de hombres que la escuchaban hablar, embelesados. Era evidente que Leopoldo tenía madera de líder y, de no haber mediado la guerra y el cautiverio, sin duda habría desempeñado tareas políticas de relevancia. Le bastó un gesto al pasar delante de él para que Picó dejara el grupo y lo siguiera hasta un lugar apartado del flujo de paseantes.

—¿Qué se te ofrece, camarada? Veo que quieres hablar.

—Solo quiero decirte que puedes contar conmigo. Si ese día necesitas un traductor, me tendrás a tu lado.

Leopoldo Picó se limitó a sonreír.

—¿Hay novedades? ¿Se sabe cuándo?

—Pronto, camarada. Los días alargan y el frío ya no será obstáculo para pasar a la intemperie las noches que sea necesario.

—¿Qué puedo hacer?

—Tan solo mantener la boca cerrada hasta que llegue la ocasión, esperar en tu celda tranquilo y pegarte a mí como una lapa cuando salgamos por la puerta. Eso sí, en mi grupo, tú solo. Como mucho, uno más si tienes algún amigo de confianza del que no te quieras separar y que sea capaz de seguirnos el paso.

—Entiendo que no me puedes dar un adelanto del modo en que lo vais a hacer.

—Supones bien. Eso déjalo de mi cuenta. ¿Sabes manejar un fusil?

—No, pero si otros pueden, yo puedo. Ya me enseñarás tú. Si resulta que no estás loco y consigues sacarnos de aquí, a partir de ese momento no quiero depender de nadie para defenderme, y te aseguro que no me voy a dejar atrapar otra vez.

—¡Esa es la actitud, picapleitos! —siseó—. No te olvides de meter en la maleta un bañador bonito, que este año vamos a pasar el verano en la playa de Biarritz o en la de Burdeos.

27

Lunes, 9 de mayo de 1938

—¿Se puede?

Ramón había abierto la puerta, advertido ya de la visita por el ronroneo del vehículo que acababa de detenerse frente a la casa, un automóvil que conocía bien, con Jaime al volante. Del asiento de atrás se apearon don José y doña Margarita, quienes se hallaban ante él, sin haber saludado.

—Buenos días —respondió con intención—. Claro que pueden, no faltaría más.

Se hizo a un lado y el matrimonio entró en el vestíbulo escrutando cuanto estaba a la vista.

—¡Emilia! Baja, son los señores de Zubeldía. —A pesar del parentesco como consuegros, sus visitantes se habían asegurado de mantener las distancias. Sin embargo, aun teniendo en cuenta las diferencias que los separaban y las graves amenazas vertidas por don José, aún parecía persistir algo del aprecio que antaño este sintiera por Ramón.

—Venimos a ver a nuestra nieta —anunció doña Margarita con tono frío y carente de afabilidad.

—Por supuesto, lo imagino. Ana María está en la cocina, pero si les parece podemos pasar al cuartito de estar.

—En la cocina estaremos bien —respondió don José, avanzando hacia allí.

Ana María se encontraba en pie junto a la poyata. Bajo la ventana, de la cuna de la pequeña Concepción no salía sonido alguno, y Jo estaba sentado en una manta jugando con unas piezas de madera pintadas de colores que el carpintero había cortado para Ramón.

El nombre, de nuevo, había sido objeto de disputa en una visita anterior a finales de abril, poco después de su regreso de Pamplona. Los Herrero habían propuesto el nombre de la madre o, en su defecto, Ana o María, en caso de ser niña; Ramón, si era niño. Doña Margarita se había negado en redondo alegando que, en la situación de distanciamiento por la que atravesaban, no serían del agrado de Félix. En su lugar, había propuesto los de Ángel e Inmaculada Concepción, lo que despertó una carcajada mordaz de Ana María.

—Si se cree que le voy a permitir mentir hasta en el nombre de mi hija, si es que es una niña, está usted arreglada.

—¡No te consiento...!

—No está usted en disposición de imponer su voluntad de nuevo. Ya lo hicieron con Jo, con José Félix —se corrigió—. Pero mire, Concha es un nombre que no me disgusta y podría ser. Y Ángel tampoco está mal.

—¿Llamas Jo a tu hijo? —había intervenido don José—. ¿No es un poco ridículo?

—José Félix es demasiado largo. Y si le digo la verdad, en la actual situación de distanciamiento, no resulta de mi agrado —remedó con insolencia a doña Margarita.

—¿En qué momento permitiría a mi hijo casarse con una fresca como tú?

—¿Ve? Pese a todo, hay cosas en las que estamos plenamente de acuerdo.

—Jo... de Joaquín, ¿no es cierto? —insistió don José, lo que también impidió que su mujer avanzara en una discusión que sabía cómo iba a terminar.

—Y de José Félix —opuso Ana María—. Pero sí, ¿para qué le voy a engañar? Se me ocurrió el otro día cuando lo llevé a San Cristóbal para que lo conociera su padre.

—¡No puede ser! —exclamó doña Margarita mirando de hito en hito a su marido—. ¿No habías dicho que...?

Se calló cuando su esposo, alzando las cejas y apretando los dientes, compuso un gesto de advertencia que resultó ser poco disimulado.

—Su marido le había contado que se me habían prohibido las visitas, ¿no es cierto? —rio Ana María con sorna y despecho—.

Tal vez a través de su contacto en el penal, el doctor San Miguel. Pero no contaban con que ese simulacro de médico pudiera ser trasladado, ni que yo también contara con mis propios contactos dentro de la prisión.

—¡Habrase visto! —se escandalizó doña Margarita—. Vámonos de aquí, José. Ya hemos aguantado demasiado.

Desde aquel portazo de doña Margarita habían transcurrido diez días, y solo el nacimiento de Concha había conseguido hacerlos regresar; y allí estaban, plantados en el umbral de la cocina esperando a conocerla.

—Si me dan un minuto, termino de prepararle un biberón y la despierto. Si le doy solo el pecho, se queda con hambre porque en estos tres días no me ha bajado del todo la leche —les explicó.

Cuando estuvo listo, lo dejó a un palmo de la cocina de carbón donde lo había calentado y se acercó a la cuna para coger en sus brazos a la recién nacida, que mostró a sus abuelos, quienes se habían acercado expectantes y ávidos.

—¡Pero si tiene la misma carita de su padre! —se admiró doña Margarita provocando una sonrisa resignada y displicente en Ana María—. Es una preciosidad. ¿Me dejas cogerla en brazos?

—Claro, es su nieta. Siéntese en la silla y se la doy.

Con cuidado, entregó a su suegra la diminuta criatura de tres días, recién despierta. Tal vez el instinto la hizo girar la cabecita buscando el pecho y, al no encontrarlo, se arrancó con un berrinche agudo.

—¡Pues sí que has durado sin llorar! —se irritó.

—Tiene hambre. Después de la toma, le dejo que le saque los gases.

Ana María volvió a coger a la niña y, cubierta con el chal que llevaba sobre los hombros, empezó a darle el pecho que la pequeña tomó ansiosa.

—¡Buenos días! —saludó entonces Emilia desde la puerta—. Perdonen la tardanza, pero estaba con la ropa de andar por casa; me he tenido que arreglar un poco.

—Buenos días, Emilia, no se preocupe —respondió don José.

—¿Y Félix? ¿No ha venido a conocer a su hija? —espetó sin filtro de ningún tipo.

—No se encontraba bien —se apresuró a responder doña Margarita.

—Es inútil venir con medias verdades a estas alturas, mujer —la desmintió don José.

—¡No he mentido! —protestó.

—No, claro que no se encuentra bien, pero hay que contar el motivo. No quiere ni oír hablar de salir a la calle. Parece que todo Puente Real está al tanto de que José Félix no es su hijo.

—¿Cómo es eso posible? —saltó Emilia, horripilada por las implicaciones que aquello tenía para su hija.

—Ha tenido que ser alguien del servicio que se ha ido de la lengua —explicó don José.

—Así pues, no ha funcionado su teoría sobre el premio y el castigo para mantener a los sirvientes con la boca cerrada —dejó caer Ana María mirando a su suegra.

—Margarita los ha interrogado uno por uno y los ha amenazado con el despido inmediato si no aparecía el culpable. Les aseguró que estamos dispuestos a prescindir de todos ellos si eso no sucede.

—¡Pero nada! —continuó doña Margarita—. Ni por esas. Y les he ofrecido una gratificación de quinientas pesetas si alguno me revela cuál de sus compañeros ha podido ser.

—Premio y castigo —repitió Ana María con tono burlón—. Pero no ha contado con el placer que puede producir compartir historias tan jugosas como esta con su círculo de amigos. Además está la impunidad, nadie tiene por qué saber que se ha ido de la lengua.

—Lo cierto es que parece que se sabe todo.

—¿También quién es el verdadero padre?

—Eso no hace falta ni decirlo, cualquiera puede suponerlo. —Era el turno de doña Margarita y no desaprovechó el disparo.

—Y lo de sus ataques de pánico y que se descontrola cuando bebe —añadió don José, desalentado—. Y hasta lo sucedido el otro día en las escaleras.

—Les aseguro que estoy dispuesta a despedirlos a todos —repitió.

—No iba a solucionar usted nada —intervino Ramón—. Si esto ha pasado con personas que llevaban años a su servicio, se supone que todas de absoluta confianza, imagine lo que sería de ahora en adelante con personal nuevo.

—En eso tiene razón mi padre —añadió Ana María, sin dudar en salir en defensa de Julita.

—Por no contar con el completo desastre que supondría cambiarlos a todos de golpe. La casa se convertiría en algo parecido a un campo de batalla —reconoció don José.

—Félix está muy mal. —Doña Margarita parecía a punto de perder los nervios—. Ya lo estaba al llegar por lo que debió de vivir en el frente, un asunto del que se niega a hablar. Sufre de pesadillas, y más de una vez he notado que había estado llorando a escondidas. Es un hombre roto, distinto por completo al que marchó a la guerra. Y ahora esto, estos rumores, que van a terminar de hundirlo. Y tú...

—¿Yo? ¿Qué ocurre conmigo? —Ana María levantó la vista que mantenía fija en la pequeña, que se aferraba al pezón sin encontrar satisfacción.

—Voy a ser franco contigo. Mi mujer teme que pidas la nulidad, Ana María. —Don José parecía querer desahogarse y despejar una duda que a ambos debía de atormentar, a juzgar por sus miradas mientras esperaban respuesta—. Sería un auténtico escándalo y un baldón para el prestigio de mi familia y de mi apellido.

—¿Y qué diferencia habría entre un matrimonio roto de manera oficial y un matrimonio roto por la fuerza de los hechos? Toda la ciudad sabe que me he ido de su casa, ustedes mismos lo acaban de decir.

—No me has respondido, Ana María.

—Mire, don José, estoy tan confundida como usted. Ni yo misma sé lo que voy a hacer mañana, ni qué nos tiene deparado el destino. Pero creo que de esta situación soy tan culpable como la que más.

—¡Al menos lo reconoces! —exclamó doña Margarita, sorprendida.

—Sí. Nunca debí aceptar casarme con su hijo por el qué dirán, a pesar de las amenazas de Félix contra mi familia. No me pida que vuelva a cometer el mismo error con una promesa de la que me pueda arrepentir mañana.

—Entonces ¿no es algo que te hayas planteado? —insistió Zubeldía.

—Don José, doña Margarita... que no me lo haya planteado hoy no quiere decir que no me lo plantee mañana si hay motivos nuevos.

—¿A qué motivos te refieres? —Doña Margarita, que empezaba a hacer pucheros de manera poco disimulada ante las evasivas de su nuera, la miró con los ojos inyectados—. ¿Que tu Joaquinito salga de la cárcel para irte con él?

Ana María detuvo a su padre, presto a contestarle, con un gesto de la mano libre al tiempo que movía la cabeza. Pareció tomar aire y darse un instante antes de responder ella misma.

—Ya que usted no se priva de soltar por esa boca de arpía lo que le quema por dentro, le voy a responder con la misma sinceridad. —Habló con tono firme, como si hubiera ensayado mil veces lo que iba a decir a continuación, segura de no cometer error alguno—. Si tal cosa llegara a suceder algún día, Félix se quedaría con su hija, Joaquín, con el suyo, ustedes, con su nieta, y yo, con el hombre que amo y que su hijo me arrebató. Así que todos contentos. Y, sobre todo, les perdería de vista para siempre, porque les detesto con todo mi corazón, a ustedes y a todo lo que representan.

—¡Bien dicho, hija mía! —Resultaba evidente que Ramón, con lágrimas en los ojos, no se había podido contener—. Su nieta no va a poder estar mejor cuidada, pero ahora debo invitarles a que salgan de esta casa. Y ya, a fuer de ser sinceros, debo añadir algo más: maldita sea la hora en que su hijo y ustedes se cruzaron en nuestras vidas.

28

Domingo, 22 de mayo de 1938

—¡Ya, ya, ya, ya! —siseó Joaquín haciendo aspavientos desde el balconcillo donde se encontraba en compañía de Federico.

De entre los cinco, ambos eran quienes más inquietud habían manifestado durante todo el día, aunque se habían guardado muy bien de dar señales de ella ante los guardias. Solo los avisados habían sido capaces de percibir aquel desasosiego contenido durante el paseo en el patio, mediante miradas esquivas entre quienes estaban al tanto de lo que se preparaba, de un menor número de corrillos formados aquella tarde, incluso de un exceso de entusiasmo por parte de algunos al levantar la mano y cantar los himnos de rigor a la hora de formar para regresar a las brigadas y pabellones, si bien la consigna transmitida por Picó era continuar con la rutina diaria de manera estricta.

Solo un instante después, Josu, Rogelio y Ezequiel se apelotonaban en el vano, tratando de atisbar en segunda fila lo que sucedía afuera.

—Pero ¿qué pasa? —preguntó Ezequiel—. En el patio no se ve nada.

—Se han oído voces y gritos en la entrada a las brigadas y varios golpes fuertes aquí abajo, en este mismo edificio —aseguró Joaquín.

—Claramente —corroboró Federico—. Yo diría que eran portazos en la zona de las cocinas.

—Si todo el mundo se asoma a las ventanas, vais a llamar la atención del centinela —advirtió Josu, que se había mostrado sombrío y callado desde la mañana.

La garita del guardia asomaba sobre la cumbrera del edificio de las brigadas situado enfrente, cubierta por el mismo manto de tierra y la misma vegetación que la cima del monte. Desde allí se dominaba el patio, aunque a la hora del reparto del rancho, con todos los presos en el interior de los edificios, el soldado encargado de la vigilancia había aprovechado para dejar el fusil apoyado a un lado y, sentado en el poyo de piedra, parecía ocupado en liarse un cigarro.

—Se oye jaleo dentro de las brigadas —advirtió Federico con la cabeza fuera.

—¿Jaleo? ¿Quieres decir palos? —preguntó Ezequiel, que no veía nada detrás de sus camaradas.

—No, no. Voces, algarabía. No es normal.

—No, no es normal. Hace rato que han tocado a rancho, pero nadie sube con las gavetas.

—¡Joder! ¡Mirad eso! —exclamó Joaquín.

Ezequiel no se lo pensó y, a cuatro patas, metió la cabeza entre las piernas de sus compañeros. Lo que vio lo dejó pasmado. Siete hombres, con actitud furtiva, cruzaban el patio en diagonal desde la entrada de las brigadas en dirección a la puerta de Ayudantía, situada bajo aquel mismo balcón.

—¡Es Picó! ¡El primero es Picó! —observó Federico—. ¡Pero lleva puesta la ropa de un guardia y una pistola en la mano!

—¡No me jodas! ¡Eso quiere decir que han tomado el control en las brigadas! —intervino Rogelio desde dentro, incapaz de hacerse hueco para otear el patio—. ¡Esto va en serio, camaradas!

—Más decididos no han podido entrar los siete —dijo Joaquín al tiempo que se apartaba para dejar hueco a otro—. Y me ha parecido que Picó no era el único que llevaba pistola.

—¡Se las han tenido que quitar a los guardias de las brigadas, a Cid y a Galán!

—¡Vaya cojones! —terció Federico, que también se había retirado del balconcillo—. Y ahora, por la dirección que llevan, van a por el jefe de servicios, en Ayudantía.

Josu era el único que no se había asomado. Sin embargo, se movía inquieto por la celda negando con la cabeza.

—¿Tú qué opinas? —le preguntó Federico—. No lo tienes nada claro, ¿no?

—No tienen ninguna posibilidad —sentenció—. Aunque se

hagan con el control en las dependencias de los presos, esto sigue siendo una ratonera. Tendrían que atravesar el túnel del rastrillo con verjas cerradas y guardias en ambos extremos, y al otro lado les espera la guarnición militar, no menos de sesenta o setenta hombres armados.

—Mira que este elemento parece que tiene las ideas muy claras, y lleva meses con la idea de la fuga en la cabeza —opuso Ezequiel—. ¿A ti, Joaquín, no te ha contado nada?

—Del plan para escapar, ni una palabra. Si ha conseguido algo tan complicado como iniciar esto sin que nadie les haya ido con el cuento a los guardias o a De Rojas es porque lo han hecho con la máxima discreción. Solo quiere que me una a él en caso de que su fuga tenga éxito, por lo del francés, ya os conté.

—¿Habéis oído? —lo interrumpió Federico.

—Son gritos, ¿no? —Joaquín se acercó al vano de la puerta para asomarse al pasillo central. Regresó un instante después—. Creo que es abajo, en este mismo pabellón. Pero a quien quiera que gritara lo han hecho callar.

Pasaron unos minutos sin que sucediera nada, aunque en la planta entera del pabellón se respiraba inquietud, con decenas de presos apelotonados cerca de la verja que comunicaba con las escaleras. Abajo se oían voces, carreras y portazos, pero nadie había subido a la segunda planta con información sobre lo que estaba aconteciendo.

—¡Vuelven! ¡Picó y los demás regresan, pero ahora son más, al menos una docena! —anunció Rogelio, que seguía asomado al balconcillo—. Van hacia las brigadas. Tres o cuatro llevan pistolas y los demás, martillos, piquetas y hierros.

—Será que no han podido salir por el rastrillo y vuelven para hacer como si no hubiera pasado nada —supuso Federico, desalentado—. Si se confunden entre los demás y los guardias no les han visto las caras, tal vez se libren del paredón.

—Si eso ocurre, que Dios nos ampare a todos —opinó Josu.

Sin embargo, antes de terminar de cruzar el patio, un numeroso grupo de hombres había salido a su encuentro desde las brigadas y también desde el edificio de pabellones a través de las cocinas. Picó y los suyos asentían al recibir efusivas felicitaciones de los presos que se habían reunido allí, pero el cabecilla no parecía tener tiempo que perder. Se dio la vuelta y, con un gesto, indicó a los integrantes del ya nutrido grupo que le siguieran de nuevo en dirección a la salida.

—Pero ¿qué está pasando? —preguntó Federico.

—¡Joder, que sí, que está abierta la puerta del patio, la que comunica con el rastrillo! —exclamó Joaquín con sobrealiento—. No sé cómo, pero estos cabrones han conseguido neutralizar a toda la guardia del recinto de la cárcel, incluido el túnel de salida. Para mí que ahora, con vía libre, han vuelto en busca de todos los demás que estaban en el ajo para salir juntos al patio exterior.

—¡Pero ahí se van a encontrar con la guarnición al completo! —exclamó Josu, alterado, negando con la cabeza—. ¡Si no llevan más que cuatro pistolas y cuatro palos! No tienen nada que hacer frente a ochenta o noventa militares armados.

—¡Mirad, mirad allí! —Rogelio señalaba al tejado frente a ellos. Él y Ezequiel se apartaron del balconcillo para que los cinco pudieran observar la escena que se desarrollaba justo enfrente.

Un solo hombre, un preso a juzgar por la vestimenta, encañonaba con una pistola en la sien a un guardia maniatado al que hacía avanzar a empujones por el tejado hacia la garita del centinela. Su ocupante, fusil en ristre, apuntándole parapetado en el cobertizo, le daba el alto, pero el preso se aproximaba decidido.

—¡Suelta el fusil o lo mato! —El grito les llegó amortiguado a través del patio, a pesar de la distancia.

El centinela, seguramente uno de los más jóvenes e inexpertos, a quienes se encargaban las guardias en las garitas y las imaginarias, dudaba, aunque seguía encañonando a su oponente con el fusil.

—Si disparas, será fácil que le des a él, y, antes de que te des cuenta, vas a tener un tiro entre las cejas. Si dejas el fusil en el suelo, nadie saldrá herido.

—¡Haz lo que te dice! —gritó el guardia—. Ya los cazarán afuera los de la guarnición, es imposible que salgan del fuerte.

—¡Da cinco pasos, deja el arma en el suelo y vuelve a la garita!

Un instante después, el preso encañonaba a los dos hombres que caminaban delante de él, de regreso a la escalera que daba acceso a la cumbrera del edificio de las brigadas.

—¿Quién es? ¿Lo conocéis? —preguntó Josu.

—Me suena su cara, estaba en la primera brigada. Creo que es uno de los de Vitoria —trató de recordar Federico.

—Pues los tiene bien puestos el de Vitoria. —Ezequiel no apartaba la vista de los tres hombres, a los que acababa de sumarse un cuarto que maniató juntos y con prisa a los dos guardias antes de hacerlos descender a empellones.

—Tal vez hemos menospreciado a Picó y a los suyos. Estos parecen tenerlo todo muy bien pensado —musitó Rogelio con admiración.

—Es imposible prever lo que se van a encontrar allá afuera. Nada pueden unos cuantos hombres con cuatro pistolas contra una guarnición completa —repitió Josu.

—Desde luego, han elegido bien el momento, un domingo por la tarde, que es cuando el fuerte está más desguarnecido, con muchos soldados de permiso, con sus familias.

—Sin ayuda exterior es imposible que lo consigan —insistió Josu—. Tal vez este sea el penal más seguro de toda la zona nacional.

En aquel momento llegó hasta ellos el eco de numerosos disparos.

—¿Oís? Ha empezado la fiesta allá afuera —comentó Rogelio.

—Pues que Dios los ampare. —Josu se había sentado de nuevo contra la pared y se sujetaba la frente con la mano abierta cubriéndose también los ojos en un gesto de desaliento.

Continuaron los disparos esporádicos, pero no llegó a producirse el tiroteo generalizado que esperaban. En el patio, a sus pies, nadie parecía aventurarse al descubierto, más allá de las puertas de las brigadas y los pabellones, sin duda, por temor a los centinelas que tal vez siguieran ocupando las garitas de los tejados. En el edificio de enfrente no habían podido ver lo que acababa de suceder justo sobre sus cabezas y, en cualquier caso, había más centinelas en los cuatro puntos cardinales en todo el perímetro del penal.

—Daría un dedo por saber qué está pasando allá afuera —confesó Federico, inquieto después de un rato de silencio—. No es normal que no se oiga nada.

—Entre este recinto y el patio de la guarnición hay una verdadera montaña, justo la que atraviesa el túnel del rastrillo —recordó Joaquín—. Es normal que no llegue sonido alguno, excepto los disparos.

En el exterior de la celda se escuchó un repentino alboroto y

Joaquín salió al pasillo. Entre los camaradas amontonados entrevió que al otro lado de la verja había un hombre con un manojo de llaves tratando de acertar con la que abría aquella cerradura. Logró su propósito en medio del estupor de los presos, dejó la puerta abierta de par en par y continuó escaleras arriba para repetir la operación en el piso superior. Los presos que se apelotonaban en el pasillo no salían de su asombro. A oídos de la mayoría no había llegado la más mínima noticia sobre los preparativos de la fuga, y todo eran preguntas en medio de la más absoluta confusión. Nadie parecía saber qué actitud tomar, y nadie se arriesgó a salir del pabellón a la espera de acontecimientos que no tardaron en producirse. Desde el rastrillo empezaron a entrar presos armados con fusiles que, atravesando los locutorios y la puerta de acceso al patio, hicieron varios disparos al aire entre gritos de «¡Libertad!» y «¡Viva la República!».

—¡Somos libres, camaradas! ¡Salid todos! ¡Las puertas del penal están abiertas! —gritaban al tiempo que cruzaban el patio para dirigirse a todas las dependencias—. ¡El camino a Francia y a la libertad está abierto para todos! ¡No hay tiempo que perder!

Joaquín y Federico se miraron emocionados y se fundieron en un abrazo, al que pronto se unieron Rogelio y Ezequiel. Solo Josu permanecía sentado y con semblante circunspecto, aunque a su expresión se había sumado el asombro por lo que escuchaba.

—No puedo creer que lo hayan conseguido. —Joaquín puso palabras al pensamiento de todos, con lágrimas de emoción en los ojos—. ¡No puede ser cierto!

—Y, sin embargo, lo es, no hay duda. ¡Míralos! —apostilló Federico, de nuevo asomado al balcón—. El patio empieza a llenarse de gente que sale de todas partes, ¡y no se ve un solo guardia!

El pasillo también era un hervidero. El golpe de mano se había gestado en la primera brigada, en torno a la nave que ocupaba Picó, y en pabellones nadie estaba al corriente. Los compañeros de Josu, todos ellos de Bilbao, presos tras presentar batalla a los nacionales después del golpe, se presentaron en la celda.

—Tenemos que decidir qué hacer, camaradas —espetó uno de ellos, tan nervioso como el resto—. Parece que esto va en serio y que las puertas están abiertas para todo aquel que esté dispuesto a intentar la fuga.

—Nos falta información —objetó otro—. Han ido a buscar a

los carabineros presos, a ver qué les parece a ellos; se dice que conocen bien el terreno de aquí a la frontera.

—¿Sabéis qué día es hoy? —preguntó Josu.

—Santa Rita, lo ha dicho el cura esta mañana en misa —respondió Ezequiel.

—La patrona de los imposibles.

—No creo en santos ni patronos, Josu. También se dice aquello de «Santa Rita, Rita, lo que se da no se quita». Y de momento nos ha dado la libertad para cruzar las puertas del fuerte sin nadie que nos lo impida.

—Es una temeridad echarse al monte a punto de caer la noche, sin ayuda exterior, sin referencias para orientarse. A quienes se vayan los van a cazar como a conejos mucho antes de llegar a la muga —opinó Josu.

—Federico y yo nos marchamos —anunció Joaquín—. Había pocas esperanzas de que esto pudiera salir bien, pero, como dice Ezequiel, aunque parezca un milagro, las puertas están abiertas. Lo hemos hablado y nosotros estamos decididos a intentarlo.

—Yo me voy con vosotros —se sumó el aludido.

Josu asintió.

—Os deseo toda la suerte del mundo, pero es un suicidio. —Parecía que era todo cuanto iba a decir, pero decidió continuar para exponer con claridad lo que pensaba—: Mañana al amanecer, si no antes, en cuanto se dé la voz de alarma, van a emprender una auténtica cacería humana, y tenéis todas las de perder. Nuestras condiciones físicas son deplorables, llevamos dos años padeciendo hambre y toda clase de privaciones, la mayoría vais medio descalzos y no disponéis de comida para el camino. Ayer llovió, el monte estará empapado y, aunque tuvierais con qué encender un fuego, no podríais hacerlo sin delatar vuestra presencia. Mañana todos los pueblos de aquí a Francia estarán advertidos a través del teléfono y del telégrafo; los requetés, los falangistas, el ejército y la Guardia Civil coparán los vados y los puentes. Para ellos daros caza será un juego de niños. Una puta montería en la que se cobrarán piezas humanas.

—A pesar de todo, yo lo voy a intentar —lo interrumpió Federico, irritado—. Prefiero morir en el monte que seguir pudriéndome en esta puta celda como un cordero asustado.

—No es cobardía, Federico. Es sensatez y cordura —repuso

con desaliento. Entonces se dirigió a Joaquín de nuevo—: ¿Te dijo Picó si cuentan con ayuda del exterior?

Joaquín negó con la cabeza.

—No, no tenemos contactos en el exterior. Era demasiado arriesgado.

Leopoldo Picó, aún vestido con las ropas de los guardianes, se encontraba plantado bajo el dintel con un fusil italiano en bandolera. Era él quien había respondido la pregunta de Josu.

—¡Coño! ¡Picó! —exclamó uno de los vizcaínos.

—Subía para hablar con vosotros. Hemos requisado setenta fusiles como este y necesitamos gente bregada en su uso. Sé que vosotros os batisteis el cobre a base de bien. Os ofrezco armas y munición a todos si os ponéis en cabeza de la expedición camino de Francia.

—Joder, ahora lo hablas con ellos, pero antes cuéntanos un poco, ¿cómo cojones habéis preparado este berenjenal? —preguntó Rogelio con cara de admiración.

—En cuatro palabras, no hay tiempo que perder —accedió Picó—. Éramos doce. Hemos aprovechado el reparto del rancho para desarmar a Galán, el guarda de nuestra brigada. Le hemos quitado el arma y lo hemos encerrado en el sótano. Luego, después de subir a la segunda brigada pistola en mano ha sido fácil hacer lo mismo con Cid y con los tres ordenanzas que había en el cuarto de servicios. Me he puesto sus ropas y nos hemos dividido en dos grupos. Cinco camaradas han ido a la cocina y han sorprendido a los cocineros y a otro guardián, los han metido en el cuarto de herramientas y, antes de seguir adelante, a falta de más armas, han aprovechado para coger hierros, martillos y piquetas. Yo he cruzado el patio con otros seis hasta Ayudantía y hemos sorprendido al jefe de servicios, Pescador, y a su ayudante.

—¡Os hemos visto desde aquí! —le cortó Rogelio.

Picó, con un gesto, le pidió que no le interrumpiera y continuó:

—Con la pistola en la sien, he llevado al ayudante hasta la verja del rastrillo y le he obligado a llamar al guardia de dentro, que era Sacristán. Le ha dicho que Pescador lo llamaba y que era urgente. Ha cruzado la verja, ha vuelto a cerrar y, cuando entraba en Ayudantía, le he asestado un culatazo en la cabeza, lo he dejado sin sentido y le hemos cogido las llaves del túnel.

—Hemos oído gritos.

—Los del otro grupo. Han desarmado a uno de los dos centinelas de la puerta que da frente a la iglesia, pero el otro ha empezado a gritar y alguien le ha pegado con la piqueta en la cabeza, me cago en todo.

—¿Se lo han cargado?

—Sí, joder. Y eso que había órdenes estrictas de no hacer sangre —se lamentó—. Bueno, total, que ya con las llaves del rastrillo y la guardia de este lado neutralizada, hemos vuelto a las brigadas a buscar los refuerzos que esperaban allí para salir afuera. Los de la guarnición estaban todos cenando tan tranquilos, con los fusiles en los armeros. Teníais que haber visto sus caras cuando he entrado con el uniforme de Cid, les he encañonado y les he dicho que levantaran las manos. Se pensaban que era una broma y se reían como bobos hasta que han entrado los demás. La sonrisa se les ha helado en la cara, pero no han ofrecido resistencia. Lo más complicado ha sido reducir a los centinelas, pero ya está hecho.

—Joder, Picó, y lo cuentas como si hubiera sido todo tan fácil —se admiró Rogelio una vez más—. Hemos visto a uno desarmar al centinela de ahí enfrente y hace falta tenerlos muy bien puestos.

—Venga, basta de cháchara, que el tiempo pasa —cortó—. Vengo a lo que vengo. ¿Qué me decís?

Se produjo un silencio incómodo.

—Dices que no hay ayuda en el exterior —respondió Josu—. ¿Dispones al menos de mapas del terreno?

Picó se hizo a un lado e hizo señas a un joven que parecía acompañarle, aunque se había quedado en el pasillo.

—No, tampoco tenemos mapas, pero os presento a Pablo Elorza, de Pamplona, montañero y buen conocedor de los Pirineos. Lo tengo casi convencido. Sabe que la suerte de cientos de hombres puede depender de él, y sé que no se va a negar a venir con nosotros.

—Aún no te he dado mi respuesta, Picó.

—No dudo cuál va a ser.

—No presiones así al chaval —se molestó Josu—. No todo el mundo tiene por qué mostrar tu arrojo. Lo que acabas de conseguir es una hazaña que, si alguno de vosotros logra escapar, será recordada durante generaciones. Pero debes respetar la libertad de cada uno para decidir.

—La respeto, camarada. De otra manera, habría subido aquí en vuestra busca con media docena de rifles apuntándoos. Pero no tendría ningún sentido. En esta guerra la recluta no es forzosa —repuso Picó—. Además, quiero ser sincero por completo: los que vayáis a salir debéis saber que dos centinelas han escapado monte abajo y será cuestión de media hora lo que les cueste dar la alarma en Artica o en Aizoáin. Así que tenemos el tiempo justo para coger lo imprescindible y echar a correr como ellos, pero por la ladera contraria, rumbo a Francia.

—Yo voy, ya te lo dije —dijo Joaquín.

—De acuerdo, tú no te separes de mí. La idea es llegar a Francia cuanto antes, y entonces te vamos a necesitar.

—Federico viene conmigo.

—Ningún problema, pero aquí cada uno debe cuidar de sí mismo y por nada del mundo poner en riesgo la seguridad del grupo —respondió mirándolo—. ¿Sabes disparar?

—Con la escopeta.

—Pide un fusil cuando pasemos por el cuerpo de guardia. Si no vienen los gudaris con nosotros, a lo mejor hasta nos sobran armas. Tiene cojones que, de cerca de tres mil que estamos aquí, solo cuatro gatos hayan empuñado armas y la mitad no estén dispuestos a volver a empuñarlas. Y eso que casi todos han sido condenados por rebelión militar —se lamentó—. Pero ya basta de hablar. Quien quiera venir en mi grupo, dentro de diez minutos en la puerta del penal.

—Los carabineros no salen —informó entonces el que había ido en su busca—. Dicen que es una locura tirarse al monte ahora.

—He perdido la cuenta de las veces que me han llamado loco estos meses cuando les decía que era posible hacerse con el fuerte y abrir las puertas para escapar. Será que este mundo y la libertad es para los locos —dijo mientras se daba media vuelta y se perdía en medio del alboroto del pasillo—. ¡Diez minutos!

Joaquín, Federico y Ezequiel habían usado la mitad del tiempo en improvisar un hatillo con una manta donde guardaron las escasas provisiones que entre todos pudieron reunir. Joaquín se maldijo por su falta de previsión, pero comprendió que era resultado de su poca fe en el éxito del plan.

—Me pregunto qué habrá pasado con el economato, se supone que todo el penal está ahora en nuestras manos —dijo en voz alta.

—He pasado cuando he ido a buscar a los carabineros, y aquello era el caos. —Algunos de los de Bilbao permanecían junto a la celda apurando el tiempo, al parecer incapaces de tomar una decisión definitiva—. Había peleas por los últimos víveres porque, por lo visto, los ha habido más listos.

—Habrán sido los que estaban al tanto de la fuga —intuyó Rogelio.

—Tal vez lo tuvieran pensado y se lleven las vituallas para repartirlas en los próximos días —aventuró Federico.

—No contéis con más de lo que vosotros lleváis. —Josu, desde el balconcillo, los hizo volver a la realidad—. Me da la sensación de que los planes solo llegaban hasta el momento en que se abrieran las puertas del fuerte. A partir de ahora, para quienes las crucéis es un sálvese quien pueda.

Se despidieron en medio de la baraúnda en que se habían convertido el pasillo del pabellón y las propias celdas. Rogelio permaneció en pie junto a Josu.

—¿Te quedas? —preguntó Ezequiel.

El periodista, emocionado, acaso algo avergonzado también, asintió con la cabeza.

Joaquín agradeció la premura de tiempo, que les hizo superar aquel momento que temía con breves abrazos y fuertes palmadas en la espalda mientras se deseaban suerte y se prometían buscarse afuera.

Descendieron la escalera y se dirigieron por el pasillo central en busca de la entrada al túnel del rastrillo. Al pasar por la zona de los locutorios, sintió un nudo en la garganta. La conversación mantenida allí con Ana María un mes antes estaba en el origen de su determinación. El pequeño Jo le esperaba en Puente Real.

Todas las verjas permanecían abiertas y un río de hombres las atravesaba en ambos sentidos. Antes de llegar al final, un grupo numeroso de presos parecía obstruir la salida.

—¿Qué pasa ahí? —preguntó Federico a uno de los que volvían.

—Es Cid, el guardia de las brigadas. Se ha colocado en el rastrillo para convencer a los que salimos de que fugarse es una locura. Dice que nos tiene aprecio y que ninguno va a llegar vivo a Francia.

—Pero ¿qué cojones? ¿No lo habían encerrado?

—Ya sabéis que Cid es un buen tipo. Lo han dejado suelto... y míralo. A mí me ha convencido, me vuelvo a la brigada.

—A nosotros no nos vas a convencer, pero deséanos suerte, Cid —dijo Joaquín al pasar a su lado.

—La vais a necesitar, hijos. Que Dios os bendiga.

—Vente, Cid. En cuatro días estamos con Picó en Biarritz saludando a las chicas en francés —bromeó.

—Me extraña que esos gañanes sepan francés.

—Pero yo sí —respondió ufano—. Ya haré yo de traductor.

—¡Ay, hijo! Ojalá el de allá arriba no os haga pagar por vuestra arrogancia. Hacedme caso, por lo que más queráis. No tenéis ninguna posibilidad. Tú que tienes estudios deberías ser más sensato. Os van a dar caza como a conejos.

—Tengo un hijo de un año ahí afuera, Cid. Un pequeñajo que me espera para verlo crecer. —Se despidió mientras se encaminaban ya hacia la luz al final del túnel—. Y gracias por todo. Eres de lo poco bueno que hay en este agujero.

Llegaron al cuerpo de guardia abriéndose paso en medio de una multitud desorientada. La mayor parte de los reclusos, cualquiera que fuera su ubicación en el penal, no habían tenido noticia de la fuga y, en cuestión de un instante, se habían visto ante la necesidad de tomar una decisión trascendental sin ninguna información. Circulaban bulos, tal vez originados en un simple comentario o en una suposición que alguien habría dado como cierta. Así, se oía que el Ejército republicano se aproximaba y los nacionales habían dado por perdida la prisión; incluso había quien afirmaba que la guerra había terminado y se disponía a buscar algún medio de llegar a la estación de ferrocarril de Pamplona para regresar a casa.

Divisaron a Picó a lo lejos y se dirigieron hacia él.

—¿Y mi fusil? —reclamó Federico.

—Llegas tarde, ya hemos repartido todo lo que estaba en uso. Lo demás es chatarra. Pero tengo algo que os va a hacer más falta —dijo mirándoles los pies, al tiempo que señalaba hacia un montón de botas y calcetines apilados en un rincón—. Son de los soldados de la guarnición. Buscad un par de vuestro número, que casi descalzos como vais no llegaréis muy lejos. Y deprisa, que nos vamos.

Joaquín, al atravesar junto con sus compañeros la puerta principal del penal, supo que jamás olvidaría aquel momento. Tragó saliva varias veces, aún incrédulo e incapaz de asimilar lo que estaba viviendo. Tal vez de manera inconsciente, todos habían ralentizado el paso al cruzar la solemne arcada tratando quizá de prolongar el momento para grabarlo mejor en la memoria. Con los pies calzados por vez primera en dos años con algo digno de tal nombre, salieron a la explanada exterior y quedaron extasiados con la visión de la ciudad a sus pies, bañada con la luz ya escasa del atardecer.

—¡Vamos, vamos! —apremió Picó—. Si no nos damos prisa, tendremos al ejército aquí antes de marchar.

Joaquín observó a los hombres reunidos en torno al cabecilla y, al hacerlo, sintió que el desaliento lo invadía. Serían unos cuarenta y todos ellos presentaban un aspecto lamentable, con ropas demasiado grandes que colgaban lacias sobre los cuerpos consumidos, los ojos hundidos en las órbitas, las mejillas escurridas y un aspecto general de debilidad y desnutrición. Nadie había cenado aquel día y, aunque no sentía hambre, sabía que el alimento ingerido por todos ellos desde el día anterior apenas alcanzaba para mantenerlos en pie con la vida sedentaria de la prisión. Al enfrentarse por vez primera al paisaje abierto, con las montañas que azuleaban en la distancia, fue consciente de la magnitud de la empresa que acometían y supo que estaban cargados de razón quienes calificaban aquel intento como una locura destinada al fracaso. Incluso los fusiles que colgaban del hombro de una decena de aquellos hombres se le antojaban una pesada carga.

Cientos de reclusos vagaban por la explanada, se reunían en corrillos en busca de alguna certeza, de argumentos que los hicieran salir de su indecisión. Algunos lo lograban y partían monte abajo en grupos más o menos numerosos. Otros muchos, sin embargo, cabizbajos después de haber tocado la libertad con las yemas de los dedos, cruzaban de nuevo el portón de regreso al cautiverio. Joaquín sabía que aquella era la decisión más sensata, como Josu, los carabineros y el guardia Cid habían tratado de hacerles ver. Pero en su caso había una fuerza que superaba a la sensatez y a la prudencia.

—Lo hago por ti, Jo —musitó para sí mientras miraba a los compañeros, desorientados y vacilantes—. Dame fuerzas.

Entre los hombres vio un rostro conocido y salvó la distancia que los separaba.

—¡Samuel! —Le abrazó con emoción—. ¿Tampoco tú sabes qué hacer?

El impresor se encogió de hombros a la vez que se mordía el labio inferior.

—Ya veo que tú te vas —infirió al mirarle las botas que calzaba—. Y si llevas las botas de uno de los soldados es porque estás en el ajo.

—No exactamente, pero eso es lo de menos. Me voy, sí —confirmó—. No he tenido ocasión de contártelo, pero ahora tengo razones para querer salir de aquí.

—¿Razones que antes no tenías?

—El hijo de Ana María es mío, Samuel.

—Lo sé. Rosalía me lo contó. ¡Vaya puntería, y al primer disparo, cabrón! —bromeó con una sonrisa de oreja a oreja.

—Ya te contaré cuando haya ocasión, ahora no hay tiempo que perder —repuso mientras respondía a un segundo abrazo de enhorabuena—. Ana María sabe dónde vives, así que volveremos a vernos, camarada. Porque te quedas, ¿no es cierto?

—Sí, Joaquín. Tengo esperanzas de que se revise mi condena. Mi padre ha encontrado un abogado que dice que consigue milagros, muy bien relacionado por apellido con los nuevos prebostes del régimen. Y aquí estoy al lado de casa.

—No te justifiques, Samuel. Esto es una aventura a cara o cruz. Una cara es Francia y la libertad; la otra, un tiro por la espalda o en un paredón. Federico se viene también —dijo señalando a su amigo, que en aquel momento hablaba con varios fugados y les daba la espalda.

—¡Mirad, allí! —gritó entonces uno de los presos—. ¡Ya suben!

Cientos de hombres se apelotonaron en el borde de la carretera oteando el terreno entre Pamplona y las laderas del monte. No había que esforzarse mucho porque en la ciudad solo brillaban unas pocas luces adelantadas al ocaso y la mirada se veía atraída de inmediato por los faros del convoy militar que serpenteaba por la carretera en dirección a Artica y a las primeras rampas del ascenso a San Cristóbal.

—¿Me harás un último favor? Dile a tu Rosalía que, si me pasa algo, me despida de Ana María. Que esto lo hago por ellos dos. Que la amo con locura. Que conocerla ha sido lo mejor que me ha pasado en esta vida y que, de no ser por la esperanza de verla de nuevo, hace mucho que me habría muerto aquí dentro.

Samuel asintió, emocionado.

—Descuida, amigo. Lo haré. —Por tercera vez en un momento se volvieron a abrazar—. ¡Pero vete ya, por el amor de Dios! Os van a encontrar aquí cuando suban.

—¡Y que haga lo que crea mejor para nuestro hijo, que confío plenamente en ella! —gritó ya a dos metros de distancia para hacerse oír en medio del tumulto.

—Ana María es la mejor madre que tu hijo podría haber tenido —gritó también Samuel sin importarle que todo el mundo lo oyera—. Si algo te pasa, hará lo mejor para él, no penes por eso.

—¡Tira para dentro! Si te vas a quedar, más vale que no te encuentren fuera de tu sitio. —Aquel último consejo solo trataba de ocultar la emoción, mientras caminaba ya en pos del grupo—. ¡Mucha suerte también para ti!

—¡Recordad! —voceaba Picó, encaramado en un repecho de piedra—, tenéis que mantener el contacto con el grupo. Si alguien se retrasa, no lo vamos a esperar, así que, si os tenéis que mear encima, os meáis. La idea es descender al mayor ritmo que podamos para poner tierra de por medio con esos; huir de espacios abiertos, de carreteras, de puentes y de caminos donde estemos expuestos. Descansaremos de día y avanzaremos de noche si es posible. Que a nadie se le ocurra encender fuego o pegar un tiro a destiempo, aunque un corzo se le plante delante del fusil a diez metros. Si alguien pone en peligro al grupo, yo me encargaré de dejarlo atado a un árbol para que lo encuentren los requetés, los falangistas o la Guardia Civil. ¿Entendido? ¡En marcha, entonces! No perdamos un segundo más, camaradas. ¡Francia nos espera!

—Tú y yo juntos hasta que oigamos hablar francés, compañero. —Joaquín había buscado a Federico y los dos se tomaron con fuerza de los antebrazos.

—Gracias por meterme en el grupo de Picó.

—¿Gracias? Mira, amigo, en lo que nos quede de vida no vuelvas a darme las gracias por nada. Hazme ese favor —dijo mirándolo de frente—. Pase lo que pase, nunca voy a poder compensar lo que has hecho por mí. ¿Estamos?

Joaquín cerró el puño y besó el anillo que volvía a llevar en el anular.

—¡Vámonos!

Ya en las primeras rampas, Joaquín supo que la empresa iba a resultar más ardua de lo que había pensado. La mayor parte de los hombres iban mal calzados y muchos padecían llagas y úlceras en los pies causadas por los sabañones e incluso necrosis por las congelaciones de aquel terrible invierno. El estado de extrema debilidad de todos empezó a manifestarse a los pocos minutos de iniciar el descenso. El terreno era abrupto, cubierto de un espeso matorral que dificultaba el avance, y cuando alcanzaron el primer llano a los pies del monte Ezcaba, el grupo se había estirado y varios habían quedado ya atrás. Joaquín no se había separado de Federico y de Ezequiel, tal como habían convenido desde el principio. Pasara lo que pasara, su suerte debía ser pareja. Ezequiel les doblaba la edad, pero antes de la guerra había sido un hombre activo y su forma física no debía suponer mayor problema teniendo en cuenta, por otra parte, que la estancia en prisión había laminado las diferencias entre los hombres más vigorosos y los más enclenques. Ezequiel había portado el hato un buen trecho y Federico le había dado el relevo a media ladera. Se lo acomodó en el hombro dolorido antes de acercarse a Picó y a Elorza, quienes, rodeados por algunos hombres más, señalaban hacia los montes cercanos tratando de decidir la dirección a tomar. Frente a ellos se alzaba una elevación similar en altura al monte Ezcaba, aunque de mayor extensión. Descendía hacia el este para volver a alzarse más allá, sin duda, para dejar paso al cauce de un río entre ambas lomas. A duras penas se distinguían ya los perfiles de los montes recortados contra el cielo por la oscuridad del ocaso.

—¿Cuál es la idea? —preguntó Joaquín con sobrealiento—. ¿Hacia dónde tenemos que avanzar?

Picó dejó que respondiera Elorza, lo que apuntaló su sospecha de que el cabecilla había pergeñado a la perfección la fuga del penal, pero no había ido más allá. Se encontraba tan perdido como los demás, y era por eso que en el último momento se había encomendado al conocimiento del joven montañero llegando a forzarlo.

—¿Veis aquella vaguada entre los dos montes, hacia el noreste? —señaló—. Es el valle del río Ulzama, que en algún momento habrá que atravesar, porque es precisamente hacia el noreste hacia donde hemos de dirigirnos.

—¿Y eso por qué? ¿No podemos seguir recto sin cruzar el río hasta llegar a la frontera? —preguntó Picó—. Seguro que muchos hombres no saben nadar y a estas horas estarán ya organizando la vigilancia de los puentes y de los pasos entre las montañas.

—No, Picó. Aun sin mapa, recuerdo perfectamente que hay un punto en que el territorio de Francia se adentra en Navarra una decena de kilómetros. Eso nos acerca mucho la frontera. Pero es necesario cruzar el Ulzama en dirección al valle del Arga para cruzar la muga por Quinto Real y llegar a Urepel, que es el primer pueblo francés. Y no os preocupéis por el río, que no es tan caudaloso. Si no baja crecido, se puede vadear sin mojarse ni los huevos.

El comentario provocó las risas de los que se habían unido al corrillo, pero el eco de varios disparos reverberó entonces en el valle e hizo que todos se volvieran hacia el monte Ezcaba. Fueron las primeras descargas de un tiroteo continuado que se prolongó más de un minuto, hasta terminar de nuevo con disparos aislados. En lo alto habían aparecido varios reflectores que proyectaban potentes haces de luz por la ladera. Los faros de los camiones que los transportaban y los de otros vehículos que se movían por la cumbre también perforaban la neblina del anochecer con mucho menor alcance y en horizontal y, aunque resultaban ineficaces, aumentaban la certeza de que la persecución estaba en marcha.

—¿Oís eso? —advirtió uno de los hombres, provocando con el gesto que los demás aguzaran el oído.

—¡Joder, perros! —La voz del joven Elorza sonó atemorizada.

—Una puta jauría —apostilló el que los había escuchado primero.

—No os conocéis. Él es Daniel Molinero, sindicalista, uno de los que han estado conmigo en esto desde el principio —les presentó Picó con premura.

Los más rezagados acababan de surgir entre los matorrales con aire cansado. Dos de ellos se dejaron caer de rodillas.

—Si azuzan a los perros, los tenemos comiéndonos el culo en diez minutos —aseguró Molinero mientras le tendía la mano al joven.

—Sí, hay que cruzar a ese monte de enfrente ya, no hay tiempo que perder —ordenó Picó.

Como si quisieran darle la razón, se desató un nuevo tiroteo en la ladera.

—Estos no nos van a seguir, Picó —observó Molinero—. No llevan calzado, van con los pies en carne viva.

—Lo siento por ellos, pero van a tener que valérselas por sí mismos. Si los esperamos, nos van a trincar a todos, y ya oís que no preguntan antes de disparar.

Había anochecido por completo y solo la luna en cuarto menguante arrojaba una tenue claridad que, sin embargo, resultaba suficiente para avanzar. El terreno seguía siendo complicado, con barrancos que descendían del monte entre campos de cultivo y altozanos cubiertos de vegetación. El grupo volvió a estirarse a medida que completaban el descenso forzando la marcha hasta que, cruzado el llano, poco antes de llegar al punto en que la pendiente volvía a inclinarse monte arriba, Picó dio el alto. A cincuenta metros discurría una carretera que debía de recorrer el valle, en paralelo a una regata que, sin duda, desaguaría en el río Ulzama algo más abajo.

—¡Cinco hombres con fusiles! ¡Aquí! Cruzad los primeros. Si en unos minutos no hay novedad, os seguiremos.

—¡Picó! ¡Mira! —Uno de los huidos armados que se había adelantado antes siquiera de escuchar la orden del cabecilla señalaba al oeste, carretera arriba.

—¡Hostia! ¡Luces! ¡Son camiones! —se oyó gritar a alguien.

Los haces de luz barrían la falda del monte a medida que los vehículos tomaban las curvas del trayecto.

—¡Rápido, rápido! ¡Hay que cruzar como sea, antes de que lleguen aquí! —ordenó Picó, alarmado—. ¡A la carrera! Si nos cogen en este lado, estaremos entre dos fuegos y sin escapatoria. Cuando paséis, trepad por la ladera de enfrente hasta que estéis a cubierto en la zona de matorrales y carrascas. Allí nos reunimos.

—¡Faltan muchos por llegar! —advirtió el sindicalista.

—Lo sé, joder. Solo espero que no se pongan a cruzar cuando lleguen los camiones.

Corrieron en desbandada. El corazón de Joaquín le golpeaba el pecho con fuerza, se escuchaba a sí mismo tratando de coger aire con la boca abierta y apenas sentía los arañazos de los arbustos en la piel. Como los demás, vestía la ropa ajada del penal que apenas brindaba protección, pero daba gracias al cielo por las botas que en el último momento Picó les había proporcionado. Sin ellas, con toda seguridad se encontraría entre los rezagados. Cuando se detuvieron, sin aliento, estarían a trescientos metros de la carretera, protegidos por el carrascal. El primer camión dobló la última curva y sus faros iluminaron la recta que conducía hasta el punto por donde acababan de pasar. Dos o tres hombres se detenían en seco antes de cruzar y retrocedían cojeando de manera ostensible y se alejaban de la carretera para arrojarse al suelo fuera del haz de luz. Sin embargo, uno de ellos ya había empezado a cruzar y solo pudo echar a correr hacia delante. La luz de los focos le alcanzaba y vieron con claridad cómo se agazapaba en la cuneta.

Contuvieron la respiración mientras los camiones avanzaban. Eran tres, los tres civiles, y a la luz que emitían los de atrás advirtieron que los primeros iban llenos de hombres armados tocados con boinas rojas.

—¡No son soldados! ¡Son requetés! —advirtió Ezequiel.

A punto de llegar al lugar del cruce, el conductor del primer vehículo pisó el freno y lo detuvo en seco. En aquel momento, sabiéndose descubierto, el preso que se había arrojado a la cuneta se puso en pie y emprendió una huida frenética hacia el monte. Al momento, antes de salir del cono de luz, varios disparos casi simultáneos desde la caja del camión dieron con él en el suelo, acribillado. Los camiones que les seguían pararon detrás, en la cuneta, y, un instante después, tres potentes focos, uno en cada vehículo, iluminaban el campo con una claridad asombrosa, al tiempo que los hombres saltaban a la carretera y se internaban en el campo por parejas, provistos unos de linternas y candiles de carburo y empuñando fusiles los otros.

—¡Vamos, vamos, vamos! —apremió Picó sin esperar acontecimientos—. ¡Todo el mundo monte arriba hasta echar el bofe!

Escucharon con claridad los gritos, las órdenes y los disparos de fusil cercanos, a medida que los rezagados iban siendo cazados de manera inexorable por la cincuentena de requetés entrenados para desplegarse y batir el terreno palmo a palmo. A estos se añadían los tiroteos esporádicos que, más atenuados, seguían llegando desde las laderas del Ezcaba.

Joaquín corría monte arriba y cada paso que daba le hacía pensar que iba a ser el último. Le había cogido el hato a Federico al cruzar la carretera y le parecía que pesaba como si contuviera provisiones para alimentar al grupo entero durante un mes. Escuchaba a otros hombres correr cerca, pero ni les veía las caras ni le quedaban fuerzas para preguntar quiénes eran. Sufrió un acceso de tos que le obligó a detenerse para dejar que le llegara aire a los pulmones. Sentía un dolor agudo que le partía el pecho, pero apretó los dientes y siguió adelante.

A punto de claudicar, casi incapaz de dar un paso más, llegó a una pequeña terraza donde se dio de bruces con varios hombres del grupo. Descubrió con alivio que Federico y Ezequiel eran dos de los que huían junto a él. Se dejó caer al suelo exhausto, boca arriba, apretando los puños para soportar el lacerante dolor cada vez que hinchaba el pecho. Picó, Molinero y varios más parecían haber llegado en primer lugar y en aquel momento dirigían las miradas hacia el lado oriental del valle. Un segundo convoy de camiones avanzaba por la carretera en sentido opuesto al primero y a su encuentro.

—¡Serán cabrones! —exclamó Pablo Elorza con sobrealiento—. Han rodeado el monte Ezcaba por los dos lados, unos por Unzu y los otros por Oricáin.

—Todos los que hayan salido del fuerte detrás de nosotros están en una ratonera —se lamentó Picó—. No van a dejar un palmo de terreno sin peinar.

—A algunos la indecisión les va a costar cara —añadió Molinero—. Aunque también nosotros nos hemos demorado demasiado. Hemos sido los últimos, así que nos hemos dejado los pelos en la gatera.

—Esto no puede volver a pasar. Habrá más batidas como esta —se atrevió a intervenir Joaquín—. Mañana estarán movilizados todos los efectivos de cada uno de los pueblos entre Pamplona y Francia.

—Por eso es preciso que esta noche avancemos todo lo que podamos y que encontremos un refugio seguro donde pasar el día agazapados —insistió Picó—. Descansad unos minutos, lo justo para recuperar el aliento sin quedarnos helados, y quienes lleven algo de comer que coman. Luego continuaremos monte arriba.

—¿Y por qué no bordear la ladera sin subir más? —le cuestionó uno de los hombres, a quien Joaquín conocía solo de haberse cruzado en alguna ocasión con él en el patio del penal—. Nuestro mayor problema mañana va a ser la sed y tarde o temprano tendremos que bajar al río.

—Si no encontramos agua y tenemos que masticar hierbas, lo haremos, pero lo último es bajar a beber al río. Allí es donde nos van a esperar.

—¿Y eso es así porque lo dices tú? No sé qué es peor, morir de un tiro en el pecho o morir lentamente de sed.

Picó no se lo pensó ni un instante. Antes de que tuviera oportunidad de reaccionar, lo había agarrado por la pechera de la camisa y lo tenía medio levantado apoyando en el suelo tan solo la puntera de las botas.

—Mira, Fermín, listillo —espetó con la cara a un palmo de distancia—, allá arriba, antes de salir, he dejado bien claro que este es mi grupo. No he negado a nadie la posibilidad de venir conmigo, por mucho que a algunos les haya costado muy caro, pero tampoco he obligado a nadie. ¿Te he obligado a venir, Fermín? ¡Contesta!

El interpelado negó con la cabeza.

—Muy bien, has venido voluntariamente. Y has escuchado allá arriba las normas que he dictado, con voz alta y clara para que todos lo oyerais, ¿no es cierto?

De nuevo, Fermín asintió y en ese momento le soltó la camisa.

—Pues, si quieres, le dejas el fusil a un camarada y tiras por donde te salga de los cojones. Pero mientras sigas con nosotros, no se te ocurra volver a cuestionarme, porque entonces caer en manos de un falangista o de un requeté te parecerá hasta agradable por comparación. ¡¿Entendido?!

Se recompuso la camisa, humillado.

—Fermín, te he preguntado si me has entendido. No he oído tu respuesta.

—Te he entendido, Picó.

—¿Y qué decides? ¿Te vas solo o sigues con los demás?

—Sigo con el grupo.

—Me parece bien —concluyó—. De todas formas, el fusil se lo vas a pasar a Federico.

Comieron de manera frugal una parte de las escasas provisiones que portaban compartiéndolas con quienes no disponían de nada. Sin embargo, después de trepar hasta allí, era la sed lo que empezaba a martirizarles, antes incluso de lo que acababa de anunciar el tal Fermín. Solo uno de los presos llevaba una bota de vino que había cogido del comedor de la guardia después de sorprender a la guarnición durante la cena. Apenas llegó para un trago por cabeza, lo justo para mojar la boca y quitar el reseco, pero les pareció saborear un néctar de reyes.

Dispersos en la pequeña terraza entre arbustos, casi no se veían unos a otros con la luna menguante que, de tanto en tanto, asomaba entre las nubes. Continuaban los tiroteos y los disparos aislados y en la distancia se escuchaban los ladridos de los perros en busca de sus presas, mientras las laderas del Ezcaba seguían siendo barridas de manera aleatoria por los reflectores.

—Hagamos un recuento —propuso Molinero—. De uno en uno, id diciendo un número en voz alta.

Empezó él mismo, luego Picó y después los demás, atropellándose en algún momento.

—Veintiuno.

—Veintidós —se escuchó antes de un prolongado silencio.

—¡No os paréis! ¿Queréis seguir, cojones? —exclamó el sindicalista.

—¿Todos os habéis numerado ya? —preguntó Picó, sentado en el suelo, sujetando el fusil con la diestra.

Le respondió un murmullo de afirmación.

—¡Me cago en la puta! ¿Me queréis decir que nos hemos dejado por el camino a la mitad? —exclamó Molinero, incrédulo, y en esta ocasión no obtuvo respuesta.

—Pablo, ¿cuánto crees que habremos recorrido?

—Poco más de cuatro kilómetros, Picó —respondió el montañero con seguridad.

—¿Cuatro putos kilómetros? ¡No me jodas! —soltó otro.

—Aquellas luces que se ven abajo tienen que ser las de Sorauren. A cinco kilómetros no llega, seguro.

—¿Y cuánto hay hasta la frontera? —preguntó otro.

—A ver, camarada. En línea recta puede haber poco más de treinta kilómetros, pero volar no sabemos —respondió Pablo—. Por la carretera, no menos de cuarenta. Y monte a través, evitando pueblos y sorteando patrullas... vete tú a saber.

—Y en estas condiciones —añadió otro más—. ¡Si muchos no nos tenemos en pie!

Los disparos que reverberaban entre las laderas no cesaban. Sin embargo, los sobresaltó un ruido súbito entre los matorrales, monte abajo. Varios de los hombres que llevaban fusil se pusieron de inmediato en pie, alerta. Joaquín observó cómo Federico los imitaba sosteniendo el arma sin maña entre las manos temblorosas.

—¡Alto! ¿Quién va? —preguntó uno con tono autoritario, pero sin levantar la voz.

—¡No disparéis! ¡Soy de los vuestros! —se oyó responder a alguien desfallecido antes de que se hiciera de nuevo el silencio. Por la voz, era solo un crío.

Joaquín y dos hombres descendieron unos metros hasta tropezarse con él. Se encontraba tendido entre las matas que crecían en medio del pedregal embarrado por la lluvia de la víspera.

—¡Necesitamos uno más para subirlo! —pidió Joaquín—. Ha perdido el conocimiento.

Pocos minutos más tarde, lo habían recostado en el pequeño talud que bordeaba la terraza y trataban de reanimarlo. Joaquín, que lo había sujetado por un pie, se notó las manos pegajosas.

—Ha subido descalzo, joder —se lamentó—. Lleva los pies en carne viva y ensangrentados.

—Es Ochoa, el de la nave de al lado —le dijo Molinero a Picó después de hacer apartarse a los hombres para verle el rostro a la luz de la luna. Su voz denotaba amargura.

—No sé ni cómo ha podido llegar, esta mañana, a la hora del rancho, parecía tener fiebre —respondió—. Pero he visto que estaba en el grupo antes de salir.

—El chaval te tiene en un pedestal, Leopoldo. Se ha dejado los pies en el camino, pero te ha seguido hasta aquí.

Picó guardó silencio. Cuando volvió a hablar al cabo de un instante, lo hizo con la voz rota pero firme:

—No podemos esperar, ni mucho menos cargar con él en estas circunstancias.

—Joder, Picó. Es un crío, ¡que tiene veinte años! No podemos dejarlo aquí —murmuró otro.

—¡No me jodas, Ortega! ¿Tú crees que lo hago por gusto? —estalló—. Con un herido a cuestas, las posibilidades de salir de esta se reducen a nada. ¡Es él o los veintidós!

—Picó tiene razón y todos lo sabéis —le apoyó su camarada el sindicalista—. Mañana lo van a encontrar en cuanto amanezca y simplemente lo devolverán a la prisión. Allí lo curarán. Dadle el último trago de vino, si es que queda algo, y dejadle un poco de pan, por si acaso. No podemos hacer más.

—Pero si lo encuentran aquí, nos van a seguir el rastro monte arriba —insistió Ortega.

—Por eso mismo tenemos que arrancar echando hostias —zanjó Picó, poniéndose el fusil al hombro una vez más—. ¡Venga! ¡Todo el mundo en pie! ¡En marcha!

Joaquín se quedó rezagado junto a Ortega antes de abandonar la pequeña terraza natural que les había proporcionado aquel breve descanso.

—Es un crimen dejarlo así —oyó murmurar al otro, al borde del llanto.

—¿Y qué otra cosa podemos hacer?

—¡Eh! ¿A dónde vais? —El chico había recuperado el conocimiento y farfullaba con la boca reseca—. ¿No iréis a dejarme aquí?

Joaquín se volvió hacia él. Aquel muchacho había ingresado en San Cristóbal recién cumplidos los diecinueve y le rompía el corazón pensar que allí terminaba su vida. Molinero pecaba de optimismo y todos lo sabían: si no lo encontraban pronto, el chico, incapaz de dar un paso más con los pies convertidos en una masa sanguinolenta, moriría de inanición y de sed. Si los perros daban con él, ensangrentado, su final sería peor.

—¡No me dejéis así, cabrones! ¡No soporto este dolor! Es como si tuviera los pies en aceite hirviendo. ¡Pegadme un tiro, por lo que más queráis!

Ortega mostraba el rostro descompuesto. Levantó el fusil que llevaba en la diestra y se quedó mirándolo fijamente.

—No puedo hacerlo —confesó—. No podría llevar ese peso encima lo que me quede de vida.

—Déjaselo al lado, Ortega —propuso Federico desde atrás. Sin duda, se había dado la vuelta al ver que Joaquín no les seguía.

Ortega asintió. Cubrió la distancia que lo separaba del chico y dejó a su alcance el viejo fusil italiano.

—Te hará falta para defenderte si te encuentran esos cabrones —dijo, incapaz de sugerirle otra utilidad.

—Date prisa, joder —apremió Federico—. Tenemos que seguir si no queremos perder a los demás.

—Que tengas suerte, compañero —se despidió.

—Mucha suerte, chico —repitió Joaquín con los ojos arrasados, antes de aceptar la mano de Federico para salvar el desnivel que los separaba.

Reemprendieron la marcha en busca del grupo en absoluto silencio, sin atinar a hablar. El ruido de las ramas contra los cuerpos era el único sonido que les acompañaba, salvo el resuello, que había regresado con rapidez. No habrían dado cien pasos cuando el estallido del disparo los sorprendió.

—¡Joder! —gimió Joaquín, desencajado.

—Poco se lo ha pensado —se lamentó Federico.

—Seguid, ahora os alcanzo —decidió Ortega—. No podemos perder un arma ahora que ya no le sirve de nada.

29

Lunes, 23 de mayo de 1938

—¡He dicho que te levantes, maldita sea!

—Y yo te he dicho que me dejes en paz —farfulló Félix con voz pastosa, deslumbrado por el sol de la mañana que entraba a raudales por la ventana, tratando de cubrirse de nuevo con la sábana que su padre acababa de apartar—. Tengo que descansar, aún estoy convaleciente, ¿no?

Don José había tenido que rodear el lecho para evitar los fragmentos de un vaso hecho añicos. Una botella demediada había corrido mejor suerte y permanecía en pie en la mesilla de noche.

—¡No te lo voy a repetir más! ¡En cinco minutos te quiero con la cara lavada y despejado! Lo que tengo que decirte es de extrema importancia.

—¿Así se trata a los heridos de guerra en esta casa?

—Estás echando por la borda cualquier honor que te adornara a tu regreso del frente. ¡Tu comportamiento resulta indigno! —estalló.

—¡Indigno! —balbució Félix—. ¡Todo es indigno! Es indigno todo lo que se salga de vuestras hipócritas normas de comportamiento. ¡Otra cosa es lo que se haga fuera de la vista de los demás! Ahí ya vale todo. ¿Verdad, padre?

—¡Indigno es que te tuvieran que traer a casa, bien pasada la medianoche, borracho perdido! Te hallaron durmiendo la mona, medio desnudo, en la puerta de la Palmira. ¡Un hombre casado y padre de familia! —Zubeldía parecía al borde del infarto, impotente—. Hasta las putas te echan de la cama. ¡A saber qué le harías!

—¿Casado? ¡Si no puedo ni rozar a la que se supone que es mi mujer sin que te pongas de su parte!

Félix echó los pies al suelo y se incorporó para sentarse al borde del colchón de lana. Se pasó la mano por la cara al tiempo que bostezaba.

—Te has convertido en la vergüenza de esta familia. ¡Nunca un Zubeldía había dado tanto que hablar en Puente Real! —continuó vociferando su padre al pie del lecho, sin importarle que el servicio pudiera oírle—. ¡Y menos mal que fueron Sánchez y Gorjón los que te encontraron mientras hacían la ronda! Al menos a esos dos puedo mantenerlos callados.

—No me acuerdo de nada —declaró con indolencia y despreocupación—. Poco miedo con esos, los dos estaban bajo mis órdenes en la Falange. Además, la gente de Puente Real no puede murmurar más de lo que ya lo hacía.

—Has dicho que estaban bajo tus órdenes y has dicho bien. Quien te sustituyó en la Jefatura, en principio durante tu ausencia y de manera temporal hasta tu regreso, va a ser nombrado en el puesto de manera definitiva.

—¿Escudero al mando? —Félix saltó como un resorte—. ¡¿Quién te ha dicho eso?!

—¡Aquel de quien depende la decisión, payaso! ¿O es que te creías que tu comportamiento en estos meses no iba a tener consecuencias por ser hijo de quien eres? Y lo peor es que tuve que darle la razón, no estás en condiciones de retomar el mando.

Félix se levantó airado. En su camino hacia el lavamanos, todavía cojeando de forma ostensible, golpeó el brazo de su padre, que perdió el equilibrio y se dejó caer sobre la cama. Tomó el aguamanil con ímpetu, vertió el agua en la palangana sin ningún cuidado y lo devolvió al soporte con estrépito. A continuación, usó las dos manos a modo de cazoleta para hundir el rostro en ella. Resopló furioso mientras se mojaba el cabello y la nuca y, sin usar la toalla de hilo que colgaba del delicado lavabo de madera, se dirigió a la ventana para correr las cortinas, con lo que dejó la habitación en penumbra.

—¡Esto no va a quedar así! ¿Me oyes? —gritó a su padre, aunque su aparente determinación quedaba desmentida por una expresión y una actitud que traslucían impotencia.

—Llegas tarde, la decisión está tomada. Y date por satisfecho:

en los motivos figurará el hecho de ser mutilado de guerra y no tu inaceptable conducta —arguyó tratando de suavizar la noticia—. ¡Y cálzate antes de que te cortes, tienes la habitación llena de cristales!

—Lo has negociado con ellos a mis espaldas —espetó mientras cogía al azar una camisa limpia del ropero—. Mi propio padre me ha traicionado.

—No, Félix, te has traicionado a ti mismo. —Zubeldía, no sin esfuerzo, se levantó, se acercó y miró afuera a través de la rendija entre las cortinas—. Fue imposible evitar que trascendiera lo que les hiciste a Ana María y a José Félix, como tampoco es un secreto el motivo de tu licencia en el ejército. Pero tu proceder en estas últimas semanas ha sido determinante.

Se volvió tras el silencio que siguió a sus palabras, al escuchar un extraño gemido. Félix, de pie con la camisa aún sin abotonar, trataba de ocultar sus sollozos con la frente sobre el antebrazo, apoyado contra el ropero.

—¡De nada sirve lamentarse ahora! ¡Ya no tiene solución!

—¡Y cómo cojones salgo yo de casa después de lo que acabas de decir! ¡Debo de estar en boca de toda la ciudad!

—Sigues siendo miembro de la Falange y, sobre todo, sigues siendo mi hijo y mi heredero. Nadie en sus cabales va a mostrarse insolente con un Zubeldía —afirmó con rotundidad—. Y ahora, termina de vestirte y baja rápido al despacho. Ya hemos perdido demasiado tiempo, y tiempo es lo que menos nos sobra esta mañana.

—¿Qué pasa?

—En dos minutos te quiero en el despacho, antes de que tu madre regrese de misa. Y si tienes que meter la cabeza en la palangana, la metes, pero lo que he de decirte requiere que estés bien despejado. —Salía ya cuando se volvió hacia la mesilla, asió la botella de whisky y se la llevó consigo.

—Anoche se produjo una fuga en San Cristóbal —soltó don José sin haber terminado siquiera de cerrar la puerta de la estancia. Su hijo se había dejado caer con indolencia en uno de los sillones de lectura junto a la espaciosa estantería de nogal que hacía las veces de biblioteca.

—Vaya novedad. ¿Y te extraña? Los sacan de la prisión para hacer trabajos en el exterior al cuidado de críos sin experiencia. Seguro que alguno echó a correr ladera abajo y los guardias erraron el tiro, ¿no es eso?

—Fue una fuga masiva. Los presos tomaron el control del fuerte aprovechando la hora de la cena y la escasez de efectivos en domingo. Se hicieron con las armas de un funcionario en las galerías, se vistieron con sus ropas y fueron reduciendo a quienes les salían al paso, incluidos los centinelas. Consiguieron atravesar el túnel del rastrillo y sorprendieron a la guarnición cenando, con los fusiles en los armeros. Tan solo tuvieron que abatir a uno de los guardias.

—¡Joder! ¿No te digo? —rio—. ¡Qué panolis! ¿Y cuántos consiguieron huir?

—Todos lo que quisieron hacerlo. Las puertas de la prisión quedaron abiertas y la guardia, encerrada. Por suerte, dos centinelas lograron salir por pies y dieron aviso en uno de los pueblos cercanos.

—¡Pero si había dos o tres mil! ¿En serio se han escapado todos?

—No sé qué te hace tanta gracia. ¡No te reconozco! —se lamentó e hizo una pausa, pero continuó hablando al tiempo que se acomodaba en el sillón tras la mesa con aspecto abatido—: Por suerte, muchos no lo vieron claro y permanecieron en la prisión, otros salieron, pero regresaron al ver que se había dado la voz de alarma. He pasado por la Junta Local al hacerse de día en busca de noticias, y parece ser que no llegaron a mil quienes huyeron en dirección a Francia. Desde el primer momento se montó un dispositivo para su captura; dicen que cinco mil hombres peinan los montes y los pasos en los pueblos cercanos.

—Vamos, una batida de caza mayor. Pero no sé qué te preocupa tanto, parece que fueras tú el responsable de la fuga. ¿Qué son unos cuantos cientos de rojos más sueltos por ahí? Hay cientos de miles por todo el país.

—Nada ha trascendido de momento, la prensa ha sido silenciada —siguió don José, ignorando el comentario de su hijo—. Sería un escándalo y un oprobio para las nuevas autoridades que llegara a saberse la magnitud de la evasión. Hay que evitar a toda costa que los fugados lleguen a la frontera.

—Es razonable, sí —se limitó a responder Félix sin abandonar el tono displicente.

—Esta mañana han salido de Puente Real hombres de refuerzo en tres camiones, tanto de la Falange como requetés. Y Escudero está reclutando más efectivos que posiblemente partan esta tarde en dirección a Pamplona para incorporarse a la búsqueda al amanecer. —Zubeldía hizo una pausa. Su rostro denotaba una preocupación real y pareció obligarse a continuar—: Quiero que te sumes a la persecución.

—¡¿Yo?! —exclamó Félix al tiempo que se incorporaba en el sillón—. ¡Ni lo sueñes! ¡Ni loco me voy a rebajar a subir a Pamplona a las órdenes de ese trepa! Además, estoy licenciado por los pies.

—Puedes caminar ya perfectamente, Félix, y has de reincorporarte a la vida normal, si es que hay algo normal en estos tiempos —trató de razonar don José—. Si no quieres subir con Escudero, cógete el coche con Sánchez, Gorjón o algún otro de tu confianza y os presentáis en Capitanía para que el mando os incorpore al operativo. Incluso si no te ves con ánimo de conducir, llévate a Jaime contigo.

—Pero ¿qué cojones estás diciendo? —Félix se levantó airado y en tres zancadas se plantó ante la mesa del despacho, las manos apoyadas sobre el cuero del borde, inclinado hacia su padre en actitud amenazante—. ¡Sabes muy bien lo que me pasa! ¡Al primer disparo voy a sufrir una crisis delante de todos! ¡No pienso hacer lo que me pides!

—¡Lo que temes, en realidad, es afrontar las habladurías!

—¡Me cago en todo! ¿Saldrías tú a la calle si mi madre te hubiera puesto los cuernos?

—Ana María no te ha puesto los cuernos. ¡Cuando quedó embarazada no había compromiso entre vosotros! —le recordó—. ¡Créeme, no te lo pediría si no fuera necesario! ¡Yo mismo lo haría si pudiera!

—Pero ¿pedirme qué? ¿Hacer qué? Me pierdo. Hay algo que no me estás contando.

—Joaquín es uno de los fugados. He llamado a Alfonso de Rojas y no se encuentra en los listados tras los recuentos de la noche y de la mañana —le informó—. Es imprescindible asegurarse de que no consigue su propósito y que es capturado.

—Tonterías, ninguno va a llegar a la frontera en el estado en que se encuentran. ¡Si por las justas se tienen en pie! Son carne de cañón, los chicos se van a dar un festín cobrando piezas una tras otra, y Joaquín será una de ellas.

—Quiero que estés allí y que te asegures. Es vital —declaró—. Si está muerto, es preciso que veas el cadáver con tus propios ojos. Y si está vivo... quiero que lo mates.

Félix se quedó mirando a su padre de hito en hito.

—¿Qué has dicho? ¿Matarlo? ¿Acaso no es suficiente dejarle morir en vida en aquel agujero infecto?

—Ya no. No después de esto.

—¿Qué temes? ¿Que realmente escape a Francia y se lleve después a Ana María con él? ¿O que, cosa más difícil todavía, llegue a zona republicana? Te recuerdo que las líneas rojas del frente de Aragón cedieron hace dos meses y se retiraron de manera precipitada hacia Cataluña. Ninguna de las dos cosas va a suceder.

Don José negaba con la cabeza. Cuando su hijo dejó de hablar, se había cubierto la cara con ambas manos y se masajeaba los ojos.

—¿Qué pasa, padre? ¿Se encuentra usted bien? —La voz de Félix mostraba franca preocupación—. Estás pálido y sudas.

Don José negó de nuevo y con un movimiento de la diestra indicó que no le pasaba nada grave. Sin embargo, seguía en silencio y con los ojos entornados. Suspiró de manera profunda en dos ocasiones.

—Padre, me tiene en ascuas—apremió consciente de que volvía a alternar el tuteo y el voseo para dirigirse a él, algo que hacía a menudo, incluso en la misma frase—. ¿Va a contarme lo que está pasando? Está muy raro.

Don José aún tardó en responder en medio de un prolongado e incómodo silencio. Tamborileaba con los dedos sobre la madera con ritmo sincopado e irregular. Al fin, levantó la mirada y escrutó el rostro inquieto de su hijo.

—Creí que nunca tendría que contar esto a nadie, pero estoy decidido a hacerlo, no hay más remedio —musitó abatido—. De otra manera no vas a poder comprender por qué es preciso que hagas lo que te pido, pero primero has de jurar sobre la Biblia que lo que vas a escuchar hoy no va a salir de entre estas cuatro paredes.

—Me está asustando, padre.

Don José se levantó de la silla y se dirigió primero a la puerta, que cerró por dentro con el pasador. Después, se acercó a la biblioteca y buscó un ejemplar de las Escrituras ricamente encuadernado que llevó hasta la mesa con las dos manos.

—Ven aquí —pidió.

Félix obedeció lleno de curiosidad. Al llegar, su padre le tomó la diestra y le hizo colocarla sobre el pesado volumen.

—¿Juras por Dios, sobre este libro sagrado, que guardarás secreto mientras vivas acerca de lo que voy a confiarte a continuación?

—Lo juro —respondió Félix tras un instante de duda, superada por la intriga que sentía.

—Tu juramento tiene que ver especialmente con tu madre. Jura que jamás mientras viva le vas a revelar nada de lo que te voy a contar.

—¡Padre!

—Júralo o vete. Ya encontraré a alguien que haga el trabajo por ti.

—Lo juro —repitió, esta vez con voz queda.

—Por si no es suficiente, yo también voy a jurar algo delante de ti. —Apartó la mano de Félix y posó la suya sobre la cubierta de cuero rotulada con letras doradas—. Juro por Dios que, si violas el juramento que acabas de prestar, serás de inmediato desheredado de todos los bienes que te corresponderían por nacimiento. Y ahora siéntate.

Félix, pasmado, obedeció y regresó al sillón que había ocupado. Don José, en cambio, se dirigió al ventanal y le dio la espalda con la mirada perdida en los parterres del jardincillo delantero.

—Tu bisabuelo Severino empezó a construir esta casa a mediados del siglo pasado poco después de nacer el abuelo Anselmo, quien la concluyó a su muerte. Ya sabes que la abuela Josefina murió durante mi parto y por eso soy hijo único. La maldición de los hijos únicos parece que acompaña a los Zubeldía, por un motivo u otro, desde que guardo memoria. Pues bien, yo me crie en esta casa con el abuelo y el servicio, privado de madre y de hermanos. Ser hijo único en una familia adinerada tiene sus riesgos porque mi padre, obligado a realizar continuos y largos viajes de negocios a Pamplona, a Bilbao, a Madrid, incluso al extranjero, trató de compensar sus ausencias procurando que no me faltara de nada. Así que crecí sin aprender a aceptar un no por respuesta, todos mis deseos eran satisfechos de inmediato y, echando la vista atrás, he de reconocer que me convertí en un muchacho consentido, prepotente y vanidoso. Esas son cualidades, defectos —se corrigió— que no granjean amistades y es cierto que jamás he tenido lo que se puede llamar amigos, sino personas que me han rodeado atraídas por mi situación de privilegio y, por qué no decirlo, por lo que les pudiera caer de manera indirecta. Al llegar a la pubertad, apareció el deseo sexual y no tardé en descubrir que el dinero y la posición también franquean el paso a las alcobas y abren las piernas de las chicas.

—¿Es necesario que uses ese lenguaje? —le interrumpió Félix, incómodo.

—Mira, Félix, es la primera vez que tenemos una conversación así, de hombre a hombre, y no me voy a andar con melindres. Se ha destapado la caja de los truenos. Tampoco creo que te asustes de mi franqueza después de follarte anoche a la Palmira —espetó—. Pero déjame seguir.

—Sigue, sigue —le tuteó de nuevo, condescendiente.

—Con dieciocho y veinte años pocas se resistían, no había baile en que no terminara encamado con alguna. Además, las traía aquí, sin importarme que el servicio estuviera al cabo de la calle de lo que pasaba en ausencia de tu abuelo. Los amenazaba, les recordaba de continuo que, si iban con el cuento a mi padre, tenían los días contados en esta casa porque, cuando el abuelo regresaba para volver a marchar a los pocos días, todos mis deseos eran órdenes.

»No todas venían de manera voluntaria. Reconozco que a más de una, en algunos de esos bailes o en las tabernas donde trabajaban, tuve que forzarla más de lo debido, y en esos casos compraba su silencio con regalos o empleando a sus hermanos o a sus padres en los negocios de la familia. Incluso hubo una que se presentó aquí diciendo que estaba preñada. Podía haberla echado con cajas destempladas alegando que era una fulana y que cualquiera podía ser el padre, precisamente en aquel caso era cierto, pero resultó más prudente recurrir a una partera que en una tarde acabó con el problema, no me preguntes cómo.

—Vamos, que tengo un padre ejemplar —musitó atónito.

—Nunca he pretendido que lo sea. Pero una cosa te voy a decir: tú no habrías sido diferente de no haber tenido a tu madre en casa. De hecho, también te encaprichaste de una chica comprometida y no reparaste en cuestiones morales para arrebatársela a su novio hasta conseguir llevarla al altar. Pero después de lo que te acabo de contar, no estoy en posición de amonestarte por ello, se puede decir que lo de forzar a las chicas a este galgo le viene de casta.

—¿Te puedo hacer una pregunta?

—Pregunta, ya puestos a sincerarnos...

—Desde que tengo uso de razón no recuerdo un domingo en que no asistieras a misa y no pasaras a comulgar. ¿Todo esto se lo contabas al confesor?

—Claro, me imagino que como tú. Como siempre se ha hecho. «Padre, me acuso de haber caído en la lujuria y haber pecado contra el sexto mandamiento». «¿Tú solo o con alguna chica?». «Con dos chicas, padre». «¿Juntas o por separado?». «Por separado, padre. Aunque en el mismo día, concretamente anoche que hubo baile». «El demonio nos pone a prueba colocando en nuestro camino tentaciones en forma de mujer. Debes aprender a resistir la tentación siguiendo el ejemplo de Jesús, encomendándote a Él cuando el deseo, alentado por Satanás, aprieta. Al fornicar fuera del matrimonio, cometes pecado mortal. Con tu juventud no eres consciente de ello, pero si mueres en pecado, toda la eternidad te espera en el Infierno». «A partir de ahora lo tendré en cuenta, padre». «Debes realizar un acto de contrición y hacer el firme propósito de no volver a pecar. Reza cinco Señor Mío Jesucristo, cinco Padres Nuestros y cinco Avemarías. *Ego te absolvo...*».

—Y después, a comulgar con la cabeza baja, con las manos entrelazadas a la altura del vientre y con cara de bendito. —Félix no había podido evitar una sonrisa al escuchar la parodia de la confesión que tan familiar le resultaba—. Y hasta la próxima.

—Todo esto, por supuesto, no tardó en llegar a oídos de tu abuelo, que en una de sus más prolongadas estancias en Puente Real decidió tomar cartas en el asunto antes de que un padre despechado me obligara a contraer matrimonio con la mujer equivocada. Y así se concertó mi boda con tu madre, la hija mayor de los Zunzunegui, la única familia de la ciudad a la altura de nuestro apellido. Nos casamos en 1910, ya lo sabes, un año antes de que tú nacieras, yo con veintitrés y tu madre con diecinueve.

—¿Y con el casamiento se solucionó el problema? Porque el juramento que me has hecho prestar me hace pensar que no.

—Al principio sí, durante los primeros meses. Pero en cuanto se quedó embarazada de ti, se negó en redondo a dejarme dormir con ella.

—Y volviste a las andadas —intuyó Félix.

—No por mucho tiempo, tres o cuatro canas al aire. Porque surgió un grave problema: cogí la sífilis.

—¡Hostia!

—¡Eh, ni se te ocurra volver a blasfemar en mi presencia!

Félix habría remarcado el sinsentido que suponía reprocharle a él violar el único mandamiento que, de los diez, su padre parecía respetar, pero estaba demasiado interesado en saber lo que había sucedido a continuación.

—Conseguí ocultárselo a tu madre a costa de contarle la verdad al abuelo. Con la excusa de introducirme en sus círculos de negocios, me llevó a Madrid, donde pasé más de un mes sometido a tratamientos con sales de mercurio, bismuto y arsenicales. Todavía recuerdo el nombre del medicamento que tomaba a diario, el Salvarsán, que me obligaba a guardar cama en la habitación del hotel que ocupaba con mi padre. Pero logré curarme, aunque los médicos me advirtieron de que la esterilidad era una secuela muy probable a causa de la propia enfermedad y del tratamiento.

»Supongo que el susto me hizo escarmentar y ya no volví a las andadas. Al poco de regresar a casa naciste tú. El parto fue bien, pero tu madre tuvo una retención de placenta y Alejandro tuvo que practicarle un legrado. Te cuento todo esto porque sirve para explicar lo que sucedió después. Tras pasar la cuarentena, tu madre volvió a aceptarme en el lecho conyugal. Transcurrió el tiempo, tú fuiste cumpliendo años y no volvió a quedarse embarazada. Resultaba evidente que se había cumplido la predicción de los médicos y la esterilidad provocada por mi enfermedad era un hecho.

»Entonces sucedió algo que lo cambió todo. Entró a trabajar en la casa una nueva doncella. Desde el día en que la vi entrar por la puerta quedé prendado de ella. Era preciosa, elegante, con una expresión tímida que la hacía irresistible y, sobre todo, una sonrisa que le marcaba dos hoyuelos en la mejilla y dejaba entrever unos dientes perfectos mientras los ojos le brillaban de una manera que no podía ser más cautivadora. Te juro que lo intenté todo para tratar de quitármela de la cabeza, le hacía el amor a tu madre cada vez que ella no tenía una excusa nueva que poner, me masturbaba de forma compulsiva para evitar el deseo, pero la tentación vivía en casa y pasó lo que tenía que pasar. Nos besamos por vez primera en el cuarto de la plancha, entre sábanas que olían a jabón de Marsella. Y ya no hubo marcha atrás. Yo tendría entonces tu edad, veintisiete, y ella, cuatro menos. Se convirtió para mí en una obsesión, y he de decir que era correspondido. Buscábamos juntos la manera de quedarnos solos en casa, follábamos en cualquier sitio, con la seguridad de que mi esterilidad nos mantenía a salvo de sorpresas.

—No me digas lo que viene a continuación. El estéril no eras tú, sino mamá a causa de ese legrado del que me has hablado con intención. Y la dejaste embarazada.

—Eso fue exactamente lo que ocurrió. Y lo peor fue que, seguro como estaba, yo no estaba pendiente de un posible embarazo. Y ella tampoco sospechó hasta la segunda o tercera falta porque por no tener no tenía ni náuseas. Y cuando empezó a sospechar, me lo ocultó por miedo. Tampoco engordó demasiado, y yo achacaba su incipiente barriga al proverbial apetito que tenía y a los estupendos platos de la cocinera que teníamos entonces, Manuela, ¿la recuerdas?

—Claro, me preparaba pan con vino y azúcar para merendar, pan con tomate y jamón, o pan con miel y nueces. ¿Cómo me voy a olvidar?

—Lo cierto es que cuando yo me quise enterar estaba casi de cinco meses.

—Y ya era tarde para recurrir a la partera.

—Además, hasta aquel día follábamos como el primer día, a veces de manera brutal. Yo creo que, desde que ella se enteró, buscaba perder a la criatura por esa vía, pero eso nunca sucedió.

—Entonces, ese niño llegó a nacer...

Don José, en aquel momento, regresó a la mesa y volvió a tomar asiento. Parecía cansado, pero en su expresión había algo más, algo que revelaba temor e inquietud. Lo confirmó con las palabras que pronunció a continuación:

—Hasta ahora has conocido la historia de un joven crápula, consentido y un tanto amoral, como hay muchos. Pero llega el momento de la verdad. ¿Estás preparado?

—¿Preparado para qué? —respondió Félix, receloso—. ¿Hay mucho más además de saber que engañabas a mi madre con la criada en sus propias narices, en su propia casa?

—Preparado para saber cómo esta historia te afecta de lleno. Preparado para ponerles nombre a los protagonistas.

—Me das miedo.

—Una vez más, mi padre acudió en mi ayuda cuando le confié el problema. Mi matrimonio pendía de un hilo, y él no estaba dispuesto a afrontar el escándalo y perder, además, sus lucrativos negocios con Zunzunegui padre. Habló con la doncella y consiguió sonsacarle que había un chico en Puente Real que la pretendía. Tuvo el detalle de preguntarle si a ella le gustaba el muchacho y le respondió de manera afirmativa. A tu abuelo le faltó el tiempo para buscarlo, abordarlo y proponerle un trato que difícilmente podía rechazar.

—¡No me jodas!

—Lo convenció para que aceptara la paternidad del hijo que venía en camino y para que la llevara al altar a cambio de una más que jugosa asignación mensual hasta que el pequeño se ganara la vida, o se casara si lo que nacía era una niña. Les garantizaba ni más ni menos que una vida resuelta. Por supuesto, ella dejaría el trabajo y esta casa para irse a vivir con él.

—¡Dios!

—¡Te he dicho que no admito blasfemias en mi presencia!

—¡Venga ya! No te las des ahora de beato y meapilas, que no cuadra con la historia que me estás contando. Has hecho bien obligándome a jurar que no le diría nada a madre.

—¿No me vas a preguntar el nombre de la doncella?

—Te están temblando los labios y las manos. Y a mí empiezan a temblarme también las rodillas.

—Entonces acabemos ya con esto. ¿De verdad no lo supones?

—No tengo la menor idea. ¿Acaso la conozco?

—La doncella era Dolores Casas y Fabián Álvarez, su esposo.

Félix se hundió en el sillón, como aplastado por un peso enorme e invisible. Empezó a respirar a bocanadas con el semblante desencajado, a medida que ataba cabos.

—Entonces, ¡ese hijo era Joaquín! —gritó con voz extrañamente aguda.

—Cállate, imbécil, pueden oírte. Joaquín es hijo mío y, por tanto, tu medio hermano.

Félix se encontraba en el suelo. Se había dejado caer en medio del montón de libros, decenas, centenares de ellos que había arrojado sobre la alfombra presa de un violento ataque de furia. Derrotado, sollozaba tumbado boca arriba sobre los volúmenes, algunos medio abiertos y con las cubiertas desencuadernadas, que se extendían a su alrededor tras haber lanzado al aire nubes del polvo acumulado a lo largo de los años. Aún respiraba con dificultad.

Margarita, por fortuna, no había regresado aún de la misa matinal, pero alguien del servicio había llamado a la puerta alertado por el estruendo y por las voces airadas de Félix. Zubeldía lo había despedido con cajas destempladas asegurando que no ocurría nada y que todo estaba bajo control, afirmaciones que no dejaban de ser dos manifiestas mentiras.

—No sé por qué te pones así, esto no cambia nada. —Don José trataba de calmarlo de la única manera posible, usando la palabra, que su hijo hasta aquel momento había estado lejos de escuchar y mucho menos de poder asimilar. Resuelto el arrebato de furia con la crisis de llanto, parecía en aquel momento más accesible.

—¿Cómo has podido ocultarme esto toda la vida? ¡Y a madre! —dijo al fin, sin incorporarse y con la mirada clavada en el techo.

—Los secretos de familia están destinados a irse a la tumba con sus protagonistas. En este caso, las circunstancias lo han impedido. ¿Cómo iba yo a pensar que os ibais a fijar en la misma chica? ¿Cómo iba a imaginar lo que ha sucedido después entre vosotros? La guerra lo ha precipitado todo.

—¿Cómo que la guerra? ¿Qué habría cambiado de no haber estallado?

—Joaquín habría seguido en Madrid, lejos de Puente Real, hasta terminar su carrera de Derecho en la universidad.

Félix se incorporó. Una sombra de duda se manifestaba en sus ojos entornados.

—Eras tú quien le pagaba los estudios y la estancia en Madrid, claro. Para Fabián habría sido imposible.

—Por supuesto, así es. Formaba parte del trato con Fabián. Pero también era la manera de mantener a Joaquín lejos de aquí.

—Pero regresaba durante el verano.

—Lo sé, y eso me asustó cuando me enteré de que los dos os interesabais por Ana María. Así que me puse en contacto con Eulalia, conocida nuestra. Joaquín acabó en su pensión de Madrid por eso mismo. Eulalia me informaba de todos los pasos de Joaquín y fue a través de ella como me puse en contacto con el despacho del abogado Cubero. La idea era que le ofreciera trabajo, un trabajo de suficiente envergadura para tenerlo atado en Madrid también durante el periodo estival. Así, la distancia y la separación le harían olvidar poco a poco a Ana María. Seguramente conocería a otra chica en la universidad y, una vez terminada la carrera, podría quedarse de manera definitiva en el despacho de Cubero. Al parecer, el abogado no depositaba demasiada confianza en el trabajo de su hijo Francisco, y Joaquín estaba llamado a desempeñar un papel importante en el bufete. Lo tenía todo hablado con él. Joaquín se establecería en Madrid, con seguridad formaría una familia allí y no volvería por aquí más que de forma esporádica. Incluso tenía pensada la posibilidad de facilitar que Fabián y Dolores se fueran a Madrid para vivir cerca de él y romper todas las cadenas con Puente Real. Por eso te digo que fue la guerra la que vino a echar tierra sobre todos estos planes bien armados.

—Joaquín no tiene idea de nada... —supuso Félix.

—No, al menos hasta donde yo sé.

—Y entonces, ¿de qué tienes tanto miedo? Fabián ha muerto, Dolores ha muerto y Joaquín no sabe nada.

—El estallido de la guerra me hizo replantearme la estrategia seguida. Cuando me enteré de que los de la Falange habíais encarcelado a Fabián y supuse cuál era su destino, no hice nada por evitarlo. Me dolió porque era un buen hombre, pero decidí que había llegado el momento de acabar con esta historia y de terminar con todos los testigos. Me pasó lo mismo con Joaquín cuando supe que lo habían atrapado, pero su fuga y posterior encarcelamiento en San Cristóbal han prolongado la zozobra.

—No comprendo tus temores.

—Un hombre, cuando sabe que va a morir, intenta transmitir a quien tiene cerca aquello que ha mantenido en secreto en vida, sobre todo si es de la trascendencia que este asunto tiene. Estoy seguro de que Fabián, en víspera de su fusilamiento, pudo contar a alguno de sus compañeros de infortunio la verdad sobre Joaquín. Y alguno de esos hombres ha terminado en San Cristóbal.

—¿Crees que alguien en el penal ha podido ponerse en contacto con Joaquín y decirle la verdad?

—Es algo que me quita el sueño desde entonces. Por eso, empezada la limpia, habría sido mejor llevarla hasta el final para no dejar ningún testigo.

—Tuviste suerte de que Dolores se quitara la vida al saber muerto a Fabián y preso a su hijo.

—Fue una suerte, sí. No lo puedo negar.

Félix se había puesto en pie y, después de mirar apesadumbrado el resultado de su arrebato, dirigió la mirada hacia su padre. Algo debió de captar en su expresión que lo puso en guardia.

—Padre, no me jodas. ¿Tuviste algo que ver con su muerte? ¿Acaso no fue un suicidio?

—¿Qué más da ya cómo muriera? Lo has dicho tú, se quitó la vida. Ahora solo nos queda un fleco para terminar con esta historia de una jodida vez. Tienes que buscar a Joaquín y asegurarte de que nunca más va a ser un problema.

—¡Es mi hermano, me cago en la puta!

—Medio hermano —lo corrigió—. Pero por eso mismo, Félix. Si consigue escapar o algún día sale en libertad y alguien le ha revelado la verdad, puede reclamar lo que por ley le pertenece. Tendría que reconocerlo y dividir el patrimonio familiar con un hijo bastardo. Por no hablar del escándalo que supondría que todo esto trascendiera.

—¿Y qué pasaría si lo reclamara? Lo anormal es ser hijo único. De hecho, toda mi vida he echado en falta un hermano en quien poder confiar. Nos habríamos prestado ayuda mutua y habría sido un consuelo ante la evidencia de un padre frío como un témpano, incapaz de manifestar hacia mí el más mínimo afecto como hijo, y no como mero sucesor en tus negocios. A lo mejor, de haber sabido que yo era su hermano mayor, Joaquín habría respetado mi amor por Ana María y las cosas habrían sido de otra manera.

—¿Amor por esa arpía? ¡Venga ya, hijo! No me hagas reír. Para ti no ha sido más que un trofeo de caza cuya cabeza poder exhibir ante tus amigotes. Ni siquiera has sabido disfrutar de ella, aun estando casados.

Félix miró a su padre con desprecio.

—¿Qué sabrás tú? ¡Si te casaron con la primera en la lista de intereses para los negocios de tu padre, como me acabas de confirmar! Pero, claro, te daba igual, no tenías la más mínima intención de serle fiel —le reprochó—. Pues estás muy equivocado. Yo he estado desde siempre enamorado, embelesado, ciego por Ana María, pero tampoco me lo has preguntado nunca.

—Supongo que te acabas de dar cuenta porque nunca lo habías demostrado hasta que supiste que otro se interesaba por ella.

Félix no pareció haber prestado atención a la última pulla lanzada por su padre. Fruncía el ceño, como si acabara de caer en la cuenta de algo.

—Un momento... —dijo—. ¿Estás completamente seguro de que Joaquín es hijo tuyo? ¿De dónde le viene el rasgo de un ojo de cada color, que también ha transmitido a José Félix?

—De Dolores. Su padre, el abuelo de Joaquín, compartía la misma anomalía. Alejandro San Miguel me explicó que existen rasgos ligados al sexo. La madre puede transmitir el carácter, pero solo se manifiesta en los hijos varones, aunque no siempre.

—¿San Miguel está al tanto de todo lo que me acabas de contar? —se extrañó.

—Fue necesario. Él atendió a Dolores en el parto y sabe quién es el verdadero padre de Joaquín.

—En ese caso, existe un testigo más.

—Lo sé, pero no puedo hacer nada respecto a eso.

Félix soltó una carcajada extemporánea.

—¿Que no puedes hacer nada? ¡Como si los impedimentos morales fueran un obstáculo para hacer tu santa voluntad!

—San Miguel me tiene en sus manos. Si yo te parezco amoral es porque no conoces a ese hombre. Su ambición no tiene límites. ¿Qué otro médico habría consentido lo que ocurre en San Cristóbal sin levantar la voz? Ninguno. Pero él se dejó corromper por el director De Rojas y por el administrador a cambio de una sustanciosa porción del botín que obtienen desviando gran parte del presupuesto destinado a comida y medicinas. Ese es Alejandrito —explicó con gesto de desprecio—. Pero no contento con eso, también a mí me ha estado extorsionando.

—¿Con esto? —El semblante de Félix expresaba un asombro genuino—. ¡Pero si parecéis tan amigos! ¡Incluso lo invitaste a mi boda!

—A veces hay que mantener las apariencias para evitar males mayores, eso ya lo sabes bien.

—¿Te pidió dinero? —insistió incrédulo.

—Fue hace unos años. Por lo visto, se vio envuelto en un asunto muy turbio, no me preguntes cuál porque no lo sé, pero necesitó una cantidad exorbitante para tapar el escándalo, tal vez para salvar la vida, por lo que pude colegir. Me negué a entregarle lo que era una pequeña fortuna. Y entonces recurrió al chantaje.

—¿Y por qué no hiciste que le metieran un tiro entre las cejas?

—Porque cuando vino a pedirme el dinero ya contaba con mi negativa y con esa posibilidad. Y me hizo saber que había puesto por escrito todo cuanto sabía con la instrucción de que viera la luz si llegaba a pasarle algo.

—¿Y le creíste?

—¿Por qué no iba a creerle sabiendo la clase de individuo que es? Incluso me aseguró que se había molestado en hacer más de una copia que guardaba a buen recaudo en distintos escondites.

—¿De cuánto dinero hablamos?

—Eso solo es de mi incumbencia —respondió Zubeldía tajante dándose la vuelta para volver a ocupar su sillón.

Félix guardó silencio. Se le veía abrumado, sobrepasado por la catarata de revelaciones que se había desplomado sobre él en la última hora. Se dirigió hacia la puerta, pero antes de quitar el pasador se detuvo y se giró hacia su progenitor.

—Me pides mucho, padre. Y no estoy seguro de querer obedecerte.

—¡No vamos a encontrar un momento mejor que este! —exclamó alarmado por si decidía salir sin arrancar de él el compromiso que buscaba—. En medio de esta cacería, nadie va a pedir explicaciones por un muerto más. ¡Tienes que acabar lo que empezaste! Alejandro San Miguel se ha incorporado a la persecución, pero no para matarlo, le interesa mantener a Joaquín con vida. Sin él, su extorsión se acaba. Por eso se ocupó de que lo pasaran de la brigada del sótano a pabellones y lo ha tenido entre algodones. Si lo encuentra antes de que lo hagas tú, lo devolverá al penal, y ya no podremos hacer nada para evitar que nos siga teniendo en sus manos. Si eso ocurriera, algún día acabará la guerra y es muy posible que los presos vean revisadas sus condenas y que Joaquín salga a la calle. ¿Cuánto tiempo crees que tardará en venir aquí? —preguntó sin ocultar su zozobra.

—Espero que alguien lo haya hecho por mí. Si me encuentro con Joaquín vivo, no sé si seré capaz de hacer lo que me pides, ahora que sé que es mi medio hermano. Matar a alguien que lleva mi sangre es una línea roja que no me creo capaz de atravesar.

—Déjalo en manos de otros. No hace falta que seas tú quien apriete el gatillo. Yo tampoco lo haría.

Félix miró fijamente el rostro de su progenitor. Quitó el pasador, abrió la puerta y se aseguró de que no hubiera nadie al otro lado.

—¿Sabe, padre? No sé cuál de nosotros dos es más hijo de puta. Solo le digo que por muchas absoluciones que recibamos en el confesonario, usted y yo merecemos arder en el infierno. Y sabe que, tarde o temprano, allí nos encontraremos —declaró con el desprecio en el semblante antes de salir al vestíbulo haciendo temblar todos los cristales con el estrépito del portazo. Había escogido con intención tratarle de nuevo de usted, le daba más empaque a una frase que le había salido del alma y que se parecía mucho a una maldición.

30

Martes, 24 de mayo de 1938

El agotamiento les impedía pensar con claridad. La primera noche les había llevado a la extenuación, consciente de la importancia de poner tierra de por medio con sus perseguidores. Aunque no hubieran pensado en detenerse y ocultarse entre la maleza, siguiendo su propósito inicial de avanzar de noche y ocultarse durante el día, no habrían sido capaces de dar un paso más. Por fortuna, desde el domingo no había vuelto a llover, si bien el bosque permanecía húmedo y todos llevaban las ropas empapadas. Durante la marcha, el calor del cuerpo les mantenía calientes, pero con la parada matinal el frío volvía a martirizarlos y les traía a la cabeza el último invierno vivido en San Cristóbal. Aquellas dos jornadas se habían alimentado de tallos, hierbas y caracoles recogidos con las primeras luces, y un manantial, apenas un charco de agua que rezumaba entre la gravilla, les había servido para calmar la sed de manera momentánea.

El eco de los disparos más bien lejanos había seguido rompiendo durante el día la monotonía de los sonidos del bosque, señal de que la cacería seguía en marcha.

Picó y Pablo Elorza habían abandonado el improvisado refugio a media tarde del lunes, con la intención de recuperar la orientación desde algún altozano cercano. Regresaron al cabo de una hora, al parecer, con una idea clara de la dirección a tomar al caer la noche. Se trataba de cruzar el río Ulzama, pero, en el punto donde se encontraban, los pueblos estaban muy juntos y era peligroso atravesar el valle aun durante la noche.

—Vamos a seguir el consejo de Pablo y esta noche solo avanzaremos unos pocos kilómetros por el monte hacia el norte —había explicado Picó al grupo—. Mañana lo pasaremos escondidos y cuando se haga de noche cruzaremos al otro lado del valle.

—Lo haremos por encima de Ostiz, cerca del cementerio del pueblo, en un lugar que conozco. Será un momento complicado porque habrá que atravesar al mismo tiempo la carretera de Irún —había explicado Pablo—. Una vez que estemos al otro lado, volveremos a internarnos en el bosque, monte arriba, hasta el valle del Arga. Si conseguimos llegar a las inmediaciones de Urtasun y Eugi, la frontera estará a una o dos jornadas de distancia.

—Si no encontramos qué comer, vamos a caer desfallecidos antes de llegar a ningún sitio —protestó alguien entre el grupo, un preso de pabellones de unos cuarenta del que Joaquín solo conocía el mote, que hacía referencia a la forma de su barba.

—Mira, Chivo, llevamos muchos meses sabiendo lo que es la sensación de morirse de hambre, sobre todo quienes estábamos en las brigadas —respondió Molinero con intención y apoyando a su camarada Picó, con quien había preparado la fuga desde la más lóbrega de ellas—. Si tenemos que alimentarnos de babosas, hierbas y hongos unos días más hasta cruzar la frontera, lo haremos.

—Tienen razón —terció Ezequiel—. Muertos caeremos sin remedio en cuanto cedamos a la tentación de acercarnos a un caserío, y mucho menos a un pueblo. A estas alturas no habrá un lugar habitado entre Pamplona y la muga donde no hayan sido advertidos de la evasión. Todos esos tiros que se oyen a lo lejos los están recibiendo los camaradas que han salido a descubierto y se han dejado ver fuera del monte para cruzar un puente o buscar comida.

—Y podéis apostar a que nos habrán pintado, a nosotros y a todos los fugados, como delincuentes peligrosos a quienes no hay que preguntar antes de disparar. —Un tercero que respondía al nombre de José se había sumado a la tesis del cabecilla—. Podéis estar seguros de que todas las escopetas de caza en estos valles estarán cargadas con balas o con postas desde ayer.

—Tampoco nos fiemos, que en cualquier momento pueden organizar batidas y venir a buscarnos a nuestro terreno —advirtió Picó usando palabras parecidas a las que Joaquín había utilizado la víspera—. Así que quiero a todo el mundo con los cinco sentidos alerta, atentos y en guardia permanente. Si alguien ve una columna de humo cercana o simplemente lo huele, si el viento arrastra el ladrido de un perro, cualquier cosa que os extrañe, lo decís de inmediato.

El viento cambió de dirección al final de la jornada y barrió las nubes que encapotaban el cielo desde hacía días. Al caer la tarde, los últimos rayos de sol se filtraban ya entre el ramaje.

—Creo que esta noche no tendremos que avanzar a ciegas como la anterior —observó Pablo—. Vamos a esperar a que la luna salga y nos pondremos en marcha.

Aquel detalle en apariencia nimio tuvo la virtud de levantar el ánimo del grupo. El ritmo, por otro lado, era menos extenuante, pues no tenían que recorrer una gran distancia, tan solo acercarse al lugar donde al día siguiente intentarían cruzar al otro lado del valle. Sin embargo, la extrema debilidad, el hambre y, en muchos casos, la tortura de los pies mal calzados seguían causando estragos. Además, la esperanza de poder caminar con ayuda de la luna se vio truncada por una niebla procedente del río que se fue haciendo más espesa a medida que pasaban las horas. Las primeras luces del alba, tamizadas por la bruma, los sorprendieron mientras algunos hombres se dejaban caer derrengados junto a una cárcava que descendía al encuentro del Ulzama.

—¡No, nada de descansar ahora! —los reconvino Picó—. Busquemos primero un escondite barranco arriba. En cuanto salga el sol, la niebla levantará y aquí quedaríamos completamente expuestos.

—¡Eh, callad! ¿Habéis oído eso? —susurró Federico llevándose el índice a los labios.

—¿Oír qué? —preguntó otro con voz queda, contagiado por su actitud.

—¡Callad, callad todos un momento! —exigió con vehemencia.

Durante un instante todos obedecieron, intrigados.

—¡Ahí está! ¿Lo habéis oído ahora?

—¡Es el balido de un cordero! —exclamó uno con entusiasmo.

—No me cabe ninguna duda —repuso Federico—. Llevo toda la vida escuchándolos.

—¡Quieto! —lo detuvo Picó al ver que caminaba hacia el barranco—. Si hay un cordero, habrá un rebaño, y si hay un rebaño, habrá un pastor. ¡Y perros!

—Lo dudo, Picó. Suena dentro del barranco, y no demasiado lejos. Es imposible que el rebaño esté aquí a esta hora. Puede que pasara por aquí ayer y que el animal se extraviara. Eso es algo frecuente —supuso Federico—. Déjame que lo compruebe.

Sin dar tiempo a una respuesta, el joven descendió al fondo del barranco.

—Justo lo que os decía. El rebaño estuvo aquí ayer, está todo lleno de cagarrutas recientes —confirmó levantando lo justo la voz—. Voy a buscar el cordero.

Federico se adentró en la hendidura y, poco después, se había perdido entre la niebla. Los hombres se dejaron caer de nuevo, y esta vez nadie se lo impidió. Tardó un buen rato en regresar y, cuando lo hizo, con el cordero a hombros, su cara transmitía felicidad.

—Estaba ahí mismo, junto a la madre muerta —explicó—. Pero he seguido un trecho barranco arriba y hay buenos sitios donde pasar el día; el agua ha ido excavando cavidades que nos servirán de protección.

Todos se habían puesto en pie y rodeaban a Federico.

—Mátalo y lo cortamos en pedazos —propuso uno.

—No tenemos para un diente —se lamentó otro—. ¿Y la madre? Esa tuvo que morir ayer mismo, si no el cordero no seguiría vivo.

—Ni loco me como yo un animal muerto, y menos sin poder hacer fuego.

—Está ya fría, pero ni rastro de mal olor —aclaró Federico—. Y sí, el cordero no estaría vivo si la madre llevara tiempo muerta. Esa murió ayer, y a última hora, además, sin tiempo para que el pastor volviera en su busca antes de hacerse de noche al reparar en que faltaba una oveja al llegar al aprisco.

—Pero puede que vuelva a por él al hacerse de día —razonó Joaquín.

—Pues no sería extraño, pero regresará al sitio por donde pasó ayer. Si nos internamos en el barranco lo suficiente y nos llevamos la oveja, no nos va a seguir la pista.

—Si nos damos prisa, antes de que levante la niebla, tal vez podamos hacer un fuego dentro del barranco —concedió Picó, consciente de que los hombres se encontraban al borde de la extenuación—. Lo justo para hacer brasa. Quién sabe si se nos va a presentar otra oportunidad igual.

Se adentraron en el barranco recogiendo toda la leña vieja que encontraban a su paso, se turnaron para acarrear el cuerpo inerte de la oveja y, veinte minutos después, se hallaban al abrigo de una oquedad en una pronunciada curva de la hendidura.

Un chisquero sirvió para prender un buen montón de aliagas y cardos secos, y pronto las llamas de la fogata ennegrecían el borde superior de la covacha. Aquellos que habían estado al tanto de los planes de fuga llevaban alguna rústica herramienta con filo y de ellas se sirvieron para degollar el cordero y desollar y descuartizar los dos animales. Nadie cuestionó el derecho de Federico a beberse la sangre del cordero, que brotó del tajo a borbotones mientras uno de los hombres sujetaba con fuerza la cabeza del animal tratando de acertarle en la boca abierta.

Cuando el sol se alzó y la niebla empezó a perder densidad, de la fogata solo quedaban ascuas que apenas desprendían humo. Los hombres, con el hambre aguzada por el olor irresistible que surgía de las brasas, se habían lanzado a por la carne a medio asar y en minutos habían dado cuenta del inesperado banquete. Picó y Molinero, haciendo uso de una autoridad que nadie parecía cuestionarles, habían abortado de raíz un amago de discusión entre tres hombres que se disputaban el hígado del cordero. Ahítos, por fin, tras el festín después de muchos meses, buscaron acomodo para disponerse a pasar el día.

—Si nos vieran ahora los lugareños, no les cabría duda de que somos los demonios rojos que les habrán descrito —bromeó el tal José limpiándose la barba y la pechera de sangre y de grasa, al tiempo que miraba a los demás—. ¡Joder, Federico, tendrías que verte! Se podría hacer un caldo bien sabroso con tu camisa.

Molinero organizó los turnos de guardia entre los hombres que habían librado la víspera, mientras los demás se tendían buscando la postura más propicia para descansar.

—Oye, Picó —dijo un tal Julián, a quien Joaquín conocía de verlo en su pabellón, un chaval que apenas pasaría de los veinte—, ¿cuánto tiempo llevabais tramando la fuga?

—Desde septiembre, ¿no? —respondió mirando a Molinero en busca de confirmación.

—Sí, pero hasta enero no se formó el comité de fuga entre un grupo de nuestra total confianza —añadió este—. Gente que ya conocíamos de antes porque nos habían detenido o sentenciado juntos, muchos de Vitoria; otros con los que habíamos trabado amistad por ingresar en el fuerte el mismo día o por ocupar la misma nave en la brigada. Éramos veintisiete.

—Pero ¿de quién fue la idea?

—De Picó, de Picó —recalcó el sindicalista—. Ese mérito es solo suyo.

—La idea se me ocurrió a mí, cierto, pero nada habría podido hacer solo. Ayudasteis muchos, desde el que nos dibujó al principio el croquis del penal hasta los que nos fueron poniendo al tanto de las costumbres de los guardias en cada uno de los puntos clave. El plan solo se consolidó con las informaciones de los presos que desempeñaban trabajos en el penal y que se podían mover por él. Eso fue determinante, primero para convencernos de que la fuga era posible, y después para llevarla a cabo —explicó ya sentado en el suelo, las rodillas encogidas y la espalda apoyada en la pared de arcilla de la covacha.

Alguien había prendido un cigarrillo en los rescoldos, que pasaba de boca en boca alrededor del círculo que se iba formando en torno a Picó.

—Él fue uno de los que desarmó al primer guardia y se vistió con sus ropas —insistió Molinero—. Así que la idea inicial y después el arrojo para lanzarse a poner el plan en marcha fueron cosa suya.

—Vaya huevos —espetó Julián con admiración, hablando casi para sí. Luego volvió a mirar al cabecilla, que daba una calada al cigarro entornando los ojos—. Cuéntanos un poco, ¿cómo fue al principio?

—¿No preferís descansar? Esta próxima noche podría haber jarana.

—El día es largo, hay tiempo para todo —respondió otro—. ¿Por qué elegisteis el domingo? Algunos llevamos desde entonces haciéndonos mil preguntas, pero hasta ahora no ha habido ocasión de hacéroslas a quienes estabais en la pomada.

—Ya lo puedes imaginar, porque es el día de la semana con menos vigilancia: una docena de funcionarios dentro del penal para casi dos mil quinientos presos, y la guarnición militar afuera, menos de cien hombres con el alférez al mando pasando el día en Pamplona —respondió con cierta sorna.

—¿Y la hora?

—Eso también estaba en el plan desde el principio, el momento de bajarnos la cena. La idea era neutralizar al guardia al abrir la puerta de la brigada para entrar las gavetas del rancho. Además, a la misma hora comía la tropa de guarnición del fuerte. Y durante el reparto era posible aprovechar la continua apertura de puertas desde las cocinas hasta las distintas brigadas y pabellones.

—Sí que lo teníais bien pensado todo —se admiró otro de los presos de los pabellones—. ¿Y cómo lo hicisteis?

—Baltasar y yo detuvimos a Galán cuando iba a salir de la brigada tras el reparto, antes de que cerrara la puerta, y lo bajamos al sótano, donde quedó al cargo de otros presos. Subimos rápido la escalera hasta la segunda brigada e hicimos lo mismo con Cid y con tres ordenanzas que había en el cuarto de servicios. Todos al sótano, no sin antes quitarle la pistola, la chaqueta y la gorra al bueno de Cid.

—¿Así de sencillo?

—En las brigadas sí —explicó con las cejas en alto, sin darle demasiada importancia—. El guardián de la tercera no estaba aún en el segundo piso, así que tuvimos vía libre. Habíamos escogido a diez hombres para tomar el control de la parte interior del penal, doce con Baltasar y conmigo.

—Tantos como guardias —hizo notar Julián.

—Bueno, eso es una casualidad —aclaró—. Nos dividimos en dos grupos: Calixto fue a la cocina con cuatro hombres más, donde debían retener a los cocineros. También detuvieron al guardián de la tercera que se encontraba allí, y supongo que le quitarían la pistola, como habíamos planeado hacer con todos los funcionarios armados. Calixto me contó más tarde que redujeron a otros tres carceleros, los encerraron en el cuarto de herramientas y aprovecharon para coger martillos, piquetas y llaves que pudieran usarse como armas. Tuvieron la mala suerte de que uno de los centinelas de la puerta que da a la rampa de la iglesia empezó a gritar y Baltasar tuvo que golpearle para que no diera la voz de alarma.

—¿Ese es el que dicen que ha muerto?

—Sí —respondió Picó, sombrío—. La orden era no herir a nadie a no ser que fuera absolutamente necesario.

—¿Y los otros siete?

—Cruzamos el patio en dirección a la oficina de Ayudantía.

—¡Os vimos desde las ventanas del pabellón! —exclamó Ezequiel—. No nos lo podíamos creer.

—Entramos en la oficina donde estaban cenando Pescador, el jefe de servicios, y el ordenanza. Los desarmamos y pusimos en marcha la segunda parte del plan, tal vez la más complicada.

—Atravesar el túnel del rastrillo —supuso Joaquín—. Nos preguntábamos cómo habíais podido conseguirlo con las dos puertas de los extremos custodiadas por los guardias en el interior del túnel.

—Para eso necesitábamos a Abundio, el ordenanza. Lo obligamos a salir por el pasillo de pabellones hasta la puerta próxima al locutorio, y de allí a la verja de entrada al túnel. Encañonándolo con Baltasar, ocultos los dos a la vista de los guardias del rastrillo, le forzamos a llamar a voces a Sacristán, el que estaba de guardia dentro, diciéndole que el jefe de servicios le llamaba urgentemente. Sacristán acudió rápido, abrió la verja, entró al patio y volvió a cerrar antes de correr hacia Ayudantía con el manojo de llaves. Cuando entraba en el pasillo de locutorios, le di un culatazo en la sien y quedó sin sentido. Le quitamos las llaves, lo atamos y lo dejamos encerrado en el retrete.

—Y, claro, en el manojo tenían que estar las llaves de las dos verjas del túnel, también la de salida a la explanada exterior donde están los edificios del cuerpo de guardia —supuso Joaquín, en medio de los murmullos, las risas y las exclamaciones de admiración de los hombres—. Pero no cruzasteis el túnel. Os vimos regresar enseguida a las brigadas.

—Así lo habíamos planeado. Una vez despejado el camino al exterior, debíamos reunirnos los dos grupos y reclutar al resto de los hombres que estaban en el ajo para salir todos juntos al exterior, donde nos esperaba la guarnición al completo. Además, lo más importante, en ese intervalo había que reducir a los centinelas de las garitas.

—También vimos a uno de los hombres hacerlo frente al edificio de pabellones —recordó Federico—. Se jugó el tipo al avanzar hacia él sin importarle que el centinela lo encañonara, con dos cojones. Tuvo suerte de que no se atreviera a apretar el gatillo, le habría reventado el pecho.

—Os decía que hubo hombres con tanto o más mérito que nosotros —insistió Picó con un ápice de emoción en la voz.

—No es por presumir, pero ese hombre era yo. —Todos se volvieron hacia Fermín, recostado cerca de las brasas fuera del corrillo en torno al cabecilla, a quien pocas horas atrás había cuestionado antes de recibir su reprimenda. Sonreía sin jactancia, como si se hubiera limitado a aportar un detalle más al relato de los hechos.

—Entonces déjame que te estreche la mano. —Picó se levantó con una energía sorprendente tras una noche de marcha—. Entre un hombre que ha arriesgado su vida por esta empresa y yo no puede haber un atisbo de rencilla.

Se retuvieron las manos mientras se sostenían la mirada, una vez que Fermín se hubo puesto en pie. Al final se fundieron en un abrazo.

—Lo vamos a conseguir, Picó —musitó, aunque todos lo pudieron escuchar.

—Puedes apostar por ello, Fermín —aseveró antes de regresar al lugar que ocupaba—. Y puedes coger mi fusil, con la pistola yo tendré bastante.

—Bien, ¿y qué sucedió cuando cruzasteis el túnel del rastrillo? —insistió Julián, impaciente.

—Seríamos unos sesenta. Sorprendimos al guardia apostado en la verja exterior y lo neutralizamos sin problema. Luego, abrimos con las llaves de Sacristán y salimos al patio. La guarnición al completo estaba cenando en el comedor. Nos asomamos por la ventana y comprobamos que ninguno iba armado; ¡todas las armas reglamentarias debían de estar en los armeros! —explicó con tono de asombro—. Así que fuimos a por ellas, redujimos al cabo que las custodiaba y, sin más, repartimos los fusiles entre los hombres. Hecho esto, abrí la puerta del comedor con las ropas de Cid, pistola en mano, y les grité que levantaran los brazos.

—¡No jodas!

—¿Sabéis lo mejor? —rio—. Que creyeron que yo era uno de los guardias y que les estaba gastando una broma. Hasta que vieron entrar detrás de mí a decenas de hombres desarrapados y famélicos empuñando sus propios fusiles italianos. Teníais que haber visto sus caras cuando se dieron cuenta de que la cosa iba en serio. No daban crédito. Si de algo estoy seguro es de que, pase lo que pase al final, no olvidarán ese instante mientras vivan.

Por vez primera en días, los hombres rieron con ganas.

—¿Y ya...? ¿Se rindieron sin más?

—¿Qué otra cosa podían hacer? Eran ochenta hombres desarmados, encañonados por setenta fusiles y varias pistolas. Los fuimos sacando en pequeños grupos y los encerramos bajo llave en el almacén, en el cuerpo de guardia, en algún dormitorio, y dejamos a unos cuantos en el mismo comedor.

—Si no lo hubiéramos presenciado, pensaría que nos estás endilgando un cuento —se asombró Federico—. Me gustaría ver al alférez o a De Rojas explicando a sus superiores que un puñado de hombres hambrientos, sin armas y sin ayuda externa consiguieron tomar el control de un penal excavado en la cresta de un monte que tiene fama de ser uno de los más seguros e inexpugnables de toda España.

—Más me gustaría haber visto al pobre desgraciado que se lo haya tenido que explicar al capitán general o al cabrón del general Franco —rio Molinero.

—Podemos tomarlo a broma —la voz de Fermín volvió a escucharse desde atrás—, pero lo que dices no juega a nuestro favor. La propaganda nacional no puede consentir de ninguna de las maneras que esta fuga tenga éxito. Aquí lo van a tapar, y van a usar todos los medios a su alcance para evitar que ni uno solo de nosotros pisemos suelo francés, donde podremos dar noticia de la evasión a la prensa extranjera.

—Así es —aseveró Picó con aire reflexivo—. He de reconocer que no es algo en lo que hubiéramos pensado en todos estos meses.

—Bastante teníamos con atar todos los cabos de la fuga para pensar en el día siguiente.

—Y bien caro que nos va a salir, camarada —dijo Picó con pesar—. Cada disparo que nos trae el aire me atraviesa el alma.

—No te martirices por eso. Nadie nos ha obligado a salir. Todos estamos aquí por voluntad propia —intervino Joaquín—. Jamás mientras viva olvidaré el momento en que atravesamos las puertas del fuerte, libres. Solo por eso estaremos siempre en deuda con vosotros.

—¿Por qué te metieron preso, Picó? —preguntó uno que todavía roía uno de los huesos de la oveja.

—Me detuvieron en Barambio junto con otros camaradas cuando intentábamos volar el puente que une Álava con Vizcaya,

¿eh, Molinero? Los militares se habían levantado en Vitoria y había que impedir como fuera que los rebeldes entraran en territorio vizcaíno.

—Lo malo es que no lo conseguimos y muchos terminamos aquí ya al principio de la guerra —se lamentó el sindicalista—. Picó es comunista, amigo de Dolores Ibárruri, la Pasionaria, ¿lo sabíais?

Unos negaron y otros asintieron.

—¿Y tienes familia?

—Sí, casé por lo civil. Tengo una hija y un hijo. —Había tardado en responder, y la razón se hizo evidente cuando, incapaz de ocultar la emoción, se pasó el dorso de la mano por los ojos—. Hace dos años que no los veo. Ellos me impulsaron a hacer lo que he hecho y ellos me dan fuerza para seguir.

—Te casaste pronto entonces, dos hijos ya...

—Tengo veintisiete, ya es edad de tener hijos —sonrió—. Pero ¡basta ya de hablar de mí! Aquí todos tenemos una historia y me avergüenza hablar solo de la mía. Así que poneos lo más cómodos que podáis y descabezad un buen sueño. Esta noche tenemos que estar descansados.

Los hombres se mostraban impacientes, pero Picó y Elorza se emplearon a fondo para aplacar sus ganas de continuar nada más ponerse el sol, tras una jornada entera de descanso, por vez primera en mucho tiempo sin la sensación apremiante del hambre. La grasa de la oveja parecía haber obrado un milagro, y se sentían con fuerzas para afrontar el resto del camino, aunque presagiaban que, a la mañana siguiente, después de una nueva noche de caminata, el hambre volvería a estar presente. Dos hombres, aquellos con los pies más maltrechos, habían usado la piel de la oveja para fabricarse algo parecido a unas botas atadas a las piernas con tiras de tela cortadas de la parte inferior de sus camisas. Parecían estar tan ansiosos como los demás por comprobar su utilidad.

Cuando la luna hubo recorrido un buen trecho, tal vez cerca de la medianoche, el grupo se puso en marcha. La consigna era avanzar con rapidez, pero en completo silencio, sin hablar salvo con voz queda y, por supuesto, sin dar un grito pasara lo que pasara. El recordatorio de que nadie debía encender el mechero para prender ni siquiera un cigarro fue vano, puesto que el último tabaco que les quedaba se había agotado tras el banquete de la mañana.

Salieron del barranco en el lugar donde se habían topado con él y continuaron un buen trecho hacia el norte. Abajo en el valle, a su derecha, se veían ya entre los troncos de los árboles las escasas luces de Ostiz y, de tarde en tarde, los focos de algún camión y de algún automóvil que circulaban por la carretera de Irún. Elorza había calculado en doscientos metros el desnivel hasta el río, una pendiente de unos ochocientos metros, ya sin arbolado, que tendrían que salvar antes de toparse con el cauce del Ulzama. Comenzaron el descenso entre arbustos, por un suelo abrupto e incómodo, que, sin embargo, salvaron sin novedad. Aunque el último tramo transcurría por terreno abierto, la oscuridad de la noche les protegía. Se agazaparon entre la vegetación de la orilla del río. Fue Molinero quien se aventuró en el cauce y lo cruzó con el agua hasta la rodilla antes de regresar a dar la buena nueva.

—Habrá que caminar esta noche con los pies y las perneras mojados, pero ese será el mayor inconveniente que nos ocasione el río.

—Os quiero a todos juntos en la otra orilla. Que nadie salga de entre los arbustos hasta que Pablo dé la señal. Él manda ahora, ¿entendido?

Vadearon el Ulzama sin mayor problema a pesar de las lluvias recientes, lo que para algunos hombres resultó un alivio, temerosos de tener que cruzar a nado sin saber hacerlo, aunque Elorza ya les había tranquilizado al respecto. Se les veía contentos por haber superado el primer escollo sin dificultad.

Picó, Molinero y Elorza treparon por el talud en el lado opuesto del río y examinaron el área con atención. Las luces de Ostiz se encontraban frente a ellos, pero pretendían cruzar algo más al norte, un poco más allá del cementerio, en el punto donde el monte, al otro lado del valle, se acercaba más al cauce.

—¿Veis aquella luz solitaria, la última del pueblo? Puede que sea la del camposanto —explicó Elorza cuando todos estuvieron a su alrededor—. Hacia allí tenemos que dirigirnos antes de atravesar la carretera.

—Los que lleváis armas, delante con Pablo y conmigo —ordenó Picó—. Molinero irá en retaguardia con otro par de hombres. ¡Fermín, Federico, con él!

La columna de veintidós hombres, separados apenas por un metro de distancia tal como había marcado el cabecilla, avanzaba bajo el tenue resplandor de la luna menguante. Joaquín sentía los latidos del corazón golpeándole el pecho y en aquel momento lamentaba no sentir la seguridad de un arma que, sin embargo, no habría sabido utilizar.

Picó dio el alto y la columna se detuvo al abrigo de una zona arbolada. La calzada se encontraba frente a ellos y, como si quisiera mostrarles su trazado, los faros de una camioneta que acababa de salir del pueblo iluminaron el asfalto mientras avanzaba en dirección norte. Un instante después, las luces rojas de posición se fueron difuminando en la lejanía, al tiempo que se perdía el ronroneo del motor.

—En una como esa, en media hora estaríamos en Francia —susurró un tal Iglesias, que había sido conductor de camión.

—Ya, después de pasar una docena de controles, supongo —respondió Federico a media voz—. Dile a Joaquín que te explique su estimulante experiencia en uno de ellos, escondido entre la paja de un remolque.

Iglesias, con un gesto de la mano que le dejaba libre el fusil, desechó la idea y se alejó. Joaquín en cambio, espoleado por el recuerdo, se dio la vuelta hacia su amigo.

—¿Te das cuenta de que es la primera vez que estamos juntos en libertad desde entonces? ¡Casi dos años ya! ¡Cómo te he jodido la vida! —musitó con infinita amargura—. Te prometo que, cuando lleguemos a Francia, te voy a compensar con creces por estos dos años.

Federico, a todas luces enfadado, iba a responder cuando vieron acercarse a Picó. Recorría la columna repitiendo instrucciones en voz baja.

—Este es el momento más arriesgado, mientras cruzamos estaremos completamente expuestos y, si en algún lugar hubiera vigilancia, sus ojos estarán puestos en la calzada. Confiemos en que a estas horas no haya nadie despierto y, si lo hay, que la oscuridad evite que nos vea. Yo daré la señal. Entonces trotaremos ligeros, sin entretenernos, guardando la misma distancia con el compañero de delante para no ofrecer un blanco fácil al bulto, y nos iremos cobijando bajo aquellos árboles que se adivinan cerca de la tapia del cementerio —señaló una masa oscura difusa que a duras penas se distinguía al otro lado—. Si no hay novedad, después salvaremos a la carrera la distancia que separa el cementerio del bosque y allí nos reagruparemos. ¿Entendido?

Joaquín emitió un simple «ajá» con la garganta sintiendo que el corazón se le aceleraba de nuevo. No le había dicho nada a Federico, pero le daba mal fario repetir el intento de escapar de los fascistas en las cercanías de un camposanto, por mucho que la situación tuviera poco que ver con la que acababan de recordar. En vilo, vio cómo Picó regresaba a su puesto y esperó su señal, con la que los compañeros en vanguardia iniciaron la marcha.

Cuando la cabeza de la columna estaba a punto de llegar al lado opuesto de la calzada, los faros de un camión camuflado junto a la tapia del cementerio y un potente reflector se encendieron a un tiempo y aquella fue la señal para que comenzara el tableteo de disparos de fusilería. Algunos hombres, aun desprotegidos y bajo el intenso haz de luz, acertaron a responder a ciegas con sus armas antes de caer acribillados. La mayor parte, siguiendo su instinto, se lanzaron hacia delante corriendo despavoridos en busca de la oscuridad protectora, su única oportunidad.

Como en un sueño, Joaquín, paralizado antes de ponerse en marcha, vio caer cosido a balazos a Pablo; Picó, herido y pistola en mano, trataba de arrastrarse hacia los arbustos en busca de cobijo mientras se defendía con el arma. Otros se retorcían de dolor en el suelo, agonizantes. Iglesias arrojó el fusil al suelo y levantó las manos en señal de rendición, pero de nada le sirvió: el reflector reveló dos manchas carmesíes que se extendieron por su camisa a la altura del pecho, antes de caer de bruces tras hincar las rodillas en el asfalto. Joaquín, clavado en el suelo, atónito e incapaz de reaccionar, sintió un tirón que a punto estuvo de dar con él en tierra. Era Molinero.

—¡Atrás! ¡Nosotros aún estamos fuera del haz del reflector! ¡Corred detrás de mí!

Igual que el cabecilla había tirado de él, Joaquín asió a Federico, también paralizado por el pavor y la sorpresa, por la correa del fusil. Juntos obedecieron la orden del sindicalista sin saber lo que hacían, a trompicones, a pesar de que no parecía retroceder, sino que siguió una trayectoria que trazaba un arco amplio; de continuar, pronto estarían de nuevo en la carretera. Joaquín comprendió al instante lo que se proponía, pero el camarada de Picó consideró necesario detenerse un instante a explicárselo y lo hizo al abrigo de un tejo. El tiroteo había cesado y tan solo se oían voces, órdenes, gemidos de dolor y la voz desesperada de un hombre joven que Joaquín no supo identificar pidiendo a gritos el tiro de gracia que acabara con su atroz sufrimiento. Un segundo después, un fugitivo más se unió a ellos. Era Fermín. Se detuvo sin respiración, sosteniéndose inclinado hacia delante con los brazos apoyados en las rodillas, antes de que una violenta arcada le vaciara el estómago.

—Nos perseguirán de vuelta al río, de donde saben que hemos venido. —Molinero apenas guardaba aire en los pulmones y las palabras le salían entrecortadas—. Pero nosotros vamos a regresar a la carretera y la cruzaremos en cuanto quedemos fuera del haz de luces, tras aquella curva. No esperan algo así, creerán que ninguno ha conseguido cruzar y no nos buscarán en aquel lado. Es nuestra única oportunidad, pero hay que hacerlo ya, sin perder un instante. ¿Entendido?

—Iglesias y Elorza han caído, y puede que Picó también —gimió Federico, agarrotado por la conmoción. Después, se volvió hacia su amigo—: ¿Has visto qué ha sido de Ezequiel?

Joaquín cerró los ojos con fuerza y negó con la cabeza, incapaz de poner palabras a su sospecha.

—¡Y no vamos a quedar ni uno si nos paramos a lamentar sus muertes! —espetó Molinero—. ¿Venís conmigo o tiro yo solo?

El ultimátum pareció surtir efecto y los dos cabecearon en señal de afirmación; Fermín, descompuesto, asintió también. Como si se hubieran puesto de acuerdo, los cuatro lanzaron una última mirada al escenario de la brutal emboscada. Los uniformes caquis y las boinas rojas se movían entre los cuerpos caídos, y entonces empezaron a escucharse disparos aislados y sin una cadencia marcada. Después de los tres o cuatro primeros, los gritos del camarada que pedía el tiro de gracia cesaron, por fin. Dos vehículos más enfilaban la carretera desde el pueblo, con refuerzos, sin duda. Un fugaz haz de luz los alcanzó y, además de obligarles a lanzarse al suelo, les reveló los ojos arrasados y el semblante espantado y descompuesto de cada uno de ellos.

Un repentino acceso de tos obligó a Joaquín a taparse la boca.

Sintió los oídos a punto de estallar por la presión del aire retenido, y al sabor de la hiel en el paladar se unió el matiz metálico de la sangre. Se dio la vuelta para escupir. Por algún motivo, en aquel instante acudió a su mente el recuerdo de una situación parecida, cuando también trataba de contener la tos de esa manera. La sensación de estar viviendo un sueño del que no tardaría en despertar regresó, pero en esta ocasión vio el rostro del pequeño Jo en brazos de Ana María en aquella estancia junto al locutorio. El pequeño era el motivo que lo había conducido hasta allí.

—Te seguimos, Molinero —logró decir sobreponiéndose al dolor inmenso que lo atenazaba.

31

Miércoles, 25 de mayo de 1938

Félix despertó sobresaltado, incapaz de ubicarse. La voz de quien lo sacudía sin contemplaciones se había integrado en la pesadilla que estaba sufriendo, en la que Fabián le zarandeaba de igual manera al tiempo que le preguntaba por el paradero de Dolores y de su hijo Joaquín.

—¡Vamos, Zubeldía, espabile!

Aliviado al comprender que Fabián no era quien le gritaba, reconoció la voz de Primitivo Gorjón, uno de los dos hombres de la Falange que habían viajado con él desde Puente Real. A pesar de que frisaría los cuarenta, Gorjón, empleado en una de las fincas de los Zubeldía, le trataba con el mismo respeto que a su patrón. Segundo Sánchez, apenas dos años mayor que Félix, trabajaba las pocas tierras que había heredado y seguía en todo el ejemplo de su camarada Primitivo, a quien parecía haber adoptado como figura paterna tras la temprana muerte de su propio padre.

—¿Qué coño pasa, Gorjón? —espetó malhumorado intentando espabilarse—. ¡Pero si es de noche aún!

—Ha habido un tiroteo cerca del cementerio de Ostiz, a pocos kilómetros. Acaban de telegrafiar a todos los puestos —explicó—. Una emboscada de los requetés a un grupo numeroso de fugitivos del penal. Hay varios muertos.

Félix se despabiló de inmediato y se sentó en el borde del catre que ocupaba en una de las dependencias de la Casa Consistorial de Sorauren, el lugar a donde les habían destinado en Capitanía para incorporarse a la búsqueda junto con el resto de las fuerzas enviadas tras los pasos de los fugados.

—¿Hay nombres? —se interesó de inmediato.

—Solo se sabe que uno de los cabecillas de la fuga está entre los heridos. Por las señas, podría ser Leopoldo Picó.

—Entonces es seguro que son el grupo que buscamos.

—Yo diría que sí, pero nada se sabe de quiénes son los muertos, los heridos y los huidos, porque parece que alguno ha logrado escapar.

—No podía ser todo tan bonito. Habrá que ir para allá.

—Jaime ha salido a preparar el coche y Segundo se ha ocupado de los bultos. Así que cuando quiera nos vamos.

—¿Queda algo de esa bazofia de anoche que hacen pasar por café? —preguntó con un bostezo.

—Me temo que no, pero podemos parar en la posada y echar al coleto algo más sólido. Quién sabe lo que nos deparará el día.

Amanecía cuando llegaron a las afueras de Ostiz sin haber visto rastro de lo sucedido al atravesar el pueblo. Tan solo se cruzaron con un viejo hortelano que salía del corral tirando de una mula del ronzal.

—¡Abuelo! ¿Dónde está el cementerio? —preguntó Félix tras abrir la ventanilla una vez que Jaime hubo aminorado la marcha.

—Sigan recto por la carretera. Verán los cipreses, no hay pérdida. Además, medio pueblo debe de estar allí.

Los faros de una camioneta y de un viejo Citroën iluminaban el exterior del camposanto cuando los cuatro se apearon tras estacionar a una veintena de metros del lugar donde se apelotonaban los curiosos. Cuatro docenas de hombres, pero también mujeres y niños, se disponían en un semicírculo casi perfecto, como si una mano invisible hubiera trazado con un cordel una raya en torno a la pared oriental del camposanto. En el centro, pegados al muro, se alineaban los muertos, cubiertas las caras de cualquier manera, tal vez con sus propias ropas. La formación de mirones se había abierto por un extremo para permitir el paso a dos requetés que arrastraban por los brazos un último cadáver, el de un hombre joven de cuerpo atlético, aunque enjuto y famélico, a quien la muerte no había arrebatado los rasgos que daban a su semblante un aspecto duro y enérgico. Con actitud hastiada y gesto cansado, dejaron caer el cuerpo sin miramientos en el extremo de la hilera.

—¡Joder! —exclamó Gorjón de manera que solo los tres camaradas pudieran oírlo—. ¡Con ese hacen quince! ¡Esto es una cacería y no las batidas al jabalí del pueblo!

Félix, sin responder, se abrió camino entre la doble fila y avanzó con decisión y actitud resuelta hacia un oficial de uniforme caqui y boina roja que era, sin duda, el jefe de la patrulla. El requeté clavó la mirada en la camisa azul y torció el gesto. Desde la obligada unificación decretada por el general Franco, las relaciones entre requetés y falangistas no eran muy amigables.

—Llegáis tarde, camarada, el trabajo está hecho —espetó.

—¿Cómo ha sido, teniente?

—Han caído como cardelinas en la red, tan listos que se creían.

—¿Al cruzar el río?

—Qué va, dos pastores del pueblo. Llevaban desde el lunes tras el rastro y dieron aviso. A uno de ellos se le ocurrió matar una oveja para que el cordero, balando junto a la madre, atrajera su atención, y así los dejaron entretenidos mientras daban aviso y preparábamos la emboscada. El cabrón dijo de ponerle a la oveja la ponzoña para las alimañas y acabar con todos allí mismo, pero preferimos jugar un poco al tiro al pichón —rio—. Aunque si hubiera sabido quién iba en el grupo no habría arriesgado tanto.

—¿De quién hablas? —preguntó al instante, alerta.

El oficial frunció el ceño sin darle respuesta.

—¿Y quién eres tú para hacer tanta pregunta?

—Zubeldía, jefe local de la Falange de Puente Real —mintió.

—¿Y qué haces tan lejos de tu pueblo?

A Félix no le pasó desapercibido el deje de desprecio y superioridad del miliciano, pero no iba a iniciar una disputa.

—En cuanto llegaron noticias de la fuga, nos vinimos para ayudar a devolver a esos cerdos a la pocilga.

—Un poco despistados os veo —dijo tras lanzar una mirada a los tres hombres que, encabezados por Gorjón, se habían acercado.

—Habéis cazado a algún cabecilla, por lo que dices...

—No, hemos cazado «al» cabecilla —remarcó sin poder ocultar su orgullo. A la vez señaló al cuerpo que acababan de arrojar al suelo—. ¡El mismísimo Picó! El que, según cuentan, fue el inductor de la fuga y quien empezó todo al quitarle el arma a uno de los guardias.

Félix sintió que el corazón empezaba a latirle con fuerza. La víspera habían pasado por el penal en busca de noticias de Joaquín y habían podido entrevistarse con uno de los guardias, un tal Cid, testigo de primera mano y protagonista de los sucesos del domingo. El guardia recordaba al joven estudiante de Puente Real, quien, tras su ingreso, había pasado varios meses en la primera brigada a su cargo. Después, una vez en pabellones, había llegado a sus oídos que enseñaba francés a los camaradas de las celdas contiguas. Le había relatado la conversación en el túnel de salida del penal el día de autos, de la que había podido colegir que tenía la intención de emprender la fuga en el grupo de Picó. Le había llamado la atención y por eso lo recordaba con claridad, que el chico le había explicado su intención de servir a Picó de traductor una vez en Francia.

—¿Cómo permitís que los críos presencien esto? —soltó de improviso Sánchez apuntando hacia varios niños que en ningún caso contarían ni diez años.

—Eso es responsabilidad de los padres —respondió el oficial con sequedad—. Además, tienen que curtirse para saber enfrentarse a esta escoria; si se andan con escrúpulos, se los comerán por los pies; ahí donde los ves, pronto serán buenos pelayos.

—Estoy buscando a un hombre —cortó Félix, molesto por la interrupción de Segundo—. Voy a tener que examinar los cadáveres.

—¿Un hombre que iba con ellos?

—Eso creemos.

—No están todos. Según los pastores, ayer el grupo estaba formado por veintidós hombres. Aquí hay quince, ocho que cayeron en el tiroteo y los siete que han pasado por el paredón. Faltan otros siete.

—¡¿Habéis fusilado a siete después de sobrevivir a la emboscada?!

El oficial se quedó quieto, miraba a Gorjón con semblante inexpresivo.

—¿Tendríamos que haberlos llevado a hombros mientras perseguimos a los que han escapado? Porque eso es lo que vamos a hacer sin perder un momento, ir tras ellos. De alguna manera, los que han conseguido huir han condenado a muerte a sus compañeros —comentó sin dar muestra del menor reparo—. Tal vez, si se hubieran quedado, ahora estarían todos en la camioneta de regreso al fuerte.

—También habéis fusilado a Picó —supuso Gorjón, mientras Félix avanzaba ya hacia la tapia junto a la cual se alineaban los quince cadáveres.

—Con Picó nos hemos dado el gusto de dejarlo para el final —aclaró—. Así ha podido ver a dónde ha conducido a sus camaradas con su soberbio plan.

Félix, con una sensación extraña, levantó la vieja manta de arriero que cubría el primer cuerpo. Deseaba, por una parte, encontrar allí el cadáver de Joaquín; eso terminaría con su zozobra, con sus dudas, y le aseguraría el regreso a Puente Real cumplida la obligación impuesta por su padre. En cambio, la revelación de su parentesco le hacía mirar con otros ojos al joven a quien había llegado a odiar con toda su alma, cuya ideología representaba aquello que aborrecía y estaba dispuesto a combatir, el hombre que se le había adelantado a la hora de dejar preñada a su prometida haciendo de él el hazmerreír de Puente Real. Pero desde aquel lunes sabía que Joaquín también era hijo de su propio padre, que en otras circunstancias podría haber sido el hermano que nunca había tenido y que siempre había echado en falta. Un medio hermano a quien había perseguido con saña hasta conseguir encerrarlo en un pozo de sufrimiento y muerte en plena juventud segando por el tallo un futuro prometedor como abogado y una vida probablemente feliz.

El temblor de su mano se fue acrecentando a medida que retiraba telas, chaquetas, sacos y mantas de los rostros de aquellos infortunados, algunos muchachos de veinte años que solo habían conocido el lado amargo de la vida. Antes de descubrir el rostro siguiente se preguntaba cómo reaccionaría de enfrentarse a los familiares rasgos de Joaquín, objeto de un odio que, por momentos, sentía ceder.

—¡Madre! Pero ¿todos esos son rojos? —oyó preguntar a un niño que se contaba entre los más jóvenes.

—Claro que sí, Jesusín.

—Pues no tienen cuernos ni pezuñas. Son iguales que el padre, no parecen diablos.

—¡Cállate, Jesusín! —respondió la mujer, azorada.

—¡Sargento! Le exijo que evacue a esas criaturas de aquí. Si estuviera yo al mando, los críos se irían a casa, ¡pero los padres y las madres al calabozo, por amorales!

El ejercicio le estaba resultando más duro de lo que había imaginado. Llevaba el rostro de doce cadáveres en la retina. Algunos mantenían los ojos abiertos y parecían clavar en él una mirada de acusación. El que hacía el número trece tenía el único ojo cerrado, porque la bala que había acabado con su vida le había reventado el otro. Félix se sintió regresar a las trincheras heladas del frente de Teruel, al tableteo de las ametralladoras, al chasquido de los proyectiles al atravesar los cascos de los camaradas. Sintió que el estómago le daba un vuelco, llegaron las náuseas, varias arcadas fuertes... y sin embargo tenía que acabar su tarea. El último era Picó, pero quedaba un fallecido por descubrir antes de llegar a él. ¿Y si el destino había querido jugar con ellos para que los dos reposaran juntos, como si en el más allá se hablara francés y Joaquín tuviera que traducir a Picó la sentencia de su juicio postrero? Era el cuerpo de un hombre joven, y alguien lo había despojado de su propia camisa pardusca y mugrienta para taparle el torso y la cara. Sin poder esperar más, Félix tiró con fuerza de ella. Ante él apareció el rostro de un joven de unos veinticinco años, muy distinto a Joaquín.

—¡Por Dios! ¡Este hombre respira!

La siguiente arcada llegó acompañada del vómito vergonzante, delante del pueblo que lo observaba.

El jefe de la patrulla salvó la distancia que los separaba en tres zancadas y apartó a Félix, que se encontraba en cuclillas. Desequilibrado, cayó hacia atrás apoyando los dos brazos a su espalda para no aterrizar de culo en una postura humillante. El militar, tras comprobar por un tenue movimiento del pecho que lo que decía era cierto, sacó su arma del cinto, la amartilló, apuntó a la frente del desgraciado y le descerrajó a bocajarro un segundo tiro de gracia. Algunas gotas de sangre, tal vez algo más, alcanzaron el pantalón y la camisa azul de Félix, quien no esperaba la reacción resuelta y expeditiva del requeté. Sintió que la detonación a un metro de sus oídos accionaba un resorte dentro de su cabeza y, aterrado, supo lo que iba a suceder a continuación.

Gorjón y Sánchez se abalanzaron hacia él, asustados ante la espantosa escena. Félix Zubeldía se agitaba en medio de violentas convulsiones echando espuma por la boca. Lo más perturbador eran sus ojos, en blanco, que le proporcionaban un aspecto horrendo.

—Apártense, soy médico —oyeron a su espalda—. No hay de qué preocuparse, es solo un ataque epiléptico.

Segundo y Primitivo se volvieron al mismo tiempo. El doctor Alejandro San Miguel esperaba en pie a solo dos pasos de ellos.

—¿Es que no habéis oído? ¡Que os apartéis os digo! Hay que sacarle la lengua para que no se la trague —ordenó mientras terminaba de remangarse los puños de la camisa.

Extenuados, como si se hubiesen puesto de acuerdo a pesar de no haber cruzado una palabra, los cuatro se dejaron caer a un tiempo sobre el suelo acolchado por hojas, musgo y hierbas mirando los retazos de cielo azul entre las ramas. Había pasado una hora desde el amanecer, sin toparse con un lugar que les pareciera lo bastante seguro después de caminar sin apenas detenerse durante toda la noche, salvo para recuperar fuerzas cuando uno de ellos declaraba no poder dar un paso más. El camino era penoso, obligados a apartar ramas, arbustos y maleza, pues huían de cualquier sendero trillado. Sin referencias, sin nadie que conociera el terreno como Pablo Elorza, avanzaban perdidos por completo buscando lo alto de los montes, sin saber si se aproximaban a un lugar habitado o se hallaban a kilómetros del pueblo más próximo.

Solo habían podido calmar la sed en una ocasión, cuando un prolongado descenso a lo largo de una ladera terminó de manera abrupta en el curso de una regata por donde había corrido el agua durante las lluvias del domingo anterior. Pero no era la sed, ni el agotamiento, ni siquiera las llagas en los pies o las heridas de las ramas que les golpeaban el rostro de manera inmisericorde lo que más los atormentaba. Los cuatro, Joaquín estaba seguro de ello, llevaban clavadas mientras corrían las imágenes de la tragedia vivida unas horas antes, la escena espeluznante de los camaradas cayendo acribillados por las balas entre fogonazos de fusil y ametralladora, el recuerdo lacerante de los hombres con quienes unas horas antes habían compartido, al calor de las brasas, la carne de cordero, las confidencias y las esperanzas por alcanzar una tierra donde poder ser libres. Ese era el motivo por el que solo habían cruzado las palabras justas, atenazados por los accesos de llanto que, de vez en cuando, cada vez que tomaban conciencia de la inmensidad de su tragedia, les asaltaban sin remedio. Tumbado boca arriba sobre la hierba, con los ojos cerrados y los dientes apretados con fuerza, Joaquín escuchaba a su lado los sollozos de Federico, las maldiciones de Daniel Molinero, y sentía la rabia y el despecho que se escapaban entre los dedos crispados con que Fermín se cubría el rostro.

—¿Cómo ha podido pasar? —consiguió decir Federico al fin. No obtuvo respuesta.

—¡¿Cómo ha podido pasar?! ¡No es justo, Dios mío! —gritó entonces a voz en cuello hablándole al cielo, sin importarle que alguien más pudiera oírle. Después, el silencio volvió a hacerse dueño del bosque.

—Debemos entregarnos. Es la única posibilidad que tenemos de continuar con vida.

Era Fermín quien había hablado.

—¿Estás loco? —Molinero saltó como un resorte dirigiendo su rabia hacia él—. ¿Y qué crees que harían con nosotros? ¡Esos bastardos dispararon contra hombres desarmados! Al minuto siguiente de entregarte estarías frente a un paredón.

—Daniel tiene razón. Además, se lo debemos a nuestros camaradas —añadió Joaquín—. Por ellos debemos llegar a Francia. No puede ser que tanto sufrimiento y tantas muertes hayan sido en balde. Con que uno solo de nosotros logre cruzar la frontera para contar nuestra historia todo esto habrá merecido la pena. ¿No lo sientes así?

—¡No puedo más! —gimió sin voz apenas—. Estoy roto, por fuera y por dentro. A ningún hombre se le puede exigir más sacrificio que este.

—Sabíamos que no iba a ser fácil, Fermín —añadió Federico—. Esta noche hemos debido de recorrer una docena de kilómetros, la muga ya no puede quedar lejos.

—Estamos agotados y no pensamos con claridad —juzgó el sindicalista—. Este último ascenso nos ha matado. Descansemos ahora y después veremos qué hacer. No me importa encargarme de la primera guardia.

—No es necesario, Daniel. La probabilidad de que alguien se tropiece con nosotros aquí, en medio de este bosque inmenso, es mínima. Y si sucede, será porque el destino nos tiene reservado otro porvenir —opinó Joaquín.

—¡Callad! —les cortó Federico—. ¿Oís eso? ¡A lo lejos!

—Campanas, ¿no? —dudó Molinero.

—Escuchad. Tocan a misa. No estamos lejos de un pueblo.

—Entonces, me muerdo la lengua. Suenan a kilómetros, pero lo de hacer guardia no es tan descabellado —reconoció Joaquín con fastidio—. Yo haré la segunda.

—Calculemos más o menos una hora u hora y media por turno —organizó Daniel.

—Yo me quedo con la última, si no os parece mal —solicitó Federico—. Por muy cansado que esté, una vez que me despierto no hay forma de volver a dormirme.

—De acuerdo. Joaquín te da el relevo a ti, Fermín. Tú, la tercera.

—¡Eh, eh, despertad! —Federico zarandeó a Joaquín y Molinero también se incorporó en el nido de hierbas aplastadas que había usado como lecho.

—¿Ya ha pasado tu guardia? ¿Tanto hemos dormido? —se extrañó Daniel, aún amodorrado.

—Fermín no me ha dado el relevo —anunció—. ¡¿Este no se habrá marchado?!

—¡No me jodas! Como se haya entregado en el pueblo, estamos en peligro. —Molinero pareció haberse desperezado y ser capaz de pensar con lucidez en un instante—. ¡Será cabrón! ¿Creéis que podría delatarnos a cambio de conservar la vida?

—Es seguro que va a entregarse, mirad —advirtió Joaquín señalando con la barbilla hacia el fusil que Picó había entregado a Fermín la víspera. Estaba apoyado contra el tronco de una encina.

—Joder, igual tan solo haya ido a reconocer los alrededores y vuelva enseguida. —Federico se resistía a creer que el hombre que había mostrado un valor tan poco frecuente al desarmar al centinela pudiera actuar de aquella manera.

—Como dice Joaquín, no habría dejado el fusil abandonado.

—¿Crees que saldrán en nuestra busca?

—Nada más que haya alguna patrulla cerca. Y ya habéis visto que están por todas partes —respondió Joaquín a su amigo.

—¿Qué hacemos entonces?

La pregunta era retórica, pero Daniel puso voz a la respuesta:

—Mover el culo sin perder un momento.

—Pero ¿ya? ¿De día? —cuestionó Federico.

—Si ese cabrón nos delata, les dirá que avanzamos de noche y dormimos de día. Si vienen en nuestra busca lo harán antes del anochecer, y para entonces tenemos que estar lejos. Ahora somos solo tres y resulta más fácil pasar desapercibidos.

—¿Y en qué dirección?

—Hemos de seguir las indicaciones del pobre Pablo —repuso Daniel sin dudar—. Según él, si seguimos hacia levante nos toparemos con el río Arga y hay que remontar el cauce hacia el norte hasta un pueblo llamado Egui o algo así. Me quedé con la copla por si nos separábamos.

—Eugi —le corrigió Joaquín.

—Como se llame, que los pueblos de por aquí tienen nombres endiablados. Por lo que dijo, el río debe de estar cerca ya, y más después de la soba que nos hemos metido esta noche.

—Pero vamos a ver... —Joaquín se agachó a coger un palo y trazó una raya en la tierra—. Dices de seguir hacia el este hasta el Arga y luego girar noventa grados hacia el norte, pero ¿no es más corto atajar por la hipotenusa?

—Déjate de hipotenusas y de leches, que no todos estamos tan leídos como tú —protestó Federico sin asomo de guasa—. Habla en cristiano.

—Si estás en una esquina de la plaza de los Fueros de Puente Real y quieres cruzar a la esquina opuesta, ¿vas por los lados de la plaza o la atraviesas por el centro?

—Por el centro, al alcorce, claro.

—Pues eso, por la hipotenusa. Aquí es lo mismo. Ni al este, ni al norte; si queremos alcorzar, hay que tirar hacia el noreste —se explicó señalando con el brazo extendido la dirección a seguir.

—Me parece bien —opinó el sindicalista—. No sé qué es eso de «alcorzar», pero me lo imagino, «atajar». Además, eso nos aleja del pueblo.

—Entonces en marcha, no hay tiempo que perder —azuzó Joaquín.

—Coge el fusil de Picó, ahora es tuyo —decidió Daniel—. Al menos, iremos los tres armados, que no es poco.

Con el sol en lo más alto, el calor de los últimos días de mayo empezaba a hacerse notar.

—No hemos comido nada desde ayer por la mañana y, sin embargo, ahora sería incapaz de probar bocado —comentó Federico, apesadumbrado, al poco de emprender la marcha.

—A mí me pasa lo mismo —coincidió Joaquín—. Cada vez que pienso en ellos regresan las náuseas. Peor es la sed.

—De todas maneras, no quitéis ojo al terreno, algo hay que echar al estómago, aunque sean brotes, raíces o algún nido con huevos o con polluelos. Si no, llegará un momento en que no podremos dar un paso más, en cuanto quememos lo de ayer.

—Al menos, eso que se llevaron por delante los pobres. —El recuerdo de los camaradas regresaba a cada instante, fuera cual fuera el tema de conversación.

Caminaban en fila cerca de la cumbre del monte que bordeaban buscando en todo momento la protección de los árboles. De vez en cuando, al sobrepasar una loma o al aproximarse a la linde del bosque, podían otear el paisaje en la lejanía, donde una sucesión de cadenas de montañas, teñidas de diversos tonos de azul según la distancia, dejaban entrever la relativa cercanía de los Pirineos.

—Aquellos montes del fondo que clarean tienen que ser Francia ya —supuso Molinero, por vez primera con un asomo de optimismo en la voz, al tiempo que se detenía a recuperar el aliento—. ¿Os dais cuenta? Tenemos la meta al alcance de la mano.

—El paisaje no puede ser más hermoso —se admiró Federico, quien en su corta vida apenas había abandonado las tierras áridas que rodeaban Puente Real, poco más allá de los sotos de la ribera del Ebro.

—Lástima que ahí abajo haya cientos, tal vez miles de hombres que han salido en nuestra busca —lamentó Joaquín.

En el instante de silencio que siguió, como si el simple hecho de nombrar a sus perseguidores los hubiera convocado, un sonido de sobra conocido llegó hasta ellos con claridad, tal vez arrastrado por la brisa favorable, y les heló la sangre. Los tres se miraron sobrecogidos, sin necesidad de confirmar lo que sus oídos captaban sin duda.

—Puede que sea una batida al corzo o al jabalí —quiso creer Joaquín, agarrándose a una posibilidad inverosímil.

—¡Hay que correr, en cuanto los perros nos cojan el rastro no tendremos la más mínima oportunidad! —exclamó Federico aterrado.

Joaquín sintió que el corazón le latía de manera alocada. Su organismo, aun consumido y extenuado, parecía recurrir a las últimas reservas y se disponía para la huida.

—¡Fusiles en bandolera y corred sin mirar atrás! ¡Hasta que los cuerpos aguanten! —les arengó Molinero—. Si nos separamos, ha sido un placer y un honor haberos tenido como compañeros. Os deseo toda la suerte que no habéis tenido hasta ahora. ¡Viva la libertad, camaradas!

El fragor de la marcha, las pisadas de las botas militares que por fortuna calzaban y el azote continuo de los arbustos y las ramas bajas de los árboles les impedían escuchar nada más. Tras diez, tal vez quince minutos de carrera alocada, Joaquín se preguntaba si no habrían conseguido dejar atrás a sus perseguidores. Tuvo la respuesta al detenerse, sin aliento, presa de un violento ataque de tos, ávido por llenar de aire los pulmones. Se llevó la mano a la boca y miró de soslayo la palma manchada con un esputo sanguinolento, que arrojó al suelo con disimulo antes de limpiarse la mano en la rama de una carrasca. Federico había apoyado la frente sobre el antebrazo contra un tronco y Daniel se dejó caer en otro para descansar la espalda. Entonces volvió el silencio y, con él, los ladridos desaforados de la jauría, esta vez amenazadoramente cercanos.

—¡Hostias! ¡Levantad! —aulló Molinero sin aliento—. ¿Cómo han podido comernos el terreno de esta manera? ¡Tenemos que separarnos! Solo así alguno de nosotros tendrá alguna oportunidad.

—Han debido de subir por alguna vereda o por algún camino, mientras que nosotros hemos ido monte a través —supuso Joaquín, tratando de explicarse lo sucedido, asustado—. ¡Corred, por lo que más queráis! ¡Corred!

Daban saltos inverosímiles salvando los desniveles del terreno, tropezaban y volvían a ponerse en pie con las palmas de las manos desolladas; las ramas les azotaban los rostros, pero no las sentían. Atendiendo a su instinto, habían tomado la dirección que les conducía monte abajo, tratando de manera desesperada de abrirse hueco. Sin embargo, seguían sin separarse, en contra de la advertencia de Molinero. Había algo que parecía unir a los dos amigos, decididos tal vez de manera inconsciente a correr juntos la misma suerte, y tampoco el sindicalista había hecho nada por apartarse de ellos. De repente, el suelo pareció desaparecer bajo sus pies. Se encontraron suspendidos en el aire para caer al suelo llano un metro más abajo, salvado el talud que delimitaba la pista de montaña cuya existencia Joaquín había supuesto. Los tres rodaron por la superficie de tierra apisonada y se quedaron al borde del desnivel que, al otro lado del camino sobre el que literalmente habían volado, continuaba ladera abajo.

—¡Mierda! —Molinero, con el rostro crispado, emitió un quejido inconfundible de dolor aspirando aire entre los dientes, mientras se llevaba las dos manos a la caña de la bota—. ¡Me he jodido el tobillo, pero bien jodido! ¡Me *cagüen* todo!

—¡Tienes que aguantar, hay que apartarse del camino! —apremió Joaquín con la angustia reflejada en el semblante.

No había terminado de pronunciar la frase cuando un golpeteo rítmico atrajo su atención. Dos militares a caballo acababan de remontar la curva en pendiente tras la que desaparecía el camino. Los vieron enseguida, y ambos tiraron de las riendas para detener a sus monturas, hasta el punto de obligarlas a alzarse de manos. Tras los escasos segundos necesarios para calmar a los animales y estabilizarse sobre la silla, descolgaron los fusiles a un tiempo y se los echaron a la cara dispuestos a no errar el tiro.

También Federico y Joaquín reaccionaron con rapidez: tomaron a Daniel de los dos brazos y le ayudaron a arrastrarse fuera del camino, hacia los matorrales que poblaban el talud ladera abajo, entre los que ya ambos se habían ocultado. En eso, un estampido quebró el silencio del bosque, a la vez que Joaquín sentía un tirón brutal que le arrebató de las manos el brazo de su compañero. El vientre de Daniel se convirtió en una masa sanguinolenta, justo antes de que un segundo disparo le destrozara una pierna salpicándolo todo de carne desmenuzada.

—¡Balas explosivas! ¡Hijos de putaaaa! —aulló Joaquín, impotente y desgarrado—. ¡Corre, Federico! ¡Corre, por lo que más quieras!

Federico, paralizado, seguía sujetando a Molinero por el antebrazo. Joaquín, presa de un violento temblor, trató de descolgarse el fusil. A pesar de sus movimientos torpes y desmañados, consiguió apoyar la culata en el hombro y situó a uno de sus perseguidores en el punto de mira. Sin pensarlo, apretó el gatillo. No supo si le había dado al caballo o al jinete, pero las dos bestias se encabritaron aterradas y tiraron a los soldados por tierra.

—¡Suéltalo, Federico! ¡Está muerto! ¡Corre!

El joven clavó la mirada en su amigo, con la boca y los ojos muy abiertos a causa del estupor. Luego, pareció asentir con la cabeza. Joaquín, apremiante, le tiró de la pierna.

Uno de los militares se levantaba del suelo entre los cascos de las monturas tratando de alcanzar a gatas el arma que la caída le había arrebatado de las manos. El otro pedía ayuda a gritos retorciéndose de dolor.

Federico, por fin, soltó de la mano el cuerpo convulso pero ya sin vida de Daniel e hizo ademán de seguir a Joaquín hacia la espesura. Era lo que este esperaba para lanzarse a la carrera ladera abajo, la única opción que les quedaba para escapar de las balas. Salvó media docena de metros antes de volverse para comprobar por el rabillo del ojo si Federico venía detrás. Entonces clavó los talones para detenerse en seco. Su amigo había tomado su ejemplo y, todavía en el camino, empuñaba el fusil con ambas manos. De rodillas, con el cadáver de Molinero ante él, apuntó al soldado que quedaba en pie y disparó. Sin embargo, no sucedió nada. La vieja arma italiana, sin uso reciente, estaba encasquillada.

—¡Federicoooo! ¡Nooo! —El grito desgarrado de Joaquín reverberó en el valle.

Su amigo se volvió hacia él.

—¡Corre, Joaquín, sálvate tú! A mí no me espera nadie. Tú tienes un hijo al que cuidar. Cuando crezca, háblale del tío Federico.

—¡Noooo! ¡Salta! ¡Tírate a la cuneta!

En vez de hacerlo, el joven se puso en pie, tiró el fusil a un lado y levantó los brazos en señal de rendición. El soldado comprendió que acababa de salvar la vida por azar, tal vez por un milagro. Miró de soslayo a su compañero malherido y un rictus de odio se dibujó en sus labios. Avanzó con decisión dos pasos hacia el fugitivo, levantó el arma y le disparó a bocajarro con el cañón apuntándole al pecho.

Joaquín era incapaz de recordar lo sucedido a continuación. Fugaces relámpagos acudían a su cabeza y se disipaban tan deprisa como habían llegado, sin permitirle armar una sucesión cabal de los hechos. Por el dolor lacerante en las piernas y en los pies suponía que había emprendido una huida sin tregua lejos de aquel lugar maldito, pero todo había ocurrido como en los sueños, de manera alucinada e irreal.

En los retazos que aparecían ante él al cerrar los ojos emergían las imágenes de la vegetación, desenfocadas por la velocidad y por el llanto, que dejaba atrás en su carrera enloquecida sin otro objetivo que escapar de sus perseguidores y tal vez, vano intento, de la realidad. También regresaban a sus oídos algunos de los sonidos que habían acompañado a aquellos fogonazos: su propio jadeo, las imprecaciones lanzadas al cielo a pesar de la falta de aliento y el coro excitado de los ladridos de la jauría que ya solo iba en pos de él y que, con toda seguridad, jamás olvidaría mientras viviera. Por alguna razón incomprensible, agazapado entre los juncos, al pensar en los ruidos asociados a su escapada, su mente le trajo el recuerdo de la asombrosa proyección a la que había asistido en Madrid pocos meses antes de la sublevación de julio, en lo que se le antojaba una vida anterior. Por vez primera, en *La tragedia de la Bounty*, una película del cinematógrafo incorporaba las voces de los protagonistas y los sonidos que acompañaban a la historia. Recordaba cómo había salido del teatro conmocionado sabiéndose afortunado por ser testigo de tan sorprendente logro.

Casi se sentía culpable por aquel desvarío de su mente trastornada, aunque estaba seguro de que solo era un mecanismo de defensa que su cabeza utilizaba para no enloquecer de pena, dolor y desconsuelo. Las imágenes de Daniel y Federico abatidos, reventados sus cuerpos jóvenes por las balas explosivas, pugnaban por colarse por cualquier resquicio, y cada vez que sucedía, Joaquín quedaba aturdido, incapaz de creer que aquella nueva carnicería inhumana acabara de tener lugar ante sus ojos espantados. En esos momentos, ni las lágrimas, ni los gritos al aire ni los juramentos tenían la virtud de proporcionarle un ápice de alivio, de igual manera que ni las lágrimas, ni los gritos ni los juramentos sirven para calmar el dolor urente de quien acaba de meter los pies desnudos en brasas incandescentes. Solo quien sufre una tortura de tal dimensión comprende al infortunado que pide a gritos que le corten los pies en un intento desesperado de terminar con su agonía. Por el mismo motivo, a la mente de Joaquín asomaba una vez tras otra la seductora idea de usar el fusil para acabar con la suya de una vez por todas. Nunca habría imaginado que iba a bordear el límite del dolor físico y moral que un hombre puede soportar, tan cercano lo percibía. Por extraño que fuera, revivir la escena de la muerte de sus amigos empezaba a causarle, aparte del tormento lacerante de la pérdida, una sensación de embriaguez. Los había visto morir ante sus ojos, pero todo su sufrimiento había sido anterior al disparo mortal. Dos o tres segundos después, todo mal había terminado para ellos. Extendió la mano para acariciar el metal bruñido del cañón de su fusil y un escalofrío, no sabría decir si de temor o de delectación, le recorrió el espinazo. Atrajo el punto de mira hacia sí y se introdujo el extremo del cañón entre los dientes. Un intenso sabor metálico y a pólvora quemada le llenó la boca. Sujetó la culata entre las botas y deslizó la mano derecha hasta el gatillo. Todo el dolor que le atormentaba cesaría en cuanto ejerciera una leve presión con la yema del índice.

Sin embargo, había algo más fuerte que la tentación casi irresistible de acabar con todo, algo que se había puesto en marcha al instante siguiente de ver cómo la bala horadaba el pecho de su mejor amigo, algo que ya tenía nombre y que le había llevado a emprender la huida en vez de salir al camino y mostrar su propio pecho al soldado que había disparado a Federico a bocajarro. El instinto de conservación volvía a hacerse presente agazapado en aquel juncal mientras escuchaba cómo los ladridos se acercaban para hacerle consciente de su situación en extremo precaria. Pero sobre todo estaba presente el recuerdo de la última conversación mantenida con Ana María en el penal, con el hijo de ambos en brazos, la revelación de las dos violaciones de Félix y la promesa que a sí mismo se había hecho de mantenerse con vida hasta vengar aquella afrenta.

Su frenética carrera había terminado minutos atrás cuando, tras rodar por una pendiente, a punto estuvo de precipitarse al agua del río que discurría a su lado, un río caudaloso que no podía ser otro sino el Arga. Tras gatear entre juncos, sauces y matojos, se ovilló en un lugar junto a la orilla que le permitiría deslizarse dentro del agua si los perros lo hostigaban, algo que, sin duda, sucedería más pronto que tarde. Su única esperanza había sido que la noche se echara encima antes de que la cacería llegara a su fin, pero, aunque las sombras se alargaban ya, restaba demasiado tiempo hasta que la oscuridad fuera completa.

Si bien el calor había cedido, no le supondría ningún esfuerzo tener que meterse en el profundo remanso que el río formaba a sus pies. De hecho, lo anhelaba, tras casi dos años sin haber disfrutado de nada parecido a un baño. Poco antes, mientras bebía con frenesí, había observado el gran zarzal que ocupaba un trecho largo del margen del cauce, a la izquierda del lugar donde se encontraba. En caso de necesidad podría vadear el remanso, nadar si era preciso, para ocultarse bajo las bardas enmarañadas que hacían el escondite inaccesible desde la orilla. En algún lugar había leído que los perros son incapaces de seguir el rastro de las piezas de caza si estas se meten al agua, y no tardaría en comprobar si aquella afirmación era cierta. De repente, lo asaltó una nueva inquietud: a pesar de que en las celdas y en las brigadas sus narices habían terminado hechas al hedor que desprendían, la mugre acumulada en su piel durante el cautiverio sería un reclamo para el fino olfato de los canes. Y más el cabello grasiento, que para mayor problema no podría mantener mucho tiempo bajo la superficie si los perros llegaban a la orilla. Decidió que era hora de frotar y aclarar el pelo con energía y que la corriente se llevara su rastro río abajo. Con el primer paso dentro del cauce sintió que la bota se hundía en el fango y una nube negruzca tiñó el agua, al tiempo que le asaltaba el penetrante olor del légamo. Depositó el fusil en la hierba y, tratando de no enturbiarla demasiado, se introdujo en el río, primero hasta la cintura para después ponerse en cuclillas con el agua al cuello. Habría deseado desnudarse por completo para disfrutar del contacto del líquido fresco en cada centímetro de su piel, pero era algo impensable en su situación. Ni siquiera podía quitarse las botas, que le torturaban los pies después de días de marcha forzada y carreras frenéticas. Aun en aquellas circunstancias, se permitió disfrutar de las olvidadas sensaciones del baño. Sumergió la cabeza mientras se frotaba el pelo con ímpetu. Después, regresó a la orilla para coger un puñado del fango más negruzco y se embadurnó el cabello con él. Los perros se oían ya muy cerca, así que asió el fusil y, levantándolo por encima de la cabeza para evitarle las salpicaduras, empezó a apartar las bardas, ajeno a rasguños y pinchazos. Se introdujo bajo las zarzas con el agua a la altura de la barbilla hasta encontrar una posición cómoda, sentado en la gravilla del fondo, para aguantar el tiempo que fuera necesario rodeado por la espinosa vegetación, que lo lastimaba al menor movimiento.

Temblaba de manera incontrolable cuando los perros llegaron a las inmediaciones. Había tenido ocasión de ver cómo se las gastaban los perseguidores con los fugados, tal vez todos siguiendo las órdenes de una misma persona, y no tenía esperanzas de conservar la vida si lo atrapaban, y menos yendo armado. Sin embargo, no tenía la sensación de angustia que habría esperado. Empezaba a darle igual lo que sucediera, incluida la muerte, y tenía decidido que, si era descubierto, no ofrecería resistencia ni trataría de huir. Simplemente dejaría el fusil donde se encontraba, oculto entre las zarzas a dos o tres palmos del agua, y saldría del escondite con los brazos en alto.

Los animales parecieron volverse locos cuando hallaron el refugio que Joaquín había ocupado entre los juncos poco antes. Los oía revolverse, ladrar y hocicar de manera frenética entre ese lugar y la orilla donde se había metido al río. Se tranquilizó un tanto cuando comprobó que pasaba el tiempo y ninguno se lanzaba al agua en pos de su rastro. Los oía respirar con la lengua fuera a tres metros de distancia, beber en la orilla con fruición, andar en círculos sin continuar la marcha. ¿Era posible que de verdad le hubieran perdido la pista? El traqueteo de un motor le indicó que los perseguidores habían llegado, enseguida escuchó voces y, de forma instintiva, se introdujo con más brío entre las zarzas que ganaban en espesor cuanto más próxima estaba la ribera donde hundían las raíces.

—Ese se ha tirado al agua. —Con sorpresa, Joaquín comprobó que se trataba de la voz de una mujer, quizá una de las margaritas que acompañaban a los requetés.

—¿Habrá nadado hasta el otro lado? ¡Maldita sea! —se lamentó otro.

—Si es un poco listo, se habrá metido en el río y tratará de avanzar sin salir del agua para que los perros pierdan el rastro —aventuró un tercero.

Se escuchó el sonido de otro vehículo y el relincho de un caballo, sumados a los ladridos de los perros que no cesaban, y de inmediato nuevas voces se añadieron al grupo. Le pareció que algunas se acercaban a la orilla, justo en el lugar donde él se había metido al agua.

—Si estuvierais huyendo, ¿hacia dónde os dirigiríais?, ¿río arriba remontando o dejándoos llevar por la corriente? —preguntó uno de ellos.

Desde donde se encontraba, Joaquín acertaba a entreverlos a través de la maleza y, para su sorpresa, comprobó que quien acababa de preguntar era un cura con sotana, fusil y canana, tocado con la boina roja de los carlistas.

—Si lo que quiere es llegar a la muga, no hay duda, río arriba —le respondieron.

—Entonces hay que buscar algún camino que remonte la orilla para subir con los coches y la camioneta y batir el cauce y los alrededores desde aquí, donde estamos, a aquí, hasta Urtasun y Eugi. —Joaquín comprendió que quien hablaba, plantado muy cerca de él, junto a la zarza, estaba manejando un mapa de la zona en compañía de alguien a quien indicaba aquellos lugares.

—Haremos un descanso. —Debía de ser el jefe de patrulla quien había dado la orden—. De todas maneras, poca luz queda ya. Será mejor que lo dejemos por hoy y cojamos uno de los coches para dar aviso a los pueblos de arriba y que puedan continuar la búsqueda al amanecer.

—¿Creéis que será este a quien con tanto afán busca ese de la Falange de Puente Real?

—Si entre los muertos de Ostiz no estaba, pocos más del grupo quedan. Como no sea uno de los dos muertos del camino...

—No sé si estamos haciendo bien —dudó quien parecía estar al mando—. Para mí que seremos la única patrulla que no está dejando con vida a uno solo de los fugados que encuentran. Me consta que otras están llenando camiones para devolverlos a prisión.

—Esta basura comunista está mejor muerta, como las ratas —espetó el cura—. ¿Devolverlos a prisión para qué? ¿Para que se vuelvan a fugar? Además, basta ya de mantenerlos allí a cuerpo de rey mientras los buenos patriotas pasan hambre a causa de la guerra que estos mismos diablos han provocado.

—No puedo estar más de acuerdo con usted, José María.

—Claro que sí, mujer, como buena cristiana que eres y devota de Cristo Rey. El Señor te premiará por lo que estás haciendo, tal como nos pide en el Evangelio de san Mateo mediante la parábola del trigo y la paja: el que siembra la semilla buena es el Hijo del hombre; el campo es el mundo; la buena semilla son los que pertenecen al Reino de Dios; la cizaña son los que pertenecen al Maligno, y el enemigo que le da tierra es el demonio; nosotros somos los cosechadores, querida Manolita. Así como se arranca la cizaña para ser arrojada al fuego purificador, nosotros arrancamos del mundo a los adoradores del Maligno.

—Déjese de sermones a estas horas, padre, que hemos llevado mal día —rio uno de los requetés al tiempo que desenroscaba el taponcillo de la bota.

—Podría haber sido peor. Dios ha querido que esa bala tan solo rozara el costado de Benito, y eso te ha permitido acabar con dos de ellos.

—Eso, padre, y que se le haya encasquillado el fusil al hijo de puta. Que no sé qué santo será hoy, pero le voy a tener que encender una docena de cirios.

—¿Hace un trago para celebrarlo o qué? —ofreció el de la bota.

—Claro que hace, hijo, claro que hace. Que Dios te bendiga —respondió el cura por todos—. Pero contestando a tu pregunta, hoy es san Beda el Venerable, aunque nos pilla un poco lejos, que es un santo inglés.

—De todas maneras, teniente, podemos dejar con vida al que se ha entregado esta mañana, y así nadie podrá decir que los hemos fusilado a todos.

—¿Y hacer un viaje hasta San Cristóbal solo para devolver a uno? A ver si encima se nos van a reír —se mofó otro.

—No, no me parece mal pensado —concedió el oficial.

—Además, como ha dicho que se llama Fermín, le decimos que es por eso, que gracias a llamarse como el patrón ha salvado la vida, por un milagro del santo. Y ya tiene usted un fiel para toda la vida —rio el autor de la idea.

—*Coñe*, Gutiérrez, tú llegarás lejos. —El cura siguió la broma—. Qué buena pareja hacéis con Manolita. Los dos buenos cristianos, temerosos de Dios y dispuestos a recibir tantos hijos como vengan, fruto de vuestro amor.

Al vino le siguió el pan y el queso que alguien sacó de uno de los coches. Ataron a los perros y los subieron a la caja de la camioneta, Manolita extendió un paño cerca de la orilla y se ocupó de repartir la improvisada merienda.

El sol estaba próximo a ocultarse tras la línea del horizonte y sus rayos incidían de manera oblicua sobre los árboles de la ribera tiñendo la atmósfera de una luz rosada y extraña. Joaquín no contaba con que se entretuvieran en merendar donde los perros habían perdido su pista. El frío empezaba a provocarle temblores, los dedos estaban adquiriendo un tinte amoratado y la inmovilidad lo estaba acalambrando. Aun sentado en el fondo, se le habían dormido las piernas. Trató de cambiar de postura con cuidado y, al hacerlo, sintió un dolor agudo seguido de inmediato por un enorme alivio. Repitió el movimiento con la otra pierna, pero tenía una barda en torno a la bota y, al tirar de ella, se agitó todo el zarzal. Entonces el fusil, aunque amortiguada la caída por las zarzas, se deslizó hasta el agua sin que las manos de Joaquín llegaran a tiempo para impedirlo. Quedó de pie, la culata apoyada en el fondo y el cañón fuera del agua sujeto por las lianas plagadas de espinas.

—¿Qué ha sido ese ruido?

—Algo ha caído al agua. ¿Alguna rama o alguna piña?

—Será. Anda, pasa la bota, el último trago, si es que queda algo.

La margarita se había acercado a la orilla. Sacó un pequeño espejo en el que se miró de espaldas al río, frente a los hombres de la patrulla a quienes acompañaba junto con su marido.

—¡Qué precioso atardecer! Parece que los rayos de sol han incendiado el cielo de repente.

Se fue girando de manera imperceptible sin dejar de contemplarse en el espejo y rozándose la frente con la yema de los dedos para apartar los pocos cabellos que se escapaban del moño y de la pañoleta. Fruncía el ceño observando con atención su propio rostro, aunque también pudiera ser que ojeara, reflejada en el espejo, la orilla del río situada tras ella y cubierta por zarzales. Incluso podía haberle llamado la atención algo a su espalda, como el súbito destello bajo el sol del ocaso de algún objeto metálico oculto entre los espinos.

Con disimulo se apartó de la orilla y, lívida, se fue acercando a su esposo, que en aquel momento hablaba con el teniente.

—Haced como si nada —siseó con los labios apenas entreabiertos—. Seguid hablando como si tal cosa. ¡Está ahí, metido en el agua, oculto entre las bardas! Y creo que lleva un fusil. Podría dispararnos en cualquier momento.

32

Jueves, 26 de mayo de 1938

Ana María, tras una breve espera, ocupó el hueco que una desconocida había dejado en el lavadero cercano. Era cierto que en casa disponían de agua corriente, pero desde pequeña había visto a su madre acudir allí y siempre que podía la acompañaba sin necesidad de que Emilia se lo pidiera. Había disfrutado tardes enteras jugando en el abrevadero que discurría entre la fuente de tres caños y los dos grandes aljibes situados a distinta altura donde muchas mujeres de Puente Real lavaban la colada. Siempre le habían fascinado los bichos que habitaban el fondo del pilón, cubierto de algas de un verde intenso: renacuajos, sanguijuelas, chinches y caracoles de agua, los zapateros y los escribanos que se deslizaban por la superficie y que nunca se dejaban atrapar, y los insectos voladores, como avispas, libélulas y caballitos del diablo, que un viejo pastor le había enseñado a diferenciar. Gozaba también viendo lavar a las mujeres, enjabonar las prendas en la piedra acanalada que conformaba el borde del aljibe inferior y, sobre todo, arrojar al aire las sábanas extendidas, que formaban una gran burbuja antes de descender despacio sobre el agua limpia del pilón alto.

Cuando llegó, la conversación era animada, aunque faltaban muchas de las habituales. Desde el inicio de la guerra, las esposas de los detenidos, de los condenados y de los fusilados tenían vetado el uso del lavadero y de cualquier otro espacio público en el que pudieran coincidir con el resto de las vecinas de Puente Real. En realidad, no era una prohibición expresa, no se había dictado por escrito, ni leído en un bando de alcaldía, pero existían métodos más expeditivos y eficaces para conseguir el mismo fin: las burlas, las pullas y las alusiones veladas a los maridos resultaban más que suficientes. Incluso Emilia, sospechosa, al fin y al cabo, por ser esposa de maestro, había sufrido algún conato antes de que se hiciera público el compromiso de su hija con el jefe local de la Falange.

Emilia había tratado de convencerla de que era demasiado pronto para salir de casa, solo tres semanas después de dar a luz, y más para realizar una tarea pesada como lavar la ropa, pero necesitaba hacerlo. En cualquier caso, solo llevó un cesto mediano con prendas pequeñas: mudas, calcetines, pañuelos, los pañales de Concha y la ropita de Jo. También, con el calor ya encima, algunas camisas de manga corta de Ramón y unas blusas de ellas dos. Entabló una conversación liviana con las compañeras más cercanas, pero no tardó en terminar, llenó el cesto con la colada limpia, aclarada y escurrida y se lo puso a la cintura, dispuesta a regresar a casa.

Al doblar la tapia que rodeaba el lavadero, oyó que alguien a su espalda le chistaba. Era una de las mujeres con quien acababa de compartir la tarea, maestra durante la República como Ramón y como ella misma, depurada y expulsada de la docencia poco después de la rebelión militar. Desde entonces, con los cincuenta años que contaría, lavaba la ropa de las familias acomodadas de Puente Real como único medio de ganarse la vida. Si no sufría las iras del resto era porque muchas de ellas la habían llamado doña Rosario años atrás, cuando llevaban a sus hijos a la escuela, cuando las más jóvenes, incluida Ana María, asistían a sus clases. En toda una vida dedicada a la enseñanza se había ganado el respeto de los alumnos y de sus familias, por mucho que la comisión de depuración llegada desde Pamplona, de acuerdo con los informes preceptivos del alcalde, del párroco, del jefe de la Guardia Civil y de un padre de familia bien considerado, determinaran que debía ser apartada de la docencia, tanto pública como privada, por no haber colaborado con el debido entusiasmo en el triunfo del alzamiento militar, por leer prensa de izquierdas durante la República y por no mostrar en aquellos años la debida diligencia en el cumplimiento de los preceptos religiosos y haber llegado a ausentarse de las misas algunos domingos y fiestas de guardar, por lo que constituía un nefasto ejemplo para las almas más jóvenes del rebaño.

La maestra se unió a ella para caminar juntas.

—¿Te has enterado de lo de la prisión de San Cristóbal?

—No, Rosario. ¿Enterarme de qué?

—Al parecer, el domingo se produjo una fuga en el penal. Dicen que consiguieron escapar cientos de detenidos.

Ana María se detuvo en seco y con poco cuidado dejó caer al suelo el cesto de la ropa.

—¡¿Qué dice?! —exclamó, sorprendida en extremo—. ¡¿Una fuga?! ¡Pero si no se ha oído nada y estamos a jueves! Mi padre lee cada mañana el *Diario de Navarra* en la cantina y no me ha comentado nada acerca de algo así.

—Seguramente las autoridades tratarán de ocultar un suceso como ese, desde luego no dice mucho en su favor —supuso—. Por lo que sé, los presos se hicieron con el control del penal y todo el que quiso escapar pudo hacerlo.

—¿Y usted cómo se ha enterado?

—Un sobrino militar está destinado en el Batallón 331, que es el encargado de la custodia de la prisión de San Cristóbal, aunque el domingo no estaba de servicio y había pasado el día en casa. Mi hermana me telefoneó anoche para tranquilizarme, por si había llegado algo a mis oídos y estaba preocupada por él. Aunque, claro, pudo contar lo que pudo; ya sabes que las operadoras de las centralitas toman nota de todo lo que escuchan y de quién lo dice. En todo caso, el revuelo ha sido de padre y muy señor mío, hay miles de hombres tras los pasos de los fugados tratando de atraparlos a todos antes de que puedan cruzar la muga con Francia.

—¡Madre de mi vida! —La cabeza de Ana María era un torbellino de preguntas y de emociones—. Pero ¿se sabe algo más? Por el amor de Dios, cuénteme todo lo que sepa, Rosario, ¡se lo ruego!

—Tranquila, Ana María, mujer. Entiendo que estés preocupada, pero poco puedes hacer —trató de calmarla—. Como te digo, las puertas quedaron abiertas durante casi dos horas, hasta que alguien dio la voz de alarma y los refuerzos corrieron al fuerte. Se dice que la mayor parte de los presos decidieron no arriesgarse y volvieron a sus celdas. Lo más probable es que Joaquín se encuentre entre ellos, siempre ha sido un chico juicioso y prudente.

Ana María se cubrió los ojos con la mano gimiendo exasperada. Recordaba con perfecta claridad la última conversación en la que se había visto obligada a revelar a Joaquín las circunstancias de su segundo embarazo y el motivo de las dudas iniciales sobre la paternidad de Jo. Pero sobre todo recordaba, palabra por palabra, su promesa de cobrarse venganza en cuanto tuviera oportunidad de salir de la prisión.

—Joaquín se encuentra entre los fugados, Rosario. Tan segura estoy de ello como de que el cielo es azul.

—Tus razones tendrás, hija mía, pero eso no cambia nada. Nada puedes hacer, salvo esperar a tener noticias suyas. —Entonces hizo un gesto de complicidad y, bajando la voz, continuó—: Quiera Dios que esas noticias te lleguen desde Francia.

—¡Que Dios la oiga! —se encomendó Ana María.

—Siempre le has tenido mucho cariño a ese muchacho, desde que erais así. —Levantó la mano plana hasta situarla a la altura del pecho—. Desde el año 31, cuando se pudo, siempre os sentabais juntos en mi clase.

—No sé lo que le habrá llegado sobre él, sobre nosotros —repuso con cierta aprensión mientras se agachaba para recoger la colada del suelo—. Algún día le contaré la verdad, pero ahora me he de marchar. Le agradezco mucho que me haya dicho esto.

—No sé si te he hecho más mal que bien.

Ana María, a toda prisa, regresó a casa, donde Emilia y Ramón se habían quedado al cargo de los pequeños. En dos palabras los puso al corriente de los acontecimientos y Ramón, sorprendido, le confirmó que la prensa no había publicado una sola línea y que tampoco había oído a nadie comentar nada acerca del suceso.

Adelantó el momento de darle el pecho a la pequeña, le dejó preparada la papilla a Jo y, con la promesa de regresar enseguida, salió de nuevo como alma que lleva el diablo.

No empleó mucho tiempo en llegar a casa de los Zubeldía, espoleada por la necesidad de saber. Desde la verja, el leve movimiento de una de las cortinas de la biblioteca llamó su atención y respiró con alivio, segura de que su suegro se encontraba dentro. Atravesó la vereda y llamó a la puerta. Al ver que tardaban en abrir, volvió a intentarlo y solo entonces escuchó el ruido del cerrojo, justo antes de que el rostro de la doncella apareciera ante ella. La notó algo atribulada, inquieta, pero no tenía tiempo que perder.

—Hola, Julita. Tengo que hablar con don José, es muy urgente. —Había hecho el amago de dar un paso al frente esperando que Julita le franqueara la entrada, pero no fue así.

—Don José no se encuentra en casa, señora.

—¿Eso te ha mandado decirme en todo este rato que me ha hecho esperar? —rio a medio camino entre la pena y el enfado—. Anda, aparta, que he visto moverse las cortinas. Y, tranquila, esto no va contigo, tan solo haces lo que se te manda.

—No puedo dejarla pasar, señora —insistió la muchacha, afligida y llena de vergüenza.

Ana María empujó la puerta con el hombro y, haciendo palanca con el cuerpo, consiguió abrirse paso a pesar de la resistencia de Julita, quien, derrotada, se apartó y se echó a llorar, en pie a un lado del vestíbulo.

—Tranquila —repitió mientras ella misma cerraba a sus espaldas—. La culpa es mía, que soy una testaruda. Zubeldía puede negar la entrada a esta casa a Ana María Herrero, pero no a la madre de su nieta.

En cuatro zancadas se plantó ante la puerta del despacho y accionó la manilla.

—Buenos días, Ana María —saludó don José cuando tuvo enfrente a su nuera—. Es un placer volver a verte aquí.

Ella no respondió a su habitual sarcasmo. De hecho, no pensaba saludar. Solo buscaba respuesta a una pregunta y sobraban las falsas muestras de respeto, de cortesía y mucho menos de aprecio.

—¿Qué sabe de la fuga de San Cristóbal? —espetó.

—¿De qué fuga me hablas? Es la primera noticia que tengo.

Ana María calló, sorprendida. No esperaba aquella respuesta taxativa y rotunda.

—¿Me quiere hacer creer que no sabe nada de una fuga en la que todos los presos pudieron salir fuera del penal y en la que huyeron cuantos quisieron? ¡Usted, que habla casi a diario con Pamplona...!

—Me has dejado en el sitio, muchacha. Pero no creo que haya sido para tanto cuando ningún periódico ha hablado de ello estos días —respondió con el mayor de los aplomos.

—No le he dicho cuándo fue. Si ocurrió ayer, ningún periódico habría tenido tiempo de hacerse eco.

—Mujer, eso es porque supongo que, de haber ocurrido ayer, tampoco habría llegado a tus oídos.

Ana María pareció darse por vencida. Sabía que no le estaba diciendo la verdad, pero había estado listo al enrocarse en su total desconocimiento y de ahí no le iba a sacar.

—¿Y Félix dónde está?

—Precisamente le he mandado a Pamplona a resolver unos asuntos con Jaime. He creído que le haría bien ocuparse de temas mundanos y triviales; mientras piensa en notarios y papel timbrado no le da vueltas a esa cabecica trastornada por la guerra.

El timbre del teléfono sonó en el vestíbulo.

—¡Vaya, igual le llaman de Pamplona para informarle de la fuga! —ironizó Ana María—. Si es así, pregunte por el paradero de Joaquín. Estoy dispuesta a viajar allí si es necesario. Como sea.

—Dudo que me llamen para eso —replicó don José levantándose para salir al vestíbulo donde estaba instalado el único teléfono de la casa y uno de los pocos de la ciudad.

Una de las doncellas tocó a la puerta y entreabrió una amplia rendija por la que asomó la cabeza.

—Ya voy, ya voy. Lo hemos oído.

—Es que no preguntan por usted, don José, sino por la señora.

—Margarita no está en casa, ya lo sabes. ¿Quién llama?

—¡No, no! —le cortó—. Por la señora Ana María, preguntan por ella.

—¡¿Cómo?! ¿Quién puede saber que está aquí? Habrás entendido mal.

—No, señor. También a mí me ha extrañado. Querían saber si estaba aquí y, al responderles que sí, han confirmado que quieren hablar con ella.

—No se preocupe, don José. Ahora mismo salimos de dudas. —Ana María había tomado la delantera y ya atravesaba el vestíbulo hacia la preciosa mesita taraceada que soportaba el aparato después de cerrar tras de sí la puerta del despacho biblioteca.

—¿Sí? ¿Diga? Soy Ana María Herrero. ¿Con quién hablo?

—¡Ana María! ¡Por fin! ¡Soy Germán! Estoy en Teléfonos tratando de localizarte.

—¡Germán! Pero ¿cómo has sabido...?

—He puesto una conferencia con vuestra casa y ha sido tu padre quien ha acudido a Teléfonos de tu pueblo. Él me ha dicho que posiblemente estuvieras ahí. Gracias a Dios que es así.

—¿Sabéis algo de Joaquín? —preguntó llena de esperanza y también de angustia.

—Sí, sí. Por eso te llamo, tranquila. Ya te adelanto que está todo bien, pero déjame explicarte. Por lo que dices, ya veo que estás al tanto de la fuga.

—¿Qué sabéis? ¿Se ha escapado? ¿Y Samuel? ¿Y Federico? —Hasta el tiempo necesario para respirar se le hacía una espera insoportable. No sabía cuál era la respuesta que deseaba escuchar, pues cualquiera de las dos resultaba temible. Una suponía poder caer al infierno al tratar de alcanzar el cielo; la otra, permanecer por años sin cuento en el purgatorio.

—Sí, Joaquín y Federico escaparon. Samuel no.

Ana María soltó un largo «¡ay!» a la vez que se llevaba al pecho la mano libre.

—¿Y cómo lo sabéis?

—Rosalía y yo decidimos vender la imprenta para pagar al mejor abogado para Samuel. Tras la fuga, el mismo lunes, la prisión quedó incomunicada y se suspendieron las visitas. Los presos ni siquiera pueden salir al patio. Como no teníamos noticias de Samuel, el martes a primera hora, cuando se empezó a extender por Pamplona el rumor sobre la evasión, telefoneamos al abogado y ayer mismo llegó en coche desde Burgos, donde reside. No sé qué papel traía de las autoridades militares, pero el caso es que con él tenía paso franco y le permitieron entrar y hablar con mi hijo.

—¡Bendito sea Dios! ¡Cuéntame! —le apremió.

—Samuel habló con Joaquín fuera del penal, cuando ya se marchaban. Federico iba con él en un grupo grande, tal vez de cuarenta presos o más. Era el grupo del cabecilla, y a los dos les habían proporcionado botas militares para...

Un chisporroteo interrumpió la comunicación.

—¡Germán! ¿Me oyes?

—¡Sí, sí! Te decía que van con botas militares y eso es una increíble ventaja —terminó la frase interrumpida—. Pero hay más, Samuel le sugirió al abogado que hablara con los de su celda, y un tal Josu le contó que Joaquín iba con el cabecilla porque ha de servirle de intérprete una vez en Francia. También le dijo que se les había unido un montañero de Pamplona que conoce esas montañas al dedillo, un tal Pablo no sé qué. Así que estate tranquila, llevan botas, fusiles y guía de montaña, y si han conseguido la proeza de hacerse con el penal, lo que queda hasta llegar a Francia será para ellos pan comido.

Ana María apenas podía sostener el auricular a causa del acceso de llanto que le impedía pronunciar palabra.

—¡Ana María! ¿Me oyes? —se escuchó al otro lado de la línea—. No llores, mujer, que son buenas noticias. ¿Me oyes?

Ana María asintió con un sonido casi gutural. Los nervios le impedían encontrar el pañuelo y se limpiaba la nariz con la manga.

—Te agradezco mucho esto, Germán. Jamás os voy a poder pagar todo lo que estáis haciendo por mí y por Joaquín.

—¡Calla, tonta, no digas sandeces! Joaquín y tú sois ya casi como mis propios hijos, y eso que a él no lo conozco. ¡Pero vaya arrojo tiene!

—¿Y ya no se ha sabido nada más?

—Samuel se mantiene atento para ver quiénes son los presos que llevan de vuelta al penal y hasta ayer no habían visto ni a Joaquín ni a nadie de su grupo de fugados. Así que ten fe, si alguien tiene posibilidades de llegar a Francia, son ellos.

—Tenía la intención de ir a Pamplona —anunció.

—¡Ni se te ocurra, chiquilla! Aquí no vas a sacar nada en claro. Déjalo en nuestras manos. En cuanto sepamos algo, te llamaremos, como acabamos de hacer, ¿de acuerdo?

Ana María asintió con un simple sonido, conforme.

—Rosalía me ha pedido que te mande un beso muy grande de su parte.

—¡Otro para ella! —gimió emocionada—. ¡Benditos seáis los dos!

—¡Ah, otra cosa! Por lo que veo, no estás al tanto...

—Estar al tanto ¿de qué?

—Samuel le contó al abogado que Félix estuvo el martes por la mañana en la prisión haciendo preguntas. Él y dos hombres más vestidos de falangistas, supongo que de Puente Real. Por lo visto, quería saber si Joaquín se había fugado, con quién y todo eso.

Ana María se quedó callada.

—¿Ana María? ¿Estás ahí?

—Sí, Germán, aquí estoy. Óyeme, no quiero que gastéis más en conferencias. Si te parece, el sábado estate en Teléfonos a esta misma hora y te llamaré yo.

La risa de Germán se escuchó a través del auricular.

—No me importa gastar unas pesetas para hablar con mi otra hija. Siempre deseé tener una. Pero me parece perfecto, el sábado a las doce del mediodía volvemos a hablar, aunque dudo que sepa nada nuevo, ya te digo que las comunicaciones con los presos están suspendidas hasta nueva orden.

—Me gustará hablar con Rosalía.

—En ese caso le diré que sea ella quien venga. He de cortar ya, me está haciendo señas la operadora, se está haciendo cola.

—¡Gracias, Germán! ¡Gracias, gracias, gracias!

Una serie de pitidos continuos le indicaron que la telefonista no había esperado más y había cortado la comunicación. Colgó el auricular de baquelita y se volvió. Se encontró de frente con el rostro de Julita.

—No sabe cuánto me alegra, señora.

—¿Has estado escuchando?

—No he podido evitarlo. Sé cuánto le importa a usted ese joven. Y me hace muy feliz verla feliz. Perdóneme lo de antes, yo...

—No hay nada que perdonar, pero no te acostumbres a escuchar conversaciones ajenas, no te vaya a costar caro.

—Descuide, ya no va a ser posible. El señor le acaba de decir a Fermina que hoy mismo va a hacer instalar el teléfono en su despacho.

Ana María regresó a la biblioteca que acogía el despacho de Zubeldía.

—¿Entre los asuntos para los que ha enviado a Félix a Pamplona está la tarea de indagar en el penal por el paradero de Joaquín tras la fuga? —Soltó la pregunta a bocajarro, sin que don José hubiera siquiera advertido su regreso.

—¿Qué dices?

—Félix estuvo el martes en San Cristóbal preguntando si Joaquín había huido, con quién y por todos los detalles que le pudieran dar. ¿Me puede usted explicar con qué intención?

—Si eso es cierto, tendrás que preguntárselo a él. Yo no le mandé que fuera a la prisión.

—Si Félix estaba al tanto de la fuga, usted también lo estaba —insistió—. Es usted un canalla y un miserable.

—¡Sal de aquí de inmediato! Estoy harto de que, una y otra vez, vengas a esta casa a insultarme.

—Me tendrá que echar a empujones, y no creo que esté para muchos esfuerzos. Está envejeciendo usted muy mal.

—¡¿En qué momento permití que una furcia sin modales pusiera aquí sus sucios pies?!

Ana María ignoró el comentario; al fin y al cabo, solo era la respuesta en caliente a la peor ofensa que un hombre puede escuchar en la madurez.

—No voy a humillarme pidiéndole que ayuden a Joaquín. —Negaba con la cabeza, con el más absoluto desprecio en el semblante—. Pero si tengo la menor sospecha de que Félix le ha causado cualquier daño, tenga por seguro que sus vidas no valdrán nada.

Zubeldía rio con desdén.

—¿Me estás amenazando? ¿Tú, payasa?

—Solo tengo que esperarle agazapada a la salida de cualquier antro de los que acostumbra usted a visitar, y le aseguro que mi cara será lo último que vea en su miserable vida. Y esto, recuérdelo y recuérdeselo, vale también para su hijo. Asegúrese, por su bien, de que Joaquín no sufra daño alguno.

33

Jueves, 26 de mayo de 1938

Encogido en una esquina de la cuadra sobre un montón de paja
sucia, aplastada y húmeda, atado con una soga a una de las anillas
destinadas a trabar las caballerías, Joaquín cavilaba en medio de las
tinieblas sobre el trance de la muerte. Sería rápido si el disparo atravesaba el corazón o alguno de los grandes vasos que salían de él.
Innumerables veces había visto a Federico sacrificar corderos en el
corral: después de clavarle certeramente el cuchillo en el lugar adecuado del cuello, las arterias seccionadas escupían sangre a borbotones y el animal dejaba de patalear en unos segundos. Desde que
era niño le había fascinado el funcionamiento del cuerpo humano y
el de los animales, aunque, hasta los dieciséis años, tras el advenimiento de la República y la consiguiente reforma de la educación,
se les hubiera hurtado el acceso a tratados y manuales con grabados
y explicaciones al respecto. Después, en la nueva biblioteca, se había
desquitado durante tardes enteras, hasta el punto de estar convencido de que su futuro iba a pasar por los estudios de medicina o de
veterinaria. Sin embargo, a la hora de la verdad, había pesado más
la pasión recién descubierta por la política en las estimulantes reuniones del sindicato a las que Fabián le había llevado.

    ¿Y si no acertaban en el corazón y la bala solo perforaba un pul-
món, o la tráquea y el esófago, por ejemplo? En ese caso, la muerte
tardaría en llegar, el dolor sería insufrible y, lo peor, el cerebro, todavía bien irrigado, sería consciente de todo, tal vez durante largos
minutos. Le espantaba la posibilidad de sufrir una larga agonía, de
ser consciente de que había recibido un disparo, de que iba a morir

sin remisión, pero sabiendo que la muerte se haría esperar. Había oído de hombres fusilados que habían conseguido escapar con una bala en el cuerpo después de que los dieran por muertos. No quería eso para él. Si tenía que morir, deseaba que todo fuera rápido, sin dolor y limpio. También eso temía, que en el último momento, como al parecer les ocurría a muchos, se le relajaran los esfínteres para morir entre suciedad y con escasa dignidad.

Por desgracia, había sido testigo de demasiadas muertes en las últimas horas, las de la emboscada junto al cementerio de Ostiz y las de Daniel y Federico, a escasos metros de él. ¿Habían sufrido antes de morir? Diría que no. Quizá la situación fuera tan traumática de por sí, que la cabeza se las arreglara para desconectar, para no sentir. De otra manera, todos habrían muerto entre alaridos de dolor, y no era así. Morían con los ojos muy abiertos, incrédulos, como si no se explicaran lo que les había sucedido, como si se preguntaran a qué se debía el brutal golpe que acababan de sentir en el pecho, en la espalda o dondequiera que les hubiera acertado el disparo.

Morder el cañón del fusil y apretar el gatillo. Debería haberlo hecho cuando tuvo oportunidad. Una bala en el cerebro y se acabó todo. Sin ser consciente de que te mueres, sin dolor. Pero en aquel remanso del Arga aún existía una posibilidad de no ser visto, a pesar del infierno que había soportado para contener los accesos de tos. Había llegado a tomar aire y hundir todo el cuerpo para toser a medio metro de profundidad, con cuidado de no agitar el agua ni las zarzas, y eso en varias ocasiones, con el miedo de que las burbujas delataran su presencia. La desaforada carrera huyendo de los perros le había pasado factura. Sin embargo, al final no había sido la tos la culpable de su captura, sino el fusil, que había caído al agua con estrépito, después de una hora tratando de impedir que se mojara. Eso había acabado con la única oportunidad de pegarse un tiro una vez que se supo descubierto. Había sido aquella arpía, la margarita, ya estaba seguro antes de que los parabienes tras su apresamiento se lo confirmaran. Sus movimientos junto al río acicalándose frente al espejo y la forma en que se había apartado de su campo de visión le habían resultado extraños. La sospecha se había confirmado cuando, poco después, escuchó la voz de «¡quieto, ríndase!» que llegaba desde la otra orilla donde varios miembros de la patrulla, parapetados tras los troncos de los olmos, le apuntaban con sus fusiles.

Después, había llegado el prendimiento y los golpes despiadados por parte de quien, supuso, era uno de los dos requetés a caballo; las risas a su costa entre las felicitaciones a la tal Manolita por haberse dejado capturar por una mujer; la inmovilización con cuerdas de esparto que de inmediato habían empezado a lacerarle las muñecas. Lo habían obligado a punta de fusil a subir a la misma camioneta en la que viajaba la jauría, separado de los perros, furiosos de nuevo por la cercanía de su presa, tan solo por una tabla que le dejaba el espacio justo en la esquina trasera de la caja. Pasaron una cadena por la cuerda que unía sus muñecas, después por uno de los soportes de la caja, y unieron los eslabones de los extremos con un pesado candado. Alguien dijo que se dirigían a un lugar llamado Urtasun, del que ya había oído hablar, y lo hicieron siguiendo un camino infernal que bordeaba el río, una sucesión de socavones que le habían arrojado contra los paneles de la caja, y habían provocado violentos tirones de la cuerda de esparto. Sangrando por las muñecas, gimiendo de dolor, consiguió en una sacudida ponerse de rodillas y aferrarse a uno de los perfiles metálicos. No habría podido describir un solo detalle del pueblo al que llegaron. Consumida por el esfuerzo la última fracción de energía, colgaba casi inerte de sus ataduras cuando alguien abrió la cartola. Escuchó voces cuyo significado apenas pudo discernir en su aturdimiento, sintió que lo asían de brazos y piernas y que lo trasladaban con un balanceo desacompasado antes de arrojarlo con pocos miramientos a un rincón de lo que, por el olor que le asaltó, debía de ser una cuadra.

Cuando despertó, no habría sabido decir ni dónde estaba ni cuántas horas habían pasado. Escuchó el sonido particular del asa de un pozal metálico y, entre las brumas del sueño, comprendió que alguien había entrado en la cuadra, tal vez para ordeñar. Solo la luz mortecina de una bombilla cubierta de telarañas iluminaba la escena y, sin embargo, le sirvió para distinguir a pocos pasos una mula de tamaño notable que comía pienso de un saquete de tela colgado del belfo. Tras él vislumbró la silueta de lo que parecía ser una vaca y, entre sus patas, las manos regordetas de quien la ordeñaba sentado en una banqueta de madera. En la penumbra observó sus movimientos hasta que terminó, antes de ponerse en pie, coger el pozal por el asa y salir de la cuadra un instante antes de que se apagara la luz.

No había podido distinguir si se trataba de un hombre o de una mujer, y no había tenido fuerzas ni arrestos para hablarle. Intuyó que faltaría poco para el amanecer, que había asistido al habitual ordeño del alba con el que los campesinos comenzaban el día, recogiendo directamente la leche de las ubres para preparar las sopas del desayuno. Comprendió también que, si estaba en lo cierto, el agotamiento le había hecho dormir durante horas de manera tan profunda que se había meado encima sin ser consciente de ello. Fue precisamente la proximidad del amanecer, revelada por la hora del ordeño, hora propicia para la ejecución de la pena capital, lo que le había llevado a pensar en la muerte que —no albergaba la menor duda— estaba próxima.

Puede que volviera a dormirse, tan encogido como le permitían sus ataduras, en un intento de aprovechar el calor del cuerpo para compensar el frío de las ropas empapadas que, además de ser las mismas con las que se había metido al río, acumulaban la humedad añadida de sus propios orines. Lo cierto era que, cada vez que entreabría los ojos, aterido, la claridad iba creciendo.

En uno de aquellos paréntesis de lucidez en medio del letargo, escuchó voces en el exterior. Dolorido, entumecido e inquieto, trató de incorporarse, pero el intento de cambiar de postura solo tuvo como fruto un irrefrenable acceso de tos. Sintió que un voluminoso esputo le venía a la boca con una punzada de dolor en el pecho y se inclinó hacia un lado para escupir. Con un escalofrío que le recorrió el cuerpo, observó cómo la paja sucia se teñía de un rojo insólitamente intenso y entendió que, más que flemas, eran coágulos de sangre lo que su cuerpo expulsaba. Hasta la víspera, había albergado la esperanza de que, con su juventud y una alimentación suficiente, en un sanatorio de Francia podría superar la tuberculosis que con certeza padecía. En aquel momento, aquella esperanza se había desvanecido, pero de todas formas su enfermedad tenía las horas contadas, tan contadas como su existencia.

Había tenido mucho tiempo para reflexionar porque las sombras dejaban de ser alargadas, la luz alcanzaba la intensidad propia de un brillante día de finales de mayo y nadie había entrado en la cuadra ni en su busca ni para preocuparse por su estado. Por fin, las campanas de la iglesia acudieron en su ayuda cuando sonó el toque del ángelus, que no trajo ninguna novedad. Del exterior solo llegaban los sonidos de la actividad cotidiana en lo que parecía ser un caserío: los golpes de azada en la huerta, el chirrido de la palanca que accionaba una bomba de agua, el cacareo alborotado de las gallinas cuando alguien les arrojó el pienso dentro del cercado, o los balidos, tan semejantes al llanto de un bebé, de algún cabrito reclamando la ubre de su madre. En el mismo momento en que, al pensar en el maíz de las gallinas y en la leche de la cabra, fue consciente del hambre voraz que sentía tras días sin comer nada, un hombre achaparrado y de aspecto rudo entró en la cuadra. Al principio, lo ignoró por completo mientras desataba a la mula de la anilla encastrada en la pared. Sin embargo, antes de salir con la bestia del ronzal, se volvió hacia él y sus miradas se cruzaron.

—Ujué, anda, bájate algo para el zagal este, que está en los huesos. A ver si se nos va a consumir antes de que vengan a por él.

—Si quieres que baje, no te vayas todavía. Yo sola no me atrevo.

—Hala, pues date vida, mujer, que ya han tocado el ángelus hace rato.

—¡Ya voy, ya voy! ¡Todo lo que pide este hombre es para ayer!

—No sé qué mal habrás hecho, zagal, pero la cara la tienes de no haber roto un plato. Se nota que no te ha visto mi Ujué porque si algo das es lástima; miedo, poco.

Como si fuera su respuesta, Joaquín reaccionó con un violento ataque de tos. La sangre le manchaba la barba y el dorso de la mano cuando por fin cedió. El hombre, con el temor en el semblante, se apresuró a arrear a la mula hasta que ambos franquearon el umbral de la cuadra. Un cuarto de hora después, la mujer apareció bajo el dintel. Se cubría el rostro con un pañuelo anudado al cuello, igual que el esposo, que no pasó de la puerta.

—No te lo tomes a mal, chico, pero esos esputos no tienen buena pinta. Y una vez que esa maldita enfermedad entra en un caserío... suelen ir todos seguidos, amos y ganado, las vacas y las cabras sobre todo.

La mujer llevaba una cazuela sujeta por las dos asas y del meñique de la mano derecha colgaba una taza descascarillada de porcelana que había conocido mejores tiempos. La dejó a cierta distancia de Joaquín evitando acercarse más de lo necesario. Cualquiera habría pensado que, mientras realizó el movimiento, había contenido la respiración, pues expulsó el aire con ruido cuando retrocedía hasta el lugar que ocupaba su esposo.

—Son sopas de ajo, las tenía para comer, pero poco cuesta hacer otras. Alimento ya tienen, que llevan bien de huevo, un buen caldo, manteca y pimiento choricero —explicó desde la puerta—. Come lo que quieras, que lo que sobre ha de ser para los perros. Pero cuida por si queman.

El olor que desprendía la perola había invadido la cuadra y pareció devolver las fuerzas a Joaquín. Como un animal famélico privado de alimento, se abalanzó sobre la cazuela tanto como la soga dio de sí desplazándose sobre las rodillas. Asió la taza con las manos ávidas y temblorosas, la introdujo por completo en el perol y se la llevó a la boca con brutal ansiedad. Tragó todo su contenido en un visto y no visto, sin reparar en si quemaba o no. Volvió a meter la taza y la volvió a vaciar deglutiendo al mismo tiempo que se llenaba la boca, sin masticar, ante la mirada pasmada de los dueños del caserío. Repitió por tercera vez antes de arrojar la taza al suelo, cogió la perola por las asas y la alzó en vilo, aun con las manos atadas, para comer directamente de ella.

—¡Por Dios bendito, criatura! En mi vida había visto algo así, ni cuando un perro que teníamos se pasó ocho días metido en un pozo.

—Pero ¿cuánto hace que no comías, zagal?

Joaquín no respondió, ni siquiera cuando inclinó la cazuela para apurar las últimas gotas dentro de la boca. Después, la dejó caer y se limpió la barba y el bigote con las mismas mangas mugrosas con las que se limpiaba tras los accesos de tos. Miró al matrimonio con agradecimiento infinito.

—¿Hay más, Ujué? —preguntó, anhelante, llorando de emoción.

—¡Santa María, madre de Dios! —exclamó la mujer.

—Anda, trae una hogaza con algo de queso. No hay derecho. Por muchos crímenes que haya podido cometer, nada justifica que un hombre tenga que arrojarse así a la comida. Ni a las bestias se les da este trato.

—No, ahora no —respondió la mujer—. Si come una pizca más después de días con el estómago vacío lo va a echar todo, su cuerpo no lo va a admitir. Ya veremos después.

Jamás en veintitrés años había experimentado algo así. No era consciente de que literalmente se estaba muriendo de hambre hasta que el olor de la cazuela le llegó a la nariz. Nunca en su vida, durara esta horas, lustros o medio siglo más, olvidaría el sabor de aquella sopa, la textura de los trozos generosos de pan empapados en el caldo, las hebras consistentes de huevo, los ajos y las ñoras a medio deshacer... Oyó la respuesta de la mujer y, aunque habría seguido comiendo mientras su estómago tuviera un hueco, sabía que tenía razón.

—Gracias, Ujué. Gracias...

—Yo soy Imanol.

—Manuel —le corrigió la mujer, incómoda—. Te lo he dicho mil veces, esa costumbre nos va a crear problemas. Algún día se te escapará delante de ellos.

—Ella es Uxue, y así consta en su partida de bautismo y en todos los documentos, pero ahora hay que llamarla Ujué, ya ves tú.

—Gracias a los dos. Me gustaría tener ocasión de corresponder a esto de alguna manera, pero me temo que no va a ser posible —musitó con voz apagada.

El matrimonio se miró apenado.

—¿Cómo te llamas tú? ¿Cuántos años tienes? —preguntó la mujer.

—Me llamo Joaquín, veintitrés.

—Hablas muy bien, parece que tienes estudios.

—Estudiaba Derecho en Madrid cuando estalló la guerra.

—¿Y cómo acabaste en San Cristóbal?

—Mi padre era sindicalista, de la UGT. Desapareció en los primeros días, pero después supe que lo habían fusilado por esa simple circunstancia. Él no había hecho nada malo. Yo traté de huir ayudado por un amigo porque sabía que también vendrían a por mí. Pero nos descubrieron y nos encarcelaron a los dos. También mi madre murió, pero todavía no sé cómo.

—¿Y a por ti por qué? ¿Y tu amigo también ha huido?

Joaquín tardó en responder.

—A por mí porque el jefe local de la Falange iba detrás de mi novia y quiso quitarme de en medio. Contra mi amigo no tenían nada, pero lo detuvieron por ayudarme a escapar. Lo mataron ayer en el monte de un disparo a bocajarro en el pecho cuando intentaba entretener a dos requetés a caballo que nos perseguían con los perros —gimió. Relatar de su propia voz la muerte de Federico le removió de nuevo las entrañas. Trató de calmarse para evitar el vómito que sentía próximo—. Murió por salvarme a mí, porque sabía que tengo un hijo de poco más de un año.

—¡Virgen Santa! —exclamó Ujué.

—Nosotros teníamos un hijo un poco mayor que tú, ¿sabes? Murió a los veinticinco, aunque ahora tendría treinta y tres. De la manera más tonta. —A pesar de los años transcurridos, la emoción aún se traslucía en su voz. Tal vez por eso dejó continuar a su mujer.

—También tenía novia, iban a casarse. Aquel año las pariciones fueron muy bien y los corderos se vendieron a buen precio, la cosecha había sido generosa y entró bastante dinero en casa. Así que Imanol decidió darle una sorpresa a Amaya y se la llevó de viaje a conocer Madrid.

—Con tan mala suerte que él, que en su vida había salido del pueblo, cogió a Amaya de la mano, tiró de ella y cruzó una calle sin mirar. Se los llevó un tranvía por delante —abrevió el hombre—. La peor parte la corrió nuestro Imanol, no pudieron hacer nada por salvarle. Lo de Amaya solo fueron heridas y rasguños, aunque la pobre ya no ha levantado cabeza. Se encerró en la casa, allá, al otro lado del valle, y apenas sale para nada.

—Con lo que cuesta criar a un hijo, tanto esfuerzo, tantos sinsabores, y un día viene la Civil a avisarte de que ya no está en este mundo —se lamentó Ujué con un suspiro hondo.

—Por eso mismo, no hay derecho a lo que está pasando esta criatura —añadió Manuel dirigiéndose a su mujer—. Y más cuando no tiene más culpa que pretender a la misma chica que uno de estos. ¿Te imaginas que hubiera venido un falangista o un requeté y acaba con Imanol solo por cortejar a la Amaya?

—¡Cómo tienes las muñecas! Están en carne viva.

—¿Y si lo soltamos?

—No, marido, eso no. Tienen que estar al caer. Solo han ido a Eugi a dar el aviso, así que ya no pueden tardar.

—Digo solo aflojarle los nudos, no dejarle escapar —reculó Manuel—. Aunque ganas me dan. ¡Con decirles que lo dejaron mal atado y que al bajar a ordeñar ya no estaba...!

Como si citarlos hubiera servido de llamada, el ruido de los motores de al menos dos automóviles les hizo callar. Enseguida se escucharon los portazos y las voces de unos cuantos hombres y el matrimonio se escabulló fuera de la cuadra.

—¿Quién vive? ¡Manuel! ¿Dónde te metes?

—¡Aquí, sargento! Entren ustedes, están en su casa —se le oyó responder al tiempo que franqueaban el umbral—. El cautivo sigue donde lo dejaron.

—¡Maldita guerra! —musitó Ujué entre dientes.

—Y malditos quienes la provocaron —completó Manuel—. ¡Que tengamos que pasar por esto!

El jefe de la patrulla carlista entró primero y Félix, tras él. Joaquín, a pesar de la escasa luz que penetraba en la cuadra, lo reconoció de inmediato y sus dedos se crisparon. Aun sentado en la paja, se irguió, alerta. También Félix clavó la mirada en él, inexpresivo.

—Sí, es él. Por las señas no podía ser otro.

—Lo devolveremos a la prisión hoy mismo. Que no se diga que no tenemos corazón y que no hemos dejado supervivientes.

—¡Ah, no! Este me lo deja usted a mí. Es de Puente Real y tengo viejas cuentas pendientes con él.

—No puedo hacer eso.

—¡Vamos, no me joda, sargento! ¡Que tenía usted quince cadáveres en fila en el cementerio de Ostiz! Perfectamente este puede ser el que haga dieciséis.

El requeté pareció dudar.

—¿Y qué cojones gano yo con eso?

—Que los Zubeldía de Puente Real queden en deuda con usted, ¿no le parece bastante? Pocos renunciarían a tal oportunidad.

El sargento entornó los ojos, pensativo. El brillo fugaz en la mirada sería de codicia, porque al momento salió de la cuadra y gritó hacia fuera:

—¡Sacad al prisionero a la calle!

—Soy el sargento Ciaurriz. Lucio Ciaurriz, no se olvide de mi nombre —dijo cuando los dos estuvieron junto al vehículo de la patrulla. A su lado se hallaba el Ford conducido por Jaime, y los dos falangistas fumaban un cigarrillo apoyados en el capó.

—Lo guardaré en la memoria, no se preocupe por eso. A los Zubeldía nos gusta saldar nuestras deudas.

—En ese caso, dejo al prisionero en sus manos. Lo que suceda con él a partir de ahora es cosa suya. Nosotros nos vamos para continuar la búsqueda de los que faltan por encontrar.

En aquel momento, uno de los miembros de la patrulla sacaba de la cuadra a Joaquín, deslumbrado y a rastras, con evidente dificultad para caminar. El caserío, situado en la periferia del pueblo, se hallaba rodeado por un muro bajo de piedra, que también albergaba un gallinero, una conejera, un gran almacén de aperos que hacía las veces de taller, la cochiquera y el pajar, además de una edificación elevada para el heno y varios árboles de gran porte. Otras propiedades semejantes conformaban el diminuto pueblo, junto con las calles centrales en las que sobresalían un par de edificios de porte más noble, amén de la iglesia, cuyo campanario desmochado destacaba a no demasiada distancia. Las montañas abrazaban la pequeña localidad, que quedaba encajonada en medio de un paisaje dominado por la frondosa vegetación y los variados tonos de verde.

El mismo Félix se adelantó a Gorjón, quien ya había tirado el cigarro al suelo y caminaba hacia Joaquín, para tomar la soga de las manos del requeté. Esperó inmóvil a que el vehículo del sargento se pusiera en marcha.

—Vosotros tres, esperadme en el coche o en el caserío. Lo que pase a partir de ahora es solo asunto mío.

Tiró de la soga y caminaron hasta el lindero de la finca, atravesaron una portezuela en el muro de piedra y se perdieron en dirección a la espesura que rodeaba el caserío y el pueblo.

Caminaron sin hablar durante un buen trecho, al paso cansado que marcaba el prisionero, que se quejó cuando la cuerda, en un tirón fortuito, le laceró la piel. Precisamente fue él quien rompió el silencio.

—Haces bien en llevarme atado, por mucho que la soga me muerda las muñecas —dijo desde atrás en voz alta—. Cuando supe lo que le habías hecho a Ana María, juré que te mataría en cuanto tuviera ocasión.

Félix tan solo volvió un ápice la cabeza, lo imprescindible para que sus miradas se encontraran.

—De puta madre —respondió con aparente indiferencia—. En ese caso, estamos igual, yo he prometido exactamente lo mismo. Aunque parece que estoy en mejor disposición de cumplir mi juramento.

—¿Acaso necesitabas hacer esa promesa? Es lo que has deseado desde que Ana María aceptó mi anillo de compromiso.

—Podría ser. —Félix parecía más pendiente de buscar el mejor camino entre los árboles y la maleza que de continuar una conversación que a todas luces le incomodaba—. Veo que seguís sin tener secretos el uno con el otro.

—Antes de que me pegues el tiro, prométeme que mi hijo no va a quedar desamparado.

Ante el silencio de su rival, Joaquín hizo ademán de pararse para forzar una respuesta, pero Félix dio un tirón a la soga que le hizo gritar de dolor. Solo se detuvieron al llegar a un pequeño claro que pareció de su agrado, después de caminar durante varios minutos.

—Apóyate en ese tronco —le ordenó.

—Bonito lugar para morir. ¿Aquí mismo me vas a enterrar?

—¡Cállate, maldita sea! ¡Haz lo que te digo!

Con Joaquín pegado al tronco, lo rodeó con la cuerda y anudó los extremos a la atadura que unía sus muñecas. Después, se apartó unos metros.

—Solo necesito una cosa para irme tranquilo. Prométeme lo que te he pedido, Félix.

—Ana María jamás permitiría lo contrario.

—Lo tomo como un sí —se apresuró a aceptar—. Y una cosa más... Hay algo que me corroe por dentro y no puedo morir con esa duda. Hace tres meses llegó a mis manos una carta con mi nombre escrito en el sobre. La encontró el doctor Lamas en el escritorio que había sido de San Miguel. El papel se había manchado de lejía al limpiar la mesa y la tinta estaba difuminada. Apenas pude entresacar algún nombre y alguna palabra suelta, pero quiero que me digas qué es lo que unía ya en 1915 a mis padres con el tuyo y con ese médico de pacotilla.

—Vaya, ese hijo de puta decía la verdad —murmuró Félix sonriendo entre dientes, solo para sí.

—¿Qué has dicho? No te he entendido.

—Nada, solo que ya tenía alguna noticia acerca de la existencia de una carta como esa —respondió sin extenderse demasiado—. Pero es una historia larga. Yo la conocí este mismo lunes, hace tan solo tres días, por boca de su protagonista.

—¿Quién? ¿De qué hablas? ¿Qué protagonista?

—Un tal José Zubeldía, lo conoces bien —ironizó.

—¿Me la vas a contar?

—Para eso te he traído aquí.

34

Jueves, 26 de mayo de 1938

Joaquín lloraba amargamente cuando su medio hermano dejó de hablar.

—No tenemos mucho tiempo —le apremió Félix—. Ya sé que para ti lo que acabo de contar resulta mucho más traumático que para mí. En mi caso solo confirma que mi padre, nuestro padre —se corrigió— era un putero, además de un miserable sin escrúpulos, cosa que ya sabía. Para ti, en cambio, lo pone todo patas arriba: tu padre no es quien creías; José Zubeldía, además de ser tu progenitor, era quien movía en la sombra los hilos de tu vida, quien te pagaba los estudios y la patrona en Madrid, quien trató de atarte el verano del 36 a aquel bufete para mantenerte alejado de Puente Real.

Joaquín tenía los ojos entornados, de vez en cuando se le desprendía una lágrima y le resbalaba por la mejilla dejando un reguero blanquecino en la capa de polvo y mugre que le cubría el rostro, entre los ojos y la comisura de los labios. Aturdido por el inconcebible desenlace de la historia, su cuerpo, inclinado hacia delante, temblaba de forma violenta, con todo su peso pendiente de la soga que lo sujetaba al tronco, incapaces sus piernas de prestar demasiado apoyo.

—Fabián era mi verdadero padre y José Zubeldía fue quien permitió que lo fusilaran, pero fuiste tú el auténtico responsable de su muerte. También os responsabilizo a ambos de la muerte de mi madre. Y a ti, de la doble violación de Ana María —murmuró con los dientes apretados por la rabia. Las palabras, sibilantes, se escapaban entre ellos—. En presencia de mi hijo le juré que, de tener ocasión, te mataría por ello, ya te lo he dicho. Se lo juré a los dos. Y lo haré si me das la más mínima oportunidad. Tendrás que dispararme sin soltar mis ataduras, de lo contrario...

—Estoy aquí con el mismo encargo —repitió Félix con tranquilidad absoluta—. Me envió mi padre, nuestro padre —volvió a corregirse— con el único fin de asegurarme de que no sales vivo de esta. No quiere testigos de su hazaña. Lo que acabas de decir no hace sino inclinarme a hacerle caso y cumplir sus órdenes.

—Hazlo. ¡Pero hazlo ya! Te lo ruego —gimió—. Estas cuerdas me están matando, si es que a un hombre se le puede matar tantas veces.

—No lo voy a hacer, y lo sabes. La revelación de mi padre me ha hecho pensar mucho estos días. Pero no lo vi claro hasta ayer, mientras identificaba la hilera de cadáveres junto al cementerio de Ostiz. No soy capaz de entenderlo, después de lo que ha pasado entre nosotros estos últimos años, pero deseaba con todas mis fuerzas que no fueras uno de aquellos desgraciados.

—¿Estaba Picó entre ellos?

Joaquín levantó la cabeza para mirar a su medio hermano. Cuando este asintió con un gesto, no pudo reprimir un gemido.

—Voy a soltar la soga del árbol y te ataré más abajo para que puedas sentarte contra el tronco. No hagas ninguna tontería.

—¿Cayó en la emboscada o lo fusilaron después?

—Cayeron ocho y fusilaron a siete más. Ciaurriz, el sargento, quiso que Picó fuera el último para que viera morir a todos los camaradas a quienes había conducido a la muerte. Así se las gastan los requetés, tan católicos todos —declaró mientras aflojaba el nudo para amarrarlo al pie del haya dejando clara la aversión que sentía hacia los carlistas.

—¡Hijos de puta!

—Me asombras. Tu vida pende de un hilo y parece importarte más la suerte que haya podido correr ese puto rojo que os ha arrastrado a todos al matadero.

—Ese puto rojo, como lo llamas, orgulloso de ser comunista, era, en verdad, mi hermano, no tú. Como lo eran Federico, Daniel, Pablo y todos los que compartieron conmigo el infierno de San Cristóbal durante estos años y ahora están muertos —respondió con amargura, a pesar de estrenar con alivio la posibilidad de poder sentarse sobre la hojarasca, encogidas las piernas y la espalda apoyada contra el tronco.

—Vayamos a lo importante —insistió impaciente—. Tú me quieres matar. Yo te tengo que matar. Pero los dos acabamos de descubrir que somos medio hermanos, de la misma simiente. Para mí al menos, eso lo cambia todo. Tal vez podamos llegar a un acuerdo. ¿Y si renunciamos a resolver lo nuestro a tiros?

—¿Para qué me has traído aquí, entonces? ¿Qué cojones llevas en la cabeza?

—Mi intención era contarte nuestra historia y dejarte ir. Hacer creer que te he metido un tiro y permitir que vuelvas a escapar. Me gustaría poder usar el coche para ayudarte a llegar a la muga, pero con esos dos ahí abajo, esperando, es impensable. Para ellos sigues siendo un fugitivo y yo, quien llevo tras tu rastro dos años para acabar contigo —le recordó contrariado—. No puedo sino dejarte ir sin más. Pero antes de hacerlo te pediré perdón por todo el daño que te he hecho. A ti, a tu familia y a Ana María. Créeme, soy sincero al decir que me arrepiento.

Joaquín lo miró atónito.

—¿Tan decisivo es para ti saber que nos ha engendrado el mismo cabrón? Para mí, te lo aseguro, no cambia nada.

Félix tardó en responder. Joaquín tuvo la sensación de que, antes de hacerlo, estaba hurgando en su interior en busca de una respuesta que primero tenía que darse a sí mismo.

—Eso y que esta puta guerra me está removiendo por dentro. Todos esos meses en el frente viendo morir a cientos de camaradas en lo mejor de la juventud; Madrid, Teruel... y ahora esta cacería demencial. Necesitaría mucho tiempo para explicar cabalmente mis motivos. Pero hay algo que quiero que sepas antes de que sueltes esas cuerdas, cosa que solo haré si estás dispuesto a aceptar lo que te voy a pedir a cambio. —Félix se volvió de lado y apartó la mirada del árbol. Miraba al suelo cuando continuó, las manos en los bolsillos, yendo y viniendo con pasos cortos—: Quiero que sepas que siempre he querido a Ana María. No era un capricho. No me importa reconocerlo ahora: desde que éramos unos críos he estado enamorado de ella hasta las trancas. No va a cambiar nada, ya lo sé; lo hecho, hecho está. No perseguía su atención solo para arrebatártela a ti. Me rompía de dolor pensar que no me consideraba lo bastante bueno, que te prefería a ti, eso es cierto, pero es porque anhelaba una vida entera junto a esa mujer. Sin embargo, cada una de mis decisiones respecto a ella se han contado por errores, incluida la de arrastrarla a una boda que no deseaba. Espero que, por primera vez en mi vida, lo que te estoy proponiendo no incremente esa lista.

—No te esfuerces. No me engañas. Y no te engañes. Jamás un hombre que de verdad quiere a una mujer le rozaría un cabello. Y tú la has violado. No una vez, sino dos. ¡Has violado a Ana María dos veces!

—No grites, podrían oírnos.

—¿Eso te preocupa? —Joaquín, incrédulo, soltó una risa despechada—. Se supone que me has traído aquí para descerrajarme un tiro en el pecho, ¿y te preocupa que nos oigan?

—Dicho está, pero el tiempo se nos va. Y aún falta que escuches la segunda parte de mi propuesta.

—Así es. Dices que vas a dejarme ir, pero aún no sé a cambio de qué.

Félix había sacado un cigarrillo, pero no se lo llevó a la boca. Lo prendió con el mechero de gasolina y se acercó a Joaquín para ponérselo en los labios.

—Me has de jurar que nunca jamás volverás a pisar Puente Real ni tratarás de contactar con Ana María —declaró con firmeza—. Por mi parte, yo te juro que a tu hijo no le ha de faltar de nada, se le darán estudios si vale para ello como se te dieron a ti, en Madrid, en Salamanca, donde creamos más conveniente, y un día será el heredero de la fortuna de los Zubeldía, aun sabiendo que no es de mi sangre. No lo voy a repudiar. Conchita y él son también medio hermanos, como nosotros, pero no crecerán odiándose.

»Tú eres joven, hablas francés y te abrirás camino en Francia, tal vez en París. Enseguida encontrarás una chica y tendrás más hijos. Solo debes comprometerte a olvidar tu vida anterior, lo que dejes a este lado de la muga nunca habrá existido, será un pasado olvidado para ti. Me propongo decirles, a mi padre y a Ana María, que fuiste uno de los hombres abatidos en la emboscada, que yo mismo vi tu cadáver alineado con los demás ante la tapia del cementerio. Conociéndola, Ana María acudirá a Ostiz a poner flores sobre una fosa común, si es que ese hijo de puta ha hecho que identifiquen el lugar de enterramiento. En caso contrario, yo lo haré. Eso como mucho, hasta que el paso del tiempo haga que te vaya olvidando. —Hizo una pausa y rio cabeceando—. Fíjate a dónde nos llevan las cosas. Ahora me doy cuenta de que te estoy prometiendo llevarles flores a Picó y al resto de tus camaradas de fuga.

Joaquín lo escuchaba sin abandonar la expresión amarga del rostro, la nariz y la boca fruncidas, igual que si hubiera percibido un olor desagradable. Su mente cavilaba de manera frenética. Tenía la decisión tomada, sabía que iba a aceptar, pero Félix desconocía la verdadera razón y no se la iba a revelar. No era necesario. Se le rompía el corazón al imaginar el dolor inmenso que la falsa noticia de su muerte le causaría a Ana María, igual que se le partía el alma cuando trataba de asimilar que nunca más la vería y, sobre todo, que no sería testigo de la infancia de su hijo, de su juventud una vez finalizada la guerra —alguna vez tendría que terminar aquella locura sin sentido—, que jamás podría abrazar a sus nietos. El nudo que tenía en la garganta le impedía hablar. Quizá Félix lo interpretó como indecisión porque continuó añadiendo argumentos:

—Si regresas, volverás a representar una amenaza mortal para mi padre y tendrás los días contados. Ya te he explicado que San Miguel lo chantajea porque conoce tu historia, pero si desapareces en Francia es, a esos efectos, como si hubieras muerto. Conozco bien a mi padre, a nuestro padre, y te aseguro que carece de cualquier escrúpulo; él y yo no somos iguales; no, no lo somos. Y puede que todo lo que te he prometido respecto al futuro de José Félix sea papel mojado si vuelve a tener noticias tuyas. Piénsalo bien, porque si me das el sí, no habrá vuelta atrás. En caso de que regreses a España, iré tras tu rastro para hacer lo que debía haber hecho hoy.

—No hace falta que me amenaces, no tengo que pensarlo más. Acepto.

Félix, sorprendido, no pudo evitar un profundo suspiro de alivio.

—En ese caso, solo nos queda una cosa.

—Simular que me has matado.

—Eso es.

—Me tendrás que soltar antes para darme tiempo a escapar.

—No te preocupes por eso, en el caserío solo están Sánchez y

Gorjón, nadie te va a perseguir. Además, antes de que se me olvide... —Sacó de un bolsillo de su pantalón de campaña un papel doblado—. Esto, como prueba de buena voluntad. Es un plano de la zona, desde Pamplona hasta Francia. Es el que están utilizando las patrullas. He marcado con un aspa los puntos donde sé que hay vigilancia, aunque eso no significa que no la haya en otros también. Deberás tener más cuidado que hasta ahora, antes de la emboscada os seguían la pista desde el penal.

—¿Es cierto eso?

—El pastor que os puso la oveja y el cordero como cebo...

—¡Hijo de puta! —se lamentó con amargura.

—Con la recompensa que se ha ganado, ha salvado el año y los diez próximos.

—Espero que los cadáveres de Ostiz pesen para siempre sobre su conciencia y no vuelva a dormir en paz hasta que acabe en el infierno.

—¿El infierno? Pensaba que no creías en esas cosas.

—A veces desearía que algunas de esas supercherías fueran reales —respondió con desprecio. Después, hizo ademán de tirar de las manos atadas—. Suéltame ya si quieres que me guarde eso.

—Te soltaré, pero no intentes nada... —advirtió echando mano de la pistola que llevaba colgada del cinto—. Antes tengo que pegar un tiro o dos al aire.

En el mismo sitio donde estaba, estiró el brazo y apoyó el dedo en el gatillo.

Sonó un disparo, pero a Joaquín no le pareció el estampido que produciría una detonación tan cercana. Félix experimentó una sacudida y el arma salió disparada de su diestra. Al instante siguiente, se echó la mano izquierda al brazo derecho, que sangraba, y cayó al suelo presa de violentas sacudidas. Entonces oyó un grito a su espalda. Alarmado, se volvió hacia la voz forzando la postura, atado todavía, y vio a Manuel caminando hacia ellos con una escopeta entre las manos.

—¡No, no lo voy a permitir! —gritaba fuera de sí apuntando todavía a Félix.

—¡Nooooo! ¡Quieto, Manuel! —aulló—. ¡No es lo que parece, no me iba a disparar! ¡Es mi hermano! ¡Deténgase!

Manuel se paró en seco, aturdido, tratando de asimilar lo que acababa de escuchar.

—¿Qué has dicho? —acertó a responder confundido.

—¡Que es mi hermano! ¡Quieto! —gritó con urgencia—. Solo iba a simular mi fusilamiento. ¡Suélteme! ¡Deprisa!

El viejo, incapaz de comprender, se acercó a Joaquín sin bajar la escopeta, como si de un momento a otro esperara tener que disparar de nuevo.

—¡Desáteme, Manuel! ¡Por favor! —gritó dando fuertes tirones de las cuerdas mientras veía a Félix en el suelo aún presa de convulsiones. Comprendió que la mancha blanca que le cubría parte del rostro era espuma que arrojaba por la boca.

Por fin, el granjero, con manos torpes, empezó a manipular las cuerdas. Tras un breve forcejeo, Joaquín terminó de liberarse con un fuerte tirón sin reparar en el dolor, se puso en pie y corrió hasta Félix. Se agachó junto a él y le tomó el pulso. La manga derecha de la camisa azul estaba empapada de sangre, el cuerpo entero se agitaba aún y, con los ojos completamente en blanco, arrojaba espumarajos por la boca.

—¡Joder, que se muere! —gritó Joaquín, incapaz de reaccionar, al tiempo que Manuel llegaba hasta él.

—Desabróchale la camisa —ordenó el anciano, que parecía haber recuperado el control de sí mismo. Mientras, le metió los dedos en la boca y hurgó dentro.

Con el torso ya al descubierto, volteó el cuerpo de Félix para observar también los costados y la espalda, lo que provocó una sacudida cuando le rozó el brazo derecho.

—Le he dado en el brazo. —Al mismo tiempo se desató la faja con la que se sostenía el pantalón y se la aplicó a modo de torniquete—. La herida no es grave, la bala ha salido. Pero está sangrando mucho.

—¡Si no para de agitarse! ¡Mírele los ojos vueltos por completo!

—Tranquilo, muchacho, es solo un ataque de *epilesia*. Lo sé porque la pobre Amaya los padece desde la muerte de mi hijo. El único riesgo es que se ahoguen con la lengua, y ya se la he sacado. Ayúdame a ponerlo de costado sobre el brazo bueno.

—Entonces ¿cree que no corre peligro?

—De esto no se va a morir, chaval. Aunque puede que necesite un médico. Si hubiera querido matarlo, habría apuntado un poco más a la derecha. No soy de los que malgastan más de un cartucho para abatir una pieza.

Una vez calmado, Joaquín recogió del suelo la pistola de Félix. Apuntó con ella al aire y apretó el gatillo.

—¡Déjeme la escopeta!

—¿La escopeta para qué? —preguntó, receloso.

—Usted déjemela. Es preciso que pegue dos tiros al aire con ella. Ahora le explicaré.

Abrió el arma, sacó la vaina gastada que se guardó en el bolsillo e introdujo el cartucho que Manuel le tendía.

—Guárdemela un momento, fíese de mí.

Asió la pistola y volvió a disparar con ella. Le pidió a Manuel la escopeta otra vez, la alzó al cielo y a punto estuvo de caer al suelo por el culatazo, tan débil estaba. Afirmó el arma con fuerza contra el hombro y, casi de inmediato, efectuó una segunda descarga.

Ya más tranquilo, invirtió los minutos siguientes en explicarle a Manuel lo sucedido y lo que se disponían a hacer.

—Os he desbaratado el plan, pobre viejo tonto —se lamentó—. ¡Menuda historia! No me gustaría tropezarme con ese tal Zubeldía sin la escopeta en la mano.

—Aún no está desbaratado del todo. Puede que tenga arreglo. ¿Cree que puede llevarlo así hasta el caserío?

—Es recio, pero me las arreglaré.

—Explíqueles que la curiosidad le ha empujado a seguir a Félix para ver la ejecución. Cuénteles que me ha disparado al pecho y que me ha metido el tiro de gracia en la cabeza. Entonces, alguno de los fugitivos que anda por el monte le ha atacado y herido en el brazo, seguramente con la intención de quitarle la pistola. Les dice que, a pesar de que usted le ha puesto en fuga con dos disparos de su escopeta, había conseguido ya arrebatarle el arma y ha podido escapar con ella.

—Preguntarán por tu cadáver, Joaquín.

—Dígales que, con Félix herido, tan solo ha podido cubrir mi cuerpo de malas maneras con piedras y ramas, que las alimañas darán buena cuenta de él.

—¿Crees que funcionará?

—Espero que no hayan puesto demasiada atención al modo en que se han sucedido los disparos. No me gustaría ponerle en aprietos —respondió sin demasiada confianza—. He de irme ya, si vienen hasta aquí por los tiros estoy perdido.

—Ha sido culpa mía. ¿Quién iba a pensar...?

—Cuide de él, y póngale al corriente de todo en cuanto recupere el conocimiento. Procure estar junto a él cuando lo haga. Si despierta y les cuenta otra cosa diferente, sabrán que les ha mentido.

Joaquín se guardó la pistola de Félix en la cintura, recogió el mapa y se echó al hombro la camisa azul.

—Debe darse prisa, a pesar del torniquete está perdiendo mucha sangre. Deséeme suerte, Manuel.

—Eres un chico inteligente y decidido. Sé que te va a ir bien.

—Me gustaría volver aquí alguna vez, aunque solo fuera para comer de esas sopas de ajo de Uxue.

—No antes de que termine la guerra, muchacho. Dios no se prodiga con los milagros.

—Una última cosa antes de despedirnos, Manuel.

—Dime.

—Ha dicho que no le gustaría encontrarse a Zubeldía sin llevar la escopeta en la mano. ¿Acaso con la escopeta le gustaría?

—Por lo poco que sé de él... —Manuel miró el arma que sujetaba en la mano—. Es de esos sujetos a quienes alguna vez te gustaría echarte a la cara a solas si viniera por aquí. Pero Puente Real pilla lejos. Muy lejos.

—Muy lejos, es cierto.

—Corre a ocultarte al bosque —le apremió—. Te debería orientar antes, pero con el mapa te las arreglarás. No quiero entretenerte ni un minuto más. En cualquier momento podrían aparecer esos falangistas. Lamento que no hayas podido comer más, pero regresar al caserío ahora es impensable.

—Despídame de Uxue, Imanol. Si está en mi mano, tendrán noticias mías. Le daría un abrazo, pero es mejor que mantengamos la distancia.

—Haz que te miren ese pecho en cuanto pongas un pie en Francia.

Atardecía cuando empezó a caminar. Buscó algún alto desde el que orientarse y observar la disposición de los montes que cerraban el valle, pero la espesura del bosque no le facilitó la tarea. Pronto la hondonada quedó sumida en las sombras, aunque de media ladera hacia arriba los picos aparecían iluminados por completo por los rayos del sol. Un barranco en el que no crecía demasiada vegetación le proporcionó el lugar que buscaba y pudo hacerse una composición del lugar con la ayuda del mapa de Félix. Según el plano, una carretera atravesaba el pequeño pueblo de norte a sur siguiendo el curso del río Arga y otra más salía hacia el oeste trepando con esfuerzo y con grandes curvas cerradas por la montaña que delimitaba el valle hacia Egozkue. No era esta la dirección que debía tomar, sino aquella que le conducía a Quinto Real, cerca de la frontera. Ver aquel nombre escrito en el plano le provocó un escalofrío de esperanza. Pero no pensaba cometer el mismo error, esta vez tendría que extremar las precauciones. Como había dicho Manuel, Dios no se prodiga con los milagros, y menos si no crees en él, pensó, así que caminaría tan solo de noche y tan despacio como fuera necesario tratando de no dejar el más mínimo rastro tras de sí. Según el mapa, desde aquel lugar hasta la muga había escasos veinte kilómetros. En condiciones normales y transitando por caminos y sendas emplearía dos o tres horas. Sin luz, monte a través y sin conocer el terreno, dos jornadas, tres como mucho, teniendo en cuenta su deplorable estado, deberían ser suficientes. De nuevo sintió el mismo escalofrío al pensarlo.

Decidió aguardar a que se echara la noche antes de empezar a andar, pero le intrigaba lo que pudiera pasar en el caserío. La disposición del angosto valle hacía que, simplemente con ganar un poco de altura, fuera posible otear el pueblo entero, incluida la propiedad de Manuel. Decidió que buscar un otero así no entrañaba ningún riesgo, sabiendo además que en el pueblo solo se encontraban los dos falangistas con el chófer. No tardó en encontrar un saliente protegido por la vegetación y se apostó a la sombra de un árbol añoso y de denso ramaje. Se tumbó mirando entre las frondas al otro lado de la vaguada e intentó recapitular lo vivido desde que Félix hiciera su aparición en el pueblo. Si alguna vez tenía la oportunidad de contar aquella historia, pocos la tomarían por cierta, tan inverosímil e improbable resultaba el relato.

Temía que a los dos falangistas también se les antojara insólita la historia de Manuel y acudieran con él al claro del bosque en busca de su cadáver. Eso los situaría tras su pista de nuevo y, lo más preocupante, pondría en un serio aprieto al granjero. Confiaba en que Félix hubiera recuperado el conocimiento para entonces y fuera capaz de retomar el mando a pesar del disparo recibido. A primera vista, aquellos dos hombres parecían obedecerle sin rechistar. Pero Imanol necesitaría disponer de un tiempo a solas con el herido para avisarle de la explicación que rápidamente habían pergeñado con hilvanes. Una sorda preocupación se apoderó de él.

—¡Ayuda!

Manuel se aproximaba a la cancela en el murete de piedra con Félix a hombros, inerte por completo.

Sánchez, Gorjón y Jaime fumaban sentados en el coche, que habían movido a la sombra del caserío antes de que el sol declinara, con las cuatro portezuelas abiertas. A pesar de su malformación y de su cojera, fue Jaime el primero que trató de correr hacia él.

—¡¿Qué le ha pasado?!

—Le han disparado desde la espesura. O por casualidad había alguien allí o les han seguido.

—¡¿Qué cojones estás contando?! —exclamó Gorjón—. ¿Dispararle? ¿Quién?

—Algún prófugo con la intención de robarle la pistola, supongo yo. ¿Quién si no? No se me ocurre otra cosa.

—¿Y tú qué hacías allá? —inquirió Sánchez con la sospecha en el semblante.

—Ahora les cuento. —Manuel tragó saliva—. Avisen a Ujué, que prepare una cama para este hombre. Y échenme una mano, no puedo más. ¡Joder cómo engaña!

Habían cambiado el torniquete improvisado con la faja por una correa de cuero y habían embadurnado la herida con un ungüento que Ujué guardaba como oro en paño para atender los frecuentes cortes y magulladuras que ambos sufrían en el caserío. El pueblo solía quedarse aislado por la nieve en invierno y, de todos modos, el acceso a un médico, a una partera o a un practicante era tarea casi imposible en cualquier época del año, así que tenían que buscarse la manera de sacarse por sí mismos las castañas del fuego. La fuerza de la necesidad y una larga tradición familiar durante generaciones habían convertido a los habitantes de las aldeas perdidas del Pirineo en curanderos, albéitares, herbolarios y comadronas.

Un aparatoso vendaje le cubría el brazo por completo, desde el hombro hasta el codo, y la faja, momentáneamente sin uso, se había convertido en un improvisado cabestrillo que le sujetaba el miembro pegado al cuerpo y le impedía hacer cualquier movimiento con él.

—¿Qué le pasó en los pies? —preguntó la mujer.

—Estuvo en la batalla de Teruel. Se le congelaron los dedos y le tuvieron que amputar.

—Espero que esta vez no sea el brazo. No me gusta nada esa herida.

—¡No sea ceniza, señora! —estalló Jaime, realmente asustado.

En cierta forma se sentía responsable de lo que le sucediera a su amo, y el comentario de la mujer había hecho que el corazón le diera un vuelco. No podía ni quería imaginar la posibilidad de volver a Puente Real y ayudar a Félix a bajar del coche con el brazo derecho amputado en presencia de don José, de doña Margarita y de Ana María.

—Necesitaremos llevarlo a que lo vea un médico —advirtió Manuel—. Tiene mucho destrozo, seguramente hay venas abiertas y por eso sangra tanto.

—Ahora mismo lo llevo a Pamplona. En poco más de una hora puede estar en un hospital.

—¡¿Una hora de viaje por estas carreteras?! Si salgo yo con la espalda partida de tanto bache, imagínate él con el brazo así —se opuso Gorjón.

—Además, hay otra cosa: al recibir el disparo ha sufrido un ataque de *epilesia* —les comunicó—. Lo sé porque la prometida de nuestro hijo los sufre desde la muerte de Imanol.

—Manuel, nuestro hijo se llamaba Manuel —le corrigió Ujué, azorada.

—Le he sacado la lengua para que no se la tragara, pero me extraña que no vuelva en sí.

—¿Será por la sangre que ha perdido? Igual es que se le ha juntado todo —conjeturó Jaime, angustiado—. Pero no hay más remedio. Uno de vosotros puede acompañarnos para evitar que se mueva en las curvas, con almohadas y mantas en el asiento de atrás.

—¡Un momento! ¡Ayer vimos a Alejandro San Miguel en Ostiz! —recordó Sánchez—. Tal vez siga allí. Puedes coger el coche, ir a buscarlo pisando pedal y traerlo aquí, así no hay que moverlo de la cama.

—¿Quién es ese San Miguel? —preguntó Manuel.

—En su momento fue el médico de San Cristóbal y, además, es amigo de la familia. Asistió en Puente Real a la boda de Félix con Ana María, la que ahora es su esposa —respondió Sánchez casi con entusiasmo—. ¡Hay que ir en su busca!

—Si estaba en Ostiz es porque anda detrás de los prófugos, supongo yo —trató de oponerse Manuel, alarmado, aunque no podía revelar la causa—. Vete a saber por dónde andará ahora.

—Pero los requetés con el sargento Ciaurriz tienen allí la base. Si San Miguel ya no está, dispondrán de telégrafo para localizarle en otros puestos —supuso Gorjón—. No creo que sea difícil encontrarle. Vamos con el coche a recogerlo y, antes de que se haga de noche, estamos aquí de vuelta.

—¿Cuánto hay de aquí a Ostiz? —preguntó Jaime a Manuel, perturbado e impaciente.

—Aún hay un trozo, veinte kilómetros lo menos, tal vez más —exageró—. Y ya habéis visto a qué caminos de cabras llaman aquí carreteras.

—Es igual. ¡Gorjón, vamos! Tú, Segundo, te quedas aquí con Zubeldía.

No hubo opción a objetar nada más. De hecho, dio la orden cuando ya salía por la puerta de la alcoba, asumiendo que ser el chófer de los Zubeldía le proporcionaba un estatus superior a los dos falangistas.

—Sal conmigo un momento, Segundo —pidió Primitivo.

Manuel y Ujué permanecieron junto al lecho esperando acontecimientos. En el rostro del granjero se reflejaba una honda preocupación.

Gorjón tomó a Sánchez del brazo en cuanto cruzaron el dintel de la estancia.

—No te separes un momento de Félix y ten la pistola a mano y sin seguro —le ordenó con voz queda pero firme—. No me fío un pelo de lo que nos ha contado el paisano.

—¿Qué dices? ¡Pero si se están desviviendo por él! —siseó.

—Tú hazme caso, a la vuelta va a tener que responder a muchas preguntas. Y si ves cualquier cosa rara, le metes una bala en la frente sin pensártelo dos veces.

—¡¿A Manuel?! —masculló sin comprender.

—O Imanol, como parece que les gusta más cuando nadie les oye. Me da que estos tienen dos caras y sospecho que no somos tan de su cuerda como aparentan.

—Pues parecen un encanto, sobre todo Ujué —refunfuñó.

—Ya, pues cuidado con ella también, tengo el pálpito de que se había encaprichado con el chaval. Y no sé si aquí no ha pasado algo raro.

Resultó más sencillo de lo que esperaban. En Ostiz encontraron sin ningún problema a los miembros de la patrulla carlista y al sargento entre ellos.

—¡Pero si lo tenéis en Eugi, a tres kilómetros de Urtasun! ¡Podíais haber ido andando! Van detrás del rastro de un grupo pequeño de presos, al parecer. A estas horas ya volverán para el pueblo. Han dicho que se alojarán en la casa parroquial.

—¡Joder, de haberlo sabido!

—Esta mañana en el caserío no ha salido el tema, pero sí, allí andan estos días. Si es cierto que un prófugo ha disparado contra Zubeldía, a San Miguel le interesará saberlo. De la emboscada escaparon siete, y los cuatro que seguimos nosotros ya están muertos contando al Joaquín ese de los cojones. Pero no hemos tenido noticias de los otros tres en veinte kilómetros a la redonda.

—La muerte de Joaquín está por confirmar. No hemos podido ir al lugar para comprobar que el cadáver está allí.

—Pues es lo primero que teníais que haber hecho. Joder con la Falange.

—Zubeldía nos lo ha impedido, quería hacerlo solo.

—En cuanto volvamos, sargento.

—Vamos a hacer una cosa —propuso—. Nos acercamos al Ayuntamiento y telefoneamos a Eugi. Así, San Miguel puede ir adelantándose para atender a Zubeldía.

—Más valdrá, porque nos ha costado tres cuartos de hora recorrer veinte miserables kilómetros —se quejó Jaime—. Entre que vamos a Eugi, lo localizamos y le explicamos lo que pasa, se nos haría de noche.

—Entonces vamos a hacer otra cosa: yo me encargo de poner la conferencia y vosotros marcháis ya para Urtasun. Averiguad qué es lo que ha pasado con Joaquín y comprobad si hay rastro de ese fugitivo fantasma que roba pistolas.

Félix se agitaba en la cama sin recuperar el conocimiento, con señales de sufrimiento. Segundo, que vigilaba al matrimonio, sentados ambos en dos sólidas y rústicas sillas de madera, cabeceaba con la cabeza apoyada en la pared. Manuel y Ujué hablaban en voz baja con semblante preocupado y tenso y, aunque su vigilante había llegado a roncar, lo hacían en vascuence por si despertaba. Ujué, de acuerdo con Manuel, había añadido una pequeña cantidad de beleño en el agua que le suministraba al herido a cucharadas. Había aprovechado el viaje a la cocina para ofrecerle a Segundo un vaso de aguamiel, en el que había incorporado una dosis menor de la droga, que era su mejor anestésico y el mejor remedio contra las noches en blanco, ya que, desde la muerte de Imanol, el insomnio se había convertido en el mayor tormento para ambos. Una pizca del extracto en un vaso de leche con miel antes de irse a la cama les proporcionaba varias horas de sueño placentero y reparador, durante el cual el recuerdo de su hijo dejaba de ser un martirio. También en el caso de Amaya había tenido un efecto enormemente beneficioso, incluso había reducido la frecuencia de los ataques de *epilesia* hasta casi hacerlos desaparecer.

Fue un fuerte ruido procedente de la cuadra lo que despertó a Segundo Sánchez, que se incorporó sobresaltado.

—¡Me cago en todo! ¿Me he dormido?

—No, al menos yo no lo he visto dar ni una cabezada —mintió Manuel sin titubear.

—¿Y vosotros qué hacéis ahí juntos hablando? Me ha parecido escuchar medio en sueños que no hablabais en cristiano.

—En sueños habrá tenido que ser, porque desde que triunfó el glorioso alzamiento, en esta casa no se ha escuchado una palabra en vascuence, como se ordenó.

—Pero, Segundo, ¿por qué ahora de repente parecen sospechar de nosotros? —se preguntó Ujué simulando disgusto—. Hemos vigilado al preso toda la noche y, cuando han venido ustedes, ahí estaba, sin novedad. Lo único que he hecho, eso sí, es darle unas sopas de ajo que teníamos para comer, que si no igual no llegan a verlo vivo.

—Hablando de eso, Segundo, en confianza. No hay derecho al trato que les han dado en esa prisión —intervino Manuel—. Este es un chaval joven que debería tener un cuerpo atlético a su edad.

—Como nuestro Imanol.

Esta vez fue Manuel quien lanzó a su mujer una mirada de desaprobación. Ujué iba a corregirse, pero Sánchez no dio muestras de haberse percatado.

—El chico es un saco de huesos y echa esputos de sangre. Tiene tuberculosis.

—Tenía, Manuel. Ahora ni sufre ni padece.

Esta vez fue el granjero quien demudó el semblante por el garrafal error.

—Yo solo cumplo órdenes. Se me ha dicho que los vigile y los vigilo.

—Pues las faenas de la casa no se hacen solas, Segundo —repuso Ujué con un tono que intentaba parecer amable—. Va a ser la hora de la cena y antes tengo que echar de comer a los animales. Y si no ordeño la vaca, mañana me amanece con una mamitis que en el mejor de los casos nos deja sin leche y, en el peor, se la lleva al otro barrio en cuatro días. Además, pronto volverán sus compañeros y debería preparar algo para cenar. ¿Qué le parece un par de conejos al ajillo? Eso poco cuesta de hacer.

—Está bien, vaya sola. Usted, Manuel, quédese aquí.

En cuanto Ujué salió de la estancia, corrió a la cocina, cogió dos sacos de arpillera y un cuchillo mediano y salió al exterior. Abrió una de las jaulas y buscó dos conejas viejas, las de tamaño más voluminoso. Con pericia las sujetó de las patas, las metió en el saco de arpillera, le hizo un nudo y salió del conejar sin perder un momento.

Se dirigió al portillo del murete de piedra y salió de la finca. Tenía pensada la excusa que pondría si a Segundo se le ocurría salir de la alcoba para vigilarla: simplemente tenía que coger hierba fresca para echar a los animales, los lechacinos que crecían en los ribazos en la parte más umbría y húmeda de la propiedad. En cambio, en cuanto perdió el caserío de vista, echó a correr como hacía mucho tiempo que no hacía. Por las indicaciones que Manuel le acababa de dar en vascuence, creía poder identificar el claro del bosque al que debía dirigirse. Llegó exhausta y con el corazón en la boca, pero satisfecha por haber dado con el lugar a la primera. Colgó el pesado saco con las dos conejas con el nudo atrapado en la horquilla de una rama del árbol más cercano y se apresuró a buscar el sitio más adecuado para hacer lo que venía a hacer. No había piedras de tamaño suficiente en los alrededores, y empleó demasiado tiempo en reunir las que necesitaba. Cuando creyó tener las necesarias, recogió ramas gruesas y comenzó a colocarlas juntas en un pequeño hondo entre los troncos de los primeros árboles. Después, trabajosamente, fue arrojando encima las piedras de manera que pareciera que habían sido apartadas sin cuidado. Volvió al árbol, cogió el saco con las conejas debatiéndose asustadas y, con él de nuevo al hombro, regresó al lugar donde estaba preparando la supuesta sepultura de Joaquín. Metió la mano en el saco, agarró la primera coneja y la sacó por las patas. Entonces asió el cuchillo y con un tajo certero segó el cuello del animal, que comenzó a patalear y a sangrar de manera profusa. Fue distribuyendo la sangre por encima de las piedras y de las ramas. Hizo lo mismo con el segundo animal, pero esta vez vertió la sangre en el trayecto entre la supuesta sepultura y el árbol al que había estado atado Joaquín, que, como Manuel le había explicado, todavía tenía las cuerdas atadas al tronco. Destripó a la coneja con cuidado de no romperle las vísceras y vertió toda la sangre que quedaba en la base del tronco formando un pequeño charco. Cuando terminó, regresó a la falsa sepultura y movió algunas piedras, de forma que no fuera tan evidente que la sangre se había arrojado por encima a última hora. Cuando estuvo medianamente satisfecha con el resultado, se introdujo entre la hojarasca del bosque y pateó, holló la tierra, quebró ramas pequeñas, arrancó musgo y líquenes y, fatigada, introdujo las dos conejas destripadas de nuevo en el saco empapado de sangre, metió una pesada piedra junto a los cadáveres y lo arrastró tres veces consecutivas entre el tronco y el enterramiento. Sacó la piedra, la añadió a las de la sepultura y, con cuidado de no mancharse de sangre y, sin perder un instante más, emprendió el regreso. A mitad de camino, volteó el saco con los dos cadáveres sobre su cabeza y lo arrojó a un profundo barranco, lo más lejos que pudo. Cuando, por fin, llegó al caserío, calculó que no habrían transcurrido más de veinte minutos. Dos vehículos entraban en ese momento en la explanada, pero no era el coche de Félix conducido por su chófer. Sin tiempo para prestar atención a los recién llegados, volvió a entrar a la conejera, sacó dos conejos de las patas traseras y, con habilidad, les asestó uno tras otro sendos golpes secos con el canto de la mano detrás de las orejas. Se deslizó en la cocina y en la pila de piedra los degolló. Aguardó impaciente a que estuvieran bien desangrados y comenzó a desollarlos con la facilidad que da una vida entera repitiendo la misma tarea. Dejó las pieles apartadas a la espera de recuperarlas más tarde para darles uso, lamentando no haber podido hacer lo mismo con las conejas, y sobre una tabla de madera despiezó los dos conejos con certeros golpes de la macheta. Avivó el fuego de la cocina de leña, sacó una enorme sartén ennegrecida por el uso del armario situado junto a la leñera y vertió un generoso trozo de manteca. Mientras la grasa se calentaba, buscó los ajos, tomó una decena de ellos y, sin molestarse en pelarlos, los machacó con el puño y los echó enteros en la sartén. Después, añadió los conejos troceados, incluidas las cabezas partidas por la mitad y, con una cuchara de madera, comenzó a remover. Poco después, el aroma de los ajos que empezaban a dorarse con la grasa derretida inundó la cocina por completo.

La vaca tendría que aguantar aquella tarde sin ser ordeñada, y el resto de los animales, en ayunas por una noche, a no ser que, por un milagro del Señor, todo transcurriera sin sobresaltos y pudiera completar las tareas antes de caer rendida en el lecho tras una jornada que habría de recordar mientras viviera.

Oyó voces fuera de la cocina. Cerró con dos aros metálicos la llama para conseguir una cocción menos viva, dio vueltas a la fritura y, para dar más verosimilitud a su coartada, se puso un delantal usado en el que se limpió las manos. Después salió. Manuel acompañaba a Segundo, ambos de pie en la puerta, y el falangista hablaba con los recién llegados.

—No puedo creer que esté usted ya aquí, doctor San Miguel —dijo mientras le estrechaba las manos—. Mi camarada apenas ha tenido tiempo de llegar a Ostiz con el coche.

—De haberlo sabido, se podría haber ahorrado el viaje. Estos hombres que me acompañan y yo mismo estábamos a tres kilómetros, en Eugi. Gracias al teléfono, nos hemos adelantado.

—Una verdadera suerte.

—Creo, por lo que me han dicho, que tenéis mucho que contar, pero lo primero es lo primero. ¿Dónde está el herido?

—En una de las alcobas. Ve delante, Manuel, que yo en este caserón me pierdo. ¡Ah, ya está aquí Ujué! Es la esposa de Manuel —explicó Segundo.

Félix, aturdido por el beleño, seguía inconsciente. El doctor se sentó en el borde de la cama y abrió el maletín que lo acompañaba y que había depositado a los pies del lecho. Examinó sus pupilas y las encías, le tomó el pulso y usó un artilugio en forma de campana para explorar su pecho. Después, se centró en el brazo. Sacó gasas del maletín y, sin lavarse las manos, palpó las heridas con la yema de los dedos.

—¿Qué es este ungüento que le han puesto?

—Nos lo hace la partera de Saigots.

—¡Vaya, ya estamos! Cosas de brujas —espetó.

—Es lo único que tenemos para curar heridas a falta de médicos cerca —se defendió Manuel—. Y funciona bien, se lo aseguro.

—¿Y sabe lo que contiene?

—Yo qué voy a saber, doctor.

—Yo sí que recuerdo de oírla en ocasiones —intervino Ujué—. Me suena la corteza de sauce, amapola, ajo, vinagre, bilis, miel y alguna otra hierba que he olvidado. Todo mezclado con alguna grasa.

—Por la consistencia diría que se trata de manteca —aseveró el médico frotándosela entre el índice y el pulgar.

—Huele a demonios, pero, si lleva lo que dice, mal no le hará, si es que no le escuece cuando despierte. Ha tenido que perder mucha sangre para no volver en sí.

—Bueno, doctor, no le extrañe. Tal vez he hecho mal, pero la verdad es que también le he dado un poco de extracto de otra planta para aliviarle los dolores e inducirle el sueño —confesó Ujué con miedo.

—Eso me encaja más con la exploración. Tiene cincuenta pulsaciones y el latido muy débil. ¿Sabe que un poco más y podría haberlo matado?

—¡Pero si solo le he dado una pizca!

—¿Qué planta es esa?

—No lo sé —mintió Ujué de nuevo, y Manuel la secundó.

—¡¿Cuándo ha sido eso?! ¡No me he movido de su lado en toda la tarde!

—Si recuerda, Segundo, le he puesto un poco con el agua que le hemos dado a cucharadas.

—Voy a retirarle el torniquete a ver qué pasa. ¡Traiga una toalla limpia!

Ujué y Manuel respiraron aliviados por la interrupción.

—De esos ungüentos de brujas hablaremos más tarde —añadió el médico.

Con cuidado, la dispuso bajo el brazo y empezó a aflojar el cinturón. Un chorro de sangre, seguramente amortiguado por la escasa presión, tiñó de rojo la toalla, la ropa de cama y el suelo. Incluso salpicó la ropa de San Miguel, que se apartó de un salto soltando imprecaciones.

—¡Madre mía! —Ujué no pudo evitar la exclamación. El chorro de sangre le recordó de inmediato a las conejas que yacían en el bosque—. ¡Madre mía! —repitió y salió disparada hacia la cocina.

—Esto requiere cirugía. Por fortuna, la bala ha salido. Lo malo es que, en su trayectoria, parece haber tocado un vaso, ignoro su importancia, pero no es pequeño. Le haré una cura compresiva y, bien vendado, alguien le tendrá que llevar esta misma noche al hospital militar de Pamplona o al Alfonso Carlos. Tal vez al provincial si los otros están saturados por los heridos que reciben del frente.

El sonido de las portezuelas de un vehículo anunció la llegada de Gorjón con Jaime, que de inmediato se presentaron en la alcoba. En pocas palabras, Segundo Sánchez dio las novedades a Primitivo.

—Jaime, hay que llevar a Zubeldía a Pamplona.

—Por supuesto. Voy a llenar de agua el radiador, echo el bidón de gasolina en el depósito y en diez minutos el coche estará listo. Con unas mantas y un par de almohadas en el asiento trasero irá de maravilla, ya veréis.

—Ahora viene Ujué y se lo prepara todo.

—Me preocupa que en un frenazo pueda caer del asiento.

—Segundo te acompañará, pero le resultará incómodo hacer el viaje sujetándolo desde el asiento delantero.

—¿Un colchón de lana enrollado y encajado en el hueco que deja el asiento podría servir? —sugirió Manuel.

—¡Desde luego, buena idea!

—Te acompañaría, pero me quedan asuntos por resolver aquí

—se excusó el médico—. Lamento de verdad que Félix no esté despierto para que nos cuente de primera mano lo sucedido en el bosque.

—Yo se lo puedo contar, lo he visto todo.

—En cuanto se vaya Jaime con su acompañante, nos ponemos a ello, no lo dude. Empezando por el motivo que le ha llevado a usted hasta allí, si es cierto que Zubeldía había dicho que quería estar solo.

Quedaba más de una hora de luz cuando Jaime arrancó el Ford C en dirección a Pamplona con Félix todavía inconsciente.

Ujué, con intención, ofreció a quienes se quedaban servirles la cena tras el ajetreado día recordándoles que los conejos al ajillo seguían en la sartén, pero tanto Gorjón como San Miguel alegaron que era necesario inspeccionar el lugar en que Félix había acabado con la vida de Joaquín antes de que oscureciera por completo.

El doctor no quitaba ojo a los rostros del matrimonio, pero fue incapaz de aprehender en ellos ni un solo gesto de desagrado, de incomodidad o de temor. Se pusieron en marcha enseguida encabezados por Manuel, y Ujué se guardó mucho de dar a entender que también ella conocía el lugar. Cuando llegaron al claro, el sol ya se había ocultado tras los montes de poniente, aunque su luz todavía penetraba en el valle y reverberaba desde las laderas opuestas, hacia el oriente, proporcionando una atmósfera extraña y una luminosidad especial.

Lo primero en lo que se fijó San Miguel fue en el árbol al que había estado atado Joaquín. A su pie se hallaban las cuerdas de esparto utilizadas para inmovilizarlo, con abundantes rastros de sangre. El médico se agachó y palpó con la yema de los dedos la sangre también acumulada en la base del tronco. La restregó entre los dedos, se la llevó a la nariz y, a continuación, se la limpió en la corteza del árbol, que aprovechó para examinar con detenimiento.

—¿Dónde lo ha enterrado?

Manuel señaló el lugar desde el borde del claro rogando que su mujer hubiera seguido sus instrucciones al pie de la letra. San Miguel recorrió el trayecto desde el árbol hasta llegar a él examinando con atención las huellas que persistían en el suelo por donde el cuerpo había sido arrastrado.

—¿Cuánto pesaría Joaquín?

—Muy poco, doctor, era un saco de huesos —respondió Ujué—. Razones habría para condenarle a una pena tan larga, eso no lo pongo en duda, pero una cosa es privarlos de libertad y otra, matarlos de hambre, ¿no cree usted? No pasaría de los cincuenta, entre cuarenta y cinco y cincuenta kilos, diría yo.

—Lo que yo crea y lo que opine usted sin conocer los motivos por los que suceden las cosas no tiene la menor importancia —respondió con enfado—. Además, estoy hablando con su esposo.

—Tal vez no sepa que padecía tuberculosis, no dejaba de echar esputos de sangre, aunque el hambre seguía siendo voraz —intervino Manuel—. Al menos, se ha ido al otro mundo con el estómago lleno por una vez.

—Como me temía, el cuerpo no está.

—¡¿Cómo que no está?!

—Venga usted a comprobarlo.

Acudieron los tres. En medio del asombro —genuino en el caso de Gorjón, fingido en el de Ujué, o a medio camino en el caso de Manuel, que no había visto la falsa sepultura, pero sabía lo que se iba a encontrar— observaron con detenimiento los troncos y las piedras apartadas. Las manchas de sangre se mezclaban con las de tierra, de forma aparentemente aleatoria.

—¡Esta sí que es buena! —exclamó Manuel llevándose las manos a la cabeza con fingida sorpresa—. Pero ¿quién cojones...?

—No sé, eso tendrá que explicármelo usted. —El tono empleado por San Miguel era incisivo y mordaz.

—Pues sé lo mismo que usted, doctor. Lo único que veo es que el cuerpo no está donde lo dejé a medio enterrar. Resulta evidente que alguien se lo ha llevado y solo se me ocurre pensar que hayan sido las mismas personas que dispararon contra Zubeldía. Porque no creo que ninguna fiera...

—¿Una fiera? ¡No me haga reír!

—No, solo estaba pensando en voz alta. En una manada de lobos, en un oso, tal vez. Pero ya le digo yo que no, ni unos ni otro se han visto por la zona. Además, no se habrían llevado el cadáver, quedaría rastro del festín aquí mismo.

—Tampoco parece que el cadáver sangrara demasiado.

—No es de extrañar, ya le digo que el chaval estaba seco. Era todo huesos y piel —repitió Manuel—. Además, supongo yo que la tierra la habrá empapado.

—Tiene respuesta para todo —ironizó el médico mirando de soslayo al labriego—. Tal vez sepa explicar por qué, quien quiera que lo haya hecho, habría de arriesgarse a regresar aquí para llevarse un triste cadáver.

—Son todo suposiciones, doctor. Le aseguro que llevo toda la tarde sin parar de dar vueltas a lo que ha pasado, pero esto no me lo esperaba. Yo me inclino a pensar que sería alguno de sus camaradas. Imagino que a nadie le gusta que un buen amigo sea devorado por las alimañas. Ahí tiene usted un hilo del que tirar. Seguramente les resulte sencillo seguir su rastro teniendo en cuenta que se han llevado un muerto a hombros. Tal vez le hayan dado sepultura en algún lugar cercano, cosa que yo mismo habría hecho de haber venido las cosas de otra manera.

—Va usted a contarme con detalle lo que ha visto, cómo se han sucedido los acontecimientos —ordenó con tono amenazador.

Manuel tragó saliva a la vez que asentía. Miró a Uxue de manera fugaz y vio miedo en su semblante. Se aclaró la voz y comenzó a hablar.

—Al llegar me he quedado allí, al borde del claro, oculto tras aquellos arbustos —señaló—. Joaquín estaba atado al árbol. No oía nada de lo que decían, pero la conversación era vehemente y creo que Joaquín lloraba. Han estado hablando un buen rato.

—¿Tal vez tratando de convencer a Zubeldía de que no lo matara? —intervino Gorjón.

—Bien podría ser, pero lo cierto es que hablaban los dos —explicó con el tono más convincente posible—. En un momento dado, Félix ha ido apartándose del árbol, sin dejar de hablar, a una distancia considerable. Ha sido listo, yo creo que quería hacerlo de improviso, volverse y ¡zas!, para evitarle al chico al menos pasar el trago de los instantes previos a una ejecución. Todo ha ocurrido muy rápido: Félix ha levantado el arma en medio de la conversación y ha apretado el gatillo. Creo que le ha dado en el pecho porque ha quedado colgando de las cuerdas, fulminado. Eso ha hecho que le mostrara la cabeza de frente, y a la cabeza le ha apuntado con el segundo disparo, a bocajarro.

—¿Qué ha sacado usted en claro asistiendo a semejante espectáculo?

—Ha sido curiosidad malsana, lo reconozco. Nunca había presenciado una ejecución.

—¿Qué ha sucedido a continuación?

—Supongo, ya le digo que no dejo de pensar en ello, que los disparos han atraído la atención del prófugo. O de los prófugos, aunque yo solo haya alcanzado a ver a uno. Tal vez, protegido por la maleza, se haya acercado al claro y haya podido ver dos cosas: que el ajusticiado era Joaquín, a quien quizá haya reconocido, pues para entonces Félix ya había liberado el cadáver de parte de sus ataduras y yacía en posición sentada, todavía con una cuerda en torno al pecho, tal como había quedado al caer abatido; la segunda, que Félix llevaba una pistola al cinto. Zubeldía había comenzado a reunir piedras y ramas para, al menos, tapar el cadáver. Estaba cerca del claro cuando el prófugo ha surgido de entre los árboles, ha esperado a que Félix se incorporara y entonces le ha disparado con el fusil que llevaba.

—¿Y no ha podido advertirle?

—¡Claro que sí! Pero mi grito ha llegado tarde. Y también me ha extrañado que Félix no reaccionara a pesar de llevar la pistola al cinto. Yo creo que un hombre, aun herido en un brazo, trata de defenderse de quien le ataca. Tan solo se ha llevado la mano izquierda al brazo herido. Me da la sensación de que el impacto le ha provocado ya en ese primer instante el ataque de *epilesia*.

—No es posible. Un ataque así no se produce en segundos —aseguró el médico.

—No habrá sido el ataque epiléptico lo que lo ha inmovilizado, al menos no al principio. Félix reacciona de manera descontrolada cada vez que escucha un disparo o un ruido similar —opinó Gorjón—. Es consecuencia del trauma que vivió en las batallas de Brunete, en el Jarama, pero sobre todo en Teruel. En su propia casa, en Puente Real, sufrió uno de ellos cuando Jaime explotó unos globos en...

—¿Es necesario que interrumpa para contar todo su historial médico? —cortó San Miguel, irritado.

—Lástima. —Manuel, haciendo caso omiso al doctor, continuó con el tema. Cuanto más cayera el sol, menos posibilidades tendría de reparar en detalles que a Uxue se le hubieran pasado por alto—. Esta maldita guerra va a acabar con la juventud del país. La mitad, en los campos de batalla; otros muchos, tarados y lisiados de por vida, y los restantes, fugados al extranjero. Superar este trauma nos va a costar al menos dos generaciones, si no son tres. De cuarenta años no baja, nosotros ya no veremos este país recuperado de tanta locura.

—¡Basta, basta! Haga el favor de continuar —apremió San Miguel, impaciente.

—Al ver lo que sucedía, me he echado la escopeta a la cara y he disparado los dos tiros contra el prófugo. Pero estaba lejos y Félix, aunque ya había caído al suelo de rodillas, se interponía en la línea de tiro, apenas tenía ángulo si no quería herirle de nuevo. Supongo que por eso no le he dado con ninguno de los dos, porque no acostumbro a fallar. El atacante ha tenido el arrojo de correr hasta él, arrebatarle la pistola y regresar a la espesura. Quien fuera sabía bien que tardaría unos segundos en sacar las vainas y meter cartuchos nuevos.

—Si solo ha venido hasta aquí por curiosidad, ¿para qué ha traído la escopeta?

—Hombre, don Alejandro, desde que tuvimos noticias de la fuga no salgo por la puerta sin llevarla, cargada y sin seguro. Como cualquiera en estos valles, supongo yo. Ni siquiera en casa le saco los cartuchos, tan solo le pongo el seguro, pero siempre la tengo a mano. Y ya ve que la precaución no era excesiva.

—¿Dónde estaba Félix cuando le han disparado?

Manuel caminó hacia el lugar exacto. Las manchas de sangre eran visibles en las pequeñas piedras del entorno.

—Hay más sangre donde han herido a Félix en el brazo que donde él ha ejecutado a Joaquín.

—Y yo le repito que no me extraña. Félix es un hombre corpulento, bien comido y bien bebido. Por sus venas debe de circular cuatro veces la sangre de Joaquín.

—¿Y desde dónde ha disparado usted?

Manuel se desplazó unos metros y le indicó el lugar. El médico se agachó y recogió del suelo dos vainas de cartucho, que examinó con atención.

—Después de disparar... entiendo que ha sacado las vainas y las ha arrojado aquí para meter cartuchos nuevos. A pesar de ello, dice que no ha podido impedir que el prófugo se hiciera con la pistola.

—Se lo acabo de explicar, doctor. Al ver que he usado los dos disparos sin acertarle, ha calculado que le daba tiempo de lanzarse a por la pistola.

—De todas formas, Félix no puede tardar en despertar. Puede preguntarle a él —interrumpió Ujué aparentando hastío—. Bastante ha hecho mi marido con acudir de inmediato a auxiliar a Félix arriesgando su vida.

—Por supuesto que lo haré. ¿Y cómo sabe usted que Manuel ha acudido de inmediato a auxiliarle?

—¡Vamos! ¿Cómo quiere que lo sepa? Porque me lo ha contado, que para eso soy su mujer. —Ujué exageró su irritación—. Y yo creo que ya está bien de hablarnos como si los culpables fuéramos nosotros, ¿no cree?

San Miguel la ignoró y de nuevo se volvió hacia Manuel.

—Siga—ordenó.

—Nada más acercarme me he fijado que solo estaba herido en el brazo, y por la espuma en la boca y los ojos vueltos me he dado cuenta de que le pasaba lo mismo que a Amaya, la prometida de mi hijo... de Manuel, en paz descanse. También ella los padece, no sé si lo he contado ya. El caso es que he visto que sangraba mucho, me he quitado la faja y he preparado con ella un torniquete. Como ha dejado de sangrar, he terminado lo que Félix había empezado, cubrir el cuerpo con piedras de manera provisional, con la idea de regresar mañana y cavar una tumba como Dios manda para el chico, con su lápida y su cruz y su nombre y la fecha de la defunción. ¿Qué menos, no le parece?

»He empleado el tiempo justo, tan solo cubrir el cuerpo con esos cuatro pedruscos para evitar que las alimañas lo desenterraran fácilmente esta noche. En las primeras horas el olor no es fuerte, pero a partir del segundo día un cadáver atrae bichos en un kilómetro a la redonda. Tenía intención de estar aquí con la mula al alba, después de ordeñar. Pero, por lo visto, me han liberado de ese trabajo.

Tomaron la cena al regresar, después de reunirse con ellos los hombres de San Miguel. Ujué, tras recalentarlos en la sartén, sirvió los conejos en dos fuentes blancas de porcelana, una de ellas algo desportillada. Terminaron con todo el pan horneado la víspera rebañando las dos fuentes hasta dejarlas limpias por completo. Un buen queso hecho y curado en casa, dulce de membrillo y la sidra de sus propios manzanos completaron el menú. Manuel sacó una botella de pacharán elaborado con las endrinas que abundaban en las lindes del bosque, pero San Miguel lo rechazó alegando que aún le quedaba por hacer una última averiguación.

Se despidieron de inmediato. Gorjón se unió a ellos, con la promesa por parte del doctor de que alguien, tal vez él mismo, lo llevaría de vuelta a Pamplona al día siguiente. Ya de noche, dejaron el caserío y el pueblo de Urtasun para regresar a Eugi, donde debían pernoctar en la casa parroquial.

La carretera entre Urtasun y Eugi salvaba el cauce del Arga a poco más de quinientos metros del pueblo. En la misma barandilla del puente nacía un camino que seguía el río por el margen izquierdo, a diferencia de la carretera, que a partir de ese punto lo hacía por la derecha. Los dos coches de los hombres de San Miguel, encabezados por el del doctor, disminuyeron la marcha y tomaron el camino con los faros apagados. Avanzaron dos centenares de metros y se detuvieron en la cuneta protegidos por los árboles que la delimitaban. La noche era oscura como boca de lobo, con el astro a dos o tres días de la luna nueva, lo que favorecía los planes de San Miguel.

Regresaron caminando hasta el puente, con la prohibición expresa de encender un solo cigarrillo, de comunicarse de otra manera que no fuera por gestos o de pisar la gravilla siempre que se pudieran amortiguar las pisadas sobre la hierba. Por parejas, los ocho hombres armados se apostaron en las dos orillas, encaramados unos en las laderas de ambos lados, otros bajo el tablero del puente, en las dos orillas. Buscaron acomodo y se dispusieron a esperar sin mover un músculo. El silencio era absoluto, roto tan solo por los primeros grillos que anunciaban la proximidad del verano, el murmullo cantarín del agua sobre las piedras y el ulular de los mochuelos y de alguna lechuza. Al cabo de una hora se habían sumado los sonidos sordos de los esporádicos cambios de postura de los hombres entumecidos, pero ningún ruido que advirtiera de la presencia de un hombre ni de un animal grande.

Hacía rato que en la iglesia de Urtasun habían sonado las doce campanadas que anunciaban el cambio de fecha cuando la pareja de San Miguel, que no era otro que Gorjón, le tocó la rodilla. Después, se llevó el índice a la oreja con gesto de interrogación y el médico asintió con la cabeza. Las pisadas, amortiguadas en extremo, se escuchaban cadenciosas, cautelosas.

Gorjón levantó el índice señalando a la carretera y después lo bajó en dirección al cauce, acompañó los movimientos con un gesto de interrogación. San Miguel respondió a la duda indicando hacia arriba, lo que significaba que, a su parecer, las pisadas se aproximaban por la carretera. Después, alzó la mano pidiendo calma y se señaló a sí mismo recordándole que sería él quien diera la señal usando la linterna que portaba. Estaba previsto que el resto de las linternas, cuatro en total, se encendieran a continuación haciendo ver a quien no podía ser otro que Joaquín que no tenía escapatoria. Rezó para que nadie hiciera el más mínimo ruido en aquel momento. Con la vista acostumbrada a la oscuridad total por el largo tiempo de espera, vislumbró la silueta en movimiento a poco más de cinco metros. Apartó de él la linterna con extremo cuidado, todo lo que le permitía el brazo, por si su reacción era disparar a la luz. Sabía que llevaba la pistola de Félix, que su intuición no le había engañado y que aquella sería una noche larga que terminaría con el asalto al caserío de Urtasun y la detención de sus dos ocupantes por auxilio a la rebelión. La puesta en escena en el claro del bosque había sido magistral, pero quien quiera que hubiera sido su autor, tal vez el propio Joaquín antes de escapar, tal vez Manuel solo o con la ayuda de su avispada esposa, había olvidado el detalle crucial que le había llevado a descubrir el engaño: el tronco del árbol en el que Joaquín supuestamente había sido fusilado no presentaba ninguna muesca de bala, a pesar de que Manuel había descrito un primer disparo al pecho y un segundo tiro a bocajarro en la cabeza.

Cuatro, tres, dos... el poderoso foco de la linterna iluminó el rostro demacrado y atónito de Joaquín. No llevaba la pistola en la mano, así que San Miguel solo tuvo que pronunciar la frase que había preparado, en un tono sereno y no demasiado alto:

—Date preso, Joaquín. Aquí termina tu escapada.

El joven, incapaz de ver nada con el foco apuntándole a la cara, levantó las manos en señal de rendición. Gorjón lo registró y le quitó la pistola que no se había molestado en empuñar.

—No salgo de mi asombro, doctor —admitió el falangista mientras maniataba al fugado—. ¡Tenía usted razón!

—No albergaba ninguna duda.

—¿Es usted, doctor San Miguel? —se oyó decir a Joaquín—. He creído reconocer su voz. Estese tranquilo, no me voy a resistir. No me explico lo que está pasando, solo sé que está cometiendo usted un tremendo error.

—Sí, un error garrafal —ironizó el doctor—: no haber creído ni una palabra de la sarta de embustes que has preparado junto con Manuel. No sé cómo lo has hecho, cómo cojones los has engañado, pero a punto has estado de salirte con la tuya.

—No le entiendo, doctor San Miguel —repitió—. ¿Acaso Félix no le ha contado nada?

Una terrible sospecha se abrió paso en la mente de Joaquín. ¿Y si Félix, viendo, tras recuperarse del ataque epiléptico, que el médico sospechaba del relato de Manuel, se había echado atrás? Le habría sido sencillo contar que el autor del disparo había sido el granjero, quien le habría ayudado a escapar. Con no decirles una palabra del trato al que habían llegado, su actuación volvería a entrar dentro de lo que se esperaba de él. Eso explicaría que fuera el doctor San Miguel el autor de su arresto.

—¿Contar qué? Félix no ha recuperado el conocimiento en toda la tarde.

—¡¿Cómo?! —se extrañó el joven.

—Ujué lo ha debido de tener drogado con no sé qué plantas.

—¡No puede ser! ¡No es posible tanta mala suerte!

Por una parte, experimentó una intensa sensación de alivio. Aquello explicaba el error de San Miguel y descartaba la terrible posibilidad de que Félix se hubiera arrepentido. Por otra parte, pensó que el destino debía de estar en su contra. Lo más probable era que Ujué y Manuel, temerosos de que, al despertar, Félix echara por tierra la versión del fugitivo como autor del disparo, habrían prolongado su inconsciencia tal vez a la espera de poder quedarse a solas con él. No contaban con la posibilidad de que, aun así, alguien hubiera puesto en duda su relato, y ese alguien había sido San Miguel.

—¡Es completamente necesario que me lleven delante de Félix! ¡Tiene que hablar usted con él!

—Félix a estas horas estará ya en algún hospital de Pamplona.

El disparo, mucho me temo que de Manuel y no de ningún fugitivo, le ha destrozado el brazo. Y la prueba de que mis sospechas eran ciertas eres tú, vivo y dispuesto a seguir huyendo.

A Joaquín se le cayó el alma a los pies.

—¿Y qué pretende hacer conmigo? —preguntó anticipando la respuesta.

—Devolverte a San Cristóbal, por supuesto. Esta misma noche.

Joaquín gimió con desesperación.

—¡Tiene usted que hablar con Félix antes de devolverme a la prisión! Después, ya será tarde. ¡Está cometiendo usted el error más grave de su vida!

—¡Andando! ¡Mételo al coche! —ordenó.

Gorjón lo obligó a introducirse en el asiento posterior, donde, maniatado, quedó embutido entre el falangista y otro de los hombres. San Miguel ocupó el asiento del copiloto.

—Nos vamos a Pamplona, pero antes vamos a pasar por el caserío en busca de los otros dos —anunció San Miguel—. Nos la querían jugar, pero no son tan listos como se creen.

—No hay sitio en los dos coches para todos, doctor —advirtió el chófer.

—No hay problema. Ya está hablado. Los hombres del otro coche regresarán a Eugi a pie. Son veinte minutos andando. ¡En marcha!

—¡Por favor, doctor, he de hablar con usted! ¡Solo le pido un minuto! —rogó Joaquín con vehemencia.

—¿Qué piensas, que tu pico de oro va a funcionar conmigo? Si quieres decir algo, lo dices, tienes dos minutos hasta que lleguemos al caserío.

—Lo que tengo que decirle tiene que ver con Félix. Con una parte de la historia de Félix y de su familia que solo usted conoce. —Había decidido que era necesario poner todas sus cartas encima de la mesa—. Es preciso que hablemos a solas. Se lo ruego. Dos minutos.

El vehículo rodaba por la carretera solitaria horadando la oscuridad con la luz de los faros. Los primeros edificios del pueblo blanqueaban ya a unos cientos de metros.

—Para ahí el coche —ordenó San Miguel, y Joaquín soltó un suspiro de alivio—. Bajad los tres, dejadnos solos.

—¡Pero, doctor! —objetó Gorjón.

—¡Que bajes he dicho, caramba! Me las sabré arreglar con un hombre desarmado y maniatado.

Aunque el médico pretendiera fingir indiferencia, Joaquín intuía que había conseguido despertar su interés. De los dos minutos siguientes dependía su futuro. Las luces del vehículo que les seguía, detenido detrás en el arcén, iluminaban el habitáculo proyectando sus sombras en el salpicadero. La escena, la luz, la intensidad de emociones le trasladaron a un momento que había vivido cuando, recién ingresado en el bufete de Cubero, este le había pedido que le acompañara a la cárcel Modelo para asistir al interrogatorio de uno de sus clientes. Parecía que, incluso en los momentos más trascendentales de su vida, su mente tenía aquella capacidad de relacionarlos con otros, pasados, igualmente impactantes. Como el día en que, agazapado entre los juncos en la orilla del Arga, perseguido por una jauría de perros y por quienes acababan de terminar con la vida de Daniel y de Federico, le vino a la cabeza la primera película sonora que había presenciado en el cinematógrafo, en aquella lejana vida anterior que había vivido en Madrid.

—¿Y bien? —El doctor San Miguel, ladeado en el asiento delantero, esperaba el final de sus ensoñaciones.

—Félix no tenía intención de matarme, a pesar de que ese era el encargo de su padre que había traído de Puente Real. Para convencerlo de la necesidad de terminar conmigo, José Zubeldía tuvo que ponerle al tanto de mi verdadera historia. Una historia que usted conoce bien.

San Miguel abrió mucho los ojos.

—¿De qué historia hablas? —El médico, antes de continuar, trataba a todas luces de asegurarse de que no estuviera jugando de farol o dando palos de ciego tras haber tenido conocimiento casual de algún detalle.

Joaquín decidió aprovechar su tiempo y sacarle de dudas, así que le contó todo cuanto sabía, tal como Félix se lo había relatado aquel mediodía.

—También sé que usted ha estado usando esta información, digamos que... para convencer a Zubeldía cuando no estaba convencido de algo por completo —añadió al terminar.

San Miguel esbozó una media sonrisa no exenta de insolencia.

—También eso te ha contado, ¿eh?

—En realidad, ya sabía que usted había tenido algo que ver con mi vida pasada, aunque nunca habría podido imaginar nada parecido a la historia que hoy he conocido. Se dejó usted olvidada, pegada bajo la mesa de la enfermería, una carta con mi nombre escrito en el sobre. Por desgracia, al limpiar la mesa con lejía, el papel se empapó y quedó prácticamente ilegible, salvo algún nombre que aún podía leerse —le reveló—. Supongo que existirán otras.

—Vaya, tendré que ser más cuidadoso en el futuro —contestó sin dejar el tono cínico.

Joaquín se disponía a decir algo, pero de repente corrió la ventanilla y sacó la cabeza fuera del coche. Tosió con fuerza y escupió en el suelo.

—Lo siento, tal vez deberíamos haber salido afuera nosotros.

—Lo haremos si te repite.

—Parece que aguanto —dijo con la mano en el pecho—. En toda la tarde no he hecho ningún esfuerzo.

—¿Qué ibas a decir?

—Félix esta mañana, una vez al tanto de que somos medio hermanos, me ha propuesto un acuerdo. Yo tenía que escapar a Francia, desaparecer, no regresar jamás a Puente Real ni ponerme en contacto con Ana María. Él anunciaría mi muerte en la emboscada de Ostiz. A cambio, Félix cuidaría de mi hijo como si fuera suyo —explicó de manera sucinta—. Ha sido él quien me ha dejado marchar en ese claro, hasta me ha dado su plano y su pistola, precisamente los que me acaban de requisar. Puede comprobarlo, en el mapa están señalados de su puño y letra los puntos vigilados.

Por vez primera, Joaquín vio la duda asomada a los ojos del médico.

—También podrías habérselos quitado tú antes de huir, después de que Manuel le disparara. Porque no me negarás que ha sido él.

—En cuanto lleguemos a Pamplona el propio Félix le sacará del error, del enorme error que va usted a cometer si no da marcha atrás. —Ignoró la alusión a Manuel—. Pero entonces será tarde. Una vez de vuelta en la prisión, ya nadie me podrá sacar de allí. Pero Félix me quería lo más lejos posible de Ana María. Y cuando se enfrente usted con él, no podrá negarle que se lo he advertido cuando todavía estamos a tiempo.

—Supón que creo tu historia. De hecho, es verosímil y los detalles que me acabas de dar confirman que la conversación ha tenido lugar. Claro, la idea era simular después tu fusilamiento —dedujo—. Puedo imaginar la escena: Félix habrá levantado el arma con la intención de disparar al aire y Manuel, creyendo que se disponía a darte matarile, se ha adelantado con la escopeta.

Entonces, de manera imprevista y fuera de lugar, San Miguel comenzó a reír. Al principio de manera queda, para ir ganando en intensidad hasta terminar lagrimeando y riéndose a carcajadas.

—¿Y esto a qué viene?

—Perdona, perdona —dijo ante la cara de estupor de Joaquín. También Gorjón, el chófer y el tercer hombre habían vuelto las caras hacia el vehículo. Se pasó el dorso de la mano por debajo de los ojos para secarse las lágrimas—. Creo que te debo una explicación, sí. No es la tuya una situación que mueva a risa, lo comprendo. Es que estoy recordando el escenario que han montado esos dos granjeros por si íbamos en busca de tu sepultura. ¿De dónde cojones habrán sacado la sangre que había en el árbol y en el supuesto enterramiento? ¡Estos igual han tenido que matar el cerdo en mayo!

De nuevo regresaron las carcajadas y las lágrimas provocadas por la risa.

—¡Joder, joder, perdona! Es que han tenido que pasar el peor día de sus vidas —continuó—. No sé cómo lo has hecho, pero en un santiamén te los has metido en el bolsillo hasta conseguir que se hayan jugado el tipo por ti. Habrías sido un picapleitos cojonudo. ¡Vaya labia debes de gastar! ¡Si les pides que te pongan las escrituras del caserío a tu nombre, te las ponen!

—¡Doctor!

—Sí, sí. A ver. Ya se me pasa. Pero, cuando tengamos un rato, me vas a tener que contar cómo habéis improvisado todo aquello, porque está claro que nada de lo sucedido estaba preparado con antelación. Si no os llegáis a olvidar de un detalle pequeñito, tal vez ahora seguirías camino de la frontera.

—¿Qué detalle? —Joaquín, intrigado, fue incapaz de guardarse la pregunta.

—Pues que hoy has sido ejecutado atado a un árbol, primero con un disparo en el pecho y después con el tiro de gracia en la cabeza. Y, sin embargo, no había ni una muesca en el tronco, por no pedir las balas incrustadas. —El tono seguía siendo de chanza—. Ya me contarás con más tiempo quién ha efectuado los disparos que han oído desde el caserío. Has tenido que ser tú, claro. Si llegas a disparar contra el tronco y estos dos pintan los impactos con la sangre del cerdo o de cualquiera que sea el bicho que se han cargado... me engañáis seguro.

—Van dos veces que dice que le tengo que contar más detalles, con calma. —El tono de Joaquín no podía ser más serio y rayaba en la irritación—. ¿Eso significa que no tiene intención de dejarme marchar?

El semblante de San Miguel se tornó circunspecto también. Pareció como si hubiera dado por terminado el tiempo para la risa.

—No, chico, no —contestó, por fin, con voz sombría—. Has dicho que aún estamos a tiempo, pero no es cierto. Aquí hay seis hombres que han sido testigos de tu detención y no podría justificar de ninguna forma el hecho de dejarte marchar. Sería yo quien acabaría ante un consejo de guerra. Mala suerte.

—Félix va a montar en cólera. Va a echarle por tierra el plan que tenía para salvarme ahora que sabe que soy su hermano.

—Mala suerte —repitió—. Yo he hecho lo que tenía que hacer. No ha sido culpa mía que me llamaran para atenderlo, que lo haya encontrado inconsciente y que no me haya podido advertir de lo que se proponía. Una sucesión de infortunadas casualidades para vuestros propósitos. Parece que tu destino no es llegar a Francia.

—Tampoco se lo habría permitido de haber estado consciente.

—Eres perspicaz —lo halagó de nuevo.

—Usted me necesita en el penal. Fuera de España no le sirvo.

—Con la primera razón que te he dado basta para tener que devolverte a San Cristóbal. Concédeme que dejemos en duda si la segunda sola habría bastado.

Joaquín dejó caer la cabeza. Tenía los ojos cerrados y la barbilla le rozaba el pecho.

—¿Sabe qué? —dijo al fin—. Casi no me importa. En mi estado, después de lo vivido estos cinco días, ya no me sentía con fuerzas para seguir huyendo, a pesar de estar a dos o tres jornadas de la muga. Sé que necesito ayuda con urgencia y solo espero que el doctor Lamas pueda prestármela en el penal.

San Miguel accionó la aldaba de la puerta principal con energía suponiendo que el matrimonio dormiría a esa hora. No hubo respuesta. Recordó el comentario de aquella misma tarde sobre el extracto de beleño que utilizaban para conciliar un sueño profundo e insistió de nuevo.

—Maldita sea, si se han tomado algo para dormir, vamos a tener que tirar la puerta abajo —rezongó el médico.

Entonces algo los sobresaltó a sus espaldas. El hombre que lo acompañaba se volvió con la linterna y alumbró a la vaca que pastaba plácidamente en la hierba junto a la cuadra. Estaba suelta, parecía tranquila, y San Miguel observó que estaba recién ordeñada.

—Comprueba la cuadra, Máximo.

El hombre obedeció, linterna y pistola en mano.

—La mula no está, don Alejandro.

—Dad una vuelta a la casa, haced el favor.

Regresaron pocos minutos más tarde.

—Todas las puertas están abiertas: el gallinero, las conejeras, la cochiquera. Y todos los animales sueltos —informó el tal Máximo.

—Se lo han olido. Se nos han escapado.

—¿Y qué hacemos? —preguntó Gorjón.

—Nada, no vamos a hacer nada. Nos vamos a San Cristóbal a dar trabajo a los guardias de noche. Tú, yo y el preso con el conductor. El otro coche no va a ser necesario, que se vuelvan los demás a Eugi con él.

35

Sábado, 28 mayo de 1938

En el cuarto de servicios le habían dado una manta vieja y una escudilla. Después, uno de los guardias, con un pañuelo anudado en la nuca que, salvo los ojos, le cubría el rostro por completo, abrió la verja que daba acceso a la primera brigada.

—Búscate sitio donde haya. Nosotros ya no entramos ahí.

Era aún de noche y hasta las míseras bombillas que apenas servían para disipar la oscuridad estaban apagadas. Sus ojos aún no se habían acostumbrado y permaneció quieto, temeroso de pisar a alguno de los cientos de camaradas que, a juzgar por los ronquidos, las toses, los lamentos y, sobre todo, el hedor, parecían hacinarse en aquel sótano que no había vuelto a pisar desde el día del Pilar de 1936, el día en que Efrén y todos sus camaradas de Puente Real habían sido asesinados.

El hedor. Era peor de lo que lo recordaba, y tal vez lo fuera. A la pestilencia de la ausencia absoluta de higiene, de los orines agriados y descompuestos, de las flatulencias de cientos de cuerpos, parecía sumarse el olor de la enfermedad extendida por doquier, de las llagas putrefactas, de las heridas a punto de gangrenar, de las cavernas necrosadas de los pulmones cuya hediondez salía al exterior a través del aliento y la tos de los tísicos.

Era peor que la primera vez, pues no ignoraba lo que le esperaba en aquel infierno pestilente y, además, venía de una situación incomparablemente mejor en pabellones. Se echó la manta por encima y la usó para taparse la nariz. Cuando fue capaz de hacerse a la oscuridad para estar seguro de que no iba a pisar a nadie, caminó muy despacio hacia el interior suponiendo que, como había sido antes, los presos estarían algo menos hacinados en las naves más alejadas de la puerta. Tal vez lo hizo de forma inconsciente, pero contó siete naves antes de detenerse. No entró, sino que permaneció en el paso a la espera de que el amanecer le permitiera buscar un hueco. Sin más, se dejó caer junto al muro y apoyó contra él la espalda.

Había pasado todo el viernes y lo que llevaban de sábado. Se enteró de que los presos capturados desde el domingo anterior habían sido arrojados allí, procedieran de las brigadas o de pabellones, fuera cual fuera la tarea que desempeñaran antes de la fuga. Y nadie, a modo de castigo, había salido al patio desde entonces ni lo iba a hacer en una buena temporada, tal como habían anunciado los guardias. Solo el agotamiento extremo, la debilidad más absoluta, la falta de sueño durante aquellas cinco noches y, en especial, la extenuación mental le habían permitido conciliar el sueño en la primera noche completa. Ya no trataba de detener los accesos de tos, pues los suyos no se distinguían del resto, un coro inagotable que sonaba día y noche.

Trataba de no pensar en nada, pues cualquier recuerdo se le clavaba en el alma produciéndole un dolor apenas soportable. La muerte de sus compañeros y de sus amigos por lo que tenía de irreparable, trágica, cruel y amarga; los recuerdos previos a la guerra por la sensación de pérdida, de privación y de quebranto de lo que habría podido ser. Y lo peor, lo que le mortificaba, lo que le partía el corazón hasta privarle del aliento, lo que le hacía desear que nunca se hubiera producido: la imagen de Jo en brazos de su madre. Llevaba aquellas dos jornadas intentando poner la mente en blanco, entrar en un estado de letargo que le permitiera no recordar, no sentir el continuo reflejo de la tos en el pecho, ni el picor de los piojos que en las primeras horas habían colonizado cada centímetro de su cuerpo.

En sueños, escuchó su nombre. Ni siquiera el sueño era capaz de apagar el cerebro por completo. Lo escuchó por segunda vez y alguien le sacudió del hombro.

—Joaquín Álvarez Casas eres tú, ¿no, camarada? Te llaman de la puerta.

A duras penas se puso en pie y caminó como un autómata hacia la verja de entrada. Un guardia lo esperaba con gesto de impaciencia, adusto.

—¡Ya te ha costado, joder! ¿Tanto te gusta el sitio que no quieres salir? ¡Ven conmigo!

Le siguió por la escalera de caracol hasta que la radiante luz del sol lo deslumbró por completo. Medio a ciegas, cruzó el patio tras él hasta que se detuvo y le pidió que esperara en el pasillo. Levantó la mirada y se atrevió a entreabrir los ojos. De no haber reconocido el lugar, el cartel de la enfermería le habría indicado dónde se encontraba.

—Joaquín Álvarez está afuera —avisó el guardia, tras llamar a una puerta adyacente a la que señalaba el letrero.

—Que pase. —La voz que escuchó en el interior tuvo la virtud de abrir una ventana a la esperanza. Cuando se asomó al umbral, el rostro de Francisco Lamas transformó la esperanza en alegría.

Lamas estaba de pie, con los puños apoyados en una mesa. Se cubría la boca y la nariz con una mascarilla de tela atada con un doble cordoncillo en la parte posterior de la cabeza. Joaquín reparó en que, efectivamente, aquel cuarto no era la enfermería que conocía.

—Me vas a perdonar que no te abrace, pero hemos empezado a implementar medidas de higiene estrictas para evitar que sigan aumentando los contagios. Ya te iré contando. ¿Cómo estás, Joaquín?

El joven, con los brazos caídos y con la mirada más puesta en el suelo que al frente, se limitó a negar con la cabeza, incapaz de responder.

—No me extraña. Ya me han contado lo que has tenido que pasar. Siento mucho lo de los compañeros, lo de Federico. Tienes que estar destrozado. El penal entero está con la moral por los suelos, en especial desde que se corrió la noticia de la muerte de Leopoldo y de los demás. —Joaquín seguía sin responder—. Ven, pasa y cierra la puerta. Vas a quitarte la ropa porque te vas a dar una ducha antes de que te explore. He conseguido de la dirección que me instalen una aquí, todo un logro; la mayor parte de las veces es más necesaria que cualquier tratamiento que pueda administrar.

—¿Una ducha? —se sorprendió.

—¿Qué? Bien, ¿no?

—Uf —se limitó a responder.

—Tira toda la ropa en ese bidón del rincón y entra en esa puerta. Dentro encontrarás jabón. El agua está racionada, pero hoy podemos permitirnos una pequeña excepción. Abre menos la llave de paso, ciérrala mientras te enjabonas y así podremos prolongar un poco más el momento.

—No me he dado una ducha desde julio del 36, Francisco.

—Pues aprovecha. El agua está fría, pero no se puede tener todo.

Le costó quitarse las botas.

—No me las he quitado de los pies desde que me las puse el domingo —explicó al tiempo que inspiraba entre los dientes cerrados intentando soportar el dolor—. No sé lo que va a salir de aquí.

El médico observó el cuerpo desnudo de Joaquín sin poder evitar una mueca de lástima. Renunció a usar la báscula para evitar que el joven comprobara hasta dónde llegaba su consunción, de la misma manera que había prescindido de espejos en las tres salas contiguas que en aquel momento componían la enfermería. Estaba seguro de que la aguja no pasaría de los cuarenta y cinco kilos, tal vez treinta menos del peso adecuado para un joven de su estatura.

—Con el jabón te van a escocer esos pies, los llevas cubiertos de ampollas, llagas y rozaduras. ¿Aguantarás? Te puedo administrar un poco de procaína en las más profundas.

—Trataré de aguantar. Seguro que te hace más falta para otros casos peores.

—¿No me preguntas a qué se debe esto? —se extrañó Lamas mientras Joaquín se enjabonaba una vez cortada el agua.

—No me atrevo, Francisco. Temo la respuesta.

—No te habría dicho que te ducharas a pesar del escozor de tus heridas si después tuvieras que regresar a la brigada.

Joaquín asomó la cabeza cubierta de jabón.

—Dime que no me mientes, te lo ruego —imploró.

—No sé lo que está pasando con Félix Zubeldía, con San Miguel y contigo, pero te puedo avanzar que vas a tener noticias, tal vez esta misma tarde. Al parecer, el médico ha telefoneado a la dirección desde el hospital militar donde está ingresado Zubeldía y el propio De Rojas ha dado la orden de que se te sacara de inmediato de la primera brigada. Después, ha hablado conmigo para comentar algunos detalles acerca de la organización del servicio de enfermería. Pero él mismo va a subir al penal más tarde. ¿Tienes idea de qué va todo esto?

—Puede tener que ver con aquel sobre que encontraste pegado bajo el tablero de la mesa de la enfermería. ¿Recuerdas? Y con algo que sucedió hace dos días, cuando estuve a punto de que me fusilaran. Un día te lo contaré todo, creo que puedo confiar plenamente en ti. Pero déjame que antes escuche lo que San Miguel tiene que decirme.

—Tendremos posibilidad de hacerlo, puede que vayamos a pasar bastante tiempo juntos.

—Joder, Lamas. ¿Qué sabes? No me tengas así.

—Yo también prefiero que hables con San Miguel primero. Ten un poco de paciencia.

Lamas lo examinó con detenimiento y Joaquín se dejó hacer, sin preguntas. Tal vez por ello, tampoco el médico le reveló su opinión. Empleó un buen rato en curarle y vendarle los pies, mientras le hablaba de las novedades en el penal. Le entregó una toalla y algo de ropa limpia, además de una mascarilla similar a la suya.

—Llévala puesta. Algunos de los presos están empezando a confeccionarlas. Cuando haya suficientes para todos, empezaremos a repartirlas entre los reclusos. Y creo que muy pronto va a haber cambios importantes en el penal. El director, a raíz de la fuga, se encuentra en la cuerda floja y su actitud hacia mis peticiones parece haber cambiado de manera radical. Creo que pronto vamos a conseguir aislar a todos los enfermos con síntomas de tuberculosis en una misma nave separada del resto.

—¡Eso es fantástico!

—Lo es. Y espero que sea solo el inicio. Ya te contaré, ahora tengo que seguir con mi trabajo. Tú quédate y espera en esa silla junto a la pared a que venga San Miguel —le indicó—. Ah, y no puedes volver a ponerte esas botas llevando los pies como los llevas. Te conseguiré unas alpargatas.

—Si creyera en esas cosas, te diría que eres mi ángel de la guarda.

—Muchos ángeles de la guarda tienes tú —respondió mientras salía de la estancia—. Si no, no se explica que seas uno de los pocos del grupo de Picó que ha regresado con vida.

Pudo ver a Lamas alejarse por el pasillo hasta que el guardia cerró la puerta y giró la llave en la cerradura.

Joaquín, sumido en sus pensamientos, seguía sentado con la espalda descansando en el respaldo y la cabeza en la pared cuando le sobresaltó el ruido de la llave y de la puerta al abrirse. Alejandro San Miguel entró sin saludar, cruzó la estancia y se dejó caer en la silla de Lamas mientras el guardia cerraba la puerta tras él. Con los brazos cruzados y apoyados en la mesa, clavó la mirada en él. A pesar de ir ataviado con una mascarilla idéntica a la suya que le ocultaba las facciones, era evidente que tenía cara de pocos amigos.

—Volvemos a vernos. Y no por mi gusto, ya te lo adelanto —espetó confirmándole la primera impresión—. ¡Bonito aprieto en el que me encuentro! ¡Y todo gracias a ti!

—Lo lamento. Ya imaginará que no era mi deseo tropezarme con usted en Urtasun.

—Maldita la hora. El escándalo que ha preparado Félix en el hospital militar en cuanto me ha visto entrar ha sido formidable. Estaba fuera de sí y ha soltado cosas por la boca que nadie debería haber escuchado. Y eso que ya estaba al tanto de todo por Gorjón.

—Supongo que le ha corroborado lo que le conté en el coche.

—Con la salvedad de que no recuerda nada de lo sucedido tras recibir el disparo.

—Lo fundamental es lo que sucedió antes, el acuerdo con Félix del que le hablé y que ahora se ha ido al traste. —Joaquín sabía que la enemistad con San Miguel era lo último que necesitaba y venció la tentación de decir «que usted mandó al traste».

—Aún no se ha estropeado del todo, y me veo en la obligación de tener que salvar lo que se pueda de él. Por eso estoy aquí, no por otra cosa.

—No le entiendo, doctor. —Joaquín se incorporó con todos los sentidos alerta.

—Pues es bien sencillo de entender. Lo que Félix pretendía era alejarte para siempre de su mujer. Malograda la opción de Francia, exige ahora mi colaboración para conseguir que tu presencia en San Cristóbal pase tan desapercibida como si realmente hubieras conseguido cruzar la frontera. Como podrás imaginar, no ha dudado en accionar las palancas oportunas para hacer que no me pueda negar.

—Comprendo —se limitó a responder Joaquín. El corazón le latía con fuerza. Intuía que el chantaje por sus tejemanejes con la dirección del penal, a punto de caer en desgracia, para más inri, era una de las palancas a las que se refería.

—Si estoy aquí es porque el primero que ha de prestar su colaboración eres tú. Aunque no vas a plantear ningún inconveniente porque la única alternativa es regresar a la primera brigada. Ya he hablado con Lamas y él también está dispuesto a ayudar.

—Yo no voy a ser el problema.

—Entonces te pongo al corriente de lo que hemos pensado. En primer lugar, se impone tu relativo aislamiento en estas dependencias. En este mismo pasillo hay una estancia que será habilitada como celda para tu alojamiento. En lo sucesivo, trabajarás en exclusiva con los enfermos de tuberculosis a las órdenes de Lamas.

—Si no me lo propusiera usted, yo mismo lo habría hecho. Soy el más indicado para ese trabajo, nadie puede infectarse dos veces.

La puerta se abrió y Lamas asomó la cabeza.

—¿Se puede? —preguntó.

—Pase. Precisamente le estaba explicando en qué va a consistir su trabajo a partir de ahora.

—Ahora entenderás por qué te decía que vamos a pasar mucho tiempo juntos —dijo mientras le tendía el par de alpargatas que le había prometido.

—Va a ser un honor, Francisco. Y gracias por esto.

—¡Vaya! No sabía que tuvieran tan buena relación de antes.

—Para mí también va a ser un gusto, Joaquín. Además, sé que vas a ser de gran ayuda —respondió ignorando el comentario.

—El aislamiento te va a exigir sacrificios —continuó San Miguel dando por finalizada la interrupción—. No podrás salir al patio a pasear con el resto de los internos y, por supuesto, se cancela cualquier contacto con el exterior; ni paquetes ni cartas.

—Si estoy muerto para Ana María, no lo necesito. No tengo a nadie más en el mundo. Hasta mis amigos están muertos.

—Estoy pensando que, si procedemos a aislar a todos los enfermos, habrá que habilitar una nueva zona de paseo, tal vez a lo largo de los fosos. Pero para eso ya habrá tiempo —dijo Lamas.

—Además, consideramos necesario que solo te confíes a un círculo reducido de absoluta confianza, que esté al corriente de tu situación y de la necesidad que tienes de pasar desapercibido. Puede que en algún momento los necesitemos para que nos ayuden a impedir que la noticia de tu supervivencia traspase los muros del penal.

—Entre ellos pueden estar tus antiguos compañeros de la celda de pabellones.

Joaquín se pasó la mano por la cara a la vez que soplaba, en un gesto de incredulidad y de satisfacción.

—¿Y si se entera Samuel? Ana María lo sabría al instante a través de Rosalía.

—También hemos pensado en ello —le reveló entonces San Miguel—. Te aseguro que este puto asunto, además de ponerme en evidencia, me va a obligar a devolver muchos favores; demasiados.

—¿Y qué se va a hacer al respecto? Tampoco yo estoy al tanto —se interesó Lamas.

—La familia de Samuel Hualde, no me pregunten cómo, consiguió los servicios de uno de los más prestigiosos abogados de Madrid, aunque ahora reside en Burgos, quien ha estado gestionando su posible puesta en libertad. Precisamente, esta semana ha estado en la prisión, y buenos contactos debe de tener porque se le ha permitido el acceso para tratar con su cliente. Esta misma tarde De Rojas ha hablado con la Capitanía Militar y ha tramitado el adelanto de su liberación, que va a ser inmediata. Con toda probabilidad, mañana duerma en su propia cama, en compañía de su familia, y nosotros nos habremos librado de un problema. Pobre De Rojas, tal vez él sea el único que no lo sabe, pero puede que haya sido una de sus últimas gestiones como director.

—Cuando quiere es usted muy eficaz, doctor San Miguel.

—¡¿Perdón?! ¿Cómo dice?

—¡No, no! ¡Lo siento! —Lamas había enrojecido—. No me interprete mal. Es que me deja asombrado con la actividad que ha desplegado hoy.

—En ese caso, tenga cuidado con sus comentarios, por muy colegas que seamos. No olvide nunca que me debe el puesto que ocupa, siendo tan solo un preso.

Joaquín, ajeno a la pequeña tormenta que se había desatado, se recreaba en la noticia que acababa de recibir. Sin embargo, el nombre de Samuel iba asociado al de Ana María, y el recuerdo ensombreció otra vez su semblante. Lamas debió de percatarse porque de inmediato dio señales de estar pensando en algo que desviara la conversación hacia algún asunto distinto y que, de paso, le sacara del charco donde él mismo acababa de meterse.

—¿Y si les decimos a tus compañeros de celda que bajen con alguna excusa? Supongo que estarás deseando verlos.

—Ellos no saben que estoy aquí, ¿no? —Acababa de caer en la cuenta y, de nuevo, por enésima vez desde que su nombre había resonado en la brigada, su rostro se iluminó.

—Yo me marcho. Como bien ha dicho, doctor Lamas, ha sido un día muy intenso —dijo San Miguel con intención mientras se levantaba de la silla—. Espero no tener que arrepentirme de todo esto. Porque, pensándolo bien, no deja de ser una insensatez.

Salió como había entrado, sin decir adiós.

—No me puedo creer nada de lo que está pasando, Francisco. ¡Hace tres horas estaba en la brigada tratando de poner la mente en blanco para evadirme de la realidad que se vive ahí abajo!

—También yo estoy asombrado. Zubeldía debe de tenerlo bien agarrado de los huevos para conseguir de él lo que acabamos de ver.

—Se tienen bien cogidos mutuamente.

—He aceptado acogerte en la enfermería, sin ni siquiera pensarlo, en cuanto San Miguel me lo ha pedido. Por la amistad que tenemos de antes con Josu, contigo... Pero no sé a qué viene toda esta historia; en concreto, por qué Félix quería dejarte escapar. ¿Solo es por alejarte de Ana María? ¿No le bastaba con haberte pegado un tiro como a los otros? En cambio, te han traído de vuelta aquí. De verdad que no entiendo nada. Y tampoco sé a ciencia cierta por qué es tan necesario que ahora permanezcas oculto entre estos muros.

—Tienes toda la razón. Si alguien debe estar al tanto de todo, ese eres tú. ¿Tienes un rato ahora? Siéntate.

—Espera, voy a mandar arriba a uno de los ayudantes en busca de Josu y de Rogelio. Mientras bajan, me lo cuentas todo —propuso—. Les diremos que vamos a vacunar de tifus por celdas y que les ha tocado ser los primeros. Da igual que no se lo crean, con que bajen aquí es suficiente.

—También va a ser doloroso para ellos. Me cuesta pensar que solo quedan dos.

—Tarde o temprano han de saberlo, Joaquín. Y mejor que se enteren de tu boca que en el patio. Me consta que las noticias de lo sucedido durante la fuga aún no se han extendido; todos los capturados siguen en la primera brigada sin salir para nada. Bueno, lo sabes mejor que nadie.

Regresó al cabo de un instante con algunas mascarillas más en las manos.

—Les esperaré afuera, les doy la mascarilla y les digo que entren aquí un momento hasta que prepare lo necesario. Verás qué sorpresa se van a llevar cuando te vean —anticipó—. Voy a ventilar esto un poco y a desinfectar lo que se pueda mientras me vas contando.

—Antes quiero decirte algo.

—Dime, claro.

—No podemos permanecer de brazos cruzados ante lo que sucede en las brigadas, sobre todo en la primera. —Se había incluido para que la frase resultara menos violenta y no sonara a crítica descarnada, pero la petición iba dirigida a Lamas, poco podía hacer él—. Ni en la peor cochiquera que se pueda uno imaginar las condiciones serían más deplorables. Apenas un día he estado allí dentro esta vez, y ha sido suficiente para reducirme de nuevo a la condición de un vegetal, desprovisto de voluntad, de ganas de vivir, sin alma.

—Mira, Joaquín, desde que estoy en la enfermería no puedo dormir de noche al pensar en esos hombres. Créeme que hasta ahora nada he podido hacer. Todas mis peticiones, y han sido cientos, se han estrellado contra un muro. Porque tal vez es lo que buscan, aplastar a quienes tienen allá dentro hasta convertirlos en una simple sombra de lo que fueron, hombres recios, con criterio y voluntad firmes para plantar cara al fascismo. La situación me desespera igual que a ti. El fin de semana de la fuga había decidido esperar al lunes para acudir al despacho de De Rojas y, si de nuevo mis peticiones eran rechazadas, presentarle mi renuncia, negarme a trabajar más como médico en la enfermería. Aunque ello me costara entrar en la brigada del sótano. Sin embargo, ese mismo domingo se produjo el motín, y desde entonces el penal ha sido un absoluto caos. Ahora solo espero que la dirección al completo sea destituida y, ya has oído a San Miguel, no creo que pase de este lunes. Será el momento, Joaquín. Tengo grandes esperanzas de que vuestra fuga sirva para algo y de que la muerte de nuestros compañeros no haya sido en balde.

—Qué grande eres, doctor, y qué a gusto te daría un abrazo si pudiera —respondió, conforme.

Joaquín aguardaba tras la puerta la llegada de sus compañeros, impaciente como un niño pequeño. Se preguntaba en la espera cómo era posible que una persona pudiera aclimatarse de aquella manera a vaivenes tan drásticos. Aún no hacía dos días se encontraba en Urtasun, mapa en mano, buscando el mejor camino a Francia. Horas después había sido capturado, por error, pero capturado y trasladado de vuelta a San Cristóbal, con lo que de nuevo había ingresado en el sistema del que ya no podría salir de no mediar un hecho excepcional como la fuga. Y, sin embargo, allí estaba, esperando tras una puerta para dar una sorpresa a sus viejos compañeros de celda.

Cuando escarbaba en su mente en busca de los primeros recuerdos de su vida, se topaba siempre con un pequeño de tres o cuatro años con lengua de trapo, que esperaba a su padre escondido tras la puerta principal para darle un susto a la vuelta del sindicato. Mucho más tarde, Fabián le había confesado que, en más de una ocasión, se había ausentado unos minutos de las interminables reuniones para recibir su susto, arroparlo en la cama y, nada más apagar la luz y cerrar la puerta, correr de regreso a la sede tras asegurarle a Dolores que volvería cuanto antes. Aquel detalle le había bastado para comprender que había sido un hijo muy querido por ambos, y mil veces había regresado a su mente tras conocer su muerte. Por eso había afirmado ante Félix que Fabián seguía siendo su padre.

Ahora, ni Fabián ni Dolores estaban ya, y fue consciente de lo que hacía allí, tras aquella puerta: maquinar una treta a espaldas de Ana María para desaparecer de sus vidas. Una treta que, en caso de tener éxito, haría que el pequeño Jo nunca tuviera la oportunidad de esperarle en casa para darle un susto. El corazón parecía a punto de estallarle de dolor cuando unas voces precedieron al sonido de la manija.

—Pasen aquí y esperen.

El enfermero les permitió entrar y después cerró la puerta. Solo entraron dos hombres que, de espaldas, examinaron la habitación, la mesa de despacho, el estante repleto de documentos y carpetas, algunas sillas y la puerta abierta de lo que parecía una ducha. Los dos llevaban atado en la nuca el nudo de la mascarilla, pero eso no impidió a Joaquín reconocer al instante a Rogelio y a Josu. Se le hacía muy duro asimilar que no eran más. No quedaban más con vida. Qué lejos se le antojaba la habitación casi hacinada de los primeros tiempos. Pero ni Jacinto, ni Ezequiel ni Federico estaban allí ya. Entonces Rogelio se dio la vuelta y dio un respingo.

—¡Joaquín! —gritó, de piedra.

—¡Joaquín! —Josu se unió al grito con gesto de asombro, que al instante era de emoción.

No pudo impedir que los dos hombres se lanzaran hacia él para fundirse en un abrazo los tres.

—¡No, no! ¡Apartad, apartad! ¡Os lo voy a pegar!

—¡Déjate de tontadas! Hace solo seis días compartíamos celda y ya entonces tenías esputos. Si habíamos de contagiarnos, ya nos hemos contagiado. Además, nos han hecho poner esta invención en la boca.

—De verdad, con la huida la enfermedad ha empeorado. No quiero cargar con eso también en mi conciencia.

—Pero ¡¿es posible que estés aquí?! —Josu lo tomó por los antebrazos, incapaz de creerlo—. ¿Desde cuándo?

—Me detuvieron el jueves por la noche en Urtasun. Bueno, en realidad esa fue la segunda vez, me habían cogido un día antes pero pude escapar. En fin, ya os contaré... Estoy aquí desde la madrugada del viernes.

—Pero ¿a ti cuántas veces te han capturado ya? —Josu hablaba medio en serio, medio en broma.

—Cuatro con esta —respondió—. Como fugitivo no valgo nada.

Rogelio lo miraba también incrédulo. Parecía que algo le quemara en la boca sin atreverse a decirlo en voz alta, pero la respuesta de Joaquín hizo la pregunta casi obligada.

—¿Y los demás? Federico, Picó, Pablo...

Joaquín, con los dientes apretados, movió la cabeza a derecha e izquierda.

—Los que no hayan sido devueltos ya a la prisión... pocas esperanzas. No creo que queden muchos en libertad, ha sido una auténtica cacería con armas, vehículos, perros. A Federico le metieron una bala en el pecho delante de mí, igual que a Molinero —relató todavía roto de dolor—. A Ezequiel le perdí la pista durante una emboscada en la que cayeron Pablo y otros muchos, igual que a Picó. Más tarde supe que fusilaron a Leopoldo en aquel mismo lugar, después de ser testigo de la muerte en el paredón de los hombres que habían sobrevivido a la encerrona. Los hijos de puta sabían que era el cerebro de la fuga y lo dejaron para el final.

Josu y Rogelio se miraron, pero fue el primero quien se lo dijo.

—Ezequiel está aquí, Joaquín —sonrió, feliz por poder darle aunque solo fuera una noticia buena.

—¿Ezequiel? ¿Ezequiel está vivo?

—Desde el balconcillo hemos visto atravesar el patio a muchos de los que han ido trayendo de vuelta al penal, y sí, Ezequiel llegaría... ¿el miércoles? —dudó Rogelio.

—No, llegó con unos cuantos después del grupo grande, el jueves antes del paseo.

El alivio le hizo lanzar un sonoro suspiro.

—Ahora sí que os daría un abrazo con ganas —bromeó confortado.

—Lamento mucho lo de Federico, sé muy bien lo unidos que estabais —añadió Josu, abatido.

—Federico se interpuso ante nuestros perseguidores para darme la oportunidad de escapar. —Como cada vez que su mente le llevaba de vuelta a aquel maldito camino en la ladera del monte, los ojos se le nublaron. El estado de ánimo de Joaquín se asemejaba al paisaje que había recorrido con su mejor amigo unos días atrás, lleno de cumbres y vaguadas. No sabía si reír por Ezequiel, llorar por Federico y por los demás o limitarse a aceptar el destino de todos, incluido el suyo propio, y permanecer en silencio.

—No hemos dejado de pensar en vosotros ni un solo minuto durante todos estos días —reconoció Rogelio—. Llegamos a arrepentirnos de no haber escapado solo por tener que soportar la incertidumbre por lo que sucedía ahí afuera.

—Afuera también hemos pasado por eso, Rogelio. En cada momento solo hemos tenido noticias de aquellos a quienes teníamos a nuestro lado. Supongo que todos los grupos se habrán ido disgregando como el nuestro —le hizo ver—. Por cierto, ¿recordáis a aquel hombre que hizo frente al centinela sobre el tejado de las brigadas? Se llama Fermín.

—Sí, nos pareció reconocerlo. ¿Recuerdas, Josu? Yo creo que entraría en el mismo grupito de Ezequiel.

—Tiene sentido. —Joaquín asintió con la cabeza al tiempo que hablaba, pero su semblante se había endurecido.

—¿Por qué? ¿Pasa algo con él?

—Nada. —Hizo un gesto con la mano, como si no quisiera darle mayor importancia—. Solo me preguntaba si tendría oportunidad de echármelo a la cara algún día. Ya os contaré. Ahora tengo que pediros ayuda, para eso os han hecho bajar, no os van a poner ninguna vacuna.

—Ah, mira, otra buena noticia —bromeó Rogelio.

A grandes trazos, como acababa de hacer con Lamas, Joaquín les puso al corriente de lo sucedido en el claro del bosque de Urtasun, de su conversación con Zubeldía, del trato que había aceptado, del plan de huida a Francia que habían pergeñado para él y de cómo este se había truncado. Les habló de la conversación con San Miguel tan solo unos minutos antes, de la posibilidad de arreglar el desaguisado y del papel que les pedía desempeñar.

—Así que solo necesito que me ayudéis a que mi presencia aquí no sea conocida fuera de la prisión —terminó—. Sé que es complicado, que cualquiera se puede ir de la lengua, una visita, alguno de los presos si es puesto en libertad, alguien de los que entran a diario...

Ninguno de los dos parecía pensar en aquellos problemas. Ambos se mostraban aturdidos, espantados.

—Joaquín, lo que te impones es un sacrificio muy difícil de soportar. ¡Por mucho que les quieras! —le reprochó Josu tras un silencio prolongado.

—No sé si por suerte o por desgracia, pero no tendré que soportarlo demasiado tiempo.

—¿Por qué dices eso? ¡Joder!

—Mira, Rogelio, si algo hemos aprendido aquí es a no coger los rábanos por las hojas. Tú y yo sabemos que, en mi estado, con la gravedad de mi enfermedad, es cuestión de uno, dos, tal vez tres años con suerte. Se me ha dado la oportunidad que he pedido y me dedicaré durante ese tiempo, siempre que pueda, a ayudar a los compañeros enfermos. La tarea es ingente y no me va a dejar tiempo para darle vueltas a la cabeza. Pero todo se vendría abajo si a oídos de Ana María llegara la noticia de que sigo aquí dentro.

—Pero ¿qué va a hacer Félix? ¿Contarle que has muerto en la fuga?

—Claro, esa es la idea —respondió con naturalidad.

—¡Es cruel, joder, Joaquín! Lo es para ti, mucho, pero también para ella y para tu hijo —añadió Josu tomando el relevo.

—Una herida honda pero pasajera, que terminará curando y que evitará un dolor mucho más profundo y duradero.

—¡Asumes que no vas a salir vivo de este penal! Eso acabará hundiéndote. ¡Te vas a volver loco!

—La idea era pasar mis últimos años en Francia, pero, por desgracia, tal cosa no ha podido ser.

—¡El hecho de que no haya sido posible te exonera de cumplir el pacto con Félix! ¡Eres un puto crío, solo tienes veintitrés años!

—Os podéis seguir turnando durante toda la noche —sonrió Joaquín—, pero es una decisión firme. La pregunta es si puedo contar con vuestra ayuda o no.

Rogelio soltó un puñetazo a la pared y permaneció con los dos puños pegados a ella, los dientes apretados, mascullando maldiciones. Al final volvió la cara y miró a su compañero a los ojos.

—Yo no puedo negarte nada de lo que me pidas, Joaquín, bien lo sabes. Eres la persona más cabal, más generosa y con más cojones que he conocido nunca —espetó con los ojos arrasados—. Pero una cosa te juro: que ni un solo día de los que estemos juntos dentro de este pozo voy a cejar en el intento de sacarte esa mierda de idea de la cabeza.

—Si alguien, algún día, cuenta tu historia, tendrá que ser en una novela: la ficción lo aguanta todo, pero nadie creería que algo así haya podido suceder.

—Escribidla cualquiera de los dos, capacidad os sobra a ambos. Tal vez a dos manos —rio en un intento de quitarle hierro a la situación.

—Entonces ahora, cuando subamos, ¿qué hemos de hacer? ¿Negar que te hayamos visto?

—No, Rogelio. Simplemente no habléis de mí si nadie os pregunta, no contéis ningún detalle de la fuga en lo que a mí concierne, ni de todo este asunto, porque sería fácil que corrieran de boca en boca. Solo os pido que me ayudéis a pasar lo más desapercibido posible, pero no es necesario que mintáis por mí.

36

Lunes, 30 de mayo de 1938

El hospital militar de Pamplona ocupaba el edificio del antiguo convento de Santiago, en pleno centro de la capital. Su hermoso claustro habría retenido la atención de Ana María de no haber sido porque en su cabeza solo había lugar para un pensamiento: encontrar a su marido en medio de aquel galimatías de soldados, enfermeras y visitantes. La tarima de la galería porticada crujía bajo sus pies al completar, exasperada, el segundo recorrido por las salas de la planta superior, a donde se había dirigido por indicación de una de aquellas monjas ataviadas de blanco impoluto desde la toca hasta los zapatos.

Una vez más, interrumpido el servicio regular del coche de línea, le había costado Dios y ayuda encontrar la manera de viajar a Pamplona y, desalentada, había terminado por apostarse en el puente sobre el Ebro a la espera de que en algún vehículo particular pudieran hacerle un hueco. Sin suerte en el intento, ya cercano el mediodía, había aceptado las manos que dos soldados, medio en serio, medio en broma, le tendían desde la caja de un vehículo del ejército. Había tenido que soportar durante todo el trayecto los comentarios, las miradas, las risas y los gestos groseros de los militares y había llegado a pasar miedo cuando el camión se detuvo en el alto del Carrascal para que sus ocupantes se aliviaran, algo que ella misma habría hecho con ganas, aunque prefirió posponerlo para no tentar más a la suerte. Todo lo dio por bueno cuando, allá a las tres, el vehículo se detuvo ante la sede de Capitanía General.

Se lo debía a Julita, su única aliada dentro de la casa de los Zubeldía desde la noche en que Félix estuviera a punto de tirarlas a las dos por las escaleras. La víspera, en sus horas de asueto, la muchacha se había pasado por su casa para contarle los detalles de una conversación telefónica que don José había mantenido en el vestíbulo. Por fortuna, algún problema técnico había hecho imposible, al menos hasta aquel momento, trasladar el aparato de teléfono al interior de la biblioteca, y gracias a ello se había enterado de que Félix se encontraba en el hospital tras resultar herido en el brazo por un disparo. Tras la agria discusión mantenida con Zubeldía, en la que había llegado a amenazarlo de muerte, le resultaba impensable regresar allí para recabar más información, y por eso había tomado la decisión de acudir a Pamplona en su busca.

—Yo misma recuerdo haberle atendido no hará más de una hora —insistió la enfermera—. Y le aseguro que nadie le ha dado el alta, lleva el brazo destrozado.

—¿Y no podría tratarse de otra persona?

—Félix Zubeldía, un joven corpulento de la Falange, de Puente Real, con un disparo en el brazo derecho y con mucha facilidad para perder los estribos. ¿Le encaja?

—¿Perder los estribos? ¿Qué ha pasado?

—Excúseme, no debería haber dicho eso, no estoy autorizada a revelar información de los pacientes. Si es usted familia, ya tendrá ocasión de enterarse.

—En cualquier caso, no hay confusión posible —concedió Ana María, contrariada—. Y, sin embargo, he recorrido todas las salas en dos ocasiones. ¡Un momento! ¡Descuide! ¡Ya está!

De manera fugaz, había vislumbrado un rostro conocido que se perdió al doblar una esquina. Corrió en pos de él y lo alcanzó cuando iniciaba el descenso a la planta inferior por una escalera lateral.

—¡Perdone! ¡Primitivo!

Gorjón se detuvo sorprendido.

—¡Ana María! ¿Cómo usted por aquí?

—Me han dicho que mi esposo está ingresado en esta planta, pero no doy con él.

—Acaban de subirlo, lo habían bajado a la sala de rayos X. Por eso no han coincidido. Venga, la acompaño, el hospital está que no cabe un alfiler.

—Gorjón, dígame, ¿qué ha sido de Joaquín?

El falangista tragó saliva, sorprendido por una pregunta que en absoluto esperaba y que le colocaba en una situación harto embarazosa. Ya había tenido que enfrentarse a la ira de Félix en cuanto este recuperó el conocimiento. De hecho, nunca antes lo había visto perder el control de la manera en que lo había hecho al saber que Joaquín había sido devuelto al penal de Ezcaba. Le había bastado el brazo izquierdo para arrojar al aire todo cuanto estaba a su alcance, desde la ropa de cama, las almohadas y la bacinilla hasta un bote de cristal repleto de gasas y algodones, una bandeja de curas e incluso una silla de madera destinada a las visitas. Fuera de sí, blasfemando a voz en cuello, terminó por agarrarle por la solapa, y solo con la ayuda de uno de los soldados de guardia en la entrada de la sala consiguió quitárselo de encima. El acceso de ira se había saldado con la herida reabierta, la vestimenta de las enfermeras que se habían acercado salpicada de sangre y la necesidad de colocar un nuevo torniquete para contener la hemorragia.

Decidió que no le iba a volver a pasar.

—Mire, Ana María, la última vez que actué por mi cuenta, Félix casi me mata —respondió con sinceridad—. Así que prefiero que le pregunte a él y que le diga lo que le tenga que decir.

—¿Se puede saber a qué viene tanto misterio? —inquirió alarmada—. ¿Es que no me puede decir si Joaquín está bien o no? Dígame al menos si está vivo. ¡Por el amor de Dios!

—Ahí lo tiene usted, el tercero de la derecha empezando por el final —le indicó antes de regresar por donde habían entrado.

Perpleja, avanzó por el pasillo central delimitado por los pies metálicos de las camas, tan juntas que apenas permitían el paso del personal entre ellas para acceder a las mesitas altas, también de metal pintado de blanco, que, pegadas a la pared junto a los cabeceros, las separaban. Durante el transcurso de la guerra había oído hablar de la escasez de camas cerca del frente y de la necesidad de recurrir a los hospitales de retaguardia para atender a los miles de heridos que, ofensiva tras ofensiva, saturaban los limitados recursos sanitarios. Según las noticias, tras la ofensiva de Teruel, la ruptura de las líneas republicanas en Aragón y el avance de los nacionales hasta el mar Mediterráneo, la lucha se había trasladado hacia Castellón y Valencia, muy lejos de Pamplona. Aun así, mientras se dirigía hacia el lugar indicado por Gorjón con un temblor incontrolable en las rodillas, no se veía desocupada ni una sola de las camas.

Félix dormitaba tan solo cubierto por una sábana hasta la cintura. Le llamó la atención que vistiera ropa de calle. La manga de la camisa pendía laxa sobre el lecho, protegido el brazo con un aparatoso vendaje y recogido con un cabestrillo sujeto al cuello. La impaciencia la llevó a entrar entre los dos lechos contiguos, y entonces, antes incluso de que le rozara, Félix abrió los ojos.

—¡Ana María! —se sobresaltó.

—¿Cómo te encuentras? —preguntó por cortesía, aunque no fuera aquella la pregunta que deseaba hacer. El tono debió de reflejar su indiferencia porque la respuesta no fue más cordial.

—Todo lo bien que se puede estar con el brazo destrozado por un tiro. Solo hace tres días que me operaron.

Al tiempo que hablaba se incorporó en la cama y, como si hubiera sufrido un mareo y los temiera, bajó las piernas despacio y permaneció con el peso del cuerpo apoyado sobre el brazo izquierdo. Después, muy lentamente, se puso en pie.

—Dime lo que sepas. ¿Dónde está Joaquín? ¿Cómo está?

—Ayúdame, este no es sitio para hablar.

—¡No puedes moverte! ¿Por qué no vamos a poder hablar aquí? ¡Todo el mundo lo hace!

—Me dispararon en el brazo, no en las piernas —arguyó—. Esta mañana ya he dado un paseo y he encontrado un sitio tranquilo. Hablaremos mejor allí.

Mientras bajaban despacio las escaleras, por la mente de Ana María desfilaban los más negros presagios. Solo tenía que decirle si estaba vivo o muerto y el hecho de haberse negado a hacerlo en público alimentaba la peor de sus sospechas. Una vez en la planta baja, Félix la condujo a través de las dependencias del antiguo convento convertido en hospital hasta llegar a una puerta tallada en madera en la crujía meridional. Con dificultad, oprimió con el pulgar izquierdo el mecanismo de una pesada aldaba y una agradable corriente de aire fresco con un particular olor a incienso se coló a través del vano abierto. De manera instintiva, la muchacha dirigió la mirada a lo alto para perderse en el amplio espacio diáfano del transepto de una iglesia. Un rápido vistazo al retablo mayor situado a su izquierda le bastó para distinguir al apóstol Santiago en la hornacina desde la que presidía el altar mayor.

—Me he informado y es la iglesia del convento de Santo Domingo, lo que fue el monasterio de Santiago. El hospital ocupa las dependencias destinadas a los monjes en torno al antiguo claustro.

—¡Félix, por Dios! ¡Déjate de sandeces! ¡A mí qué me importa! ¡No soporto ni un instante más esta incertidumbre! ¡Está muerto, ¿verdad?! —sollozó.

Mientras le explicaba el antiguo uso del templo, Félix se había acercado a la primera fila de bancos. Tomó a su esposa por el brazo y la forzó a sentarse en el borde. Él, sin embargo, permaneció de pie.

—No pude hacer nada por evitarlo, Ana María.

La muchacha, aniquilada con aquella frase la última esperanza a la que se había aferrado, se dejó caer en el reclinatorio sin reparar en el dolor de sus rodillas; sujetándose la frente con la mano abierta, acodada en la madera, se abandonó al llanto. El pecho se le agitaba de manera convulsa mientras negaba entre gemidos.

—¡No, mi Joaquín! ¡No puede ser! ¡No, no, noooo! —gritó por completo fuera de sí—. ¿Qué habías hecho tú, bendito, para merecer un final así? ¡No había en Puente Real un chico más bueno que tú! ¿Cómo han podido? ¿Cómo han podido hacerte sufrir tanto? Asesinos. ¡Asesinos!

Félix seguía en pie ante el altar, apoyado con el brazo izquierdo en el mismo reclinatorio de la primera fila. Contaba con aquella reacción. Era cierto que, si alguien al tanto de su relación presenciara aquella escena, lo consideraría el más grotesco de los cornudos, con su mujer llorando, amargamente y en su presencia, la muerte de su prometido y amante. Sin embargo, pagaba con gusto aquel precio con tal de terminar para siempre con el asunto que durante dos años había puesto su matrimonio, su vida y su honra en un brete. Además, no iba a dejar pasar la oportunidad de usar la tragedia que Ana María vivía para reivindicarse ante ella. Y aquel, precisamente aquel, era el momento indicado.

—Cayeron en una emboscada, como tantos otros de los fugados. Gorjón, Sánchez y yo no habíamos pegado ojo desde la fuga para intentar encontrar al grupo con el que huía Joaquín, con la intención de adelantarnos para evitar ese desenlace. Por eso acudí el mismo lunes a la prisión, para intentar averiguar quiénes lo acompañaban en su huida. Sin embargo, llegamos tarde. Cuando nos dieron el aviso, volamos con el Ford hasta Ostiz, que te diga

Jaime, pero solo llegamos a tiempo de ver una línea de cadáveres alineados junto a la tapia del cementerio. Créeme que reconocerlos uno a uno fue el trago más amargo de mi vida, precisamente porque sabía el dolor que esto te iba a causar. Yo no tenía nada contra Joaquín en realidad, tan solo me había dejado llevar por la inercia de los hechos al principio de la guerra. Pero conforme pasaba el tiempo, algo dentro de mí me decía que nadie merecía aquella tortura dentro del penal. Tampoco ser acribillados a balazos por intentar algo que todos hubiéramos hecho: tratar de huir para salvar la vida por cualquier medio. Puedes preguntarle a Primitivo, te dirá que cuando levanté la manta que cubría el rostro de Joaquín lloré con amargura.

—¿Dónde está?

—Fueron sepultados en una fosa común —mintió—. Yo mismo te llevaré al lugar para que, al menos, puedas dejarle unas flores y hacer que le recen un responso. Para que su hijo, algún día, conozca el lugar donde descansa su padre.

Al tiempo que hablaba, en su cabeza surgían nuevas dudas acerca de la farsa que había construido desde el viernes anterior, cuando Gorjón y luego San Miguel le habían informado del apresamiento de Joaquín. Eso lo había complicado todo y echaba por tierra el plan inicial, que pasaba por la huida a Francia sin dejar rastro. Aquella misma tarde, atenazado aún por el dolor en el brazo, antes incluso de entrar en la sala de operaciones, había pergeñado las primeras acciones para salvar al menos parte de sus propósitos en medio de aquel naufragio. El principal problema volvía a ser ocultar la presencia de Joaquín en la prisión y el primer nombre que le había venido a la cabeza era el de Samuel. El marido de Rosalía era el peligro número uno, precisamente por la amistad con Ana María. En medio de su ataque de furia con Gorjón, se le había pasado por la cabeza cortar por lo sano, exigirles a ambos que, de igual manera que habían cometido tan funesto error, hicieran lo necesario para evitar que el impresor saliera de San Cristóbal con la noticia del regreso de Joaquín. Por fortuna, no había sido preciso recurrir a tan drástica solución, pues a oídos de Alejandro San Miguel había llegado la existencia de un abogado a quien los parientes del impresor habían confiado el caso. Había tenido que forzar la voluntad del médico para conseguir de él, una vez consciente de su yerro, que le ayudara en su firme decisión de arreglar el entuerto. Dentro del penal, solo el médico tenía la ascendencia necesaria para conseguir lo que se había propuesto, y conocer los trapos sucios de su relación con De Rojas y con el administrador había resultado providencial. Al final de la conversación, tensa pero provechosa, San Miguel le había pedido que dejara el asunto en sus manos. Y a fe que su gestión había sido en extremo eficaz. Para empezar, había conseguido que Joaquín, so pretexto de su tisis galopante, fuera alojado en una habitación de aislamiento, separado de sus antiguos compañeros. Mientras, y a pesar del enorme revuelo que se vivía en la prisión, del confinamiento absoluto en la brigada del sótano y de los cambios inminentes en la dirección del penal, había logrado que se agilizaran las gestiones con las autoridades militares, y aquel mismo domingo Samuel Hualde había atravesado la puerta principal del penal en sentido contrario a los presos que, transcurrida una semana desde la fuga y a cuentagotas, seguían llegando de vuelta tras su captura.

El problema más inminente había quedado así conjurado, pero Félix sabía que, más tarde o más temprano, la noticia de la presencia de Joaquín podía llegar a oídos de Ana María. Tiempo tendría de pensar en cómo evitarlo, una vez que abandonara el hospital militar. Y tal vez su mejor cómplice fuera el propio Joaquín, una vez sellado el pacto del bosque de Urtasun.

—Comprendo tu dolor.

Ana María le apartó la mano con rabia, abominando de su solo contacto, pero Félix continuó con el discurso que, durante aquellos días, anticipando la visita que por fin se había producido, había ido pergeñando:

—Puedes despreciarme, tal vez lo merezca por todo lo que ha pasado, aunque de una cosa puedes estar segura. José Félix es hijo de Joaquín, pero te garantizo que nada le ha de faltar. Lo que sucedió hace unas semanas en casa fue solo fruto de mi desvarío, lo acontecido en el frente estaba aún demasiado cercano, pero te juro que todo ha cambiado. Entre Conchita y José Félix no va a haber distingos. Yo mismo hablaré con mi padre para que esta promesa que te hago quede plasmada en forma de documento ante notario.

No sabía si Ana María, enterrado el rostro entre las manos, escuchaba cuanto le decía. Si era así, no daba señal alguna de experimentar el más mínimo alivio.

—Debes volver a casa, nuestros hijos te esperan —continuó,

aunque evitó la tentación de volver a rozarla—. Jaime regresó con el Ford a Puente Real, pero voy a telefonear a casa para que suba a recogerte esta misma noche.

La mención a los pequeños pareció tener la virtud de sacarla de su ensimismamiento. Pese a ello, el llanto que le sacudía el cuerpo parecía no tener fin.

—¿Y qué le diré a Jo? ¿Me invento un cuento de un niño que a los trece meses se ha quedado huérfano? —pareció escupir mostrando los dientes, con la rabia y el dolor en el semblante—. No me engañas con tu palabrería de mosca muerta. Nada de esto habría pasado de no ser por el odio que siempre le has tenido. ¡Nunca le llegarás a Joaquín a la suela del zapato! ¿Me oyes? ¡Nunca!

Un fuerte golpe en la puerta por la que habían entrado en la iglesia llamó su atención y los dos se giraron hacia allí. Un tirón, brusco y a todas luces innecesario, hizo que la puerta se abriera para dar paso a un hombre joven de uniforme que se cubría, aun en el interior del recinto sagrado, con el tricornio de la Guardia Civil.

—¡Capitán, venga, están aquí! —llamó al instante.

El mando entró en el templo agachando la cabeza, como una exhalación, a todas luces impaciente e irritado.

—¿Dónde se metían? En todo el hospital no nos han sabido dar razón. Dicen las enfermeras que debía usted guardar cama.

—Hemos venido a rezar —se mofó Félix.

Si con los carlistas las relaciones no podían ser más tensas, con la Guardia Civil no estaban mucho mejor. El capitán hizo caso omiso de la burla evidente.

—¿Es usted don Félix Zubeldía Zunzunegui, natural de Puente Real?

—El mismo, hijo de José y de Margarita —terminó de recitar.

—Es mi triste deber comunicarle que don José, su padre, ha sido atacado este mediodía a la entrada de su casa con un arma de fuego.

—¿Atacado? ¿Con un arma? ¿Está herido?

—Por desgracia, su padre ha fallecido, señor.

—¡¿Qué dices, chalado?! ¡Te confundes, idiota! ¡Mi padre no puede ser!

—Debo decirle que el hombre que ha disparado sobre él iba armado con una escopeta de caza. Ha sido detenido poco después por los números de la Guardia Civil del cuartel de Puente Real, quienes nos han comunicado el luctuoso suceso —explicó—. Según su cédula de identificación, el asesino responde al nombre de Manuel Urtasun, natural del pueblo del mismo nombre.

Joaquín se despertó en su camastro desorientado y aturdido. Le había sucedido desde la noche del sábado en que por vez primera durmió en aquella estancia: abría los ojos en medio de la oscuridad sin saber si se encontraba en el monte, si al darse la vuelta se toparía con el cañón de un fusil apuntándole o si uno de los camaradas lo había despertado para empezar su turno de guardia. Lo que no pasaba por su mente era la posibilidad de seguir en la brigada porque allí, incluso en sueños, el cerebro era consciente del frío, de la humedad, del hedor, de los picores y del hambre. Cuando recordó que se hallaba en la habitación cercana a la enfermería del penal, bajo unas sábanas relativamente limpias, lo invadió la misma sensación de alivio de las noches anteriores. Recordó que se había acostado con un fuerte dolor en la cabeza y en el pecho, después de tomar un poco de polvo de aspirina. Se oían voces en el exterior, pero seguía siendo de noche, aunque no sabía qué hora era porque carecía de reloj. Creyó reconocer la voz de Lamas y una más que tampoco le resultaba extraña y, al incorporarse, reparó en la rendija iluminada bajo la puerta. En ese momento alguien golpeó con los nudillos y entró sin esperar. Al girar el conmutador situado junto a la entrada, la luz, a pesar de lo mortecina que resultaba habitualmente, le obligó a entornar los ojos. Lamas, en efecto, se hallaba bajo el dintel. Sin embargo, el hombre con quien hablaba le obligó a apartarse y se coló en la estancia.

—Joaquín, tengo que hablar contigo —dijo Alejandro San Miguel mientras salvaba en tres zancadas la distancia hasta la cama—. He tenido noticias de Puente Real, noticias muy graves que te afectan.

—¡Doctor, lo está asustando! ¡Dígaselo ya! —apremió Lamas.

—Manuel ha matado esta tarde a José Zubeldía de un tiro de escopeta en Puente Real.

San Miguel permaneció inmóvil frente al camastro en el que Joaquín seguía sentado, atento a su reacción. En un primer momento, el muchacho se mostró impresionado, al parecer sin habla, aunque, después de tragar saliva en dos o tres ocasiones, reaccionó con una pregunta:

—¿Lo han cogido?

—Alejandro, póngase esto. —Lamas le tendió una mascarilla a su colega desde atrás y Joaquín, tal vez sintiéndose aludido, se colocó la que tenía encima de la mesilla.

—Póngamela usted, yo soy incapaz de atarme eso —respondió molesto—. Lo han cogido, claro que sí, lo han cazado tras una breve persecución cuando trataba de cruzar el puente del Ebro. Cuando me han llamado, su mujer terminaba de entregarse también. La muy zorra les ha dicho que ella le ha ayudado y que quiere correr la misma suerte.

Pareció como si una nube gris le hubiera quitado la luz a la mirada de Joaquín. Por encima de la mascarilla que Lamas acababa de atarle a la nuca, los ojos de San Miguel lo escrutaban entornados.

—¿Te quedas así? No parece que te haya sorprendido.

—¿Cómo no me va a sorprender? Otra cosa es que lo sienta.

—Se preguntan cómo sabía Manuel de la existencia de José Zubeldía y, sobre todo, qué le ha movido para ir hasta Puente Real para matarlo, a más de cien kilómetros de su caserío.

—No tengo la más mínima idea, doctor.

—Doctor Lamas, ¿es tan amable de dejarnos solos un momento? Sé que estas no son horas de subir a la cárcel y mucho menos de interrumpir su descanso, pero la gravedad del asunto lo requería.

—¿Qué hora es? —aprovechó para preguntar Joaquín.

—Poco más de la una de la madrugada —respondió Lamas al salir—. Si no les importa, yo me voy a la cama, los guardias se turnarán para acompañarle. A no ser que prefiera pasar la noche aquí.

—No será necesario, Lamas. Que descanse.

Esperó a que la puerta se cerrara antes de continuar:

—¿Qué ocurrió en aquel maldito claro, Joaquín? Cuando regresé allí en compañía de Manuel, en absoluto me tragué el cuento de esos dos, y la prueba de que todo era una patraña fue que tú seguías vivo, como suponía. Nadie te enterró ni nadie te desenterró, por supuesto. Sin embargo, aún no sé lo que sucedió en realidad.

—No es necesario que lo sepa, doctor.

—Estoy seguro de que Félix no tenía intención de matarte. José Zubeldía le acababa de revelar que erais hermanos, y él mismo me explicó en el hospital cuál era su intención.

—No necesita saber más, doctor —repitió.

—Sabes que la Guardia Civil va a investigar, ¿no es cierto? A Manuel y a su mujer les van a apretar las tuercas.

Joaquín rio al escucharlo, y el solo hecho de soltar el aire con fuerza le provocó un acceso de tos. Se metió el pañuelo bajo la mascarilla y aguardó a que remitiera. Lo sacó sin mirarlo siquiera y se lo metió en el puño.

—Ni Imanol ni Uxue van a soltar prenda. Lo único que les ataba a este mundo era su hijo, y un tranvía se lo llevó por delante.

—¿Fuiste tú o fue Félix? ¿Quién le contó a Manuel lo de José? Ambos teníais motivos. Félix, por librarse de un padre sin escrúpulos que siempre le había considerado un incapaz, siendo además el único heredero, el primogénito al menos; tú, por venganza contra el hombre que acababa de ordenar tu asesinato.

—No veo por qué descarta la posibilidad de que todo haya sido iniciativa de Imanol. ¿Cree que esos son motivos suficientes para que Félix buscara la muerte de su propio padre?

—Esta misma semana será oficialmente el heredero de una notable fortuna.

—No lo sé. La guerra no me permitió llegar al Derecho de Sucesiones. Y menos al que rige en Navarra. ¿Y Margarita?

—A Margarita le corresponde la legítima, pero a su hijo irá a parar el grueso de la fortuna. A Félix y a Ana María, su mujer. Igual que, cuando muera Félix, José Félix será quien herede.

Joaquín había dejado de toser y, de manera extraña, mostraba una expresión risueña.

—No suena mal lo que me está contando.

—No hace falta cursar Derecho de Sucesiones para conocer las leyes que rigen en tu propia tierra, ¿no es cierto? Pero también por este lado entras en la lista de sospechosos.

—¿Acaso sabe la Guardia Civil que José Félix es, en realidad, hijo mío? ¿Se lo va a contar usted?

—Yo no estaría tan confiado. La muerte violenta de un prócer como Zubeldía no se va a despachar con un carpetazo.

—¿Qué me podría pasar, doctor? ¿Qué me aumenten los treinta años del consejo de guerra en otra media docena más por inducción al homicidio? No les voy a dar el gusto de llegar vivo ni siquiera al final de mi primera condena —respondió—. Por otra parte... ¿Sabe Félix que usted pasó largo tiempo en aquel claro con Manuel y con Ujué? Porque, si no me equivoco, también usted, tan al tanto de los asuntos de esa familia, podría tener algún interés en que a José Zubeldía le sucediera algo.

—¿Qué interés podría tener yo? —espetó sorprendido.

—Supongo que Félix le explicaría por qué Zubeldía me quería muerto y por qué lo envió con esa misión en cuanto tuvo noticia de la fuga. Quería hacer desaparecer todo rastro de su hazaña con mi madre, Dolores Casas. Y, si no me equivoco, solo quedaba usted al tanto de la verdad y ya le había sacado una importante cantidad de dinero sometiéndole a chantajes con esa información.

San Miguel lo observó en silencio.

—Ojalá nadie vaya más allá, Joaquín. No te mereces sufrir más. —En su semblante se leía una mezcla de lástima, admiración y tal vez arrepentimiento—. Pero dime, ¿se lo pediste tú?

Joaquín sopló por la nariz una sola vez, en una especie de risa despechada.

—Ojalá hubiera mostrado usted todos estos años una pizca de los sentimientos que veo que parecen aflorar, a juzgar por sus palabras —observó sin responder a la pregunta—. ¿Acaso la conciencia empieza a atormentarle ahora que se acerca a la vejez?

San Miguel encajó el golpe sin señal de ira.

—¿Cómo conseguiste convencer a Manuel de que se inmolara por ti? Arrastrando tras él a su esposa, además. He tenido constancia de tu labia y de tu inteligencia, no me importa reconocerlo. Creo que ya te dije en Urtasun que habrías sido un excelente abogado.

—Sí, me lo dijo en el coche la otra noche, sin poder parar de reírse mientras yo me veía de nuevo en el penal por su infortunada entrada en escena. Pero ¿ha pensado que tal vez nadie tuviera que convencerle de nada?

—Ya, se le ocurrió a él solo, sin saber nada de Zubeldía —ironizó.

—Imanol y Uxue estaban destrozados por el mal fario de la muerte de su único hijo. Fue lo primero que me contaron, sin conocerme de nada, a los pocos minutos de despertar en su cuadra.

Lo atropelló un tranvía en Madrid cuando cruzaba una calle de la mano de Amaya, su novia. No sé si ellos se lo mentaron en el caserío. Yo acabo de hacerlo hace solo un momento y no ha parecido interesarle. Tal vez usted, que nunca ha tenido hijos, no se imagina cómo puede afectar a un hombre perder uno, el único, en plena juventud.

—¿Y qué tiene eso que ver con este crimen?

—Creo que desde el primer instante, Uxue e Imanol vieron en mí a su hijo muerto. Les impresionó sobremanera ser testigos de cómo me arrojaba encima de la cazuela de sopas y entonces se cuestionaron la ayuda que les estaban prestando a ustedes, solo por miedo y cobardía.

—¿Y por eso disparó contra Félix?

—No me importa confirmarle ese extremo. También le diré que podía haberle matado con ese primer disparo, pero solo le hirió en el brazo. Era un cazador experimentado. Nada más pretendía evitar mi ejecución y permitirme la huida, sin saber, el pobre, que asistía a un simulacro.

—Pero luego le hablaste de José Zubeldía.

Joaquín se apartó para toser en el pañuelo. Cuando controló el acceso, se cubrió otra vez con la mascarilla, aunque se mantuvo a distancia.

—Claro, le tuve que explicar el motivo del simulacro, que Félix era, en realidad, mi hermano y que nuestro padre le había enviado con el encargo de asegurarse de mi muerte, algo que no iba a hacer.

—Tú ibas camino de Francia y le acababas de hacer a Félix la promesa de que no volverías a poner los pies en Puente Real. ¿Le hiciste el encargo de llevar a cabo tu venganza, de acabar con la vida del hombre que había dictado tu sentencia de muerte, por mucho que fuera tu padre?

—No, doctor. Si he de serle del todo sincero, sí que comentó que no le gustaría echarse a la cara a un individuo como él sin una escopeta en las manos. Le pregunté si le gustaría hacerlo llevando esa escopeta y su respuesta fue que Puente Real estaba muy lejos. Y yo estuve de acuerdo con él. Esa fue toda nuestra conversación acerca de Zubeldía.

—A veces una chispa que se enciende no prende en el momento, pero queda un rescoldo que se puede reavivar si se sopla sobre él. Creo que cuando volvimos a Urtasun en su busca no debían de estar lejos; la vaca estaba recién ordeñada. A la luz de los faros, pudieron ver que te llevábamos detenido.

—No se puede descartar —concedió—. Y si supieron que estaba preso de nuevo, puedo imaginar lo que pasó por sus cabezas. El caserío era lo único que tenían, pero ya nunca podrían regresar allí. Se habían quedado sin hijo y sin hacienda, eran viejos y no tenían un lugar a donde ir. A Imanol solo le quedaba una cosa por hacer. No había podido impedir que aquel tranvía se llevara a su hijo por delante, pero sí podía evitar que Zubeldía insistiera en su propósito y, tarde o temprano, se llevara por delante al muchacho en quien, aquella misma mañana, había creído ver a su propio hijo. Cuando Imanol ha apretado el gatillo en Puente Real solo quería asegurarse de que no habrá otro tranvía que me pase por encima.

—Con alegatos como este convencerías a un jurado para que declarara inocente a un asesino confeso —exageró San Miguel—. Deberías pedir que te dejaran continuar aquí dentro tus estudios de Derecho.

—Aunque se me diera esa oportunidad y tuviera tiempo para terminarlos, no lo tendría para ejercer. Además, no tengo duda de que, si los sublevados acaban ganando esta guerra, suspenderán los juicios con jurado, si es que no lo han hecho ya. Prefiero emplear lo que me quede ayudando al doctor Lamas en la enfermería.

—Me sorprende la serenidad con que afrontas tu propia muerte con solo veintitrés años.

—¿De qué serviría revelarse ante la fatalidad?

—Jamás le he dicho esto a nadie, pero eres una persona a quien se me hace difícil odiar, a pesar de nuestras diferencias insalvables.

—En ese caso, voy a aprovechar para repetirle lo que el otro día le pedí al doctor Lamas. Si le resta algo de humanidad, no consienta más lo que está pasando en este penal. Ignoro si los cambios en la dirección le van a afectar a usted, pero, por lo que más quiera, dejen de tratar a los hombres peor, mucho peor que a los animales.

—Por mucho menos que esto, otros han dado con sus huesos en la celda de castigo.

—Ya lo sé. Sé eso y muchas otras cosas. Ni siquiera me considero valiente por decirle esto, pues soy un privilegiado con las espaldas cubiertas —reconoció—. Pero si no se lo digo, reviento. No sé cómo se atreven a pasar a comulgar con las brigadas, sobre todo con la brigada del sótano, sobre sus conciencias. Aplicando sus propias creencias, viven ustedes en un pecado mortal continuado.

—Algo se hará. Algo se hará —se limitó a responder.

—Se lo recordaré cada vez que tenga ocasión. Algún día todo esto saldrá a la luz, no tenga ninguna duda. ¿No tiene usted miedo a que su figura se asocie para siempre a la ignominia? Aún está a tiempo de lavar su nombre si consigue revertir esta situación.

—¡Basta ya! No abuses de tu suerte. Me voy a ir, pero hace un momento, antes de que empezaras a faltarme al respeto, estaba decidido a contarte algo. Y para que veas que no soy el demonio que crees, lo voy a hacer a pesar de todo. Seguramente aquí dentro no te va a servir para nada, pero creo que debes saberlo. Se trata de tu amigo Federico, el que se cortó las venas.

—¡¿Qué?! —Joaquín se puso en alerta de inmediato—. ¿Qué pasa con él?

—Sé dónde fueron enterrados, él y el otro que os acompañaba, Molinero.

—¡Dígamelo!

—Los carlistas los subieron al pueblo en la camioneta. Están enterrados en el exterior del cementerio de Urtasun, junto al muro opuesto a la entrada. Yo mismo firmé las actas de defunción por traumatismo.

CUARTA PARTE

1942

37

Sábado, 30 de mayo de 1942

La escena resultaba cuando menos llamativa. Dos hileras de seis camas cada una se alineaban enfrentadas en una de las azoteas del penal habilitada para la terapia de los enfermos. Tan solo una de las seis Hijas de la Caridad que habían llegado al fuerte tres años atrás acompañaba a los doce afortunados que disfrutaban del tibio sol de mayo cubiertos por una sábana. Una brisa suave impedía que el calor llegara a resultar molesto, aunque algunos de los enfermos permanecían con los ojos entornados a causa de la intensa luz.

Uno de los que parecían dormitar era Joaquín. Se encontraba allí a causa de la conversación mantenida con el doctor Lamas ocho días antes. Aquella mañana de viernes, siguiendo su costumbre diaria, el médico había entrado en la habitación que el joven ocupaba junto a la enfermería.

—Buenos días, Joaquín. ¿Cómo estás hoy? —preguntó con tono afable antes de cerrar tras de sí la puerta. Esperó a que el joven se colocara la mascarilla y entró.

—¿Qué quieres que te diga, doctor? Todo lo bien que puede estar uno con los pulmones convertidos en las cuevas de Alí Babá —bromeó, pero la frase había sido demasiado larga y acabó con un nuevo acceso de tos. Prevenido, se había llevado a la boca por debajo de la mascarilla uno de los pañuelos que tenía a mano. Lo apartó y lo ocultó a un costado.

—Siéntate en el borde, te voy a auscultar.

Joaquín ya había echado los pies al suelo para iniciar la rutina matinal. Obedeció las instrucciones del médico, respiró hondo, retuvo el aire y exhaló cuando se lo pidió. Le palpó el cuello, las axilas, las ingles, le examinó la conjuntiva de los ojos y le tanteó el abdomen.

—¿Has notado algún cambio en la tos, en la expectoración?

—Si acaso, más dolor al toser.

—Tienes los músculos de las costillas resentidos por el esfuerzo continuado de la tos. Por eso te duele más, es como si tuvieras agujetas.

—Tranquilo, Paco. Sé lo que hay. Es mucho tiempo ya, y he visto a cientos pasar por esto antes que yo.

—Aún queda una cosa que podemos probar, Joaquinete. —Tras cuatro años de trabajo juntos en la enfermería, la confianza y la camaradería entre el doctor Lamas y Joaquín eran absolutas.

—¿Qué más queda por probar, Paco? —respondió, desalentado, negando con la cabeza—. No voy a dejar que vuelvas a pagar de tu peculio mis tratamientos. Ya lo hiciste con las sales de oro.

—¿El Lopión? ¡Las catorce pesetas mejor empleadas de mi vida! Aunque es cierto que los resultados no fueron los esperados.

Joaquín se volvió hacia el médico y se quedó mirándole un momento.

—Oye, no me contestes si no quieres, pero te voy a comentar una cosa: Vicente, el del botiquín, dejó caer un día que el Lopión llegaba al penal a través de Ayuda Exterior... —De nuevo, la tos lo interrumpió, pero, aun con voz ahogada, logró terminar—: Pero que alguien lo requisaba para usarlo con sus enfermos particulares. Era San Miguel, ¿no?

—Tal vez, Joaquín. Yo solo sé que fue él quien me lo consiguió. ¿De dónde lo sacó? No tengo ni idea. Me cobró las catorce pesetas que valía cada vial y no pregunté más. De todas formas, lo que te planteo ahora no es probar un medicamento nuevo. Hace días que quería hablarte de ello, pero aquí lo imprescindible no deja sitio para lo importante —resopló, cansado.

—¿Qué es, si no se trata de otra medicina?

—Lo que quería proponerte es una pequeña intervención quirúrgica que se está practicando en algunos sanatorios. —El médico se ajustó en la nuca el cordón de la mascarilla—. Si quieres, te explico en qué consiste y su fundamento.

—Otra cosa será que me entere de algo.

—No fastidies, Joaquín. Después de tantos años entre enfermos de tuberculosis, entiendes lo mismo que yo, si no más.

—Dispara...

—Ya sabes que cuando aparecen las cavernas, señal de que el parénquima pulmonar está ya muy afectado, los bacilos se propagan con comodidad al torrente sanguíneo y a otros órganos a través de los esputos deglutidos, y el esfuerzo de la tos aún se lo pone más fácil.

—Sí, eso lo sé. Lo veo a diario y en cualquier momento voy a empezar a experimentarlo en mis carnes.

—Por eso creo que es ahora cuando deberíamos intentar pararlo. Más tarde ya no tendría sentido. La técnica se llama colapsoterapia, que, en realidad, es un neumotórax provocado. Se trata de inyectar aire en la cavidad pleural, entre los pulmones y las costillas, para colapsar e inmovilizar el pulmón. Parece que de esa manera se frena el crecimiento del bacilo y se evita la transmisión al resto de los órganos.

—Eso suena doloroso.

—No, no especialmente, es una simple punción. Lo que sí provoca, y eso lo debes saber, es una sensación de ahogamiento porque tendrías uno de los dos pulmones paralizado. El postoperatorio requiere evitar el más mínimo esfuerzo, cualquier movimiento que exija ventilación. Ni siquiera hablar o mover un brazo.

—Suena divertido —bromeó de nuevo, aunque su semblante, lívido, lo desmintiera—. ¿Y esto se haría en alguno de los hospitales de Pamplona?

El doctor Lamas negó con la cabeza, con gesto de sarcasmo.

—Por desgracia, sigue en vigor la prohibición de trasladar presos a los hospitales, lo cual no tiene ningún sentido. Pudo tenerlo durante la guerra, por la escasez de camas para la avalancha de heridos en el frente, por darles preferencia. Pero ahora... —Dejó la frase en el aire—. Además, contar con la ayuda de los rayos X sería muy útil, aquí solo podemos valernos de la auscultación.

—En ese caso...

—Lo haríamos aquí, Joaquín. Si te fías de mí.

—Si hay un médico en este país del que me fío ese eres tú.

—¿Eso significa que estás de acuerdo?

—Espera, Paco. No corras —sonrió justo antes de sufrir el enésimo acceso de tos—. Antes, dime algo. En el supuesto de que la operación tuviera éxito, ¿qué ganaríamos? ¿Algo más de tiempo? ¿Prolongar unas semanas o unos meses el proceso?

—No es poco, Joaquín. A veces son solo unos meses lo que le falta a un enfermo para que su organismo pueda vencer por sí solo a la enfermedad, con la ayuda del reposo, el aire fresco y una buena alimentación —recitó el doctor con el deje de la cantinela bien sabida.

Joaquín, que seguía medio incorporado en el lecho sobre dos almohadas dobladas, asintió.

—En otras circunstancias te diría que no, que tengo asumido cuál va a ser mi final y que lo acepto resignado. De hecho, así es. Pero solo por demostrarte que tengo plena confianza en ti y porque, si sale bien, tal vez otros camaradas se puedan beneficiar, quiero que lo hagas cuanto antes.

—Está bien, Joaquín, me alegra oírlo. Hoy es viernes ya, así que lo dejaremos para la semana próxima. Si te parece, el lunes lo preparo todo y el martes a primera hora procedemos.

—De acuerdo, Paco —asintió al tiempo que ponía de nuevo los pies en el suelo, dispuesto esta vez a comenzar su trabajo en la enfermería.

El doctor Lamas no había conseguido que dejara la labor que venía desempeñando, con el argumento de que ayudar a quienes estaban en su misma situación era lo único que le conectaba a la vida, una vida que sentía escurrírsele como el agua entre los dedos. Sin embargo, Joaquín había aceptado que el médico le echara un vistazo cada mañana al levantarse de la cama. Después, tomaban juntos el desayuno e iniciaban sus respectivas tareas, el doctor recorriendo las naves para atender a quienes habían dado aviso de alguna indisposición, Joaquín en la nave de aislamiento de los tuberculosos, de la que era responsable.

—¿Sabes qué día es hoy? —preguntó Lamas.

Joaquín arrugó el entrecejo tratando de hacer memoria.

—22 de mayo —se adelantó el médico.

—¡Madre mía! —exclamó Joaquín a la vez que se daba un golpe en la frente con la palma de la mano abierta—. No puedo creer que se me haya pasado por alto la fecha.

—Sí, es raro en ti. Eso es porque el tiempo va poniéndolo todo en su sitio y cerrando heridas.

—¡Cómo se me han pasado estos años, Paco! ¡Una exhalación!

—¡Quién nos iba a decir hace cuatro años a estas horas lo que se iba a desatar aquella misma tarde!

Joaquín cerró los ojos. Por su cabeza empezaron a desfilar escenas, rostros, retazos de imágenes que le obligaron a seguir sentado en el borde de la cama, con el codo apoyado en la rodilla y la cabeza en la palma de la mano. Federico, Daniel, Pablo, Leopoldo... eran los primeros que su memoria rescataba, pero la lista resultaba interminable. Nadie había dado una cifra de muertos en aquella jornada y en las siguientes, pero en los meses posteriores se habían elaborado listados de los presos que faltaban y pasaban de los dos centenares.

—Tal vez sea mejor no pensar demasiado en lo sucedido, demasiadas vueltas le hemos dado ya, y tú más que nadie.

La sugerencia llegaba tarde. Era evidente que Joaquín hacía esfuerzos por contener las lágrimas.

—Vaya, lo siento, no era mi intención hacerte pasar un mal rato. ¿Sabes lo que creo? Que quienes nos quedamos aquí no podemos ni llegar a imaginar lo que padecisteis en el monte.

—Santa Rita, patrona de los imposibles. Debimos prestar más atención a la fecha.

—Nunca has creído en santos, fueron balas las que los mataron. —Lamas, en pie, observaba a Joaquín con amargura—. La de Federico fue la pérdida más jodida para ti, ¿no es verdad?

—¿Te lo he mencionado alguna vez? —Joaquín apartó las manos de la cara para mirar al médico con cierta sorpresa.

—Es el único nombre que alguna noche te he oído gritar en sueños. Ese y el de...

—Ana María —le ayudó.

—Estoy empeorándolo. Disculpa. Mejor nos quedamos con lo bueno que trajo la fuga. —Esperó paciente a que Joaquín dejara de toser antes de continuar—: Si te paras a pensar, si alguien regresara al penal tras cuatro años de ausencia, no lo reconocería.

—Si lo miras por ahí, al final ha resultado que la locura de Picó y de los demás ha salvado muchas vidas.

—Y a otros muchos se la ha hecho soportable.

Tal vez el trabajo de cada día le había impedido hacer el ejercicio de detenerse a meditar sobre lo que Lamas le acababa de plantear, pero no le cabía la menor duda de que el médico tenía razón. Además, haber sido parte de aquella transformación hacía más difícil elevar el foco por encima de uno mismo para iluminar la escena al completo. Y sí, el detonante de aquella mutación había sido la fuga, por supuesto. Tras su fracaso se llevó cabo un juicio sumarísimo contra diecisiete presos considerados promotores de la evasión, pero también contra los responsables de la prisión. De entre los primeros resultaron catorce condenas a muerte, que se ejecutaron públicamente en la Vuelta del Castillo de Pamplona en septiembre de aquel mismo año. Durante las investigaciones quedó patente que la razón que los empujó a arriesgar sus vidas en una fuga con muy pocos visos de prosperar fue el hambre y las condiciones de vida inhumanas a las que habían sido sometidos. El director Alfonso de Rojas y Carlos Muñoz, el administrador, fueron destituidos de inmediato, acusados de auxilio a la rebelión y malversación de fondos, y condenados a trece y dieciocho años de prisión menor, respectivamente.

Los fugados que iban capturando fueron casi literalmente arrojados a la tétrica brigada del sótano, medio desnudos y sin comida durante los primeros días. En las semanas siguientes, más de quinientos supervivientes permanecieron encerrados en las mismas naves donde se había gestado la huida, sin ver la luz del sol, sin poder moverse apenas a causa de la masificación. A diario, aun estando en pleno verano, se les repartía un solo cazo de agua por persona, de vez en cuando se les bajaba algo de comida y las protestas eran reprimidas con golpes y vejaciones infligidas en ocasiones por los mismos guardias a quienes la evasión había puesto en evidencia y en ridículo. Solo transcurridas varias semanas, se les concedió media hora de paseo por el patio, corriendo a paso ligero hasta, en ocasiones, caer rendidos como consecuencia de la extrema debilidad.

La mejora en las condiciones de vida del penal había tardado en llegar más de lo esperado. El nuevo director, Nicolás Salillas, no era mala persona, pero en los primeros tiempos mantenía a los presos sujetos a una férrea disciplina debido al temor de que pudiera correr una suerte similar a la de los anteriores administradores. Sin embargo, el paso de los meses había traído a la prisión cambios importantes.

—Si te sientes con fuerzas para empezar el día, es hora, son las siete ya. —Lamas interrumpió sus pensamientos, ya con la manija de la puerta en la mano.

—Claro, doctor. Ya me conoces; en cuanto la dejo, mi cabeza vuela.

—Eso es bueno, mientras vuelas, te dará el sol y el aire —rio.

El martes, como Lamas había previsto, Joaquín se había sometido a la colapsoterapia, aunque su estado, lejos de mejorar, le había llevado a pasar los peores días de su vida. Nada podía reprocharle al doctor, pues ya le advirtió de que el efecto beneficioso de la intervención se observaría a la larga, pero ni a su peor enemigo le desearía pasar por aquello. La sensación continua de asfixia, la ansiedad por la falta de aire, a pesar de aguantar el dolor del esfuerzo para llenar el pulmón sano, habían obligado al médico a administrarle una droga para sedarlo. Cuatro días después, su estado había mejorado, siempre y cuando no se le exigiera ningún esfuerzo del estilo de usar la bacinilla para orinar.

—Dime la verdad —le había pedido Francisco Lamas aquella mañana antes de ser trasladado al solanar—. ¿Dirías que merece la pena soportar esto para detener la propagación de la bacteria?

—Rotundamente no, Paco. La sensación de asfixia es peor que cualquier dolor —respondió con franqueza—. Si la primera noche hubiera podido matarme, no lo habría dudado ni un momento. Pero ni para eso tenía fuerzas.

—En cambio, solo han pasado cuatro días y ya te encuentras mejor.

—Hombre, mejor que la primera noche sí, es cierto. Pero he pasado de auxiliar a los camaradas como enfermero a precisar su ayuda.

—En unos días volverás a estar en pie, ya lo verás.

En la terraza, disfrutando de la brisa cálida de mayo en la cima del monte San Cristóbal, la luz del sol se teñía de rojo al atravesar sus párpados cerrados. El bienestar que sentía allí le hizo olvidar los duros momentos vividos días atrás y cuestionarse la respuesta que le había dado a Francisco aquella misma mañana.

—¡Don Pascual!

El grito de alegría de uno de los enfermos le hizo volver la cabeza hacia el cobertizo de acceso a las escaleras. El que había sido capellán de la prisión hasta un mes antes avanzaba risueño hacia ellos.

—¡Quien se mueva incurrirá en pecado! Por lo menos venial —bromeó al ver que los doce sin excepción trataban de incorporarse a su llegada.

—¿Cómo usted por aquí, don Pascual? —preguntó afable uno de los dos enfermos más cercanos—. Con eso del traslado pensábamos que no íbamos a volver a verle.

—¿Cómo no vais a verme? ¡Si con traslado y todo estamos a diez kilómetros en línea recta!

José Manuel Pascual había sido capellán de San Cristóbal desde octubre del 38 hasta que aquel mismo mes de abril fue nombrado capellán coadjutor de la iglesia de San Nicolás de Pamplona. Don Pascual, como lo conocían todos los presos, se había ganado en aquellos años el respeto, la admiración, casi la idolatría de la mayor parte de los internos. Precisamente con él, tras la fuga, habían ido llegando todos los cambios que hacían irreconocible la prisión.

En realidad, todo había comenzado en agosto de 1938, dos meses después de la evasión, cuando al obispo de Pamplona, Marcelino Olaechea, se le ocurrió la idea de subir al fuerte sin revelar su identidad. La visita de incógnito, en la que tuvo ocasión de hablar con Lamas y con Joaquín, confirmó sus peores sospechas acerca de las condiciones de vida de los reclusos y le impactó tanto que, de inmediato, puso manos a la obra. Así, llamó a José Manuel Pascual a su presencia y le ordenó que aceptara la plaza de capellán del penal. Su intención era que, entre otras cosas, hiciera de confidente suyo dentro de la prisión. Desde el primer día se creó una corriente de simpatía y de respeto entre médico, enfermero y sacerdote, y, a pesar de no ser creyente, o tal vez por ello, Joaquín había llegado a trabar una gran amistad con el cura. En alguna de sus conversaciones en la enfermería, Pascual les había revelado la consigna que antes de tomar posesión le diera monseñor Olaechea: si veía alguna deficiencia grave en el penal, debía escribirle una carta de su puño y letra haciendo expreso hincapié en la irregularidad, para que él pudiera acudir a la autoridad competente con la queja. En realidad, en aquellos meses todo pareció encajar para favorecer las mejoras. Se daba la circunstancia de que don Marcelino mantenía una gran amistad con el director general de Prisiones, don

Amancio Tomé, y por eso tenía vía directa para remitir al alto cargo del ministerio las misivas que le llegaban de su capellán.* De esta forma, transcurridos tan solo unos cuantos meses, desde el último guardián hasta el nuevo director de la prisión sospechaban que, de algún modo, el padre Pascual contaba con gran influencia en las altas esferas. Así, se veían en la obligación, de mejor o peor gana, de acceder a sus peticiones en favor de los presos. Sus recomendaciones se transformaron en órdenes cuando, tras la muerte del subdirector de la prisión en 1940, José Manuel Pascual fue designado para ocupar su puesto.

Mosén Pascual era un cura joven, lleno de ganas de cambiar las cosas, a la vez que mostraba una manera de ser sencilla y humana con los penados. Y desempeñaba su trabajo pastoral con la premisa de hacer lo que estuviera en su mano para mitigar el sufrimiento de aquellos hombres infortunados. No faltaban, sin embargo, quienes pensaban que compraba voluntades a cambio de regalos y beneficios; que muchos de los reos, ateos en su mayoría, eran capaces de arrodillarse o comulgar con tal de recibir las camisas, el papel de escribir y otros obsequios con los que solía prodigarse.

En las conversaciones que en ocasiones mantenían en la enfermería, Pascual les había confiado que Salillas, el nuevo director, era una persona insegura, influenciable, que se ahogaba ante cualquier dificultad y que a diario llamaba al director general de Prisiones para pedirle orientación o solución para cualquier problema, por pequeño que fuera. Pascual era todo lo contrario y, con el tiempo, el director se había convertido en una persona dependiente por completo de él, lo que le había facilitado la labor en favor de los presos.

Ya desde los primeros meses tras la fuga, la comida había mejorado de forma notable y había llegado a ser abundante, incluso apetitosa, excepto para los fugados hacinados en la primera brigada. En el potaje ahora se veían los garbanzos, incluso tocino y algo de carne. El trato se hizo más humano: si un preso tenía fiebre, se le trasladaba a la enfermería, donde Lamas le examinaba. Si se res-

* La descripción de la situación en el fuerte tras la fuga descrita en este capítulo se basa en el contenido del trabajo de investigación «El cementerio de las botellas», de Francisco Etxeberria y Koldo Pla, Editorial Pamiela, 2014, pp. 91 y ss. Véase la nota de autor.

friaba, se le permitía permanecer en la brigada sin salir al patio y allí era atendido por las Hermanas de la Caridad con una dieta especial de puré de patatas y leche hervida. Las palizas ya no eran consentidas y se había llegado a expedientar y a apartar del servicio a un guardia por golpear a un recluso hasta partirle el radio. También las normas que regulaban la comunicación de los condenados con el exterior se suavizaron: podían recibir libros bajo estricta supervisión, el texto de las cartas se amplió a quince líneas y disminuyó la censura de la correspondencia. Joaquín, comentando estos cambios, incluía su apostilla: «Para todos menos para uno del penal».

En la cuarta brigada se reservó un espacio para uso como nueva enfermería. Estaba situado en la parte sur de la prisión, en la zona más soleada y ventilada. El suelo se embaldosó y las paredes fueron estucadas para facilitar las desinfecciones que se realizaban periódicamente. La estancia se dotó con cuarenta camas dispuestas en dos hileras, con sus correspondientes sillas. Casi de inmediato todas ellas fueron ocupadas y se habrían llenado otras tantas porque el número de tuberculosos en la prisión era cada vez mayor. Se acondicionó también una pequeña habitación que servía para aislamiento de los moribundos en sus últimas horas.

Don Pascual se implicó directamente en la habilitación de un taller de trabajos manuales y en la creación de grupos de teatro, de un orfeón y de una orquestina. Los presos fabricaban juguetes, muñecas y animales de trapo, joyeros y otros objetos que después se vendían en las calles de Pamplona. El orfeón estaba formado por vascos y gallegos, y actuaba en la misa de los domingos y en festividades importantes como el día de la patrona, la Virgen de la Merced.

Hubo otras novedades que vinieron a romper la monótona vida de los reclusos. Una tarde, el capellán se asomó al balcón de su despacho para enfocar con su cámara Kodak a un grupo de presos. Desde entonces, le pedían que les sacara fotos para enviarlas a sus familias. Se convirtió en costumbre que don Pascual bajara al patio por las tardes para hacer de fotógrafo. También llevó al penal una radio de la marca Philips. Había convencido al jefe de servicios de que sus oficinistas rendirían más si disfrutaban después de las comidas de un rato de distensión escuchando música, pero a los hombres lo que les interesaba realmente era escuchar las noticias, y lo hacían a hurtadillas para después comentarlas con sus compañeros del pabellón.

Al año de la llegada del capellán al fuerte se habían cumplido todos los objetivos que don Pascual y el obispo se habían propuesto, incluyendo la suavización de las inhumanas condiciones en que habían vivido los fugados.

—Es una pena que lo hayan trasladado, don Pascual —añadió otro—. ¡Le debemos tanto!

—Dios nos reclama allá donde nos considera más necesarios, y nosotros, que solo somos sus esclavos, hemos de obedecer sus designios, que conocemos a través de nuestro señor obispo —declaró con solemnidad—. De todas formas, don José Urdín, mi sustituto, es una bellísima persona y no tendréis queja de él.

—Ya, pero nunca será lo mismo —atajó el que estaba a su lado.

A todos les dedicó unas palabras. Los conocía por su nombre, recordaba datos de sus familias y con todos compartía alguna anécdota. Los doce hicieron el esfuerzo de incorporarse de costado o, al menos, levantar un brazo para dar la mano al capellán.

—¡Hombre! ¡Cuánto bueno para terminar la visita! —exclamó al llegar junto a Joaquín, a quien, sin duda, había dejado de manera intencionada para el final—. Después de tanto tiempo cuidando de ellos es justo que ahora te cuiden a ti.

—Lo han operado, don Pascual —intervino el de la cama de enfrente.

—¿Ah, sí? ¿Operado de qué? —se interesó.

—Francisco me inyectó aire a presión entre el pulmón más tocado y las costillas, así se queda paralizado y los bichos no se extienden por otros órganos.

—¡Ah, qué adelantos! ¡Y qué gran suerte haber tenido a Lamas en el penal! Dios os cuida a través de sus manos, hijos.

—Con el debido respeto, don Pascual —dijo un preso de rostro enjuto de unos cuarenta años—. ¿No le sería más fácil a Dios no mandarnos estas enfermedades para que el doctor no tenga que curarnos?

—¡Ay, Víctor, si hubieras estudiado más el catecismo de pequeño, sabrías que la enfermedad es fruto del pecado original! —respondió con cordialidad y sin dejar de sonreír.

—¡Maldita serpiente y maldita manzana! —exclamó el aludido.

—¡Le voy a lavar a usted la boca con sosa! ¿Qué manera de maldecir es esa? —le afeó la hermana, cuya ala del tocado parecía temblar al compás de su irritación.

—Pues no sé qué le parece mal, sor Ubalda. Entiendo que le gusten las manzanas, pero que me quiera lavar la boca por afearle la conducta a la serpiente...

El penal fue perdiendo su condición de prisión para convertirse en el nuevo sanatorio penitenciario de San Cristóbal, al que comenzaron a llegar enfermos tuberculosos procedentes de cárceles de toda España.

Al finalizar la guerra, Alejandro San Miguel regresó como médico al fuerte y fue nombrado director médico del establecimiento, tarea que compaginaba con la subdirección del presidio. Lamas volvió a estar bajo sus órdenes, aunque gozaba de la total confianza de San Miguel. Fue entonces cuando llegaron las Hermanas de la Caridad. También lo hicieron varios enfermeros, reclusos escogidos que procedían de diferentes penales del Estado. Estos presos solicitaban de forma voluntaria el puesto de sanitario en San Cristóbal atraídos por las promesas de reducción de las condenas y fueron compañeros de tareas de Joaquín.

Los enfermos recibían un tratamiento de reposo, aire puro y baños de sol. Debían permanecer postrados durante meses en sus camas para reducir al máximo su gasto orgánico, pero el cambio en las condiciones de vida había sido fundamental, con la introducción de estrictas medidas higiénicas, el uso de mascarillas y el aislamiento de los enfermos más graves. Alternaban el interior de los pabellones con las azoteas del fuerte en los días soleados, como aquel en que se encontraba, y, además, disfrutaban de una ración doble de alimento.

—En cuanto pueda, regresaré al trabajo en la enfermería.

—¡Conociéndote no lo dudo, Joaquín! —El sacerdote parecía haber contestado de manera maquinal, y la razón se hizo patente un instante después, cuando don Pascual fijó la mirada en el cobertizo de acceso por el que el nuevo capellán acababa de asomar—. ¡Aquí está mi sustituto!

La sotana perfectamente abotonada de José Urdín pareció atravesar la azotea como flotando gracias a los pasos cortitos del sacerdote, ocultos los zapatos bajo la tela negra. Saludó a los pacientes sin detenerse apenas, correcto y afable, aunque sin la cordialidad que don Pascual había mostrado, hasta que llegó a su altura. Los dos sacerdotes se abrazaron y se palmearon las espaldas. Después, se dirigió a Joaquín y se interesó por su estado tras la intervención practicada por el doctor Lamas.

—¿Cómo te va en tu nueva tarea? —preguntó don Pascual.

—Sin parar, José Manuel, sin parar ni un momento. Dejaste el listón muy alto —le elogió—. Solo con el asunto del cementerio tendría para ocupar todas las horas del día.

Hasta aquel mismo año, los muchos fallecidos en la prisión habían sido inhumados en los cementerios de la comarca próximos, pero sus reducidas dimensiones habían acabado por resultar insuficientes. Los alcaldes protestaban porque los camposantos se habían colapsado con el continuo enterramiento de los prisioneros fallecidos, los fusilados tras el inicio de la guerra y los muertos por inanición y tuberculosis después. La fuga del año 38, con la ejecución de cientos de evadidos, agravó la situación.

Fue necesario concebir un espacio de enterramiento propio de la prisión y se diseñó un cementerio en la ladera norte del monte Ezcaba, en una zona discreta en el lado opuesto al acceso por carretera. El primer enterramiento se había llevado a cabo tan solo quince días antes, en la festividad de San Isidro.

—¿Tanto trabajo te da? —preguntó don Pascual.

—Luego, cuando bajemos al despacho, te lo enseño todo, pero he levantado un croquis con los enterramientos numerados en las cuatro filas de tumbas, más la quinta que hemos reservado como cementerio civil para aquellos presos que se niegan en vida a ser enterrados en sagrado —le explicó sin necesidad de demasiados detalles, pues don Pascual había participado en el proyecto y en su construcción y lo conocía bien—. Además, he iniciado un libro de registro en el que va el nombre del fallecido, la edad, la procedencia, la profesión, la causa de la muerte y la localización de la sepultura.

—Siguiendo la Orden de 1937, la que unifica las características de los enterramientos y la identificación de los cuerpos, como proyectamos —supuso don Pascual.

—Todos en fosas individuales y dentro de un ataúd —confirmó Urdín.

—¿Y cómo habéis solucionado por fin el asunto de la identificación? Casi ninguno de los presos tiene medalla de identidad reglamentaria como los soldados caídos en el frente.

—Como hablamos y como se propone en la orden, con una botella taponada colocada entre las piernas dentro de la cual va la identidad sucinta del inhumado —terminó José Urdín.

—Bien. Buen trabajo, sí, señor.

—Hay infección, Joaquín.

Había empezado a sentirse mal antes de la hora del rancho y, de hecho, las náuseas le habían impedido probar bocado cuando uno de los ayudantes de la enfermería le llevó la comida. Por la tarde comenzó a sufrir escalofríos y un molesto dolor en el costado. Él mismo se levantó con cuidado el vendaje que protegía la herida provocada por la punción y, como temía, comprobó que supuraba de manera abundante. El doctor Lamas se pasó por la habitación dentro de su ronda habitual y, consternado, constató que la fiebre era alta.

—No te preocupes, doctor —trató de tranquilizarle al ver el efecto que la complicación había causado en el ánimo del médico—. Estas cosas ocurren.

Lamas le sajó la herida, le limpió el pus y desinfectó la piel antes de colocarle un nuevo apósito. Después, le administró una dosis generosa de aspirina y le aconsejó guardar reposo absoluto con la promesa de visitarlo a la hora de la cena.

—¿Le puedes tomar prestada la estilográfica al doctor San Miguel, Francisco? Necesito escribir una carta y tal vez tarde en llegar a su destino. Puede que el lápiz no aguante. Y una botella vacía de agua de Carabaña de la enfermería, si eres tan amable.

—Te las traigo ahora mismo. San Miguel no volverá al despacho hasta mañana.

—Otra cosa más... —le llamó cuando ya abría la puerta para salir—. ¿Podrás decirle al capellán que venga esta noche?

—¿Te vas a convertir a estas alturas? —bromeó el médico.

Esperó a tener la pluma en su poder. Disponía del tiempo necesario para hacer lo que debía sin sufrir la reprimenda del doctor. Tuvo que hacer un esfuerzo para levantarse, soportar el dolor en el costado y sobreponerse al temblor en las rodillas, pero consiguió llegar hasta el escritorio. Se dejó caer en la silla con sobrealiento y se tomó un fugaz respiro antes de abrir el cajón, del que sacó un cuaderno de hojas cosidas. Buscó la esquina doblada de la última página escrita, tomó el lapicero y escribió la fecha bajo el listado. Después, alzó la mirada hacia el calendario que colgaba en la pared frente a él, realizó un breve cálculo y completó la anotación.

«Sábado, 30 de mayo de 1942. Cinco años, un mes, dieciséis días».

Pasó decenas de páginas hacia atrás, hasta llegar a la primera fecha registrada, el 14 de abril de 1937, el día del nacimiento de su hijo. La segunda nota correspondía a la fecha de inicio de aquel cuaderno:

«Martes, 31 de mayo de 1938. Un año, un mes, diecisiete días».

Había empezado a escribir al poco de la fuga, tras hablar con el doctor San Miguel, después de saber que, a pesar de todo, le iba a ser posible guardar en secreto su presencia en San Cristóbal y a las pocas horas de conocer la muerte de José Zubeldía a manos de Manuel. Aquel día de 1938 había comenzado su segunda condena, la más difícil de soportar, una condena sin remisión posible porque él mismo se la había impuesto. Al día siguiente se cumplirían cuatro años.

Al principio había escrito a diario hasta el segundo cumpleaños del pequeño Jo. Con el paso del tiempo, las anotaciones se habían ido espaciando y, si bien reflejaban todas las fechas importantes, predominaban las fechas al azar, escritas cada vez que, en la soledad de aquella habitación, la imagen de Ana María regresaba a su mente y, con ella, el rostro imaginado de su hijo. Cada 14 de abril aparecía remarcado con varios trazos, haciendo que el segundo, el tercero, el cuarto y el quinto cumpleaños saltaran a la vista al pasar las páginas. No era casualidad que todas las hojas que contenían aquellas fechas señaladas mostraran el rastro de las lágrimas que habían difuminado el carboncillo.

Destacaba también cada «20 de julio», la fecha en que habían concebido a su pequeño, aniversarios de la primera y única vez que Ana María y él habían yacido juntos. Repasó las páginas una tras otra. En realidad, no era sino una sucesión de fechas escritas a lápiz que complementadas por su memoria componían un diario no escrito de aquellos cuatro años de cautiverio. Pocos, sin embargo, podrían descifrar su significado cuando él faltara, pues solo a Ana María podrían decirle algo aquellas anotaciones.

Las novedades importantes del exterior le llegaban a través del doctor San Miguel y, respecto a las noticias que afectaban a los Zubeldía, el médico parecía un heraldo de la desgracia y de la muerte.

Félix Zubeldía no había sido capaz de asimilar la temprana muerte de su padre, de quien hasta entonces había dependido para todo. La gestión de los diversos negocios que don José llevaba dentro de la cabeza, la próspera ganadería, los productivos campos de cultivo, además de otras inversiones, había sido una carga demasiado pesada para los hombros de su vástago, tocado, además, por el trauma de los frentes de guerra que no había conseguido dejar atrás con el fin de la contienda. Doña Margarita no había sabido prestarle ninguna ayuda; antes bien, le reprochaba sus errores, su incapacidad, la pérdida progresiva de clientes, de beneficios y, con ellos, de prestigio y de influencia. Las crisis psiquiátricas, con marcados episodios de violencia, se habían sucedido con frecuencia creciente y los médicos se habían mostrado incapaces de atajar su mal. Ni siquiera el doctor Lamas, prestigioso especialista en psiquiatría antes de entrar preso en San Cristóbal y a quien San Miguel había recurrido en busca de ayuda, había podido aportar mejoras significativas. El rápido proceso de degradación de su estado mental le había conducido al ingreso en el manicomio de Pamplona en diciembre de 1940, cierto era que en dependencias privadas destinadas a familias con recursos económicos que podían sufragar mejoras en la alimentación, en el cuidado y en comodidades que estaban vetadas al resto de los internos. El 12 de diciembre de 1940 era exactamente la fecha de la hospitalización que Joaquín había anotado en el cuaderno. Y también aparecía el 9 de mayo de 1941. Aquella tarde de primavera, el doctor San Miguel, como un pájaro de mal agüero, le había apartado de su tarea en el pabellón de tuberculosos para darle la noticia de la muerte de Félix por la mañana. Al parecer, en el manicomio se había organizado una excursión con un reducido grupo de internos, aquellos de mejor comportamiento, para visitar la catedral y la capilla de San Fermín en la parroquia de San Lorenzo. La mala suerte había querido que, al pasar por las murallas de la ciudad camino de la catedral, hiciera explosión el neumático de una camioneta. No había ocurrido demasiado cerca, ni siquiera había sido una detonación potente, pero había bastado para desencadenar uno de los ataques de pánico de Félix, que se había arrojado desde lo alto de la muralla, tal vez recordando el resguardo que una remota trinchera en el frente de Teruel le había proporcionado tras un impacto de mortero.

Ese 9 de mayo era una de las fechas remarcadas con trazos repetidos. No la había resaltado al principio, pero sí al enterarse semanas después, tras la intervención de la notaría y de los abogados de la familia, de que su hijo Jo y su hermana Concha eran los herederos de la fortuna de los Zubeldía, aunque bajo administración legal de los bienes hereditarios hasta llegar ambos a la mayoría de edad.

Ignoraba cuántas fechas más tendría ocasión de anotar en aquel cuaderno. Temía que no demasiadas si la infección progresaba. Cuatro años de experiencia en el sanatorio le permitían albergar pocas esperanzas, así que era hora de sacar el papel de cartas y utilizar la hermosa estilográfica Parker del subdirector antes de que don José, el capellán, pasara aquella noche por su estancia. Contaba solo veintisiete años, sabía que no iba a celebrar un cumpleaños más y, sin embargo, se encontraba sereno y conformado. Y también orgulloso de la decisión tomada cuatro años atrás que había sido capaz de mantener hasta el final.

—Necesito que sepas que no te he olvidado —musitó para sí y besó el anillo que llevaba en la diestra.

Aplanó el papel con la palma, tomó la pluma y empezó a escribir el encabezamiento:

«En el sanatorio penitenciario de San Cristóbal, a 30 de mayo de 1942».

EPÍLOGO

2010

38

Miércoles, 16 de junio de 2010

El iPhone 3, que se había deslizado entre el cojín y el brazo del sillón orejero, comenzó a vibrar al tiempo que una agradable melodía se apoderaba del luminoso salón. José Félix Zubeldía, Jofe para los más cercanos, dejó el ejemplar del *Diario de Noticias de Navarra* en la mesita auxiliar y tanteó en busca del móvil que Almudena, su esposa, le había regalado el último 14 de abril.

—¡Sí, dígame! Jofe Zubeldía al habla —respondió con la determinación y la firmeza de quien usa su herramienta de trabajo.

—Mire, permítame que me presente. Me llamo Koldo Oroz, miembro de la asociación Txinparta. Acaso el nombre le suene de algo. —Dejó la pregunta en el aire a la espera de la reacción de su interlocutor.

—Sí, me suena, en algún sitio lo he leído, seguramente en la prensa. En la radio, quizá.

—Es posible, señor Zubeldía. Somos una sociedad radicada en Ansoáin y dedicada a la recuperación de la memoria de lo sucedido en el fuerte de San Cristóbal durante la Guerra Civil.

El abogado frunció el ceño y, con cierta precipitación, a todas luces interesado, se puso en pie. Caminó hacia el enorme ventanal que comunicaba el salón con una amplia terraza.

—Ya, ahora lo recuerdo. Son ustedes quienes organizan cada año el aniversario... el homenaje —se corrigió— a los presos fugados del penal.

—Veo que conserva usted una buena memoria.

—Soy abogado, supongo que lo sabe. Si algo he ejercitado en mis setenta y tres años de vida es la memoria.

La risa de Koldo Oroz le llegó a través del aparato.

—Bien, me alegra comprobar que no me voy a tener que alargar en presentaciones ni explicaciones. Se preguntará usted por el motivo de esta llamada.

—Desde que ha pronunciado el nombre del fuerte me tiene usted en ascuas.

—En realidad, no sé si estoy llamando a la persona correcta. Tenemos aquí un pequeño lío que tal vez nos pueda aclarar.

—Usted dirá —respondió ya impaciente. Accionó un pulsador y la puerta de la terraza se abrió de manera automática. Aunque iba en calcetines, atravesó la azotea y se apoyó en la balaustrada de mármol sobre la avenida de Carlos III, la arteria más señorial de Pamplona, a escasa distancia de la plaza del Castillo. Habían pasado las once de la mañana y el sol empezaba a apretar.

—En realidad —repitió Oroz—, a quien buscamos es a Ana María Herrero Elorza.

—Sí, es mi madre. Pero, insisto, me tiene usted en ascuas.

—Cierto, disculpe, iré al grano —se excusó, contrariado consigo mismo—. Mire, tengo en mis manos una carta dirigida a Ana María y a su hijo José Félix, a quien ella y el autor de la carta, el padre, parecen conocer como Jo. Sin embargo, el padre no se apellida Zubeldía, como usted, sino Álvarez.

—¡Espere, espere, espere! Déjeme que me siente. —Se dejó caer en uno de los sillones de anea que amueblaban la acogedora terraza—. ¿Me está usted diciendo que tiene en la mano una carta de mi padre dirigida a mi madre y a mí?

—¿Joaquín Álvarez era su padre?

—¡Claro que lo era! Lo del apellido Zubeldía ya se lo explicaré. —La impaciencia parecía haber dado a paso a una notable agitación—. ¿Me puede explicar de dónde han sacado esa carta?

—De la sepultura de Joaquín, señor... Zubeldía. Estamos realizando este mes la prospección de todos los enterramientos en el cementerio del penal y estamos seguros de que uno de ellos corresponde a su padre.

José Félix tragó saliva.

—¡No puede ser! —declaró lívido. Incapaz, al parecer, de permanecer quieto, se levantó y se dirigió a la pequeña barra de bar que, bajo un hermoso tejadillo de teja antigua, ocupaba la esquina más cercana a la fachada—. Debe de tratarse de una confusión. Mi padre murió durante la fuga, aunque es cierto que nunca hemos localizado su cuerpo. Conseguimos que se exhumara una fosa en Ostiz donde, según nuestras noticias, se le había sepultado junto con otros muchos, pero sus restos no estaban allí. Aparecieron una quincena de esqueletos, pero no el de mi padre.

—Sí, estoy al corriente de aquella exhumación, pero quiero ir al grano —abrevió—. Señor Zubeldía, nos hemos tomado la libertad de leer la carta que tengo entre las manos y creo que va a dar respuesta a muchas de sus dudas. No tengo inconveniente en reunirme con usted en cuanto desee para explicarle las circunstancias del hallazgo y mostrarle el documento.

—Estaba a punto de pedírselo. ¿Dónde está usted ahora?

—En la sede de la asociación, en Ansoáin. Puedo acercarme al centro si lo desea.

—Dígame la dirección exacta. En cinco minutos tendrá un taxi en la puerta.

Oroz le facilitó las señas.

—¿Y dónde nos vemos?

—Yo bajo ahora mismo al café Iruña. Allí le espero.

Jofe se pasó la mano por la frente. Sudaba de forma profusa y las sienes le latían con fuerza. Sabía que debía tranquilizarse: a sus setenta y tres años había sufrido dos anginas de pecho, y la última le había llevado a tomar la determinación de dejar el bufete en manos de su hijo Joaquín. Pero aquella llamada lo había alterado sobremanera. Era la noticia que llevaba esperando desde que tenía uso de razón. Sacó un pesado vaso de cristal tallado, extrajo del minibar la cubitera y se sirvió una generosa ración de whisky con un cubito de hielo. Con la bebida en la mano izquierda, buscó en los contactos el número de la central de taxis y envió uno a la dirección de Ansoáin, a los pies del monte Ezcaba. Después, entró en casa a por los mocasines. Con los vaqueros que llevaba puestos y la camisa de Massimo Dutti le bastaría, no pensaba perder ni un instante en arreglarse más.

Tres minutos después, a punto de entrar en el ascensor, el sabor del whisky empezaba a diluirse en su boca, pero la cabeza era un hervidero de preguntas y de emoción. Solo pensaba en su madre. ¿Y si por fin, a sus noventa y cinco años, veía cumplido el sueño de su vida? El espejo que ocupaba todo un lateral del elevador le devolvía su imagen, pero era incapaz de distinguirla con claridad porque las lágrimas se lo impedían. Aun así, el color verde y pajizo de cada uno de sus ojos, aquello que había cambiado el rumbo de su existencia, resaltaba con fuerza incluso con ellos arrasados.

Durante el trayecto por Carlos III y la plaza del Castillo y también durante la espera más larga de lo previsto en una de las mesas del café Iruña, Jofe tuvo tiempo de volver la vista atrás. Su madre había escogido una fecha señalada, el 14 de abril de 1955, el día en que cumplía dieciocho años, para contarle quién era su verdadero padre. También su hermana Concha había acudido a la casa familiar de los Zubeldía en Puente Real, convocados ambos por Ana María. Aquella mañana entraron en la biblioteca siendo hermanos y salieron como medio hermanos, aunque, en realidad, nada cambió entre ellos después de la revelación. La historia de Joaquín y de sus padres, Fabián y Dolores, los sucesos tras el inicio de la guerra hasta la fuga de Ezcaba, el fugaz encuentro la víspera de su captura en el que él había sido concebido, el matrimonio forzado con Félix y su trágico destino... nada les había ocultado su madre, decidida a compartir con ellos la verdad que les había llevado hasta allí. Respondió a cada una de sus preguntas sin evitar ninguna, y el repaso a la traumática existencia de sus progenitores los mantuvo encerrados en el viejo despacho de Zubeldía durante gran parte de la mañana. Desde ese momento, encontrar los restos de su padre se convirtió en algo parecido a una obsesión, para la que había contado con el apoyo y la colaboración de Concha, a quien siempre había seguido considerando su hermana.

Aquel mismo otoño de 1955 partió hacia Madrid para iniciar en la Universidad Complutense los estudios de Derecho. Había alterado su idea inicial de estudiar Ingeniería de Caminos ante el recién estrenado deseo de seguir los pasos de su verdadero padre. Allí conoció a Almudena, la mujer que, de regreso a Puente Real al finalizar la carrera, se convirtió en su esposa y en la madre de sus dos hijos, Joaquín y Fabián. Con los negocios familiares en manos de albaceas y administradores y con directivos competentes seleccionados por aquellos en sus empresas, Jofe inauguró en Pamplona su despacho como especialista en Derecho Laboral, y allí trasladaron su residencia tras la boda. También Concha, dos años después, se casó con Martín Ugalde, un joven médico de la capital con quien había coincidido durante una breve estancia en el hospital de Nuestra Señora de Gracia de Puente Real. Concha le había dado a su madre tres nietos más: Rebeca, Clara y Unai, el benjamín.

Ana María nunca abandonó la casona de Puente Real, tal vez para preservar el contacto con sus padres, Ramón y Emilia. Había reducido al mínimo el personal del servicio, eso sí, pero sin separarse de Julita, con quien aún compartía la vida a pesar de los ochenta y ocho años cumplidos por la anciana sirvienta. Tras más de setenta años juntas, las dos mujeres pasaban por hermanas a ojos de quienes no estuvieran al corriente de sus biografías.

Doña Margarita, que nunca había sido la misma después del ingreso en el manicomio y del trágico final de su hijo, había compartido la casa con su nuera hasta su fallecimiento a los setenta y dos años, tan solo unos meses antes de su boda con Almudena. Tras la muerte de su suegra, dueña y señora del patrimonio de los Zubeldía hasta la mayoría de edad de Jofe, Ana María se llevó a sus padres, ya ancianos, a vivir con ellas. Ramón llegó a conocer a sus biznietos Joaquín y Fabián antes de morir de forma repentina a los setenta y ocho, allá por 1966. Emilia le sobrevivió cuatro años y falleció al poco de cumplir los ochenta.

En todos aquellos años, a pesar de la distancia, los encuentros y celebraciones familiares siempre habían tenido lugar en la casa de Puente Real: cumpleaños, Navidades, vacaciones de Semana Santa y fiestas patronales hacían que la vieja mansión recuperara los gritos infantiles de tres generaciones que sumaban ya para Ana María cinco nietos y ocho biznietos. El mayor de ellos, de su nieto Joaquín, contaba dieciocho años y se disponía a iniciar aquel mismo mes de septiembre los estudios de Derecho en Madrid siguiendo lo que ya se había convertido en una tradición familiar para los primogénitos. El más joven era Jokin, de solo siete, adoptado en China en 2007 tras el matrimonio de Unai con Eneko, poco después de aprobarse la ley que había hecho posible la unión entre ambos.

Identificó a Koldo Oroz por el cartapacio que portaba bajo el brazo. Se incorporó lo suficiente para dejarse ver y esperó a que se abriera paso entre las viejas mesas de mármol y forja. Se dieron la mano de manera solemne, mientras el abogado escrutaba el rostro del hombre que acababa de darle la noticia de su vida.

—Siéntese, haga usted el favor. —Jofe, nervioso e impaciente, clavó la mirada en el portafolios.

—Antes de nada, ¿podrá usted explicarme por qué no lleva el apellido de quien dice ser su padre? Es necesario que me asegure de...

—Sí, se lo explico —le cortó—. En realidad, es muy sencillo de entender.

En cuatro frases le resumió los sucesos del inicio de la guerra que Ana María le había revelado más de cincuenta años atrás.

—Comprendo. —Oroz asentía con la cabeza—. Una historia fascinante, la verdad. Me gustaría llegar a conocerla completa algún día, más allá de los cuatro trazos que acaba de esbozar, aunque de momento es suficiente.

—¿Y bien? —Señaló hacia la carpeta con la barbilla.

—No sé si después de más de cincuenta años de espera es prudente pedirle que espere un poco más, pero antes de entregarle la carta me gustaría poder explicarle, al menos brevemente, en qué circunstancias ha sido hallada. Solo así va a entender lo ocurrido con su padre y la trascendencia del hallazgo.

—¿Va a servir de algo que le diga que no?

—Intentaré ser breve, creo que más adelante tendremos tiempo para que conozca todos los detalles de nuestra labor y de los hitos que nos han traído hasta aquí.

—Adelante, soy todo oídos.

—Todo se inició pocos años antes del quincuagésimo aniversario de la fuga, en 1988, tras décadas de silencio oficial en las cuales la dictadura había echado tierra sobre unos hechos que, claro, no dejaban al régimen en muy buen lugar. Por resumir mucho, le diré que unas cuantas instituciones de Ansoáin, tras la iniciativa de Mikel, un maestro de su escuela, consiguieron reunir fondos para erigir un monolito y sufragar los gastos de la celebración del aniversario.

»Jacinto Ochoa, uno de los fugados en 1938, se entusiasmó con la idea de la celebración y fue clave para localizar a otros presos del fuerte con los que aún mantenía contacto. El 22 de mayo de 1988 acudieron al penal veintidós supervivientes de la evasión con sus familiares, pero también le voy a excusar los detalles de lo vivido aquel día.

»Ese mismo año, Félix Sierra halló en un desván de Valladolid documentos relativos a la fuga que le sirvieron para publicar un primer libro sobre el suceso: *La fuga de San Cristóbal, 1938,* en blanco y negro y formato apaisado. A partir de entonces, cada 22 de mayo nos reuníamos alrededor del monolito y realizábamos un sencillo acto de recuerdo. Alguien pronunciaba un discurso, se leía un poema y se hacía una ofrenda de flores.

»Fue en el año 2000 cuando nació nuestra asociación, Txinparta, un espacio de reflexión, de búsqueda del conocimiento en torno a aquel momento de nuestra historia. Organizamos conferencias de historiadores e investigadores, actividades de divulgación, exposiciones, documentales, el Autobús de la Memoria... Y, desde entonces, nosotros nos encargamos de montar cada año el acto de recuerdo del 22 de mayo.

»En 2005, la colaboración de Félix Sierra e Iñaki Alforja dio lugar a nuevas investigaciones, al descubrimiento de nuevos documentos y testimonios que sirvieron para publicar, esta vez ya en color, el libro definitivo sobre la fuga: *Fuerte de San Cristóbal, 1938. La gran fuga de las cárceles franquistas.*

—Lo tengo en mi biblioteca, Koldo. Un gran trabajo de investigación que me resultó muy duro leer, sobre todo en lo que se refiere a las inhumanas condiciones de vida en las brigadas.

Koldo asintió. Se mostraba a todas luces inquieto e incómodo, consciente de la impaciencia de su interlocutor, que hasta el momento se había limitado a escuchar, con el evidente deseo de no alargar la explicación.

—Ya voy llegando a lo que a usted realmente le interesa, señor Zubeldía —adelantó en un intento de calmar su comezón—. En abril de 2006, hace cuatro años, Roldán Jimeno, el hijo del historiador José María Jimeno Jurío, descubrió en los cajones de su padre un listado de setenta y tres personas fallecidas en el fuerte y que están enterradas en el cementerio de San Cristóbal.*

---

* El relato puesto en boca de Koldo Oroz se basa en el trabajo de investigación «El cementerio de las botellas», de Francisco Etxeberria y Koldo Pla, Editorial Pamiela, 2014, pp. 192 y ss.

»Era la primera vez que uníamos nombres de presos y un lugar concreto de enterramiento donde situarlos. Fíjese en este detalle: el 29 de abril, junto con la Asociación de Familiares de Fusilados de Navarra y Roldán Jimeno e Iñaki Alforja, dimos una rueda de prensa comunicando el hallazgo del listado y del lugar físico donde se ubica el cementerio. Pues bien, solo unas semanas después, el 21 de mayo, víspera del aniversario, el *Diario de Navarra* publicó un artículo titulado "El cementerio de las botellas" en el que se dio a conocer que en ese lugar se habían enterrado a ciento treinta y un presos del fuerte de San Cristóbal con una botella entre las piernas, de ahí el título del artículo. Imagínese, señor Zubeldía, la sorpresa y el dolor que nos causó saber que aquella información, a la que tanto nos había costado llegar, era de sobra conocida por otros. Y precisamente era conocida por quienes habían tomado parte muy activa en el asedio a la República, la Iglesia entre ellos, de cuyo Archivo Diocesano provenía el listado de los enterrados allí. Nuestra desazón fue en aumento cuando el señor archivero trató de impedirnos el acceso al documento que el periódico ya había sacado a la luz. Al final, ante nuestra firme postura y nuestra insistencia, tuvo que abandonar su resistencia y accedimos a la documentación. Pudimos comprobar que no solo se trataba de un listado, sino de un registro que ofrecía datos más amplios: no se circunscribía solamente al cementerio del fuerte, sino que aportaba también datos de otro centenar de presos enterrados en los cementerios de la antigua Cendea de Ansoáin.

»Bien, resumiendo mucho: ya habíamos contactado con la Sociedad de Ciencias Aranzadi y en agosto de ese mismo año hicimos una primera visita conjunta al cementerio de las botellas para ir planificando cómo proceder en adelante. En la primavera de 2007 preparamos los trabajos de exhumación. Todo resultaba enormemente complicado: el terreno del cementerio seguía siendo militar, por lo que había que solicitar los permisos en la Comandancia de Pamplona y en la Sección de Patrimonio Arqueológico del Gobierno de Navarra. Contábamos con el plano del camposanto dibujado por el capellán del penal, con la disposición de las tumbas según se iban produciendo los enterramientos. Pero el lugar se encontraba invadido por la vegetación y hubo que hacer un costoso trabajo de limpieza previo. Se llevó a cabo una prospección con georradar con resultados muy desiguales y se vio necesario un estudio arqueológico. Era preciso aclarar la ubicación real de lo que en el plano se denominaba "cementerio civil", pues no sabíamos si estaba dentro del recinto de piedra o en su exterior. En aquella primera intervención pudimos constatar que era parte del recinto y también comprobamos que la leyenda de las botellas se confirmaba: los esqueletos tenían, por lo general entre las piernas, una botella de cristal. La mayoría se encontraban vacías porque, o bien se habían fracturado, o bien habían perdido el tapón que aseguraba su estanqueidad y el agua, durante decenios, había hecho el trabajo de descomponer el documento interior. Fue el 30 de junio de 2007 cuando apareció en un enterramiento, concretamente en el número setenta y dos, una botella con su tapón de rosca intacto en la que se entreveía el documento escrito en su interior. La expectación, puede usted imaginárselo, era máxima. Al leerlo, comprobamos que, en efecto, eran los restos que esperábamos localizar: la botella corroboraba la previsión del plano y abría todas las posibilidades a la identificación del resto de los esqueletos. Un año más tarde, extendimos las catas de prospección y hallamos un segundo documento en su botella, pero en vez de aclararnos la situación, nos creó más confusión porque no se correspondía con la persona que esperábamos descubrir en ese lugar. Por desgracia, confirmamos que el plano no era fiable. En ese momento todo el proyecto de exhumaciones estuvo en la cuerda floja. No había condiciones para asegurar la identificación de acuerdo con el plano de entrenamientos y era inviable plantearse la identificación genética para cada caso, puesto que eran muy numerosos y solo teníamos contacto con unas pocas familias. Pero no queríamos rendirnos sin agotar todas las posibilidades. Decidimos pedir una subvención al ministerio para poner a la vista todas las sepulturas, si bien no ha sido hasta esta pasada primavera cuando se ha podido concretar el proyecto con la financiación correspondiente.

»Y así llegamos al final, señor Zubeldía. Por fin. Hemos esperado a este mes de junio para iniciar los trabajos, y en quince días que han resultado absolutamente intensivos, se lo puedo garantizar, hemos puesto a la vista la totalidad de las sepulturas, inspeccionado todas las botellas existentes y recuperado una docena de documentos con alguna información. Esta prospección generalizada nos ha permitido entender todo el orden de los enterramientos esclareciendo que la posición del cementerio civil en el plano era el elemento que distorsionaba toda la comprensión del mismo. Y a partir de ahí hemos reinterpretado dicho plano y dado por identificados todos y cada uno de los restos, confirmados, además, por los documentos rescatados. Como ya puede usted imaginar, su padre se encuentra en una de esas sepulturas, en una de las situadas en el cementerio civil, en concreto.

Jofe cerró los ojos y suspiró.

—En verdad, su explicación era necesaria —reconoció sobrepasado—. De otra forma, nunca habría podido imaginar el arduo trabajo de años que ha precedido a su llamada telefónica.

—No le he dicho que hemos localizado en los archivos las actas de defunción de todos los sepultados en el cementerio. La de su padre le será entregada con el resto de los documentos. También de su padre hay un cuadernito de hojas cosidas con una larga serie de fechas que comienza unos días después de la fuga y termina el mismo día en que está fechada la carta que le voy a entregar. Tal vez a ustedes, sobre todo a su madre, les digan algo más que a nosotros.

—Entiendo —asintió cabizbajo.

—En el enterramiento de su padre, sin embargo, hay un hecho extraordinario, señor Zubeldía. Precisamente, que es la única botella que contiene una carta manuscrita del finado dirigida a su familia.* Y de manera excepcional, la conservación es casi perfecta. Se nota que pusieron un interés muy especial en que el cierre fuera completamente hermético y duradero.

—Pero eso es casi un milagro, por lo que me acaba de contar.

—En el caso de su padre, alguien se tomó la molestia de obturar el cuello con cera antes de colocar el tapón de rosca. Se trata de una botella de vidrio transparente de agua de Carabaña. —Al tiempo que hablaba, sacó su teléfono móvil y abrió la galería de fotos. Sin duda, tenía a mano las imágenes correspondientes al enterramiento de Joaquín porque tardó solo un instante en mostrárselas—. Esta es una fotografía del cementerio tomada ayer mismo. Como ve, las ciento treinta y una sepulturas han sido excavadas. —La amplió y señaló con un puntero—. Esa de ahí, en el ángulo

* En realidad, ninguna de las botellas encontradas en el cementerio contenía una carta. Este es el único extremo del relato de Koldo Oroz que pertenece a la ficción de esta novela.

inferior, que corresponde al cementerio civil, es la de Joaquín Álvarez.

Pasó a otra.

—Esta es la sepultura tal como se halla en la actualidad —continuó—. Se encuentra pendiente de su autorización para realizar la exhumación tras los trámites legales precisos. Sin embargo, para confirmar la identificación, hemos extraído la botella de entre sus piernas, como hemos hecho con todas las que muestran el documento legible en su interior, aun sin contar con el permiso de los familiares para la extracción de los restos.

La repentina aparición de la osamenta de su padre ante sí quebró la serenidad del abogado. La imagen mostraba la cabeza ladeada, el brazo derecho doblado sobre el pecho, el izquierdo extendido a lo largo del costado y las piernas alineadas con la botella entre las rodillas; pero lo que realmente se dibujaba en su cabeza e imaginaba con nitidez era el joven en la plenitud de la vida que, setenta y cuatro años atrás, había yacido en una postura parecida en el lecho de Ana María después de concebir en ella al hijo de ambos, que en aquel instante lo contemplaba. Jofe se secó las lágrimas con los nudillos de la mano derecha antes de aceptar el pañuelo de papel que Koldo le ofrecía.

—Los llevo siempre conmigo para estos casos —dijo mirando en derredor—. Desahóguese si lo necesita, nadie nos presta atención.

—¿Quién iba a decirme esta mañana al levantarme de la cama que pocas horas después iba a tener ante mis ojos la calavera de mi padre?

—Entiendo que para usted es uno de los momentos más intensos y dolorosos de su vida.

—Y, sin embargo, también de cierta euforia y regocijo, Koldo, si me permites que te tutee.

—Por supuesto, Jofe —sonrió aún sin dejar de mirar su móvil—. Mira, esta es la botella con los dos documentos en el interior antes de abrirla. Como ves, era patente que se hallaban en buen estado.

De nuevo, pasó la imagen para ir describiendo lo que mostraba.

—Este es el documento de identificación del cadáver, similar a todos los demás. Y esta es la foto de la carta una vez extraída de la botella.

—¡Un momento! ¡Vuelve a la imagen de atrás! ¿Qué día aparece en el documento de identificación? ¿7 de junio de 1942? ¡Esa no puede ser la fecha de la defunción!

—Lo es, Jofe.

—¡Imposible! —insistió el abogado—. ¡Mi padre murió en el 38, durante la fuga!

Koldo abrió la carpeta. Jofe, expectante, entrevió copias de documentos, el plano en tamaño doble folio del cementerio y varias imágenes en papel fotográfico. Buscó un instante entre los papeles y sacó una fotocopia reciente de la carta manuscrita compuesta por tres folios.

—Es el momento de que la leas, Jofe. Puedes hacerlo aquí o en la intimidad de tu casa. Cuando lo hagas, lo entenderás todo.

—¿Crees que es mejor que lo haga en casa?

—Sí —afirmó Koldo sin dudar, a la vez que señalaba con el mentón a la numerosa parroquia del café.

—Está bien. Supongo que podré aguantar la incertidumbre otros diez minutos.

—No te entretengo más, en ese caso. —Con la mano le invitó a ponerse en pie—. Márchate a casa, yo me quedo a tomar un café. Creo que no te has dado ni cuenta, pero no hemos pedido las consumiciones.

—¡Joder, es verdad! ¡Ya me puedes perdonar!

—Mañana me puedes devolver la visita en la sede de la asociación, en Ansoáin. Tenemos que hablar de los trámites para la exhumación y nos gustaría hacerlo cuanto antes. Hay que cerrar la campaña para no incurrir en demasiados gastos —explicó—. A vosotros os corresponde preparar la sepultura definitiva de Joaquín. Yo creo que lo mejor será que uséis los servicios de una funeraria.

—De acuerdo, Koldo. Allí estaré mañana —confirmó ya en pie—. Después de lo que me has contado, me gustaría colaborar de alguna manera con la asociación.

—Mira, si entra dentro de tus posibilidades, a eso no te voy a decir que no. Perdona si te parezco un poco tabernario, pero no vamos sobrados de fondos precisamente.

Jofe se metió los folios doblados en el bolsillo de la camisa y se levantó. Le tendió la mano y se las estrecharon con fuerza.

—¡Joder! Créeme, aún no asimilo lo que está pasando. No sé si me estoy comportando como cabría esperar, pero sigo aturdido. Tengo la sensación de que tendría que estar agradeciéndote esto de otra manera.

—En absoluto, Jofe —dijo restándole importancia—. Pero oye... tu madre tiene que ser muy mayor, ¿no?

—Noventa y cinco, Koldo. Anda bastante floja de las piernas y los huesos, pero de cabeza está mejor que yo.

—No sabes lo que nos alegra haber llegado a tiempo. Por lo que he podido leer en esa carta, se merece esta gran alegría al final de su vida.

—Habrá que traerla, vive sola en Puente Real con una de las doncellas de siempre, casi con tantos años como ella. Mañana nos vemos, ya te contaré —dijo tocándose el bolsillo de la camisa mientras caminaba ya hacia la salida.

—Escucha, si vienes un poco antes, allá a las diez, nos podemos acercar hasta el cementerio.

—¡Sería perfecto! ¡No me he atrevido a pedírtelo! Entonces, iré con mi coche. Tal vez me lleve a Almudena, mi mujer. A mis hijos y al resto de la familia les guardo la sorpresa para cuando llegue mi madre.

—Verás que Joaquín también nombra a tu mujer aun sin conocerla.

En más de cuarenta años de ejercicio, Jofe no recordaba que un papel le hubiera quemado tanto entre las manos como le quemaba la carta que llevaba en la camisa. Durante todo el camino tuvo que hacer un esfuerzo de voluntad para no sacarla de allí y ponerse a leerla en medio de la calle. Prefería esperar a la intimidad de su hogar.

Salió del ascensor y entró en casa sabiendo que estaría solo, pues Almudena había acudido con sus amigas a la piscina del club, recién abierta aquel mismo fin de semana. Las chicas del servicio andarían por la cocina ocupándose ya del almuerzo, así que podría estar tranquilo en el despacho. No, mejor volvería a la terraza del salón y se serviría otro whisky. La ocasión lo merecía. No todos los días llegaba a las manos de uno la carta de un padre muerto a quien no se había conocido, escrita setenta años atrás.

Con el vaso en la mesita auxiliar junto al sillón de anea, intro-

dujo dos dedos en el bolsillo, asió la carta y la desplegó no sin
mostrar cierto temblor de manos. Ante él, la letra de estudiante de
su padre, acostumbrado, sin duda, a tomar apuntes en la universidad, menuda, firme y regular, se extendía en renglones perfectos y
apretados.

39

Sábado, 26 de junio de 2010

No faltaba nadie. Jofe y Almudena, Concha y Martín, los dos hermanos con todos sus hijos y sus respectivas parejas. Y los biznietos, ocho en total. Habían esperado diez días para llevar a cabo los preparativos con calma, permitir a todos los miembros de la familia arreglar sus asuntos, mover citas y cancelar viajes programados, dejar a los más jóvenes terminar los últimos exámenes y rodear así a la matriarca en el día más especial de su larga existencia. La tercera generación rondaba los cuarenta y la cuarta se encontraba en edad escolar, entre la Primaria del pequeño Jokin, el hijo adoptado de Unai y Eneko, y el segundo curso de Bachillerato que acababa de cursar Joaquín en un instituto público, con un excelente resultado en la prueba de acceso a la universidad. De los cinco nietos de Ana María, solo Rebeca, la hija mayor de Concha, permanecía soltera. Joaquín, el primogénito de Jofe y Almudena, tenía la parejita, Joaquín y Julia. Fabián, el menor, dos niñas llamadas Ana María y Martina.

Aquel día, otra de las familias del clan tenía un motivo añadido para la emoción. Ana María había mantenido una estrecha relación con Rosalía y Samuel hasta la muerte de ambos con pocos años de diferencia a principios de los noventa. Germán Hualde había fallecido treinta años antes de un ataque al corazón mientras ayudaba a su hijo en la imprenta y Josefina apenas había disfrutado tres años de la presencia de su hijo de vuelta a casa tras su liberación. De aquel contacto había surgido la amistad entre las dos familias: se reunían en casa de Jofe, de Concha o de los

Hualde cuando Ana María visitaba Pamplona y los nietos de las dos mujeres simpatizaron hasta el punto de formar parte de la misma cuadrilla. Así fue como Clara, la hija mediana de Concha, se convirtió en la novia y más tarde en la esposa de Samuel, nieto de Rosalía e hijo de Luis, el mismo que, con su hermano Antonio, alborotaba en 1936 en la casa de la calle Mayor gritando que habían visto tanques en la estación de ferrocarril. Samuel, el esposo de Clara, también había tenido a su abuelo en la prisión de San Cristóbal hasta su afortunada liberación en mayo del 38. Los nombres de sus tres hijos, Samuel, Federico y Rosalía, eran un recuerdo de los años aciagos en que se inició la relación entre las dos familias. Con Ana María eran veintidós, veintitrés contando a Julita, los miembros del clan que aquella luminosa mañana de junio acababan de llegar a la explanada de acceso al penal de San Cristóbal.

Desde su primera entrevista en el café Iruña, Koldo y Jofe habían congeniado de manera singular. Tal vez la aparición de la carta en el interior de la botella de agua de Carabaña había otorgado a su caso una pátina especial, pero lo cierto era que tanto Oroz y su esposa como otros miembros de la asociación Txinparta se habían volcado en la organización de aquella jornada que prometía emociones fuertes. Koldo le había ofrecido la posibilidad de solicitar a la Comandancia Militar una visita al penal para toda la familia, y, en principio, a Jofe le había parecido una idea excelente. Sin embargo, aquella misma noche, en la cama junto con Almudena, le habían surgido las dudas. La protagonista del día era Ana María y, a sus noventa y cinco años, llegar hasta el cementerio del penal le iba a suponer un esfuerzo notable, por lo que se había convenido que a ella y a Julita habría que bajarlas en una silla de manos por una pendiente muy poco practicable. Después, estaba prevista una comida familiar a la que iban a asistir algunos miembros de Txinparta a quienes tanto debían, así como las dos personas de la Sociedad de Ciencias Aranzadi encargadas de los aspectos técnicos y legales de la exhumación. La visita previa al penal iba a resultar agotadora para la anciana, con numerosos puntos inaccesibles para ella, además de dolorosa en extremo. No podían arriesgarse a desatar en ella una crisis al contemplar con sus ojos el lugar donde Joaquín tanto había padecido. Además, le parecía cruel retrasar el momento del encuentro postrero entre sus padres. No obstante, tanta vacilación había sido en vano porque la propia Ana María había rechazado la posibilidad de entrar de nuevo en aquel espacio maldito para ella. Habían decidido, pues, posponer la visita familiar para los últimos días de las vacaciones de verano, cuando todos pudieran regresar a San Cristóbal, ya con el cuerpo de Joaquín exhumado. El mismo día en que Jofe acudió a Txinparta se habían acercado al cementerio para conocer su situación, el estado de la senda que descendía hasta el camposanto salvando el prolongado desnivel en la cara norte del monte Ezcaba y la ubicación de la sepultura, que en aquella ocasión estaba cubierta, como las demás, por un fragmento de geotextil sujeto con simples piedras sobre la tela. No quiso entonces descubrir la tumba, puesto que consideró que ya había gozado de bastante privilegio siendo el primero en leer la carta de su padre.

Jofe no había permitido su lectura a ningún otro miembro de la familia, aunque sí les había puesto al corriente de su existencia. Ni siquiera Almudena ni su hermana Concha lo habían hecho. Al fin y al cabo, iba dirigida a él y eso le colocaba en disposición de escoger el momento de darla a conocer a todos y en el lugar más indicado: en el cementerio y ante los restos de Joaquín. Los trámites legales y administrativos para la exhumación se habían seguido paso a paso de la mano de Koldo, y la funeraria se presentaría a la hora acordada para hacerse cargo de los restos y trasladarlos a Puente Real, donde al día siguiente, domingo, recibirían tierra de forma definitiva en una sepultura adquirida al efecto en el cementerio de la ciudad, a la espera de acoger también en un futuro, ojalá que lejano, el cuerpo de Ana María.

El propio Jofe, en compañía de Concha, había viajado la víspera a Puente Real al volante de un monovolumen para llevar a Pamplona a su madre y a Julita junto con las dos sillas de ruedas. A Jo —su madre siempre lo había llamado Jo— le había supuesto un verdadero suplicio no adelantarles aquella noche ningún detalle de lo que iban a escuchar al día siguiente en el cementerio. Tras la cena, habían sacado a las dos ancianas en sus sillas a tomar la fresca en el patio interior de la vivienda. Con gusto habría saboreado un buen whisky en aquella velada irrepetible, pero en la casa de Ana María y de Julita no había entrado una botella de alcohol desde la muerte de doña Margarita, casi cincuenta años atrás. Se conformó con una sola copa del jerez que halló en la despensa y que, sin duda, la cocinera usaba para sus guisos.

Aunque las circunstancias de la vida no habían permitido a su madre seguir su vocación y dedicarse a la docencia, había sabido quitarse la espinita aportando una sustanciosa cantidad de dinero para la rehabilitación integral de un hermoso palacio renacentista en ruinas. Tras donar para sus estanterías los fondos bibliográficos de los Zubeldía y los de Ramón, su padre, la nueva biblioteca llevaba el nombre de Ana María Herrero.

—¿Qué hora llevas, mamá? —preguntó Jofe con intención.

La anciana alzó la muñeca y entornó los ojos para ver mejor, pero terminó colocando el diminuto reloj de pulsera bajo la lámpara colgante que iluminaba la pérgola que los resguardaba.

—Las once y veinticinco —anunció.

Concha y Jofe se miraron y sonrieron, no sin cierta emoción. Era el único reloj que su madre había usado en su larga vida, al que en setenta y cuatro años no había dejado de dar cuerda un solo día, salvo cuando el uso y el desgaste lo habían hecho visitar al relojero de la localidad, tan anciano como ella, pero siempre dispuesto, hasta su muerte en 1995, a abrir el taller cada vez que Ana María lo precisaba. Después, el propio Jo se había encargado de enviarlo a reparar a una joyería de Zaragoza hasta que, en los últimos cinco años, solo en Madrid habían podido encontrar a un anciano, mitad relojero, mitad anticuario, con la habilidad y las piezas de recambio necesarias para mantenerlo en funcionamiento. Lo mismo ocurría con el anillo de compromiso que seguía luciendo en su anular. Jamás desde el final de la guerra sus manos se habían adornado con otro, a pesar de la colección que acumulaba en el joyero, los regalos recibidos en tantos lustros.

—Parece mentira que siga funcionando —observó Julita.

—Me lo ha preguntado por eso, ¿no te has fijado en cómo se han guiñado los dos? Se cree este que no le he visto mirar la hora un instante antes en ese teléfono que todo lo sabe.

—Es que nunca un regalo ha sido tan apreciado, mamá. Una vida entera en la muñeca.

Una jornada intensa los esperaba y no tardaron en acostarse. A primera hora, Ana María estaba dispuesta e impaciente para emprender el que probablemente fuera su último ascenso a San Cristóbal.

Lo que casi parecía una comitiva oficial de siete vehículos les había servido para salvar la decena de kilómetros que separaban el centro de la ciudad del penal y, una vez en la explanada de acceso, el reencuentro de la familia al completo, con la presencia de media docena de miembros de Txinparta, estaba haciendo que los saludos y los corrillos se alargaran sin visos de un final. Ana María, sentada dignamente en su silla de ruedas sin separarse de Julita, era el centro de atención. No habían encontrado mejor manera de hacer bajar a las dos ancianas que usando una silla a la que habían acoplado dos traviesas en una carpintería cercana, con un resultado parecido a una silla de manos. Una vez salvado el desnivel, ya en el cementerio, volverían a sentarse en sus respectivas sillas de ruedas que alguien habría bajado plegadas. El cabello blanco recogido en un moño contrastaba con el moaré del vestido de luto que había escogido para la ocasión y hacía juego con las hermosas perlas del collar y de los pendientes. Las manos y las muñecas aparecían desnudas de joyas salvo por el delicado relojito y el anillo de Joaquín en la diestra. El bolso, también negro, le servía para guardar el pañuelo con el que a cada instante debía secarse los ojos, siempre húmedos.

Jofe se encaramó medio metro en el muro de piedra que ascendía por la ladera para conformar más adelante el foso perimetral de la fortaleza y desde allí dio varias palmadas para llamar la atención.

—¡Bien, escuchad, familia! —dijo en voz alta—. Como después tendremos todo el día para conversar, será mejor que empecemos el acto cuanto antes. Están con nosotros varios miembros de la asociación Txinparta y dos personas de la Sociedad de Ciencias Aranzadi, a quienes debemos no solo el hallazgo del cuerpo de Joaquín y de los otros ciento treinta hombres enterrados aquí, sino también la recuperación de la memoria y de la dignidad de los presos inocentes que fueron represaliados en este penal por defender sus ideales políticos, la gran mayoría sin haber usado nunca la fuerza.

»Todos estáis al tanto de las circunstancias del descubrimiento del cementerio, del proceso de las exhumaciones, del trabajo durante años de estos hombres y mujeres, de la existencia de las botellas dentro de los ataúdes para identificar los restos, en fin, de todo lo que rodea a este hecho extraordinario. En el caso de mi padre, de vuestro abuelo, de vuestro bisabuelo... concurre una circunstancia excepcional de la que también os he hablado: la aparición de una carta de su puño y letra conservada en la misma botella que su tarjeta de identidad, una botella de agua de Carabaña por fortuna intacta y muy bien sellada con cera, que Koldo os mostrará abajo en la sepultura.

»Soy el único de la familia que ha leído la carta, ni siquiera la bisabuela lo ha hecho. —La miró con ternura—. Os puedo asegurar que revela detalles trascendentales acerca de lo sucedido y altera de forma sustancial lo que hasta ahora habíamos creído saber. La leeré junto a la sepultura y, aunque todos estáis al corriente de la historia de Joaquín y de Ana María, creo necesario intercalar algunas breves explicaciones para que podáis entender la peripecia del bisabuelo.

»La bajada es complicada, y eso que no llueve, así que tened cuidado, no vaya a terminar alguien con un tobillo roto. Por eso os he pedido que vengáis con calzado cómodo y deportivo. Empezaremos bajando a la abuela en la silla que hemos preparado, pero necesitaré la ayuda de los más jóvenes y ágiles. Venga, Joaquín hijo, que se noten esos dieciocho, tú el primero. Unai, ¿te animas? ¿Fabián? ¿Samuel? El resto pueden bajar las dos sillas para montarlas abajo, donde el enterramiento.

»Bueno, y ya que estoy aquí, una cosa más. —Levantó la mano para pedir que no se movieran y llamar, de nuevo, su atención—. Pensaba esperar a los postres, pero creo que este es un momento más adecuado y más solemne, ya que también se trata de un homenaje a mi padre. Os adelanto que en la carta que leeremos en un momento mi padre se dirige a mí como Jo. Ya sabéis que era la manera de sortear el nombre de José Félix, que, en realidad, no me corresponde. Pues bien, os anuncio que, a mis setenta y tres años, he solicitado el cambio de nombre de pila en el Registro Civil y que dentro de tan solo unos días habrá oficialmente un Joaquín más en la familia.

Los aplausos, las risas y las exclamaciones lo interrumpieron, también por parte de Koldo y los demás miembros de la asociación. Miró con complicidad a su madre y vio la emoción reflejada en sus ojos. Bajó al suelo de un salto y la besó en la frente.

—Ahora me podréis llamar Jo o Joaquín. Lo que vamos a ir dejando de lado es lo de Jofe, ¿de acuerdo?

La anciana lo tomó de la mano, tiró de él y le hizo acercarse para besarlo en la mejilla.

—Gracias por todo esto, Joaquín, hijo mío —le susurró al oído remarcando el nombre de pila.

Los más jóvenes se habían encaramado al murete norte y observaban la escena desde lo alto, sentados algunos en el borde con las piernas colgando. El resto rodeaban la sepultura formando un óvalo imperfecto. También estaba en pie el pequeño Jokin, delante de Unai, que parecía protegerlo con los brazos. Jofe les había planteado a los dos padres si el más pequeño de la familia no quedaría impresionado cuando se levantara la tela y la tumba quedara al descubierto, pero ambos se habían mostrado de acuerdo en que, después de haber explicado al pequeño lo que iba a pasar aquella mañana, estaría preparado para ello. Las dos sillas de ruedas se habían situado a los pies de la tumba y Jofe se encontraba entre ellas, con Ana María a su derecha.

—Koldo, ¿te importa?

El profesor se colocó en el centro, de frente a los asistentes, junto al borde de la sepultura que compartía con los dos hombres de Aranzadi.

—Lo que vais a ver a continuación son los restos óseos de Joaquín Álvarez, vuestro familiar, tal como fue inhumado tras su muerte por tuberculosis. Hemos extraído la identificación contenida en la botella, que corresponde con el registro de defunciones y con el acta de defunción, que se conserva. Los compañeros de Aranzadi han hecho el estudio genético cotejando los tejidos de los huesos con una muestra biológica de Jofe... de Joaquín —se corrigió—, y la coincidencia es absoluta. No hay duda de que nos encontramos ante los restos de su padre. Se ha llevado a cabo asimismo un análisis antropométrico y otro de patología, en el que se han hallado evidencias de la muerte por una tuberculosis muy avanzada, a juzgar por las lesiones que se han observado en la cara interna de las costillas. También hay señales de infección y algún detalle que nos permite sospechar que poco antes de su muerte se sometió a una intervención de colapsoterapia para tratar de frenar la extensión del bacilo tuberculoso, a todas luces sin éxito.

»Conservamos la carta original a buen recaudo para su estudio técnico, pero se devolverá a la familia en cuanto terminemos los trabajos. Lo que Jo tiene en sus manos es una copia que hemos utilizado para evitar su deterioro. Y no os preocupéis porque en la mochila llevamos copias para todos, para que la conservéis y la leáis tantas veces como queráis. También hemos traído la botella y la hemos depositado en el mismo lugar que ocupaba, para que podáis haceros una idea de la situación exacta dentro de la tumba. Igualmente os será entregada, junto a un cuaderno en el que Joaquín apuntó una serie de fechas importantes para él. Se encontraba muy deteriorado y hemos decidido enviarlo a restaurar para evitar que se deshaga entre las manos. Queríamos haberlo tenido para hoy y, aunque no ha sido posible, os lo haremos llegar en unos días. Y, por fin, y esto se nos había olvidado, Joaquín, ya nos podéis perdonar, tengo aquí el anillo que llevaba el cuerpo en el anular derecho. Los de Aranzadi se lo habían llevado para limpiarlo y para comprobar, y no es el caso, si había algo grabado. —Le entregó una bolsita de plástico con cierre hermético con el anillo en su interior—. Y, por mi parte, nada más. Creo que es el momento que todos estabais esperando.

—Voy a leer la carta y, después, descubriremos la sepultura, si os parece.

—Espera, dame el anillo —pidió Ana María, a su diestra.

Joaquín abrió la bolsa y, con cuidado, lo extrajo y se lo entregó a su madre. La anciana, con dedos temblorosos y deformados por la artrosis, lo cogió y se lo colocó, no sin dificultad, en su propio anular, junto al anillo idéntico que llevaba.

—Aquí está mejor —declaró con una amplia sonrisa antes de besarlos, ya juntos. Después, levantó la mano y se los mostró, emocionada, lo que desató el aplauso de todos, risas y exclamaciones.

Jofe, entonces, se puso serio, sacó los folios fotocopiados y los extendió. Algunos fragmentos del texto aparecían resaltados con un rotulador amarillo, tal vez allí donde pensaba detenerse para dar alguna explicación. Carraspeó un instante.

—Fijaos, para empezar, en la fecha del encabezamiento. Mayo del 42, y el bisabuelo seguía vivo.

En el sanatorio penitenciario de San Cristóbal,
a 30 de mayo de 1942

Esta carta va dirigida a mi amada Ana María Herrero Elorza y a mi hijo José Félix, Jo para nosotros dos. Ignoro si algún día caerá en vuestras manos y mucho menos cuándo llegará ese día. Tan solo espero que, si llega, no sea demasiado tarde para que comprendáis por qué he hecho lo que he hecho. Arriesgo al planearlo así, con un mensaje dentro de una botella que tal vez tarde años en alcanzar vuestra orilla.

—Ya ves que ha llegado a tiempo, madre —le dijo agachándose sobre ella a la vez que le oprimía el hombro con ternura.

Podría entregar esta carta al doctor San Miguel, al capellán o a cualquier otro con el encargo de que te la hicieran llegar tras mi muerte. Pero sería obligarte a revivir el dolor demasiado pronto, mi querida Ana María, y estos cuatro años de privación en los que no he podido ver tu rostro ni ver crecer a nuestro hijo habrían resultado en vano.

Decidí apartarme de vuestras vidas durante la fuga del 38, al ser capturado por una patrulla carlista que me puso en manos de mi medio hermano, Félix Zubeldía. Ignoro si has conocido este extremo de nuestro parentesco, pero es fundamental para que tengáis conocimiento cabal de lo sucedido y del motivo de mis actos. José Zubeldía, ya casado con Margarita y con Félix ya nacido, dejó embarazada a una de las criadas. Esa criada no era otra que Dolores, mi madre. Para ocultar el escándalo, su padre buscó en Puente Real a un joven que la pretendía, Fabián, y le propuso asumir la paternidad y casarse con ella a cambio de una sustanciosa renta y de correr con todos los gastos de la criatura hasta que se ganara la vida por sí mismo. Así nací yo, hijo de José Zubeldía y, por tanto, medio hermano de Félix.

—Esto no lo sabías, madre, ¿no es cierto? Los dos, tu Joaquín y Félix, eran hijos de don José, claro que de distinta madre.
—Pero ¿qué dices, hijo mío? —Su tono era de absoluta incredulidad—. ¿Cómo pudieron mantener algo así en secreto sin que nadie nos enteráramos? ¿Y Félix? ¿Lo sabía Félix?

—No, no lo sabía. Ahora lo entenderás, pero esta información es trascendental. Resulta que todos nosotros llevamos el apellido correcto porque el bisabuelo Joaquín también era un Zubeldía, igual que Félix. Escucha, sigo leyendo. Ahora explica cómo y cuándo se enteró Félix de que Joaquín era su medio hermano.

Poco después del inicio de la guerra, muertos mis padres (a esta hora ignoro la participación de José Zubeldía en sus muertes, pero a él hago responsable), solo yo quedaba vivo. Zubeldía temía que la verdad llegara a mis oídos, bien porque Fabián hubiera contado su historia antes de ser fusilado, bien porque el doctor San Miguel, que había atendido a mi madre en el parto, se pudiera ir de la lengua en la prisión. Al enterarse de la fuga, don José le reveló a Félix quién era yo y lo envió en mi busca con el encargo de terminar con el último posible testigo de su ignominia y con una amenaza para su herencia como hijo único. Mas cuando se produjo el encuentro, Félix fue incapaz de disparar a quien ya sabía su medio hermano. Fue él quien me dio la oportunidad de simular la ejecución y huir a Francia a cambio de que nunca más volviera a poner los pies en Puente Real, de que saliera para siempre de vuestras vidas, y con la promesa por su parte de que nunca os faltaría de nada. Lo que me hizo aceptar la propuesta fue la evidencia de mi avanzada enfermedad. Había visto morir a muchos de mis camaradas y sabía que no me quedaba demasiado tiempo de vida. Era preferible que me creyeras muerto durante la fuga. Por nada del mundo quería obligarte a pasar de nuevo por todo el horror de las visitas al fuerte y llevarte a sufrir mi segunda muerte, esta vez real a causa de la tuberculosis. Acepté que Félix te contara que me habían fusilado en Ostiz.

—No, ¡no puede ser! ¿Cómo pudiste hacerme esto? —Ana María se dirigía a su prometido y había comenzado a llorar—. ¿Pasó cuatro años en Francia sin que supiéramos nada de él? Pero, entonces, ¿cómo terminó aquí enterrado?

—¡No, espera! Escucha con atención. En ningún momento huyó a Francia, lo capturaron antes de que pudiera hacerlo.

Todo habría sido de otra manera si el doctor San Miguel, desconfiando de que mi ejecución hubiera llegado a producirse y desconocedor del pacto entre nosotros, no me hubiera dado captura aquella misma noche para devolverme a la prisión de San Cristóbal. El pacto con Félix parecía haberse ido al garete. Sin embargo, San Miguel, enterado de su error cuando pudo hablar con Félix en el hospital, y forzado por él, me planteó que no todo estaba perdido si conseguíamos mantener en secreto mi regreso al penal. Esa fue la causa de la inmediata liberación de Samuel Huarte, el único preso que mantenía relación contigo y que podría contarte la verdad.

—¡Madre mía! —se oyó exclamar a Samuel echándose la mano a la frente.

—¡Estuve en ese hospital y el maldito tuvo el valor de hacerme creer que Joaquín había sido fusilado! Recuerdo mi dolor en aquella capilla como si fuera ahora.

—Formaba parte del trato, madre.

—¡Y lo de Samuel! A todos nos extrañó que lo soltaran tan pronto. ¡Era para que no contara nada! ¡Cómo pudo acceder Joaquín a semejante arreglo! ¡Cuatro años más malviviendo en el penal!

—Sin duda, quiso apartarse de ti para que pudiéramos vivir una vida que él no nos podía ofrecer. Un apestado político, con una condena de treinta años sobre las espaldas, enfermo de tuberculosis...

Es verdad que no esperaba sobrevivir tanto tiempo, pero la mejora en las condiciones de la cárcel tras la fuga y los cuidados del doctor Lamas han permitido que cuatro años después pueda, al menos, seguir sosteniendo la estilográfica para escribir esta carta. Sé que no me queda mucho, la enfermedad avanza inexorable, y me temo que la inoportuna infección que me acabo de descubrir terminará con estos cuatro años de resistencia y también de prolongado sufrimiento por nuestra separación.

—Posiblemente la infección de la que habla pudo producirse como consecuencia de la intervención a la que se sometió —interrumpió uno de los miembros de Aranzadi.

Jofe asintió, volvió a asir a su madre del hombro y siguió leyendo:

El peor momento de estos cuatro años se produjo después de conocer la inesperada muerte de Félix. Durante días acaricié la idea de hacerte llegar noticias mías, libre ya de tus ataduras; incluso soñé con celebrar nuestra boda en la prisión, como se han celebrado otras. Por fortuna, no lo hice, pues ahora estarías a punto de vivir un nuevo infierno.

—¡¿Por qué no lo hiciste, necio?! —gritó Ana María inclinándose hacia delante y hacia atrás. Se apretaba las sienes con las yemas de los dedos y lloraba de manera desconsolada—. ¡Claro que nos habríamos casado! Y te habría atendido en tus últimos días, aunque solo pudiéramos vernos en el locutorio.

—¡Tranquilízate, madre! —Concha, preocupada, se había acercado y trataba de consolarla tomándola por los hombros, de pie tras ella.

—Fue un extraordinario acto de amor —declaró Jofe—. Tuvo que quererte mucho para aceptar de buen grado la reclusión y la separación.

Las palabras de su hijo, lejos de calmarla, sumieron a la anciana en un llanto incontrolable, entrecortado por el hipo que la agitaba. Jofe levantó la mirada. Por todos y cada uno de los rostros frente a él caían gruesos lagrimones que algunos trataban de ocultar con el dorso de la mano. Otros lloraban abiertamente y sin tratar de disimularlo y se secaban con pañuelos de papel de un paquete que alguien había sacado.

—Espera un poco, Jofe, no sigas. —Concha, por el gesto, tras la espalda de su madre, parecía temer que sufriera un síncope.

—¡No, de ninguna manera! ¡Continúa! —La voz de Ana María transmitía dolor, pero hacía un gran esfuerzo por contenerlo.

—Sigo, ya no queda mucho.

Si lees esto algún día, quiero que sepas que has sido mi primer y mi único, mi gran amor, que no he dejado de pensar en ti ni un solo instante desde que la guerra me arrancó de tus brazos y que si he soportado estos casi seis años de penurias ha sido solo gracias a tu recuerdo. El corazón se me ha roto cada día al pensar en cómo podían haber sido las cosas de no haberse producido el brutal golpe contra la República; al imaginar las risas y los juegos con el pequeño Jo en la casa donde habríamos vivido juntos, que tal vez habría sido también mi despacho como abogado laboralista. Nuestro hogar.

Pero de nada sirve intentar cambiar el pasado. Mi único consuelo es que algún día esta carta llegue a tus manos y sepas, si es que alguna vez has albergado alguna duda, cuánto te he querido aun en la ausencia. Solo deseo para Jo que encuentre una mujer que se parezca a ti y que se quieran como nosotros nos hemos querido. Sé que será un buen hombre, igual que Concha será una gran mujer. No podría ser de otra manera si eres tú quien los ha criado.

Jofe hizo una pausa y miró alternativamente a Almudena y a Concha. Frente a ambas esbozó una señal de afirmación con la cabeza. Entonces las lágrimas acudieron también a sus ojos y la voz le empezó a salir entrecortada.

Quiero que sepas, para terminar, que agoto mis últimos días conformado, tranquilo al saber que ni a ti ni a tus dos hijos os va a faltar de nada y sabiendo que tomé la mejor decisión para conseguir lo único que me importaba: evitarte un dolor innecesario aun a costa de mi pequeño sacrificio, pues, a mi manera y rodeado de personas magníficas como el doctor Lamas y el capellán don Pascual, yo también he sido feliz estos cuatro años.

—¿Has escuchado, madre? —sollozó con la voz rota—. Dice que esos cuatro años en el penal fue feliz.

Algunos de los nietos de Ana María se acercaron para trasladarle a su abuela palabras de consuelo y pequeños gestos de cariño. También Joaquín, el mayor de los biznietos, saltó del murete, sorteó a quienes se interponían en el camino, se agachó ante la anciana y le sostuvo las dos manos entre las suyas, a cuáles más temblorosas. Su madre, desde un lado de la sepultura y llorando como una Magdalena, se las arregló para levantar el móvil y les sacó una foto. La observó un instante, pareció fijarse en un detalle y repitió la foto, esta vez enfocando las manos blancas, huesudas y arrugadas de la anciana entre las manos jóvenes y fuertes de su hijo mayor.

Jofe esperó con paciencia. Todos parecían necesitar un tiempo para serenarse. También él. Posó la mirada en el papel y comprobó lo que venía ahora.

—Mira, madre. ¿Sabes de quién habla ahora? De Federico.

—¿De Federico?

Simplemente haber pronunciado aquel nombre captó la atención de la anciana y tuvo la virtud de que su llanto cesara.

—Quizá los más jóvenes no sepáis que Federico era el mejor amigo de Joaquín en Puente Real. Cuando estalló la guerra y comenzaron los fusilamientos, trató de ayudarle a escapar escondido en su galera, bajo la paja, pero la Guardia Civil los descubrió y acabaron los dos en la cárcel. Federico ya no saldría de ella hasta la fuga, en la que perdió la vida. Joaquín lo cuenta a continuación...

Será muy difícil que esta carta acabe en vuestras manos, pero es mi deber moral dejar escrito que debo todo a mi gran amigo Federico Nieto. Puso en juego su vida y perdió la libertad para ayudarme a conservar la mía la noche en que concebimos a Jo. Y de nuevo se interpuso ante las balas de los rebeldes y se inmoló ante mis ojos para que yo tuviera una oportunidad de huir. Tanto era el cariño que nos teníamos que, cuando me sacaron de la brigada y me creyó fusilado, trató de quitarse la vida. Solo me queda el consuelo de que pude empeñar nuestro anillo de compromiso en el economato para adquirir alimentos y medicinas que hicieron que sanara. Estoy seguro, Ana María, de que no me reprocharás el uso que le di a nuestra alianza.

La anciana se acercó otra vez los dos anillos a los labios y los besó largamente. Asentía con la cabeza y los besos se podían escuchar con claridad. Una vez más había comenzado a llorar, pero Jofe reanudó la lectura:

Por circunstancias, he conocido el paradero de su cuerpo y el del camarada Daniel Molinero, muerto junto a él en los montes que debían darnos cobijo para llegar a Francia, y aquí dejo constancia escrita de ello: sus cuerpos se encuentran enterrados en el exterior del cementerio de Urtasun, al lado del muro opuesto a la entrada del camposanto. Habría sido mi deseo descansar junto a él, pero no va a ser posible.

—Aquí puedo hacer yo un inciso —interrumpió Koldo—. Con la gente de Aranzadi hemos hecho un rastreo del sitio que Joaquín indica en la carta y creen muy posible que la información sea cierta. El lugar se encuentra sin excavar, pero en una pequeña cata que han practicado hay diferencias en las características del terreno, lo que puede apuntar a la presencia de una fosa. Cuando se obtengan los permisos necesarios, procederán al estudio y a la posible exhumación. En caso de confirmarse el dato, cosa muy probable, trataríamos de buscar a la familia de Daniel Molinero para darles cuenta del hallazgo y de las circunstancias de su muerte.

—Y respecto a Federico —siguió Jofe—, si estuviera allí enterrado, no tiene familia, puesto que era huérfano y tampoco tenía hermanos. Podemos hablarlo entre todos, pero sería muy bonito cumplir el deseo de Joaquín y enterrarlos juntos cuando se pueda en la sepultura de su pueblo.

Un murmullo de aceptación acompañó sus palabras.

—Continúa, tío. —Unai parecía impaciente, a pesar de que el pequeño Jokin se encontraba en brazos de Eneko, tal vez asustado al verse rodeado por el llanto de toda la familia, incluido el de sus padres.

—Sí, la carta termina ya...

Delante de mí tengo la botella de agua de Carabaña que ha de permitir a esta carta cruzar el océano del tiempo hasta llegar a vuestras manos, a manos de alguno de nuestros descendientes en último caso, quiero confiar. Mientras tanto, ha de permanecer en un cementerio repleto de historias tan singulares y dramáticas como la nuestra, querida Ana María, contenidas en infinidad de botellas de vidrio como la que ahora contemplo. Un cementerio de cristal.

Me gustaría creer en el más allá para tener la esperanza de encontrarte de nuevo, pero me conformo con los momentos, demasiado escasos, es verdad, que hemos compartido en esta vida.

Hasta siempre, Ana María, amor mío.
Hasta siempre, Jo, hijo mío.
Vuestro

JOAQUÍN

Ana María ocultó la cara entre las manos. Julita, con esfuerzo, se levantó de su silla de ruedas y se arrodilló ante ella para fundirse en un abrazo. Treinta pares de ojos las contemplaban emocionados. La anciana alzó la mirada hacia su hijo y con un gesto señaló la carta. Jofe se la dio en la mano que le tendía. La sujetó con fuerza entre los puños temblorosos y se la llevó a la boca para besarla. Allí estaba la letra menuda de Joaquín, de la que no había conservado ni un triste pedazo de papel. Pero él se había encargado de hacérselo llegar.

—Querré la carta original. Necesito pasar mis dedos por el papel que él rozó poco antes de morir. Necesito olerla por si la botella ha preservado un ápice de su olor. ¿Cuánto tardó en morir después de escribirla?

—Solo una semana, mamá. Murió el 7 de junio de 1942.

—Veintisiete años recién cumplidos. Pobre Joaquín, en la flor de la juventud. —Hablaba para sí misma aferrada al papel—. No había chico más bueno en Puente Real. No se merecía lo que le hicieron.

Sonó el móvil de uno de los técnicos de Aranzadi, y el joven lo atendió con voz queda.

—Los de la funeraria están arriba ya —les comunicó a Jofe y a Koldo—. Cuando quieran, descubrimos la sepultura. Una vez que hayan terminado, nosotros nos encargaremos de la exhumación y de introducir los restos en el ataúd junto con los de las pompas, si les parece bien.

—¿Estás preparada, madre?

Julita había regresado a su silla de ruedas y Ana María pidió ayuda a Jofe para ponerse en pie.

—¿Y tú, hijo, estás preparado? —Con delicadeza y ternura posó la diestra en su rostro y le acarició—. Van a sacar a tu padre de ahí.

El abogado hizo una señal con la cabeza y los operarios retiraron las piedras que sujetaban el geotextil. Un instante después, la sepultura estaba al descubierto. Los ojos de Ana María recorrieron como hipnotizados la osamenta del hombre que había amado setenta y cinco años atrás. Parecía reír. Como todas las calaveras, parecía reír, pero la carta que acababa de escuchar desmentía tal impresión. Una terrible sensación de pérdida por lo que podía haber sido y no fue le arrebató el alma y de nuevo regresó el llanto.

—Quiero bajar.

—¿Qué has dicho, mamá?

—Que quiero bajar —repitió.

—¡No, mamá, eso es imposible! No puedes bajar a una tumba de más de un metro.

—Pues baja tú y me coges en brazos. —La idea se abría paso en su mente—. ¡Eso es, bajemos juntos a buscarlo!

—Mamá, si tú tienes noventa y cinco, yo tengo setenta y tres. Será suficiente con verlo desde aquí. El tiempo que sea necesario.

—¿Me bajas tú o se lo tengo que pedir a uno de estos jóvenes? He pasado setenta años buscándolo y, cuando lo encuentro, ¿vais a impedir que me despida de él?

—Yo lo haré, abuelo. —El joven Joaquín volvió a acercarse a su bisabuela, a quien siempre había adorado—. Si quiere despedirse de él, que se despida, ¿no? No vamos a esperar a que sea una pila de huesos dentro de una caja. Así, intacto, aún es él.

Jofe miró a su nieto. De nuevo, el muchacho lloraba sin importarle la mueca que desfiguraba su rostro y se secaba las lágrimas con el dorso. Si en Puente Real no había habido un chico más bueno que Joaquín, como su madre acababa de afirmar, pocos habría en Pamplona con un corazón tan grande como el de su biznieto. En eso había salido al hombre que reposaba a sus pies. En eso y en los ojos singulares, uno verde tirando a marrón y otro marrón tirando a verde, que el azar había querido regalar al muchacho.

Ahora sabía a ciencia cierta que solo el azar era el culpable. La duda le había surgido el mismo día de la llamada de Koldo, al releer la carta por enésima vez. Si Joaquín era, en realidad, hijo de don José Zubeldía, ¿por qué el patriarca del clan no tenía los ojos de distinto color? ¿Por qué Félix, su primogénito, tampoco los tenía? En realidad, la respuesta estaba en su propia familia. Su primogénito, Joaquín, tenía los ojos marrones, algo que no sucedía con Fabián, el pequeño, que sí había heredado el rasgo distintivo. En cambio, el hijo mayor de Joaquín, que en aquel momento esperaba su respuesta junto a la tumba, de nuevo los tenía diferentes, tras haber saltado la anomalía una generación. No sabía lo que habría sucedido de haber tenido Fabián hijos varones, pues solo tenía dos chicas.

Había confirmado su impresión días atrás, tras consultar a un reputado genetista de la Universidad Pública de Navarra. Cuando en el despacho del profesor averiguó que aquello era perfectamente posible, que la expresión fenotípica del rasgo estaba determinada solo por el azar y que podía saltar generaciones, pensó en lo diferente que habría sido todo si Félix también lo hubiera heredado. Nadie en el entorno habría creído que dos muchachos en la misma ciudad pudieran mostrar aquel rasgo distintivo sin tener nada en común. El hecho de que su madre, Dolores, hubiera trabajado en la casa de los Zubeldía habría sido el hilo que condujera a la verdad y toda la farsa se habría venido abajo.

—¡Abuelo!

El muchacho lo sacó de su abstracción. Entonces miró a los técnicos de Aranzadi, que se encogieron de hombros en actitud interrogante.

—Está bien. Hazlo —concedió a regañadientes—. Te ayudaremos.

El muchacho, apoyándose con los dos brazos en los laterales, se metió en la sepultura ante los ojos atónitos de todos. Entre sus primos menores se escucharon expresiones de asombro y admiración. Se dejó caer dentro con un pie a cada lado de las piernas juntas de su bisabuelo, sin rozar las tibias que albergaban en el centro la botella vacía de agua de Carabaña. Una vez afirmado en el fondo, se volvió al costado y levantó los brazos para acoger en ellos el cuerpo menudo de Ana María, que su hijo y sus nietos asían por todas partes. Cuando la tuvo bien sujeta, la fue inclinando con suavidad hasta que también sus pies hollaron la tumba delante de él, entre los dos fémures de Joaquín. Con un cuidado inmenso, la ayudó a ponerse de rodillas frente al amasijo de pequeños huesos que era el torso entremezclado con los brazos y las manos que un día la envolvieron. Ana María quedó frente a la calavera ladeada. Desde arriba, algunos móviles tomaban fotos y grababan vídeos de aquel momento excepcional. Ajena a todo, la anciana apoyó las dos manos a la altura de las clavículas de Joaquín y se acercó a él para hablarle con voz queda. Ni su biznieto, que se encontraba con ella en la sepultura, pudo oír lo que le decía. Dos, tal vez tres minutos después, en medio de un silencio roto tan solo por los sollozos y las lágrimas sorbidas, el joven primogénito de los Zubeldía fue testigo del momento en que la bisabuela se inclinó aún más para depositar en la calavera de su amado un prolongado beso de despedida.

Nota del autor

Sabía hace tiempo que en algún momento escribiría una novela sobre la fuga de San Cristóbal. Después de conocer lo sucedido entre aquellos muros durante la Guerra Civil, sentí que tenía una deuda moral con aquellos hombres y con sus allegados, que debía hacer algo para poner mi granito de arena en la tarea de recuperar y mantener su memoria. La única herramienta de la que disponía es el libro que acabas de leer. Desconocía entonces, sin embargo, qué clase de novela iba a ser, cómo habría de enfocar la narración ni quiénes serían sus protagonistas. Tal vez lo propio habría sido escoger a uno de los presos cuyos testimonios, por fortuna, nos han llegado, y basar el relato en su peripecia vital. Sin embargo, tal opción me planteaba un inconveniente fundamental: por el penal pasaron miles de presos y habría sido injusto rescatar la memoria de uno solo de ellos, cuando entre aquellos muros se vivieron miles de historias, tantas como hombres fueron condenados de manera injusta y vieron truncadas sus vidas en plena juventud. También sus familias vivieron con ellos el drama y la separación desde fuera, y el dolor alcanzó a millares de madres y padres, esposas, hijos, hermanos y amigos.

Por ello son Joaquín y Ana María, protagonistas de ficción, quienes reúnen, en el recorrido narrativo de estas poco más de seiscientas páginas, pinceladas de muchos de ellos, tras la escucha y la lectura de decenas de testimonios que nos han llegado gracias a la iniciativa y el esfuerzo de personas de cuyo trabajo he bebido, a tragos, a la hora de documentar esta novela. De alguna manera, también ellos se han convertido en personajes de esta historia en el epílogo que acabas de leer.

He de citar en primer lugar a Félix Sierra y a Iñaki Alforja, autores de *Fuerte de San Cristóbal, 1938. La gran fuga de las cárceles franquistas*, editada por la Editorial Pamiela en 1990, con una segunda edición corregida y aumentada de 2006. Es una obra en la que, además de explicar las condiciones del fuerte, los antecedentes de la evasión y la fuga en sí, se recogen los testimonios de decenas de sus protagonistas, todavía con vida en aquel momento. Iñaki Alforja, asimismo, es el autor de un documental titulado «Ezkaba, la gran fuga de las cárceles franquistas», que cualquier lector interesado puede disfrutar en internet. Tomando a pellizcos retazos de sus recuerdos, he reconstruido la experiencia dramática del protagonista dentro de aquellos muros. Joaquín tiene un poco de cada uno de ellos, y todos están en Joaquín.

Algo parecido sucede con el personaje de Ana María, que tiene algo de cada una de las novias, esposas, hijas, hermanas y madres cuyos testimonios nos han llegado. Y también he querido recordar a las mujeres que, de manera desinteresada, hicieron el ímprobo esfuerzo de subir al penal durante años para dar su apoyo, material y espiritual, a muchos de los reclusos.

El episodio histórico alrededor del cual he construido esta novela, la fuga del fuerte de San Cristóbal el 22 de mayo de 1938, fue real y está bien documentado, lo cual es una ventaja para el autor, pero también genera dificultades y dudas a la hora de incardinar los hechos y a sus protagonistas en la trama de ficción. No es posible convertir a todos ellos en personajes, pero escoger a unos pocos conlleva el riesgo de ser injusto con los demás.

He decidido correr tal riesgo y usar algunos nombres de quienes planearon la fuga y de quienes tuvieron un especial protagonismo, para bien o para mal, en la vida del presidio. Así, es real el nombre de Leopoldo Picó, considerado el autor intelectual de la idea y del plan para escapar de aquel lugar. En él están representados todos los que tomaron parte en la preparación de la evasión. En la organización y ejecución de los primeros pasos de la fuga participaron, al menos, veintisiete presos, la mayor parte destinados en la terrible primera brigada. Sirva como homenaje y memoria la relación de sus nombres, que incluyo a continuación junto con su edad y su procedencia en 1938.

Gerardo Aguado Gómez	35	Valladolid	●
Teodoro Aguado Gómez	26	Valladolid	●
Bautista Álvarez Blanco	25	Valladolid	●
Ángel Arbulo Ugarte	16	Vitoria	
Calixto Carbonero Nieto	29	Salamanca	●
Antonio Casas Mateo	23	Segovia	●
Marcelino Echeandía Iriarte	26	Bilbao	
Daniel Elorza Ormaechea	28	Vitoria	●
Antonio Escudero Alconero	24	Valladolid	●
Ricardo Fernández Cabal	30	León	●
Fernando Garrofé Gómez	22	Vitoria	
José M.ª Guerendiáin Irigoyen	19	Pamplona	
Francisco Herrero Casado	21	Segovia	●
Francisco Hervás Salomé	30	Segovia	●
Joaquín Ibáñez Elduayen	23	Pamplona	
Juan Iglesias Garrigos	25	Vitoria	
Primitivo Miguel Frechilla	37	Vitoria	●
José Molinero Castañeda	27	Vitoria	
Miguel Nieto Gallego	24	Ávila	●
Julián Ortega Velázquez	24	Vitoria	
Rafael Pérez García	21	Madrid	●
Leopoldo Picó Pérez	27	Vitoria	
Baltasar Rabanillo Rodríguez	24	Valladolid	●
Vicente San Martín Urroz	23	Pamplona	
Antonio Valladares González	20	Pontevedra	
Manuel Villafruela Espinosa	21	Sevilla	

Catorce de estos hombres (●) fueron capturados tras la huida, condenados a muerte en juicio sumarísimo como inductores, y ejecutados públicamente en la Vuelta del Castillo de Pamplona el 8 de septiembre de 1938. Otros murieron durante la persecución desatada tras la evasión (entre ellos, Leopoldo Picó, fusilado). De los veintisiete, solo ocho consiguieron salvar la vida tras ser capturados. El entonces jovencísimo Ángel Arbulo (dieciséis años) es uno de los personajes que ofrece su testimonio en el libro y en el documental citados.

Tal vez este sea el momento adecuado para recapitular las cifras de la fuga. El 22 de mayo de 1938 se hacinaban en el penal 2.487 presos, de los que 795 se fugaron. En total, 207 murieron durante la cacería desatada y solo 3 consiguieron alcanzar la frontera de Francia. Los 585 restantes fueron capturados y devueltos al fuerte, la mayoría durante los tres primeros días. Una treintena fueron apresados en junio y hasta el 14 de agosto no se detuvo al último.

Jobino Fernández González (veintinueve años), Lorenzo Bajo Valentín (treinta y seis) y José Marinero Sanz (veinte) son los nombres de los tres fugados que lograron cruzar la muga, por separado y, curiosamente, en puntos muy cercanos de la frontera.

Los nombres o apellidos de quienes, en la ficción, acompañan a Joaquín en la fuga han sido tomados de esta lista de los veintisiete.

Considero conveniente que el lector sepa cuáles de los personajes de la novela se corresponden con personas reales. Aparte del ya citado Leopoldo Picó, son los siguientes:

Alfonso de Rojas: director del penal hasta la fuga.

Alejandro San Miguel: médico titular.

Don Miguel: capellán castrense.

Carlos Muñoz: administrador.

Antonio Fernández: suministrador de cocina y economato.

Francisco Lamas: médico recluso.

Cid, Galán, Sacristán: guardias de la prisión.

Pescador: jefe de servicios en el momento de la evasión.

Nicolás Salillas: nuevo director tras la destitución de De Rojas.

José Manuel Pascual: capellán desde 1938.

Marcelino Olaechea: obispo de Pamplona.

Josu Landa: su testimonio aparece en el libro y en el documental citados.

La segunda gran referencia bibliográfica es la obra de Francisco Etxeberría y Koldo Pla que lleva por título *El cementerio de las botellas*, también editada por Pamiela en 2014. El ensayo, citado en la propia novela, me ha permitido describir con detalle aspectos fundamentales de la vida cotidiana en el penal y, en particular, el papel de dos de sus protagonistas: el capellán don Pascual y el médico Francisco Lamas. El epílogo, donde se relata el descubrimiento del cementerio del fuerte, su exhaustivo estudio, así como la exhumación e identificación de los cuerpos, sigue, en algunas ocasiones de forma casi literal, el texto de esta obra imprescindible. Así sucede en el relato del proceso de investigación que Koldo Oroz le hace a Jofe Zubeldía en el momento de entregarle la carta de su padre.

Y es aquí donde he de citar a la Sociedad Txinparta, de Ansoáin, el concejo situado a los pies del monte Ezcaba. Se trata de una asociación de memoria que ha asumido la tarea de que lo sucedido en el fuerte de San Cristóbal no caiga en el olvido. Ya antes de su creación en el año 2000, algunos de sus miembros organizaron el primer homenaje a los presos del penal, allá por 1988, fecha del quincuagésimo aniversario de la fuga, en el que se consiguió reunir a veintidós supervivientes del presidio. Desde entonces, el acto se ha repetido de manera puntual cada 22 de mayo, con la presencia de antiguos presos y de sus familiares.

Fueron Koldo Pla y su esposa Lupe, destacados miembros de Txinparta, quienes me dieron la posibilidad de realizar mi primera visita al interior del fuerte de San Cristóbal y al cementerio de las botellas, sorteando los trámites burocráticos obligados por la circunstancia de que la titularidad del fuerte de Alfonso XII sigue estando en manos del Ejército. Personalizo en ambos y en Victor Oroz, su presidente, mi agradecimiento por la ayuda prestada para llevar a término esta novela. El personaje de Koldo Oroz, en el epílogo de 2010, es mi pequeño homenaje a ellos y a la Sociedad Txinparta.

Una tercera pata del trípode bibliográfico que sustenta *El cementerio de cristal* es el trabajo de Fermín Ezkieta titulado *Los fugados del fuerte de Ezkaba*, trípode que a su vez se complementa con infinidad de publicaciones, artículos académicos y periodísticos y con múltiples referencias en obras sobre la historia de España y de Navarra de alcance más general. Solo citaré a José María Jimeno Jurío, historiador y etnógrafo navarro cuyo listado de presos fallecidos y enterrados en el cementerio de las botellas, descubierto por su hijo Roldán Jimeno en 2006 entre sus papeles, está en el origen de todo lo sucedido desde entonces.

No puedo terminar esta nota sin dejar constancia de algunas licencias que me he tomado a la hora de enfrentar la tarea de escribir esta novela:

- Suponer que el penal estuvo lleno desde el principio, para evitar al lector descripciones de su ocupación progresiva, de la llegada de nuevas remesas de cautivos y del hacinamiento cada vez mayor de los presos.
- Los lugares de celebración de las misas cambiaron a lo largo del tiempo en función de la población reclusa, pero se mantiene el patio desde el principio. Lo mismo sucede con algunas rutinas carcelarias.
- En general, las personas y las condiciones de vida sufrieron variaciones, pero reflejar cada cambio a lo largo de la novela haría las descripciones prolijas y la lectura farragosa.
- La ruta escogida para la fuga de Joaquín está basada en la documentación estudiada, pero es ficticia. El personaje de Pablo Elorza, joven guía de montaña de Pamplona, se corresponde con Pablo Redín, preso en el penal y también muerto durante la huida. De hecho, la trayectoria que el grupo de Picó sigue en dirección a Urepel (Francia) es la que siguieron los tres únicos presos que lograron alcanzar su objetivo y que atravesaron la muga en la zona de Quinto Real.
- De nuevo, como en una de mis anteriores novelas, *La puerta pintada*, utilizo el escenario de Puente Real, ciudad inexistente en la que es fácil reconocer a Tudela. En aquella ocasión existía un motivo, el deseo de apartar el foco de una ciudad concreta, pues en muchas ocurrieron sucesos igualmente trágicos. En este caso, se trata solo de continuar con este pequeño divertimento y seguir la estela de aquella historia que se desarrolla en la misma época.

En febrero de 2023 se constituyó, tal como establece la Ley de memoria democrática, el grupo de trabajo entre los gobiernos de España y de Navarra que deberá disponer lo necesario para declarar el fuerte de San Cristóbal como «lugar de memoria» estableciendo la financiación y las actividades acordes con la recuperación, salvaguarda y difusión del lugar y de lo que allí aconteció.

El 22 de mayo de 2023 tuve ocasión de asistir al último homenaje a los presos del penal y a los protagonistas de la fuga. Ochenta y cinco años después no queda ninguno vivo, pero fue una satisfacción comprobar que sus hijos, nietos y biznietos, procedentes de todos los rincones del país, mantienen encendida la llama de su recuerdo.

El lector interesado puede obtener más información, imágenes del penal tanto actuales como de la época y los planos del fuerte en www.elcementeriodecristal.com

Y, como en ocasiones anteriores, estoy a vuestra disposición en las redes sociales para recibir los comentarios que queráis enviar, que trataré de responder siempre, en la medida de mis posibilidades.

Gracias a Penguin Random House por volver a confiar en mí, y en especial a mis editoras Clara Rasero y Carmen Romero. A Isabel Bou Bayona, con quien ya se ha hecho hábito trabajar en el *editing* de mis novelas; a todo el equipo de edición y corrección que han revisado el texto con esmero y con acierto.

Quiero dedicar esta novela a Antonia Kerrigan, mi agente literaria, *in memoriam*. A todos sus autores nos ha dejado un poco huérfanos tras su fallecimiento en Barcelona mientras redactaba esta nota. Antonia, según ella misma me reveló en nuestra última conversación, tenía entre las manos el original de esta novela.

Y por fin, como no puede ser de otra manera, a mis lectores, porque sin vosotros esta aventura literaria ni sería posible ni tendría sentido. Mi agradecimiento infinito.

CARLOS AURENSANZ

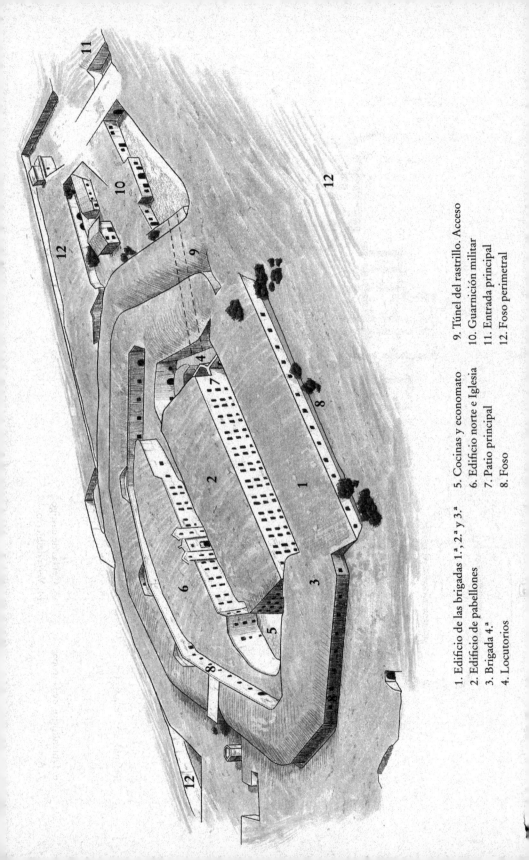

1. Edificio de las brigadas 1.ª, 2.ª y 3.ª
2. Edificio de pabellones
3. Brigada 4.ª
4. Locutorios
5. Cocinas y economato
6. Edificio norte e Iglesia
7. Patio principal
8. Foso
9. Túnel del rastrillo. Acceso
10. Guarnición militar
11. Entrada principal
12. Foso perimetral

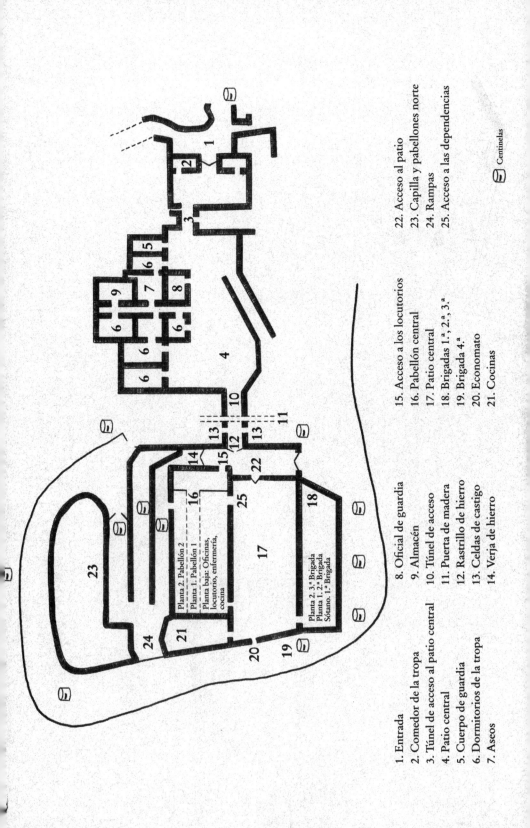

1. Entrada
2. Comedor de la tropa
3. Túnel de acceso al patio central
4. Patio central
5. Cuerpo de guardia
6. Dormitorios de la tropa
7. Aseos

8. Oficial de guardia
9. Almacén
10. Túnel de acceso
11. Puerta de madera
12. Rastrillo de hierro
13. Celdas de castigo
14. Verja de hierro

15. Acceso a los locutorios
16. Pabellón central
17. Patio central
18. Brigadas 1.ª, 2.ª, 3.ª
19. Brigada 4.ª
20. Economato
21. Cocinas

22. Acceso al patio
23. Capilla y pabellones norte
24. Rampas
25. Acceso a las dependencias

🏠 Centinelas

Planta 2. Pabellón 2
Planta 1. Pabellón 1
Planta baja: Oficinas, locutorio, enfermería, cocina

Planta 2. 3.ª Brigada
Planta 1. 2.ª Brigada
Sótano. 1.ª Brigada